cifra

descifrar — to decipher
puzzle out
figure out

dalias - flower

¿porque espejos?
la refleccion
Véase P. 228 Not 912
¿por qué el incesto?
¿Cuál es el mensaje
figurativo del incesto?

Letras Hispánicas

Cien años de soledad

Letras Hispánicas

Gabriel García Márquez

Cien años de soledad

Edición de Jacques Joset

DÉCIMA EDICIÓN

CÁTEDRA

LETRAS HISPÁNICAS

Ilustración de la página 10, original de Antonio Rivate

Ilustraciones de las páginas 55, 80, 95, 125, 203, 416, 452, fotografías de Robert M. Gerstmann, de su libro *Colombia*

Ilustración de cubierta: Fernando Botero

© Gabriel García Márquez, 1967
Ediciones Cátedra (Grupo Anaya, S. A.), 2000
Juan Ignacio Luca de Tena, 15, 28027 Madrid
Depósito legal: M. 16.638-2000
I.S.B.N.: 84-376-0494-X
Impreso en Closas-Orcoyen, S. L. Polígono Igarsa
Paracuellos de Jarama (Madrid)
Printed in Spain

Índice

GABRIEL GARCÍA MÁRQUEZ
CIEN AÑOS DE SOLEDAD

EDITORIAL SUDAMERICANA.

Introducción

A la memoria de Ángel Rama

> — Siempre hablas con mucha ironía de los críticos. ¿Por qué te disgustan tanto?
> — Porque, en general, con una investidura de pontífices, y sin darse cuenta de que una novela como *Cien años de soledad* carece por completo de seriedad y está llena de señas a los amigos más íntimos, señas que sólo ellos pueden descubrir, asumen la responsabilidad de descifrar todas las adivinanzas del libro corriendo el riesgo de decir grandes tonterías.
>
> *(El olor de la guayaba,* pág. 104.)

En verdad, la obra que presentamos no necesita pasaporte alguno ni tampoco hace falta biografiar una vez más al autor. Al lector más lego de este fin de siglo le suena familiar el nombre de Gabriel García Márquez. Entonces, ¿para qué agregar un comentario más a la *Summa* sin acabar de interpretaciones, explicaciones, notas y apuntes sobre *Cien años de soledad?* Ya el crítico más paciente no alcanza todo lo escrito en torno a esta novela y se pierde en esta selva oscura de palabras enmarañadas que pretenden aclarar una ficción cuyo flujo verbal, aunque torrencial, no deja de ser diáfano.

Uno, pues, tiene ganas de que el lector saboree solo, sin más guía que su placer y su conciencia, una narración que, al fin y al cabo, no exige otros requisitos.

Pero el impotente crítico se pregunta, antes de declararse vencido, si el mismo sentimiento de inutilidad no invadió a sus antecesores —no le invadió muchas veces— frente a textos «clásicos»; si a pesar de todo no valía la pena cantar su nota en el concierto de voces, comunicar su mirada en el conjunto de visiones; si no es su deber hacerlo para dejar testimonio no tanto de *su* manera propia de leer, sino de un modo (bueno o malo) de aprehender la literatura en un momento determinado de la historia; si...

Y el comentarista deja de plantearse problemas para cumplir su tarea: comentar.

CRÓNICA DE UNA VIDA CONOCIDA

En los tiempos prehistóricos de la crítica literaria, existía un tópico previo a las lucubraciones más o menos interpretativas, más o menos explicativas sobre una obra. Obligatorio era el discurso sobre la vida de quien se pretendía analizar las huellas escritas sobre esta tierra. En este caso no importan las cosquillas del filólogo, atento a la contradicción entre lo prehistórico y lo escrito, ni los nervios del «nuevo» crítico —«nuevo» ¿hasta cuando?—: quiero someterme a la tradición, ya que la ficción de que se trata, marcada por el siglo XX, situada en una zona del planeta, trasciende cualquier metodología analítica y las necesita todas.

Ocurre que en 1967 un apellido de cristiano viejo estalló en los periódicos tanto americanos como europeos. El éxito internacional de *Cien años de soledad,* sus traducciones y los primeros comentarios ditirámbicos dieron a conocer a Gabriel García Márquez. Y nos dimos cuenta de que este desconocido tenía una fe de bautismo y escribía desde hacía mucho tiempo.

Recortes de prensa y demás rumores biográficos —ampliados años después— nos enseñaron que Gabriel García Márquez había nacido en el pueblo de Aracataca (Colombia) el 6 de marzo de 1927[1], que había sido educado en una casa enorme por una abuela supersticiosa quien le aterrorizaba contándole historias de fantasmas, y por un abuelo que le

---

[1] Sin embargo, he aquí la primera trampa de Cronos en la biografía de Gabriel García Márquez; durante años, las biografías oficiales hacían nacer a Gabo el 6 de marzo de 1928, fecha controvertida por el propio padre del escritor: «Posiblemente el dato más significativo que su padre [de GGM] nos proporcionó fue la fecha correcta del nacimiento de Gabriel García Márquez: el 6 de marzo de 1927. Por falta de documentación fidedigna, sería algo

llevaba al circo y evocaba sin parar recuerdos de la guerra civil.

Muere el abuelo en 1937. Se acaba la estación prodigiosa. En 1940, Gabriel ingresa en el colegio de Jesuitas de Barranquilla. Termina el bachillerato en el Liceo Nacional de Zipaquirá, ciudad andina cerca de Bogotá, en 1946.

Elipsis cronológica: encontramos rastros de su paso por la Facultad de Derecho de la capital colombiana y por la de Cartagena de Indias, así como las primeras huellas de un escritor-periodista. Realidad y ficción. Ficción-realidad. Realidad transformada en ficción-reportaje que restituye lo cotidiano a través de filtros mágicos y metálicos: la dura y maravillosa aventura de las palabras. Los primeros cuentos[2], los primeros reportajes[3] escritos en Colombia ya aparecen, vistos desde nuestra altura «histórica», marcados por el sello de nuestra primera y última facultad: la imaginación.

Los senderos del periodismo llevan a García Márquez hacia Roma —donde, como todos sabemos, desembocan todos los

---

peligroso rechazar la fecha indicada en casi todas las biografías del novelista, la misma fecha del año 1928, si no fuera por dos datos: el hecho de que García Márquez declaró recientemente que "no está muy seguro" en qué año nació (*El Espectador*, 16 de marzo de 1977), y la memoria del padre que confirma el nacimiento del primer hijo más de un año antes de la famosa huelga bananera de 1928» (Harley D. Oberhelman, «Gabriel Eligio García habla de Gabito», en *García Márquez*, ed. de Peter G. Earle, Madrid, Taurus, 1982², pág. 282; la «entrevista» apareció primero en *Hispania*, LXI, número 3, 1978, págs. 541-542). La fe de bautismo del escritor, fechada el 27 de julio de 1930 por el cura de la iglesia de San José de Aracataca, Francisco C. Angarita, da el 6 de marzo de 1927 como fecha de nacimiento (véase J. Gilard, «Chronologie», en *Gabriel García Márquez, Co-textes*, núm. 6, Montpellier, CERS, diciembre de 1983, pág. 11), ahora definitivamente comprobada en la *summa* biográfica de Dasso Saldívar, *García Márquez. El viaje a la semilla. La biografía*, Madrid, Alfaguara, 1997, págs. 86 y 481, nota 21.

[2] Reunidos en *Todos los cuentos de Gabriel García Márquez*, Barcelona, Plaza & Janés, 1975, págs. 9-89.

[3] Ahora reunidos en *Textos costeños (Obra periodística, I)*, recopilación y prólogo de Jacques Gilard, Barcelona, Bruguera, Col. «Narradores de hoy», 48, 1981. Sobre la formación periodística de García Márquez en Cartagena de Indias (1948-1949, 1951-1952) y la influencia de Clemente Manuel Zabala, véase —quitando los indebidos ataques atrabiliarios contra Jacques Gilard— Jorge García Usta, *Cómo aprendió a escribir García Márquez*, Medellín, Ed. Lealon, 1995.

caminos del mundo—, y luego hacia París —donde la leyenda del literato nato exige que «l'on mange de la vache enragée». La historia personal de Gabriel García Márquez cumple el requisito: el anecdotario del *Quartier Latin* recoge en el año de 1955 la trayectoria de un «Américain du Sud» famélico que escribía... como muchos, como tantos. Pero éste estaba construyendo un mundo llamado Macondo.

Siguiendo paso a paso al periodista García Márquez, lo situamos en Caracas a finales de 1957, en Bogotá, La Habana y en Nueva York como corresponsal de la agencia cubana Prensa latina en 1961. México es la siguiente residencia en la tierra de nuestro trotamundos hasta 1967, año clave en que la fortuna literaria coincide por fin con el destino de quien había nacido para ser escritor. Decide trasladarse a Barcelona con su mujer, Mercedes, e hijos, Rodrigo y Gonzalo.

Recorramos otra vez el camino de su escritura. Sus primeras ficciones las publica Gabriel García Márquez a partir de 1947[4] bajo la forma de cuentos, género que volverá a aparecer regularmente en su producción literaria. Tiene veintiocho años cuando se edita en Bogotá (Ediciones S. L. B.), su primera novela, *La hojarasca* que iba rescribiendo desde 1949. Con excepción de una reseña elogiosa —quizá demasiado, aunque profética— del crítico colombiano Alfonso Ángel Restrepo[5] y una excelente recepción en los círculos próximos al escritor, no llamó mucho la atención pública esta obra. Aún no había empezado el proceso de internacionalización de la narrativa latinoamericana que caracteriza, según José Donoso[6], el mal llamado «boom».

Ahora sí, desde 1967, *La hojarasca*[7] nos llama la atención,

---

[4] El primer cuento publicado, *La tercera resignación*, apareció en *El Espectador*, sección «Fin de Semana», núm. 80, Bogotá, 1947. En todo rigor, los primeros escritos literarios de GGM se publicaron en la estudiantil *Gaceta Literaria* de Zipayuirá en 1944.

[5] A. A. Restrepo, «La hojarasca», en *Universidad de Antioquia* (Medellín), núms. 120-123, 1955, págs. 543-545.

[6] José Donoso, *Historia personal del «boom»*, Barcelona, Anagrama, 1972. Hay una segunda edición: Barcelona, Seix Barral, 1983.

[7] Citaré por la ed. de Buenos Aires, Ed. Sudamericana, Col. «Índice»; 1969 (1.ª ed.: Bogotá, Ed. Sipa, 1955).

14

ya que nos percatamos de que germinaban en ella elementos básicos de los escritos posteriores de Gabriel García Márquez: el lugar, Macondo, pueblo ficticio; los personajes: un médico que se suicidó, un coronel jubilado, su hija y su nieto que vigilan el cadáver. La historia de las relaciones entre el coronel y el médico se proyecta sobre la del pueblo, fundado en el siglo pasado por un grupo de refugiados que huían de la guerra civil. La prosperidad de Macondo, fomentada por una compañía bananera, su decadencia, debida al cierre de la plantación, la miseria y catástrofes que siguen, dibujan los ejes cronológicos de *Cien años de soledad.*

El coronel y el médico son también personajes de *El coronel no tiene quien le escriba,* publicado en forma de libro en 1961[8].

Este relato breve cuenta la trágica y lamentable historia de un coronel jubilado quien, desde hace quince años, está esperando el anuncio de la pensión prometida a los veteranos de una guerra pasada. Vive con su mujer en una casa arruinada y decide criar un gallo de pelea, única herencia de su hijo asesinado. A pesar de la miseria, se obstina en conservarlo con la ilusión de que le dará a él fortuna, y al pueblo, honra y gloria. Como trasfondo de esa tragicomedia se perfila el desmoronamiento moral de la población que aguanta un estado de sitio desde años y años. El desgraciado protagonista solicita ayuda al médico, al administrador de correos, a un antiguo revolucionario enriquecido por «pactos patrióticos», don Sabas, a los amigos de Agustín, su hijo, a los abogados incompetentes o deshonestos. Nadie puede o quiere ayudarle. Al final, el coronel queda solo con sus quimeras, pero:

> Se sintió puro, explícito, invencible, en el momento de responder:
> —Mierda. (Pág. 106.)

---

[8] Escrito en 1956-1957, durante la estancia parisina del autor, apareció primero en la revista *Mito,* IV, núm. 19, Bogotá, mayo-junio, 1958, páginas 1-38. La primera edición en forma de libro se publicó en Medellín, Aguirre editor, 1961. Cito por la ed. de México, Biblioteca Era, 1968[5].

En 1962 se publicaron dos obras de García Márquez: un libro de cuentos, *Los funerales de la Mamá grande*[9], y una novela que iba puliendo desde 1956, *La mala hora*[10], ganadora del premio literario *Esso* en 1961.

El ambiente de *La mala hora* es tan sofocante como el de *El coronel no tiene quien le escriba,* pero, por encima de las desgracias individuales, se describe aquí la alienación que se apodera de una colectividad cuando aparecen pasquines pegados sobre las paredes del pueblo. Los secretos vergonzosos de los vecinos, verdad o mentira, salen a la luz pública. El odio generalizado precipita la descomposición social objetivada en un cataclismo natural, una especie de diluvio que exaspera a la gente. El alcalde pone en marcha el mecanismo represivo y encarcela a una víctima propiciatoria. Pero contra la locura colectiva, nada se puede hacer. Los pasquines reaparecen:

> Parece que se volvieron locos buscando hojas clandestinas. Dicen que levantaron el entablado de la peluquería, por casualidad, y encontraron armas. La cárcel está llena, pero dicen que los hombres se están echando al monte para meterse en las guerrillas (pág. 202).

La mala hora es la novela de la falta de solidaridad. El solo vínculo del odio puede reunir a personajes tales como el padre Ángel, obsesionado por los ratones y el valor moral de las películas proyectadas en el cine del pueblo; César Montero, impulsivo y violento; el alcalde cruel y venal; el juez Arcadio, inconstante y necio; don Sabas, tacaño y aprovechado.

---

[9] Citaré por la ed. de Buenos Aires, Ed. Sudamericana, Col. Índice, 1971[9] [1.ª: Xalapa, Universidad Veracruzana, 1962].

[10] Cito por la ed. de Buenos Aires, Ed. Sudamericana, Col. Índice, 1968[2] [1.ª ed. autorizada por el autor: México, Ed. Era, 1966; la primerísima ultracorregida por un «corrector de pruebas» de Madrid, Talleres de Gráficas «Luis Pérez», 1962, ha sido desautorizada por Gabriel García Márquez. Un estudio de las variantes en Jacques Joset y Yolanda Montalvo, «Filología de un texto contemporáneo: las versiones de *La mala hora* de Gabriel García Márquez», en *Bulletin of Hispanic Studies,* LXX, 1993, págs. 337-349].

El manipulador del tiempo que es García Márquez nos permitirá saltar por encima de su primer año de gloria, 1967, y la publicación de *Cien años de soledad*. Dentro de poco armaremos mejor la máquina de volver atrás.

Con la «novela grande» parecía cerrarse definitivamente un ciclo narrativo, el de Macondo[11]. Abramos, pues, un nuevo círculo en la bibliografía de Gabriel García Márquez. Un primer indicio de la necesidad de romper con el pueblo mítico es la publicación en 1970 del *Relato de un náufrago que estuvo diez días a la deriva en una balsa sin comer ni beber, que fue proclamado héroe de la patria, besado por las reinas de la belleza y hecho rico por la publicidad, y luego aborrecido por el gobierno y olvidado para siempre*[12].

De este librito dice García Márquez que es la reconstrucción periodística de lo que le contó un marinero colombiano, llamado Luis Alejandro Velasco, publicada en *El Espectador*, de Bogotá, durante «catorce días consecutivos» de los meses de marzo-abril de 1955. ¿Dónde termina el «reportaje»? ¿Dónde empieza la ficción? ¿Por qué decidió García Márquez publicar —o dejar que se publicara— aquella «reconstrucción» bajo forma de libro tres años después del éxito de *Cien años de soledad* y mientras estaba preparando dos libros más?

La búsqueda de estructuras narrativas renovadas se advierte en los cuentos de *La increíble y triste historia de la cándida Eréndida y de su abuela desalmada* (1972), escritos des-

---

[11] El ciclo de Macondo abarca todas las obras de ficción de GGM desde *La hojarasca* hasta *Cien años de soledad*, aunque con rigor estructural *El coronel no tiene quien le escriba* y *La mala hora* deberían excluirse (véanse las entrevistas de García Márquez con Mario Vargas Llosa, *La novela en América Latina: diálogo*, s.l. n.f. [Lima, 1968], pág. 48, y con E. González Bermejo, «García Márquez, ahora doscientos años de soledad», en *Casa de las Américas*, 63, 1970, págs. 159-172 [también en *El Espectador, Magazine Dominical*, Bogotá, 29-XI-1970, págs. 3-7]). Pero desde el punto de vista genético, es evidente que el «miniciclo» de «el pueblo», trasposición ficticia de Sucre abarca estructuras narrativas —actantes, narremas, procesos estilísticos— repetidas en el «macrociclo» de Macondo.

[12] Citaré por la ed. de Barcelona, Tusquets Editor, Cuadernos Marginales, 1972⁵.

pués de 1967, con excepción de *El mar del tiempo perdido* (1961)[13].

Siete años le hicieron falta a Gabriel García Márquez para componer y escribir *El otoño del patriarca* (1975)[14], pero no para imaginar esa novela: la venía elaborando desde mucho tiempo, como lo prueba el hecho de que la anunciaba con su título antes de la publicación de *Cien años de soledad*:

> Dice García Márquez que ha querido siempre escribir un libro sobre un dictador latinoamericano sentado en su palacio, aislado del mundo, con un poder absoluto por el que sienten un terror mortal sus súbditos mistificados y supersticiosos. Se preocuparía menos de los efectos sociales que por la patología del personaje[15].

En 1966, pues, ya estábamos al tanto de la trama narrativa. Pero lo que sí cambió fue el concepto de forma en la que debía de plasmarse la anécdota hasta modificar sustancialmente el plan primitivo. Según declaraciones del novelista, *El otoño del patriarca* no debía de ser «un libro muy largo, sino apenas más largo que *El coronel*» y hubiera tenido que transcribir «el largo monólogo del dictador en el momento de ser juzgado por un tribunal popular»[16].

Mediaron entre el proyecto y el humorístico «por fin terminado» (pág. 271) efectivo el fabuloso éxito de *Cien años de soledad* que impedía cualquier repetición, los cambios ocurridos en los contextos sociohistóricos y literarios latinoamericanos y también —quizá sobre todo— el mismo proceso de escribir una novela que, lo sabemos, puede alterar un diseño literario por bien pensado que sea.

---

[13] Citaré por la ed. de Barcelona, Barral, Col. «Hispánica nova», 1972.

[14] Remito a la ed. de Buenos Aires, Ed. Sudamericana, 1975.

[15] Luis Harss, «Gabriel García Márquez o la cuerda floja», en *Mundo Nuevo*, núm. 6, diciembre de 1966, pág. 73. Sigue la cita: «Incluso ya le dedicó cuatrocientas páginas al tema en cierta ocasión, pero las rompió porque no se sentía listo todavía para la tarea. No se podía acercar lo suficiente al hombre. Quería hacer un retrato interior, pero no encontró la entrada. Desde entonces ha estado aplazando el proyecto, aunque no indefinidamente. Lo que necesita es un ángulo, una perspectiva», datos preciosísimos para un estudio de la génesis de la obra.

[16] *Íd.*, pág. 77.

En 1976, Gabriel García Márquez decidió que no volvería a publicar ficción mientras Pinochet estuviese en el poder en Chile. Para él, la fama lleva responsabilidad y cada vez más compromiso. El escritor sólo tiene como arma su pluma. La huelga de la publicación, aunque no de la escritura, era, pensaba entonces, un medio eficaz de lucha. Públicamente, pues, los años siguientes los dedica a la actuación política (en el sentido amplio, abierto y moral de la palabra): participación en la sesión del Tribunal Russell de Bruselas sobre las compañías transnacionales en América Latina (1976), creación de la Fundación Habeas para los derechos del hombre (1979), denuncia de las torturas que sufren los detenidos políticos en Colombia, intervenciones en favor de los «desaparecidos» del Cono Sur y de presos políticos en Cuba. Después de la ruptura de la «huelga de publicación», no abandona sus compromisos políticos: preparación de un documento sobre el «nuevo orden informativo mundial» (Informe McBride), presencia en las ceremonias de investidura del presidente de la República Francesa, el socialista François Mitterrand, el 21 de mayo de 1981, sin olvidar la reivindicación tenaz de la revolución sandinista en Nicaragua. García Márquez toma la iniciativa de una jornada popular convocada el 26 de agosto de 1984 por los artistas colombianos para celebrar la paz firmada entre el gobierno y grupos guerrilleros de su país.

Los dedica también a lo que fue y sigue siendo su primer oficio, el periodismo: asesoría editorial de la revista colombiana *Alternativa* (1974-1980), reportajes sobre Angola, Vietnam, Mozambique y varios países latinoamericanos, preparación de un libro sobre Cuba, colaboración regular en periódicos americanos y europeos, ...

A pesar de todo, el deber del escritor de ficción es escribir ficciones, si bien en muchas obras de Gabriel García Márquez, «la literatura flirtea con el periodismo»[17]. En 1979 tenía

---

[17] Claude Couffon, «A La Havane avec García Márquez», en *Le Monde*, 16-V-1980. Intermedios entre «literatura» y «periodismo» son los artículos de «periodismo literario» tales como el importante «Fantasía y creación artística en América Latina y el Caribe», en *Nuevo amanecer cultural*, Mana-

acabado cierto número de cuentos sobre la vida de latino-americanos en Europa[18], de los cuales doce se salvaron y se publicaron sólo en 1992 tras unas cuidadosas revisiones *(Doce cuentos peregrinos,* Madrid, Mondadori, 1992).

Aún en 1980, mantenía García Márquez su decisión de no publicar ninguna obra narrativa antes del derrocamiento de Pinochet, en particular una novela titulada *Crónica de una muerte anunciada...*[19], la cual salió a la luz de una manera espectacular en abril de 1981: una primera edición publicada

---

gua, 12-X-1980, reproducido parcialmente en *El País,* Madrid, 9-VI-1981. Entre periodismo y ficción se sitúa también el guión de la película *El secuestro (Relato cinematográfico),* Nicaragua/Salamanca, Ed. Nueva Nicaragua/Lóguez Ediciones, 1983, sobre un episodio de la lucha del Frente Sandinista de Liberación Nacional contra la dictadura de Somoza.

[18] «J'écris depuis quelque temps des contes, à propos des Latino-Américains en Europe et si, demain Pinochet est renversé, dans les vingt-quatre heures mon manuscrit est prêt» (entrevista de GGM a *Lire,* París, núm. 51, noviembre de 1979, pág. 61). «J'ai une cinquantaine de contes nouveaux. Et un livre encore sans titre avec dix nouvelles inspirées par la vie des Latino-Américains en Europe...» (entrevista a C. Couffon, en *Le Monde,* 16-V-1980). Esos cuentos hubieran tenido que quedarse inéditos: «[...] he vuelto a mi estudio de México donde hace un año dejé varios cuentos inconclusos y una novela empezada, y me siento como si no encontrara el cabo para desenrollar el ovillo. Con los cuentos no hubo problema: están en el cajón de la basura. Después de leerlos con la saludable distancia de un año, me atrevo a jurar —y tal vez sería cierto— que no fui quien los escribió. Formaban parte de un viejo proyecto de sesenta o más cuentos sobre la vida de los latinoamericanos en Europa, y su principal defecto era el fundamental para romperlos: ni yo mismo me los creía.» («¿Cómo se escribe una novela?», en *Claridad,* San Juan de Puerto Rico, 3/9-II-1984; también en *El País,* Madrid, 30-I-1984.) Sin embargo, se publicó aquí y allá algún que otro cuento: «El verano feliz de la señora Forbes», en *El País,* 5-VIII-1982, y en volumen (Madrid, Almarabau, Textos tímidos, 3, 1986). «El rastro de tu sangre en la nieve» se publicó en el volumen *Todos los cuentos,* México-Barcelona, Orígenes/Seix Barral, 1984.

[19] «Les funérailles d'Alejo Carpentier s'achevaient à La Havane [...] On murmurait ici qu'il [GGM] venait de terminer un roman.

—Je l'ai intitulé *Chronique d'une mort annoncée* [...]

—*Qui sera bientôt publiée?* —Après la chute de Pinochet. Publier ne m'intéresse pas. Ce qui me passionne, c'est d'écrire [...]

—*Tu ne songes pas à te débarrasser de Pinochet?* —J'espère que les Chiliens résoudront mon problème. En attendant, je fais la grève.» (Entrevista cit. a C. Couffon.)

simultáneamente en España, Argentina, México y Colombia[20], un millón de ejemplares, centenares de entrevistas, reseñas y notas en los periódicos y semanales del mundo entero.

Con la política-espectáculo, nuestro tiempo ha inventado la literatura-espectáculo, aunque no podemos —ni tenemos el derecho de— poner en tela de juicio ni la hasta entonces inaudita «huelga de publicación» ni la inesperada ruptura de la misma justificada, según dice García Márquez, por la insistencia de «escritores chilenos que viven en el interior del país [...] en que publique desde más de un año»[21].

Mucho tumulto por un libro pequeño (menos de 200 páginas de grandes letras), si se le compara con la abundancia verbal de *Cien años de soledad* o de *El otoño del patriarca*. Se trata de la historia —basada en un suceso de la realidad real— de un joven, Santiago Nasar, de quien todo un pueblo, menos él, sabe que va a morir asesinado. Tragedia griega del trópico, novela policial al revés, «falso reportaje y falsa novela al mismo tiempo. Falsa historia de un crimen verdadero»[22], *Crónica de una muerte anunciada* une la transparencia estilística de los primeros relatos con la facilidad en manipular estructuras narrativas adquirida a lo largo de treinta y cuatro años de oficio de escritor. No sé si, como el autor pretende, son *Crónica* y *El coronel no tiene quien le escriba* sus mejores novelas[23]. Sí sé que ambas forman, por encima de los años y de la producción literaria intermedia, un díptico de intensidad dramática cristalizada. Ambas son falsos «suspensos»: el fra-

---

[20] Citaré por la ed. de Barcelona, Bruguera, Col. «Narradores de hoy», 1981.

[21] Declaración a Rafael Conte, «Gabriel García Márquez publica su novela "Crónica de una muerte anunciada"», en *El País*, Madrid, 22-I-1981. Sigue la cita: «Su argumento [el de los chilenos] es que en el momento en que tomé la decisión tenía una gran utilidad política, como en efecto la tuvo. Pero la prolongación termina ya por ser negativa políticamente. Si éste es el argumento de quienes conocen mejor que yo su situación, no puedo ser más chileno que los chilenos. Y de todas formas estoy seguro de que Pinochet no durará mucho tiempo en el poder y que durará mucho menos que mi libro.»

[22] «Ma *Chronique* est un faux reportage, et en même temps un faux roman. La fausse histoire d'un vrai crime.» (*Le Monde,* 16-V-1980.)

[23] Entrevista a Rafael Conte citada.

caso del coronel como la muerte de Santiago Nasar estaban escritos en El Libro Grande de un *Jacques-le-Fataliste* del Caribe.

Mientras se preparaba el lanzamiento de esa novela, Gabriel García Márquez pidió el derecho de asilo en la embajada mexicana de Bogotá, solicitud justificada por el hecho de que las autoridades militares colombianas estuvieran a punto de detenerle por motivos ideológicos.

Pero nuevos tiempos de gloria esperaban a nuestro novelista: siguen entrelazándose sus compromisos de ciudadano del mundo y de Latinoamérica con su deber de escritor. Asiste en octubre de 1981, como periodista, a la Conferencia de jefes de Estado de Cancún (México) donde su amigo François Mitterrand[24] pronunció una declaración que, a la larga, podría cambiar el rumbo de las relaciones entre países desarrollados y del «Tercer Mundo». Su participación como jurado en el Festival de Cannes en mayo de 1982 consagra su afición al cine afirmada desde su salida en defensa de *Monsieur Verdoux* de Chaplin en 1948[25] hasta la filmación de *La viuda de Montiel* por el chileno Miguel Littín (1979), la versión fidelísima de *La cándida Eréndira,* dirigida por el brasileño Ruy Guerra (1983) y la menos lograda *Crónica de una muerte anunciada* del director italiano Francesco Rosi (1987), pasando por una matrícula fugaz en el Centro Experimental de Cinematografía de Roma (1955), la creación de la Fundación para el Nuevo Cine Latinoamericano en Cuba (1986), la presidencia del Festival de Cine Latino en Nueva York (1991) y por el oficio de guionista en México donde trabaja sobre *El gallo de oro* de Juan Rulfo (1963) y una adaptación del cuento *En este pueblo no hay ladrones* (1964), dirigida por Alberto Isaac. Se realiza su guión original *Tiempo de morir* (1965) bajo la dirección de Arturo Ripstein.

21 de octubre de 1982: la consagración del otoño sueco. Se le otorga el Premio Nobel de Literatura (contrástese con el Premio *Esso* 1961). En diciembre pronuncia en un Estocolmo caribeñizado un discurso sobre «La soledad de América

---

[24] F. Mitterrand cuyo gobierno le había otorgado poco antes «La légion d'honneur» con el título de «Commandeur».

[25] «El cine norteamericano», en *El Universal,* Cartagena, 23-IX-1948, ahora en *Textos costeños,* págs. 120-121.

Latina»[26] que fue blanco de controversias[27]. Como periodista nato, proyecta la creación de un diario colombiano que hubiera tenido que titularse *El otro,* sigue mandando su página semanal a periódicos de países latinoamericanos y europeos, y publica bajo forma de libro un reportaje sobre *La aventura de Miguel Littín clandestino en Chile* (1986), que es «la reconstitución emocional de una aventura cuya finalidad última era, sin duda, mucho más entrañable y conmovedora que el propósito original y bien logrado de hacer una película burlando los riesgos del poder militar»[28]. El compromiso político de García Márquez se advierte también en actos públicos tales como la conferencia «El cataclismo de Damocles»[29] sobre el peligro nuclear.

Sin embargo, al principio de 1984, Gabriel García Márquez renunció por un tiempo a comentar semana tras semana la actualidad para dedicarse a la escritura de una novela cuyo escenario era Cartagena de Indias, donde la estaba escribiendo. En agosto del mismo año, el propio novelista resumía su obra de la forma siguiente: «Es la historia de un hombre y una mujer que se aman desesperadamente y que no pueden casarse a los veinte años porque son demasiado jóvenes, y no pueden casarse a los ochenta, después de todas las vueltas de la vida, porque son demasiado viejos»[30]. *El amor en los tiempos del cólera* se publicó en diciembre de 1985 (Barcelona, Bruguera, 1985). El novelón rosa anunciado salió pervertido por todos los demonios familiares del autor, ya muy conocidos por su obra anterior, la cual, a su vez, se transforma en referente de ésta y en fuente de nuevos o repetidos procesos narrativos. Así, el lector de *Cien años de soledad* volverá a saborear en *El amor en los tiempos del có-*

---

[26] Reproducido en *El País,* 9-XII-1982, pág. 33.

[27] *V. gr.* por Guillermo Cabrera Infante, «Nuestro protohombre en La Habana», en *El País,* 3-II-1983, pág. 9.

[28] *La aventura de Miguel Littín clandestino en Chile,* Madrid, Ediciones El País, 1986, págs. 8-9. La abundante producción periodística de este periodo ha sido recogida en Gabriel García Márquez, *Notas de Prensa, 1980-1984,* Madrid, Mondadori, 1991.

[29] *El cataclismo de Damocles,* Conferencia Ixtapa, México, 1986, Bogotá, Ed. La Oveja Negra, 1986.

[30] Eric Nepomuceno, «Gabriel García Márquez afronta en su nueva obra los peligros de la novela rosa», en *El País,* 28-VIII-1984.

lera imágenes y escenas que prolongan, como en ecos, aciertos de la novela de 1967 («su madre tuvo que barbearlo como a un ternero para que se tragara una pócima de aceite de ricino» [pág. 107]; «el hijo mayor, que había sido coronel del ejército, como el padre, pero que fue repudiado por él a raíz de su actuación indigna en la matanza de los obreros del banano en San Juan de la Ciénaga» [pág. 410]).

Esta nueva pieza del gran juego imaginario de García Márquez realza los contornos de su «trópico desembrujado», según la fórmula aguda de Ernesto Völkening. El amor, sus recovecos insospechados e innumerables; el amor, primera palabra del título, se perfila en esta novela sobre un fondo de corrupción, letargo, podredumbre, ahogamiento, escombros, peste y cólera, última palabra del título.

La vejez y la decrepitud, la decadencia y la muerte, conceptos todos presentes en las ficciones de García Márquez, se hacen nucleares en *El amor en los tiempos del cólera*, que no es un texto de ruptura ni tampoco de apertura de un nuevo ciclo dentro de la narrativa del autor. Es más bien un texto de síntesis temática y estilística, una muestra más de su quehacer literario.

Pero parece que García Márquez quiera experimentar nuevos medios de comunicarse con el público. A partir de 1988 prepara una serie *(Amores difíciles)* coproducida por Televisión Española y el International Network Group, en colaboración con varios directores latinoamericanos. Paralelamente anima un taller de guión en la Escuela Internacional de Cine y TV de San Antonio de los Baños (Cuba)[31]. El 20 de agosto de 1988 se estrenó en Buenos Aires su primera obra teatral, *Diatriba de amor contra un hombre sentado*[32]. Fiel a sus amores

---

[31] Las intervenciones de los talleristas y los textos de las conferencias pronunciadas en la Escuela de San Antonio de los Baños se recopilaron en los cinco volúmenes de la *Serie Taller de Cine dirigida por Gabriel García Márquez*, Santafé de Bogotá, Ed. Voluntad, 1995.

[32] *Diatriba de amor contra un hombre sentado*, Barcelona, Grijalbo Mondadori, 1995. En la pág. 7 se lee: «Esta obra fue estrenada en Colombia en el *Teatro Nacional* el día 23 de marzo de 1994.» ¿Se tratará de la *première* en Colombia o del estreno de la versión definitiva, recogida en el volumen de 1995, diferente de la primera, representada en Argentina y parcialmente publicada en el periódico *El Tiempo* (Bogotá), 29-VIII-1988, pág. 5A?

periodísticos, cuna de su escritura, propicia el lanzamiento de un informativo para un canal televisivo de su país y encuesta sobre la tragedia colectiva del narcotráfico vista a través del caso de rehenes del *capo* Pablo Escobar *(Noticia de un secuestro,* Santafé de Bogotá, Ed. Norma, 1996).

En marzo de 1989 celebra su regreso a la narrativa con la publicación, otra vez anunciada y acompañada por una campaña publicitaria sonada, de *El general en su laberinto.* Nos cuenta el último viaje de Simón Bolívar, el Libertador, desde Bogotá a Santa Marta, en la costa del Caribe colombiano. Por primera vez, pues, García Márquez aborda la novela histórica en el sentido y forma más clásicos. De ella se podría decir lo que el autor había dicho de su novela anterior, que era un intento de escribir una novela del siglo XIX como se escribía en el siglo XIX. No entraremos aquí en las polémicas que el libro armó: historiadores colombianos y venezolanos se enfrentaron a propósito de la verosimilitud de la reconstrucción histórica propuesta; otros, o los mismos, acusaron a García Márquez de deformar el retrato de Bolívar con rasgos de Fidel Castro. Quizá habría que leer *El general en su laberinto* (Madrid, Mondadori, 1989) como ha de leerse: primero, como novela, no como documento histórico del siglo pasado o del nuestro.

Novela histórica también o, mejor, reconstrucción de una leyenda del Caribe colombiano del siglo XVIII, es *Del amor y otros demonios* (Barcelona, Mondadori, 1994). Historia de pasión y muerte, como todos los grandes relatos clásicos, enraizada en la Cartagena de Indias —ahora espacio privilegiado de las ficciones de García Márquez— colonial, esta novela parece también un ajuste de cuentas con la Iglesia católica, institución recurrente en esa narrativa a través de miembros de un clero un tanto extraviado. Del demonio preferido de nuestro escritor, el amor, nadie se salva, ni «uno de esos raros valores que adorn[an] a la cristiandad» como el teólogo Cayetano Delaura.

El grato sacrificio a la historia literaria tradicional —aunque muy incompleto— se cumplió. Es legítimo, conveniente e imprescindible porque permite el arraigo de los estudios, inmanentes o con miras a una sociocrítica literaria, en la evolución de un destino humano, con sus curvas, recodos, avances y regresos.

Por mucho que consideremos las ficciones literarias como un mundo autónomo, autoproductivo y regido por leyes propias, no podemos descartar sin más la multitudinaria red de hechos, personales y colectivos, conscientes e inconscientes, que constituye los cimientos contextuales de toda obra literaria. La tarea del crítico, más allá de la explicación siempre insatisfactoria del goce estético, pero incluyéndola, más allá de los montajes-desmontajes funcionales, pero partiendo de ellos, consiste en verificar cómo se cuaja el dato extratextual y cómo el texto lo transforma, cómo un texto o una serie homogénea de textos son a la vez recipientes y productores de ideología(s).

Olvidemos, pues, por un momento la extraliteraturidad... para reencontrarla mejor, profundizada, hecha otra por y dentro de la textualidad.

Otro círculo abierto, otra espiral...[33].

«CIEN AÑOS DE SOLEDAD», AHORA Y SIEMPRE

La publicación de *Cien años de soledad* en 1967 suscitó en seguida un concierto unánime de elogios. Apenas seca la tinta con que se escribió, se la proclamó obra maestra[34]. Éxito

---

[33] La biografía de GGM ha sido explorada por muchos. Me ha guiado en particular la magnífica introducción de Jacques Gilard a *Textos costeños* para los años de juventud y de «formation littéraire» y la «Chronologie» del mismo crítico en el ya citado *Co-textes*, núm. 6, diciembre de 1983, págs. 11-18. La biografía de referencia es ahora el ya citado libro de Dasso Saldívar, pero siguen de consulta útil los capítulos biográficos de los libros de Mario Vargas Llosa, *García Márquez. Historia de un deicidio*, Barcelona, Barral, 1971, y Oscar Collazos, *García Márquez. La soledad y la gloria (su vida y su obra)*, Barcelona, Plaza & Janés, 1983. Pero sobre todo, conviene al investigador consultar, esperando las «falsas memorias» de GGM, las entrevistas y conversaciones con periodistas y amigos. Se destacan: Miguel Fernández-Braso, *La soledad de Gabriel García Márquez (Una conversación infinita)*, Barcelona, Planeta, 1972; Plinio Apuleyo Mendoza, *El olor de la guayaba*, Barcelona, Bruguera, 1982: este libro tiene que ser atribuido al entonces amigo de GGM según declaración de éste en «Las trampas a la fe», en *El País*, 14-III-1984.

[34] ... y a veces antes, ya que Carlos Fuentes, nada más leer las primeras ochenta cuartillas, la anuncia como tal en «García Márquez. "Cien años

crítico, éxito de librería y éxito internacional. El fenómeno no se explica sólo por circunstancias favorables, el juego de las «instituciones literarias», la presión de un complejo mercantil-publicitario o el terrorismo intelectual, real o imaginado, de una *mafia* de escritores. A estos posibles criterios habría que agregar el concepto de «horizon d'attente», es decir, el encuentro de un texto con la espera de valores de un público amplio en un momento dado de la historia. La crítica debería estudiar las relaciones entre las dos series de hechos, textual la primera, socioideológica la segunda. Así la reinterpretación del mito del paraíso perdido propuesta por *Cien años de soledad* correspondía tanto a la conciencia que muchos latinoamericanos tenían de su propio pasado como a la necesidad vital del hombre de arraigar su actuación en una tradición mítica, a pesar del empeño de las culturas dominantes del siglo XX para destruir los arquetipos antiguos. Construyendo su ficción sobre cimientos míticos, García Márquez «fija definitivamente el mito que intentaba crear desde su primer libro: el de la soledad humana, fuente de todos los espejismos y de todas las pesadillas»[35].

La fábula

Cien años de soledad es la crónica completa de Macondo confundida con la historia de la familia Buendía que fundó el pueblo. El patriarca, José Arcadio Buendía, marca la dinastía con el sello de la desmesura imaginativa y el delirio inventivo. Muchos años después de su muerte sigue rigiendo el destino preescrito de los Buendía. Dos descendientes suyos

de soledad"», en *La Cultura en México,* suplemento de *Siempre,* núm. 679, 29-VI-1966, pág. VII; reproducido en *García Márquez,* ed. de P. E. Earle, págs. 93-95. El primer capítulo de *Cien años de soledad* se había publicado —con no pocas variantes con respecto a la versión definitiva— en el «Magazín dominical» de *El Espectador* del 1 de mayo de 1966, págs. 8-10. Las revistas *Amaru* (Lima), *Eco* (Bogotá), *Diálogos* (México) y *Mundo Nuevo* (París) publicaron también adelantos de la novela.

[35] C. Couffon, en *Recopilación de textos sobre Gabriel García Márquez,* La Habana, Casa de las Américas, Serie Valoración Múltiple, 1969, pág. 236.

llegan a vislumbrar la historia secreta y pública de la familia, que bien podría ser la del mundo, tratando de descifrar los pergaminos escritos en clave por un gitano fabuloso, Melquíades. Entonces «comprendieron que José Arcadio Buendía no estaba tan loco como contaba la familia, sino que era el único que había dispuesto de bastante lucidez para vislumbrar la verdad de que también el tiempo sufría tropiezos y accidentes, y podía por tanto astillarse y dejar en un cuarto una fracción eternizada» (pág. 470)[36]. En su soledad, José Arcadio Buendía inicia esa larga meditación sobre Cronos, según reza el título que cristaliza en sus cuatro palabras el conjunto novelístico.

Su mujer, Úrsula, desafía el Tiempo por su longevidad. A lo largo de su vida centenaria, ve nacer y morir a los Buendía, presencia la fabulosa ascensión y la implacable caída de la estirpe. Prototipo de la mujer de sociedad clánica, mantiene las tradiciones familiares y hace que se las respete.

Uno de sus hijos, el coronel Aureliano Buendía, es un ser legendario. La muerte es su fiel compañera. Su mujer, Remedios, muere poco después de las bodas. Sus diecisiete hijos ilegítimos mueren todos asesinados, víctimas de una represión sangrienta dirigida contra la familia. Él mismo, jefe del partido liberal, «escapó a catorce atentados, a sesenta y tres emboscadas y a un pelotón de fusilamiento. Sobrevivió a una carga de estricnina en el café que habría bastado para matar un caballo» (pág. 200). Compartió el común destino solitario de la familia, se retiró y «vivió hasta la vejez de los pescaditos de oro que fabricaba en su taller de Macondo» *(íd.)*.

Dramas sin fin destrozan a los Buendía. El principal, el que estructura las peripecias, la tentación del incesto, obsesión de Úrsula, estraga los corazones y cuerpos de Amaranta y Aureliano José, de Aureliano, hijo de la segunda Remedios, y Amaranta Úrsula. Esta última pareja no resiste la atracción mutua y, según predijo la tatarabuela, de sus amores nace un niño con cola de cerdo, «el animal mitológico que había de poner término a la estirpe» (pág. 547).

---

[36] Las cifras que siguen las citas de *C.A.S.* remiten a la paginación de la presente edición.

Otras tragedias se acumulan: los celos de Amaranta para con Rebeca, su media hermana; las catástrofes provocadas por la belleza inhumana de Remedios, la bella; la milagrosa riqueza y la negra miseria de Aureliano Segundo, ... Cada miembro de la familia Buendía agrega su parte de soledad personal a la herencia de José Arcadio y, a la vez, reproduce el destino de un antecesor. La incansable repetición de los mismos nombres, generación tras generación, simboliza esa especie de metempsicosis: «Mientras los Aurelianos eran retraídos, pero de mentalidad lúcida, los José Arcadio eran impulsivos y emprendedores, pero estaban marcados por un signo trágico» (pág. 287).

Mientras nacen y mueren los Buendía, Macondo crece, se enriquece, se arruina y desaparece de la superficie terrestre. Al principio, era sólo «una aldea de veinte casas de barro y cañabrava construidas a la orilla de un río de aguas diáfanas que se precipitaban por un lecho de piedras pulidas, blancas y enormes como huevos prehistóricos» (pág. 81). La inteligencia y ánimo del fundador la transforman en un pueblo ordenado y trabajador que ha de integrarse en la vida de una nación. La instalación de un corregidor, representante del gobierno, es el primer signo de esa integración que señala también el fin de la era idílica.

Poco después, Macondo entierra a su primer muerto, el gitano Melquíades. Luego viene la Iglesia con el primer cura, el padre Nicanor Reyna. Los disturbios políticos alcanzan el pueblo: conservadores y liberales luchan por el poder; el coronel Aureliano Buendía emprende su fantástica marcha revolucionaria. Los progresos técnicos, que sedujeron al fundador, acarrean a su vez desgracias: «El inocente tren amarillo que tantas incertidumbres y evidencias, y tantos halagos y desventuras, y tantos cambios, calamidades y nostalgias había de llevar a Macondo» (pág. 332).

El pueblo no escapa de la expansión económica norteamericana, concretizada en la instalación de una compañía bananera. Un segundo Macondo se edifica, protegido, reservado a los nuevos dueños. La población autóctona, explotada, intenta rebelarse. La represión es alucinante: mientras los obreros en huelga se reúnen en una plaza, soldados los cercan y masacran.

La compañía bananera cierra sus puertas. Empieza la decadencia y el desmoronamiento de Macondo.

Hasta ahora el nivel de la realidad (casi) cotidiana. Pero fuerzas sobrenaturales, mágicas, fantásticas, desempeñan un papel esencial en la crónica de los Buendía y de Macondo. La fundación del pueblo es el resultado de la «aparición» a José Arcadio de un hombre que había matado. Melquíades no sólo escribe con cien años de anticipación la historia que leemos, sino que, además, revela a José Arcadio los misterios de la alquimia y de la reversibilidad del tiempo. La peste del insomnio y del olvido, así como la prodigiosa proliferación de animales que enriquece a Aureliano Segundo, pertenecen al dominio del mito. Fantasmas visitan a los personajes y guían sus pasos: José Arcadio «ve» a Prudencio Aguilar, el hombre que había matado en duelo; el espectro del mismo patriarca recorre la casa familiar y sigue gobernándola; Melquíades ayuda al último Aureliano en su empresa de desciframiento de los pergaminos. Se borra la distancia entre vida y muerte: los mundos de los vivos y de los muertos se comunican.

Como en la épica, la muerte del héroe va acompañada de fenómenos extraordinarios. Así durante el entierro de Úrsula «hubo tanto calor que los pájaros desorientados se estrellaban como perdigones contra las paredes y rompían las mallas metálicas de las ventanas para morirse en los dormitorios» (págs. 462-463). La lluvia de pájaros muertos es uno de los muchísimos componentes del bestiario fantástico y simbólico de *Cien años de soledad*. Otros son la nube de mariposas amarillas que rodea al enamorado de Remedios, la bella, y la invasión de hormigas rojas que precede a la destrucción definitiva de Macondo.

Desde la aparición de la novela sobreabundantes fueron los estudios críticos dedicados al examen de los elementos narrativos señalados, sus relaciones intra o contextuales. Particularmente reiterativos son los trabajos, apuntes, notas, análisis, digresiones y disquisiciones acerca del concepto del Tiempo en *Cien años de soledad*. Los críticos no se equivocaron: en todo rigor, el tema básico de la obra es el enfrentamiento del Tiempo cíclico, el de los grandes mitos (edad de oro, paraíso perdido...) y la cronología histórica. Por más que los Buendía repitan las mismas posturas, incurran en los mismos errores, reproduzcan las mismas locuras, sueñen los mismos delirios, nunca acabarán con Cronos. Reversibilidad y linealidad, mitos antiguos y sociedad moderna. Sólo el último Aureliano comprende que la Historia ha vencido. En el mismo momento en que descifra —y nosotros con él— las últimas líneas de los pergaminos de Melquíades, ve claramente «que todo lo escrito en ellos era irrepetible desde siempre y para siempre, porque las estirpes condenadas a cien años de soledad no tenían una segunda oportunidad sobre la tierra» (pág. 548).

La génesis de un mundo

Cien años de soledad es el resultado de un largo proceso de maduración y progresivo dominio de las técnicas y materia novelística que duró veintitrés años. De creer al autor, ya en 1944 había intentado cuajar sus obsesiones, demonios, experiencias juveniles en una novela que se hubiera titulado *La casa*:

> [...] escribí en ese momento un primer párrafo que es el mismo primer párrafo que hay en *Cien años de soledad*. Pero me di cuenta que no podía con el «paquete». Yo mismo no creía lo que estaba contando, me di cuenta también que la dificultad era puramente técnica, es decir, que no disponía yo de los elementos técnicos y del lenguaje para que esto fuera creíble, para que fuera verosímil. Entonces lo fui dejando y trabajé cuatro libros mientras tanto[37].

El título de la novela proyectada nos remite a un eje estructural de la ficción acabada: el espacio de «la casa de los Buendía». Éste es precisamente el título del primer texto conservado, publicado en junio de 1950, sobre la familia imaginaria del novelista[38]. La casa ya está minuciosamente descri-

---

[37] G. García Márquez y M. Vargas Llosa, *La novela en América Latina*, páginas 26-27.

[38] «La casa de los Buendía (Apuntes para una novela)», en *Crónica*, número 6, Barranquilla, 3-VI-1950, págs. 8-9. Ahora en *Textos costeños*, páginas 890-891.

ta y el personaje del coronel Aureliano Buendía aparece retratado con sus rasgos esenciales, nombre, apellido y grado militar. También estaba presente el ineludible sentimiento de soledad que agobia a los Buendía, mediante un proceso que iba a ser constante desde aquel entonces: la nominación significativa, simbólico-alegórica de los personajes. En *La casa de los Buendía*, la mujer del coronel se llama doña Soledad.

En otros «apuntes para una novela», aparecidos en *El Heraldo* de Barranquilla entre 1950 y 1951, se llena el cuadro del «pueblo» y se elabora la ambientación de la futura narración: ya conocemos a la pequeña Remedios, hija del coronel Aureliano Buendía, y a su hijo, Tobías (nombre eliminado de *Cien años de soledad*, pero que había servido en el cuento de 1961, *El mar del tiempo perdido*). Ya amanecen en el mundo seres que desconocen el tiempo, como la tía Rebeca, que siempre tuvo cincuenta y nueve años[39]. En los artículos de aquellos tiempos se espiga algún que otro detalle narrativo que integraría la novela grande[40] o la semilla de un tema obsesivo como el mítico niño con cola de cerdo[41]. También abundan las reflexiones del joven periodista sobre el arte de escribir novelas o las técnicas del relato que manejaría con suma destreza en *Cien años de soledad:* en julio de 1952 comenta de antemano un dato fundamental de su narrativa, la hipérbole[42].

Cuatro meses antes había incurrido en una doble y magnífica exageración:

[39] Véanse «La hija del coronel (Apuntes para una novela)», en *El Heraldo*, 13-VI-1950 *(Textos costeños*, págs. 351-353); «El hijo del coronel (Apuntes para una novela)», en *El Heraldo*, 23-VI-1950 *(Textos costeños*, págs. 366-367); «Apuntes», «Otros apuntes», «Apuntes», en *El Heraldo* de los días 9, 10 y 29 de enero de 1951 *(Textos costeños*, págs. 555-556, 557-558, 567-568).

[40] Así «Aquellos animalitos de caramelo» *(Textos costeños*, págs. 751-752) que Úrsula fabricará y venderá para mantener a la familia; la presencia de los circos («Hablando de circos», en *Textos costeños*, págs. 819-820) y de Francis Drake («Los piratas se volvieron locos», en *Textos costeños*, págs. 857-858), etc. Véase tambien Carmenza Kline, *Los orígenes del relato...*, Santafé de Bogotá, Ceiba ed., 1992, págs. 76-80.

[41] «Nostalgia de la cola», en *El Heraldo*, 22-II-1952 *(Textos costeños*, páginas 704-705).

[42] «Moraleja sin fábula», en *El Heraldo*, 23-VII-1952 *(Textos costeños*, páginas 795-796).

Había pensado escribir la crónica de este viaje [por la provincia de Valledupar], pero ahora dispuse reservar el material para «La Casa», el novelón de setecientas páginas que pienso terminar antes de dos años[43].

En realidad quince años más le fueron necesarios para acabar una novela de trescientas cincuenta páginas (impresas). Tanto tiempo le hacía falta para «saquear la realidad», domar sus «demonios personales», «históricos» y «culturales»[44], transformar las anécdotas familiares de su niñez en la crónica de los Buendía. Los primeros balbuceos de los «apuntes» van cambiándose en voz firme a partir de 1954, año de redacción del cuento *Un día después del sábado,* y de 1955, año de publicación de *Isabel viendo llover en Macondo*[45], así como de *La hojarasca,* textos donde se bautiza el pueblo ficticio[46].

---

[43] «Autocrítica», en *El Espectador. Magazín Dominical,* Bogotá, 30-III-1952, pág. 15 *(Textos costeños,* pág. 726). Para un estudio más detallado de la génesis de *Cien años de soledad,* véanse los artículos de Ángel Rama, «La iniciación literaria de Gabriel García Márquez», en *Texto crítico,* núm. 1, México, enero-julio de 1975, págs. 5-13, y «De cómo el joven García Márquez descubrió al coronel Aureliano Buendía y a la novela juntamente», en *El Nacional. Papel literario,* Caracas, 29-VIII-1976, págs. 1-2. En este último trabajo cita A. Rama un fragmento de una carta de GGM a un amigo donde «cuenta la novela, tal como era visualizada por el autor a nivel de 1950».

[44] Tomo las expresiones entrecomilladas de la insustituible tesis de M. Vargas Llosa, *op. cit.,* págs. 100-213, páginas a las que remito al lector interesado por las fuentes vitales, históricas y librescas de *C.A.S.*

[45] Citaré por la ed. de Buenos Aires, Ed. Estuario, 1969. Ya una primera versión del monólogo de Isabel apareció en 1952 bajo el título de *El invierno* (véase J. Gilard, prólogo a *Textos costeños,* pág. 29 y nota 46).

[46] El nombre del pueblo ya hubiera sido encontrado en 1949, fecha de composición de la primera versión de la primera novela de GGM. (Dasso Saldívar, *García Márquez,* págs. 210, 284-285) Lo tomó de la realidad «real», o sea, del nombre de una finca donde había estado alguna vez de niño, y decidió llamar así el lugar de su «novelón» (por entonces *La casa)* durante un viaje a Aracataca que hizo con su madre en 1950 según M. Vargas Llosa, *op. cit.,* pág. 36, aunque según nuestro novelista en la entrevista con el mismo Vargas Llosa debería de situarse el regreso a Aracataca en 1943, «cuando [...] tenía quince años» (G. García Márquez y M. Vargas Llosa, *op. cit.,* pág. 27); véase también Jaime Mejía Duque, *Ensayos,* La Habana, Casa de las Américas, 1980, pág. 161. En realidad, este viaje se hizo en marzo de 1952 (Dasso Saldívar, *García Márquez,* págs. 26 y 512-513, nota 37). Sobre el origen del nombre de Macondo, véase M. Vargas Llosa, *op. cit.,* pág. 104, nota 16 y Dasso Sal-

Según hemos visto, las criaturas y paisajes del mundo imaginario de García Márquez iban creciendo y perfilándose mejor novela tras novela y cuento tras cuento, mientras en estas obras anteriores a 1967, el escritor ensayaba procesos estilísticos y estructuras narrativas. De tal forma que una lectura que relacione elementos del relato con la totalidad de los textos anteriores[47] es posible y legítima. Esa aproximación pantextual[48] demuestra que lo que se ha llamado alguna vez «el milagro de 1965»[49] es mucho menos sorprendente de lo que afirma el propio novelista cuando lo cuenta:

> [...] mientras guiaba su Opel por la carretera de Ciudad de México a Acapulco, se le presentó íntegra, de un golpe, su lejana novela-río, la que estaba escribiendo desde la adolescencia: «La tenía tan madura que hubiera podido dictarle, allí mismo, el primer capítulo, palabra por palabra, a una mecanógrafa»[50].

Un biógrafo, prudente, comenta: «Real o ficticia, la anécdota forma parte de la leyenda»[51]. Permítasenos añadir que se parece

---

dívar, *García Márquez*, págs. 115-117. Llama la atención el hecho de que la experiencia de GGM parece reproducir —o anticipar— la de Juan Rulfo, quien confesó que un viaje al pueblo de su niñez, San Gabriel, le dio la clave de la escritura de *Pedro Páramo* y de Comala (véase Reina Roffé, *Juan Rulfo. Autobiografía armada*, Buenos Aires, Ed. Corregidor, 1973, pág. 60).

[47] E incluso posteriores, ya que, *v. gr.*, varios pasajes de *Crónica de una muerte anunciada* parecen ser «complementos» de *Cien años de soledad*, como traté de demostrar en el capítulo «Cronos devorado por sus hijos» de mi *Gabriel García Márquez, coetáneo de la eternidad*, Amsterdam, Rodopi, 1984, págs. 69-78.

[48] Sobre este concepto de lectura pantextual, véase mi libro citado en la nota anterior, pág. 60.

[49] M. Vargas Llosa, *op. cit.*, pág. 77, y O. Collazos, *op. cit.*, pág. 117.

[50] Ernesto Schóo, «Los viajes de Simbad García Márquez», en *Primera Plana*, V, núm. 234, Buenos Aires, 20/26-VI-1967, págs. 52-54, *apud* M. Vargas Llosa, *op. cit.*, pág. 77. Otra versión, menos anecdótica, del acontecimiento en *Notas de Prensa, 1980-1984*, pág. 340: «Una mañana de octubre de 1965, cansado de verme y no encontrarme, me senté frente a la máquina de escribir, como todos los días, pero esa vez no volví a levantarme sino al cabo de dieciocho meses, con los originales terminados de *Cien años de soledad*.»

[51] O. Collazos, *op. cit.*, pág. 119. Por otra parte, no hay acuerdo sobre la fecha de principio de la redacción: 'octubre de 1965', según el autor; 'enero de 1965', según M. Vargas Llosa; 'hacia mediados de julio' de ese año, según su puntual biógrafo, Dasso Saldívar, *op. cit.*, págs. 430-433.

demasiado a una versión modernizada del flechazo de la Musa dionisíaca —mito que acabamos de inventar— como para que sea verdadera, aunque tampoco puede ser del todo falsa: siempre llega el momento de la escritura para el escritor de verdad.

En septiembre de 1966, García Márquez ponía el punto final tras las desde entonces y para siempre famosas palabras: «las estirpes condenadas a cien años de soledad no tenían una segunda oportunidad sobre la tierra».

En junio de 1967, la Editorial Sudamericana de Buenos Aires lanzaba al mercado la primera edición de ocho mil ejemplares de este libro millonario acabado de imprimir el 30 de mayo.

Una apertura novelística ejemplar

A la última frase tantas veces citada de *Cien años de soledad* corresponde una apertura no menos digna de recuerdo:

> Muchos años después, frente al pelotón de fusilamiento, el coronel Aureliano Buendía había de recordar aquella tarde remota en que su padre lo llevó a conocer el hielo. Macondo era entonces una aldea de veinte casas de barro y cañabrava construidas a la orilla de un río de aguas diáfanas que se precipitaban por un lecho de piedras pulidas, blancas y enormes como huevos prehistóricos. El mundo era tan reciente, que muchas cosas carecían de nombre, y para mencionarlas había que señalarlas con el dedo (pág. 81).

Estas frases que, de creer a García Márquez, se escribieron en 1944, salen de la experiencia vital. En este caso preciso aluden a un episodio de la vida del abuelo materno del escritor, don Nicolás Márquez, y a un recuerdo de niñez:

> Él, en alguna ocasión, tuvo que matar a un hombre, siendo muy joven. Él vivía en un pueblo y parece que había alguien que lo molestaba mucho y lo desafiaba, pero él no le hacía caso, hasta que llegó a ser tan difícil su situación que, sencillamente, le pegó un tiro [...] se fue y fundó un pueblo, y lo que más recuerdo de mi abuelo es que siempre me decía: «Tú no sabes lo que pesa un muerto.» Hay otra cosa que no olvido jamás, que creo que tiene mucho que ver conmigo como escritor, y es que una noche me llevó al circo [...].

35

Recuerdo que, siendo muy niño, en Aracataca, donde vivíamos, mi abuelo me llevó a conocer un dromedario en el circo. Otro día, cuando le dije que no había visto el hielo, me llevó al campamento de la compañía bananera, ordenó abrir una caja de pargos congelados y me hizo meter la mano. De esa imagen parte todo *Cien años de soledad*[52].

Desde el punto de vista de la génesis de la obra, esta apertura corresponde al acta de nacimiento del novelista, a su impulso nuclear: escribir la biografía del coronel Aureliano Buendía[53]. Biografía ficticia que arranca no del nacimiento del biografiado, sino de su muerte pública. Pero ésa se averiguará que es falsa «algunas páginas después», como si la fundación del mundo creado se instalara desde un principio en lo imaginario. Y fuera del mundo narrado, fuera de la ficción al cuadrado, se coloca el narrador «omnisciente», modalidad narrativa propia de la biografía y de la crónica.

Desde su posición privilegiada, ese dios, exterior a los seres que echa a la vida, lo ve todo, lo sabe todo. Sabe cómo «muchos años después», su criatura, bautizada Aureliano Buendía, iba a recordar la tarde en que conoció el hielo. Con su mirada totalizadora, abarca todo lo que ocurre en la realidad ficticia y se encuentra ubicuamente en todos los puntos y dentro de todas las perspectivas de lo narrado, que todavía queda por narrar.

Lo común para él es relacionar hechos que ocurren o van a ocurrir, o ya ocurrieron, en lugares *(pelotón de fusilamiento/Macondo)* y tiempos *(Muchos años después/aquella tarde remota)* apartados uno de otro.

Ese narrador, dueño del Tiempo, Cronocrator, que, por lo tanto, es dueño de la novela, *ve* desde el momento de la escritura no sólo lo sucedido hace mucho tiempo (pasado remoto), sino también el futuro de este pasado (pasado reciente). «Coetáneo de la eternidad», el narrador domina per-

[52] G. García Márquez y M. Vargas Llosa, *op. cit.*, págs. 13-14, y *El olor de la guayaba*, pág. 36.
[53] Emir Rodríguez Monegal, «Novedad y anacronismo de *Cien años de soledad*», en P. G. Earle (ed.), *op. cit.*, pág. 123 (el artículo de E. Rodríguez Monegal apareció originalmente en *Revista Nacional de Cultura*, Caracas, XXIX, 1968, págs. 3-21).

manentemente la cronología de las peripecias, las ordena a partir del futuro *(Muchos años después)* hacia el pasado *(conocer el hielo).* Además, se permite ser conformista al usar el más manoseado clasicismo narrativo que cuenta las cosas *ab origine* e incluso, como aquí, desde la prehistoria.

Sin embargo, a la curiosidad del lector (real o implícito, como hoy se dice) le conviene examinar desde más cerca esa repartición del tiempo. ¿No tendrá ese narrador-dios algún sistema de ordenación, ya que para expresarse emplea secuencias discursivas bien ordenadas por su propia naturaleza?

El tecnócrata del relato observará que la apertura de *Cien años de soledad* se caracteriza por una doble anticipación:

1) *Frente al pelotón de fusilamiento* anticipa un episodio que el dueño del Tiempo nos contará mucho más tarde con toda precisión:

> Cuando el pelotón lo [= Aureliano Buendía] apuntó, la rabia se había materializado en una sustancia viscosa y amarga que le adormeció la lengua y lo obligó a cerrar los ojos. Entonces desapareció el resplandor de aluminio del amanecer, y volvió a verse a sí mismo, muy niño, con pantalones cortos y un lazo en el cuello, y vio a su padre en una tarde espléndida conduciéndolo al interior de la carpa, y vio el hielo (págs. 228-229).

Al introducir su propio tiempo en el del personaje, el narrador nos da una primera regla de lectura de *Cien años de soledad:* adaptar nuestro tiempo al suyo.

2) El conocimiento del hielo por Aureliano Buendía constituye la segunda anticipación narrativa de la primera frase. En efecto, el acontecimiento se puntualizará sólo al final del primer fragmento (págs. 99-101). El hielo se convierte, pues, en objeto central de la unidad de relato, aunque, paradójicamente, se sitúa en la periferia[54]. De ahí la fascinación que ejerce sobre lectores y críticos.

---

[54] «[...] un episodio no es contado verdaderamente de su comienzo a su fin, sino de alguna manera del centro a la periferia [...] Por ejemplo, la primera sección comienza con una prospección («Muchos años después»), atraviesa

un círculo cerrado versus no cerrado

Además cristaliza otro tópico/trópico de la organización textual de *Cien años de soledad:* la circularidad. La unidad narrativa termina donde comenzó.

Algunos críticos pretenden que el círculo cerrado sería el paradigma estructural también de toda la novela, o sea, que el principio anticiparía el final. Dejando a cada lector la libertad de interpretación, creo que entre el paisaje idílico del Macondo primitivo (segunda frase) y el viento apocalíptico que lo arrasa, hay una diferencia inmensa... o ínfima, la que corresponde a un círculo no cerrado del todo.

Notamos igualmente que el proceso de anticipación temporal se conjuga con el del hipérbaton narrativo[55], el cual integra a su vez la categoría cardinal de las metonimias. Consiste en presentar al lector una parte del episodio por narrar, o bien el episodio «pelado», sin causa ni consecuencia, o bien la sola consecuencia. El relato se encargará luego —a veces mucho después— de desarrollar la peripecia y sus consecuencias. El proceso crea, por supuesto, ambigüedades misteriosas, ambivalencias fantásticas y claroscuros ensoñadores.

En este momento preciso de la apertura novelística, el hipérbaton produce un efecto de sorpresa.

Sorprendente, la frase introductoria lo es no sólo por la forma, sino también por el contenido de los hechos relatados:

1. La violencia y muerte irrumpen *ex abrupto.*
2. Extraña el contexto en que se presenta el recuerdo del

---

rápidamente el momento que es designado como el objeto principal de la narración (el conocimiento del hielo), para sumergirse en una retrospección, el relato de todo lo que precedió este conocimiento. Este último relato ocupa, en efecto, la sección entera, pero como confluye en la escena del hielo, ésta recibe el papel de eje con relación al cual se organizan los momentos evocados, ya sean antecedentes o consecuentes.» (Tzvetan Todorov, «Macondo en París», en Peter G. Earle, ed., *op. cit.,* págs. 107-108 [este trabajo apareció primero en *Texto crítico,* IV, Xalapa, Veracruz, septiembre-diciembre de 1978, págs. 36-45].) Véase también un buen comentario de la primera frase de *C.A.S.,* en Michael Palencia-Roth, *Gabriel García Márquez. La línea, el círculo y las metamorfosis del mito,* Madrid, Gredos, 1983, págs. 64-67, y Julio Ortega, «La primera página de *Cien años de soledad»,* en *El punto de mira: Gabriel García Márquez* (Ana María Hernández, ed.), Madrid, ed. Pliegos, 1985, págs 137-149.

[55] Para la definición y análisis del concepto, véase M. Vargas Llosa, *op. cit.,* págs. 545-576.

conocimiento del hielo: ¿es verosímil que un hombre a punto de ser fusilado piense tan sólo en este momento como si fuese el más trascendente de su vida?; ¿es el hielo un objeto tan extraordinario como para colocarse en el mismo centro del episodio?

La técnica del hipérbaton narrativo contesta estas preguntas ramplonas, pero a medida que avancemos en nuestra lectura, nos percataremos de que la metamorfosis de un objeto común en sujeto extraordinario podría ser la segunda regla de la ley narrativa de *Cien años de soledad*.

También se podría decir, rebajando un tanto el efecto de sorpresa, que la dimensión espacio-temporal sitúa la novela en el pasado de un país tropical donde el hielo, cuando apareció, debió de acogerse como un milagro. Pero ni esta explicación simplista ni las más sofisticadas[56] interesan al lector de «primer grado», ni al «semiólogo» en este momento de apertura.

Más tarde podremos (el lector «ingenuo» y el «semiólogo») relacionar el *hielo* con los *espejos* que surgen en la novela (y por juego de palabras con los *espejismos)* y unen, otra vez, la primera frase con la última: «estaba previsto que la ciudad de los espejos (o los espejismos) sería arrasada por el viento y desterrada de la memoria de los hombres».

El propósito específico de la segunda frase de la apertura novelística es colocar la ficción en un espacio. Sin embargo, siguen abundando las referencias temporales, directas *(entonces, prehistóricos)* o mediatizadas (primitivismo de la aldea), confirmando que el Tiempo, junto con la Soledad, es el tema central de la novela, según ya quedaba indicado en el título.

Aquí, pues, se dibuja el espacio de Macondo, nombre inmediatamente dado como si fuera preexistente a la edifica-

---

[56] Por ejemplo, la de Graciela Maturo, *Claves simbólicas de García Márquez*, Buenos Aires, Fernando García Cambeiro, 1972, págs. 135-136, para quien el hielo simbolizaría a Cristo a través de operaciones alquímicas algo dudosas. Según Dasso Saldívar, *García Márquez*, pág. 61, se transpone aquí la aparición de los gitanos en la Arataca de 1909. Llegaron con el hielo adquirido en los barcos de la United Fruit Company.

ción de la aldea[57]. Por inversión del proceso normal que individualiza un lugar mediante un topónimo, se enuncia primero el nombre de Macondo que, en efecto, existió antes de ser «inventado» el espacio de esta novela (¿toda la novela?) es el producto de un sueño de su fundador (¿del escritor?):

> Preguntó qué ciudad era aquélla, y le contestaron con un nombre que nunca había oído, que no tenía significado alguno, pero que tuvo en el sueño una resonancia sobrenatural: Macondo (pág. 108).

Al Tiempo mítico en que la realidad ficticia se instala desde un principio corresponde, pues, este espacio «sobrenatural» descrito con toda precisión en esta frase de escritura tan diáfana como el agua del río. El vocablo *aldea* remite a una civilización pastoril, agrícola, idílica, adánica, anterior a las formaciones sociales jerarquizadas y sistemas de gobierno y poder[58]. La exactitud numérica —*veinte casas*— confirma el «corto vecindario» de la aldea primitiva e introduce un proceso de minuciosidad cifrada que tiende a autenticar la realidad de lo narrado. Pero así como el exceso de pruebas y argumentos abruma la verdad, la acumulación de guarismos y algoritmos en *Cien años de soledad* acabará destruyendo el efecto de realidad que pretendía instaurar. La plétora numérica participa ya del humor[59], ya del simbolismo de la novela, interpretaciones que no necesariamente convienen a este número de apertura.

El narrador dice bien *casas de barro y cañabrava* (no, *v. gr.*, *cabañas*) contrastando el término que designa la vivienda con

---

[57] Así también el nombre del protagonista, Aurelio Buendía, nos fue dado a conocer sin mediación alguna, por ejemplo la de un retrato.

[58] El Diccionario de la Real Academia Española de la Lengua define *aldea* como «Pueblo de corto vecindario y, por lo común, sin jurisdicción propia».

[59] Véase Carmelo Gariano, «El humor numérico en *Cien años de soledad*», en Peter G. Earle, ed., *op. cit.*, págs. 158-168 (trabajo publicado primero en *Hispania*, LXI, 1978, págs. 443-450). C. Gariano no comenta nada sobre estas «veinte» casas de la aldea primitiva.

lo elemental de los materiales empleados. Lo que así se obtiene es un anacronismo (o a-cronismo), proceso también recurrente en *Cien años de soledad*[60].

La colocación de esas casas *a la orilla de un río* trasciende la mera indicación topográfica. Remite a una especie de constante histórico-mítica sobre los orígenes de las ciudades de los hombres, que casi siempre buscaron establecerse permanentemente a orillas de un río (o mar). La referencia a esa actitud fundamental de los «constructores de imperios» es tanto más válida cuanto que se piensa en el espacio latinoamericano donde los españoles trataron de instalar sus colonias «a orillas de un río» (o mar) sustituyendo, en muchos casos, «aldeas» indígenas. Éste es el primer indicio textual que nos lleva a interpretar, con muchísimos lectores y críticos, a Macondo como una enorme metáfora de América Latina. Aún más, si se considera la fundación del pueblo ficticio como la re-escritura del inmenso *corpus* textual que trata de la génesis del mundo o del relato particular del *Génesis* bíblico[61], Macondo es nada menos que el universo.

El largo determinativo *de aguas diáfanas que se precipitaban por un lecho de piedras pulidas, blancas y enormes* completa la descripción reforzando el primitivismo del lugar: el río de Macondo de los orígenes es un torrente salvaje, indomado. Sobre todo se subraya su condición de limpieza, de pureza, de superficie intocada. Es Macondo aquella «región más transparente del aire», inocente y sencilla, aquel mundo sin pecado del paraíso terrenal antes de la caída.

La comparación *como huevos prehistóricos* apunta hacia lo mismo: no explica nada, no aclara nada al nivel denotativo/informativo, no ayuda a imaginar mejor la forma de las piedras del río. (¿Quién ha visto un huevo prehistórico?)

[60] Proceso analizado e interpretado por, entre otros, E. Rodríguez Monegal, art. cit., y Ricardo Gullón, *García Márquez o el olvidado arte de contar*, Madrid, Taurus, 1973³, págs. 32-33.

[61] «En gran medida, *Cien años de soledad* está enmarcada dentro de una concepción bíblica, comenzando, como es lógico, por el surgimiento del mundo [...]» (Reinaldo Arenas, «En la ciudad de los espejismos», en Peter G. Earle, ed., *op. cit.,* pág. 151 [primera publicación en *Casa de las Américas*, número 48, mayo-junio de 1968, págs. 134-138].)

Sólo tiene sentido si la vinculamos con la serie de rasgos semánticos que señalan el nacimiento de un mundo. El adjetivo *pre-histórico* lo declara explícitamente mientras el sustantivo *huevo* nos aleja aún más de nuestro tiempo, nos acerca a la semilla del viaje *à rebours* al que nos invita la novela, nos desvela los albores de la creación. El mundo era entonces tan nuevo que realmente todavía estaba germinando. Se impone aquí la descodificación simbólico-mítica, otra vez:

> Lo esférico es el huevo, el Huevo Mundo filosófico, el núcleo del comienzo y el germen del cual, como nos enseña la humanidad, siempre proviene el mundo. También es el estado perfecto en el cual los contrarios se unen: el comienzo, porque los contrarios todavía no han sido separados y el mundo todavía no ha comenzado; el fin, porque en él los contrarios otra vez han sido reunidos sintéticamente y el mundo está otra vez en paz[62].

La misma estructura fraseológica convoca la interpretación simbólico-mítica. La descripción del espacio ficticio viene enmarcada por dos elementos no descriptivos: el nombre de la aldea, *Macondo,* y la comparación, *como huevos prehistóricos,* sin valor denotativo, elementos que nos trasladan hacia otros mundos, el de los sueños y el de los arquetipos del inconsciente colectivo, el de lo imaginario y el de las raíces profundas, ocultas, misteriosas de la humanidad. Es así como desde el principio, la narración hace que las coordenadas más fundamentales, primordiales del mundo físico, el tiempo, el espacio, estén penetradas, turbadas, subvertidas por la surrealidad, sus ensueños y monstruos antediluvianos, su locura y libertad suprema.

En esta apertura tan «transparente», tan parca, tan económica en medios expresivos, sorprende la insistencia sobre la

---

[62] Erich Neumann, *Ursprungsgeschichte des Bewusstseins,* Zürich, Rascher Verlag, 1949, págs. 22-23, citado y traducido por M. Palencia-Roth, *op. cit.,* pág. 73. También podrían conectarse esos *huevos prehistóricos* con el huevo alquímico, símbolo de la Obra Grande, unión del azufre y del mercurio, de donde nace el *homunculus,* el niño alquímico. Este dato no debe olvidarse cuando se aluda en el texto a los «poderes del *huevo filosófico*» (pág. 118).

novedad del mundo descrito (Macondo, América Latina, el universo). Ahora bien, si acudimos a la definición clásica del mito en tanto «relato explicativo de los orígenes», advertimos que el principio de *Cien años de soledad* re-escribe los mitos cosmogónicos y, como ya se ha sugerido, es un *homologón* de los primeros capítulos del *Génesis* bíblico. Re-escritura sólo posible por un dios (el narrador) que da vida primero, lengua luego, a sus criaturas. De hecho, el mundo de los orígenes carece de lenguaje articulado y se caracteriza por un sistema semiológico esencial, próximo al de la animalidad. En este momento de la creación, el hombre no es todo un hombre, ni siquiera ha pasado por la fase de la reificación lingüística de lo real, donde nombrar una cosa era poseerla. El Macondo primitivo todavía está en la preparación de esta etapa de adquisición del lenguaje: *muchas cosas* (no todas) *carecían de nombre.*

Nombrar, saber, es dominar, gobernar. La mención del sistema semiológico primitivo *(señalarlas con el dedo)* no sólo sirve para poner de manifiesto el esquema cronológico del principio de la narración, sino que introduce una primera meditación sobre las relaciones que se tejen entre Palabra y Poder en el umbral de la novela.

Fundar una ciudad, una nación, un imperio, es enseñar y aprender (aprender enseñando) un lenguaje. Recuérdese lo de Nebrija: «Siempre la lengua fue compañera del imperio y de tal manera lo siguió.» Pero los momentos de crisis (sociales, morales) revierten el proceso de adquisición lingüística: se pierde el sentido de las palabras y hasta el valor de los símbolos que las representan (o sea, las letras), los cuales a su vez figuran las cosas. La señal de alarma para una colectividad se advierte cuando ésta olvida su lengua, la de los orígenes. Tal es el último sentido de la Peste del insomnio y del olvido (págs. 136-139), episodio que, además, ilustra el principio de circularidad incompleta que estructura la novela. Circularidad, sí, ya que por la Peste, Macondo vuelve a la fase prelingüística de la indicación gestual de las cosas. E incompleta, ya que, al fin y al cabo, el lenguaje se recuperará, y con él la cohesión social.

Sin embargo, la ley de la evolución (nacimiento, desarrollo, muerte, renacimiento, ...), válida para los seres creados, no lo es para el creador. Es así como Macondo fue nombrado antes que descubierto. Es así como para el novelista el nombre puede preceder a la esencia y la existencia. Es así como para el lector, descubridor y conquistador y colonizador del continente textual, la cosa (el mundo en que le tocó vivir) está en espera de escritura. Y la cosa aquí puede ser la Historia, la de América Latina: sabido es que para los españoles que se adentraron en el espacio americano, «el mundo era tan reciente, que muchas cosas carecían de nombre, y para mencionarlas había que señalarlas con el dedo».

* * *

La extensión del comentario sobre esta apertura novelística quizá se debe a que quise conformarme con una de las reglas imposibles de respetar, que rigen el género académico de la «Introducción»: ofrecer al lector datos que posibilitan la interpretación sin estropearle de antemano el placer de la lectura.

A la verdad, el prologuista de *Cien años de soledad* podría pararse aquí: en las primeras frases ya están concentrados los núcleos de la narración y la sustancia medular de sus contenidos. Ya se han descubierto los ejes organizadores del relato. Como bien escribió Joaquín Marco, quien por primera vez «introdujo» la obra: «En este comienzo, en el que según confiesa se debatió el autor durante años, aparece ya resuelta la concepción general de la novela»[63].

O sea, que un análisis de la novela en su totalidad o de uno de sus episodios repetiría forzosamente las mismas palabras clave que sirvieron para el comentario de su inicio.

Para resumir: *Cien años de soledad* se da como una recreación de anécdotas familiares (los «demonios personales» de M. Vargas Llosa) a las que se suman el «equipaje» cultural del autor y la re-escritura de textos que conformaron su personalidad literaria (en el caso de la apertura, los relatos cosmogónicos y el *Génesis* bíblico).

---

[63] Joaquín Marco, «Estudio introductivo» a Gabriel García Márquez, *Cien años de soledad*, Madrid, Espasa-Calpe, Selecciones Austral, núm. 100, 1983[6], pág. 25.

44

El edificio ficticio que se construye a partir de estos materiales básicos es obra de un narrador aparentemente «clásico»: el «omnisciente» de la novela decimonónica, el cuentista de la tradición oral, el cronista de la historia medieval, el reportero de la prensa moderna. Pero este narrador echa mano de todos los recursos del proceso y los lleva hasta las más extremas consecuencias. Sabiéndolo todo, está simultáneamente en todas las partes de su creación y dispone del Tiempo, de sus divisiones arbitrarias, de su fluir continuo o circular, como de los naipes de una baraja. Su libertad de principio frente a Cronos le da permiso para incurrir en juegos de perspectivas temporales que serían «pecados» en el relato clásico: anacronismos, anticipaciones, hipérbatos narrativos organizan el mundo imaginario, integrándose en la figura estructural clave, el círculo no cerrado o, si se prefiere, la «rueda giratoria»[64] que acaba por detenerse.

Esa misma condición de libertad —bajo control y palabra, bajo control de la palabra— y distanciamiento con respecto a lo narrado le permite al narrador invertir o revertir los materiales de la ficción: episodios, personajes, frases y funciones narrativas se reflejan en esta novela como los objetos en el espejo, se repiten al revés, son y no son la misma cosa.

Así nos iremos acostumbrando paulatinamente a la metamorfosis de objetos sin cualidades en entidades portentosas, maravillosas, mágicas (y al revés). El viaje por el texto ficticio de García Márquez es, por tanto, una travesía, que se hace con toda la naturalidad posible, de las capas de realidad que nos constituyen como hombres: de la cotidianidad a lo sobrenatural, de la corporeidad a lo fantástico, de las evidencias elementales a lo esotérico[65].

---

[64] R. Gullón, *op. cit.*, pág. 21. Para una minuciosa reconstitución de la cronología lineal de la novela, que sólo peca por una desmenuzadora lógica autoritaria, véase Agustín F. Seguí, *La verdadera historia de Macondo*, Frankfurt, Vervuert, 1994, págs. 67-116.

[65] Jaime Mejía Duque, *op. cit.*, pág. 152, circunscribe con acierto el lugar de lo irreal en *Cien años de soledad*: «Lo irreal aquí no es lo que el autor inventa, sino el anacronismo histórico latinoamericano *en presencia* decidiendo la fisonomía y el tono de esas invenciones.»

En *Cien años de soledad* se juega el destino del mundo y de los hombres, se enfrentan, complementan y destruyen mutuamente las dos grandes categorías referenciales que lo estructuraron, estructuran y estructurarán desde los tiempos de los «huevos prehistóricos» hasta el gran «viento» final: el Mito y la Historia[66].

La mitología que se inventaron los Buendía y la Historia que sufrieron son nuestro común patrimonio. La Sagrada Escritura que nos lo transmite, los pergaminos de un gitano prodigioso, no hace ninguna diferencia entre el planeta, América Latina, Colombia, Macondo-Aracataca. En su espacio de fábula están contenidos, cristalizados, todos los espacios.

El poder de la Palabra, la palabra del Poder

Ya lo advertimos, *Cien años de soledad* fue acogida por un concierto casi unánime de elogios desde su aparición. Sólo este sector de la crítica que tiene un concepto «activista» de la creación literaria se atrevió a reprocharle a García Márquez, aunque generalmente con moderación, una falta de compromiso, una carencia ideológica en ésta como en las demás ficciones. Sin discutir el hecho de que aquella exigencia sea quizá irrelevante y valga como pedirle peras al olmo, sorprende el reproche a quien no se contenta con la aproximación superficial de los enunciados inmediatos. Y al que se contenta, sorprende también por la cantidad de episodios que si no son una llamada directa a la denuncia y protesta —como en tantas novelas hispanoamericanas de los años 30 a 50 a cuya estructuración se opone precisamente la generación literaria del escritor colombiano—, sí suscitan la reflexión indignada en el lector. Tengo con Joaquín Marco que «constituiría un craso error entender la novela como un relato marginal a la conciencia histórica»[67]. Asimismo Ángel Rama había visto con su agudeza acostumbrada que:

[66] Sobre el tema, con nuevas perspectivas basadas en Rabelais y Bajtín, véase Luis Beltrán Almería, «La revuelta del futuro: mito e historia en *CAS*», en *Cuadernos hispanoamericanos*, núm. 535, enero 1995, págs. 23-38.

[67] J. Marco, *op. cit.*, pág. 48, nota 40.

De cierto modo, en su chisporroteante contar anécdotas sobre la vida latinoamericana, hilvanando esas absurdas y grotescas historias con las cuales se teje su historia conocida, pretende evidenciar [García Márquez] el funcionamiento propio, disparatado y casi guiñolesco de la vida de su país y de tantos otros países del continente, como el dato veraz que deviene piedra de toque con que probar la veracidad de su nuevo narrar[68].

El pasaje que probablemente suscitó más comentarios sobre la relación entre la historia colombiana y la ficción es, por su carácter de evidencia deslumbrante, el de la represión sangrienta de la huelga de los trabajadores de la compañía bananera (págs. 417-430). El mismo García Márquez indicó que se trataba de la transposición de un acontecimiento histórico[69]: la huelga de 1928 dirigida contra la United Fruit Company, que paralizó toda la zona bananera de la costa atlántica colombiana:

Este año se había fundado en Colombia, luego del tercer Congreso obrero nacional, un Partido Socialista Revolucionario. La huelga del año 1928 quedaría grabada en la memoria de toda la región, por la ferocidad con que fue reprimida por el ejército. Un decreto expedido por el Jefe Civil y Militar de la provincia, general Carlos Cortés Vargas, declaró «malhechores» a los huelguistas y autorizó al ejército a intervenir. La matanza se llevó a cabo en la estación de ferrocarril de Ciéna-

[68] Ángel Rama, «Un novelista de la violencia americana», en *Recopilación de textos sobre G. G. M.*, cit., pág. 69. El texto citado figura en un artículo de Á. Rama titulado «Introducción a *Cien años de soledad*», cuya primera referencia es: *Marcha*, XXIX, núm. 1.368, 2-IX-1967, pág. 31. Véase también O. Collazos, *op. cit.*, págs. 139-140: «El tiempo histórico de las guerras [promovidas por el coronel Aureliano Buendía] es perfectamente verosímil y la historia de Colombia, en sus grandes trazos anecdóticos, confirma que García Márquez no hizo otra cosa que sacar de allí los datos de su ficción. Introducidos en el inmenso universo de la ficción, estos datos adquieren un significado nítido y trágico»; consúltense Lucila Inés Mena, *La función de la historia en «Cien años de soledad»*, Barcelona, Plaza & Janés, 1979, y José Luis Méndez, *Cómo leer a García Márquez: una interpretación sociológica*, Río Piedras, Editorial de la Universidad de Puerto Rico, 1989, págs. 104 y ss.

[69] G. García Márquez y M. Vargas Llosa, *op. cit.*, págs. 23-24.

ga, donde los huelguistas fueron ametrallados. Murieron muchos y luego se diría que la cifra de víctimas se elevó a centenares o a miles[70].

Al transformar la masacre del 6 de diciembre de 1928 en episodio de ficción, García Márquez la acuña con su marca personal, su sello inconfundible que remata en la conclusión:

> La versión oficial, mil veces repetida y machacada en todo el país por cuanto medio de divulgación encontró el gobierno a su alcance, terminó por imponerse: no hubo muertos, los trabajadores satisfechos habían vuelto con sus familias, y la compañía bananera suspendía actividades mientras pasaba la lluvia [...] «Seguro que fue un sueño», insistían los oficiales. «En Macondo no ha pasado nada, ni está pasando ni pasará nunca. Este es un pueblo feliz.» Así consumaron el exterminio de los jefes sindicales (pág. 426).

Sobre Macondo se abate una nueva forma de la peste del olvido. Las fuerzas de la represión corren un tupido velo sobre el exterminio organizando la versión oficial de los acontecimientos: «En Macondo no ha pasado nada.» La capacidad de imponer el silencio y el discurso que sustituye la verdad histórica es la unidad de medida del poder en una sociedad violenta. La violencia del poder siempre es semántica: masacrar a los rebeldes no sirve para nada si no se mata a la vez la crónica de la masacre.

Renunciar al poder o perderlo es refugiarse en el silencio, perder la palabra. Ejemplar al respecto resulta la trayectoria revolucionaria del coronel Aureliano Buendía. Quien «llegó a ser comandante general de las fuerzas revolucionarias, con jurisdicción y mando de una frontera a la otra, y el hombre más temido por el gobierno» (pág. 200), cuando se da cuenta de la inutilidad de sus guerras, se encierra en su taller de or-

---

[70] M. Vargas Llosa, *op. cit.*, págs. 17-18. Sobre la relación entre realidad histórica y ficción, con un relato pormenorizado de los acontecimientos de la «realidad real», véanse Lucila Inés Mena, «La huelga de la compañía bananera como expresión de lo "real maravilloso" americano en *Cien años de soledad*», en *Bulletin Hispanique*, LXXIV, núms. 3-4, 1972, págs. 379-405, y C. Kline, *op. cit.*, págs. 154-167.

febrería de Macondo y se dedica a la fabricación vana de pescaditos de oro. Quien conoció la soledad del poder, simbolizada por el círculo de tiza que hacía trazar alrededor suyo, decide terminar su vida en la incomunicación, en la soledad del silencio, en los gestos y sueños que se repiten sin sentido, así como de tanto repetirse, las palabras pierden su significado.

El mismo imperialismo norteamericano comienza con la imposición, en la novela, de un lenguaje dominante, más esotérico que el de los mitos y tradiciones herméticas, la jerga de la ciencia moderna:

> Con la incrédula atención de un comprador de diamantes [Mr. Herbert] examinó meticulosamente un banano seccionando sus partes con un estilete especial, pesándolas en un granatorio de farmacéutico y calculando su envergadura con un calibrador de armero. Luego sacó de la caja una serie de instrumentos con los cuales midió la temperatura, el grado de humedad de la atmósfera y la intensidad de la luz.
> [...] El miércoles llegó un grupo de ingenieros, agrónomos, hidrólogos, topógrafos y agrimensores [...] (págs. 335-336).

Antes de desaparecer de Macondo, haciendo desaparecer físicamente a los trabajadores, la compañía bananera había proclamado la inexistencia legal de éstos. El discurso terrorista del Derecho, aquel «delirio hermenéutico», les había matado previamente:

> Fue allí [en los tribunales supremos] donde los ilusionistas del derecho demostraron que las reclamaciones carecían de toda validez, simplemente porque la compañía bananera no tenía, ni había tenido nunca, ni tendría jamás trabajadores a su servicio, sino que los reclutaba ocasionalmente y con carácter temporal. De modo que [...] se estableció por fallo de tribunal y se proclamó en bandos solemnes la inexistencia de los trabajadores (pág. 417).

Cien años de soledad convoca, pues, desde el principio, como vimos, la reflexión sobre el problema fundamental de la vida social de los hombres, sobre la misma esencia del poder, la Palabra inventada, y los métodos que utiliza para imponerse y mantenerse en circunstancias históricas determinadas, la Palabra impuesta, el discurso que domina, oculta y mata otros discursos. Esta dialéctica del Poder y de la Palabra ya había alucinado a los lectores —entre ellos García Márquez— de *El Gran Burundún-Burundá ha muerto* (1952) de Jorge Zalamea. Su rastro se sigue desde el cuento que da el título a la colección *Los funerales de la Mamá Grande* hasta *Del amor y otros demonios* pasando por *El general en su laberinto*.

Ahora bien, el lector tiene que preguntarse si entre él y la fábula no se traba una misma especie de relación de dependencia. Embelesado, embrujado, atontado por las aventuras tropicales de los Buendía —que son entes de palabras—, puede quedar dominado por la narración. Entre el poder de la palabra de un narrador omnisciente, es decir, omnipotente, y la palabra del Poder autoritario, ¿no existirá alguna connivencia? De ser positiva la respuesta, *Cien años de soledad* reforzaría las estructuras sociales que el propio autor denuncia en su actuación cívica y en su obra ensayística. ¡Tremenda acusación! No obstante, se trataría de una contradicción no tan rara que la sociocrítica desvela con frecuencia.

La misma forma de narrar la crónica de Macondo disuelve la contradicción: bien puede el narrador adelantar o retrasar el relato de las peripecias, pero no nos oculta nada como lo haría la palabra del Poder. Nunca me arrincona a mí, lector, en el cuarto del silencio. A lo sumo me encierra en el cuarto de Melquíades donde quedan depositados los pergaminos que, si bien cifrados, codificados, acaban hablando. Y su habla, transmitida por la novela, nos enseña claramente que los esfuerzos del Poder para sembrar la peste del olvido no sirven para nada. La palabra olvidada siempre se recupera. Siempre surge un último Aureliano para gritar:

> Que el coronel Aureliano Buendía hizo treinta y dos guerras civiles y las perdió todas [...] Que el ejército acorraló y ametralló a tres mil trabajadores, y que se llevaron los cadáveres para echarlos al mar en un tren de doscientos vagones (pág. 538).

El último narrador de *Cien años de soledad* no es Melquíades, sino el que descubrió la clave de la traducción que hizo

Aureliano Babilonia y la puso por escrito de tal forma que la ciudad de los espejos no fuera «desterrada de la memoria de los hombres». La libertad del lector queda implicada en la del transcriptor de la crónica de Macondo, quien por el mismo hecho de copiarla salvó a los Buendía de la peste del insomnio y no nos deja, ni deja al Poder, dormir tranquilo por la calidad de su Palabra. Como hijo incestuoso pero legítimo del traductor de Cide Hamete Benengeli, historiador arábigo, nos hace vislumbrar:

> Una nueva y arrasadora utopía de la vida, donde nadie pueda decidir por otros hasta la forma de morir, donde de veras sea cierto el amor y sea posible la felicidad, y donde las estirpes condenadas a cien años de soledad tengan por fin y para siempre una segunda oportunidad sobre la Tierra[71].

---

[71] G. García Márquez, «La soledad de América Latina», véase nota 26. La alusión a la estirpe cervantina de la obra de García Márquez no es casual: véanse su reescritura de un episodio del *Quijote*, «La libranza del pollino», en *La Cervantiada*, ed. Julio Ortega, México, 1992, págs. 251-253, y el capítulo «Autores *traduttori traditori: Don Quijote* y *Cien años de soledad*» de mi libro *Historias cruzadas de novelas hispanoamericanas*, págs. 92-108.

Esta edición

«Siempre leo las pruebas por precaución, pero en *Cien años de soledad* los editores me autorizaron para cambiar todo lo que quisiera y sólo cambié dos palabras»[72].

«[...] me alarma [...] que nadie haya señalado una sola de las cuarenta y dos contradicciones que yo mismo he descubierto después de publicar el libro, ni los seis errores graves que me señaló el traductor italiano y que no he de corregir en las reimpresiones ni en las traducciones, porque no sería honrado»[73].

Esas dos declaraciones de García Márquez —si bien la segunda parece teñida del humor numérico de su ficción— confirman la validez filológica de la edición original de *Cien años de soledad* (Buenos Aires, Editorial Sudamericana, 1967), base de todas las reimpresiones, ediciones posteriores y traducciones. Se trata de una edición muy cuidada desde el punto de vista tipográfico: no necesita, pues, intervenciones de un «corrector» de erratas[74], sino mínimas.

Que yo sepa, las contradicciones y errores mencionados, de existir realmente, no han sido corregidos. De acuerdo con los deseos del autor, los dejaremos también, ... si los encontramos. Descubrirlos puede convertirse en un atractivo nuevo para el lector[75].

---

[72] M. Fernández-Braso, *op. cit.*, pág. 68.

[73] *Ibíd.*, pág. 115.

[74] Esa edición original tiene 351 páginas. La portada ilustra el episodio del galeón encallado en la selva. En las tiradas posteriores fue sustituida por la hermosa portada simbólica —con la E invertida de SOLƎDAD— de Vicente Rojo. Sobre la historia de las dos portadas, véase Dasso Saldívar, *op. cit.*, págs. 453-454.

[75] Agustín F. Seguí, *op. cit.*, págs. 116-125, señala unas cuarenta inexactitudes narrativas corrigiendo a su vez los errores de críticos anteriores, sobre todo de María Eulalia Montaner, *Guía para la lectura de «Cien años de soledad»*, Madrid, Castalia, 1987.

Nota a la octava edición

Esta nueva edición de *Cien años de soledad* no difiere en sus propósitos de la quinta, última de las que revisé y puse al día. En cambio, he tratado de precisar el alcance informativo de la introducción y retocado alguna que otra nota explicativa. Abulté un tanto aquélla integrando nuevos datos bibliográficos. En cuanto a las notas de pie de página, holgaría recordar que no pretenden ser exhaustivas si una crítica, al parecer, no me lo hubiera reprochado. Haciendo un recuento preciso de los americanismos anotados, no cabe duda de que muchísimos faltan. Las notas explicativas a una edición de un texto contemporáneo tienen que corresponder a su función: una discreta ayuda al lector ahorrándole la consulta de diccionarios y obras de referencia. Tampoco quisiera que se me eche en cara «la manía interpretativa [la cual] termina por ser a la larga una nueva forma de ficción que a veces encalla en el disparate» (García Márquez, *Notas de prensa, 1980-1984,* pág. 54).

La «Bibliografía selecta» incluye títulos publicados desde 1994 y otros anteriores que no me habían llegado en aquella fecha.

Agradezco a los lectores atentos que me hayan comunicado sus observaciones sobre los olvidos y deslices de las ediciones anteriores. Espero que el diálogo continúe...

Nota a la novena edición

La octava edición se publicó en 1997 con cambios y aña-
didos sustanciales con respecto a las anteriores. En esta no-
vena, los retoques son más leves pero tienen el propósito de
todas las puestas al día de una obra crítica: eliminar errores y
mejorar la calidad informativa del trabajo teniendo siempre
en la mente al aforismo de Borges sobre la inexistencia de un
«texto definitivo».

Bibliografía selecta

Esta bibliografía sólo pretende ser una ayuda de emergencia para los estudiantes que desean (en el mejor de los casos) o deben (en el peor) presentar un trabajo sobre *Cien años de soledad*.

Es doblemente selecta: nos limitamos estrictamente a la bibliografía de y sobre la novela que sigue; no podemos ocultar la arbitrariedad de la bibliografía pasiva. Mencionamos los estudios que nos parecieron de interés en la perspectiva de una «ayuda de emergencia» y tan sólo los que llegaron a nuestro conocimiento. Los críticos de García Márquez que no figuran en las páginas siguientes no deben sentirse excluidos ni marginados por este bibliógrafo. Muy al contrario, éste les autoriza a echarle la culpa a él, a su mala memoria y a su falta de paciencia para reunir cuantas publicaciones hay sobre *Cien años de soledad*.

El lector curioso o el investigador que precisa una información exhaustiva consultarán las bibliografías registradas en el apartado 3.

EDICIONES DE «CIEN AÑOS DE SOLEDAD»

Cien años de soledad, Buenos Aires, Editorial Sudamericana, 1967.
— De esta edición se sacaron todas las posteriores en la misma editorial. En 1976, se había alcanzado la 46 ed. y vendido más de 2.000.000 de ejemplares. La misma fue publicada en Barcelona, Edhasa, 1968, «por cuenta y orden de Editorial Sudamericana».
Cien años de soledad, Barcelona, Plaza & Janés, 1975.
Cien años de soledad, estudio introductorio: «Gabriel García Márquez y sus *Cien años de soledad*», por Joaquín Marco, Madrid, Espasa-Calpe, Selecciones Austral, núm. 100, 1982.

— De esta edición se habían publicado seis reimpresiones en diciembre de 1983.

Cien años de soledad, Madrid, Alfaguara, «Biblioteca García Márquez», 1982.

Hay dos ediciones cubanas:

La Habana, Casa de las Américas, Col. Latinoamericana, 1968.

La Habana, Editorial Huracán, Instituto del Libro, 1969.

— Al celebrarse el 30 aniversario de la novela, se estimaba que 25 millones de ejemplares se habían vendido, a los cuales habría que sumar unos 5 millones de las ediciones piratas *(El País,* ed. internacional, 17-III-1997, pág. 18).

Se consultará también la traducción italiana de *Cent'anni di solitudine* incluida en el vol. I de Gabriel García Márquez, *Opere*, Milán, Arnoldo Mondadori, 1989, por la introducción de Cesare Segre y la cronología (págs. XXXI-XXXVIII), notas (págs. 1000-1007) y bibliografía (págs. 1011-1022) «a cura di Rosalba Campra».

TRADUCCIONES[1]

Francés:
Cent ans de solitude, tr. Claude et Carmen Durand, París, Seuil, 1968.

Italiano:
Cent'anni di solitudine, tr. Enrico Cicogna, Milán, Feltrinelli, 1968.

Portugués:
Cem anos de solidão, tr. Elaine Zagury, Río de Janeiro, Sabia, 1969.

Noruego:
Hundre ars ensomket, tr. Kjell Risvik, Oslo, Gyldendel, 1969.

Inglés:
One Hundred Years of Solitude, tr. Gregory Rabassa, Nueva York/Londres, Harper & Row/J. Cape, 1970.
One Hundred Years of Solitude, tr. Gregory Rabassa, Nueva York, Avon Books, 1971.

Catalán:
Cent anys de solitud, tr. Avelií Artis Gener, Barcelona, Edhasa, 1970.

---

[1] En 1997, *Cien años de soledad* había sido traducida a 37 o 38 idiomas.

Búlgaro:
Sto godini samota, tr. Rumen Stojanov, Sofija, Nar. Kultura, 1971.

Croata:
Sto let samote, tr. Alenka Bole-Vrabec, Ljubljan, Kladiuska Krjiga, 1971.

Checo:
Sto rokú samoty, tr. Vladimir Medek, Praha, Odeon, 1971.

Ruso:
Sto let odnočestva, tr. M. Butyrina y V. Stolbon, Moskva, Khudozh Estvennaia Literatura, 1971[2].

Serbio:
Sto godina samode, tr. Jasna Mimica-Popovíc, Beograd, Beogradski Izdavačko Zavod, 1971.

Yugoslavo:
Sto let samote, tr. Alenka Bole Vrabe, Ljubljana, Mladiuska Knjiga, 1971.

Japonés:
Hyaku nen non Kodoku, tr. Tsuzumi Tadashi, Tokyo, Sinchosha, 1971.

Lituano:
Simtar metu vietnatves, trad. Elena Treiniené, Vilnjus, Vaga, 1971.

Finlandés:
Sadan vuoden v ksinäisvvsf, tr. Matti Rossi, Helsinki, Suuri suomiainen kirkjakerho, 1973.

Húngaro:
Szaz év magány, tr. Vera Székács, Budapest, Magneto Kiadó, 1973.

Rumano:
Un veac de singurătale, tr. Mihnes Gheorghui, Bucarest, Univers, 1973.

---

[2] «[La traducción rusa] será motivo de un *affaire* nada agradable. En efecto, la traducción saldría con recortes al texto original, sobre todo en los episodios de carácter erótico. En el fondo de las inexplicables razones morales, los soviéticos (el traductor o los responsables de la editorial) pretendían «purificar» los descomunales caminos trazados por el amor de los Buendía.» (O. Collazos, *op. cit.,* pág. 159.)

Eslovaco:
Sto rokov samoty, tr. Ivan Puškáč, Bratislava, Tatran, 1973.

Sueco:
Hundre árs av ensamket, tr. Karin Alin, Estocolmo, Wahlstrom, 1973.

Turco:
Yuzytllik yalknizhk, tr. Seckin Cilizoglu, Estambul, Hilal Matbaacilek, 1973.

Holandés:
Honderd jaar eenzamheid, tr. C. A. G. van den Brock, Amsterdam, Meulenhoff, 1974.

Polaco:
Sto let samotności, tr. Grazyna Grudzínska y K. Wojciechowska, Warsaw, Państwowy Instytut Wydawniczy, 1974.

Danés:
Hundrede ars ensomhed, tr. Merete Knudsen, Kobenhavn, Samleren, 1975.

Estonio:
Sada sastat üksildust, tr. Aita Kurfeldt, Tallin, Eesti Raamat, 1975.

Alemán:
Hundert Jahre Einsamkeit, tr. Curt Meyer-Clason, Reinbeck (próximo a Hamburgo), Rowohlt, 1975.
— La bibliografía de R. B. de Mendoza señala que esta traducción se publicó primero en Köln, 1970.

Iraní:
Sad sal tanhaii, tr. Bahman Forzane, Teherán, 1975.

BIBLIOGRAFÍAS DE Y SOBRE GABRIEL GARCÍA MÁRQUEZ

ÁLVAREZ DE LALLI, Gabriela, «Bibliografía crítica sobre Gabriel García Márquez», *Revista de Literaturas Hispánicas,* núm. 10, Rosario (Argentina), 1970, págs. 106-107.
BECCO, Horacio Jorge, y FOSTER, David William, *La nueva narrativa hispanoamericana,* Buenos Aires, Casa Pardo, 1976, págs. 119-137.

BOLDORI DE BALDUSSI, Rosa Fortuna, *«Cien años de soledad* y la novela del mundo latinoamericano», *Universidad Nacional de Litoral,* núm. 79, Rosario (Argentina), 1969, págs. 102-106.

BOLLETINO, Vicenzo, *Breve estudio de la novelística de García Márquez,* Madrid, Playor, 1973, págs. 173-176.

CARRERAS GONZÁLEZ, Olga, *El mundo de Macondo en la obra de Gabriel García Márquez,* Miami, Ediciones Universal, 1974, págs. 145-157.

CARRILLO, Germán Darío, *La narrativa de Gabriel García Márquez,* Madrid, Castalia, 1975, págs. 161-165.

CLEMENTELLI, Elena, *Gabriel García Márquez,* Florencia, La Nuova Italia, 1974, págs. 129-137.

EARLE, Peter G., *García Márquez,* Madrid, Taurus, 1982² [1.ª edición, 1981], págs. 287-294.

FAU, Margaret Eustella, *Gabriel García Márquez: An annotated Bibliography, 1947-1979,* Westport-Londres, Greenwood Press, 1980, XII + 198 págs.

FLORES, Ángel, *Bibliografía de escritores hispanoamericanos, 1609-1974,* Nueva York, Gordian Press, 1975, págs. 112-115 y 182-184.

LASTRA, Pedro, «Contribución a la bibliografía de Gabriel García Márquez», en *Asedios a García Márquez,* Santiago de Chile, Editorial Universitaria, 1969, págs. 174-182.

LEVINE, Suzanne Jill, *El espejo hablado: un estudio de «Cien años de soledad»,* Caracas, Monte Ávila Ed., 1975, págs. 157-162.

MARTÍNEZ, Pedro Simón, *Sobre García Márquez,* Montevideo, Biblioteca de Marcha, 1971, págs. 236-246.

MENDOZA, Roseanne B. de, «Bibliografía de y sobre García Márquez», *Revista Iberoamericana,* XLI, 1975, págs. 107-143.

OSSORIO DE ABENOZA, Bianca, *Gabriel García Márquez juzgado por la crítica: una bibliografía analítica y comentada, 1955-1974,* Ph. D. University of Virginia, Dept. of Spanish, Italian and Portuguese, 1979 [tesis inédita].

PALENCIA-ROTH, Michael, *Gabriel García Márquez. La línea, el círculo y las metamorfosis del mito,* Madrid, Gredos, 1983, págs. 280-300.

PORRATA, Francisco E., y AVENDAÑO, Fausto, *Explicación de «Cien años de soledad»,* suplemento 1 de *Explicación de textos literarios,* IV, 1976, págs. 381-398.

SÁENZ, Mercedes, y AGUIRRE, Ángel M., *Gabriel García Márquez: tres ensayos y una bibliografía,* Hato Rey (Puerto Rico), Editorial Turabo, 1977, págs. 55-114.

SFEIR DE GÓNZALEZ, Nelly, *Bibliographic Guide to Gabriel García Márquez (1986-1992),* Connecticut-Londres, Wesport, 1994, 430 págs.

VARGAS LLOSA, Mario, *Gabriel García Márquez: historia de un deicidio*, Barcelona, Barral Editores, 1971, págs. 643-644.

ENTREVISTAS

COUFFON, Claude, «Gabriel García Márquez habla de *Cien años de soledad*», en *Recopilación de textos sobre Gabriel García Márquez*, La Habana, Casa de las Américas, 1969, págs. 45-47.

DOMINGO, José, «Entrevista a García Márquez», *Ínsula*, año 23, número 259, Madrid, junio de 1968, págs. 6-11.

— «Entrevista a García Márquez», *Tiempo*, núm. 1380, México, 14-X-1968, pág. 60.

DREIFUS, Claudia, «Play-boy Interview: Gabriel García Márquez», *Play-boy*, XXX, núm. 2, Chicago, febrero de 1983, págs. 65-77 y 172-178.

DURÁN, Armando, «Conversaciones con Gabriel García Márquez», *Revista Nacional de Cultura*, XXIX, núm. 185, Caracas, 1968, págs. 23-34.

— «*Artists and Authors*. García Márquez está cansado de las equivocaciones de la crítica», *Hispania*, LIV, Baltimore, 1971, páginas 387-390.

FERNÁNDEZ-BRASO, Miguel, *La soledad de Gabriel García Márquez (Una conversación infinita)*, Barcelona, Planeta, 1972.

GONZÁLEZ BERMEJO, Ernesto, «Gabriel García Márquez: la imaginación al poder en Macondo», *Crisis*, II, núm. 24, Buenos Aires, abril de 1975, págs. 40-43.

— «Gabriel García Márquez: ahora doscientos años de soledad», *Triunfo*, núm. 441, Madrid, 14-XI-1970, págs. 12-18; también en *Casa de las Américas*, X, núm. 63, La Habana, noviembre-diciembre de 1970, págs. 159-172; *Marcha*, XXXII, núm. 1510, Montevideo, 11-IX-1970, págs. 30-31, y núm. 1511, 18-IX-1970, pág. 29.

GUIBERT, Rita, *Seven Voices: Seven Latin American Writers Talk to Rita Guibert*, Nueva York, Alfred A. Knopf, 1973, págs. 303-337.

MENDOZA, Plinio Apuleyo, y GARCÍA MÁRQUEZ, Gabriel, *El olor de la guayaba*, Barcelona, Bruguera, 1982.

OVIERO, Ramón, «He sido un escritor explotado. Gabriel García Márquez», *Ahora*, año 15, núm. 656, Santo Domingo, 1976, págs. 34-39.

SHERIDAN, Guillermo, y PEREIRA, Armando, «García Márquez en México (Entrevista)», *Revista de la Universidad de México*, XXX, número 6, febrero de 1976, págs. 21-23.

TORRES, Augusto M., «Entrevista con Gabriel García Márquez», *Cuadernos para el Diálogo*, núm. 66, marzo de 1969, págs. 44-45.

VARGAS LLOSA, Mario, y GARCÍA MÁRQUEZ, Gabriel, *La novela en América Latina: diálogo*, s.l. n.f. [Lima, Carlos Milla Batres, 1968].

ESTUDIOS SOBRE «CIEN AÑOS DE SOLEDAD»

Libros

ALFARO, Gustavo, *Constante de la historia de Latinoamérica en García Márquez*, Cali, Biblioteca Banco Popular, 1979.

ARANGO, Manuel A., *Gabriel García Márquez y la novela de la violencia en Colombia*, México, Fondo de Cultura Económica, 1985, 169 págs.

ARNAU, Carmen, *El mundo mítico de Gabriel García Márquez*, Barcelona, Ediciones Península, 1971, 134 págs. (2.ª ed., 1975).

BARROS VALERO, María Cristina, *El amor en «Cien años de soledad»*, México, Universidad Nacional Autónoma de México, 1970, 27 págs.

BELL-VILLADA, Gene, *García Márquez: The Man and his Work*, Chapel Hill, The University of North Carolina Press, 1990, 247 págs.

BOLLETINO, Vicenzo, *Breve estudio de la novelística de García Márquez*, Madrid, Playor, 1973, 176 págs.

BRAVO, José Antonio, *Lo real maravilloso en la narrativa latinoamericana actual: «Cien años de soledad», «El reino de este mundo», «Pedro Páramo»*, Lima, Ediciones Unidas, 1978, 159 págs.

CANFIELD, Martha L., *Gabriel García Márquez*, Bogotá, Procultura, 1991, 108 págs.

CARRERAS GONZÁLEZ, Olga, *El mundo de Macondo en la obra de Gabriel García Márquez*, Miami, Ediciones Universal, 1974, 157 págs.

CARRILLO, Germán Darío, *La narrativa de Gabriel García Márquez. Ensayos de interpretación*, Madrid, Castalia, 1975, 157 págs.

CASTRO GONZÁLEZ, Daniel, *Apunte autodidáctico: «Cien años de soledad»*, México, Fernández Editores, 1988 [1990³], 87 págs.

CLEMENTELLI, Elena, *García Márquez*, Florencia, La Nuova Italia, 1974, 139 págs.

COLLAZOS, Óscar, *García Márquez. La soledad y la gloria*, Barcelona, Plaza & Janés, 1983, 248 págs.

Escobar, Augusto, *Imaginación y realidad en «Cien años de soledad»*, Medellín, Ed. Pepe, 1981.

Farías, Víctor, *Los manuscritos de Melquíades. «Cien años de soledad», burguesía latinoamericana y dialéctica de la reproducción ampliada de negación*, Frankfurt, Editionen der Iberoamericana, III, 5, 1981, 404 págs.

García, Samuel, *Tres mil años de literatura en «Cien años de soledad»: intertextualidad en la obra de García Márquez*, Medellín, Editorial Lealon, 1977, 257 págs.

García Ramos, Juan Manuel, *[Guía de lectura de] Cien años de soledad*, Madrid, Alhambra, 1989, VI, 107 págs.

González del Valle, Luis, y Cabrera, Vicente, *La nueva ficción hispanoamericana a través de Miguel Ángel Asturias y Gabriel García Márquez*, Nueva York, Eliseo Torres, 1972, 164 págs.

Gullón, Ricardo, *García Márquez o el olvidado arte de contar*, Madrid, Taurus, 1973[3] (1.ª edición, 1970), 71 págs.

Haddad, Hubert y Gómez Pulido, Ignacio, *García Márquez*, París, Marval, 1993, 95 págs.

Jara, René, y Mejía Duque, Jaime, *Las claves del mito en García Márquez*, Valparaíso, Ediciones Universitarias, 1972, 96 págs.

Joset, Jacques, *Gabriel García Márquez, coetáneo de la eternidad*, Amsterdam, Rodopi, 1984, 80 págs.

Kline, Carmenza, *Los orígenes del relato. Los lazos entre ficción y realidad en la obra de Gabriel García Márquez*, Santafé de Bogotá, Ceiba ed., 1992, 340 págs.

Kulin, Katalin, *Creación mítica en la obra de García Márquez*, Budapest, Akadémiai Kiadó, 1980, 267 págs.

Levine, Suzanne Jill, *El espejo hablado: un estudio de «Cien años de soledad»*, Caracas, Monte Ávila, 1975, 163 págs.

Ludmer, Josefina, *«Cien años de soledad»: una interpretación*, Buenos Aires, Editorial Tiempo Contemporáneo, 1972, 222 págs.

McMurray, George R., *Gabriel García Márquez*, Nueva York, Ungar, 1977, 182 págs. (2.ª ed. 1985); tr. española por H. Valencia Goelkel, Bogotá, C. Valencia, 1978.

Maldonado-Denis, Manuel, *La violencia en la obra de García Márquez*, Bogotá, Ediciones Sudamericanas, 1977, 41 págs.

Martín, Gerald, *Journey through the Labyrinth: Latin American Fiction in the Twentieth Century*, Londres, New Left-Verso, 1989, XIV, 424 págs.

Maturo, Graciela, *Claves simbólicas de Gabriel García Márquez*, Buenos Aires, Fernando García Cambeiro, 1972, 195 págs. (2.ª ed., 1977).

Mena, Lucila Inés, *La función de la historia en «Cien años de soledad»*, Barcelona, Plaza & Janés, 1979.

MÉNDEZ, José Luis, *Cómo leer a García Márquez. Una interpretación sociológica*, Río Piedras, Ediciones de la Universidad de Puerto Rico, 1989, VIII-224 págs.

MENTON, Seymour, *La novela colombiana, planetas y satélites*, Bogotá, Plaza & Janés, 1978, 394 págs.

MERCADO CARDONA, Homero, *Macondo, una realidad llamada ficción*, Barranquilla, Ediciones Universidad del Atlántico, 1971, 102 págs.

MONTANER, María Eulalia, *Guía para la lectura de «Cien años de soledad»*, Madrid, Castalia, 1987.

MÚLLER, Leopoldo, y MARTÍNEZ MORENO, Carlos, *Psicoanálisis y literatura en «Cien años de soledad»*, Montevideo, Fundación de Cultura Universitaria, 1969, 76 págs.

PAOLI, Roberto, *Invito alla lettura di García Márquez*, Milán, Mursia, 1981.

PALENCIA-ROTH, Michael, *Gabriel García Márquez. La línea, el círculo y las metamorfosis del mito*, Madrid, Gredos, 1983, 316 págs.

QUAL, Rosemarie, *Zu Gabriel García Márquez: «Cien años de soledad»*, Bonn, Romanistischer Verlag Jakob Hillen, 1989.

RAMA, Ángel, y VARGAS LLOSA, Mario, *García Márquez y la problemática de la novela*, Buenos Aires, Corregidor Marcha, 1973, 89 págs.

RAMÍREZ MOLAS, Pedro, *Tiempo y narración. Enfoques de la temporalidad en Borges, Carpentier, Cortázar y García Márquez*, Madrid, Gredos, 1978, 217 págs.

SÁENZ, Mercedes, y AGUIRRE, Ángel M., *Gabriel García Márquez: tres ensayos y una bibliografía*, Hato Rey (Puerto Rico), Editorial Turabo, 1977, 114 págs.

SALDÍVAR, Dasso, *García Márquez. El viaje a la semilla. La biografía*, Madrid, Alfaguara, 1997, 611 págs.

SCHWEITZER, S. Alan, *The Three Levels of Reality in García Márquez's «Cien años de soledad»*, Nueva York, Plaza Mayor, 1972, 16 págs.

SEGUI, Agustín, F., *La verdadera historia de Macondo*, Frankfurt, Vervuert, 1994, 236 págs.

SIMS, Robert L., *The Evolution of Myth in Gabriel García Márquez from «La hojarasca» to «Cien años de soledad»*, Miami, Ediciones Universal, 1981, 155 págs.

STRAUSFELD, Mechtild, *Aspekte des Neuen Lateinamerikanischen Romans und Ein Modell: Hundert Jahre Einsamkeit Gabriel García Márquez*, Berna, Herbert Lang, 1976, 179 págs.

VARGAS LLOSA, Mario, *Gabriel García Márquez: historia de un deicidio*, Barcelona, Barral Editores, 1971, 667 págs.

— Otras ediciones: Caracas, Monte Ávila, 1971; La Paz, Difusión, 1971.

VERGES, Salvador, *El problema de Dios en «Cien años de soledad»*, Bogotá, Ediciones Paulinas, 1973, 79 págs.

WILLIAMS, Raymond L., *Gabriel García Márquez*, Boston, Twayne Publications, 1984, 176 págs.

Cien años de soledad, Barcelona, Ed. Vosgos, Compendios Vosgos, 37, 1978.

Recopilaciones críticas

ALOK, Bhalla, ed., *García Márquez and Latin America*, Oriental University Press, 1987, 185 págs.

BLOOM, Harold, *Gabriel García Márquez*, Nueva York-Filadelfia, Chelsea House Publishers, 1989.

Books Abroad, XLVII, núm. 3, 1973, págs. 444-501.

CHRIST, Ronald, ed., «Supplement on Gabriel García Márquez: *One Hundred Years of Solitude*», en *70 Review* (Nueva York), Center for Inter-American Relations, 1971, págs. 99-191.

COBO BORDA, Juan Gustavo (compilador), *Repertorio crítico sobre Gabriel García Márquez*, Bogotá, Instituto Caro y Cuervo, 1995, t. 1, 640 págs.

CORRALES PASCUAL, Manuel, ed., *Lectura de García Márquez: doce estudios*, Quito, Centro de Publicaciones de la Pontificia Universidad del Ecuador, 1975.

CROVETTO, Pier Luigi, ed., *Gabriel García Márquez*, Génova, Casa Editrice Tilgher-Genova, 1979, 173 págs.

EARLE, Peter G., ed., *Gabriel García Márquez*, Madrid, Taurus, 1982^2, 294 págs (1.ª ed., 1981).

«Gabriel García Márquez en "Índice"», en *Índice*, XXIX, núm. 237, Madrid, noviembre de 1968, págs. 24-37.

GIACOMAN, Helmy Fuad, ed., *Homenaje a Gabriel García Márquez*, Long Island City-Nueva York, Las Américas, 1972, 311 págs.

HERNÁNDEZ, Ana María, ed., *En el punto de mira; Gabriel García Márquez*, Madrid, Editorial Pliegos, 1985, 356 págs.

LASTRA, Pedro, ed., *Nueve asedios a García Márquez*, Santiago de Chile, Editorial Universitaria, 1969, 182 págs.

McGUIRCK, Bernard, y CARDWELL, Richard, ed., *Gabriel García Márquez. New Readings*, Cambridge University Press, 1987, 224 págs.

MARTÍNEZ, Pedro Simón, ed., *Recopilación de textos sobre Gabriel García*

Márquez, La Habana, Casa de Las Américas, Centro de Investigación literaria, Serie «Valoración Múltiple», 1969, 259 págs.; 2.ª ed. aumentada: Montevideo, Biblioteca de Marcha, 1971, 248 págs.

ORTEGA, Julio, ed., *Gabriel García Márquez and the Powers of Fiction*, Austin, University of Texas Press, 1988, 97 págs.

OVIEDO, José Miguel; ACHUGAR, Hugo, y ARBELECHE, Jorge, *Aproximación a Gabriel García Márquez*, Montevideo, Fundación de Cultura Universitaria, Cuadernos de Literatura 12, 1969, 61 págs.

PORRATA, Francisco Eduardo, y AVENDAÑO, Fausto, eds., *Explicación de «Cien años de soledad»*, *Explicación de textos literarios* (Sacramento), IV, suplemento 1, 1976, 398 págs.

«Gabriel García Márquez. Amérique Latine», *Silex*, núm. 11, Grenoble, marzo de 1979.

«Dossier Gabriel García Márquez», *Magazine littéraire*, núm. 178, París, noviembre de 1981.

Gabriel García Márquez, Co-textes, núm. 6, Montpellier, C.E.R.S., 1984, 81 págs.

Artículos y capítulos de libros

AGUIRRE, Ángel M., «Gabriel García Márquez y la Crítica», *Revista Interamericana*, III, núm. 4, 1974, págs. 368-376.

ÁLVAREZ DE DROSS, Tulia, «El mito y el incesto en *Cien años de soledad*», *Eco*, 29/2, núm. 110, Bogotá, junio de 1969, págs. 179-187.

ÁLVAREZ GARDEAZÁBAL, Gustavo, «Las formas de hacer el amor en *Cien años de soledad*», *Explicación de textos literarios*, IV, suplemento 1, 1976, págs. 39-63.

AMORÓS, Andrés, «Cien años de soledad», *Revista de Occidente*, XXIV, segunda época, núm. 70, 1969, págs. 58-62.

ARAÚJO, Helena, «Las macondanas», *Eco*, 21/5, núm. 125, Bogotá, septiembre de 1970, págs. 505-513.

ARENAS, Reinaldo, «*Cien años de soledad* en la ciudad de los espejismos», *Casa de las Américas*, VIII, núm. 48, 1968, págs. 134-138; también en Peter EARLE (ed.), *Gabriel García Márquez*, páginas 151-157.

ARENAS SAAVEDRA, Anita, «La estructura mítica en *Cien años de soledad*», *Revista de la Universidad de Zulia*, núm. 52, Maracaibo, 1972, págs. 24-31.

AVARIA DE WILSON, Carmen, «Macondo: espejo para el mito», *Taller de Letras*, núm. 1, Santiago de Chile, 1971, págs. 66-72.

AVENDAÑO, Fausto, «El factor del "best-seller" en *Cien años de soledad*», *Explicación de textos literarios*, IV, suplemento 1, 1976, páginas 65-77.

BALLADARES CUADRA, José Emilio, «*Cien años de soledad*, máquina de la vida y máscara de la muerte de la América Hispánica», *Revista del Pensamiento Centroamericano*, XXXI, núm. 152, Managua, 1976, págs. 1-60.

BELTRÁN ALMERÍA, Luis, «La revuelta del futuro: mito e historia en *Cien años de soledad*», en *Cuadernos hispanoamericanos*, núm. 535, enero 1995, págs. 23-38.

BENVENUTO, Sergio, «Estética como historia. Gabriel García Márquez, *Cien años de soledad*», *El caimán Barbudo*, suplemento cultural de *Juventud Rebelde*, época 2, núm. 23, La Habana, septiembre de 1968, págs. 5-8.

BLANCO AGUINAGA, Carlos, «Sobre la lluvia y la historia en las ficciones de García Márquez», en Juan Bautista AVALLE-ARCE, ed., *Narradores hispanoamericanos de hoy*, Chapel Hill, Department of Romance Languages, University of North Carolina, 1973, págs. 55-79; también en su *De mitólogos y novelistas*, Madrid, Ediciones Turner, págs. 27-50.

BOLDORI DE BALDUSSI, Rosa Fortuna, «*Cien años de soledad* y la novela del mundo latinoamericano», *Universidad Nacional de Litoral*, núm. 79, 1969, págs. 21-106.

BOTOND, Anneliese, «Gabriel García Márquez: *Cien años de soledad* o la historia como jeroglífico», en *Iberomania*, núm. 5 (Neue Folge) [1976], 1980, págs. 112-131.

BOUCHÉ, Claude, «Mythe et structures dans *Cien años de soledad* de Gabriel García Márquez», *Marche Romane*, XXIII-XXIV, Lieja, 1973-1974, págs. 237-249.

BROWN, Kenneth, «Los Buendía de antaño», *Cuadernos Hispanoamericanos*, núm. 311, abril de 1976, págs. 440-450.

CAMPOS, Jorge, «Gabriel García Márquez», en Joaquín ROY, ed., *Narrativa y crítica de nuestra América*, Madrid, Castalia, 1978, páginas 317-350.

CARRERAS GONZÁLEZ, Olga, «La violencia en el Macondo de Gabriel García Márquez», *Cuadernos Americanos*, CCIII, núm. 6, México, 1975, págs. 204-211.

CARRILLO, Germán Darío, «Nota sobre el realismo mágico en *Cien años de soledad*», *Revista Interamericana de Bibliografía*, XXII, 1972, págs. 257-267.

— «Lo cíclico y los conceptos de identidad y simultaneidad en *Cien* años de soledad», *Razón y Fábula*, núm. 27, Bogotá, 1971, páginas 18-34.

— «Mito bíblico y experiencia humana en *Cien años de soledad*», *Explicación de textos literarios*, IV, suplemento 1, 1976, págs. 79-100.

CARRILLO, Germán Darío, y STULTS, Barry, «*Cien años de soledad* y el concepto de la "caída afortunada"», *Revista Iberoamericana*, XXXVIII, 1972, págs. 237-262.

CIPLIJAUSKAITÉ, Biruté, «Premonición como tema y técnica en *Cien años de soledad*», *Sin Nombre*, V, San Juan, Puerto Rico, 1974, págs. 7-14.

COBO BORDA, Juan Gustavo, «Gabriel García Márquez: mito y realidad», *Arco*, núm. 88, Bogotá, febrero de 1968, págs. 130-143.

CORDOBA, Pierre-Emmanuel, «Oedipe à Macondo», *Le texte familial (Textes hispaniques)*, Toulouse, Université de Toulouse-Le Mirail, 1984, págs. 199-220.

COTELO, Rubén, «García Márquez y el tema de la prohibición del incesto», *Temas* (Montevideo), núm. 13, julio-septiembre de 1967, págs. 19-22.

CUEVA, Agustín, «Para una interpretación sociológica de *Cien años de soledad*», *Revista Chilena de Literatura*, V-VI, 1972, págs. 151-170.

DORFMAN, Ariel, «La muerte como acto imaginativo en *Cien años de soledad*», en su *Imaginación y violencia en América*, Santiago de Chile, Editorial Universitaria, 1970, págs. 138-180; también en Ángel FLORES y Raúl SILVA CÁCERES, eds., *La novela hispanoamericana actual*, Nueva York, Las Américas, 1971, págs. 177-219.

FERGUSON, John Wesley, «La realidad de la irrealidad en *Cien años de soledad*», *Explicación de textos literarios*, IV, suplemento 1, 1976, págs. 101-106.

FERRARI, Américo, «Panorama de *Cien años de soledad*», *Les Langues Neo-Latines*, LXVI, 1972, págs. 65-83.

FERRÉ, Rosario, «*Cien años de soledad:* círculo de imágenes cifradas», *La Torre*, I, 2 (N.E.), abril-junio 1987, págs. 289-295.

FRANCO, Jean, «El viaje frustrado de la literatura hispanoamericana contemporánea», *Casa de las Américas*, IX, núm. 53, 1969, páginas 119-122.

— «Los límites de la imaginación liberal: *Cien años de soledad* y *Nostromo*», *Revista de Crítica Literaria Latinoamericana*, II, 1976, págs. 69-81; versión en inglés en *Punto de contacto/Point of Contact* (Nueva York), I, núm. 1, págs. 4-16.

FUENTES, Carlos, «García Márquez. *Cien años de soledad*», *Siempre*, núm. 679, México, 29-VI-1966, pág. VII.

— «Gabriel García Márquez: la segunda lectura», en su *La nueva novela hispanoamericana*, México, Joaquín Mortiz, 1969, págs. 58-67.

— «Macondo, sede del tiempo», en Pedro Simón MARTÍNEZ, ed., *Sobre García Márquez*, 1971, págs. 112-114; versión inglesa en *70 Review*, Nueva York, 1971, págs. 119-121.

GALLO, Marta, «El futuro perfecto de Macondo», *Revista Hispánica Moderna*, XXXVIII, 1974-1975, págs. 115-135.

GARIANO, Carmelo, «Estructura orgánica de *Cien años de soledad*», *Explicación de textos literarios*, IV, suplemento 1, 1976, págs. 107-135.

— «El humor numérico en *Cien años de soledad*», *Hispania*, LXVI, 1978, págs. 443-450; también en P. G. EARLE, ed., *García Márquez*, págs. 158-168.

GILARD, Jacques, «De *Los Sangurimas* a *Cien años de soledad*», *Revista Universidad de Medellín*, XXI, 1976, págs. 183-196.

— «García Márquez en 1950 et 1951: Quelques données sur la genèse d'une oeuvre», *Caravelle*, núm. 26, 1976, págs. 123-146.

— «Littérature colombienne: de Barranquilla à Barcelone», *Caravelle*, núm. 29, 1977, págs. 169-181.

GIORDANO, Jaime, «Gabriel García Márquez, *Cien años de soledad*...», *Revista Iberoamericana*, XXXIV, 1968, págs. 1184-1186.

GONZÁLEZ ECHEVARRÍA, Roberto, «With Borges in Macondo», *Diacritics*, II, 1972, págs. 57-60.

— «*Cien años de soledad:* The Novel as Myth and Archive», *Modern Language Notes*, IC, 1984, págs. 358-380.

GRANDA, Germán de, «Un afortunado fitónimo bantú: "Macondo"», *Thesaurus*, XXVI, 1971, págs. 485-494.

HARSS, Luis, «Gabriel García Márquez, o la cuerda floja», *Mundo nuevo*, núm. 6, diciembre de 1966, págs. 63-77; también en su *Los nuestros*, Buenos Aires, Ed. Sudamericana, 1969, págs. 381-419.

— «Macondo, huevo filosófico», en Donald A. YATES, ed., *Otros mundos, otros fuegos: Fantasía y realismo mágico en Iberoamérica*, East Lansing, Michigan State University, 1975, págs. 322-323.

HAZERA, Lydia D., «Estudio sinóptico de las personalidades femeninas», *Explicación de textos literarios*, IV, suplemento 1, 1976, págs. 151-169.

HIGGINS, James, «*Cien años de soledad:* historia del hombre occidental», *Cuadernos del Sur*, Bahía Blanca, núm. 11, julio de 1969-junio de 1971, págs. 303-314.

HOUSKOVÁ, Anna, «El tiempo en la novela *Cien años de soledad*», *Ibero-americana pragensia*, VII, 1973, págs. 165-169.

JANES, Regina, «The End of Time en *Cien años de soledad* and *El otoño del patriarca*», *Chasqui*, VII, 1977, págs. 28-35.

JARA CUADRA, René, «Mito y estructura en *Cien años de soledad*», *Vórtice*, II, 1978, págs. 96-102.

JOSET, Jacques, «Le paradis perdu de Gabriel García Márquez», *Revue des Langues Vivantes*, XXXVII, 1971, págs. 81-90.

— «El bestiario de Gabriel García Márquez», *Nueva Revista de Filología Hispánica*, XXIII, 1974, págs. 578-601.

JOSET, Jacques, «Un sofocante aleteo de mariposas amarillas: lectura de un episodio de *Cien años de soledad*», *Actas del Simposio Internacional de Estudios Hispánicos (Budapest, 18/19-8-1976)*, Budapest, Maison d'Editions de l'Académie des Sciences de Hongrie, 1978, págs. 421-427.

— «"La mujer más bella del mundo": un narrema constante en la obra de Gabriel García Márquez», en *Narradores latinoamericanos 1929-1979*, Caracas, Ediciones del Centro de Estudios Latinoamericanos Rómulo Gallegos, 1980, págs. 207-218.

— «Gabriel García Márquez o la reunión proliferante», segunda parte de *Historias cruzadas de novelas hispanoamericanas*, Frankfurt-Madrid, Vervuert-Iberoamericana, 1995, págs. 91-140.

KADIR, Djelal, «The Architectonic Principle of *Cien años de soledad* and the Vichian Theory of History», *Kentucky Romance Quarterly*, XXIV, 1977, págs. 251-261.

KERSTEN, Raquel, «Gabriel García Márquez y el arte de lo verosímil», *Revista Iberoamericana*, XLVI, 1980, págs. 195-204.

KULIN, Katalin, «*Cien años de soledad*. Aspectos de su mundo mítico», *Anales de Literatura Hispanoamericana*, núms. 2-3, Madrid, 1973-1974, págs. 677-685.

— «Orden de valores en el mundo de *Cien años de soledad*», en Donald A. YATES, ed., *Otros mundos, otros fuegos...*, 1975, páginas 393-397.

LAWRENCE, Gregory, «Marx in Macondo», *Latin American Literary Review*, II, 1974, págs. 49-57.

LEAL, Luis, «En torno a *Cien años de soledad*», *Caribe*, I, 1976, páginas 117-119.

LERNER, Isaías, «A propósito de *Cien años de soledad*», *Cuadernos Americanos*, CLXII, núm. 1, México, 1969, págs. 186-200.

LEVINE, Suzanne Jill, «*Cien años de soledad* y la tradición de la biografía imaginaria», *Revista Iberoamericana*, XXXVI, 1970, págs. 453-463.

— «"Lo real maravilloso": de Carpentier a García Márquez», *Eco*, 20/6, núm. 120, Bogotá, abril de 1970, págs. 563-576.

— «La maldición del incesto en *Cien años de soledad*», *Revista Iberoamericana*, XXXVII, 1971, págs. 711-724.

71

LICHTBLAU, M. L., «In search of the Stylistic Key to *Cien años de soledad*», en *Essays on Gabriel García Márquez*, University of California, Riverside, CA, 1984, págs. 103-112.

LÓPEZ-BARALT, Luce, «Algunas observaciones sobre el rescate artístico de la niñez en *Cien años de soledad* y *El tambor de hojalata*», *Sin nombre*, I, San Juan, Puerto Rico, 1971, págs. 55-67.

LÓPEZ-CAPESTANY, Pablo, «Gabriel García Márquez y *la soledad*», *Cuadernos Hispanoamericanos*, LXXXIX, núm. 297, 1975, páginas 613-623.

LÓPEZ-MORALES, Eduardo E., «La dura cáscara de *La soledad*», *Pensamiento crítico*, núm. 12, La Habana, enero de 1968, págs. 185-199; también en *Papeles*, núm. 1, Caracas, 1969, págs. 32-39.

LOZANO, Marisol, «El tiempo cíclico como la negación de la historia en *Cien años de soledad*», *Razón y Fábula*, núm. 36, Bogotá, 1974, págs. 35-58.

MCGOWAN, John P., «À la recherche du temps perdu in *One Hundred Years of Solitude*», *Modern Fiction Studies*, XXVIII, 1982-1983, págs. 557-567.

MCMURRAY, George R., «Reality and Myth in García Márquez's *Cien años de soledad*», *Bulletin of the Rocky Mountain Language Association*, XXIII, 1969, págs. 175-182.

MALLET, Brian J., «Risa y sonrisa en la obra de García Márquez», *Arbor*, XC, núm. 352, Madrid, abril de 1975, págs. 59-69.

— «Imagen y fantasía en la obra de García Márquez», *Kentucky Romance Quarterly*, XXIV, 1977, págs. 289-299.

MEAD, Robert G., «Aspectos del espacio y el tiempo en *La casa verde* y *Cien años de soledad*», *Cuadernos Americanos*, CLXXIX, número 6, México, 1971, págs. 240-244.

MEJÍA DUQUE, Jaime, «Mito y realidad en Gabriel García Márquez», en *Ensayos*, La Habana, Casa de las Américas, Cuadernos «Casa», 21, 1980, págs. 145-172.

MENA, Lucila Inés, «La huelga bananera como expresión de lo "Real Maravilloso" americano en *Cien años de soledad*», *Bulletin Hispanique*, LXXIV, 1972, págs. 379-405.

— «El general Uribe Uribe como modelo histórico del coronel Aureliano Buendía en *Cien años de soledad*», *Revista Interamericana de Bibliografía*, XXV, 1975, págs. 150-168.

— «*Cien años de soledad*: novela de "La Violencia"», *Hispamérica*, V, núm. 13, abril de 1976, págs. 3-25.

— «Melquíades y el proceso del conocimiento», *Symposium*, XXX, 1976, págs. 128-141.

— «Melquíades y la tradición cultural de Macondo», _Quaderni Ibero-Americani_, XLIX-L, 1979, págs. 1-8.

MENTON, Seymour, «_Respirando el verano_, fuente colombiana de _Cien años de soledad_», _Revista Iberoamericana_, XLI, 1975, páginas 203-217.

MERRELL, Floyd, «José Arcadio Buendia's Scientific Paradigms: Man in Search of Himself», _Latin American Literary Review_, II, 1974, págs. 59-70.

MILLER, John C., «Onomatology of Male Characters in the _One Hundred Years of Solitude_ of Gabriel García Márquez», _Literary Onomastic Studies_, I, Nueva York, 1974, págs. 66-73.

MORELLI, Gabriele, «La lingua morta in _Cien años de soledad_», _Studi di Letteratura Ispano-americana_, IV, 1972, págs. 97-107.

MORGAN, William A., «La modernidad de _Cien años de soledad_», _Explicación de textos literarios_, III, 1974-1975, págs. 143-149.

MÜLLER, Gerd F., «_Hundert Jahre Einsamkeit_ und der Mythus der ewigen Wiederkehr», _Orbis Litterarum_, XXIX, 1974, págs. 268-282.

MUÑOZ M., Mario, «Los habitantes de Macondo y su periferia», _Cuadernos Hispanoamericanos_, CI, núm. 299, 1977, págs. 422-432.

OLLIVIER, Louis L., «_One Hundred Years of Solitude:_ Existence is the Word», _Latin American Literary Review_, IV, 1975, págs. 9-14.

ORTEGA, Julio, «Gabriel García Márquez: _Cien años de soledad_», en su _La contemplación y la fiesta. Ensayos sobre la nueva novela latinoamericana_, Lima, Editorial Universitaria, 1968, págs. 44-58; hay una reedición: Caracas, Monte Ávila, 1969.

OTERO, José Miguel, «García Márquez: la novela como taumaturgia», _American Hispanist_, I, núm. 2, 1975, págs. 4-9.

OVIEDO, José Miguel, «_Cien años de soledad._ Macondo: un territorio mágico y americano», _Víspera_, I, núm. 4, Montevideo, enero de 1968, págs. 64-68; también en _El Espectador_, núm. 21.530, Bogotá, 15-X-1967, y _Aproximación a Gabriel García Márquez_, 1969, págs. 3-15.

PAOLI, Roberto, «Carnavalesco y tiempo cíclico en _Cien años de soledad_», _Revista Iberoamericana_, L, 1984, págs. 979-998.

PARAÍSO DE LEAL, Isabel, «Un lenguaje poético y apresurado: _Cien años de soledad_», _Explicación de textos literarios_, IV, suplemento I, 1976, págs. 207-238.

PINEDA, Rafael, «_Cien años de soledad_», _Revista Nacional de Cultura_, núm. 182, Caracas, octubre-diciembre de 1967, págs. 62-67.

PIZARRO, Ana, «De la ficción a la historia: _Cien años de soledad_», _Neohelicon_ IV, Budapest, 1976, págs. 125-146.

PORRATA, Francisco E., «La novela y sus componentes. La voz narradora en *Cien años de soledad»*, *Explicación de textos literarios*, IV, suplemento I, 1976, págs. 7-37.

PUTZEYS ÁLVAREZ, Guillermo, *«Cien años de soledad:* una lección para el relato»*, *Revista de la Universidad de México*, XXV, núm. 6, febrero de 1976, págs. 25-34.

RAMA, Ángel, «Introducción a *Cien años de soledad»*, *Marcha*, XXIX, núm. 1368, 2-IX-1967, pág. 31; también en Pedro Simón MARTÍNEZ, ed., *Recopilación de textos sobre Gabriel García Márquez*, 1969, págs. 68-71.

RAMA, Ángel, «La iniciación literaria de Gabriel García Márquez», *Texto crítico*, núm. 1, México, enero-julio de 1975, págs. 5-13; también en *Primeros cuentos de diez maestros de la narrativa latinoamericana*, Barcelona, Planeta, 1975.

— «De cómo el joven García Márquez descubrió al coronel Aureliano Buendía y a la novela juntamente», *El Nacional. Papel literario*, Caracas, 29-VIII-1976, págs. 1-2.

— «Un patriarca en la remozada galería de dictadores», *Eco*, 29/4, núm. 178, Bogotá, agosto de 1975, págs. 22-23.

ROBERTS, Gemma, «El sentido de lo cómico en *Cien años de soledad»*, *Cuadernos Hispanoamericanos*, C, núm. 312, 1976, págs. 708-722.

RODRÍGUEZ, Ileana, «Principios estructurales y visión circular en *Cien años de soledad»*, *Revista de Crítica Literaria Latinoamericana*, V, 1979, págs. 79-87.

RODRÍGUEZ MONEGAL, Emir, «Novedad y anacronismo en *Cien años de soledad»*, *Revista Nacional de Cultura*, XXIX, núm. 185, Caracas, 1968, págs. 3-21; también en *Nueva narrativa hispanoamericana*, I, 1971, págs. 17-39, y P. G. Earle, ed., *García Márquez*, págs. 114-138.

— «La hazaña de un escritor», *Visión* (México), XXXVII, núm. 2, 18-VII-1969, págs. 27-31.

— «One Hundred Years of Solitude: The Last Three Pages», *Books Abroad*, XLVII, núm. 3, 1973, págs. 485-489.

ROLDÁN DE MICOLTA, Aleyda, *«Cien años de soledad:* una novela construida sobre espejos», *Explicación de textos literarios*, IV, suplemento I, 1976, págs. 239-258.

ROLFE, Doris Kay, «Tono y estructura en *Cien años de soledad»*, *Explicación de textos literarios*, IV, suplemento I, 1976, págs. 259-282.

RUFFINELLI, Jorge, «Gabriel García Márquez y el grupo de Barranquilla», *Eco*, núm. 168, oct. de 1974, págs. 606-617.

SALDÍVAR, Dasso, «De dónde y cómo nació *Cien años de soledad»*, *Explicación de textos literarios*, IV, suplemento I, 1976, págs. 283-297.

SALGADO, María A., «Civilización y barbarie o imaginación y barbarie», *Explicación de textos literarios,* IV, suplemento 1, 1976, páginas 299-312.

SALMÓN, Josefa, «El poder de la anunciación en *Cien años de soledad* y *Crónica de una muerte anunciada*», *Discurso literario,* I, 1, 1983, págs. 67-77.

SÁNCHEZ, Luis Alberto, «Gabriel García Márquez (Aracataca, 6 de marzo de 1928)», *Cuadernos Americanos,* CCVIII, núm. 5, México, 1976, págs. 213-226.

SARDUY, Severo, «*Cent ans de solitude*», *La Quinzaine Littéraire,* número 63, 31-XII-1968, págs. 22-24.

SCHOÓ, Ernesto, «Los viajes de Simbad García Márquez», *Primera Plana,* V, núm. 234, Buenos Aires, 1967, págs. 52-54.

SEGRE, Cesare, «Il tempo curvo di Gabriel García Márquez», en su *I segni e la critica,* Turín, Einaudi, 1969, págs. 252-295; versión española en *Crítica bajo control,* Barcelona, Planeta, 1970, páginas 219-269.

SEMPRÚN DONAHUE, Moraima de, «Una interpretación de símbolos de García Márquez: el oro y lo amarillo», *Cuadernos Americanos,* CCV, núm. 2, México, 1976, págs. 226-239.

SIEMENS, William W., «Tiempo, entropía y la estructura de *Cien años de soledad*», *Explicación de textos literarios,* IV, suplemento 1, páginas 359-371.

SHAW, Donald L., «Concerning the interpretation of *Cien años de soledad*», *Ibero-Amerikanisches Archiv,* III, 1977, págs. 318-329.

SIMS, Robert L., «Theme, Narrative Bricolage and Myth in García Márquez», *Journal of Spanish Studies: Twentieth Century,* VIII, 1980, págs. 143-159.

SUÁREZ, Pedro Alejandro, «La obsesión y el mito en *Cien años de soledad*», *Revista Javeriana,* núm. 357, Bogotá, agosto de 1969, págs. 185-192.

— «Obsesión, símbolo y mito en *Cien años de soledad*», *Revista Javeriana,* núm. 358, Bogotá, septiembre de 1969, págs. 286-295.

TEJA, Ada María, «El tiempo en *Cien años de soledad*», *Chasqui,* III, 1974, págs. 26-39.

TOBIN, Patricia, «García Márquez and the Genealogical Imperative», *Diacritics,* IV, 1974, págs. 52-55.

— «García Márquez and the Subversion of the Line», *Latin American Literary Review,* II, 1974, págs. 39-48.

TODOROV, Tzvetan, «Macondo en París», *Texto Crítico,* IV, núm. 11, Xalapa, septiembre-diciembre de 1978, págs. 36-45; también en P. G. EARLE, ed., *García Márquez,* págs. 104-113.

Toro, Alfonso de, «Estructura narrativa y temporal en *Cien años de soledad*», *Revista Iberoamericana*, L, 1984, págs. 957-978.

Urbistondo, Vicente, «Sobre el machismo en la narrativa hispano-americana», *Papeles de Son Armadans*, XC, núm. 268, julio de 1978, págs. 9-42.

Urondo, Francisco, «La buena hora de García Márquez», *Cuadernos Hispanoamericanos*, núm. 232, abril de 1969, págs. 163-168.

Valdés, Mario J., «Myth and History in *Cien años de soledad* and *La muerte de Artemio Cruz*», *Reflexion* (2nd series), Ottawa, III-IV, 1974-1975, págs. 243-257.

Vargas, Germán, «El Ramón Vinyes que yo conocí», *Eco* 31/4, núm. 190, Bogotá, agosto de 1977, págs. 394-397.

Vargas Llosa, Mario, «*Cien años de soledad*: el *Amadís* en América», *Amaru*, núm. 3, julio-septiembre de 1967, págs. 71-74.

— «Novela primitiva y novela de creación en América Latina», *Revista de la Universidad de México*, XXIII, núm. 10, junio de 1969, págs. 29-36.

— «*Cien años de soledad*: una forma total», *Nueva narrativa hispano-americana*, III, 1973, págs. 7-30.

Verdevoye, Paul, «*Cien años de soledad*: novela total», en *Literatura de la Emancipación hispanoamericana y otros ensayos* (Memoria del XV Congreso del Instituto de Literatura Iberoamericana, 9/14-VIII-1971), Lima, 1972, págs. 257-261.

Völkening, Ernesto, «Anotado al margen de *Cien años de soledad*», *Eco*, 15/3, núm. 87, Bogotá, julio de 1967, págs. 259-303; también en Jorge Lafforgue, ed., *Nueva novela latinoamericana*, Buenos Aires, Paidós, 1972, I, págs. 142-179, y en P. S. Martínez, ed., *Recopilación de textos sobre Gabriel García Márquez*, págs. 189-217.

Wegel, Anna, «Los personajes en *Cien años de soledad*», en *Literatura de la Emancipación hispanoamericana y otros ensayos* (Memoria del XV Congreso del Instituto de Literatura Iberoamericana, 9/14-VIII-1971), Lima, 1972, págs. 262-274.

Williams, Raymond Leslie, «García Márquez y Gardeazábal ante *Cien años de soledad*: un desafío a la interpretación crítica», *Revista Iberoamericana*, XLVII, 1981, págs. 165-174.

Zamora, Lois P., «The Myth of Apocalipse and Human Temporality in García Márquez's *Cien años de soledad* and *El otoño del patriarca*», *Symposium*, XXXII, 1978, págs. 341-355.

Zavala, Iris M., «*Cien años de soledad*: crónica de Indias», *Ínsula*, XXV, núm. 286, septiembre de 1970, págs. 3 y 11.

Árbol genealógico de los Buendía

Muchos son los lectores de *Cien años de soledad* que echan de menos la ausencia de una genealogía de los Buendía o de una lista de los personajes al frente de la novela. Tal instrumento les hubiera ayudado, me confesaron muchas veces, a desenmarañar el lío de las líneas familiares directas, colaterales, legítimas y bastardas.

Gabriel García Márquez renunció a la idea de ofrecer este regalo al lector, porque, sin duda, tenía buenas razones[1]. De hecho, quien lee atentamente *Cien años de soledad* tendría que dibujar el árbol frondoso de los Buendía cada uno por su cuenta. También se puede considerar que la repetición de los nombres que induce, a veces, a confusión al lector, es un dato fundamental, estructural de la ficción: al fin y al cabo, poco importa que un Aureliano sea confundido con otro si éste repite, aunque modificándola, la vida de aquél.

Con todo, ya se estableció la costumbre de facilitar la lectura de obras críticas sobre *Cien años de soledad* y de la misma novela[2], poniendo de entrada el árbol genealógico de la familia Buendía.

---

[1] En cambio, José Donoso estimó necesaria la inclusión de un cuadro de los Ventura y Ventura al principio de *Casa de Campo* (Barcelona, Seix Barral, 1979, pág. 9).

[2] En la edición de «Selecciones Austral», pág. 55, el texto viene precedido por un cuadro, «La dinastía de *Los Buendía*, según José Miguel Oviedo». Buen ejemplo de hipercriticismo son las apretadas páginas dedicadas a los esquemas genealógicos de los Buendía-Iguarán en A. F. Seguí, *op. cit.*, págs. 13-65.

Según J. Ludmer, *Cien años de soledad: una interpretación*, Buenos Aires, Editorial Tiempo Contemporáneo, 1972, pág. 9.)

Cien años de soledad

para jomí garcía ascot
y maría luisa elío[1]

---

[1] Los dedicatarios de *C.A.S.* son dos amigos catalanes de GGM que frecuentaban «La Cueva de la Mafia», el escritorio del novelista en su casa del barrio de San Ángel Inn de la ciudad de México, mientras redactaba su ficción: véanse M. Vargas Llosa, *García Márquez: historia de un deicidio,* pág. 78; O. Collazos, *García Márquez: la soledad y la gloria,* pág. 154, y Dasso Saldívar, *García Márquez,* págs. 417-446. Es de notar que la traducción francesa lleva otra dedicatoria: «Pour Carmen et Álvaro Mutis», también amigos de GGM. El poeta y novelista colombiano Álvaro Mutis es uno de los más fieles compañeros de García Márquez desde 1950. También lo visitaba en «La Cueva de la Mafia».

Muchos años después, frente al pelotón de fusilamiento, el coronel Aureliano Buendía[1] había de recordar aquella tarde remota en que su padre lo llevó a conocer el hielo. Macondo era entonces una aldea de veinte casas de barro y cañabrava construidas a la orilla de un río de aguas diáfanas que se precipitaban por un lecho de piedras pulidas, blancas y enormes como huevos prehistóricos. El mundo era tan reciente, que muchas cosas carecían de nombre, y para mencionarlas había que señalarlas con el dedo. Todos los años, por el mes de marzo, una familia de gitanos desarrapados plantaba su carpa cerca de la aldea, y con un grande alboroto de pitos y timbales daban a conocer los nuevos inventos. Primero llevaron el imán. Un gitano corpulento, de barba montaraz y manos de gorrión, que se presentó con el nombre de Melquíades, hizo una truculenta demostración pública de lo que él mismo llamaba la octava maravilla de los sa-

---

[1] *Aureliano Buendía:* según GGM, la figura del coronel se inspira en la del general Rafael Uribe Uribe, caudillo liberal que se alzó en 1899 contra el Gobierno conservador colombiano: «no sólo responde más bien a la estampa huesuda del general Rafael Uribe Uribe, sino que tiene su misma tendencia a la austeridad» *(El olor de la guayaba,* pág. 21); véase el art. de Lucila I. Mena, en *Revista Interamericana de Bibliografía,* XXV, 1975, págs. 150-168, y, de la misma autora, *La función de la historia en «Cien años de soledad»,* Barcelona, 1979. El nombre y apellido parecen tomados de dos coroneles de la guerra de los Mil días: Ramón Buendía y Aureliano Nandín (Dasso Saldívar, *García Márquez,* págs. 40 y 474, nota 29). Dentro de la onomástica simbólica de la novela, el apellido *Buendía* cambia de significado según los contextos y miembros de la familia que lo llevan; el nombre *Aureliano* < 'aurum' predetermina el destino del coronel estrechamente relacionado, como se leerá, con el oro. Sobre esta apertura novelística, véase la Introducción, págs. 35-44.

bios alquimistas de Macedonia. Fue de casa en casa arrastrando dos lingotes metálicos, y todo el mundo se espantó al ver que los calderos, las pailas, las tenazas y los anafes se caían de su sitio, y las maderas crujían por la desesperación de los clavos y los tornillos tratando de desenclavarse, y aun los objetos perdidos desde hacía mucho tiempo aparecían por donde más se les había buscado, y se arrastraban en desbandada turbulenta detrás de los fierros mágicos de Melquíades. «Las cosas tienen vida propia[2] —pregonaba el gitano con áspero acento—, todo es cuestión de despertarles el ánima.» José Arcadio Buendía[3], cuya desaforada imaginación iba siempre más lejos que el ingenio de la naturaleza, y aun más allá del milagro y la magia, pensó que era posible servirse de aquella invención inútil para desentrañar el oro de la tierra. Melquíades que era un hombre honrado, le previno: «Para esto no sirve.» Pero José Arcadio Buendía no creía en aquel tiempo en la honradez de los gitanos, así que cambió su mulo y una partida de chivos por dos lingotes imantados. Úrsula Iguarán, su mujer, que contaba con aquellos animales para ensanchar el desmedrado patrimonio doméstico, no consiguió disuadirlo. «Muy pronto ha de sobrarnos oro para empedrar la casa», replicó su marido. Durante varios meses se empeñó en demostrar el acierto de sus conjeturas. Exploró palmo a palmo la región, inclusive el fondo del río, arrastrando los dos lingotes de hierro y recitando en voz alta el conjuro de Melquíades[4]. Lo único que logró desenterrar fue una armadura del siglo XV con todas sus partes soldadas por un cascote de óxido, cuyo interior tenía la resonancia hueca de un enorme calabazo lleno de piedras. Cuando José Arcadio Buendía y los cuatro hombres de su expedición lograron desarticular la armadura, en-

pregonar - to proclaim, cry out to make known

[2] *Las cosas tienen vida propia:* esta primera frase en discurso directo de *C.A.S.*, dicha por Melquíades, el profeta de la historia familiar, es una de las claves de la novela, sobre todo de su dimensión «mágica».

[3] «[Macondo] se parece a una arcadia porque está aislada: la convivencia es pacífica y primitiva; su ambiente refleja el nombre de su fundador, José *Arcadio* Buendía.» (M. Palencia-Roth, *Gabriel García Márquez: la línea...*, pág. 74.)

[4] O sea: «Todas las cosas tienen vida propia [...] todo es cuestión de despertarles el ánima.»

lingotes - imantados

contraron dentro un esqueleto calcificado que llevaba colgado en el cuello un relicario de cobre con un rizo de mujer[5].

En marzo volvieron los gitanos. Esta vez llevaban un catalejo y una lupa del tamaño de un tambor, que exhibieron como el último descubrimiento de los judíos de Amsterdam[6]. Sentaron una gitana en un extremo de la aldea e instalaron el catalejo a la entrada de la carpa. Mediante el pago de cinco reales, la gente se asomaba al catalejo y veía a la gitana al alcance de su mano. «La ciencia ha eliminado las distancias», pregonaba Melquíades. «Dentro de poco, el hombre podrá ver lo que ocurre en cualquier lugar de la tierra, sin moverse de su casa.» Un mediodía ardiente hicieron una asombrosa demostración con la lupa gigantesca: pusieron un montón de hierba seca en mitad de la calle y le prendieron fuego mediante la concentración de los rayos solares. José Arcadio Buendía, que aún no acababa de consolarse por el fracaso de sus imanes, concibió la idea de utilizar aquel invento como un arma de guerra[7]. Melquíades, otra vez, trató de disuadirlo. Pero terminó por aceptar los dos lingotes imantados y tres piezas de dinero colonial a cambio de la lupa. Úrsula lloró de consternación. Aquel dinero formaba parte de un cofre de monedas de oro que su padre había acumulado en toda una vida de privaciones, y que ella había enterrado debajo de la cama en espera de una buena ocasión para invertirlas. José Arcadio Buendía no trató siquiera de

---

[5] Las «cosas» que aquí se despiertan son actos específicos de fundación: el descubrimiento de América, que inaugura un Mundo Nuevo, y el amor, principio de una estirpe.

[6] *Los judíos de Amsterdam:* se sabe que esa importante comunidad hebrea de origen hispánico contó entre sus miembros al filósofo Spinoza cuyo esoterismo y contacto posible con la Cábala remite a la isotopía del hermetismo (burlado, revertido y, sin embargo, serio) que marca éstas como tantas otras páginas de C A S

[7] José Arcadio Buendía «redescubre» la estratagema de Arquímedes de quien se pretende que incendió los barcos romanos que sitiaban Siracusa, mediante enormes espejos que concentraban los rayos del sol. Hielo, catalejo y lupa, esos portentos traídos por los gitanos, remiten a la imagen fundamental del espejo (Macondo es la ciudad de los espejos) que es un núcleo estructurador de la novela (véase el artículo de Aleyda Roldán de Micolta, en *Explicación de textos literarios,* IV, suplemento 1, 1976, págs. 259-282).

consolarla, entregado por entero a sus experimentos tácticos con la abnegación de un científico y aun a riesgo de su propia vida. Tratando de demostrar los efectos de la lupa en la tropa enemiga, se expuso él mismo a la concentración de los rayos solares y sufrió quemaduras que se convirtieron en úlceras y tardaron mucho tiempo en sanar. Ante las protestas de su mujer, alarmada por tan peligrosa inventiva, estuvo a punto de incendiar la casa. Pasaba largas horas en su cuarto, haciendo cálculos sobre las posibilidades estratégicas de su arma novedosa, hasta que logró componer un manual de una asombrosa claridad didáctica y un poder de convicción irresistible[8]. Lo envió a las autoridades acompañado de numerosos testimonios sobre sus experiencias y de varios pliegos de dibujos explicativos, al cuidado de un mensajero que atravesó la sierra, se extravió en pantanos desmesurados, remontó ríos tormentosos y estuvo a punto de perecer bajo el azote de las fieras, la desesperación y la peste, antes de conseguir una ruta de enlace con las mulas del correo. A pesar de que el viaje a la capital era en aquel tiempo poco menos que imposible, José Arcadio Buendía prometía intentarlo tan pronto como se lo ordenara el gobierno, con el fin de hacer demostraciones prácticas de su invento ante los poderes militares, y adiestrarlos personalmente en las complicadas artes de la guerra solar. Durante varios años esperó la respuesta. Por último, cansado de esperar, se lamentó ante Melquíades del fracaso de su iniciativa, y el gitano dio entonces una prueba convincente de honradez: le devolvió los doblones a cambio de la lupa, y le dejó además unos mapas portugueses y varios instrumentos de navegación. De su puño y letra escribió una apretada síntesis de los estudios del monje Hermann, que dejó a su disposición para que pudiera servirse del astrolabio, la brújula y el sextante[9]. José Arcadio Buendía

---

[8] El sentido de las desaforadas investigaciones científicas de José Arcadio es, como en las mejores tradiciones simbólicas y alquímicas, el de la búsqueda de sí mismo y de los misterios de la vida (véase F. Merrel, en *Latin American Literary Review,* II, 1974, págs. 59-70).

[9] Estos son los primeros «pergaminos» de Melquíades que le permiten a José Arcadio viajar por la imaginación así como su descendiente lo hará des-

pasó los largos meses de lluvia encerrado en un cuartito que construyó en el fondo de la casa para que nadie perturbara sus experimentos. Habiendo abandonado por completo las obligaciones domésticas, permaneció noches enteras en el patio vigilando el curso de los astros, y estuvo a punto de contraer una insolación por tratar de establecer un método exacto para encontrar el mediodía. Cuando se hizo experto en el uso y manejo de sus instrumentos, tuvo una noción del espacio que le permitió navegar por mares incógnitos, visitar territorios deshabitados y trabar relación con seres espléndidos, sin necesidad de abandonar su gabinete. Fue esa la época en que adquirió el hábito de hablar a solas, paseándose por la casa sin hacer caso de nadie, mientras Úrsula y los niños se partían el espinazo en la huerta cuidando el plátano y la malanga[10], la yuca[11] y el ñame[12], la ahuyama[13] y la berenjena. De pronto, sin ningún anuncio, su actividad febril se interrumpió y fue sustituida por una especie de fascinación. Estuvo varios días como hechizado, repitiéndose a sí mismo en voz baja un sartal de asombrosas conjeturas, sin dar crédito a su propio entendimiento. Por fin, un martes[14] de diciembre, a la hora del almuerzo, soltó de un golpe toda la carga de su tormento. Los niños habían de recordar por el resto de su vida la augusta so-

---

cifrando la historia de la familia y el lector leyendo *C.A.S.* Se trata de uno de los numerosos efectos especulares del texto o de una «mise en abîme». —*El monje Hermann* es el benedictino alemán Hermann von Richenau, apodado Hermann el tullido, nacido en 1013, autor de tratados astrológicos *(De utilitatibus astrolabii, De mensura astrolabii, De mense lunari)*. Sobre la «cultura» que trae Melquíades a Macondo, véase el trabajo de L. I. Mena, en *Quaderni iberoamericani*, XLIX-L, 1979, págs. 1-8.

[10] *Malanga:* tubérculo comestible americano.

[11] *Yuca:* planta liliácea de la América tropical cuya raíz se come cocida o de la que se saca harina.

[12] *Ñame:* «Planta herbácea de la familia de las dioscóreas», cuya «raíz tuberculosa, de corteza casi negra y carne parecida a la de la batata, que cocida o asada es comestible muy usual en los países tropicales» *(D.R.A.E.)*.

[13] *Ahuyama:* especie de calabaza.

[14] *Un martes:* muchas de las precisiones temporales de *C.A.S.* cumplen una función no sólo cronológica sino también simbólica. Aquí se recoge la tradición popular del martes, día aciago («Martes ni te cases, ni te embarques, ni de tu familia te apartes»). Este «martes de diciembre» señala otro principio de una «catástrofe» para la familia («el laboratorio de alquimia»).

lemnidad con que su padre se sentó a la cabecera de la mesa, temblando de fiebre, devastado por la prolongada vigilia y por el encono de su imaginación, y les reveló su descubrimiento:

—La tierra es redonda como una naranja.

Úrsula perdió la paciencia. «Si has de volverte loco, vuélvete tú solo», gritó. «Pero no trates de inculcar a los niños tus ideas de gitano»[15]. José Arcadio Buendía, impasible, no se dejó amedrentar por la desesperación de su mujer, que en un rapto de cólera le destrozó el astrolabio contra el suelo. Construyó otro, reunió en el cuartito a los hombres del pueblo y les demostró, con teorías que para todos resultaban incomprensibles, la posibilidad de regresar al punto de partida navegando siempre hacia el Oriente[16]. Toda la aldea estaba convencida de que José Arcadio Buendía había perdido el juicio, cuando llegó Melquíades a poner las cosas en su punto. Exaltó en público la inteligencia de aquel hombre que por pura especulación astronómica había construido una teoría ya comprobada en la práctica, aunque desconocida hasta entonces en Macondo, y como una prueba de su admiración le hizo un regalo que había de ejercer una influencia terminante en el futuro de la aldea: un laboratorio de alquimia[17].

Para esa época, Melquíades había envejecido con una rapidez asombrosa. En sus primeros viajes parecía tener la misma edad de José Arcadio Buendía. Pero mientras éste conservaba su fuerza descomunal, que le permitía derribar un caballo agarrándolo por las orejas, el gitano parecía estragado por una dolencia tenaz. Era, en realidad, el resultado de múltiples y raras enfermedades contraídas en sus incontables viajes alrededor del mundo. Según él mismo le contó a José Arcadio Buendía mientras lo ayudaba a montar el laboratorio, la muerte lo seguía a todas partes, husmeándole los pantalones, pero sin decidirse a darle el zarpazo final. Era un fugiti-

---

[15] *Ideas de gitano:* buen ejemplo de cómo GGM revaloriza, resemantiza expresiones y conceptos fijados.

[16] Otra vez el «redescubrimiento» de José Arcadio opera revirtiendo el sentido del descubrimiento, en este caso el de Cristóbal Colón quien pensaba «regresar al punto de partida navegando siempre hacia el Occidente».

[17] Sobre la importancia de la alquimia en *C.A.S,* véase el libro de G. Maturo, aunque hay que manejarlo con muchísima prudencia y sentido crítico.

vo de cuantas plagas y catástrofes habían flagelado al género humano. Sobrevivió a la pelagra en Persia, al escorbuto en el archipiélago de Malasia, a la lepra en Alejandría, al beriberi en el Japón, a la peste bubónica en Madagascar, al terremoto de Sicilia y a un naufragio multitudinario en el estrecho de Magallanes. Aquel ser prodigioso que decía poseer las claves de Nostradamus[18], era un hombre lúgubre, envuelto en un aura triste, con una mirada asiática que parecía conocer el otro lado de las cosas. Usaba un sombrero grande y negro, como las alas extendidas de un cuervo, y un chaleco de terciopelo patinado por el verdín de los siglos. Pero a pesar de su inmensa sabiduría y de su ámbito misterioso, tenía un peso humano, una condición terrestre que lo mantenía enredado en los minúsculos problemas de la vida cotidiana. Se quejaba de dolencias de viejo, sufría por los más insignificantes percances económicos y había dejado de reír desde hacía mucho tiempo, porque el escorbuto le había arrancado los dientes. El sofocante mediodía en que reveló sus secretos, José Arcadio Buendía tuvo la certidumbre de que aquel era el principio de una grande amistad. Los niños se asombraron con sus relatos fantásticos. Aureliano, que no tenía entonces más de cinco años, había de recordarlo por el resto de su vida como lo vio aquella tarde, sentado contra la claridad metálica y reverberante de la ventana, alumbrando con su profunda voz de órgano los territorios más oscuros de la imaginación, mientras chorreaba por sus sienes la grasa derretida por el calor. José Arcadio, su hermano mayor, había de transmitir aquella imagen maravillosa, como un recuerdo hereditario, a toda su descendencia. Úrsula en cambio, conservó un mal recuerdo de aquella visita, porque entró al cuarto en el momento en que Melquíades rompió por distracción un frasco de bicloruro de mercurio.

—Es el olor del demonio —dijo ella.

—En absoluto —corrigió Melquíades—. Está comproba-

---

[18] *Nostradamus:* médico y astrólogo francés (1503-1566), autor de profecías famosas, las *Centuries astrologiques* (1555), que nunca dejaron de intrigar y suscitar descodificaciones más o menos espectaculares, incluso en años recientes. Metafóricamente «poseer las claves de Nostradamus» sería descifrar y predecir la historia de la humanidad. Melquíades, hombre de claves, debía poseerlas.

do que el demonio tiene propiedades sulfúricas, y esto no es más que un poco de solimán.

Siempre didáctico, hizo una sabia exposición sobre las virtudes diabólicas del cinabrio, pero Úrsula no le hizo caso, sino que se llevó los niños a rezar. Aquel olor mordiente quedaría para siempre en su memoria, vinculado al recuerdo de Melquíades.

El rudimentario laboratorio —sin contar una profusión de cazuelas, embudos, retortas, filtros y coladores— estaba compuesto por un atanor[19] primitivo; una probeta de cristal de cuello largo y angosto, imitación del *huevo filosófico*[20], y un destilador construido por los propios gitanos según las descripciones modernas del alambique de tres brazos de María la judía. Además de estas cosas, Melquíades dejó muestras de los siete metales correspondientes a los siete planetas[21], las fórmulas de Moisés y Zósimo[22] para el doblado del oro, y una serie de apuntes y dibujos sobre los procesos del *Gran Magisterio*, que permitían a quien supiera interpretarlos intentar la fabricación de la piedra filosofal. Seducido por la simplicidad de las fórmulas para doblar el oro, José Arcadio Buendía cortejó a Úrsula durante varias semanas, para que le permitiera desenterrar sus monedas coloniales y aumentarlas tantas veces como era posible subdividir el azogue. Úrsula cedió, como ocurría siempre ante la inquebrantable obstinación de su marido. Entonces José Arcadio Buendía echó

---

[19] *Solimán:* «corrosivo» *(D.R.A.E.). Cinabrio:* mineral de azufre y mercurio y de color rojizo. *Atanor:* aparato usado por los alquimistas.

[20] *El huevo filosófico:* símbolo alquímico de la totalidad, donde se forma el hermafrodita. Las palabras están subrayadas en el texto, como si se hubiera querido poner de manifiesto lo trascendente del símbolo, meta del proceso de la alquimia, el conocimiento de sí mismo, figura de la máxima creación y, por tanto, de la misma obra.

[21] La alquimia parte del principio de las correspondencias entre macrocosmos y microcosmos y de todos los elementos de la naturaleza. A cada planeta de la astrología tradicional corresponde un metal.

[22] *Las fórmulas de Moisés y Zósimo:* «con ello se alude a las dos grandes ramas del saber religioso [la judía y la de la Antigüedad clásica] que han interesado especialmente al autor y a todos los buscadores de la Piedra Filosofal» (G. Maturo, pág. 128). Más bien serían las dos fuentes de las tradiciones herméticas. *Zósimo:* alquimista griego del siglo III de nuestra era; véase *ibíd.*, pág. 130.

treinta doblones en una cazuela, y los fundió con raspadura de cobre, oropimente[23], azufre y plomo. Puso a hervir todo a fuego vivo en un caldero de aceite de ricino hasta obtener un jarabe espeso y pestilente más parecido al caramelo vulgar que al oro magnífico. En azarosos y desesperados procesos de destilación, fundida con los siete metales planetarios, trabajada con el mercurio hermético y el vitriolo de Chipre, y vuelta a cocer en manteca de cerdo a falta de aceite de rábano, la preciosa herencia de Úrsula quedó reducida a un chicharrón carbonizado que no pudo ser desprendido del fondo del caldero[24].

Cuando volvieron los gitanos, Úrsula había predispuesto contra ellos a toda la población. Pero la curiosidad pudo más que el temor, porque aquella vez los gitanos recorrieron la aldea haciendo un ruido ensordecedor con toda clase de instrumentos músicos, mientras el pregonero anunciaba la exhibición del más fabuloso hallazgo de los nasciancenos[25]. De modo que todo el mundo se fue a la carpa, y mediante el pago de un centavo vieron un Melquíades juvenil, repuesto, desarrugado, con una dentadura nueva y radiante. Quienes recordaban sus encías destruidas por el escorbuto, sus mejillas fláccidas y sus labios marchitos, se estremecieron de pavor ante aquella prueba terminante de los poderes sobrenaturales del gitano. El pavor se convirtió en pánico cuando Melquíades se sacó los dientes, intactos, engastados en las encías, y se los mostró al público por un instante —un instante fugaz en que volvió a ser el mismo hombre decrépito de los años anteriores— y se los puso otra vez y sonrió de nuevo

---

[23] El *Gran Magisterio* u *Opus alchimicum:* operaciones simbolizadas por las transformaciones de la materia hasta llegar a la Piedra Filosofal que representa la perfección espiritual. Sobre la alquimia en general, véase Serge Hutin, *La alquimia*, Buenos Aires, Eudeba, 1962. *Oropimente:* mineral de arsénico y azufre.

[24] José Arcadio Buendía fracasa en sus operaciones alquímicas porque no entiende el sentido profundo del ascetismo hermético que no quería transformar el plomo en oro sino purificar al ser humano en búsqueda de sí mismo.

[25] *Nasciancenos:* de Nacianzo, ciudad de Capadocia, patria de San Gregorio Nacianceno (¿330-390?), Padre de la Iglesia griega, obispo de Constantinopla, autor de discursos, cartas y poesías.

con un dominio pleno de su juventud restaurada. Hasta el propio José Arcadio Buendía consideró que los conocimientos de Melquíades habían llegado a extremos intolerables, pero experimentó un saludable alborozo cuando el gitano le explicó a solas el mecanismo de su dentadura postiza. Aquello le pareció a la vez tan sencillo y prodigioso, que de la noche a la mañana perdió todo interés en las investigaciones de alquimia; sufrió una nueva crisis de mal humor, no volvió a comer en forma regular y se pasaba el día dando vueltas por la casa. «En el mundo están ocurriendo cosas increíbles», le decía a Úrsula. «Ahí mismo, al otro lado del río, hay toda clase de aparatos mágicos, mientras nosotros seguimos viviendo como los burros.» Quienes lo conocían desde los tiempos de la fundación de Macondo, se asombraban de cuánto había cambiado bajo la influencia de Melquíades[26].

Al principio José Arcadio Buendía era una especie de patriarca juvenil, que daba instrucciones para la siembra y consejos para la crianza de niños y animales, y colaboraba con todos, aun en el trabajo físico, para la buena marcha de la comunidad. Puesto que su casa fue desde el primer momento la mejor de la aldea, las otras fueron arregladas a su imagen y semejanza. Tenía una salita amplia y bien iluminada, un comedor en forma de terraza con flores de colores alegres, dos dormitorios, un patio con un castaño gigantesco, un huerto bien plantado y un corral donde vivían en comunidad pacífica los chivos, los cerdos y las gallinas[27]. Los únicos animales prohibidos no sólo en la casa, sino en todo el poblado, eran los gallos de pelea.

---

[26] Esa influencia quizás está escrita en el propio nombre de Melquíades, si se admite, con algunos críticos, que ha de relacionarse con el bíblico Melquisedec ('rey de justicia' en hebreo), rey de Salem que se presenta a Abraham, primer patriarca del pueblo escogido (figurado en la novela por José Arcadio quien era «una especie de patriarca juvenil») y lo bendice a él y a su descendencia (véase L. I. Mena, art. cit., pág. 4).

[27] «En *C.A.S.* inclusive la arquitectura del campesino del siglo XIX se ha idealizado. Todas las casas de Macondo fueron construidas a "imagen y semejanza" de la de José Arcadio Buendía: casa típica de campesino colombiano (que todavía se encuentra), pero un poco poetizada, mejorada y ampliada.» (M. Palencia-Roth, pág. 77)

La laboriosidad de Úrsula andaba a la par con la de su marido. Activa, menuda, severa, aquella mujer de nervios inquebrantables, a quien en ningún momento de su vida se la oyó cantar, parecía estar en todas partes desde el amanecer hasta muy entrada la noche, siempre perseguida por el suave susurro de sus pollerines de olán. Gracias a ella, los pisos de tierra golpeada, los muros de barro sin encalar, los rústicos muebles de madera construidos por ellos mismos estaban siempre limpios, y los viejos arcones donde se guardaba la ropa exhalaban un tibio olor de albahaca[28].

José Arcadio Buendía, que era el hombre más emprendedor que se veía jamás en la aldea, había dispuesto de tal modo la posición de las casas, que desde todas podía llegarse al río y abastecerse de agua con igual esfuerzo, y trazó las calles con tan buen sentido que ninguna casa recibía más sol que otra a la hora del calor. En pocos años, Macondo fue una aldea más ordenada y laboriosa que cualquiera de las conocidas hasta entonces por sus 300 habitantes. Era en verdad una aldea feliz donde nadie era mayor de treinta años y donde nadie había muerto[29].

Desde los tiempos de la fundación, José Arcadio Buendía construyó trampas y jaulas. En poco tiempo llenó de turpiales, canarios, azulejos[30] y petirrojos no sólo la propia casa, sino todas las de la aldea. El concierto de tantos pájaros dis-

---

[28] «El carácter de Úrsula Iguarán, en *C.A.S.*, tiene algunos rasgos de [mi madre], pero tiene muchos más de muchas otras mujeres que he conocido en la vida. En realidad, Úrsula es para mí la mujer ideal, en el sentido de que es el paradigma de la mujer esencial, tal como yo la concibo.» *(El olor de la guayaba,* pág. 24). Úrsula se inspira también en la abuela Tranquilina Iguarán Cotes y la tía Francisca Cimodosea Mejía, quien crió a Gabito (Dasso Sadívar, *García Márquez,* pág. 99).

[29] «Este mundo también se parece al descubierto y descrito por muchos exploradores y españoles del siglo XVI. La idea del nuevo mundo como arcadia-utopía-paraíso comienza con Colón, quien en su primer viaje describe idílicamente, en una prosa elemental, a los taínos de las Antillas y, en su tercer viaje, piensa haber descubierto el Paraíso Terrenal.» (M. Palencia-Roth, pág. 76).

[30] *Azulejo:* «Pájaro americano de unos 12 centímetros de largo; el macho en verano es de color azul, y en invierno, lo mismo que la hembra en todo tiempo, es moreno obscuro con algunas fajas azules y visos verdosos.» *(D.R.A.E.)*

tintos llegó a ser tan aturdidor, que Úrsula se tapó los oídos con cera de abejas para no perder el sentido de la realidad. La primera vez que llegó la tribu de Melquíades vendiendo bolas de vidrio para el dolor de cabeza, todo el mundo se sorprendió de que hubieran podido encontrar aquella aldea perdida en el sopor de la ciénaga, y los gitanos confesaron que se habían orientado por el canto de los pájaros.

Aquel espíritu de iniciativa social desapareció en poco tiempo, arrastrado por la fiebre de los imanes, los cálculos astronómicos, los sueños de trasmutación y las ansias de conocer las maravillas del mundo. De emprendedor y limpio, José Arcadio Buendía se convirtió en un hombre de aspecto holgazán, descuidado en el vestir, con una barba salvaje que Úrsula lograba cuadrar a duras penas con un cuchillo de cocina. No faltó quien lo considerara víctima de algún extraño sortilegio. Pero hasta los más convencidos de su locura abandonaron trabajo y familias para seguirlo, cuando se echó al hombro sus herramientas de desmontar, y pidió el concurso de todos para abrir una trocha que pusiera a Macondo en contacto con los nuevos inventos.

José Arcadio Buendía ignoraba por completo la geografía de la región. Sabía que hacia el oriente estaba la sierra impenetrable, y al otro lado de la sierra la antigua ciudad de Riohacha, donde en épocas pasadas —según le había contado el primer Aureliano Buendía, su abuelo— Sir Francis Drake[31] se daba al deporte de cazar caimanes a cañonazos, que luego hacía remendar y rellenar de paja para llevárselos a la reina Isabel. En su juventud, él y sus hombres, con mujeres y niños y animales y toda clase de enseres domésticos, atravesaron la sierra buscando una salida al mar, y al cabo de veintiséis meses desistieron de la empresa y fundaron a Macondo para no tener que emprender el camino de regreso. Era, pues, una

---

[31] *Riohacha:* puerto de la costa atlántica de Colombia, ciudad natal de don Nicolás, abuelo materno de GGM. Fue efectivamente asaltada por el corsario inglés *Sir Francis Drake* (h. 1540-1596), quien realizó varias expediciones contra las colonias españolas de América entre 1570 y 1572 por cuenta de la reina Isabel I de quien fue favorito. Es uno de los personajes históricos fetiches de GGM.

ruta que no le interesaba, porque sólo podía conducirlo al pasado. Al sur estaban los pantanos, cubiertos de una eterna nata vegetal, y el vasto universo de la ciénaga grande, que según testimonio de los gitanos carecía de límites. La ciénaga grande se confundía al occidente con una extensión acuática sin horizontes, donde había cetáceos de piel delicada con cabeza y torso de mujer, que perdían a los navegantes con el hechizo de sus tetas descomunales[32]. Los gitanos navegaban seis meses por esa ruta antes de alcanzar el cinturón de tierra firme por donde pasaban las mulas del correo[33]. De acuerdo con los cálculos de José Arcadio Buendía, la única posibilidad de contacto con la civilización era la ruta del norte[34]. De modo que dotó de herramientas de desmonte y armas de cacería a los mismos hombres que lo acompañaron en la fundación de Macondo; echó en una mochila sus instrumentos de orientación y sus mapas, y emprendió la temeraria aventura.

Los primeros días no encontraron un obstáculo apreciable. Descendieron por la pedregosa ribera del río hasta el lugar en que años antes habían encontrado la armadura del guerrero, y allí penetraron al bosque por un sendero de naranjos silvestres. Al término de la primera semana, mataron y asaron un venado, pero se conformaron con comer la mitad y salar el resto para los próximos días. Trataban de aplazar con esa precaución la necesidad de seguir comiendo guacamayas[35], cuya carne azul tenía un áspero sabor de almizcle.

---

[32] El espacio de *C.A.S.* se arraiga a la vez en la geografía colombiana (Riohacha, la ciénaga grande, ...) y en la mítica (sirenas, «paraíso de humedad y silencio antes del pecado original», «región encantada», ...), lo que corresponde al enfrentamiento de las dos cronologías, la histórica y la circular.

[33] «Macondo es, al principio, una "isla" en la selva, tan separada de la vida nacional como lo fue la isla del rey Utopo de la tierra firme.» (M. Palencia-Roth, pág. 78.)

[34] Se da una función narrativa a un dato lingüístico (el norte = «la» dirección por excelencia), quizá también por una equivocación de José Buendía quien, una vez más, se aparta de la tradición simbólica: el eje de los grandes viajes míticos (y el de las civilizaciones) sigue el recorrido aparente del sol, del este al oeste.

[35] Guacamaya: *Colomb.*, guacamayo.

Luego, durante más de diez días, no volvieron a ver el sol. El suelo se volvió blando y húmedo, como ceniza volcánica, y la vegetación fue cada vez más insidiosa y se hicieron cada vez más lejanos los gritos de los pájaros y la bullaranga[36] de los monos, y el mundo se volvió triste para siempre. Los hombres de la expedición se sintieron abrumados por sus recuerdos más antiguos en aquel paraíso de humedad y silencio, anterior al pecado original, donde las botas se hundían en pozos de aceites humeantes y los machetes destrozaban lirios sangrientos y salamandras doradas. Durante una semana, casi sin hablar, avanzaron como sonámbulos por un universo de pesadumbre, alumbrados apenas por una tenue reverberación de insectos luminosos y con los pulmones agobiados por un sofocante olor de sangre. No podían regresar, porque la trocha que iban abriendo a su paso se volvía a cerrar en poco tiempo, con una vegetación nueva que casi veían crecer ante sus ojos. «No importa», decía José Arcadio Buendía. «Lo esencial es no perder la orientación.» Siempre pendiente de la brújula siguió guiando a sus hombres hacia el norte invisible, hasta que lograron salir de la región encantada. Era una noche densa, sin estrellas, pero la oscuridad estaba impregnada por un aire nuevo y limpio. Agotados por la prolongada travesía, colgaron las hamacas y durmieron a fondo por primera vez en dos semanas. Cuando despertaron, ya con el sol alto, se quedaron pasmados de fascinación. Frente a ellos, rodeado de helechos y palmeras, blanco y polvoriento en la silenciosa luz de la mañana, estaba un enorme galeón español. Ligeramente volteado a estribor, de su arboladura intacta colgaban las piltrafas escuálidas del velamen, entre jarcias adornadas de orquídeas. El casco, cubierto con una tersa coraza de rémora petrificada y musgo tierno, estaba firmemente enclavado en un suelo de piedras. Toda la estructura parecía ocupar un ámbito propio, un espacio de soledad y de olvido, vedado a los vicios del tiempo y a las costumbres de los pájaros. En el interior, que los expedicionarios exploraron con un fer-

---

[36] *Bullaranga:* en la zona del Caribe 'bullanga, bullicio, tumulto'.

vor sigiloso, no había nada más que un apretado bosque de flores[37].

El hallazgo del galeón, indicio de la proximidad del mar, quebrantó el ímpetu de José Arcadio Buendía. Consideraba como una burla de su travieso destino haber buscado el mar sin encontrarlo, al precio de sacrificios y penalidades sin cuento, y haberlo encontrado entonces sin buscarlo, atravesado en su camino como un obstáculo insalvable. Muchos años después, el coronel Aureliano Buendía volvió a atravesar la región, cuando era ya una ruta regular del correo, y lo único que encontró de la nave fue el costillar carbonizado en medio de un campo de amapolas. Sólo entonces convencido de que aquella historia no había sido un engendro de la imaginación de su padre, se preguntó cómo había podido el galeón adentrarse hasta ese punto en tierra firme[38]. Pero José Arcadio Buendía no se planteó esa inquietud cuando encontró el mar, al cabo de otros cuatro días de viaje, a doce kilómetros de distancia del galeón. Sus sueños terminaban frente a ese mar color de ceniza, espumoso y sucio, que no merecía los riesgos y sacrificios de su aventura.

—¡Carajo! —gritó—. Macondo está rodeado de agua por todas partes.

La idea de un Macondo peninsular prevaleció durante mucho tiempo, inspirada en el mapa arbitrario que dibujó José Arcadio Buendía al regreso de su expedición. Lo trazó con rabia, exagerando de mala fe las dificultades de comunicación, como para castigarse a sí mismo por la absoluta

---

[37] El hallazgo del galeón español ha sido considerado, con razón, como un episodio esencial de la novela. Se condensan aquí varios temas nucleares: la historia de América Latina, la lucha de los conceptos cronológicos, tiempo estancado y tiempo degradado, soledad (es la primera vez que aparece la palabra en el texto) y olvido. Lo que se dice del galeón español podría aplicarse a muchos espacios de la novela (el cuarto de Melquíades, ...) y a la misma ficción: «Toda la estructura parecía ocupar un ámbito propio, un espacio de soledad y de olvido, vedado a los vicios del tiempo...»

[38] Otro caso de barco encallado en la obra de GGM será el trasatlántico de *El último viaje del buque fantasma* (1968), cuento de *Eréndira*, págs. 71-79.

falta de sentido con que eligió el lugar. «Nunca llegaremos a ninguna parte», se lamentaba ante Úrsula. «Aquí nos hemos de pudrir en vida sin recibir los beneficios de la ciencia.» Esa certidumbre, rumiada varios meses en el cuartito del laboratorio, lo llevó a concebir el proyecto de trasladar a Macondo a un lugar más propicio. Pero esta vez, Úrsula se anticipó a sus designios febriles. En una secreta e implacable labor de hormiguita predispuso a las mujeres de la aldea contra la veleidad de sus hombres, que ya empezaban a prepararse para la mudanza. José Arcadio Buendía no supo en qué momento, ni en virtud de qué fuerzas adversas, sus planes se fueron enredando en una maraña de pretextos, contratiempos y evasivas, hasta convertirse en pura y simple ilusión. Úrsula lo observó con una atención inocente, y hasta sintió por él un poco de piedad, la mañana en que lo encontró en el cuartito del fondo comentando entre dientes sus sueños de mudanza, mientras colocaba en sus cajas originales las piezas del laboratorio. Lo dejó terminar. Lo dejó clavar las cajas y poner sus iniciales encima con un hisopo entintado, sin hacerle ningún reproche, pero sabiendo ya que él sabía (porque se lo oyó decir en sus sordos monólogos) que los hombres del pueblo no lo secundarían en su empresa. Sólo cuando empezó a desmontar la puerta del cuartito, Úrsula se atrevió a preguntarle por qué lo hacía, y él le contestó con una cierta amargura: «Puesto que nadie quiere irse, nos iremos sólos.» Úrsula no se alteró.

—No nos iremos —dijo—. Aquí nos quedamos, porque aquí hemos tenido un hijo.

—Todavía no tenemos un muerto —dijo él—. Uno no es de ninguna parte mientras no tenga un muerto bajo la tierra.

Úrsula replicó, con una suave firmeza:

—Si es necesario que yo me muera para que se queden aquí, me muero.

José Arcadio Buendía no creyó que fuera tan rígida la voluntad de su mujer. Trató de seducirla con el hechizo de su fantasía, con la promesa de un mundo prodigioso donde bastaba con echar unos líquidos mágicos en la tierra para que las plantas dieran frutos a voluntad del hombre, y donde se vendían a precio de baratillo toda clase de aparatos para el dolor. Pero Úrsula fue insensible a su clarividencia.

—En vez de andar pensando en tus alocadas novelerías, debes ocuparte de tus hijos —replicó—. Míralos cómo están, abandonados a la buena de Dios, igual que los burros[39].

José Arcadio Buendía tomó al pie de la letra las palabras de su mujer. Miró a través de la ventana y vio a los dos niños descalzos en la huerta soleada, y tuvo la impresión de que sólo en aquel instante habían empezado a existir, concebidos por el conjuro de Úrsula. Algo ocurrió entonces en su interior; algo misterioso y definitivo que lo desarraigó de su tiempo actual y lo llevó a la deriva por una región inexplorada de los recuerdos. Mientras Úrsula seguía barriendo la casa que ahora estaba segura de no abandonar en el resto de su vida, él permaneció contemplando a los niños con mirada absorta, hasta que los ojos se le humedecieron y se los secó con el dorso de la mano, y exhaló un hondo suspiro de resignación.

—Bueno —dijo—. Diles que vengan a ayudarme a sacar las cosas de los cajones[40].

José Arcadio, el mayor de los niños, había cumplido catorce años. Tenía la cabeza cuadrada, el pelo hirsuto y el carácter voluntarioso de su padre. Aunque llevaba el mismo impulso de crecimiento y fortaleza física, ya desde entonces era evidente que carecía de imaginación. Fue concebido y dado a luz durante la penosa travesía de la sierra, antes de la fundación de Macondo, y sus padres dieron gracias al cielo al comprobar que no tenía ningún órgano de animal. Aurelia-

---

[39] Contrástese el empleo de la misma comparación en boca de José Arcadio: «Ahí mismo, al otro lado del río, hay toda clase de aparatos mágicos, mientras nosotros seguimos viviendo como los burros» (pág. 90). Magia y ciencia son, para la mujer, «alocadas novelerías»; los hijos, para el hombre, no existen. Imaginación y «realismo» se oponen; la pareja inicial es arquetípica, como lo es el sueño del andrógino, otra culminación simbólica de la alquimia.

[40] «En ese momento pasa invisiblemente, y para siempre, el centro del poder en la familia Buendía: del marido a la esposa, de los hombres a las mujeres, del laboratorio alquímico a la casa materna, centro inmóvil de todo.» (M. Palencia-Roth, pág. 92.)

no, el primer ser humano que nació en Macondo, iba a cumplir seis años en marzo[41]. Era silencioso y retraído. Había llorado en el vientre de su madre y nació con los ojos abiertos. Mientras le cortaban el ombligo movía la cabeza de un lado a otro reconociendo las cosas del cuarto, y examinaba el rostro de la gente con una curiosidad sin asombro. Luego, indiferente a quienes se acercaban a conocerlo, mantuvo la atención concentrada en el techo de palma, que parecía a punto de derrumbarse bajo la tremenda presión de la lluvia. Úrsula no volvió a acordarse de la intensidad de esa mirada hasta un día en que el pequeño Aureliano, a la edad de tres años, entró a la cocina en el momento en que ella retiraba del fogón y ponía en la mesa una olla de caldo hirviendo. El niño, perplejo en la puerta, dijo: «Se va a caer.» La olla estaba bien puesta en el centro de la mesa, pero tan pronto como el niño hizo el anuncio, inició un movimiento irrevocable hacia el borde, como impulsada por un dinamismo interior, y se despedazó en el suelo. Úrsula alarmada, le contó el episodio a su marido, pero éste lo interpretó como un fenómeno natural[42]. Así fue siempre, ajeno a la existencia de sus hijos, en parte porque consideraba la infancia como un periodo de insuficiencia mental, y en parte porque siempre estaba demasiado absorto en sus propias especulaciones quiméricas.

Pero desde la tarde en que llamó a los niños para que lo ayudaran a desempacar las cosas del laboratorio, les dedicó sus horas mejores. En el cuartito apartado, cuyas paredes se fueron llenando poco a poco de mapas inverosímiles y gráficos fabulosos, les enseñó a leer y escribir y a sacar cuentas, y les habló de las maravillas del mundo no sólo hasta donde le alcanzaban sus conocimientos, sino forzando a extremos in-

---

[41] *Marzo:* el coronel nace en marzo, como el propio escritor; es también el mes de la vuelta anual de los gitanos. Marzo lleva, pues, consigo los primeros milagros de la ciencia y magia, y «el primer ser humano que nació en Macondo». Es además el tercer mes del año, lo que podría relacionarse con la simbología numérica. Se tendrán presentes en la memoria las caracterizaciones respectivas de José Arcadio (voluntarioso, fuerte, pero sin imaginación) y Aureliano (silencioso y retraído).

[42] Otra vez José Arcadio actúa y piensa «al revés».

creíbles los límites de su imaginación. Fue así como los niños terminaron por aprender que en el extremo meridional del África había hombres tan inteligentes y pacíficos que su único entretenimiento era sentarse a pensar, y que era posible atravesar a pie el mar Egeo saltando de isla en isla hasta el puerto de Salónica. Aquellas alucinantes sesiones quedaron de tal modo impresas en la memoria de los niños, que muchos años más tarde, un segundo antes de que el oficial de los ejércitos regulares diera la orden de fuego al pelotón de fusilamiento, el coronel Aureliano Buendía volvió a vivir la tibia tarde de marzo[43] en que su padre interrumpió la lección de física, y se quedó fascinado, con la mano en el aire y los ojos inmóviles, oyendo a la distancia los pífanos y tambores y sonajas de los gitanos que una vez más llegaban a la aldea, pregonando el último y asombroso descubrimiento de los sabios de Memphis[44].

Eran gitanos nuevos[45]. Hombres y mujeres jóvenes que sólo conocían su propia lengua, ejemplares hermosos de piel aceitada y manos inteligentes, cuyos bailes y músicas sembraron en las calles un pánico de alborotada alegría, con sus loros pintados de todos los colores que recitaban romanzas italianas, y la gallina que ponía un centenar de huevos de oro al son de la pandereta, y el mono amaestrado que adivinaba el pensamiento, y la máquina múltiple que servía al mismo tiempo para pegar botones y bajar la fiebre, y el aparato para olvidar los malos recuerdos, y el emplasto para perder el tiempo, y un millar de invenciones más, tan ingeniosas e insólitas, que José Arcadio Buendía hubiera querido inventar la

---

[43] El relato vuelve al principio de la novela, precisando ya las circunstancias del fusilamiento («oficial de ejércitos regulares», «un segundo antes») y desarrollando las del conocimiento del hielo. Para un análisis del proceso, véase M. Vargas Llosa, *op. cit.*, págs. 549-550, y nuestra Introducción.

[44] *El último y asombroso descubrimiento de los sabios de Memphis:* el hielo; compárese con el imán que Melquíades había llamado «la octava maravilla de los sabios alquimistas de Macedonia» (págs. 81-82). Macedonia y Memphis son tradicionalmente centros de hechicería y esoterismo.

[45] Hay, pues, dos tribus diferentes de gitanos, los de Melquíades y éstos nuevos. Mientras aquéllos «eran heraldos del progreso», éstos son «mercachifles de diversiones» (véase pág. 117).

máquina de la memoria[46] para poder acordarse de todas. En un instante transformaron la aldea. Los habitantes de Macondo se encontraron de pronto perdidos en sus propias calles, aturdidos por la feria multitudinaria[47].

Llevando un niño de cada mano para no perderlos en el tumulto, tropezando con saltimbanquis de dientes acorazados de oro y malabaristas de seis brazos, sofocado por el confuso aliento de estiércol y sándalo que exhalaba la muchedumbre, José Arcadio Buendía andaba como un loco buscando a Melquíades por todas partes, para que le revelara los infinitos secretos de aquella pesadilla fabulosa. Se dirigió a varios gitanos que no entendieron su lengua[48]. Por último llegó hasta el lugar donde Melquíades solía plantar su tienda, y encontró un armenio taciturno que anunciaba en castellano un jarabe para hacerse invisible. Se había tomado de un golpe una copa de la sustancia ambarina, cuando José Arcadio Buendía se abrió paso a empujones por entre el grupo absorto que presenciaba el espectáculo, y alcanzó a hacer la pregunta. El gitano lo envolvió en el clima atónito de su mirada, antes de convertirse en un charco de alquitrán pestilente y humeante sobre el cual quedó flotando la resonancia de su respuesta: «Melquíades murió.» Aturdido por la noticia, José Arcadio Buendía permaneció inmóvil, tratando de sobreponerse a la aflicción, hasta que el grupo se dispersó reclamado por otros artificios y el charco del armenio taciturno se evaporó por completo. Más tarde, otros gitanos le confirmaron que en efecto Melquíades

---

[46] *El aparato para olvidar los malos recuerdos, y el emplasto para perder el tiempo... la máquina de la memoria:* los temas clave de *C.A.S.* se filtran hasta en los accesorios histriónicos.

[47] Es la primera de las grandes perturbaciones, que siempre vienen desde fuera y dejan a los macondinos «aturdidos» y «perdidos». Fundamentalmente es el motivo de «la hojarasca».

[48] Unido al motivo de «la hojarasca» viene el de la incomunicación lingüística, otra clave de la novela (véase la Introducción, págs. 46-51). A su vez la pérdida de la palabra está vinculada aquí con la (falsa) muerte de Melquíades quien precisamente había contribuido a ensanchar la competencia lingüística de los macondinos: recuérdese que el primer discurso en estilo directo le pertenece.

había sucumbido a las fiebres en los médanos de Singapur, y su cuerpo había sido arrojado en el lugar más profundo del mar de Java. A los niños no les interesó la noticia. Estaban obstinados en que su padre los llevara a conocer la portentosa novedad de los sabios de Memphis, anunciada a la entrada de una tienda que, según decían, perteneció al rey Salomón[49]. Tanto insistieron, que José Arcadio Buendía pagó los treinta reales y los condujo hasta el centro de la carpa, donde había un gigante de torso peludo y cabeza rapada, con un anillo de cobre en la nariz y una pesada cadena de hierro en el tobillo, custodiando un cofre de pirata. Al ser destapado por el gigante, el cofre dejó escapar un aliento glacial. Dentro sólo había un enorme bloque transparente, con infinitas agujas internas en las cuales se despedazaba en estrellas de colores la claridad del crepúsculo. Desconcertado, sabiendo que los niños esperaban una explicación inmediata, José Arcadio Buendía se atrevió a murmurar:

—Es el diamante más grande del mundo.

—No —corrigió el gitano—. Es hielo.

José Arcadio Buendía, sin entender, extendió la mano hacia el témpano, pero el gigante se la apartó. «Cinco reales más para tocarlo», dijo. José Arcadio Buendía los pagó, y entonces puso la mano sobre el hielo, y la mantuvo puesta por varios minutos, mientras el corazón se le hinchaba de temor y de júbilo al contacto del misterio. Sin saber qué decir, pagó otros diez reales para que sus hijos vivieran la prodigiosa experiencia. El pequeño José Arcadio se negó a tocarlo. Aureliano, en cambio, dio un paso hacia adelante, puso la mano y la retiró en el acto. «Está hirviendo», exclamó asustado. Pero su padre no le prestó atención. Embriagado por la evidencia del prodigio, en aquel momento se olvidó de la frustración de sus empresas delirantes y del

---

[49] *Una tienda que, según decían, perteneció al rey Salomón:* por degradación, el templo de Salomón que desempeña un papel focal en las tradiciones herméticas. Basta remitir a la simbología masónica. Es el lugar de iniciación *par excellence:* y quien se inicia aquí es el pequeño Aureliano, futuro jefe de los liberales (partido de los masones).

cuerpo de Melquíades abandonado al apetito de los calamares. Pagó otros cinco reales, y con la mano puesta en el témpano, como expresando un testimonio sobre el texto sagrado[50], exclamó:

—Este es el gran invento de nuestro tiempo.

[nota manuscrita: los niños, y el nieto] José Arcadio no lo tocó. Aureliano sí lo tocó.

---

[50] Como en muchas otras ocasiones, hay que tomar esta comparación al pie de la letra: el *hielo* es un «texto» por descifrar, es decir, «despertarle el ánima», como los pergaminos de Melquíades, como la propia novela que leemos. Sin embargo, el discurso siguiente de José Arcadio niega la condición sagrada de esta nueva Biblia: el texto ya no es la escritura de Dios, sino un «invento» humano.

Cuando el pirata Francis Drake asaltó a Riohacha, en el siglo XVI, la bisabuela de Úrsula Iguarán[1] se asustó tanto con el toque de rebato y el estampido de los cañones, que perdió el control de los nervios y se sentó en un fogón encendido. Las quemaduras la dejaron convertida en una esposa inútil para toda la vida. No podía sentarse sino de medio lado, acomodada en cojines, y algo extraño debió quedarle en el modo de andar, porque nunca volvió a caminar en público. Renunció a toda clase de hábitos sociales obsesionada por la idea de que su cuerpo despedía un olor a chamusquina. El alba la sorprendía en el patio sin atreverse a dormir, porque soñaba que los ingleses con sus feroces perros de asalto se metían por la ventana del dormitorio y la sometían a vergonzosos tormentos con hierros al rojo vivo. Su marido, un comerciante aragonés con quien tenía dos hijos, se gastó media tienda en medicinas y entretenimientos buscando la manera de aliviar sus terrores. Por último liquidó el negocio y llevó a la familia a vivir lejos del mar, en una ranchería de indios pacíficos situada en las estribaciones de la sierra, donde le construyó a su mujer un dormitorio sin ventanas para que no tuvieran por donde entrar los piratas de sus pesadillas.

En la escondida ranchería vivía de mucho tiempo atrás un criollo cultivador de tabaco, don José Arcadio Buendía, con quien el bisabuelo de Úrsula estableció una sociedad tan productiva que en pocos años hicieron una fortuna. Varios si-

---

[1] Véase pág. 92, nota 31. En todo rigor cronológico, hay que otorgar más de un siglo de vida a cada miembro de la familia Iguarán: Úrsula, quien vive en el siglo XIX (véase más adelante «trescientos años de casualidades») repite la vida de sus antepasados.

glos más tarde, el tataranieto del criollo se casó con la tataranieta del aragonés. Por eso, cada vez que Úrsula se salía de casillas con las locuras de su marido, saltaba por encima de trescientos años de casualidades, y maldecía la hora en que Francis Drake asaltó a Riohacha[2]. Era un simple recurso de desahogo, porque en verdad estaban ligados hasta la muerte por un vínculo más sólido que el amor: un común remordimiento de conciencia. Eran primos entre sí[3]. Habían crecido juntos en la antigua ranchería que los antepasados de ambos transformaron con su trabajo y sus buenas costumbres en uno de los mejores pueblos de la provincia. Aunque su matrimonio era previsible desde que vinieron al mundo, cuando ellos expresaron la voluntad de casarse sus propios parientes trataron de impedirlo. Tenían el temor de que aquellos saludables cabos de dos razas secularmente entrecruzadas pasaran por la vergüenza de engendrar iguanas[4]. Ya existía un precedente tremendo. Una tía de Úrsula, casada con un tío de José Arcadio Buendía, tuvo un hijo que pasó toda la vida con unos pantalones englobados y flojos, y que murió desangrado después de haber vivido cuarenta y dos años en el más puro estado de virginidad, porque nació y creció con una cola cartilaginosa en forma de tirabuzón y con una escobilla de pelos en la punta[5]. Una cola de cerdo que no se dejó ver nunca de ninguna mujer, y que le costó la vida cuando un

[2] Se verifica aquí una de las funciones narrativas de Úrsula: es la memoria histórica, genealógica de la familia.

[3] «Ahora pienso que lo que me interesaba en mi novela era sobre todo contar la historia de una familia obsesionada por el incesto.» (GGM a C. Couffon, *Recopilación de textos*, pág. 46.) Sobre el tema del incesto en *C.A.S.*, es de imprescindible consulta el libro de J. Ludmer; véanse también S. J. Levine, *El espejo hablado*, págs. 107-126; el artículo de R. Cotelo, M. Palencia-Roth, págs. 96-112 y José Luis Méndez, págs. 121-124. Aquí también el tema obsesivo de la novela se arraiga en la anécdota familiar: la madre de GGM, Luisa Santiaga Márquez Iguarán, era hija del coronel Nicolás Márquez Iguarán y de Tranquilina Iguarán Cotes, primos hermanos, originarios del departamento de La Guajira, tierra de «indios pacíficos».

[4] «Hay un evidente juego entre las palabras Iguarán, apellido de Úrsula, y "engendrar iguanas".» (C. Arnau, *El mundo mítico*, pág. 88, nota 37.)

[5] Sobre el niño con cola de cerdo, castigo del incesto, véase mi *GGM, coetáneo de la eternidad*, págs. 48-49.

carnicero amigo le hizo el favor de cortársela con una hachuela de destazar[6]. José Arcadio Buendía, con la ligereza de sus diecinueve años, resolvió el problema con una sola frase: «No me importa tener cochinitos, siempre que puedan hablar»[7]. Así que se casaron con una fiesta de banda y cohetes que duró tres días. Hubieran sido felices desde entonces si la madre de Úrsula no la hubiera aterrorizado con toda clase de pronósticos siniestros sobre su descendencia, hasta el extremo de conseguir que rehusara consumar el matrimonio. Temiendo que el corpulento y voluntarioso marido la violara dormida, Úrsula se ponía antes de acostarse un pantalón rudimentario que su madre le fabricó con lona de velero y reforzado con un sistema de correas entrecruzadas, que se cerraba por delante con una gruesa hebilla de hierro. Así estuvieron varios meses. Durante el día, él pastoreaba sus gallos de pelea y ella bordaba en bastidor con su madre. Durante la noche, forcejeaban varias horas con una ansiosa violencia que ya parecía un sustituto del acto de amor, hasta que la intuición popular olfateó que algo irregular estaba ocurriendo, y soltó el rumor de que Úrsula seguía virgen un año después de casada, porque su marido era impotente. José Arcadio Buendía fue el último que conoció el rumor.

—Ya ves, Úrsula, lo que anda diciendo la gente —le dijo a su mujer con mucha calma.

—Déjalos que hablen —dijo ella—. Nosotros sabemos que no es cierto.

De modo que la situación siguió igual por otros seis meses, hasta el domingo trágico en que José Arcadio Buendía le ganó una pelea de gallos a Prudencio Aguilar[8]. Furioso, exal-

---

[6] En *Crónica de una muerte anunciada,* Santiago Nasar también morirá a golpes de cuchillo de matar puercos.

[7] Explícito es el criterio de la palabra como definición y esencia del ser humano. Esta «sola frase» no es nada «ligera» y puede entenderse metafóricamente: la palabra es fuente de poder cualquiera que sea el aspecto del hablante.

[8] De ser simbólico el nombre de *Prudencio Aguilar,* dudo mucho que represente el «cesarismo» al que se opondría Cristo bajo las especies de José Arcadio, como piensa G. Maturo, pág. 120. El juego es quizá mucho más sencillo: ese Prudencio no es nada prudente al desafiar a José Arcadio que tiene la «fuerza de un toro»; ese Aguilar no corresponde al águila ni a sus valores emblemáticos.

tado por la sangre de su animal, el perdedor se apartó de José Arcadio Buendía para que toda la gallera pudiera oír lo que iba a decirle.

—Te felicito —gritó—. A ver si por fin ese gallo le hace el favor a tu mujer.

José Arcadio Buendía, sereno, recogió su gallo. «Vuelvo en seguida», dijo a todos. Y luego, a Prudencio Aguilar:

—Y tú, anda a tu casa y ármate, porque te voy a matar.

Diez minutos después volvió con la lanza cebada de su abuelo. En la puerta de la gallera, donde se había concentrado medio pueblo, Prudencio Aguilar lo esperaba. No tuvo tiempo de defenderse. La lanza de José Arcadio Buendía, arrojada con la fuerza de un toro y con la misma dirección certera con que el primer Aureliano Buendía exterminó a los tigres de la región, le atravesó la garganta[9]. Esa noche, mientras se velaba el cadáver en la gallera, José Arcadio Buendía entró en el dormitorio cuando su mujer se estaba poniendo el pantalón de castidad. Blandiendo la lanza frente a ella, le ordenó: «Quítate eso.» Úrsula no puso en duda la decisión de su marido. «Tú serás responsable de lo que pase», murmuró. José Arcadio Buendía clavó la lanza en el piso de tierra[10].

—Si has de parir iguanas, criaremos iguanas —dijo—. Pero no habrá más muertos en este pueblo por culpa tuya.

Era una buena noche de junio, fresca y con luna, y estuvieron despiertos y retozando en la cama hasta el amanecer, indiferentes al viento que pasaba por el dormitorio, cargado con el llanto de los parientes de Prudencio Aguilar.

El asunto fue clasificado como un duelo de honor, pero a ambos les quedó un malestar en la conciencia. Una noche en que no podía dormir, Úrsula salió a tomar agua en el patio y vio a Prudencio Aguilar junto a la tinaja. Estaba lívido, con una expresión muy triste, tratando de cegar con un tapón de esparto el hueco de su garganta. No le produjo miedo, sino

---

[9] Sobre la anécdota familiar que GGM traspone aquí, véase la Introducción, págs. 35-36 y Dasso Saldívar, *García Márquez*, págs. 43-45.

[10] M. Palencia-Roth, pág. 101, interpreta la lanza como un símbolo obvio del falo. Haría falta agregar, pues, que Úrsula sería la figura arquetípica de la Madre Tierra.

lástima. Volvió al cuarto a contarle a su esposo lo que había visto, pero él no le hizo caso. «Los muertos no salen», dijo. «Lo que pasa es que no podemos con el peso de la conciencia»[11]. Dos noches después, Úrsula volvió a ver a Prudencio Aguilar en el baño, lavándose con el tapón de esparto la sangre cristalizada del cuello. Otra noche lo vio paseándose bajo la lluvia. José Arcadio Buendía, fastidiado por las alucinaciones de su mujer, salió al patio armado con la lanza. Allí estaba el muerto con su expresión triste.

—Vete al carajo —le gritó José Arcadio Buendía—. Cuantas veces regreses volveré a matarte.

Prudencio Aguilar no se fue, ni José Arcadio Buendía se atrevió a arrojar la lanza. Desde entonces no pudo dormir bien. Lo atormentaba la inmensa desolación con que el muerto lo había mirado desde la lluvia, la honda nostalgia con que añoraba a los vivos, la ansiedad con que registraba la casa buscando el agua para mojar su tapón de esparto. «Debe estar sufriendo mucho», le decía a Úrsula. «Se ve que está muy solo.» Ella estaba tan conmovida que la próxima vez que vio al muerto destapando las ollas de la hornilla comprendió lo que buscaba, y desde entonces le puso tazones de agua por toda la casa. Una noche en que lo encontró lavándose las heridas en su propio cuarto, José Arcadio Buendía no pudo resistir más.

—Está bien Prudencio —le dijo—. Nos iremos de este pueblo, lo más lejos que podamos, y no regresaremos jamás. Ahora vete tranquilo.

Fue así como emprendieron la travesía de la sierra. Varios amigos de José Arcadio Buendía, jóvenes como él, embullados[12] con la aventura, desmantelaron sus casas y cargaron con sus mujeres y sus hijos hacia la tierra que nadie les había prometido[13]. Antes de partir, José Arcadio Buendía enterró la

---

[11] Trasposición de las palabras de don Nicolás Márquez evocando su duelo con Medardo Pacheco Romero, el 19 de octubre de 1908: «Tú no sabes lo que pesa un muerto.»

[12] *Embullar:* «Intr. *Colomb., C. Ric.* Meter bulla, alborotar.» *(D.R.A.E.)*

[13] *La tierra que nadie les había prometido:* por supuesto, referencia a la bíblica Tierra prometida. José Arcadio, que en principio pareció ser una reencarnación de Abraham, lo es ahora de Moisés. Sin embargo, la misma forma de la expresión denota la desacralización del «texto sagrado» (véase *supra*, pág. 103, nota 50).

lanza en el patio y degolló uno tras otro sus magníficos gallos de pelea, confiando en que en esa forma le daba un poco de paz a Prudencio Aguilar. Lo único que se llevó Úrsula fue un baúl con sus ropas de recién casada, unos pocos útiles domésticos y el cofrecito con las piezas de oro que heredó de su padre. No se trazaron un itinerario definido. Solamente procuraban viajar en sentido contrario al camino de Riohacha para no dejar ningún rastro ni encontrar gente conocida. Fue un viaje absurdo. A los catorce meses, con el estómago estragado por la carne de mico y el caldo de culebras, Úrsula dio a luz un hijo con todas sus partes humanas. Había hecho la mitad del camino en una hamaca colgada de un palo que dos hombres llevaban en hombros, porque la hinchazón le desfiguró las piernas, y las varices se le reventaban como burbujas. Aunque daba lástima verlos con los vientres templados y los ojos lánguidos, los niños resistieron el viaje mejor que sus padres, y la mayor parte del tiempo les resultó divertido. Una mañana, después de casi dos años de travesía, fueron los primeros mortales que vieron la vertiente occidental de la sierra. Desde la cumbre nublada contemplaron la inmensa llanura acuática de la ciénaga grande, explayada hasta el otro lado del mundo. Pero nunca encontraron el mar. Una noche, después de varios meses de andar perdidos por entre los pantanos, lejos ya de los últimos indígenas que encontraron en el camino, acamparon a la orilla de un río pedregoso cuyas aguas parecían un torrente de vidrio helado[14]. Años después, durante la segunda guerra civil, el coronel Aureliano Buendía trató de hacer aquella misma ruta para tomarse a Riohacha por sorpresa[15], y a los seis días de viaje comprendió que era una locura. Sin embargo, la noche en que acamparon junto al río, las huestes de su padre tenían un aspecto de náufragos sin escapatoria, pero su número había aumentado durante la travesía y todos estaban dispuestos (y lo consiguie-

[14] *Un torrente de vidrio helado:* condensación en el habla de datos narrativos aparecidos anteriormente: transparencia de las aguas, hielo, y anuncio de la fundación de Macondo, la ciudad de los espejos.
[15] En la perspectiva de la historia cíclica, el coronel Aureliano Buendía repite (o quiere repetir) las hazañas de Francis Drake.

ron) a morirse de viejos. José Arcadio Buendía soñó esa noche que en aquel lugar se levantaba una ciudad ruidosa con casas de paredes de espejo. Preguntó qué ciudad era aquella, y le contestaron con un nombre que nunca había oído, que no tenía significado alguno, pero que tuvo en el sueño una resonancia sobrenatural: Macondo[16]. Al día siguiente convenció a sus hombres de que nunca encontrarían el mar. Les ordenó derribar los árboles para hacer un claro junto al río, en el lugar más fresco de la orilla, y allí fundaron la aldea[17].

José Arcadio Buendía no logró descifrar el sueño de las casas con paredes de espejos hasta el día en que conoció el hielo. Entonces creyó entender su profundo significado. Pensó que en un futuro próximo podrían fabricarse bloques de hielo en gran escala, a partir de un material tan cotidiano como el agua, y construir con ellos las nuevas casas de la aldea. Macondo dejaría de ser un lugar ardiente, cuyas bisagras y aldabas se torcían de calor, para convertirse en una ciudad invernal. Si no perseveró en sus tentativas de construir una fábrica de hielo, fue porque entonces estaba positivamente entusiasmado con la educación de sus hijos, en especial la de Aureliano, que había revelado desde el primer momento una rara intuición alquímica[18]. El laboratorio había sido desempolvado. Revisando las notas de Melquíades, ahora serenamente, sin la exaltación de la novedad, en prolongadas y pacientes sesiones trataron de separar el oro de Úrsula del cascote adherido al fondo del caldero. El joven José Arcadio participó apenas en el proceso. Mientras su padre sólo tenía cuerpo y alma para el atanor, el voluntarioso primogénito, que siempre fue demasiado grande para su edad, se convirtió en un adolescente monumental. Cambió de voz. El bozo se le pobló de un vello incipiente. Una noche Úrsula entró en el

---

[16] Sobre la referencia al Macondo de la realidad geográfica, véase *supra*, pág. 33, nota 46; sobre el origen y «significado» del nombre, véase el artículo de G. de Granda.

[17] «A José Arcadio Buendía le sucede lo que le sucedió a Jacob, quien funda la ciudad de Beth-el (Luz) a consecuencia de un sueño (Génesis, 28:19).» (M. Palencia-Roth, pág. 75.)

[18] Disposición previsible: recuérdense las circunstancias de su nacimiento y el episodio de la olla vertida (págs. 98-99).

cuarto cuando él se quitaba la ropa para dormir, y experimentó un confuso sentimiento de vergüenza y piedad: era el primer hombre que veía desnudo, después de su esposo, y estaba tan bien equipado para la vida, que le pareció anormal[19]. Úrsula, encinta por tercera vez, vivió de nuevo sus terrores de recién casada.

Por aquel tiempo iba a la casa una mujer alegre, deslenguada, provocativa, que ayudaba en los oficios domésticos y sabía leer el porvenir en la baraja[20]. Úrsula le habló de su hijo. Pensaba que su desproporción era algo tan desnaturalizado como la cola de cerdo del primo. La mujer soltó una risa expansiva que repercutió en toda la casa como un reguero de vidrio. «Al contrario», dijo. «Será feliz.» Para confirmar su pronóstico llevó los naipes a la casa pocos días después, y se encerró con José Arcadio en un depósito de granos contiguo a la cocina. Colocó las barajas con mucha calma en un viejo mesón de carpintería, hablando de cualquier cosa, mientras el muchacho esperaba cerca de ella más aburrido que intrigado. De pronto extendió la mano y lo tocó. «Qué bárbaro», dijo, sinceramente asustada, y fue todo lo que pudo decir. José Arcadio sintió que los huesos se le llenaban de espuma, que tenía un miedo lánguido y unos terribles deseos de llorar. La mujer no le hizo ninguna insinuación. Pero José Arcadio la siguió buscando toda la noche en el olor de humo que ella tenía en las axilas y que se le quedó metido debajo del pellejo. Quería estar con ella en todo momento, quería que ella fuese su madre[21], que nunca salieran del granero y que le dijera qué bárbaro, y que lo volviera a tocar y a decirle qué bárbaro. Un día no pudo soportar más y fue a buscarla a su casa. Hizo una visita formal, incomprensible, sentado en la sala sin pronunciar una palabra. En ese momento no la deseó. La encontraba distinta, enteramente ajena a la imagen

---

[19] Retrospectivamente la frase «Úrsula dio a luz un hijo con todas sus partes humanas» (pág. 109) se tiñe de ironía.

[20] *Leer el porvenir en la baraja:* recurrencia del tema de las profecías que es otro tanto «mise en abîme» de la novela entera.

[21] Clara alusión al complejo de Edipo y a la obsesión del incesto (véase M. Palencia-Roth, pág. 103).

que inspiraba su olor, como si fuera otra. Tomó el café y abandonó la casa deprimido. Esa noche, en el espanto de la vigilia, la volvió a desear con una ansiedad brutal, pero entonces no la quería como era en el granero, sino como había sido aquella tarde.

Días después, de un modo intempestivo, la mujer lo llamó a su casa, donde estaba sola con su madre, y lo hizo entrar en el dormitorio con el pretexto de enseñarle un truco de barajas. Entonces lo tocó con tanta libertad que él sufrió una desilusión después del estremecimiento inicial, y experimentó más miedo que placer[22]. Ella le pidió que esa noche fuera a buscarla. Él estuvo de acuerdo, por salir del paso, sabiendo que no sería capaz de ir. Pero esa noche, en la cama ardiente, comprendió que tenía que ir a buscarla aunque no fuera capaz. Se vistió a tientas, oyendo en la oscuridad la reposada respiración de su hermano, la tos seca de su padre en el cuarto vecino, el asma de las gallinas en el patio, el zumbido de los mosquitos, el bombo de su corazón y el desmesurado bullicio del mundo que no había advertido hasta entonces, y salió a la calle dormida. Deseaba de todo corazón que la puerta estuviera atrancada, y no simplemente ajustada, como ella le había prometido. Pero estaba abierta. La empujó con la punta de los dedos y los goznes soltaron un quejido lúgubre y articulado que tuvo una resonancia helada en sus entrañas. Desde el instante en que entró, de medio lado y tratando de no hacer ruido, sintió el olor. Todavía estaba en la salita donde los tres hermanos de la mujer colgaban las hamacas en posiciones que él ignoraba y que no podía determinar en las tinieblas, así que le faltaba atravesarla a tientas, empujar la puerta del dormitorio y orientarse allí de tal modo que no fuera a equivocarse de cama. Lo consiguió. Tropezó con los hicos[23] de las hamacas, que estaban más bajas de lo que él había supuesto, y un hombre que roncaba hasta entonces se revolvió en el sueño y dijo con una especie de desilusión: «Era miércoles.» Cuando empujó la puer-

---

[22] La escena que sigue, de iniciación sexual, también puede interpretarse como un rito de iniciación, con sus pruebas y viajes simbólicos.

[23] *Hico: «Cuba.* Cada uno de los cordeles que sostienen la hamaca en el aire.» *(D.R.A.E.)* Se ve que hay que ensanchar el área geográfica de la palabra.

ta del dormitorio, no pudo impedir que raspara el desnivel del piso. De pronto, en la oscuridad absoluta, comprendió con una irremediable nostalgia que estaba completamente desorientado. En la estrecha habitación dormían la madre, otra hija con el marido y dos niños, y la mujer que tal vez no lo esperaba. Habría podido guiarse por el olor si el olor no hubiera estado en toda la casa, tan engañoso y al mismo tiempo tan definido como había estado siempre en su pellejo. Permaneció inmóvil un largo rato, preguntándose asombrado cómo había hecho para llegar a ese abismo de desamparo, cuando una mano con todos los dedos extendidos, que tanteaba en las tinieblas, le tropezó la cara. No se sorprendió, porque sin saberlo lo había estado esperando. Entonces se confió a aquella mano, y en un terrible estado de agotamiento se dejó llevar hasta un lugar sin formas donde le quitaron la ropa y lo zarandearon como un costal de papas y lo voltearon al derecho y al revés, en una oscuridad insondable en la que le sobraban los brazos, donde ya no olía más a mujer, sino a amoníaco, y donde trataba de acordarse del rostro de ella y se encontraba con el rostro de Úrsula[24], confusamente consciente de que estaba haciendo algo que desde hacía mucho tiempo deseaba que se pudiera hacer, pero que nunca se había imaginado que en realidad se pudiera hacer, sin saber cómo lo estaba haciendo porque no sabía dónde estaban los pies y dónde la cabeza, ni los pies de quién ni la cabeza de quién, y sintiendo que no podía resistir más el rumor glacial de sus riñones y el aire de sus tripas, y el miedo, y el ansia atolondrada de huir y al mismo tiempo de quedarse para siempre en aquel silencio exasperado y aquella soledad espantosa[25].

Se llamaba Pilar Ternera[26]. Había formado parte del éxodo

---

[24] Véase pág. 111, nota 21.

[25] Esta frase describe el final de un rito iniciático «al revés»: no desemboca en la iluminación sino «en aquel silencio exasperado y aquella soledad espantosa», conforme al destino de los Buendía.

[26] *Pilar Ternera:* «nombre que simboliza sus cualidades típicamente matriarcales: constante sostén para varias generaciones de la misma familia, además de su "ternura" y su personalidad bovina» (M. Palencia-Roth, pág. 102). El juego 'Ternera-ternura' es explícito; véase en el mismo párrafo: «Había perdido [...] el hábito de la ternura.»

que culminó con la fundación de Macondo, arrastrada por su familia para separarla del hombre que la violó a los catorce años y siguió amándola hasta los veintidós, pero que nunca se decidió a hacer pública la situación porque era un hombre ajeno[27]. Le prometió seguirla hasta el fin del mundo, pero más tarde, cuando arreglara sus asuntos, y ella se había cansado de esperarlo identificándolo siempre con los hombres altos y bajos, rubios y morenos, que las barajas le prometían por los caminos de la tierra y los caminos del mar, para dentro de tres días, tres meses o tres años. Había perdido en la espera la fuerza de los muslos, la dureza de los senos, el hábito de la ternura, pero conservaba intacta la locura del corazón. Trastornado por aquel juguete prodigioso, José Arcadio buscó su rastro todas las noches a través del laberinto del cuarto. En cierta ocasión encontró la puerta atrancada, y tocó varias veces, sabiendo que si había tenido el arresto de tocar la primera vez tenía que tocar hasta la última, y al cabo de una espera interminable ella le abrió la puerta. Durante el día, derrumbándose de sueño, gozaba en secreto con los recuerdos de la noche anterior. Pero cuando ella entraba en la casa, alegre, indiferente, dicharachera, él no tenía que hacer ningún esfuerzo para disimular su tensión, porque aquella mujer cuya risa explosiva espantaba a las palomas[28], no tenía que ver con el poder invisible que lo enseñaba a respirar hacia dentro y a controlar los golpes del corazón, y le había permitido entender por qué los hombres le tienen miedo a la muerte. Estaba tan ensimismado[29] que ni siquiera comprendió la alegría de todos cuando su padre y su hermano alborotaron la casa con la noticia de que habían logrado vulnerar el cascote metálico y separar el oro de Úrsula.

---

[27] Pilar Ternera y su familia participan del mismo sistema endógamo que los Buendía.

[28] La risa que espanta a las palomas funciona como epíteto épico de Pilar Ternera.

[29] José Arcadio y Aureliano pueden intercambiar sus rasgos característicos: «la oposición no se establece solamente entre uno y otro hermano, sino en el interior de cada uno de ellos: Aureliano se expande y su nombre cubre un espacio histórico; José Arcadio se retrae; pero Aureliano sigue hermético en su expansión y José Arcadio expansivo en su retraimiento». (J. Ludmer, pág. 63.)

En efecto, tras complicadas y perseverantes jornadas, lo habían conseguido. Úrsula estaba feliz, y hasta dio gracias a Dios por la invención de la alquimia, mientras la gente de la aldea se apretujaba en el laboratorio, y les servían dulce de guayaba con galletitas para celebrar el prodigio, y José Arcadio Buendía les dejaba ver el crisol con el oro rescatado, como si acabara de inventarlo. De tanto mostrarlo, terminó frente a su hijo mayor, que en los últimos tiempos apenas se asomaba por el laboratorio. Puso frente a sus ojos el mazacote seco y amarillento, y le preguntó: «¿Qué te parece?» José Arcadio, sinceramente, contestó:

—Mierda de perro[30].

Su padre le dio con el revés de la mano un violento golpe en la boca que le hizo saltar la sangre y las lágrimas. Esa noche Pilar Tercera le puso compresas de árnica en la hinchazón, adivinando el frasco y los algodones en la oscuridad, y le hizo todo lo que quiso sin que él se molestara, para amarlo sin lastimarlo. Lograron tal estado de intimidad que un momento después, sin darse cuenta, estaban hablando en murmullos.

—Quiero estar solo contigo —decía él—. Un día de estos le cuento todo a todo el mundo y se acaban los escondrijos.

Ella no trató de apaciguarlo.

—Sería muy bueno —dijo—. Si estamos solos, dejamos la lámpara encendida para vernos bien, y yo puedo gritar todo lo que quiera sin que nadie tenga que meterse y tú me dices en la oreja todas las porquerías que se te ocurran.

Esta conversación, el rencor mordiente que sentía contra su padre[31], y la inminente posibilidad del amor desaforado, le inspiraron una serena valentía. De un modo espontáneo, sin ninguna preparación, le contó todo a su hermano.

---

[30] «El simbolismo mítico del oro es uno de los más ricos y extendidos tanto en los pueblos primitivos como en las culturas clásicas y mixtas, y su plural significatividad ha dado lugar a una amplia aplicación artística y literaria.» (G. Maturo, pág. 140, nota 16.) Hay que tomar también en cuenta las tradiciones culturales que asimilan el oro a un excremento de la tierra y al valor económico del metal que se vincula con su poder de corrupción.

[31] *El rencor... contra su padre:* consabido es que también integra el complejo de Edipo.

Al principio el pequeño Aureliano sólo comprendía el riesgo, la inmensa posibilidad de peligro que implicaban las aventuras de su hermano, pero no lograba concebir la fascinación del objetivo. Poco a poco se fue contaminando de ansiedad. Se hacía contar las minuciosas peripecias, se identificaba con el sufrimiento y el gozo del hermano, se sentía asustado y feliz[32]. Lo esperaba despierto hasta el amanecer, en la cama solitaria que parecía tener una estera de brasas, y seguían hablando sin sueño hasta la hora de levantarse, de modo que muy pronto padecieron ambos la misma somnolencia, sintieron el mismo desprecio por la alquimia y la sabiduría de su padre, y se refugiaron en la soledad[33]. «Estos niños andan como zurumbáticos», decía Úrsula. «Deben tener lombrices.» Les preparó una repugnante pócima de paico[34] machacado, que ambos bebieron con imprevisto estoicismo, y se sentaron al mismo tiempo en sus bacinillas once veces en un solo día, y expulsaron unos parásitos rosados que mostraron a todos con gran júbilo, porque les permitieron desorientar a Úrsula en cuanto al origen de sus distraimientos y languideces. Aureliano no sólo podía entonces entender, sino que podía vivir como cosa propia las experiencias de su hermano, porque en una ocasión en que éste explicaba con muchos pormenores el mecanismo del amor, lo interrumpió para preguntarle: «¿Qué se siente?» José Arcadio le dio una respuesta inmediata:

—Es como un temblor de tierra.

Un jueves de enero, a las dos de la madrugada, nació Amaranta. Antes de que nadie entrara en el cuarto, Úrsula la examinó minuciosamente. Era liviana y acuosa como una lagar-

---

[32] «El análisis de las secuencias narrativas confirma esta inserción de cada uno de los hermanos en estructuras contradictorias: no se encuentran nunca juntos sino en los momentos decisivos, en los cuales José Arcadio da algo a Aureliano: el relato de su iniciación sexual, el salvarle la vida.» (J. Ludmer, págs. 63-64.)

[33] En *C.A.S.* se inscriben todas las figuras de la soledad: a la soledad de José Arcadio después de la iniciación sexual sigue la que implica la complicidad de los hermanos contra los padres.

[34] *Paico: «Argent., Colomb., Chile y Ecuad. Pazote.» (D.R.A.E.)*

tija, pero todas sus partes eran humanas[35]. Aureliano no se dio cuenta de la novedad sino cuando sintió la casa llena de gente. Protegido por la confusión salió en busca de su hermano, que no estaba en la cama desde las once, y fue una decisión tan impulsiva que ni siquiera tuvo tiempo de preguntarse cómo haría para sacarlo del dormitorio de Pilar Ternera. Estuvo rodando la casa varias horas, silbando claves privadas[36], hasta que la proximidad del alba lo obligó a regresar. En el cuarto de su madre, jugando con la hermanita recién nacida y con una cara que se le caía de inocencia, encontró a José Arcadio.

Úrsula había cumplido apenas su reposo de cuarenta días, cuando volvieron los gitanos. Eran los mismos saltimbanquis y malabaristas que llevaron el hielo. A diferencia de la tribu de Melquíades, habían demostrado en poco tiempo que no eran heraldos del progreso, sino mercachifles de diversiones. Inclusive cuando llevaron el hielo, no lo anunciaron en función de su utilidad en la vida de los hombres, sino como una simple curiosidad de circo. Esta vez, entre muchos otros juegos de artificio, llevaban una estera voladora. Pero no la ofrecieron como un aporte fundamental al desarrollo del transporte, sino como un objeto de recreo. La gente, desde luego, desenterró sus últimos pedacitos de oro para disfrutar de un vuelo fugaz sobre las casas de la aldea. Amparados por la deliciosa impunidad del desorden colectivo, José Arcadio y Pilar vivieron horas de desahogo. Fueron dos novios dichosos entre la muchedumbre, y hasta llegaron a sospechar que el amor podía ser un sentimiento más reposado y profundo que la felicidad desaforada pero momentánea de sus noches secretas[37]. Pilar, sin embargo, rompió el encanto. Es-

---

[35] La obsesión de Úrsula se expresa en la repetición del registro de «todas las partes humanas» de sus hijos (véanse págs. 109 y 111, nota 19). La ironía (... y el temor de Úrsula) resulta aquí de la comparación con «una lagartija», de la misma familia de la «iguana».

[36] *Claves privadas:* la manía del lenguaje críptico, propia de Melquíades, ya pasó a los Buendía, familia de codificadores-descodificadores, bien sean actores (autores) o lectores de su historia.

[37] La primera pareja, José Arcadio Buendía-Úrsula, quedó unida por un sentimiento «más sólido que el amor: un común remordimiento de concien-

timulada por el entusiasmo con que José Arcadio disfrutaba de su compañía, equivocó la forma y la ocasión, y de un solo golpe le echó el mundo encima. «Ahora sí eres un hombre», le dijo. Y como él no entendió lo que ella quería decirle, se lo explicó letra por letra[38].

—Vas a tener un hijo.

José Arcadio no se atrevió a salir de su casa en varios días. Le bastaba con escuchar la risotada trepidante de Pilar en la cocina para correr a refugiarse en el laboratorio, donde los artefactos de alquimia habían revivido con la bendición de Úrsula. José Arcadio Buendía recibió con alborozo al hijo extraviado[39] y lo inició en la búsqueda de la piedra filosofal, que había por fin emprendido. Una tarde se entusiasmaron los muchachos con la estera voladora que pasó veloz al nivel de la ventana del laboratorio llevando al gitano conductor y a varios niños de la aldea que hacían alegres saludos con la mano, y José Arcadio Buendía ni siquiera la miró. «Déjenlos que sueñen», dijo. «Nosotros volaremos mejor que ellos con recursos más científicos que ese miserable sobrecamas»[40]. A pesar de su fingido interés, José Arcadio no entendió nunca los poderes del *huevo filosófico*, que simplemente le parecía un frasco mal hecho. No lograba escapar de su preocupación. Perdió el apetito y el sueño, sucumbió al mal humor, igual que su padre[41] ante el fracaso de alguna de sus empresas, y fue tal su trastorno que el propio José Arcadio Buendía lo relevó de los deberes en el laboratorio creyendo que había tomado la alquimia demasiado a pecho. Aureliano, por supuesto, comprendió que la aflicción del hermano no tenía origen en la búsqueda de la piedra filosofal, pero no consiguió

---

cia» (pág. 105). La segunda, José Arcadio (hijo)-Pilar Ternera, sólo llega a sospechar lo que es el amor, que sigue siendo tierra incógnita para los Buendía. Nótese cómo el paralelismo de las situaciones entraña la recurrencia léxica: «Era un simple recurso de desahogo» «José Arcadio y Pilar vivieron horas de desahogo.»

[38] De nuevo se descodifica un lenguaje figurado. Pero Pilar Ternera «equivoca la forma y la ocasión». No se recibe el mensaje como ella lo esperaba.

[39] Obvia y humorística es la referencia a la parábola bíblica.

[40] Profeta cómico, pero profeta, José Arcadio «ve» al personaje de Gastón.

[41] José Arcadio (hijo) reintegra la línea de los José Arcadios.

arrancarle una confidencia. Había perdido su antigua espontaneidad. De cómplice y comunicativo se hizo hermético y hostil. Ansioso de soledad[42], mordido por un virulento rencor contra el mundo, una noche abandonó la cama como de costumbre, pero no fue a casa de Pilar Ternera, sino a confundirse con el tumulto de la feria. Después de deambular por entre toda suerte de máquinas de artificio, sin interesarse por ninguna, se fijó en algo que no estaba en juego: una gitana muy joven, casi una niña, agobiada de abalorios, la mujer más bella que José Arcadio había visto en su vida[43]. Estaba entre la multitud que presenciaba el triste espectáculo del hombre que se convirtió en víbora por desobedecer a sus padres[44].

José Arcadio no puso atención. Mientras se desarrollaba el triste interrogatorio del hombre-víbora, se había abierto paso por entre la multitud hasta la primera fila en que se encontraba la gitana, y se había detenido detrás de ella. Se apretó contra sus espaldas. La muchacha trató de separarse, pero José Arcadio se apretó con más fuerza contra sus espaldas. Entonces ella lo sintió. Se quedó inmóvil contra él, temblando de sorpresa y pavor, sin poder creer en la evidencia, y por último volvió la cabeza y lo miró con una sonrisa trémula. En ese instante dos gitanos metieron al hombre-víbora en su jaula y la llevaron al interior de la tienda. El gitano que dirigía el espectáculo anunció:

—Y ahora, señoras y señores, vamos a mostrar la prueba terrible de la mujer que tendrá que ser decapitada todas las noches a esta hora durante ciento cincuenta años, como castigo por haber visto lo que no debía[45].

---

[42] Se agrega una nueva soledad a la lista de las soledades experimentadas por José Arcadio, la de la irresponsabilidad.

[43] Sobre la función del narrema recurrente de «la mujer más bella del mundo» y de «las reinas de la belleza» en la obra de GGM, véase mi *GGM, coetáneo de la eternidad*, págs. 51-60.

[44] *El hombre-víbora:* otro personaje-fetiche de GGM; puede convertirse en mujer-araña: «Sucedió que por esos días, entre muchas otras atracciones de las ferias errantes del Caribe, llevaron al pueblo el espectáculo triste de la mujer que se había convertido en araña por desobedecer a sus padres.» *(Un señor muy viejo con unas alas enormes en Eréndira...,* pág. 16.)

[45] *... por haber visto lo que no debía:* efecto humorístico producido por la yuxtaposición de la escena anterior y el anuncio del espectáculo; transferencia inducida del «castigo» de la mujer decapitada a la joven gitana.

José Arcadio y la muchacha no presenciaron la decapitación. Fueron a la carpa de ella, donde se besaron con una ansiedad desesperada mientras se iban quitando la ropa. La gitana se deshizo de sus corpiños superpuestos, de sus numerosos pollerines de encaje almidonado, de su inútil corset alambrado, de su carga de abalorios, y quedó prácticamente convertida en nada. Era una ranita lánguida, de senos incipientes y piernas tan delgadas que no le ganaban en diámetro a los brazos de José Arcadio, pero tenía una decisión y un calor que compensaban su fragilidad. Sin embargo, José Arcadio no podía responderle porque estaban en una especie de carpa pública, por donde los gitanos pasaban con sus cosas de circo y arreglaban sus asuntos, y hasta se demoraban junto a la cama a echar una partida de dados. La lámpara colgada en la vara central iluminaba todo el ámbito. En una pausa de las caricias, José Arcadio se estiró desnudo en la cama, sin saber qué hacer, mientras la muchacha trataba de alentarlo. Una gitana de carnes espléndidas entró poco después acompañada de un hombre que no hacía parte de la farándula, pero que tampoco era de la aldea, y ambos empezaron a desvestirse frente a la cama. Sin proponérselo, la mujer miró a José Arcadio y examinó con una especie de fervor patético su magnífico animal en reposo[46].

—Muchacho —exclamó—, que Dios te la conserve.

La compañera de José Arcadio les pidió que los dejaran tranquilos, y la pareja se acostó en el suelo, muy cerca de la cama. La pasión de los otros despertó la fiebre de José Arcadio. Al primer contacto, los huesos de la muchacha parecieron desarticularse con un crujido desordenado como el de un fichero de dominó, y su piel se deshizo en un sudor pálido y sus ojos se llenaron de lágrimas y todo su cuerpo exha-

---

[46] «Los mitos y prejuicios sexuales típicos de las sociedades subdesarrolladas figuran como verdades objetivas en Macondo: el placer sexual de la mujer es del tamaño del falo del varón que la fornica y el coito ejemplar es aquel en el que el varón domina, esclaviza y destruye y en el que la mujer es dominada, esclavizada y destruida, es decir, el coito que reproduce la situación de servidumbre y dependencia en que se halla la mujer respecto del hombre en la sociedad.» (M. Vargas Llosa, pág. 507.) M. Vargas Llosa llama a José Arcadio «el protomacho», el «gran fornicador de la estirpe».

ló un lamento lúgubre y vago olor de lodo. Pero soportó el impacto con una firmeza de carácter y una valentía admirables[47]. José Arcadio se sintió entonces levantado en vilo hacia un estado de inspiración seráfica, donde su corazón se desbarató en un manantial de obscenidades tiernas que le entraban a la muchacha por los oídos y le salían por la boca traducidas a su idioma. Era jueves. La noche del sábado José Arcadio se amarró un trapo rojo en la cabeza y se fue con los gitanos.

Cuando Úrsula descubrió su ausencia, lo buscó por toda la aldea. En el desmantelado campamento de los gitanos no había más que un reguero de desperdicios entre las cenizas todavía humeantes de los fogones apagados. Alguien que andaba por ahí buscando abalorios entre la basura le dijo a Úrsula que la noche anterior había visto a su hijo en el tumulto de la farándula, empujando una carretilla con la jaula del hombre-víbora. «¡Se metió de gitano!», le gritó ella a su marido, quien no había dado la menor señal de alarma ante la desaparición.

—Ojalá fuera cierto —dijo José Arcadio Buendía, machacando en el mortero la materia mil veces machacada y recalentada y vuelta a machacar[48]—. Así aprenderá a ser hombre.

Úrsula preguntó por dónde se habían ido los gitanos. Siguió preguntando en el camino que le indicaron, y creyendo que todavía tenía tiempo de alcanzarlos, siguió alejándose de la aldea, hasta que tuvo conciencia de estar tan lejos que ya no pensó en regresar. José Arcadio Buendía no descubrió la falta de su mujer sino a las ocho de la noche, cuando dejó la materia recalentándose en una cama de estiércol, y fue a ver qué le pasaba a la pequeña Amaranta que estaba ronca de llorar. En pocas horas reunió un grupo de hombres bien equipados[49]; puso a Amaranta en manos de una mujer que se

---

[47] «Firmeza de carácter y valentía *admirables:* toda la participación que se exige a la mujer en el amor es *sufrir* sin quejarse, *resistir* el "impacto" del varón» *(íd.,* pág. 508).

[48] Emergencia del motivo del «hacer para deshacer» o de la «tela de Penélope».

[49] *Hombres bien equipados:* calificación quizá ambigua; recuérdese que al ver a su hijo desnudo, Úrsula constató que «estaba tan bien equipado para la vida, que le pareció anormal» (pág. 111).

ofreció para amamantarla[50], y se perdió por senderos invisibles en pos de Úrsula. Aureliano los acompañó. Unos pescadores indígenas, cuya lengua desconocían, les indicaron por señas[51] al amanecer que no habían visto pasar a nadie. Al cabo de tres días de búsqueda inútil, regresaron a la aldea.

Durante varias semanas, José Arcadio Buendía se dejó vencer por la consternación. Se ocupaba como una madre de la pequeña Amaranta. La bañaba y cambiaba de ropa, la llevaba a ser amamantada cuatro veces al día y hasta le cantaba en la noche las canciones que Úrsula nunca supo cantar. En cierta ocasión Pilar Ternera se ofreció para hacer los oficios de la casa mientras regresaba Úrsula. Aureliano, cuya misteriosa intuición le había sensibilizado en la desdicha, experimentó un fulgor de clarividencia al verla entrar. Entonces supo que de algún modo inexplicable ella tenía la culpa de la fuga de su hermano y la consiguiente desaparición de su madre, y la acosó de tal modo, con una callada e implacable hostilidad, que la mujer no volvió a la casa.

El tiempo puso las cosas en su puesto. José Arcadio Buendía y su hijo no supieron en qué momento estaban otra vez en el laboratorio, sacudiendo el polvo, prendiendo fuego al atanor, entregados una vez más a la paciente manipulación de la materia dormida desde hacía varios meses en su cama de estiércol. Hasta Amaranta, acostada en una canastilla de mimbre, observaba con curiosidad la absorbente labor de su padre y su hermano en el cuartito enrarecido por los vapores del mercurio. En cierta ocasión, meses después de la partida de Úrsula, empezaron a suceder cosas extrañas. Un frasco vacío que durante mucho tiempo estuvo olvidado en un armario se hizo tan pesado que fue imposible moverlo. Una cazuela de agua colocada en la mesa de trabajo hirvió sin fuego durante media hora hasta evaporarse por completo. José Arcadio

---

[50] Para el sentido eventualmente simbólico del nombre de *Amaranta*, la referencia más obvia es la planta (amarantina, amaranto) aunque no haya que descartar asociaciones con «amargura» (cfr. pág. 361: «Amaranta [...] cuya concentrada amargura la amargaba») o «amarrar». Lo cierto es que da lugar a un juego aliterativo con «amamantar» que se repetirá poco después.

[51] Un caso más de una lengua desconocida que hay que traducir e interpretar.

Buendía y su hijo observaban aquellos fenómenos con asustado alborozo, sin lograr explicárselos, pero interpretándolos como anuncios de la materia. Un día la canastilla de Amaranta empezó a moverse con un impulso propio[52] y dio una vuelta completa en el cuarto, ante la consternación de Aureliano, que se apresuró a detenerla. Pero su padre no se alteró. Puso la canastilla en su puesto y la amarró a la pata de una mesa, convencido de que el acontecimiento esperado era inminente. Fue en esa ocasión cuando Aureliano le oyó decir:

—Si no temes a Dios, témele a los metales.

De pronto, casi cinco meses después de su desaparición, volvió Úrsula. Llegó exaltada, rejuvenecida, con ropas nuevas de un estilo desconocido en la aldea. José Arcadio Buendía apenas si pudo resistir el impacto. «¡Era esto!», gritaba. «Yo sabía que iba a ocurrir.» Y lo creía de veras, porque en sus prolongados encierros, mientras manipulaba la materia, rogaba en el fondo de su corazón que el prodigio esperado no fuera el hallazgo de la piedra filosofal, ni la liberación del soplo que hace vivir los metales, ni la facultad de convertir en oro las bisagras y cerraduras de la casa, sino lo que ahora había ocurrido: el regreso de Úrsula[53]. Pero ella no compartía su alborozo. Le dio un beso convencional, como si no hubiera estado ausente más de una hora, y le dijo:

—Asómate a la puerta.

José Arcadio Buendía tardó mucho tiempo para restablecerse de la perplejidad cuando salió a la calle y vio la muchedumbre. No eran gitanos. Eran hombres y mujeres como ellos, de cabellos lacios y piel parda, que hablaban su misma lengua[54] y se lamentaban de los mismos dolores. Traían mulas cargadas de cosas de comer, carretas de bueyes con muebles y utensilios domésticos, puros y simples accesorios terrestres puestos en venta sin aspavientos por los mercachifles

---

[52] Se comprueba otra vez la frase clave de Melquíades: «Las cosas tienen vida propia, todo es cuestión de despertarles el ánima.»

[53] *El regreso de Úrsula:* también tiene una significación alquímica; es el sueño de la pareja primordial y del andrógino. Sueño otra vez frustrado.

[54] *Que hablaban su misma lengua:* conforme al carácter de Úrsula que no pertenece a la raza de los descifradores de lenguajes opacos.

de la realidad cotidiana. Venían del otro lado de la ciénaga, a sólo dos días de viaje, donde había pueblos que recibían el correo todos los meses y conocían las máquinas del bienestar. Úrsula no había alcanzado a los gitanos, pero encontró la ruta que su marido no pudo descubrir en su frustrada búsqueda de los grandes inventos[55].

[55] Reincidencia del motivo «lo que se busca no se encuentra, lo que se encuentra no se ha buscado». Hace falta esperar el final de la novela para que «buscar» y «encontrar» coincidan con el desciframiento de los pergaminos... pero será demasiado tarde. Notemos también que Úrsula, la práctica, es la responsable de la introducción de los primeros progresos de la civilización («las máquinas del bienestar»)... y de las catástrofes consecuentes.

que el cuidado de los niños quedó relegado, aunque il seña-
laño se encuentra incluir... Y Weis nubre una mela realita
que usaba el puerto con un hermano, uno visto, le uno, so..
re de linac mía, que llegaba a su niño desde lueta vines
ve bre. Ambos entaban dociles y sorvadas, que il haul, se
hizo cargo de ella, y ya que le alumaban los otros n do..
niento... Por su corta Sirvira, y un... ana Inloisos fil m..
gra pala; también el curstiano, Yupendion a , romes
olde... la estie, y a corta huevos de gama, Sin otro Lan..
la e elba cierta, porque andaba con istanores... en un...
promeder cha hao do de art null a de tenitela, Matoñdo

_____

115 to Amadeos caramba, se pe quierana la remainas (and la
qui los, sus tinas

in distinda omapha... media, lego no so to simitar, scu hom them
du sespior, de aqui un maio sport

2. Conversa sobre la compañía colombias, Corum leta mayel ea l
la, El autor en corro....

tla tros in Wong, procure para chipu in impociones en ignetine
por Abou derivou perz in fenlle..

> Amaione a si amaio araña corru... na paraonal de La Kl no... a 2

El hijo de Pilar Ternera fue llevado a casa de sus abuelos a las dos semanas de nacido. Úrsula lo admitió de mala gana, vencida una vez más por la terquedad de su marido[1] que no pudo tolerar la idea de que un retoño de su sangre quedara navegando a la deriva, pero impuso la condición de que se ocultara al niño su verdadera identidad. Aunque recibió el nombre de José Arcadio, terminaron por llamarlo simplemente Arcadio para evitar confusiones[2]. Había por aquella época tanta actividad en el pueblo y tantos trajines en la casa, que el cuidado de los niños quedó relegado a un nivel secundario. Se los encomendaron a Visitación, una india guajira que llegó al pueblo con un hermano, huyendo de una peste de insomnio que flagelaba a su tribu desde hacía varios años[3]. Ambos eran tan dóciles y serviciales, que Úrsula se hizo cargo de ellos para que la ayudaran en los oficios domésticos. Fue así como Arcadio y Amaranta hablaron la lengua guajira antes que el castellano[4], y aprendieron a tomar caldo de lagartijas y a comer huevos de arañas sin que Úrsula se diera cuenta, porque andaba demasiado ocupada en un prometedor negocio de animalitos de caramelo[5]. Macondo

---

[1] Ha de entenderse con ironía: es generalmente la terquedad de Úrsula la que vence a su marido.

[2] Arcadio, primer descendiente ilegítimo de la familia, será integrado en ella y educado como un Buendía. Pero su madre siempre quedará marginada. Se reproduce aquí un hábito social.

[3] Como ya vimos, la geografía colombiana (Guajira) está trascendida por la imaginación (peste del insomnio).

[4] *Hablaron la lengua guajira:* pues plantean un problema más de traducción-descodificación para la familia.

[5] *Animalitos de caramelo:* antiguo «demonio personal» de GGM; véase «La

estaba transformado. Las gentes que llegaron con Úrsula divulgaron la buena calidad de su suelo y su posición privilegiada con respecto a la ciénaga, de modo que la escueta aldea de otro tiempo se convirtió muy pronto en un pueblo activo, con tiendas y talleres de artesanía, y una ruta de comercio permanente por donde llegaron los primeros árabes de pantuflas y argollas en las orejas, cambiando collares de vidrio por guacamayas. José Arcadio Buendía no tuvo un instante de reposo. Fascinado por una realidad inmediata que entonces le resultó más fantástica que el vasto universo de su imaginación, perdió todo interés por el laboratorio de alquimia, puso a descansar la materia extenuada por largos meses de manipulación, y volvió a ser el hombre emprendedor de los primeros tiempos que decidía el trazado de las calles y la posición de las nuevas casas, de manera que nadie disfrutara de privilegios que no tuvieran todos[6]. Adquirió tanta autoridad entre los recién llegados que no se echaron cimientos ni se pararon cercas sin consultárselo, y se determinó que fuera él quien dirigiera la repartición de la tierra. Cuando volvieron los gitanos saltimbanquis, ahora con su feria ambulante transformada en un gigantesco establecimiento de juegos de suerte y azar[7], fueron recibidos con alborozo porque se pensó que José Arcadio regresaba con ellos. Pero José Arcadio no volvió, ni llevaron al hombre-víbora que según pensaba Úrsula era el único que podía darles razón de su hijo, así que no se les permitió a los gitanos instalarse en el pueblo ni volver a pisarlo en el futuro, porque se los consideró como mensajeros de la concupiscencia y la perversión. José Arcadio Buendía, sin embargo, fue explícito en el sentido de que la

---

Jirafa» del 17 de mayo de 1952, en *El Heraldo* (Barranquilla), titulada *Aquellos animalitos de caramelo* (*Textos costeños*, págs. 751-752).

[6] Al Macondo «primitivo» (prehistórico) sustituye un primer Macondo organizado socialmente (histórico) según las reglas del comunismo también primitivo bajo la autoridad del fundador, figura mítica de las Utopías. El trazado «natural» de las calles que hacía que «ninguna casa [recibiera] más sol que otras a la hora del calor» (pág. 91), es reemplazado por un plan urbanístico ortogonal.

[7] Los *juegos de suerte y azar* representan una nueva degradación del saber hermético de los gitanos.

127

antigua tribu de Melquíades, que tanto contribuyó al engrandecimiento de la aldea con su milenaria sabiduría y sus fabulosos inventos, encontraría siempre las puertas abiertas. Pero la tribu de Melquíades, según contaron los trotamundos, había sido borrada de la faz de la tierra por haber sobrepasado los límites del conocimiento humano[8].

Emancipado al menos por el momento de las torturas de la fantasía, José Arcadio Buendía impuso en poco tiempo un estado de orden y trabajo, dentro del cual sólo se permitió una licencia: la liberación de los pájaros que desde la época de la fundación alegraban el tiempo con sus flautas, y la instalación en su lugar de relojes musicales en todas las casas. Eran unos preciosos relojes de madera labrada que los árabes cambiaban por guacamayas, y que José Arcadio Buendía sincronizó con tanta precisión, que cada media hora el pueblo se alegraba con los acordes progresivos de una misma pieza, hasta alcanzar la culminación de un mediodía exacto y unánime con el valse completo. Fue también José Arcadio Buendía quien decidió por esos años que en las calles del pueblo se sembraran almendros en vez de acacias[9], y quien descubrió sin revelarlos nunca los métodos para hacerlos eternos. Muchos años después, cuando Macondo fue un campamento de casas de madera y techos de zinc, todavía perduraban en las calles más antiguas los almendros rotos y polvorientos, aunque nadie sabía entonces quién los había sembrado. Mientras su padre ponía en orden el pueblo y su madre consolidaba el patrimonio doméstico con su maravillosa industria de gallitos y peces azucarados que dos veces al día salían de la casa ensartados en palos de balso[10], Aureliano vivía horas interminables en el laboratorio abandonado, aprendiendo por pura investigación el arte de la plate-

---

[8] También es lo que ocurrirá a la «tribu» de los Buendía.

[9] En la etapa histórica que vive Macondo, se sustituye lo natural (pájaros) por lo artificial (relojes) y lo simbólico *(acacias:* árbol que desempeña un papel central en algunas tradiciones esotéricas, como la leyenda masónica de Hiram) por lo práctico *(almendros:* especie tropical que se siembra sobre todo para dar sombra y, accesoriamente, para los frutos).

[10] *Balso:* árbol tropical alto de madera blanca y tierna.

ría[11]. Se había estirado tanto, que en poco tiempo dejó de servirle la ropa abandonada por su hermano y empezó a usar la de su padre, pero fue necesario que Visitación les cosiera alforzas a las camisas y sisas a los pantalones, porque Aureliano no había sacado la corpulencia de los otros. La adolescencia le había quitado la dulzura de la voz y lo había vuelto silencioso y definitivamente solitario[12], pero en cambio le había restituido la expresión intensa que tuvo en los ojos al nacer[13]. Estaba tan concentrado en sus experimentos de platería que apenas si abandonaba el laboratorio para comer. Preocupado por su ensimismamiento, José Arcadio Buendía le dio las llaves de la casa y un poco de dinero, pensando que tal vez le hiciera falta una mujer. Pero Aureliano gastó el dinero en ácido muriático para preparar agua regia[14] y embelleció las llaves con un baño de oro. Sus exageraciones eran apenas comparables a las de Arcadio y Amaranta, que ya habían empezado a mudar los dientes y todavía andaban agarrados todo el día a las mantas de los indios, tercos en su decisión de no hablar el castellano, sino la lengua guajira. «No tienes de qué quejarte», le decía Úrsula a su marido. «Los hijos heredan las locuras de sus padres»[15]. Y mientras se lamentaba de su mala suerte, convencida de que las extravagancias de sus hijos eran algo tan espantoso como una cola de cerdo, Aureliano fijó en ella una mirada que la envolvió en un ámbito de incertidumbre.

—Alguien va a venir —le dijo.

Úrsula, como siempre que él expresaba un pronóstico, trató de desalentarlo con su lógica casera. Era normal que alguien llegara. Decenas de forasteros pasaban a diario por Macondo sin suscitar inquietudes ni anticipar anuncios secretos.

---

[11] *Aprendiendo ... el arte de la platería:* conforme a su nombre (véase pág. 81, nota 1).

[12] *Silencioso y solitario:* los términos se atraen mutuamente (véase pág. 113, nota 25).

[13] «Había llorado en el vientre de su madre y nació con los ojos abiertos» (pág. 99): «la intensidad de esa mirada» es señal de su don profético.

[14] *Agua regia:* mezcla de ácido clorhídrico (muriático) y ácido nítrico que tiene la propiedad de disolver el oro.

[15] La gran paradoja de *C.A.S.* es que esta ficción cifrada provee al lector las llaves de la descodificación de la manera más explícita posible.

Sin embargo, por encima de toda lógica, Aureliano estaba seguro de su presagio.

—No sé quién será —insistió—, pero el que sea ya viene en camino.

El domingo, en efecto, llegó Rebeca[16]. No tenía más de once años. Había hecho el penoso viaje desde Manaure[17] con unos traficantes de pieles que recibieron el encargo de entregarla junto con una carta en la casa de José Arcadio Buendía, pero que no pudieron explicar con precisión quién era la persona que les había pedido el favor. Todo su equipaje estaba compuesto por el baulito de la ropa, un pequeño mecedor de madera con florecitas de colores pintadas a mano y un talego de lona que hacía un permanente ruido de cloc cloc cloc, donde llevaba los huesos de sus padres. La carta dirigida a José Arcadio Buendía estaba escrita en términos muy cariñosos por alguien que lo seguía queriendo mucho a pesar del tiempo y la distancia y que se sentía obligado por un elemental sentido humanitario a hacer la caridad de mandarle esa pobre huerfanita desamparada, que era prima de Úrsula en segundo grado y por consiguiente parienta también de José Arcadio Buendía, aunque en grado más lejano, porque era hija de ese inolvidable amigo que fue Nicanor Ulloa y su muy digna esposa Rebeca Montiel[18], a quienes

---

[16] *Rebeca:* el personaje ya aparece en el cuento *Un día después del sábado (Funerales,* págs. 87-114), texto clave de la génesis de *C.A.S.* No tiene la sangre de los Buendía, pero así como (José) Arcadio, el hijo de José Arcadio (hijo) y de Pilar Ternera, compartirá los «demonios» de la familia. Su nombre remite a la Rebeca bíblica, quien casó con Isaac, hijo de Abraham, figurado en *C.A.S.* por el fundador. Es de notar que el matrimonio Isaac-Rebeca es una pareja endogámica: «et ecce Rebeca egrediebatur, filia Bathuel, filii Melchae uxoris Nachor fratris Abraham...» *(Gen.,* 24:50).

[17] Rebeca viene de Manaure como el muchacho de *Un día después del sábado:* «Era un pueblo verde y plácido... Manaure es el pueblo más bello del mundo» *(Fun.,* pág. 105).

[18] Los eventuales genealogistas tienen que tomar en cuenta que la familia Montiel aparece en *La Mala hora,* que en *Un día después del sábado,* la señora Rebeca es prima hermana del coronel Aureliano Buendía y de su hermano José Arcadio *(Funerales,* págs. 95-96) y están evocados los tiempos del coronel Aureliano Buendía, que los Montiel son protagonistas de *La prodigiosa tarde de Baltazar (Funerales,* págs. 65-74) y que en *La viuda de Montiel (Funerales,* págs. 77-84) desconocemos el nombre de la viuda de José Montiel.

Dios tuviera en su santo reino, cuyos restos adjuntaba la presente para que les dieran cristiana sepultura. Tanto los nombres mencionados como la firma de la carta eran perfectamente legibles, pero ni José Arcadio Buendía ni Úrsula recordaban haber tenido parientes con esos nombres ni conocían a nadie que se llamara como el remitente y mucho menos en la remota población de Manaure. A través de la niña fue imposible obtener ninguna información complementaria. Desde el momento en que llegó se sentó a chuparse el dedo en el mecedor y a observar a todos con sus grandes ojos espantados, sin que diera señal alguna de entender lo que le preguntaban. Llevaba un traje de diagonal teñido de negro, gastado por el uso, y unos desconchados botines de charol. Tenía el cabello sostenido detrás de las orejas con moños de cintas negras. Usaba un escapulario con las imágenes borradas por el sudor y en la muñeca derecha un colmillo de animal carnívoro montado en un soporte de cobre como amuleto contra el mal de ojo. Su piel verde, su vientre redondo y tenso como un tambor, revelaban una mala salud y un hambre más viejas que ella misma, pero cuando le dieron de comer se quedó con el plato en las piernas sin probarlo. Se llegó inclusive a creer que era sordomuda, hasta que los indios le preguntaron en su lengua si quería un poco de agua y ella movió los ojos como si los hubiera reconocido y dijo que sí con la cabeza[19].

Se quedaron con ella porque no había más remedio. Decidieron llamarla Rebeca, que de acuerdo con la carta era el nombre de su madre, porque Aureliano tuvo la paciencia de leer frente a ella todo el santoral y no logró que reaccionara con ningún nombre. Como en aquel tiempo no había cementerio en Macondo, pues hasta entonces no había muerto nadie[20], conservaron el talego con los huesos en espera de que hubiera un lugar digno para sepultarlos, y durante mucho tiempo estorbaron por todas partes y se les encontraba donde menos se suponía, siempre con su cloqueante cacareo

---

[19] Véase pág. 117, nota 36: no hay lengua (cifra) que, en fin de cuentas, no encuentre su intérprete.

[20] Sígase el hilo narrativo que empieza con la réplica del fundador: «Uno no es de ninguna parte mientras no tenga un muerto bajo la tierra» (pág. 97).

de gallina clueca[21]. Pasó mucho tiempo antes de que Rebeca se incorporara a la vida familiar. Se sentaba en el mecedorcito a chuparse el dedo en el rincón más apartado de la casa. Nada le llamaba la atención, salvo la música de los relojes, que cada media hora buscaba con ojos asustados, como si esperara encontrarla en algún lugar del aire. No lograron que comiera en varios días. Nadie entendía cómo no se había muerto de hambre, hasta que los indígenas, que se daban cuenta de todo porque recorrían la casa sin cesar con sus pies sigilosos, descubrieron que a Rebeca sólo le gustaba comer la tierra húmeda del patio y las tortas de cal que arrancaba de las paredes con las uñas. Era evidente que sus padres, o quienquiera que la hubiese criado, la habían reprendido por ese hábito, pues lo practicaba a escondidas y con conciencia de culpa, procurando trasponer las raciones para comerlas cuando nadie la viera. Desde entonces la sometieron a una vigilancia implacable. Echaban hiel de vaca en el patio y untaban ají picante en las paredes, creyendo derrotar con esos métodos su vicio pernicioso, pero ella dio tales muestras de astucia e ingenio para procurarse la tierra, que Úrsula se vio forzada a emplear recursos más drásticos. Ponía jugo de naranja[22] con ruibarbo en una cazuela que dejaba al sereno toda la noche, y le daba la pócima al día siguiente en ayunas. Aunque nadie le había dicho que aquel era el remedio específico para el vicio de comer tierra, pensaba que cualquier sustancia amarga en el estómago vacío tenía que hacer reaccionar al hígado. Rebeca era tan rebelde y tan fuerte a pesar de su raquitismo, que tenían que barbearla[23] como a un be-

---

[21] Supongo que el anotador de un texto «clásico» subrayaría aquí la aliteración.

[22] Aquí debe de ser la variedad de «naranja agria». En un apartado de *Les admirables secrets d'Albert le Grand*, IV, 3, se desvelan las «propietés et [les] vertus du citron et de la rue» en la edición modernizada: París, Nouvel Office d'Édition, 1965, págs. 213-214. La aproximación, quizá, no es nada más que semántica; sin embargo, recomendamos la lectura de *Le Grand et le Petit Albert (cum grano salis)* a los descodificadores de *C.A.S.*

[23] *Barbear:* «fig. *Méj.* Coger una res vacuna por el hocico y el cuerno, y torcerle el cuello hasta dar en la tierra con el animal.» *(D.R.A.E.)* También hace falta ensanchar la definición tanto desde el punto de vista geográfico como semántico.

cerro para que tragara la medicina, y apenas si podían reprimir sus pataletas y soportar los enrevesados jeroglíficos[24] que ella alternaba con mordiscos y escupitajos, y que según decían los escandalizados indígenas eran las obscenidades más gruesas que se podían concebir en su idioma. Cuando Úrsula lo supo, complementó el tratamiento con correazos. No se estableció nunca si lo que surtió efecto fue el ruibarbo o las tollinas, o las dos cosas combinadas, pero la verdad es que en pocas semanas Rebeca empezó a dar muestras de restablecimiento. Participó en los juegos de Arcadio y Amaranta, que la recibieron como una hermana mayor, y comió con apetito sirviéndose bien de los cubiertos. Pronto se reveló que hablaba el castellano con tanta fluidez como la lengua de los indios, que tenía una habilidad notable para los oficios manuales y que cantaba el valse de los relojes con una letra muy graciosa que ella misma había inventado. No tardaron en considerarla como un miembro más de la familia. Era con Úrsula más afectuosa que nunca lo fueron sus propios hijos, y llamaba hermanitos a Amaranta y a Arcadio, y tío a Aureliano y abuelito a José Arcadio Buendía. De modo que terminó por merecer tanto como los otros el nombre de Rebeca Buendía, el único que tuvo siempre y que llevó con dignidad hasta la muerte[25].

Una noche, por la época en que Rebeca se curó del vicio de comer tierra y fue llevada a dormir en el cuarto de los otros niños, la india que dormía con ellos despertó por casualidad y oyó un extraño ruido intermitente en el rincón. Se incorporó alarmada, creyendo que había entrado un animal

[24] Por supuesto no hay que entender *jeroglíficos* en el sentido propio, sino con respecto al habla cifrada (eventualmente, en este caso, el de los tebeos) de *C.A.S.*

[25] La integración en la familia se describe como otro rito iniciático con sus pruebas (ruibarbo y tollinas) y revelación de la personalidad verdadera del iniciado. Por otra parte, un crítico psicoanalista podría, supongo, comentar largamente el «vicio» de Rebeca, comer tierra, que desaparece con su integración en la familia y vuelve con la peste del insomnio. Según el propio autor, sería un recuerdo familiar: «[...] quise sólo dejar una constancia poética del mundo de mi infancia, que como sabes transcurrió en una casa grande, muy triste, con una hermana que comía tierra [su hermana Margot, nacida en 1929] y una abuela que adivinaba el porvenir [...]» *(El olor de la guayaba*, pág. 103). Véase también mis *Historias cruzadas...*, págs. 96-97.

el insomnio y el olvido

en el cuarto, y entonces vio a Rebeca en el mecedor, chupándose el dedo y con los ojos alumbrados como los de un gato en la oscuridad. Pasmada de terror, atribulada por la fatalidad de su destino, Visitación reconoció en esos ojos los síntomas de la enfermedad cuya amenaza los había obligado, a ella y a su hermano, a desterrarse para siempre de un reino milenario en el cual eran príncipes. Era la peste del insomnio.

Cataure, el indio, no amaneció en la casa. Su hermana se quedó, porque su corazón fatalista le indicaba que la dolencia letal había de perseguirla de todos modos hasta el último rincón de la tierra[26]. Nadie entendió la alarma de Visitación. «Si no volvemos a dormir, mejor», decía José Arcadio Buendía, de buen humor. «Así nos rendirá más la vida.» Pero la india les explicó que lo más temible de la enfermedad del insomnio no era la imposibilidad de dormir, pues el cuerpo no sentía cansancio alguno, sino su inexorable evolución hacia una manifestación más crítica: el olvido. Quería decir que cuando el enfermo se acostumbraba a su estado de vigilia, empezaban a borrarse de su memoria los recuerdos de la infancia, luego el nombre y la noción de las cosas, y por último la identidad de las personas y aun la conciencia del propio ser, hasta hundirse en una especie de idiotez sin pasado[27]. José Arcadio Buendía, muerto de risa, consideró que se trataba de una de tantas dolencias inventadas por la superstición de los indígenas. Pero Úrsula, por si acaso, tomó la precaución de separar a Rebeca de los otros niños.

Al cabo de varias semanas, cuando el terror de Visitación parecía aplacado, José Arcadio Buendía se encontró una noche dando vueltas en la cama sin poder dormir. Úrsula, que también había despertado, le preguntó qué le pasaba, y él le contestó: «Estoy pensando otra vez en Prudencio Aguilar»[28].

[26] «[...] indirectamente son los indígenas los que traen esta enfermedad que hunde a Macondo en el olvido colectivo. Este hecho no deja de ser significativo si se tiene en cuenta que el olvido está irremediablemente ligado a ellos, configurando así su destino de raza olvidada y alienada.» (L. I. Mena, art. cit., pág. 1, nota 1.)

[27] Sobre el sentido de esos efectos de la peste del olvido, véase la Introducción, págs. 48-49.

[28] Los sueños, acciones y pensamientos de los personajes durante la peste del insomnio revelan sus obsesiones fundamentales: José Arcadio vuel-

134

No durmieron un minuto, pero al día siguiente se sentían tan descansados que se olvidaron de la mala noche. Aureliano comentó asombrado a la hora del almuerzo que se sentía muy bien a pesar de que había pasado toda la noche en el laboratorio dorando un prendedor que pensaba regalarle a Úrsula el día de su cumpleaños. No se alarmaron hasta el tercer día, cuando a la hora de acostarse se sintieron sin sueño, y cayeron en la cuenta de que llevaban más de cincuenta horas sin dormir.

—Los niños también están despiertos —dijo la india con su condición fatalista—. Una vez que entra en la casa, nadie escapa a la peste.

Habían contraído, en efecto, la enfermedad del insomnio. Úrsula, que había aprendido de su madre el valor medicinal de las plantas, preparó e hizo beber a todos un brebaje de acónito[29], pero no consiguieron dormir, sino que estuvieron todo el día soñando despiertos. En ese estado de alucinada lucidez no sólo veían las imágenes de sus propios sueños, sino que los unos veían las imágenes soñadas por los otros[30]. Era como si la casa se hubiera llenado de visitantes. Sentada en su mecedor en un rincón de la cocina, Rebeca soñó que un hombre muy parecido a ella, vestido de lino blanco y con el cuello de la camisa cerrado por un botón de oro, le llevaba un ramo de rosas. Lo acompañaba una mujer de manos delicadas que separó una rosa y se la puso a la niña en el pelo. Úrsula comprendió que el hombre y la mujer eran los padres de Rebeca, pero aunque hizo un grande esfuerzo por reconocerlos, confirmó su certidumbre de que nunca los había visto. Mientras tanto, por un descuido que José Arcadio Buendía no se perdonó jamás, los animalitos de caramelo fabricados en la casa seguían siendo vendidos en el pueblo. Ni-

ve a ser perseguido por el remordimiento. Aureliano fabrica una joya, prefiguración de los pescaditos de oro de su soledad, Rebeca sueña con sus padres...

[29] *Acónito:* «Planta ranunculácea de raíz fusiforme: es medicinal y suele cultivarse en los jardines como adorno. Todas sus variedades son venenosas.» *(D.R.A.E.)*

[30] «Ese estado de alucinada lucidez» corresponde punto por punto al de «videncia» de la parapsicología.

ños y adultos chupaban encantados los deliciosos gallitos verdes del insomnio, los exquisitos peces rosados del insomnio y los tiernos caballitos amarillos del insomnio, de modo que el alba del lunes sorprendió despierto a todo el pueblo. Al principio nadie se alarmó. Al contrario, se alegraron de no dormir, porque entonces había tanto que hacer en Macondo que el tiempo apenas alcanzaba. Trabajaron tanto, que pronto no tuvieron nada más que hacer, y se encontraron a las tres de la madrugada con los brazos cruzados, contando el número de notas que tenía el valse de los relojes. Los que querían dormir, no por cansancio sino por nostalgia de los sueños, recurrieron a toda clase de métodos agotadores. Se reunían a conversar sin tregua, a repetirse durante horas y horas los mismos chistes, a complicar hasta los límites de la exasperación el cuento del gallo capón, que era un juego infinito en que el narrador preguntaba si querían que les contara el cuento del gallo capón, y cuando contestaban que sí, el narrador decía que no había pedido que dijeran que sí, sino que si querían que les contara el cuento del gallo capón, y cuando contestaban que no, el narrador decía que no les había pedido que dijeran que no, sino que si querían que les contara el cuento del gallo capón, y cuando se quedaban callados el narrador decía que no les había pedido que se quedaran callados, sino que si querían que les contara el cuento del gallo capón, y nadie podía irse, porque el narrador decía que no les había pedido que se fueran, sino que si querían que les contara el cuento del gallo capón y así sucesivamente, en un círculo vicioso que se prolongaba por noches enteras[31].

Cuando José Arcadio Buendía se dio cuenta de que la peste había invadido el pueblo, reunió a los jefes de familia para explicarles lo que sabía sobre la enfermedad del insomnio, y

---

[31] El «cuento de gallo capón»: versión infantil del mito del *Uroboros* (el dragón que se muerde la cola). Algunos pueden ver en este juego una especie de «mise en abîme» de la estructura de *C.A.S.* (circularidad, repetición). Sin embargo, como vimos en la Introducción, el círculo narrativo de la novela está abierto por ser incompleto: la nada en que desemboca *C.A.S.* tiene significado, el vacío semántico del cuento no lo tiene por definición; el narrador de la novela no es nada asimilable al del chiste.

se acordaron medidas para impedir que el flagelo se propagara a otras poblaciones de la ciénaga. Fue así como se quitaron a los chivos las campanitas que los árabes cambiaban por guacamayas[32], y se pusieron a la entrada del pueblo a disposición de quienes desatendían los consejos y súplicas de los centinelas e insistían en visitar la población. Todos los forasteros que por aquel tiempo recorrían las calles de Macondo tenían que hacer sonar su campanita para que los enfermos supieran que estaba sano[33]. No se les permitía comer ni beber nada durante su estancia, pues no había duda de que la enfermedad sólo se transmitía por la boca, y todas las cosas de comer y de beber estaban contaminadas de insomnio. En esa forma se mantuvo la peste circunscrita al perímetro de la población. Tan eficaz fue la cuarentena, que llegó el día en que la situación de emergencia se tuvo por cosa natural[34] y se organizó la vida de tal modo que el trabajo recobró su ritmo y nadie volvió a preocuparse por la inútil costumbre de dormir.

Fue Aureliano quien concibió la fórmula que había de defenderlos durante varios meses de las evasiones de la memoria. La descubrió por casualidad[35]. Insomne experto, por haber sido uno de los primeros, había aprendido a la perfección el arte de la platería. Un día estaba buscando el pequeño yunque que utilizaba para laminar los metales, y no recordó su nombre. Su padre se lo dijo: «tas». Aureliano escribió el nombre en un papel que pegó con goma en la base

---

[32] Contrástese pág. 127: «llegaron los primeros árabes de pantuflas y argollas en las orejas, cambiando collares de vidrio por guacamayas». En detalles como éste se notan los adelantos del relato y «progresos» de la civilización.

[33] ... *que estaba sano:* así en la edición original (pág. 46) y en la de Selecciones Austral (pág. 101). Otra vez se invierte el proceso «normal» de la historia: durante las pestes de la realidad real, eran los enfermos, los leprosos, los que tenían que «hacer sonar su campanita para que los sanos supieran que estaban contagiados».

[34] Se declara aquí, de la forma más natural posible, una de las claves de la organización del relato: se tiene por cosa natural las situaciones más excepcionales.

[35] *Por casualidad:* quizá, pero conforme a la «mentalidad lúcida» de los Aurelianos.

del yunquecito: *tas*[36]. Así estuvo seguro de no olvidarlo en el futuro. No se le ocurrió que fuera aquella la primera manifestación del olvido, porque el objeto tenía un nombre difícil de recordar. Pero pocos días después descubrió que tenía dificultades para recordar casi todas las cosas del laboratorio. Entonces lo marcó con el nombre respectivo, de modo que le bastaba con leer la inscripción para identificarlas. Cuando su padre le comunicó su alarma por haber olvidado hasta los hechos más impresionantes de su niñez, Aureliano le explicó su método, y José Arcadio Buendía lo puso en práctica en toda la casa y más tarde lo impuso a todo el pueblo. Con un hisopo entintado marcó cada cosa con su nombre: *mesa, silla, reloj, puerta, pared, cama, cacerola*. Fue al corral y marcó los animales y las plantas: *vaca, chivo, puerco, gallina, yuca*[37], *malanga*[38], *guineo*[39]. Poco a poco, estudiando las infinitas posibilidades del olvido, se dio cuenta de que podía llegar un día en que se reconocieran las cosas por sus inscripciones, pero no se recordara su utilidad. Entonces fue más explícito. El letrero que colgó en la cerviz de la vaca era una muestra ejemplar de la forma en que los habitantes de Macondo estaban dispuestos a luchar contra el olvido: *Esta es la vaca, hay que ordeñarla todas las mañanas para que produzca leche y a la leche hay que hervirla para mezclarla con el café y hacer café con leche.* Así continuaron viviendo en una realidad escurridiza, momentáneamente capturada por las palabras, pero que había de fugarse sin remedio cuando olvidaran los valores de la letra escrita[40].

En la entrada del camino de la ciénaga se había puesto un anuncio que decía *Macondo* y otro más grande en la calle central que decía *Dios existe*[41]. En todas las casas se habían es-

---

[36] En el proceso del olvido del lenguaje, es normal que se pierdan primero los lenguajes técnicos.

[37] *Yuca: vid. supra*, pág. 85, nota 11.

[38] *Malanga: vid. supra*, pág. 85, nota 10.

[39] *Guineo:* en el Caribe, especie de plátano.

[40] El episodio alegoriza el fenómeno humano por excelencia, el habla, sus usos y modalidades, que es también, con la soledad y el incesto, un tema fundamental de *C.A.S.*

[41] Así como el primer letrero concebido por Aureliano remitía al vocabulario reducido de la técnica, el último que se menciona se refiere, por oposición, al problema mayor, la metafísica.

crito claves para memorizar los objetos y los sentimientos. Pero el sistema exigía tanta vigilancia y tanta fortaleza moral, que muchos sucumbieron al hechizo de una realidad imaginaria, inventada por ellos mismos, que les resultaba menos práctica pero más reconfortante. Pilar Ternera fue quien más contribuyó a popularizar esta mistificación, cuando concibió el artificio de leer el pasado en las barajas como antes había leído el futuro. Mediante este recurso, los insomnes empezaron a vivir en un mundo construido por las alternativas inciertas de los naipes, donde el padre se recordaba apenas como el hombre moreno que había llegado al principio de abril y la madre se recordaba apenas como la mujer trigueña que usaba un anillo de oro en la mano izquierda, y donde una fecha de nacimiento quedaba reducida al último martes en que cantó la alondra en el laurel. Derrotado por aquellas prácticas de consolación[42], José Arcadio Buendía decidió entonces construir la máquina de la memoria que una vez había deseado para acordarse de los maravillosos inventos de los gitanos[43]. El artefacto se fundaba en la posibilidad de repasar todas las mañanas, y desde el principio hasta el fin, la totalidad de los conocimientos adquiridos en la vida. Lo imaginaba como un diccionario giratorio[44], que un individuo situado en el eje pudiera operar mediante una manivela, de modo que en pocas horas pasaran frente a sus ojos las nociones más necesarias para vivir. Había logrado escribir cerca de catorce mil fichas, cuando apareció por el camino de la ciénaga un anciano estrafalario con la campanita triste de los durmientes, cargando una maleta ventruda amarrada con cuerdas y un carrito cubierto de trapos negros. Fue directamente a la casa de José Arcadio Buendía.

Visitación no lo conoció al abrirle la puerta, y pensó que llevaba el propósito de vender algo, ignorante de que nada

---

[42] *Hechizo de una realidad imaginaria, prácticas de consolación:* bien podrían ser definiciones de la literatura concebida como medio para rescatar el pasado transformándolo por medio de la imaginación.

[43] Véanse págs. 100-101.

[44] La imagen básica de la novela, la rueda, aparece aquí vinculada al tema fundamental de la lengua codificada en el diccionario.

podía venderse en un pueblo que se hundía sin remedio en el tremedal del olvido. Era un hombre decrépito. Aunque su voz estaba también cuarteada por la incertidumbre y sus manos parecían dudar de la existencia de las cosas, era evidente que venía del mundo donde todavía los hombres podían dormir y recordar. José Arcadio Buendía lo encontró sentado en la sala, abanicándose con un remendado sombrero negro, mientras leía con atención compasiva los letreros pegados en las paredes. Lo saludó con amplias muestras de afecto, temiendo haberlo conocido en otro tiempo y ahora no recordarlo. Pero el visitante advirtió su falsedad. Se sintió olvidado, no con el olvido remediable del corazón, sino con otro olvido más cruel e irrevocable que él conocía muy bien, porque era el olvido de la muerte. Entonces comprendió. Abrió la maleta atiborrada de objetos indescifrables, y de entre ellos sacó un maletín con muchos frascos. Le dio a beber a José Arcadio Buendía una sustancia de color apacible, y la luz se hizo en su memoria. Los ojos se le humedecieron de llanto, antes de verse a sí mismo en una sala absurda donde los objetos estaban marcados, y antes de avergonzarse de las solemnes tonterías escritas en las paredes, y aún antes de reconocer al recién llegado en un deslumbrante resplandor de alegría. Era Melquíades[45].

Mientras Macondo celebraba la reconquista de los recuerdos, José Arcadio Buendía y Melquíades le sacudieron el polvo a su vieja amistad. El gitano iba dispuesto a quedarse en el pueblo. Había estado en la muerte, en efecto, pero había regresado porque no pudo soportar la soledad[46]. Repudiado por su tribu, desprovisto de toda facultad sobrenatural como castigo por su fidelidad a la vida, decidió refugiarse en aquel

---

[45] Como es lógico, la recuperación de la memoria sigue un proceso que va del pasado próximo al lejano: primero, todavía en el periodo de la peste del olvido, se evocó la máquina de la memoria asociada a la llegada de la segunda tribu de gitanos, los que anunciaron la muerte de Melquíades, luego reaparece éste.

[46] «Como todo iniciador en los misterios del mundo, Melquíades también conoce íntimamente a la muerte [...]» (M. Palencia-Roth, pág. 127.) Agregamos que como iniciador de los Buendía, su experiencia de la muerte se relaciona con la soledad.

rincón del mundo todavía no descubierto por la muerte, dedicado a la explotación de un laboratorio de daguerrotipia. José Arcadio Buendía no había oído hablar nunca de ese invento. Pero cuando se vio a sí mismo y a toda su familia plasmados en una edad eterna sobre una lámina de metal tornasol, se quedó mudo de estupor. De esa época databa el oxidado daguerrotipo en el que apareció José Arcadio Buendía con el pelo erizado y ceniciento, el acartonado cuello de la camisa prendido con un botón de cobre, y una expresión de solemnidad asombrada, y que Úrsula describía muerta de risa como «un general asustado». En verdad, José Arcadio Buendía estaba asustado la diáfana mañana de diciembre en que le hicieron el daguerrotipo, porque pensaba que la gente se iba gastando poco a poco a medida que su imagen pasaba a las placas metálicas[47]. Por una curiosa inversión de la costumbre, fue Úrsula quien le sacó aquella idea de la cabeza, como fue también ella quien olvidó sus antiguos resquemores y decidió que Melquíades se quedara viviendo en la casa, aunque nunca permitió que le hicieran un daguerrotipo porque (según sus propias palabras textuales) no quería quedar para burla de sus nietos. Aquella mañana vistió a los niños con sus ropas mejores, les empolvó la cara y les dio una cucharada de jarabe de tuétano a cada uno para que pudieran permanecer absolutamente inmóviles durante casi dos minutos frente a la aparatosa cámara de Melquíades. En el daguerrotipo familiar, el único que existió jamás, Aureliano apareció vestido de terciopelo negro, entre Amaranta y Rebeca. Tenía la misma languidez y la misma mirada clarividente que había de tener años más tarde frente al pelotón de fusilamiento[48]. Pero aún no había sentido la premonición de su destino. Era un orfebre experto, estimado en toda la ciénaga por el preciosismo de su trabajo. En el taller que compartía con el disparatado laboratorio de Melquíades,

---

[47] Frente a esta nueva invención que representa un paso adelante en el ingreso de Macondo en la historia, José Arcadio tiene una reacción típicamente supersticiosa. De ahí la «inversión de la costumbre» a que se alude en la frase siguiente. Se inicia aquí un nuevo hilo narrativo constituido por la fijación de las imágenes y la reacción de los personajes: unos se dejan retratar, otros no.

[48] Nótese cómo se va perfilando la misma escena que abrió la novela.

apenas si se le oía respirar. Parecía refugiado en otro tiempo, mientras su padre y el gitano interpretaban a gritos las predicciones de Nostradamus[49], entre un estrépito de frascos y cubetas, y el desastre de los ácidos derramados y el bromuro de plata perdido por los codazos y traspiés que daban a cada instante. Aquella consagración al trabajo, el buen juicio con que administraba sus intereses, le habían permitido a Aureliano ganar en poco tiempo más dinero que Úrsula con su deliciosa fauna de caramelo, pero todo el mundo se extrañaba de que fuera ya un hombre hecho y derecho y no se le hubiera conocido mujer. En realidad no la había tenido.

Meses después volvió Francisco el Hombre, un anciano trotamundos de casi 200 años que pasaba con frecuencia por Macondo divulgando las canciones compuestas por él mismo. En ellas, Francisco el Hombre relataba con detalles minuciosos las noticias ocurridas en los pueblos de su itinerario, desde Manaure hasta los confines de la ciénaga, de modo que si alguien tenía un recado que mandar o un acontecimiento que divulgar, le pagaba dos centavos para que lo incluyera en su repertorio. Fue así como se enteró Úrsula de la muerte de su madre, por pura casualidad, una noche que escuchaba las canciones con la esperanza de que dijeran algo de su hijo José Arcadio. Francisco el Hombre, así llamado porque derrotó al diablo en un duelo de improvisación de cantos[50], y cuyo verdadero nombre no conoció nadie, desapareció de Macondo durante la peste del insomnio y una noche reapareció sin ningún anuncio en la tienda de Catarino[51]. Todo el pueblo fue a escucharlo para saber qué había pasado en el mundo. En esa ocasión

[49] Véase pág. 87, nota 18.

[50] *Francisco el Hombre:* otro personaje secundario fetiche de GGM. Es el arquetipo del juglar hispanoamericano o payador aquí mitificado. A este propósito dice M. Vargas Llosa, pág. 532: «La mayoría de los personajes y hechos "milagrosos" se vinculan al culto, la simbología o el folklore cristianos.» Francisco Moscote Daza, cantautor vallenato, nacido en 1880, fue más conocido como Francisco el Hombre (Dasso Saldívar, *García Márquez,* páginas 274-275). Véase también *infra,* pág. 295, nota 19.

[51] *La tienda de Catarino:* en realidad el burdel primitivo de Macondo, que ya había aparecido en *El mar del tiempo perdido* (1961): «La tienda de Catarino era una apartada casa de madera frente al mar. Tenía un salón grande con asientos y mesitas, y varios cuartos al fondo.» *(Er.,* pág. 30.)

llegaron con él una mujer tan gorda que cuatro indios tenían que llevarla cargada en un mecedor, y una mulata adolescente de aspecto desamparado que la protegía del sol con un paraguas[52]. Aureliano fue esa noche a la tienda de Catarino. Encontró a Francisco el Hombre, como un camaleón monolítico, sentado en medio de un círculo de curiosos. Cantaba las noticias con su vieja voz descordada, acompañándose con el mismo acordeón[53] arcaico que le regaló Sir Walter Raleigh en la Guayana[54], mientras llevaba el compás con sus grandes pies caminadores agrietados por el salitre. Frente a una puerta del fondo por donde entraban y salían algunos hombres, estaba sentada y se abanicaba en silencio la matrona del mecedor. Catarino, con una rosa de fieltro en la oreja, vendía a la concurrencia tazones de guarapo[55] fermentado, y aprovechaba la ocasión para acercarse a los hombres y ponerles la mano donde no debía. Hacia la medianoche el calor era insoportable. Aureliano escuchó las noticias hasta el final sin encontrar ninguna que le interesara a su familia. Se disponía a regresar a casa cuando la matrona le hizo una señal con la mano.

—Entra tú también —le dijo—. Sólo cuesta veinte centavos.

Aureliano echó una moneda en la alcancía que la matrona

---

[52] La «mujer gorda» y la «mulata adolescente» son los personajes de donde salieron la cándida Eréndira y su abuela desalmada. El mismo GGM señaló que el cuento o guión cinematográfico nació del episodio de *C.A.S.* que sigue (véase M. Palencia-Roth, págs. 159-160), el cual, a su vez, se inspira en un recuerdo: «Hace muchos años, en una noche de parranda, de un remoto pueblo del Caribe, conocí a una niña de once años que era prostituida por una matrona que bien hubiera podido ser su abuela» *(Notas de prensa, 1980-1984*, pág. 332.)

[53] Francisco el Hombre y el acordeón surgen de las raíces profundas de la escritura del novelista: en su segundo artículo periodístico publicado *(El Universal*, Cartagena, 22 de mayo de 1948), se lee: «El acordeón legítimo, verdadero, es éste que ha tomado carta de nacionalidad entre nosotros, en el valle del Magdalena [...] Aquí lo vemos en manos de los juglares que van de ribera en ribera llevando su caliente mensaje de poesía» *(Textos costeños*, págs. 79-80), Véase además, pág. 295.

[54] *Sir Walter Raleigh:* navegante y político inglés (h. 1552-1618), favorito de Isabel I. Emprendió la colonización de la Guayana en 1616. De atenernos a la biografía imaginaria de Francisco el Hombre, «un anciano trotamundos de casi 200 años», estaríamos, pues, a principios del siglo XVIII, lo que, por supuesto, carece de sentido. A Walter Raleigh le ocurre en *C.A.S.* lo que a su coetáneo Francis Drake: ser un delicioso objeto anacrónico.

[55] *Guarapo:* bebida hecha con jugo de caña dulce.

tenía en las piernas y entró en el cuarto sin saber para qué. La mulata adolescente, con sus teticas de perra, estaba desnuda en la cama. Antes de Aureliano, esa noche, sesenta y tres hombres habían pasado por el cuarto. De tanto ser usado, y amasado en sudores y suspiros, el aire de la habitación empezaba a convertirse en lodo. La muchacha quitó la sábana empapada y le pidió a Aureliano que la tuviera de un lado. Pesaba como un lienzo. La exprimieron, torciéndola por los extremos, hasta que recobró su peso natural. Voltearon la estera, y el sudor salía del otro lado. Aureliano ansiaba que aquella operación no terminara nunca. Conocía la mecánica teórica del amor, pero no podía tenerse en pie a causa del desaliento de sus rodillas, y aunque tenía la piel erizada y ardiente no podía resistir la urgencia de expulsar el peso de las tripas. Cuando la muchacha acabó de arreglar la cama y le ordenó que se desvistiera, él le hizo una explicación atolondrada: «Me hicieron entrar. Me dijeron que echara veinte centavos en la alcancía y que no me demorara.» La muchacha comprendió su ofuscación. «Si echas otros veinte centavos a la salida, puedes demorarte un poco más», dijo suavemente. Aureliano se desvistió, atormentado por el pudor, sin poder quitarse la idea de que su desnudez no resistía la comparación con su hermano[56]. A pesar de los esfuerzos de la muchacha, él se sintió cada vez más indiferente, y terriblemente solo. «Echaré otros veinte centavos», dijo con voz desolada. La muchacha se lo agradeció en silencio. Tenía la espalda en carne viva. Tenía el pellejo pegado a las costillas y la respiración alterada por un agotamiento insondable. Dos años antes, muy lejos de allí, se había quedado dormida sin apagar la vela y había despertado cercada por el fuego. La casa donde vivía con la abuela que la había criado quedó reducida a cenizas. Desde entonces la abuela la llevaba de pueblo en pueblo, acostándola por veinte centavos, para pagarse el valor de la casa incendiada. Según los cálculos de la muchacha, todavía le faltaban unos diez años de setenta hombres por noche,

---

[56] Invitación explícita a comparar esta primera (falsa) iniciación sexual y la segunda (verdadera) de Aureliano (véanse págs. 160-161) con la de José Arcadio (pág. 112).

144

porque tenía que pagar además los gastos de viaje y alimentación de ambas y el sueldo de los indios que cargaban con el mecedor. Cuando la matrona tocó la puerta por segunda vez, Aureliano salió del cuarto sin haber hecho nada, aturdido por el deseo de llorar. Esa noche no pudo dormir pensando en la muchacha, con una mezcla de deseo y conmiseración. Sentía una necesidad irresistible de amarla y protegerla. Al amanecer, extenuado por el insomnio y la fiebre, tomó la serena decisión de casarse con ella para liberarla del despotismo de la abuela y disfrutar todas las noches de la satisfacción que ella le daba a setenta hombres. Pero a las diez de la mañana, cuando llegó a la tienda de Catarino, la muchacha se había ido del pueblo.

El tiempo aplacó su propósito atolondrado, pero agravó su sentimiento de frustración. Se refugió en el trabajo. Se resignó a ser un hombre sin mujer toda la vida para ocultar la vergüenza de su inutilidad. Mientras tanto, Melquíades terminó de plasmar en sus placas todo lo que era plasmable en Macondo, y abandonó el laboratorio de daguerrotipia a los delirios de José Arcadio Buendía, quien había resuelto utilizarlo para obtener la prueba científica de la existencia de Dios. Mediante un complicado proceso de exposiciones superpuestas tomadas en distintos lugares de la casa, estaba seguro de hacer tarde o temprano el daguerrotipo de Dios, si existía, o poner término de una vez por todas a la suposición de su existencia[57]. Melquíades profundizó en las interpretaciones de Nostradamus. Estaba hasta muy tarde, asfixiándose dentro de su descolorido chaleco de terciopelo, garrapateando papeles con sus minúsculas manos de gorrión, cuyas sortijas habían perdido la lumbre de otra época. Una noche creyó encontrar una predicción sobre el futuro de Macondo. Sería una ciudad luminosa, con grandes casas de vidrio, donde no quedaba ningún rastro de la estirpe de los Buendía. «Es una equivocación», tronó José Arcadio Buendía. «No se-

---

[57] Poco antes, la existencia de Dios no se cuestionaba. *Dios existe,* proclamaba el letrero de la peste del olvido, pág. 138. Los progresos técnicos —el daguerrotipo— van acompañados de interrogantes metafísicos, aunque sean como aquí burlescos.

rán casas de vidrio sino de hielo, como yo lo soñé, y siempre habrá un Buendía, por los siglos de los siglos»[58]. En aquella casa extravagante, Úrsula pugnaba por preservar el sentido común, habiendo ensanchado el negocio de animalitos de caramelo con un horno que producía toda la noche canastos y canastos de pan y una prodigiosa variedad de pudines, merengues y bizcochuelos, que se esfumaban en pocas horas por los vericuetos de la ciénaga. Había llegado a una edad en que tenía derecho a descansar, pero era, sin embargo, cada vez más activa. Tan ocupada estaba en sus prósperas empresas, que una tarde miró por distracción hacia el patio, mientras la india la ayudaba a endulzar la masa, y vio dos adolescentes desconocidas y hermosas bordando en bastidor a la luz del crepúsculo. Eran Rebeca y Amaranta. Apenas se habían quitado el luto de la abuela, que guardaron con inflexible rigor durante tres años[59], y la ropa de color parecía haberles dado un nuevo lugar en el mundo. Rebeca, al contrario de lo que pudo esperarse, era la más bella. Tenía un cutis diáfano, unos ojos grandes y reposados, y unas manos mágicas que parecían elaborar con hilos invisibles la trama del bordado. Amaranta, la menor, era un poco sin gracia, pero tenía la distinción natural, el estiramiento interior de la abuela muerta[60]. Junto a ellas, aunque ya revelaba el impulso físico de su padre, Arcadio parecía un niño. Se había dedicado a aprender el arte de la platería con Aureliano, quien además lo había enseñado a leer y escribir. Úrsula se dio cuenta de pronto que la casa se había llenado de gente, que sus hijos estaban a punto de casarse y tener hijos, y que se verían obligados a

---

[58] «Espejos, hielo, vidrio: no sólo son fríos; en el primero uno *se* ve, al segundo *lo* ven, a través del tercero *ve*. Ver el objeto, verse en el objeto y ver a través del objeto son los tres modos posibles, enunciados desde el relato, de leer a Macondo, a la ficción, no contradictorios en sí mismos.» (J. Ludmer, pág. 97.)

[59] Caso ejemplar de elipsis cronológica: entre el anuncio de la muerte de la madre de Úrsula (pág. 142) y esta escena que sigue inmediatamente en el decurso narrativo mediaron tres años aparentemente vacíos.

[60] «Amaranta es la opuesta paradigmática de Rebeca, del mismo modo que Aureliano lo es de José Arcadio, pero la configuración general de los personajes femeninos no tiene la complejidad rigurosa de los masculinos.» (J. Ludmer, pág. 120.)

dispersarse por falta de espacio. Entonces sacó el dinero acumulado en largos años de dura labor, adquirió compromisos con sus clientes, y emprendió la ampliación de la casa. Dispuso que se construyera una sala formal para las visitas, otra más cómoda y fresca para el uso diario, un comedor para una mesa de doce puestos donde se sentara la familia con todos sus invitados; nueve dormitorios con ventanas hacia el patio y un largo corredor protegido del resplandor del mediodía por un jardín de rosas, con un pasamanos para poner macetas de helechos y tiestos de begonias. Dispuso ensanchar la cocina para construir dos hornos, destruir el viejo granero donde Pilar Ternera le leyó el porvenir a José Arcadio, y construir otro dos veces más grande para que nunca faltaran los alimentos en la casa. Dispuso construir en el patio, a la sombra del castaño, un baño para las mujeres y otro para los hombres, y al fondo una caballeriza grande, un gallinero alambrado, un establo de ordeña y una pajarera abierta a los cuatro vientos para que se instalaran a su gusto los pájaros sin rumbo. Seguida por docenas de albañiles y carpinteros, como si hubiera contraído la fiebre alucinante de su esposo, Úrsula ordenaba la posición de la luz y la conducta del calor, y repartía el espacio sin el menor sentido de sus límites[61]. La primitiva construcción de los fundadores se llenó de herramientas y materiales, de obreros agobiados por el sudor, que le pedían a todo el mundo el favor de no estorbar, sin pensar que eran ellos quienes estorbaban exasperados por el talego de huesos humanos que los perseguía por todas partes con su sordo cascabeleo. En aquella incomodidad, respirando cal viva y melaza de alquitrán, nadie entendió muy bien cómo fue surgiendo de las entrañas de la tierra no sólo la casa más grande que habría nunca en el pueblo, sino la más hospitalaria y fresca que hubo jamás en el ámbito de la ciénaga. José Arcadio Buendía, tratando de sorprender a la Divina Providencia en medio del cataclismo, fue quien menos lo enten-

---

[61] Úrsula actúa como Dios, ese Dios que su marido trata en ese mismo momento de «sorprender» con el daguerrotipo. En esta ocasión, la matriarca de los Buendía se comporta como una Mamá Grande.

dió[62]. La nueva casa estaba casi terminada cuando Úrsula lo sacó de su mundo quimérico para informarle que había orden de pintar la fachada de azul, y no de blanco como ellos querían. Le mostró la disposición oficial escrita en un papel. José Arcadio Buendía, sin comprender lo que decía su esposa, descifró la firma[63].

—¿Quién es este tipo? —preguntó.

—El corregidor —dijo Úrsula desconsolada—. Dicen que es una autoridad que mandó el gobierno.

Don Apolinar Moscote, el corregidor, había llegado a Macondo sin hacer ruido[64]. Se bajó en el Hotel de Jacob[65] —instalado por uno de los primeros árabes que llegaron haciendo cambalache de chucherías por guacamayas— y al día siguiente alquiló un cuartito con puerta hacia la calle, a dos cuadras de la casa de los Buendía. Puso una mesa y una silla que le[66] compró a Jacob, clavó en la pared un escudo de la república que había traído consigo, y pintó en la puerta el letrero: *Corregidor*. Su primera disposición fue ordenar que todas las casas se pintaran de azul para celebrar el aniversario de la independencia nacional[67]. José Arcadio Buendía, con la copia de

---

[62] «De ese momento en adelante no hay cuestión de vivir en otro lugar, ni hay cuestión tampoco de quién manda en el clan Buendía: Úrsula reina como matriarca durante mucho tiempo.» (M. Palencia-Roth, pág. 94.)

[63] Sigue la línea narrativa del «desciframiento» de toda clase de textos: los papeles administrativos no son necesariamente de descodificación fácil aunque su primer significado —pintar la fachada de azul— esté claro.

[64] La llegada del «corregidor» es señal de la integración de Macondo, «esta sociedad que, hasta entonces, ha tenido una estructura tribal» (M. Vargas Llosa, pág. 499) en un sistema de gobierno nacional elaborado. El nombre y apellido del primer corregidor también han de ser significativos: *Moscote* evoca «mosca» y los sentidos figurados peyorativos de la palabra. Sin embargo, también puede evocar a Francisco Moscote, nombre del mitológico Francisco el Hombre (véase pág. 295, nota 19); *Apolinar* es de descodificación más difícil: puede ser un «demonio personal», o un derivado por antífrasis del poético Apolo, o una alusión críptica al hereje Apolinar.

[65] «El viejo hotelito del "pueblo" de *La mala hora*... es mellizo del *"Hotel de Jacob"* de Macondo (Jacob es el nombre de uno de los personajes de *"La mala hora")»* (M. Vargas Llosa, pág. 494).

[66] En el texto original, pág. 54: *que les compró.*

[67] En realidad el azul es el color emblemático del partido conservador de Apolinar Moscote.

148

la orden en la mano, lo encontró durmiendo la siesta en una hamaca que había colgado en el escueto despacho. «¿Usted escribió este papel?», le preguntó. Don Apolinar Moscote, un hombre maduro, tímido, de complexión sanguínea, contestó que sí. «¿Con qué derecho?», volvió a preguntar José Arcadio Buendía. Don Apolinar Moscote buscó un papel en la gaveta de la mesa y se lo mostró: «He sido nombrado corregidor de este pueblo.» José Arcadio Buendía ni siquiera miró el nombramiento.

—En este pueblo no mandamos con papeles —dijo sin perder la calma—. Y para que lo sepa de una vez, no necesitamos ningún corregidor porque aquí no hay nada que corregir[68].

Ante la impavidez de don Apolinar Moscote, siempre sin levantar la voz, hizo un pormenorizado recuento de cómo habían fundado la aldea, de cómo se habían repartido la tierra, abierto los caminos e introducido las mejoras que les había ido exigiendo la necesidad, sin haber molestado a gobierno alguno y sin que nadie los molestara. «Somos tan pacíficos que ni siquiera nos hemos muerto de muerte natural», dijo. «Ya ve que todavía no tenemos cementerio»[69]. No se dolió de que el gobierno no los hubiera ayudado. Al contrario, se alegraba de que hasta entonces los hubiera dejado crecer en paz, y esperaba que así los siguiera dejando, porque ellos no habían fundado un pueblo para que el primer advenedizo les fuera a decir lo que debían hacer. Don Apolinar Moscote se había puesto un saco de dril, blanco como sus pantalones, sin perder en ningún momento la pureza de sus ademanes.

—De modo que si usted se quiere quedar aquí, como otro ciudadano común y corriente, sea muy bienvenido —concluyó José Arcadio Buendía—. Pero si viene a implantar el desorden obligando a la gente que pinte su casa de azul, pue-

---

[68] Ejemplo de desciframiento ingenuamente literal que, en este caso, es el más adecuado.

[69] El discurso directo destaca el tema de la muerte, otro hilo narrativo de *C.A.S.* y más precisamente su cabo «ausencia de la muerte en el Macondo primitivo», lo que explica el regreso de Melquíades, quien «decidió refugiarse en aquel rincón del mundo todavía no descubierto por la muerte».

de agarrar sus corotos[70] y largarse por donde vino. Porque mi casa ha de ser blanca como una paloma.

Don Apolinar Moscote se puso pálido. Dio un paso atrás y apretó las mandíbulas para decir con una cierta aflicción:

—Quiero advertirle que estoy armado.

José Arcadio Buendía no supo en qué momento se le subió a las manos la fuerza juvenil con que derribaba un caballo. Agarró a don Apolinar Moscote por la solapa y lo levantó a la altura de sus ojos.

—Esto lo hago —le dijo— porque prefiero cargarlo vivo y no tener que seguir cargándolo muerto por el resto de mi vida[71].

Así lo llevó por la mitad de la calle, suspendido por las solapas, hasta que lo puso sobre sus dos pies en el camino de la ciénaga. Una semana después estaba de regreso con seis soldados descalzos y harapientos, armados con escopetas, y una carreta de bueyes donde viajaban su mujer y sus siete hijas. Más tarde llegaron otras dos carretas con los muebles, los baúles y los utensilios domésticos. Instaló la familia en el Hotel de Jacob, mientras conseguía una casa, y volvió a abrir el despacho protegido por los soldados. Los fundadores de Macondo, resueltos a expulsar a los invasores, fueron con sus hijos mayores a ponerse a disposición de José Arcadio Buendía. Pero él se opuso, según explicó, porque don Apolinar Moscote había vuelto con su mujer y sus hijas, y no era cosa de hombres abochornar a otros delante de su familia[72]. Así que decidió arreglar la situación por las buenas.

Aureliano lo acompañó. Ya para entonces había empezado

---

[70] *Corotos:* «Nombre genérico empleado para referirse a cualquier objeto, especialmente a utensilios caseros o de uso personal. Tiene cierto matiz despectivo porque se usa generalmente para designar objetos viejos o en desuso.» *(Nuevo diccionario de americanismos,* t. I [Colombianismos], Santafé de Bogotá, Instituto Caro y Cuervo, 1993, pág. 107b).

[71] La muerte de Prudencio Aguilar sigue persiguiendo a José Arcadio (véase pág. 108, nota 11).

[72] Esta escena de humanidad tan tierna, podría comentarse por la respuesta de GGM a una pregunta de Plinio Apuleyo Mendoza: «—Debe haber algún aspecto fundamental del libro que los críticos (los críticos por los cuales tienes tanta aversión) han pasado por alto. ¿Cuál sería? —Su valor más notable: la inmensa compasión del autor por todas sus pobres criaturas.» *(El olor de la guayaba,* pág. 111.)

a cultivar el bigote negro de puntas engomadas, y tenía la voz un poco estentórea que había de caracterizarlo en la guerra. Desarmados, sin hacer caso de la guardia, entraron al despacho del corregidor. Don Apolinar Moscote no perdió la serenidad. Les presentó a dos de sus hijas que se encontraban allí por casualidad. Amparo, de dieciséis años, morena como su madre, y Remedios, de apenas nueve años, una preciosa niña con piel de lirio y ojos verdes. Eran graciosas y bien educadas. Tan pronto como ellos entraron, antes de ser presentadas, les acercaron sillas para que se sentaran. Pero ambos permanecieron de pie.

—Muy bien, amigo —dijo José Arcadio Buendía—, usted se queda aquí, pero no porque tenga en la puerta esos bandoleros de trabuco, sino por consideración a su señora esposa y a sus hijas.

Don Apolinar Moscote se desconcertó, pero José Arcadio Buendía no le dio tiempo de replicar. «Sólo le ponemos dos condiciones», agregó. «La primera: que cada quién pinta su casa del color que le dé la gana. La segunda: que los soldados se van en seguida. Nosotros le garantizamos el orden.» El corregidor levantó la mano derecha con todos los dedos extendidos.

—¿Palabra de honor?

—Palabra de enemigo —dijo José Arcadio Buendía. Y añadió en un tono amargo—: Porque una cosa le quiero decir: usted y yo seguimos siendo enemigos.

Esa misma tarde se fueron los soldados. Pocos días después José Arcadio Buendía le consiguió una casa a la familia del corregidor. Todo el mundo quedó en paz, menos Aureliano. La imagen de Remedios, la hija menor del corregidor, que por su edad hubiera podido ser hija suya, le quedó doliendo en alguna parte del cuerpo[73]. Era una sensación física que casi le molestaba para caminar, como una piedrecita en el zapato.

---

[73] La nota anterior también podría servir de comentario a este descubrimiento del amor por Aureliano. Hace falta agregar que el flechazo, de naturaleza incestuosa *(Remedios... que por su edad hubiera podido ser hija suya),* viene acompañado de otro descubrimiento: la vocación militar del coronel Aureliano Buendía quien se afiliará al bando liberal aplicando el veredicto paterno: «usted y yo seguimos siendo enemigos».

La casa nueva, blanca como una paloma, fue estrenada con un baile. Úrsula había concebido aquella idea desde la tarde en que vio a Rebeca y Amaranta convertidas en adolescentes, y casi puede decirse que el principal motivo de la construcción fue el deseo de procurar a las muchachas un lugar digno donde recibir las visitas. Para que nada restara esplendor a ese propósito, trabajó como un galeote mientras se ejecutaban las reformas, de modo que antes de que estuvieran terminadas había encargado costosos menesteres para la decoración y el servicio, y el invento maravilloso que había de suscitar el asombro del pueblo y el júbilo de la juventud: la pianola. La llevaron a pedazos, empacada en varios cajones que fueron descargados junto con los muebles vieneses, la cristalería de Bohemia, la vajilla de la Compañía de las Indias, los manteles de Holanda y una rica variedad de lámparas y palmatorias, y floreros, paramentos y tapices. La casa importadora envió por su cuenta un experto italiano, Pietro Crespi, para que armara y afinara la pianola, instruyera a los compradores en su manejo y los enseñara a bailar la música de moda impresa en seis rollos de papel.

Pietro Crespi[1] era joven y rubio, el hombre más hermoso y mejor educado que se había visto en Macondo, tan escrupuloso en el vestir que a pesar del calor sofocante trabajaba con la almilla brocada y el grueso saco de paño oscuro. Empapado en

---

[1] *Crespi:* el apellido puede evocar una característica física del personaje, sus «rizos charolados» (pág. 167) (it. *crespo:* 'rizado'). M. Vargas Llosa, pág. 494, observa que un personaje de *La mala hora* (ed. cit., pág. 19), el doctor Octavio Giraldo, ya llevaba «rizos charolados». Quizá la figura de Pietro Grespi se inspira en «don Antonio Daconte, un emigrado italiano que llevó grandes novedades a Aracataca: el cine mudo, el salón de billar, las bicicletas alquiladas, los gramófonos, los primeros receptores de radio.» *(Notas de prensa, 1980-1984,* pág. 506.)

sudor, guardando una distancia reverente con los dueños de la casa, estuvo varias semanas encerrado en la sala, con una consagración similar a la de Aureliano en su taller de orfebre. Una mañana, sin abrir la puerta, sin convocar a ningún testigo del milagro, colocó el primer rollo en la pianola, y el martilleo atormentador y el estrépito constante de los listones de madera cesaron en un silencio de asombro, ante el orden y la limpieza de la música. Todos se precipitaron a la sala. José Arcadio Buendía pareció fulminado no por la belleza de la melodía, sino por el tecleo autónomo de la pianola, e instaló en la sala la cámara de Melquíades con la esperanza de obtener el daguerrotipo del ejecutante invisible. Ese día el italiano almorzó con ellos. Rebeca y Amaranta, sirviendo la mesa, se intimidaron con la fluidez con que manejaba los cubiertos aquel hombre angélico de manos pálidas y sin anillos. En la sala de estar, contigua a la sala de visita, Pietro Crespi las enseñó a bailar. Les indicaba los pasos sin tocarlas, marcando el compás con un metrónomo, bajo la amable vigilancia de Úrsula, que no abandonó la sala un solo instante mientras sus hijas recibían las lecciones. Pietro Crespi llevaba en esos días unos pantalones especiales, muy flexibles y ajustados, y unas zapatillas de baile. «No tienes por qué preocuparte tanto», le decía José Arcadio Buendía a su mujer. «Ese hombre es marica.» Pero ella no desistió de la vigilancia mientras no terminó el aprendizaje y el italiano se marchó de Macondo. Entonces empezó la organización de la fiesta. Úrsula hizo una lista severa de los invitados, en la cual los únicos escogidos fueron los descendientes de los fundadores, salvo la familia de Pilar Ternera, que ya había tenido otros dos hijos de padres desconocidos. Era en realidad una selección de clase, sólo que determinada por sentimientos de amistad, pues los favorecidos no sólo eran los más antiguos allegados a la casa de José Arcadio Buendía desde antes de emprender el éxodo que culminó con la fundación de Macondo, sino que sus hijos y nietos eran los compañeros habituales de Aureliano y Arcadio desde la infancia, y sus hijas eran las únicas que visitaban la casa para bordar con Rebeca y Amaranta[2]. Don Apolinar Moscote,

---

[2] La estructuración social que aquí se describe parece corresponder a la fase feudal, tras la clánica, con su jerarquía basada en la formación de una

el gobernante benévolo cuya actuación se reducía a sostener con sus escasos recursos a dos policías armados con bolillos de palo, era una autoridad ornamental. Para sobrellevar los gastos domésticos, sus hijas abrieron un taller de costura, donde lo mismo hacían flores de fieltro que bocadillos de guayaba y esquelas de amor por encargo. Pero a pesar de ser recatadas y serviciales, las más bellas del pueblo y las más diestras en los bailes nuevos, no consiguieron que se les tomara en cuenta para la fiesta.

Mientras Úrsula y las muchachas desempacaban muebles, pulían las vajillas y colgaban cuadros de doncellas en barcas cargadas de rosas, infundiendo un soplo de vida nueva a los espacios pelados que construyeron los albañiles, José Arcadio Buendía renunció a la persecución de la imagen de Dios, convencido de su inexistencia[3] y destripó la pianola para descifrar su magia secreta[4]. Dos días antes de la fiesta, empantanado en un reguero de clavijas y martinetes sobrantes, chapuceando entre un enredijo de cuerdas que desenrollaba por un extremo y se volvían a enrollar por el otro, consiguió malcomponer el instrumento. Nunca hubo tantos sobresaltos y correndillas como en aquellos días, pero las nuevas lámparas de alquitrán se encendieron en la fecha y a la hora previstas. La casa se abrió, todavía olorosa a resinas y a cal húmeda, y los hijos y nietos de los fundadores conocieron el corredor de los helechos y las begonias, los aposentos silenciosos, el jardín saturado por la fragancia de las rosas, y se reunieron en la sala de visita frente al invento desconocido que había sido cubierto con una sábana blanca. Quienes conocían el pianoforte, popular en otras poblaciones de la ciénaga, se sintieron un poco descorazonados, pero más amarga fue la desilusión de Úrsula cuando colocó el primer rollo para que Amaranta

---

«nobleza» *(selección de clase)* legitimada por su 'antigüedad'. La exclusión de la familia de Pilar Ternera verifica la imposición de una moral dominante que expresa los valores de la nobleza. Asimismo la construcción de la «casa nueva» inscribe en el espacio de Macondo el poder de la familia soberana.

[3] Véase pág. 145, nota 57.

[4] Para José Arcadio, la pianola es otro objeto que «tiene vida propia», que debe «descifrarse», como el imán, el hielo, etc.

y Rebeca abrieran el baile, y el mecanismo no funcionó. Melquíades, ya casi ciego, desmigajándose de decrepitud, recurrió a las artes de su antiquísima sabiduría para tratar de componerlo[5]. Al fin José Arcadio Buendía logró mover por equivocación un dispositivo atascado, y la música salió primero a borbotones, y luego en un manantial de notas enrevesadas[6]. Golpeando contra las cuerdas puestas sin orden ni concierto y templadas con temeridad, los martinetes se desquiciaron. Pero los porfiados descendientes de los veintiún intrépidos que desentrañaron la sierra buscando el mar por el occidente, eludieron los escollos del trastrueque melódico, y el baile se prolongó hasta el amanecer.

Pietro Crespi volvió a componer la pianola. Rebeca y Amaranta lo ayudaron a ordenar las cuerdas y lo secundaron en sus risas por lo enrevesado de los valses. Era en extremo afectuoso, y de índole tan honrada, que Úrsula renunció a la vigilancia. La víspera de su viaje se improvisó con la pianola restaurada un baile para despedirlo, y él hizo con Rebeca una demostración virtuosa de las danzas modernas. Arcadio y Amaranta los igualaron en gracia y destreza. Pero la exhibición fue interrumpida porque Pilar Ternera, que estaba en la puerta con los curiosos, se peleó a mordiscos y tirones de pelo con una mujer que se atrevió a comentar que el joven Arcadio tenía nalgas de mujer. Hacia la medianoche, Pietro Crespi se despidió con un discursito sentimental y prometió volver muy pronto. Rebeca lo acompañó hasta la puerta, y luego de haber cerrado la casa y apagado las lámparas, se fue a su cuarto a llorar. Fue un llanto inconsolable que se prolongó por varios días, y cuya causa no conoció ni siquiera Amaranta. No era extraño su hermetismo[7]. Aunque parecía expansiva y cordial, tenía un carácter solitario[8] y un corazón

---

[5] Melquíades no logra componer la pianola porque esta cosa moderna no sigue las normas de la «antiquísima sabiduría»: la técnica excluye el hermetismo.

[6] Como en otras ocasiones, el fundador ha entendido el «texto» por descifrar «al revés».

[7] También los individuos pueden ser «herméticos», es decir «cifrados»; también tienen sus «claves».

[8] Por su integración en la familia, Rebeca comparte la común soledad.

impenetrable. Era una adolescente espléndida, de huesos largos y firmes, pero se empecinaba en seguir usando el mecedorcito de madera con que llegó a la casa, muchas veces reforzado y ya desprovisto de brazos. Nadie había descubierto que aún a esa edad conservaba el hábito de chuparse el dedo. Por eso no perdía ocasión de encerrarse en el baño, y había adquirido la costumbre de dormir con la cara vuelta contra la pared. En las tardes de lluvia, bordando con un grupo de amigas en el corredor de las begonias, perdía el hilo de la conversación y una lágrima de nostalgia le salaba el paladar cuando veía las vetas de tierra húmeda y los montículos de barro construidos por las lombrices en el jardín. Esos gustos secretos, derrotados en otro tiempo por las naranjas con ruibarbo[9], estallaron en un anhelo irreprimible cuando empezó a llorar. Volvió a comer tierra. La primera vez lo hizo casi por curiosidad, segura de que el mal sabor sería el mejor remedio contra la tentación. Y en efecto no pudo soportar la tierra en la boca. Pero insistió, vencida por el ansia creciente, y poco a poco fue rescatando el apetito ancestral, el gusto de los minerales primarios, la satisfacción sin resquicios del alimento original[10]. Se echaba puñados de tierra en los bolsillos, y los comía a granitos sin ser vista, con un confuso sentimiento de dicha y de rabia, mientras adiestraba a sus amigas en las puntadas más difíciles y conversaba de otros hombres que no merecían el sacrificio de que se comiera por ellos la cal de las paredes. Los puñados de tierra hacían menos remoto y más cierto al único hombre que merecía aquella degradación, como si el suelo que él pisaba con sus finas botas de charol en otro lugar del mundo, le transmitiera a ella el peso y la temperatura de su sangre en un sabor mineral que dejaba un rescoldo áspero en la boca y un sedimento de paz en el corazón. Una tarde, sin ningún motivo, Amparo Moscote pidió permiso para conocer la casa. Amaranta y Rebeca, desconcertadas por la visita imprevista, la atendieron

---

[9] Contrástese: «No se estableció nunca si lo que surtió efecto fue el ruibarbo o las tollinas, o las dos cosas combinadas [...]» (pág. 133).

[10] *Ancestral ... primarios ... original:* la adjetivación redundante realza el primitivismo del vicio de Rebeca, la profundidad de la regresión psicológica.

con un formalismo duro. Le mostraron la mansión reformada, le hicieron oír los rollos de la pianola y le ofrecieron naranjada con galletitas. Amparo dio una lección de dignidad, de encanto personal, de buenas maneras, que impresionó a Úrsula en los breves instantes en que asistió a la visita. Al cabo de dos horas, cuando la conversación empezaba a languidecer, Amparo aprovechó un descuido de Amaranta y le entregó una carta a Rebeca. Ella alcanzó a ver el nombre de la muy distinguida señorita Rebeca Buendía, escrito con la misma letra metódica, la misma tinta verde y la misma disposición preciosista de las palabras con que estaban escritas las instrucciones de manejo de la pianola, y dobló la carta con la punta de los dedos y se la escondió en el corpiño mirando a Amparo Moscote con una expresión de gratitud sin término ni condiciones y una callada promesa de complicidad hasta la muerte.

La repentina amistad de Amparo Moscote y Rebeca Buendía despertó las esperanzas de Aureliano. El recuerdo de la pequeña Remedios no había dejado de torturarlo, pero no encontraba la ocasión de verla. Cuando paseaba por el pueblo con sus amigos más próximos, Magnífico Visbal y Gerineldo Márquez[11] —hijos de los fundadores de iguales nombres—, la buscaba con mirada ansiosa en el taller de costura y sólo veía a las hermanas mayores. La presencia de Amparo Moscote en la casa fue como una premonición. «Tiene que venir con ella», se decía Aureliano en voz baja. «Tiene que venir.» Tantas veces se lo repitió, y con tanta convicción, que una tarde en que armaba en el taller un pescadito de oro[12], tuvo la certidumbre de que ella había respondido a su llamado. Poco después, en efecto, oyó la vocecita infantil, y al levantar la vista con el corazón helado de pavor, vio a la niña en la puerta con vestido de organdí rosado y botitas blancas.

---

[11] *Magnífico Visbal y Gerineldo Márquez:* el primer nombrado tiene una función secundaria en la novela; más importante es el papel del segundo por la fidelidad a Aureliano Buendía y por el hecho de que con este personaje el autor hace que se introduzcan su familia y él mismo en la ficción con el nombre real de la rama materna.

[12] *Un pescadito de oro:* el primero de una larga serie; es significativo que el objeto fetiche del coronel aparezca asociado con Remedios y el amor.

—Ahí no entres, Remedios —dijo Amparo Moscote en el corredor—. Están trabajando.

Pero Aureliano no le dio tiempo de atender. Levantó el pescadito dorado prendido de una cadenita que le salía por la boca, y le dijo:

—Entra.

Remedios se aproximó e hizo sobre el pescadito algunas preguntas, que Aureliano no pudo contestar porque se lo impedía un asma repentina. Quería quedarse para siempre, junto a ese cutis de lirio, junto a esos ojos de esmeralda, muy cerca de esa voz que a cada pregunta le decía señor con el mismo respeto con que se lo decía a su padre. Melquíades estaba en el rincón, sentado al escritorio, garabateando signos indescifrables. Aureliano lo odió. No pudo hacer nada, salvo decirle a Remedios que le iba a regalar el pescadito, y la niña se asustó tanto con el ofrecimiento que abandonó a toda prisa el taller. Aquella tarde perdió Aureliano la recóndita paciencia con que había esperado la ocasión de verla. Descuidó el trabajo. La llamó muchas veces, en desesperados esfuerzos de concentración, pero Remedios no respondió. La buscó en el taller de sus hermanas, en los visillos de su casa, en la oficina de su padre, pero solamente la encontró en la imagen que saturaba su propia y terrible soledad. Pasaba horas enteras con Rebeca en la sala de visita escuchando los valses de la pianola. Ella los escuchaba porque era la música con que Pietro Crespi la había enseñado a bailar. Aureliano los escuchaba simplemente porque todo, hasta la música, le recordaba a Remedios.

La casa se llenó de amor[13]. Aureliano lo expresó en versos que no tenían principio ni fin[14]. Los escribía en los ásperos

---

[13] Estos amores de Aureliano y Rebeca están marcados otra vez por la maldición familiar de la «terrible soledad»: «—¿De dónde proviene la soledad de los Buendía? —Para mí, de su falta de amor. En el libro se advierte que el Aureliano con la cola de cerdo era el único de los Buendía que en un siglo había sido concebido con amor. Los Buendía no eran capaces de amor, y ahí está el secreto de su soledad, de su frustración. La soledad, para mí, es lo contrario de la solidaridad.» *(El olor de la guayaba,* pág. 108.)

[14] Metafóricamente se puede entender que los versos de Aureliano eran descabellados pero que literalmente tenían «forma circular». Se confirma la vocación esencialmente artística de Aureliano (orfebre, poeta); su carrera militar, por la cual será célebre, es en realidad secundaria.

158

pergaminos que le regalaba Melquíades[15], en las paredes del baño, en la piel de sus brazos, y en todos aparecía Remedios transfigurada: Remedios en el aire soporífero de las dos de la tarde, Remedios en la callada respiración de las rosas, Remedios en la clepsidra secreta de las polillas, Remedios en el vapor del pan al amanecer, Remedios en todas partes y Remedios para siempre. Rebeca esperaba el amor a las cuatro de la tarde bordando junto a la ventana. Sabía que la mula del correo no llegaba sino cada quince días, pero ella la esperaba siempre, convencida de que iba a llegar un día cualquiera por equivocación. Sucedió todo lo contrario: una vez la mula no llegó en la fecha prevista. Loca de desesperación, Rebeca se levantó a media noche, y comió puñados de tierra en el jardín, con una avidez suicida, llorando de dolor y de furia, masticando lombrices tiernas y astillándose las muelas con huesos de caracoles. Vomitó hasta el amanecer. Se hundió en un estado de postración febril, perdió la conciencia, y su corazón se abrió en un delirio sin pudor. Úrsula, escandalizada[16], forzó la cerradura del baúl, y encontró en el fondo, atadas con cintas color de rosa, las dieciséis cartas perfumadas y los esqueletos de hojas y pétalos conservados en libros antiguos y las mariposas disecadas que al tocarlas se convirtieron en polvo.

Aureliano fue el único capaz de comprender tanta desolación. Esa tarde, mientras Úrsula trataba de rescatar a Rebeca del manglar del delirio, él fue con Magnífico Visbal y Gerineldo Márquez a la tienda de Catarino. El establecimiento había sido ensanchado con una galería de cuartos de madera donde vivían mujeres solas olorosas a flores muertas. Un conjunto de acordeón y tambores ejecutaba las canciones de Francisco el Hombre, que desde hacía varios años había desaparecido de Macondo. Los tres amigos bebieron guarapo fermentado. Magnífico y Gerineldo, contemporáneos de Aureliano, pero más diestros en las cosas del mundo, bebían metódicamente con las mujeres sentadas en las piernas. Una

---

[15] En la edición original, pág. 63: *regalaban*. La edición de «Selecciones Austral», pág. 120, agrega otro descuido: *ragalaban*.
[16] En la edición original, pág. 63: *encandalizada*.

de ellas, marchita y con la dentadura orificada, le hizo a Aureliano una caricia estremecedora. Él la rechazó. Había descubierto que mientras más bebía, más se acordaba de Remedios, pero soportaba mejor la tortura de su recuerdo. No supo en qué momento empezó a flotar. Vio a sus amigos y a las mujeres navegando en una reverberación radiante, sin peso ni volumen, diciendo palabras que no salían de sus labios y haciendo señales misteriosas que no correspondían a sus gestos. Catarino le puso una mano en la espalda y le dijo: «Van a ser las once.» Aureliano volvió la cabeza, vio el enorme rostro desfigurado con una flor de fieltro en la oreja, y entonces perdió la memoria, como en los tiempos del olvido, y la volvió a recobrar en una madrugada ajena y en un cuarto que le era completamente extraño, donde estaba Pilar Ternera en combinación, descalza, desgreñada, alumbrándolo con una lámpara y pasmada de incredulidad.

—¡Aureliano!

Aureliano se afirmó en los pies y levantó la cabeza. Ignoraba cómo había llegado hasta allí, pero sabía cuál era el propósito, porque lo llevaba escondido desde la infancia en un estanco inviolable del corazón[17].

—Vengo a dormir con usted —dijo.

Tenía la ropa embadurnada de fango y de vómito. Pilar Ternera, que entonces vivía solamente con sus dos hijos menores, no le hizo ninguna pregunta. Lo llevó a la cama. Le limpió la cara con un estropajo húmedo, le quitó la ropa, y luego se desnudó por completo y bajó el mosquitero para que no la vieran sus hijos si despertaban. Se había cansado de esperar al hombre que se quedó, a los hombres que se fueron, a los incontables hombres que erraron el camino de su casa confundidos por la incertidumbre de las barajas. En la espera se le había agrietado la piel, se le habían vaciado los senos, se le había apagado el rescoldo del corazón. Buscó a Aureliano en la oscuridad, le puso la mano en el vientre y lo besó en el cuello con una ternura maternal. «Mi pobre niñi-

---

[17] Por el hecho de que había compartido los amores de su hermano con la misma Pilar Ternera: «Aureliano no sólo podía entonces entender, sino que podía vivir como cosa propia las experiencias de su hermano [...]» (pág. 116).

to», murmuró[18]. Aureliano se estremeció. Con una destreza reposada, sin el menor tropiezo, dejó atrás los acantilados del dolor y encontró a Remedios convertida en un pantano sin horizonte, olorosa a animal crudo y a ropa recién planchada. Cuando salió a flote estaba llorando. Primero fueron unos sollozos involuntarios y entrecortados. Después se vació en un manantial desatado, sintiendo que algo tumefacto y doloroso se había reventado en su interior. Ella esperó, rascándole la cabeza con la yema de los dedos, hasta que su cuerpo se desocupó de la materia oscura que no lo dejaba vivir. Entonces Pilar Ternera le preguntó: «¿Quién es?» Y Aureliano se lo dijo. Ella soltó la risa que en otro tiempo espantaba a las palomas y que ahora ni siquiera despertaba a los niños. «Tendrás que acabar de criarla», se burló. Pero debajo de la burla encontró Aureliano un remanso de comprensión. Cuando abandonó el cuarto, dejando allí no sólo la incertidumbre de su virilidad sino también el peso amargo que durante tantos meses soportó en el corazón, Pilar Ternera le había hecho una promesa espontánea.

—Voy a hablar con la niña —le dijo—, y vas a ver que te la sirvo en bandeja.

Cumplió. Pero en un mal momento, porque la casa había perdido la paz de otros días. Al descubrir la pasión de Rebeca, que no fue posible mantener en secreto a causa de sus gritos, Amaranta sufrió un acceso de calenturas. También ella padecía la espina de un amor solitario[19]. Encerrada en el baño se desahogaba del tormento de una pasión sin esperanzas escribiendo cartas febriles que se conformaba con esconder en el fondo del baúl. Úrsula apenas si se dio abasto para

---

[18] «Un incesto subconsciente ocurre también cuando Pilar Ternera inicia a Aureliano, el hermano menor de José Arcadio, en el amor.» (M. Palencia-Roth, pág. 104) «[ ] las mujeres son, sustancialmente, *objetos;* las únicas que a lo largo del relato escapan a esta determinación son Pilar Ternera y Úrsula. En el caso de Pilar Ternera sus funciones se asemejan notablemente a las de Melquíades: [...] es también iniciadora de los Buendía (los inicia sexualmente, no intelectualmente como Melquíades); Pilar, como Úrsula, tiene hijos Buendía: es madre y madre adoptiva con rasgos celestinescos pero se niega al incesto.» (J. Ludmer, pág. 120.)

[19] Véase pág. 158, nota 13.

atender a las dos enfermas. No consiguió en prolongados e insidiosos interrogatorios averiguar las causas de la postración de Amaranta. Por último, en otro instante de inspiración, forzó la cerradura del baúl y encontró las cartas atadas con cintas de color de rosa, hinchadas de azucenas frescas y todavía húmedas de lágrimas, dirigidas y nunca enviadas a Pietro Crespi. Llorando de furia maldijo la hora en que se le ocurrió comprar la pianola, prohibió las clases de bordado y decretó una especie de luto sin muerto que había de prolongarse hasta que las hijas desistieron de sus esperanzas. Fue inútil la intervención de José Arcadio Buendía, que había rectificado su primera impresión sobre Pietro Crespi, y admiraba su habilidad para el manejo de las máquinas musicales. De modo que cuando Pilar Ternera le dijo a Aureliano que Remedios estaba decidida a casarse, él comprendió que la noticia acabaría de atribular a sus padres. Pero le hizo frente a la situación. Convocados a la sala de visita para una entrevista formal, José Arcadio Buendía y Úrsula escucharon impávidos la declaración de su hijo. Al conocer el nombre de la novia, José Arcadio Buendía, sin embargo, enrojeció de indignación. «El amor es una peste», tronó. «Habiendo tantas muchachas bonitas y decentes, lo único que te ocurre es casarte con la hija del enemigo.» Pero Úrsula estuvo de acuerdo con la elección. Confesó su afecto hacia las siete hermanas Moscote, por su hermosura, su laboriosidad, su recato y buena educación, y celebró el acierto de su hijo. Vencido por el entusiasmo de su mujer[20], José Arcadio Buendía puso entonces una condición: Rebeca, que era la correspondida, se casaría con Pietro Crespi. Úrsula llevaría a Amaranta en un viaje a la capital de la provincia, cuando tuviera tiempo, para que el contacto con gente distinta la aliviara de su desilusión. Rebeca recobró la salud tan pronto como se enteró del acuerdo, y escribió a su novio una carta jubilosa que sometió a la aprobación de sus padres y puso al correo sin servirse de intermediarios. Amaranta fingió aceptar la decisión y poco a poco se restableció de las calenturas, pero se prometió a sí

---

[20] De nuevo José Arcadio Buendía y Úrsula evolucionan en sentidos opuestos; de nuevo aquél queda vencido por ésta.

misma que Rebeca se casaría solamente pasando por encima de su cadáver[21].

El sábado siguiente, José Arcadio Buendía se puso el traje de paño oscuro, el cuello de celuloide y las botas de gamuza que había estrenado la noche de la fiesta, y fue a pedir la mano de Remedios Moscote. El corregidor y su esposa lo recibieron al mismo tiempo complacidos y conturbados, porque ignoraban el propósito de la visita imprevista, y luego creyeron que él había confundido el nombre de la pretendida. Para disipar el error, la madre despertó a Remedios y la llevó en brazos a la sala, todavía atarantada de sueño. Le preguntaron si en verdad estaba decidida a casarse, y ella contestó lloriqueando[22] que solamente quería que la dejaran dormir. José Arcadio Buendía, comprendiendo el desconcierto de los Moscote, fue a aclarar las cosas con Aureliano. Cuando regresó, los esposos Moscote se habían vestido con ropa formal, habían cambiado la posición de los muebles y puesto flores nuevas en los floreros, y lo esperaban en compañía de sus hijas mayores. Agobiado por la ingratitud de la ocasión y por la molestia del cuello duro, José Arcadio Buendía confirmó que, en efecto, Remedios era la elegida. «Esto no tiene sentido», dijo consternado don Apolinar Moscote. «Tenemos seis hijas más, todas solteras y en edad de merecer, que estarían encantadas de ser esposas dignísimas de caballeros serios y trabajadores como su hijo, y Aurelito pone sus ojos precisamente en la única que todavía se orina en la cama.» Su esposa, una mujer bien conservada, de párpados y ademanes afligidos, le reprochó su incorrección. Cuando terminaron de tomar el batido de frutas, habían aceptado complacidos la decisión de Aureliano. Sólo que la señora de Moscote suplicaba el favor de hablar a solas con Úrsula. Intrigada, protestando de que la enredaran en asuntos de hombres, pero en realidad intimidada

---

[21] «La oposición entre las figuras femeninas reviste la forma de la enemistad y del odio, hasta el deseo (y el plan) de muerte. [...] El único dato que enlaza a Rebeca y a Amaranta es el rechazo y la común relación con Crespi, del mismo modo que José Arcadio y Aureliano se enlazaban por su común relación con Pilar [...].» (J. Ludmer, págs. 121-122.)

[22] En la edición original: *lloriquendo* (pág. 66). Sin corregir en la edición de «Selecciones Austral», pág. 124.

por la emoción, Úrsula fue a visitarla al día siguiente. Media hora después regresó con la noticia de que Remedios era impúber. Aureliano no lo consideró como un tropiezo grave. Había esperado tanto, que podía esperar cuanto fuera necesario, hasta que la novia estuviera en edad de concebir[23].

La armonía recobrada sólo fue interrumpida por la muerte de Melquíades. Aunque era un acontecimiento previsible, no lo fueron las circunstancias. Pocos meses después de su regreso se había operado en él un proceso de envejecimiento tan apresurado y crítico, que pronto se le tuvo por uno de esos bisabuelos inútiles que deambulan como sombras por los dormitorios, arrastrando los pies, recordando mejores tiempos en voz alta, y de quienes nadie se ocupa ni se acuerda en realidad hasta el día en que amanecen muertos en la cama. Al principio, José Arcadio Buendía lo secundaba en sus tareas, entusiasmado con la novedad de la daguerrotipia y las predicciones de Nostradamus. Pero poco a poco lo fue abandonando a su soledad, porque cada vez se les hacía más difícil la comunicación. Estaba perdiendo la vista y el oído, parecía confundir a los interlocutores con personas que conoció en épocas remotas de la humanidad, y contestaba a las preguntas con un intrincado batiburrillo de idiomas[24]. Caminaba tanteando el aire, aunque se movía por entre las cosas con una fluidez inexplicable, como si estuviera dotado de un instinto de orientación fundado en presentimientos inmediatos. Un día olvidó ponerse la dentadura postiza, que dejaba de noche en un vaso de agua junto a la cama, y no se la volvió a poner. Cuando Úrsula dispuso la ampliación de la casa, le hizo construir un cuarto especial contiguo al taller de Aureliano, lejos de los ruidos y el trajín domésticos, con una ventana inundada de luz y un estante donde ella misma or-

---

[23] «Aureliano continúa la historia del incesto, pues aunque su matrimonio con Remedios Moscote no es incestuoso, sí tiene algo de extraño: la relación parece ser más de padre e hija que de hombre y mujer.» (M. Palencia-Roth, pág. 104.)

[24] Este «batiburrillo de idiomas», que podría ser una manifestación senil, es, en realidad, un anuncio del lenguaje cifrado utilizado por Melquíades para contar las historias familiares que, en este momento preciso, está escribiendo.

denó los libros casi deshechos por el polvo y las polillas, los quebradizos papeles apretados de signos indescifrables y el vaso con la dentadura postiza donde habían prendido unas plantitas acuáticas de minúsculas flores amarillas. El nuevo lugar pareció agradar a Melquíades, porque no volvió a vérsele ni siquiera en el comedor. Sólo iba al taller de Aureliano, donde pasaba horas y horas garabateando su literatura enigmática en los pergaminos que llevó consigo y que parecían fabricados en una materia árida que se resquebrajaba como hojaldres[25]. Allí tomaba los alimentos que Visitación le llevaba dos veces al día, aunque en los últimos tiempos perdió el apetito y sólo se alimentaba de legumbres. Pronto adquirió el aspecto de desamparo propio de los vegetarianos. La piel se le cubrió de un musgo tierno, semejante al que prosperaba en el chaleco anacrónico que no se quitó jamás, y su respiración exhaló un tufo de animal dormido. Aureliano terminó por olvidarse de él, absorto en la redacción de sus versos[26], pero en cierta ocasión creyó entender algo de lo que decía en sus bordoneantes monólogos, y le prestó atención. En realidad, lo único que pudo aislar en las parrafadas pedregosas fue el insistente martilleo de la palabra equinoccio equinoccio equinoccio, y el nombre de Alexander Von Humboldt[27]. Arcadio se aproximó un poco más a él cuando empezó a ayudar a Aureliano en la platería. Melquíades correspondió a aquel esfuerzo de comunicación soltando a veces frases en castellano que tenían muy poco que ver con la realidad. Una tarde, sin embargo, pareció iluminado por una emoción re-

---

[25] Dentro de la ficción, se define a la vez el género de la misma antes de que sea traducida («literatura enigmática», y más abajo «encíclicas cantadas») y las condiciones materiales de producción: el cuarto de Melquíades aislado (quizá trasposición de la «Cueva de la Mafia» mexicana donde GGM escribió *C.A.S.*), la fragilidad de los pergaminos (metáfora de lo efímero que puede ser un libro).

[26] Dos escrituras simultáneas se contraponen: los versos «sin principio ni fin» de Aureliano, de sentido amoroso claro y ya descodificado, y «las parrafadas pedregosas» de Melquíades, de sentido oculto y por descifrar.

[27] *Alexander Von Humboldt:* geógrafo y naturalista alemán (1769-1859), autor del famoso *Viaje a las regiones equinocciales del Nuevo Continente.* Su papel de «descubridor, de revelador» de la naturaleza de la América tropical es homólogo al de Melquíades, «explorador» de los secretos de la antigua sabiduría.

pentina. Años después, frente al pelotón de fusilamiento, Arcadio había de acordarse del temblor con que Melquíades le hizo escuchar varias páginas de su escritura impenetrable, que por supuesto no entendió, pero que al ser leídas en voz alta parecían encíclicas[28] cantadas. Luego sonrió por primera vez en mucho tiempo y dijo en castellano: «Cuando me muera, quemen mercurio durante tres días en mi cuarto»[29]. Arcadio se lo contó a José Arcadio Buendía, y éste trató de obtener una información más explícita, pero sólo consiguió una respuesta: «He alcanzado la inmortalidad.» Cuando la respiración de Melquíades empezó a oler, Arcadio lo llevó a bañarse al río los jueves en la mañana. Pareció mejorar. Se desnudaba y se metía en el agua junto con los muchachos, y su misterioso sentido de orientación le permitía eludir los sitios profundos y peligrosos. «Somos del agua»[30], dijo en cierta ocasión. Así pasó mucho tiempo sin que nadie lo viera en la casa, salvo la noche en que hizo un conmovedor esfuerzo por componer la pianola, y cuando iba al río con Arcadio llevando bajo el brazo la totuma[31] y la bola de jabón de corozo[32] envueltas en una toalla. Un jueves, antes de que lo que llamaran para ir al río, Aureliano le oyó decir: «He muerto de fiebre en los médanos de Singapur.» Ese día se metió en el agua por un mal camino y no lo encontraron hasta la mañana siguiente, varios kilómetros más abajo, varado en un reco-

---

[28] Como las encíclicas papales, las de Melquíades —en realidad profecías— son un texto de una autoridad moral (el Papa/Melquíades/el narrador) destinado a recordar y consolidar la fe del destinatario (el cristiano/los Buendía/el lector).

[29] Sabido es que el mercurio es fundamental en las operaciones alquímicas; ruega Melquíades que se utilice cuando haya acabado su «camino de perfección» simbolizado por el oro o la inmortalidad.

[30] Como se ve, Melquíades conoce también el misterio de los orígenes de la vida.

[31] *Totuma*: «Vasija rústica, semiesférica, que se obtiene del fruto del totumo (o también de una calabaza), cortado por la mitad y vaciado [...].» *(Nuevo diccionario de americanismos*, t. I, pág. 396b).

[32] *Corozo*: 'corojo', «Árbol americano de la familia de las palmas, cuyos frutos son del tamaño de un huevo de paloma, y de ellos se saca, cociéndolos, una sustancia grasa que emplean los negros como manteca en sus condimentos». *(D.R.A.E.).* También haría falta revisar la definición en cuanto a los usos y utilizadores del corozo.

do luminoso y con un gallinazo solitario parado en el vientre[33]. Contra las escandalizadas protestas de Úrsula, que lo lloró con más dolor que a su propio padre, José Arcadio Buendía se opuso a que lo enterraran. «Es inmortal —dijo— y él mismo reveló la fórmula de la resurrección.» Revivió el olvidado atanor y puso a hervir un caldero de mercurio junto al cadáver que poco a poco se iba llenando de burbujas azules. Don Apolinar Moscote se atrevió a recordarle que un ahogado insepulto era un peligro para la salud pública. «Nada de eso, puesto que está vivo», fue la réplica de José Arcadio Buendía, que completó las setenta y dos horas de sahumerios mercuriales cuando ya el cadáver empezaba a reventarse en una floración lívida, cuyos silbidos tenues impregnaron la casa de un vapor pestilente[34]. Sólo entonces permitió que lo enterraran, pero no de cualquier modo, sino con los honores reservados al más grande benefactor de Macondo. Fue el primer entierro y el más concurrido que se vio en el pueblo, superado apenas un siglo después por el carnaval funerario de la Mamá Grande[35]. Lo sepultaron en una tumba erigida en el centro del terreno que destinaron para el cementerio, con una lápida donde quedó escrito lo único que se supo de él: MELQUÍADES. Le hicieron sus nueve noches de velorio. En el tumulto que se reunía en el patio a tomar café, contar chistes y jugar barajas, Amaranta encontró una ocasión de confesarle su amor a Pietro Crespi, que pocas semanas antes había formalizado su compromiso con Rebeca y estaba instalando un almacén de instrumentos músicos y juguetes de cuerda, en el mismo sector donde vegetaban los árabes que en otro tiempo cambiaban baratijas por guacamayas, y que la gente conocía como la Calle de los Turcos. El italiano, cuya cabeza cubierta de rizos charolados[36] suscitaba

---

[33] La segunda muerte de Melquíades, la definitiva, repite la primera.

[34] O sea que, otra vez, José Arcadio descifra mal la sentencia del gitano: entiende literalmente lo que estaba dicho en la lengua simbólica de la alquimia. Simbólico también, pero en otro nivel, es el hecho de que el primer muerto de Macondo sea el iniciador y el profeta de los Buendía.

[35] Alusión, por supuesto, al cuento de *Los funerales de la Mamá Grande* (1962), con una cronología que no debe tomarse al pie de la letra.

[36] Véase pág. 152, nota 1.

en las mujeres una irreprimible necesidad de suspirar, trató a Amaranta como una chiquilla caprichosa a quien no valía la pena tomar demasiado en cuenta.

—Tengo un hermano menor —le dijo—. Va a venir a ayudarme en la tienda.

Amaranta se sintió humillada y le dijo a Pietro Crespi con un rencor virulento que estaba dispuesta a impedir la boda de su hermana aunque tuviera que atravesar en la puerta su propio cadáver. Se impresionó tanto el italiano con el dramatismo de la amenaza, que no resistió la tentación de comentarla con Rebeca. Fue así como el viaje de Amaranta, siempre aplazado por las ocupaciones de Úrsula, se arregló en menos de una semana. Amaranta no opuso resistencia, pero cuando dio a Rebeca el beso de despedida, le susurró al oído:

—No te hagas ilusiones. Aunque me lleven al fin del mundo encontraré la manera de impedir que te cases, así tenga que matarte.

Con la ausencia de Úrsula, con la presencia invisible de Melquíades que continuaba su deambular sigiloso por los cuartos, la casa pareció enorme y vacía. Rebeca había quedado a cargo del orden doméstico, mientras la india se ocupaba de la panadería. Al anochecer, cuando llegaba Pietro Crespi precedido de un fresco hálito de espliego y llevando siempre un juguete de regalo, su novia le recibía la visita en la sala principal con puertas y ventanas abiertas para estar a salvo de toda suspicacia. Era una precaución innecesaria, porque el italiano había demostrado ser tan respetuoso que ni siquiera tocaba la mano de la mujer que sería su esposa antes de un año. Aquellas visitas fueron llenando la casa de juguetes prodigiosos. Las bailarinas de cuerda, las cajas de música, los monos acróbatas, los caballos trotadores, los payasos tamborileros, la rica y asombrosa fauna mecánica[37] que llevaba Pietro Crespi, disiparon la aflicción de José Arcadio Buendía por la muerte de Melquíades, y lo transportaron de nuevo a sus antiguos tiempos de alquimista. Vivía entonces en un paraíso de animales destripados, de mecanismos deshechos, tra-

---

[37] Enumeración de seis miembros, característica, según M. Vargas Llosa, págs. 590-591, de la simetría retórica del estilo de *C.A.S.*

tando de perfeccionarlos con un sistema de movimiento continuo fundado en los principios del péndulo. Aureliano, por su parte, había descuidado el taller para enseñar a leer y escribir a la pequeña Remedios. Al principio, la niña prefería sus muñecas al hombre que llegaba todas las tardes, y que era el culpable de que la separaran de sus juegos para bañarla y vestirla y sentarla en la sala a recibir la visita. Pero la paciencia y la devoción de Aureliano terminaron por seducirla, hasta el punto de que pasaba muchas horas con él estudiando el sentido de las letras y dibujando en un cuaderno con lápices de colores casitas con vacas en los corrales y soles redondos con rayos amarillos que se ocultaban detrás de las lomas.

Sólo Rebeca era infeliz con la amenaza de Amaranta. Conocía el carácter de su hermana, la altivez de su espíritu, y la asustaba la virulencia de su rencor. Pasaba horas enteras chupándose el dedo en el baño, aferrándose a un agotador esfuerzo de voluntad para no comer tierra. En busca de un alivio a la zozobra llamó a Pilar Ternera para que le leyera el porvenir. Después de un sartal de imprecisiones convencionales, Pilar Ternera pronosticó:

—No serás feliz mientras tus padres permanezcan insepultos.

Rebeca se estremeció. Como en el recuerdo de un sueño se vio a sí misma entrando a la casa, muy niña, con el baúl y el mecedorcito de madera y el talego cuyo contenido no conoció jamás. Se acordó de un caballero calvo, vestido de lino y con el cuello de la camisa cerrado con un botón de oro, que nada tenía que ver con el rey de copas. Se acordó de una mujer muy joven y muy bella, de manos tibias y perfumadas, que nada tenían en común con las manos reumáticas de la sota de oros, y que le ponía flores en el cabello para sacarla a pasear en la tarde por un pueblo de calles verdes[38].

—No entiendo —dijo.

Pilar Ternera pareció desconcertada.

---

[38] Se trata del recuerdo de un sueño de Rebeca durante la peste del insomnio (véase pág. 135). Es de notar que el recuerdo es más preciso que el mismo sueño. *El pueblo de calles verdes* es Manaure, «el pueblo verde» de *Un día después del sábado*. (Véase pág. 130, nota 17.)

—Yo tampoco, pero eso es lo que dicen las cartas.

Rebeca quedó tan preocupada con el enigma, que se lo contó a José Arcadio Buendía y éste la reprendió por dar crédito a pronósticos de barajas, pero se dio a la silenciosa tarea de registrar armarios y baúles, remover muebles y voltear camas y entablados, buscando el talego de huesos. Recordaba no haberlo visto desde los tiempos de la reconstrucción. Llamó en secreto a los albañiles y uno de ellos reveló que había emparedado el talego en algún dormitorio porque le estorbaba para trabajar. Después de varios días de auscultaciones, con la oreja pegada a las paredes, percibieron el cloc cloc profundo. Perforaron el muro y allí estaban los huesos en el talego intacto. Ese mismo día lo sepultaron en una tumba sin lápida, improvisada junto a la de Melquíades[39], y José Arcadio Buendía regresó a la casa liberado de una carga que por un momento pesó tanto en su conciencia como el recuerdo de Prudencio Aguilar. Al pasar por la cocina le dio un beso en la frente a Rebeca.

—Quítate las malas ideas de la cabeza —le dijo—. Serás feliz.

La amistad de Rebeca abrió a Pilar Ternera las puertas de la casa cerradas por Úrsula desde el nacimiento de Arcadio. Llegaba a cualquier hora del día, como un tropel de cabras, y descargaba su energía febril en los oficios más pesados. A veces entraba al taller y ayudaba a Arcadio a sensibilizar las láminas del daguerrotipo con una eficacia y una ternura que terminaron por confundirlo. Lo aturdía esa mujer. La resolana de su piel, su olor a humo, el desorden de su risa en el cuarto oscuro, perturbaban su atención y lo hacían tropezar con las cosas[40].

En cierta ocasión Aureliano estaba allí, trabajando en orfebrería, y Pilar Ternera se apoyó en la mesa para admirar su paciente laboriosidad. De pronto ocurrió. Aureliano comprobó que Arcadio estaba en el cuarto oscuro, antes de levantar la vista y encontrarse con los ojos de Pilar Ternera, cuyo pensa-

---

[39] La lógica del relato es rigurosa: a continuación del entierro de Melquíades debía venir el del talego de huesos que estuvieron «en espera de que hubiera un lugar digno para sepultarlos» (pág. 131).

[40] Aquí se abre otro círculo narrativo: el de la atracción incestuosa de Arcadio para con su madre.

miento era perfectamente visible, como expuesto a la luz del mediodía.

—Bueno —dijo Aureliano—. Dígame qué es.

Pilar Ternera se mordió los labios con una sonrisa triste.

—Que eres bueno para la guerra —dijo—. Donde pones el ojo, pones el plomo.

Aureliano descansó con la comprobación del presagio. Volvió a concentrarse en su trabajo, como si nada hubiera pasado, y su voz adquirió una reposada firmeza.

—Lo reconozco —dijo—. Llevará mi nombre.

José Arcadio Buendía consiguió por fin lo que buscaba: conectó a una bailarina de cuerda el mecanismo del reloj, y el juguete bailó sin interrupción al compás de su propia música durante tres días. Aquel hallazgo lo excitó mucho más que cualquiera de sus empresas descabelladas. No volvió a comer. No volvió a dormir. Sin la vigilancia y los cuidados de Úrsula se dejó arrastrar por su imaginación hacia un estado de delirio perpetuo del cual no se volvería a recuperar. Pasaba las noches dando vueltas en el cuarto, pensando en voz alta, buscando la manera de aplicar los principios del péndulo a las carretas de bueyes, a las rejas del arado, a todo lo que fuera útil puesto en movimiento. Lo fatigó tanto la fiebre del insomnio, que una madrugada no pudo reconocer al anciano de cabeza blanca y ademanes inciertos que entró en su dormitorio. Era Prudencio Aguilar. Cuando por fin lo identificó, asombrado de que también envejecieran los muertos, José Arcadio Buendía se sintió sacudido por la nostalgia. «Prudencio —exclamó—, ¡cómo has venido a parar tan lejos!» Después de muchos años de muerte, era tan intensa la añoranza de los vivos, tan apremiante la necesidad de compañía, tan aterradora la proximidad de la otra muerte que existía dentro de la muerte, que Prudencio Aguilar había terminado por querer al peor de sus enemigos. Tenía mucho tiempo de estar buscándolo. Les preguntaba por él a los muertos de Riohacha, a los muertos que llegaban del Valle de Upar[41], a los que llegaban de la

---

[41] *Valle de Upar:* o Valledupar, ciudad del nordeste colombiano, en la misma zona de Ciénaga y Riohacha, pero al interior. GGM ha celebrado varias veces la música popular de esta región en artículos periodísticos.

ciénaga y nadie le daba razón, porque Macondo fue un pueblo desconocido para los muertos hasta que llegó Melquíades y lo señaló con un puntito negro en los abigarrados mapas de la muerte. José Arcadio Buendía conversó con Prudencio Aguilar hasta el amanecer. Pocas horas después, estragado por la vigilia, entró al taller de Aureliano y le preguntó: «¿Qué día es hoy?» Aureliano le contestó que era martes. «Eso mismo pensaba yo», dijo José Arcadio Buendía. «Pero de pronto me he dado cuenta de que sigue siendo lunes, como ayer. Mira el cielo, mira las paredes, mira las begonias. También hoy es lunes.» Acostumbrado a sus manías, Aureliano no le hizo caso. Al día siguiente, miércoles, José Arcadio Buendía volvió al taller. «Esto es un desastre —dijo—. Mira el aire, oye el zumbido del sol, igual que ayer y antier. También hoy es lunes.» Esa noche, Pietro Crespi lo encontró en el corredor, llorando con el llantito sin gracia de los viejos, llorando por Prudencio Aguilar, por Melquíades, por los padres de Rebeca, por su papá y su mamá, por todos los que podía recordar y que entonces estaban solos en la muerte[42]. Le regaló un oso de cuerda que caminaba en dos patas por un alambre, pero no consiguió distraerlo de su obsesión. Le preguntó qué había pasado con el proyecto que le expuso días antes, sobre la posibilidad de construir una máquina de péndulo que le sirviera al hombre para volar, y él contestó que era imposible porque el péndulo podía levantar cualquier cosa en el aire pero no podía levantarse a sí mismo[43]. El jueves volvió a aparecer en el taller con un doloroso aspecto de tierra arrasada. «¡La máquina del tiempo se ha descompuesto[44] —casi sollozó— y Úrsula y Amaranta tan lejos!» Aureliano lo reprendió como a un niño y él adoptó un aire sumiso. Pasó seis horas examinando las cosas, tratando de

[42] Se presenta en el relato otra categoría de soledad, la que sufre Prudencio Aguilar, la soledad *en* la muerte.

[43] Como Don Quijote al final de su vida, José Arcadio Buendía, curado de su locura, ve las cosas como son, pierde el sentido de la vida y sólo le queda la espera de la muerte.

[44] José Arcadio, que se ha pasado la vida descomponiendo máquinas, concibe el tiempo como una más. Para él se ha parado el tiempo, circular y lineal, un lunes.

encontrar una diferencia con el aspecto que tuvieron el día anterior, pendiente de descubrir en ellas algún cambio que revelara el transcurso del tiempo. Estuvo toda la noche en la cama con los ojos abiertos, llamando a Prudencio Aguilar, a Melquíades, a todos los muertos, para que fueran a compartir su desazón. Pero nadie acudió. El viernes, antes de que se levantara nadie, volvió a vigilar la apariencia de la naturaleza, hasta que no tuvo la menor duda de que seguía siendo lunes. Entonces agarró la tranca de una puerta y con la violencia salvaje de su fuerza descomunal destrozó hasta convertirlos en polvo los aparatos de alquimia, el gabinete de daguerrotipia, el taller de orfebrería, gritando como un endemoniado en un idioma altisonante y fluido pero completamente incomprensible[45]. Se disponía a terminar con el resto de la casa cuando Aureliano pidió ayuda a los vecinos. Se necesitaron diez hombres para tumbarlo, catorce para amarrarlo, veinte para arrastrarlo hasta el castaño del patio, donde lo dejaron atado, ladrando en lengua extraña y echando espumarajos verdes por la boca. Cuando llegaron Úrsula y Amaranta todavía estaba atado de pies y manos al tronco del castaño, empapado de lluvia y en un estado de inocencia total. Le hablaron, y él las miró sin reconocerlas y les dijo algo incomprensible. Úrsula le soltó las muñecas y los tobillos, ulcerados por la presión de las sogas, y lo dejó amarrado solamente por la cintura. Más tarde le construyeron un cobertizo de palma para protegerlo del sol y la lluvia.

---

[45] La marginación de José Arcadio cristaliza los temas fundamentales de *C.A.S.:* cambio de naturaleza del tiempo, destrucción de los instrumentos de la imaginación y lenguaje cifrado, sin olvidar, por supuesto, la soledad, fruto de la incomunicación.

Aureliano Buendía y Remedios Moscote se casaron un domingo de marzo ante el altar que el padre Nicanor Reyna hizo construir en la sala de visitas. Fue la culminación de cuatro semanas de sobresaltos en casa de los Moscote, pues la pequeña Remedios llegó a la pubertad antes de superar los hábitos de la infancia. A pesar de que la madre la había aleccionado sobre los cambios de la adolescencia, una tarde de febrero irrumpió dando gritos de alarma en la sala donde sus hermanas conversaban con Aureliano, y les mostró el calzón embadurnado de una pasta achocolatada. Se fijó un mes para la boda. Apenas si hubo tiempo de enseñarla a lavarse, a vestirse sola, a comprender los asuntos elementales de un hogar. La pusieron a orinar en ladrillos calientes para corregirle el hábito de mojar la cama. Costó trabajo convencerla de la inviolabilidad del secreto conyugal, porque Remedios estaba tan aturdida y al mismo tiempo tan maravillada con la revelación, que quería comentar con todo el mundo los pormenores de la noche de bodas. Fue un esfuerzo agotador, pero en la fecha prevista para la ceremonia la niña era tan diestra en las cosas del mundo como cualquiera de sus hermanas. Don Apolinar Moscote la llevó del brazo por la calle adornada con flores y guirnaldas, entre el estampido de los cohetes y la música de varias bandas, y ella saludaba con la mano y daba las gracias con una sonrisa a quienes le deseaban buena suerte desde las ventanas. Aureliano, vestido de paño negro, con los mismos botines de charol con ganchos metálicos que había de llevar pocos años después frente al pelotón de fusilamiento, tenía una palidez intensa y una bola dura en la garganta cuando recibió a su novia en la puerta de la casa y la llevó al altar. Ella se comportó con tanta naturalidad, con

174

tanta discreción, que no perdió la compostura ni siquiera cuando Aureliano dejó caer el anillo al tratar de ponérselo[1]. En medio del murmullo y el principio de confusión de los convidados, ella mantuvo en alto el brazo con el mitón de encaje y permaneció con el anular dispuesto, hasta que su novio logró parar el anillo con el botín para que no siguiera rodando hasta la puerta, y regresó ruborizado al altar. Su madre y sus hermanas sufrieron tanto con el temor de que la niña hiciera una incorrección durante la ceremonia, que al final fueron ellas quienes cometieron la impertinencia de cargarla para darle un beso. Desde aquel día se reveló el sentido de responsabilidad, la gracia natural, el reposado dominio que siempre había de tener Remedios ante las circunstancias adversas. Fue ella quien de su propia iniciativa puso aparte la mejor porción que cortó del pastel de bodas y se la llevó en un plato con un tenedor a José Arcadio Buendía. Amarrado al tronco del castaño, encogido en un banquito de madera bajo el cobertizo de palmas, el enorme anciano descolorido por el sol y la lluvia hizo una vaga sonrisa de gratitud y se comió el pastel con los dedos masticando un salmo ininteligible. La única persona infeliz en aquella celebración estrepitosa que se prolongó hasta el amanecer del lunes fue Rebeca Buendía. Era su fiesta frustrada. Por acuerdo de Úrsula, su matrimonio debía celebrarse en la misma fecha, pero Pietro Crespi recibió el viernes una carta con el anuncio de la muerte inminente de su madre. La boda se aplazó[2]. Pietro Crespi se fue para la capital de la provincia una hora después de recibir la carta, y en el camino se cruzó con su madre que llegó puntual la noche del sábado y cantó en la boda de Aure-

---

[1] «El anillo caído en el momento de la bendición es un antiguo tema popular y con él se introduce el motivo de la *superstición*. En *C.A.S.* todas las supersticiones y creencias populares se transforman en realidad; todas las predicciones se cumplen.» (J. Ludmer, págs. 106-107.) J. Ludmer analiza detalladamente este párrafo de la novela en las págs. 103-109 de su libro.

[2] «La oposición de las dos bodas, una realizada, la otra frustrada, opone también, a nivel del paradigma, a Remedios y a Rebeca: Remedios es la niña que en un mes abandonó sus rasgos infantiles; Rebeca es la mujer (la mayor de entre las hijas) que no pudo abandonar sus hábitos de comer tierra y cal y de succionarse el pulgar [....]» (J. Ludmer, pág. 106.)

liano el aria triste que había preparado para la boda de su hijo. Pietro Crespi regresó a la media noche del domingo a barrer las cenizas de la fiesta, después de haber reventado cinco caballos en el camino tratando de estar en tiempo para su boda. Nunca se averiguó quién escribió la carta. Atormentada por Úrsula, Amaranta lloró de indignación y juró su inocencia frente al altar que los carpinteros no habían acabado de desarmar[3].

El padre Nicanor Reyna —a quien don Apolinar Moscote había llevado de la ciénaga para que oficiara la boda[4]— era un anciano endurecido por la ingratitud de su ministerio. Tenía la piel triste, casi en los puros huesos, y el vientre pronunciado y redondo y una expresión de ángel viejo que era más de inocencia que de bondad. Llevaba el propósito de regresar a su parroquia después de la boda, pero se espantó con la aridez de los habitantes de Macondo, que prosperaban en el escándalo, sujetos a la ley natural, sin bautizar a los hijos ni santificar las fiestas. Pensando que a ninguna tierra le hacía tanta falta la simiente de Dios, decidió quedarse una semana más para cristianizar a circuncisos y gentiles, legalizar concubinarios y sacramentar moribundos. Pero nadie le prestó atención. Le contestaban que durante muchos años habían estado sin cura, arreglando los negocios del alma directamente con Dios, y habían perdido la malicia del pecado mortal[5]. Cansado de predicar en el desierto, el padre Nicanor se dispuso a emprender la construcción de un templo, el más grande del mundo, con santos de tamaño natural y vidrios de colores en las paredes, para que fuera gente desde Roma a honrar a Dios en el centro de la impiedad. Andaba

---

[3] «El párrafo se cierra con el altar, encuadrándose estrictamente: el altar que lo abre, ante el que juraron Aureliano y Remedios, lo cierra; allí Amaranta jura su inocencia. El altar puede servir para la verdad o para la mentira, y se plantea abiertamente una incertidumbre.» (J. Ludmer, pág. 107.)

[4] «La llegada del padre Reyna es una más de las muchas que sobrevienen a Macondo, y cuya función es marcar, sobre todo, el transcurso del tiempo histórico.» (J. Ludmer, pág. 11.) Un buen comentario del episodio que sigue en *íd.*, págs. 111-119. El padre Nicanor Reyna es la trasposición ficticia del primer cura de Aracataca, el padre Pedro Espejo (Dasso Saldívar, *García Márquez*, pág. 62).

[5] Macondo rechaza a la Iglesia, representada por el padre Nicanor Reyna, como antes se había rechazado al gobierno, representado por Apolinar Moscote: pero el uno y el otro se integran. Sobre esto, véase J. Ludmer, págs. 111-113.

por todas partes pidiendo limosnas con un platillo de cobre. Le daban mucho, pero él quería más, porque el templo debía tener una campana cuyo clamor sacara a flote a los ahogados. Suplicó tanto, que perdió la voz. Sus huesos empezaron a llenarse de ruidos. Un sábado, no habiendo recogido ni siquiera el valor de las puertas, se dejó confundir por la desesperación. Improvisó un altar en la plaza y el domingo recorrió el pueblo con una campanita, como en los tiempos del insomnio, convocando a la misa campal. Muchos fueron por curiosidad. Otros por nostalgia. Otros para que Dios no fuera a tomar como agravio personal el desprecio a su intermediario. Así que a las ocho de la mañana estaba medio pueblo en la plaza, donde el padre Nicanor cantó los evangelios con voz lacerada por la súplica. Al final, cuando los asistentes empezaron a desbandarse, levantó los brazos en señal de atención.

—Un momento —dijo—. Ahora vamos a presenciar una prueba irrebatible del infinito poder de Dios.

El muchacho que había ayudado a misa le llevó una taza de chocolate espeso y humeante que él se tomó sin respirar. Luego se limpió los labios con un pañuelo que sacó de la manga, extendió los brazos y cerró los ojos. Entonces el padre Nicanor se elevó doce centímetros sobre el nivel del suelo[6]. Fue un recurso convincente. Anduvo varios días por entre las casas, repitiendo la prueba de la levitación mediante el estímulo del chocolate, mientras el monaguillo recogía tanto dinero en un talego, que en menos de un mes emprendió la construcción del templo. Nadie puso en duda el origen divino de la demostración, salvo José Arcadio Buendía, que observó sin inmutarse el tropel de gente que una mañana se reunió en torno al castaño para asistir una vez más a la reve-

---

[6] Una de las escenas más comentadas de *C.A.S.* Reproduzco el «análisis» del propio GGM: «Tú mismo crees que el padre Nicanor Reyna se eleva *diez* centímetros [¡son *doce* en la novela!] sobre el nivel del suelo porque lo que se toma es una taza de chocolate. Piensa en cualquier otra bebida y verás que no sube.» (M. Fernández-Braso, pág. 63.) Se trata otra vez de un recuerdo de infancia transformado: «Yo oí contar muchas veces siendo muy niño, la historia de un cura rural que levitaba en el momento de apurar el cáliz. Intenté contarlo en una novela, pero no conseguí creerlo yo mismo, hasta que cambié el vino por una taza de chocolate [...].» *(Notas de prensa, 1980-1984,* pág. 97.)

lación. Apenas se estiró un poco en el banquillo y se encogió de hombros cuando el padre Nicanor empezó a levantarse del suelo junto con la silla en que estaba sentado.

—*Hoc est simplicisimum* —dijo José Arcadio Buendía—: *homo iste statum quartum materiae invenit.*

El padre Nicanor levantó la mano y las cuatro patas de la silla se posaron en tierra al mismo tiempo.

—*Nego* —dijo—. *Factum hoc existentiam Dei probat sine dubio*[7].

Fue así como se supo que era latín la endiablada jerga de José Arcadio Buendía[8]. El padre Nicanor aprovechó la circunstancia de ser la única persona que había podido comunicarse con él para tratar de infundir la fe en su cerebro trastornado. Todas las tardes se sentaba junto al castaño, predicando en latín, pero José Arcadio Buendía se empecinó en no admitir vericuetos retóricos ni trasmutaciones de chocolate, y exigió como única prueba el daguerrotipo de Dios. El padre Nicanor le llevó entonces medallas y estampitas y hasta una reproducción del paño de la Verónica, pero José Arcadio Buendía los rechazó por ser objetos artesanales sin fundamento científico. Era tan terco, que el padre Nicanor renunció a sus propósitos de evangelización y siguió visitándolo por sentimientos humanitarios. Pero entonces fue José Arcadio Buendía quien tomó la iniciativa y trató de quebrantar la fe del cura con martingalas racionalistas. En cierta ocasión en que el padre Nicanor llevó al castaño un tablero y una caja de fichas para invitarlo a jugar a las damas, José Arcadio Buendía no aceptó, según dijo, porque nunca pudo entender el sentido de una contienda entre dos adversarios que estaban de acuerdo en los principios. El padre Nicanor, que ja-

---

[7] «El hecho existe y no es puesto en duda: estamos ante lo maravilloso. Pero la levitación puede tener dos explicaciones, y el hecho de que se introduzcan dos interpretaciones (que no surgen ante otros acontecimientos maravillosos del relato) es un claro índice ideológico. La levitación del sacerdote puede entenderse "espiritualmente" como "prueba de la existencia de Dios", o "materialmente" como descubrimiento del "cuarto estado de la materia", y no es casual que se opongan un dato "físico" y otro "espiritual".» (J. Ludmer, pág. 115.)

[8] Repetición del núcleo estructural de *C.A.S.:* una lengua cifrada acaba descodificándose.

178

más había visto de ese modo el juego de damas, no pudo volverlo a jugar. Cada vez más asombrado de la lucidez de José Arcadio Buendía, le preguntó cómo era posible que lo tuvieran amarrado de un árbol.

—*Hoc est simplicisimum* —contestó él—: porque estoy loco[9].

Desde entonces, preocupado por su propia fe, el cura no volvió a visitarlo, y se dedicó por completo a apresurar la construcción del templo. Rebeca sintió renacer la esperanza. Su porvenir estaba condicionado a la terminación de la obra, desde un domingo en que el padre Nicanor almorzaba en la casa y toda la familia sentada a la mesa habló de la solemnidad y el esplendor que tendrían los actos religiosos cuando se construyera el templo. «La más afortunada será Rebeca», dijo Amaranta. Y como Rebeca no entendió lo que ella quería decirle, se lo explicó con una sonrisa inocente:

—Te va a tocar inaugurar la iglesia con tu boda.

Rebeca trató de anticiparse a cualquier comentario. Al paso que llevaba la construcción, el templo no estaría terminado antes[10] de diez años. El padre Nicanor no estuvo de acuerdo: la creciente generosidad de los fieles permitía hacer cálculos más optimistas. Ante la sorda indignación de Rebeca, que no pudo terminar el almuerzo, Úrsula celebró la idea de Amaranta y contribuyó con un aporte considerable para que se apresuraran los trabajos. El padre Nicanor consideró que con otro auxilio como ese el templo estaría listo en tres años. A partir de entonces Rebeca no volvió a dirigirle la palabra a Amaranta, convencida de que su iniciativa no había tenido la inocencia que ella supo aparentar. «Era lo menos grave que podía hacer», le replicó Amaranta en la virulenta discusión que tuvieron aquella noche. «Así no tendré que matarte en los próximos tres años.» Rebeca aceptó el reto.

---

[9] «[...] José Arcadio Buendía es un loco lúcido, y el poner las palabras fundamentales en boca de los locos no es aquí sólo fruto de una tradición literaria; juega del mismo modo que la figura de Remedios niña-madura, opera una paradoja.» (J. Ludmer, pág. 117.)

[10] En la edición original, pág. 79: *ante de.* Corrección de la edición de «Selecciones Austral», pág. 137.

Cuando Pietro Crespi se enteró del nuevo aplazamiento sufrió una crisis de desilusión, pero Rebeca le dio una prueba definitiva de lealtad. «Nos fugaremos cuando tú lo dispongas», le dijo. Pietro Crespi, sin embargo, no era hombre de aventuras. Carecía del carácter impulsivo de su novia, y consideraba el respeto a la palabra empeñada como un capital que no se podía dilapidar. Entonces Rebeca recurrió a métodos más audaces. Un viento misterioso apagaba las lámparas de la sala de visita y Úrsula sorprendía a los novios besándose en la oscuridad. Pietro Crespi le daba explicaciones atolondradas sobre la mala calidad de las modernas lámparas de alquitrán y hasta ayudaba a instalar en la sala sistemas de iluminación más seguros. Pero otra vez fallaba el combustible o se atascaban las mechas, y Úrsula encontraba a Rebeca sentada en las rodillas del novio. Terminó por no aceptar ninguna explicación. Depositó en la india la responsabilidad de la panadería y se sentó en un mecedor a vigilar la visita de los novios, dispuesta a no dejarse derrotar por maniobras que ya eran viejas en su juventud. «Pobre mamá», decía Rebeca con burlona indignación, viendo bostezar a Úrsula en el sopor de las visitas. «Cuando se muera saldrá penando en ese mecedor.» Al cabo de tres meses de amores vigilados, aburrido con la lentitud de la construcción que pasaba a inspeccionar todos los días, Pietro Crespi resolvió darle al padre Nicanor el dinero que le hacía falta para terminar el templo[11]. Amaranta no se impacientó. Mientras conversaba con las amigas que todas las tardes iban a bordar o tejer en el corredor, trataba de concebir nuevas triquiñuelas. Un error de cálculo echó a perder la que consideró más eficaz: quitar las bolitas de naftalina que Rebeca había puesto a su vestido de novia antes de guardarlo en la cómoda del dormitorio. Lo hizo cuando faltaban menos de dos meses para la terminación del

---

[11] «En este fragmento se evidencia una vez más la ironía del narrador y el carácter paradojal de su escritura: Úrsula y Crespi dan dinero a Reyna para construir el templo. Precisamente Úrsula, cuyo marido es el enemigo ideológico del sacerdote, y precisamente Crespi, para la construcción de ese templo que debía inaugurar con su boda, pero que no inaugurará.» (J. Ludmer, página 123.) Un comentario de todo el párrafo en *íd.*, págs. 120-123.

templo. Pero Rebeca estaba tan impaciente ante la proximidad de la boda, que quiso[12] preparar el vestido con más anticipación de la que había previsto Amaranta. Al abrir la cómoda y desenvolver primero los papeles y luego el lienzo protector encontró el raso del vestido y el punto del velo y hasta la corona de azahares pulverizados por las polillas. Aunque estaba segura de haber puesto en el envoltorio dos puñados de bolitas de naftalina, el desastre parecía tan accidental que no se atrevió a culpar a Amaranta. Faltaba menos de un mes para la boda, pero Amparo Moscote se comprometió a coser un nuevo vestido en una semana. Amaranta se sintió desfallecer el mediodía lluvioso en que Amparo entró a la casa envuelta en una espumarada[13] de punto para hacerle a Rebeca la última prueba del vestido. Perdió la voz y un hilo de sudor helado descendió por el cauce de su espina dorsal. Durante largos meses había temblado de pavor esperando aquella hora, porque si no concebía el obstáculo definitivo para la boda de Rebeca, estaba segura de que en el último instante, cuando hubieran fallado todos los recursos de su imaginación, tendría valor para envenenarla. Esa tarde, mientras Rebeca se ahogaba de calor dentro de la coraza de raso que Amparo Moscote iba armando en su cuerpo con un millar de alfileres y una paciencia infinita, Amaranta equivocó varias veces los puntos del crochet y se pinchó el dedo con la aguja, pero decidió con espantosa frialdad que la fecha sería el último viernes antes de la boda, y el modo sería un chorro de láudano en el café.

Un obstáculo mayor, tan insalvable como imprevisto, obligó a un nuevo e indefinido aplazamiento. Una semana antes de la fecha fijada para la boda, la pequeña Remedios despertó a media noche empapada en un caldo caliente que explotó en sus entrañas con una especie de eructo desgarrador, y murió tres días después envenenada por su propia sangre con un par de gemelos atravesados en el vien-

---

[12] En la edición original, pág. 80: *quisó*. Errata ya corregida en la ed. de «Selecciones Austral», pág. 139.
[13] *Espumarada:* 'espumilla'.

tre[14]. Amaranta sufrió una crisis de conciencia. Había suplicado a Dios con tanto fervor que algo pavoroso ocurriera para no tener que envenenar a Rebeca, que se sintió culpable por la muerte de Remedios. No era ese el obstáculo por el que tanto había suplicado. Remedios había llevado a la casa un soplo de alegría. Se había instalado con su esposo en una alcoba cercana al taller, que decoró con las muñecas y juguetes de su infancia reciente, y su alegre vitalidad desbordaba las cuatro paredes de la alcoba y pasaba como un ventarrón de buena salud por el corredor de las begonias. Cantaba desde el amanecer. Fue ella la única persona que se atrevió a mediar en las disputas de Rebeca y Amaranta. Se echó encima la dispendiosa tarea de atender a José Arcadio Buendía. Le llevaba los alimentos, lo asistía en sus necesidades cotidianas, lo lavaba con jabón y estropajo, le mantenía limpio de piojos y liendres los cabellos y la barba, conservaba en buen estado el cobertizo de palma y lo reforzaba con lonas impermeables en tiempos de tormenta. En sus últimos meses había logrado comunicarse con él en frases de latín rudimentario. Cuando nació el hijo de Aureliano y Pilar Ternera y fue llevado a la casa y bautizado en ceremonia íntima con el nombre de Aureliano José, Remedios decidió que fuera considerado como su hijo mayor[15]. Su instinto maternal sorprendió a Úrsula. Aureliano, por su parte, encontró en ella la justificación que le hacía falta para vivir. Trabajaba todo el día en el taller y Remedios le llevaba a media mañana un tazón de café sin azúcar. Ambos visitaban todas las noches a los Moscote. Aureliano jugaba con su suegro interminables partidas de dominó, mientras Remedios conversaba con sus hermanas o trataba con su madre asuntos de gente mayor.

---

[14] «[...] se formula el hecho, constante en el relato, de que los deseos ocurren *al revés, al contrario*. No muere Rebeca, como lo deseaba Amaranta, sino Remedios: envenenada no con láudano en el café (caliente), sino "empapada en un caldo caliente" y "envenenada por su propia sangre"; el envenenamiento es interno y la persona es otra.» (J. Ludmer, pág. 126.) Se analiza el episodio que viene a continuación en *íd.*, págs. 125-133.

[15] Por mediación de Remedios, Aureliano José será considerado en pie de igualdad con su hermanastro, también ilegítimo, Arcadio. Compartirá las obsesiones familiares: el incesto y la soledad.

El vínculo con los Buendía consolidó en el pueblo la autoridad de don Apolinar Moscote. En frecuentes viajes a la capital de la provincia consiguió que el gobierno construyera una escuela para que la atendiera Arcadio, que había heredado el entusiasmo didáctico del abuelo. Logró por medio de la persuasión que la mayoría de las casas fueran pintadas de azul para la fiesta de la independencia nacional. A instancias del padre Nicanor dispuso el traslado de la tienda de Catarino a una calle apartada, y clausuró varios lugares de escándalo que prosperaban en el centro de la población. Una vez regresó con seis policías armados de fusiles a quienes encomendó el mantenimiento del orden, sin que nadie se acordara del compromiso original de no tener gente armada en el pueblo[16]. Aureliano se complacía de la eficacia de su suegro. «Te vas a poner tan gordo como él», le decían sus amigos. Pero el sedentarismo que acentuó sus pómulos y concentró el fulgor de sus ojos, no aumentó su peso ni alteró la parsimonia de su carácter, y por el contrario endureció en sus labios la línea recta de la meditación solitaria y la decisión implacable[17]. Tan hondo era el cariño que él y su esposa habían logrado despertar en la familia de ambos, que cuando Remedios anunció que iba a tener un hijo, hasta Rebeca y Amaranta hicieron una tregua para tejer en lana azul, por si nacía varón, y en lana rosada, por si nacía mujer. Fue ella la última persona en que pensó Arcadio, pocos años después, frente al pelotón de fusilamiento.

Úrsula dispuso un duelo de puertas y ventanas cerradas, sin entrada ni salida para nadie como no fuera para asuntos indispensables; prohibió hablar en voz alta durante un año,

---

[16] «José Arcadio "ganó" la primera jugada: al llegar [Moscote] le hizo retirar los soldados y logró que las casas no se pintaran de azul; ahora Moscote "triunfa" [...] El relato sigue permanentemente la estructura de un juego, pero jugado de a dos por varios jugadores y simultáneamente: un personaje "ataca", juega, y obtiene un triunfo; el otro replica y obtiene otro; el perdedor de la jugada anterior es ahora el triunfador.» (J. Ludmer, pág. 132.)

[17] Se precisan los rasgos caracteriológicos del futuro coronel Aureliano cuya vocación militar había sido profetizada, figurada y socarronamente por Pilar Ternera: «Que eres bueno para la guerra —dijo—. Donde pones el ojo, pones el plomo» (pág. 171).

y puso un daguerrotipo de Remedios en el lugar en que se veló el cadáver, con una cinta negra terciada y una lámpara de aceite encendida para siempre. Las generaciones futuras, que nunca dejaron extinguir la lámpara, habían de desconcertarse ante aquella niña de faldas rizadas, botinas blancas y lazo de organdí en la cabeza, que no lograban hacer coincidir con la imagen académica de una bisabuela. Amaranta se hizo cargo de Aureliano José. Lo adoptó como un hijo que había de compartir su soledad, y aliviarla del láudano involuntario que echaron sus súplicas desatinadas en el café de Remedios. Pietro Crespi entraba en puntillas al anochecer, con una cinta negra en el sombrero, y hacía una visita silenciosa a una Rebeca que parecía desangrarse dentro del vestido negro con mangas hasta los puños. Habría sido tan irreverente la sola idea de pensar en una nueva fecha para la boda, que el noviazgo se convirtió en una relación eterna, un amor de cansancio que nadie volvió a cuidar, como si los enamorados que en otros días descomponían las lámparas para besarse hubieran sido abandonados al albedrío de la muerte. Perdido el rumbo, completamente desmoralizada, Rebeca volvió a comer tierra.

De pronto —cuando el duelo llevaba tanto tiempo que ya se habían reanudado las sesiones de punto de cruz— alguien empujó la puerta de la calle a las dos de la tarde, en el silencio mortal del calor, y los horcones[18] se estremecieron con tal fuerza en los cimientos, que Amaranta y sus amigas bordando en el corredor, Rebeca chupándose el dedo en el dormitorio, Úrsula en la cocina, Aureliano en el taller y hasta José Arcadio Buendía bajo el castaño solitario, tuvieron la impresión de que un temblor de tierra[19] estaba desquiciando la casa. Llegaba un

---

[18] *Horcón: «Cuba.* Madero vertical de un tronco rollizo y resistente, que en las construcciones rústicas sirve para sostener vigas o aleros.» *Nuevo diccionario de americanismos,* t. 1, pág. 218b.

[19] «En la página [116] Aureliano preguntó al mismo José Arcadio, que mantenía relaciones con Pilar, qué se sentía en el coito; José Arcadio respondió: "es como un temblor de tierra". Ahora José Arcadio es todo él, y su llegada, asimilada a un temblor de tierra: su cuerpo hace sentir (a los otros) lo mismo que él experimentaba en el coito, no ya como sensaciones interiores, sino en el exterior, en toda la casa.» (J. Ludmer, págs. 135-136.) Para un comentario de las páginas siguientes véase *íd.,* págs. 135-146.

hombre descomunal. Sus espaldas cuadradas apenas si cabían por las puertas. Tenía una medallita de la Virgen de los Remedios[20] colgada en el cuello de bisonte, los brazos y el pecho completamente bordados de tatuajes crípticos[21], y en la muñeca derecha la apretada esclava de cobre de los *niños-en-cruz*[22]. Tenía el cuerpo curtido por la sal de la intemperie, el pelo corto y parado como las crines de un mulo, las mandíbulas férreas y la mirada triste. Tenía un cinturón dos veces más grueso que la cincha de un caballo, botas con polainas y espuelas y con los tacones herrados, y su presencia daba la impresión trepidatoria de un sacudimiento sísmico. Atravesó la sala de visitas y la sala de estar, llevando en la mano unas alforjas medio desbaratadas, y apareció como un trueno en el corredor de las begonias, donde Amaranta y sus amigas estaban paralizadas con las agujas en el aire. «Buenas», les dijo él con la voz cansada, y tiró las alforjas en la mesa de labor y pasó de largo hacia el fondo de la casa. «Buenas», le dijo a la asustada Rebeca que lo vio pasar por la puerta de su dormitorio. «Buenas», le dijo a Aureliano, que estaba con los cinco sentidos alertas en el mesón de orfebrería. No se entretuvo con nadie. Fue directamente a la cocina, y allí se paró por primera vez en el término de un viaje que había empezado al otro lado del mundo. «Buenas», dijo. Úrsula se quedó una fracción de segundo con la boca abierta, lo miró a los ojos, lanzó un grito y saltó a su cuello gritando y llorando de alegría. Era José Arcadio. Regresaba tan pobre como se fue, hasta el extremo de que Úrsula tuvo que darle dos pesos para pagar el alquiler del caballo. Hablaba el español cruzado con jerga de marineros. Le preguntaron dónde había estado, y contestó: «Por ahí.» Colgó la hamaca en el cuarto que le asignaron y durmió tres días. Cuando despertó, y después de tomarse dieciséis huevos crudos, salió directamente hacia la tienda de Catarino, donde su corpulen-

---

[20] Por supuesto se relaciona esa medalla de la Virgen de los Remedios con el episodio anterior de la muerte de Remedios. El hermano mayor se quedó en comunicación «telepática» con la familia.

[21] El más extrovertido, el menos adicto al juego de codificación/descodificación, lleva escrito en su piel el signo de la familia y de la novela.

[22] *Niños-en-cruz:* amuleto «para ganar las peleas y las apuestas de fuerza» (Dasso Saldívar, *García Márquez*, pág. 65).

cia monumental provocó un pánico de curiosidad entre las mujeres. Ordenó música y aguardiente para todos por su cuenta. Hizo apuestas de pulso con cinco hombres al mismo tiempo. «Es imposible», decían, al convencerse de que no lograban moverle el brazo. «Tiene niños-en-cruz.» Catarino, que no creía en artificios de fuerza, apostó doce pesos a que no movía el mostrador. José Arcadio lo arrancó de su sitio, lo levantó en vilo sobre la cabeza y lo puso en la calle. Se necesitaron once hombres para meterlo. En el calor de la fiesta exhibió sobre el mostrador su masculinidad inverosímil, enteramente tatuada con una maraña azul y roja de letreros en varios idiomas. A las mujeres que lo asediaron con su codicia les preguntó quién pagaba más. La que tenía más ofreció veinte pesos. Entonces él propuso rifarse entre todas a diez pesos el número. Era un precio desorbitado, porque la mujer más solicitada ganaba ocho pesos en una noche, pero todas aceptaron. Escribieron sus nombres en catorce papeletas que metieron en un sombrero, y cada mujer sacó una. Cuando sólo faltaban por sacar dos papeletas, se estableció a quiénes correspondían.

—Cinco pesos más cada una —propuso José Arcadio— y me reparto entre ambas.

De eso vivía. Le había dado sesenta y cinco veces la vuelta al mundo, enrolado en una tripulación de marineros apátridas. Las mujeres que se acostaron con él aquella noche en la tienda de Catarino lo llevaron desnudo a la sala de baile para que vieran que no tenía un milímetro del cuerpo sin tatuar, por el frente y por la espalda, y desde el cuello hasta los dedos de los pies. No lograba incorporarse a la familia. Dormía todo el día y pasaba la noche en el barrio de tolerancia haciendo suerte de fuerza. En las escasas ocasiones en que Úrsula logró sentarlo a la mesa, dio muestras de una simpatía radiante, sobre todo cuando contaba sus aventuras en países remotos. Había naufragado y permanecido dos semanas a la deriva en el mar del Japón, alimentándose con el cuerpo de un compañero que sucumbió a la insolación, cuya carne salada y vuelta a salar y cocinada al sol tenía un sabor granuloso y dulce[23]. En

---

[23] Quizá un recuerdo ficcionalizado del reportaje de GGM: *Relato de un náufrago que estuvo diez días a la deriva en una balsa sin comer ni beber...*

un mediodía radiante del Golfo de Bengala su barco había vencido un dragón de mar en cuyo vientre encontraron el casco, las hebillas y las armas de un cruzado. Había visto en el Caribe el fantasma de la nave corsario de Víctor Hughes[24], con el velamen desgarrado por los vientos de la muerte, la arboladura carcomida por cucarachas de mar, y equivocado para siempre el rumbo de la Guadalupe. Úrsula lloraba en la mesa como si estuviera leyendo las cartas que nunca llegaron, en las cuales relataba José Arcadio sus hazañas y desventuras. «Y tanta casa aquí, hijo mío», sollozaba. «¡Y tanta comida tirada a los puercos!» Pero en el fondo no podía concebir que el muchacho que se llevaron los gitanos fuera el mismo atarván[25] que se comía medio lechón en el almuerzo y cuyas ventosidades marchitaban las flores[26]. Algo similar le ocurría al resto de la familia. Amaranta no podía disimular la repugnancia que le producían en la mesa sus eructos bestiales. Arcadio, que nunca conoció el secreto de su filiación, apenas si contestaba a las preguntas que él le hacía con el propósito evidente de conquistar sus afectos. Aureliano trató de revivir los tiempos en que dormían en el mismo cuarto, procuró restaurar la complicidad de la infancia, pero José Ar-

[24] *Víctor Hughes:* personaje de *El siglo de las luces* (1962) de Alejo Carpentier. Es el primero de una (breve) serie de personajes sacados de otras novelas latinoamericanas contemporáneas. «Su función está representada por el nombre que llevan y que los relaciona con otros mundos novelescos externos a esta obra [...] Su inclusión puede tener una doble motivación: *a)* hacer referencias a otras novelas de las cuales proceden, y que podrían englobarse dentro de *Cien años...*, y esto apoyaría la idea de G. M. de una "pannovela" latinoamericana; *b)* reconocer otras realidades literarias igualmente válidas pero diversas de las de esta obra.» (C. Arnau, pág. 106.) Una tercera función podría ser la de subrayar la calidad de *ficción* de *C.A.S.*, o sea, de producto de la imaginación y, otra vez, de texto lleno de alusiones que hay que descifrar.

[25] *Atarván:* 'jayán'.

[26] José Arcadio (hijo) es el personaje hiperbólico por excelencia: «El procedimiento se ve funcionando en este personaje con su dinámica de aceleración sistemática: exagerando algo las cualidades de un objeto, el narrador puede saltar a otro cuyas propiedades aumentará un poco más, y de ahí a otro cuyas cualidades exagerará todavía algo más; ese progresivo aumento hará menos notoria la muda o salto cualitativo del objeto de lo real objetivo a lo imaginario. Mediante esa dinámica ascendente la narración cambia de nivel de realidad: el niño de sexo aventajado era real objetivo, el hombrón de falo tatuado en varios idiomas es 'fantÁstico'.» (M. Vargas Llosa, pág. 581.)

cadio los había olvidado porque la vida del mar le saturó la memoria con demasiadas cosas que recordar. Sólo Rebeca sucumbió al primer impacto. La tarde en que lo vio pasar frente a su dormitorio pensó que Pietro Crespi era un currutaco de alfeñique junto a aquel protomacho cuya respiración volcánica se percibía en toda la casa. Buscaba su proximidad con cualquier pretexto. En cierta ocasión José Arcadio la miró el cuerpo con una atención descarada, y le dijo: «Eres muy mujer, hermanita.» Rebeca perdió el dominio de sí misma[27]. Volvió a comer tierra y cal de las paredes con la avidez de otros días, y se chupó el dedo con tanta ansiedad que se le formó un callo en el pulgar. Vomitó un líquido verde con sanguijuelas muertas. Pasó noches en vela tiritando de fiebre, luchando contra el delirio, esperando, hasta que la casa trepidaba con el regreso de José Arcadio al amanecer. Una tarde, cuando todos dormían la siesta, no resistió más y fue a su dormitorio. Lo encontró en calzoncillos, despierto, tendido en la hamaca que había colgado de los horcones con cables de amarrar barcos. La impresionó tanto su enorme desnudez tarabiscoteada[28] que sintió el impulso de retroceder. «Perdone», se excusó. «No sabía que estaba aquí.» Pero apagó la voz para no despertar a nadie. «Ven acá», dijo él. Rebeca obedeció. Se detuvo junto a la hamaca, sudando hielo, sintiendo que se le formaban nudos en las tripas, mientras José Arcadio le acariciaba los tobillos con la yema de los dedos, y luego las pantorrillas y luego los muslos, murmurando: «Ay hermanita: ay, hermanita.» Ella tuvo que hacer un esfuerzo sobrenatural para no morirse cuando una potencia ciclónica asombrosamente regulada la levantó por la cintura y la despojó de su intimidad con tres zarpazos, y la descuartizó como a un pajarito. Alcanzó a dar gracias a Dios por haber nacido, antes de perder la conciencia en el placer inconcebible de aquel dolor insoportable, chapaleando en el pantano humeante de la hamaca que absorbió como un papel secante la explosión de su sangre.

---

[27] Aunque figuradamente, la pareja José Arcadio-Rebeca no escapa de la tentación del incesto.

[28] *Tarabiscoteado:* galicismo *(tarabiscoté),* 'recargado de decoraciones complicadas'.

Tres días después se casaron en la misa de cinco. José Arcadio había ido el día anterior a la tienda de Pietro Crespi. Lo había encontrado dictando una lección de cítara y no lo llevó aparte para hablarle. «Me caso con Rebeca», le dijo. Pietro Crespi se puso pálido, le entregó la cítara a uno de los discípulos, y dio la clase por terminada. Cuando quedaron solos en el salón atiborrado de instrumentos músicos y juguetes de cuerda, Pietro Crespi dijo:

—Es su hermana.

—No me importa —replicó José Arcadio.

Pietro Crespi se enjugó la frente con el pañuelo impregnado de espliego.

—Es contra natura —explicó— y, además la ley lo prohíbe.

José Arcadio se impacientó no tanto con la argumentación como con la palidez de Pietro Crespi.

—Me cago dos veces en natura —dijo—. Y se lo vengo a decir para que no se tome la molestia de ir a preguntarle nada a Rebeca.

Pero su comportamiento brutal se quebrantó al ver que a Pietro Crespi se le humedecían los ojos.

—Ahora —le dijo en otro tono—, que si lo que le gusta es la familia, ahí le queda Amaranta[29].

El padre Nicanor reveló en el sermón del domingo que José Arcadio y Rebeca no eran hermanos. Úrsula no perdonó nunca lo que consideró como una inconcebible falta de respeto, y cuando regresaron de la iglesia prohibió a los recién casados que volviera a pisar la casa. Para ella era como si hubieran muerto. Así que alquilaron una casita frente al cementerio y se instalaron en ella sin más muebles que la hamaca de José Arcadio. La noche de bodas a Rebeca le mordió el pie un alacrán que se había metido en su pantufla. Se

_____

[29] «El diálogo de José Arcadio y Crespi dobla otro anterior, entre Amaranta y el mismo Crespi: una vez formalizado el compromiso de Crespi y Rebeca, Amaranta le confesó a éste su amor en esa oportunidad. Crespi le dijo: «Tengo un hermano menor», «Va a venir a ayudarme en la tienda» [página 168]. En este fragmento José Arcadio ofrece a Crespi su hermana menor (Amaranta); en la primera oportunidad Amaranta no aceptó el ofrecimiento de Crespi; ahora Crespi acepta, implícitamente, y pasa a Amaranta. Son, pues, dos diálogos simétricos e invertidos.» (J. Ludmer, pág. 141.)

le adormeció la lengua, pero eso no impidió que pasaran una luna de miel escandalosa. Los vecinos se asustaban con los gritos que despertaban a todo el barrio hasta ocho veces en una noche, y hasta tres veces en la siesta, y rogaban que una pasión tan desaforada no fuera a perturbar la paz de los muertos[30].

Aureliano fue el único que se preocupó por ellos. Les compró algunos muebles y les proporcionó dinero, hasta que José Arcadio recuperó el sentido de la realidad y empezó a trabajar las tierras de nadie que colindaban con el patio de la casa. Amaranta, en cambio, no logró superar jamás su rencor contra Rebeca, aunque la vida le ofreció una satisfacción con que no había soñado: por iniciativa de Úrsula, que no sabía cómo reparar la vergüenza, Pietro Crespi siguió almorzando los martes en la casa, sobrepuesto al fracaso con una serena dignidad. Conservó la cinta negra en el sombrero como una muestra de aprecio por la familia, y se complacía en demostrar su afecto a Úrsula llevándole regalos exóticos: sardinas portuguesas, mermelada de rosas turcas y, en cierta ocasión, un primoroso mantón de Manila. Amaranta lo atendía con una cariñosa diligencia. Adivinaba sus gustos, le arrancaba los hilos descosidos en los puños de la camisa, y bordó una docena de pañuelos con sus iniciales para el día de su cumpleaños. Los martes, después del almuerzo, mientras ella bordaba en el corredor, él le hacía una alegre compañía. Para Pietro Crespi, aquella mujer que siempre consideró y trató como una niña, fue una revelación. Aunque su tipo carecía de gracia, tenía una rara sensibilidad para apreciar las cosas del mundo, y una ternura secreta. Un martes, cuando nadie dudaba de que tarde o temprano tenía que ocurrir, Pietro Crespi le pidió que se casara con él. Ella no interrumpió su labor. Esperó a que pasara el caliente rubor de sus orejas e imprimió a su voz un sereno énfasis de madurez.

---

[30] «La realidad ficticia ha sido 'aumentada' hasta el delirio» (M. Vargas Llosa, pág. 582). Es de notar que los únicos muertos que posiblemente fueron perturbados por el «delirio» amoroso son Melquíades, el Iniciador, Remedios, la mujer-niña ejemplar, y los propios padres de Rebeca.

—Por supuesto, Crespi —dijo—, pero cuando uno se conozca mejor. Nunca es bueno precipitar las cosas.

Úrsula se ofuscó. A pesar del aprecio que le tenía a Pietro Crespi, no lograba establecer si su decisión era buena o mala desde el punto de vista moral, después del prolongado y ruinoso noviazgo con Rebeca. Pero terminó por aceptarlo como un hecho sin calificación, porque nadie compartió sus dudas. Aureliano, que era el hombre de la casa, la confundió más con su enigmática y terminante opinión:

—Estas no son horas de andar pensando en matrimonios.

Aquella opinión que Úrsula sólo comprendió algunos meses después era la única sincera que podía expresar Aureliano en ese momento, no sólo con respecto al matrimonio, sino a cualquier asunto que no fuera la guerra. Él mismo, frente al pelotón de fusilamiento, no había de entender muy bien cómo se fue encadenando la serie de sutiles pero irrevocables casualidades que lo llevaron hasta ese punto. La muerte de Remedios no le produjo la conmoción que temía. Fue más bien un sordo sentimiento de rabia que paulatinamente se disolvió en una frustración solitaria y pasiva, semejante a la que experimentó en los tiempos en que estaba resignado a vivir sin mujer[31]. Volvió a hundirse en el trabajo, pero conservó la costumbre de jugar dominó con su suegro. En una casa amordazada por el luto, las conversaciones nocturnas consolidaron la amistad de los dos hombres. «Vuelve a casarte, Aurelito», le decía el suegro. «Tengo seis hijas para escoger.» En cierta ocasión, en vísperas de las elecciones, don Apolinar Moscote regresó de uno de sus frecuentes viajes, preocupado por la situación política del país. Los liberales estaban decididos a lanzarse a la guerra. Como Aureliano tenía en esa época nociones muy confusas sobre las diferencias entre conservadores y liberales, su suegro le daba lecciones esquemáticas. Los liberales, le decía, eran masones; gente de mala índole, partidaria de ahorcar a los curas, de implantar el matrimonio civil y el divorcio, de reconocer iguales derechos a los hijos naturales que a los legítimos, y de despedazar al país en un

---

[31] Se ve que el sentimiento de Aureliano hacia Remedios no era precisamente el amor.

sistema federal que despojara de poderes a la autoridad suprema. Los conservadores, en cambio, que habían recibido el poder directamente de Dios, propugnaban por la estabilidad del orden público y la moral familiar; eran los defensores de la fe de Cristo, del principio de autoridad, y no estaban dispuestos a permitir que el país fuera descuartizado en entidades autónomas[32]. Por sentimientos humanitarios, Aureliano simpatizaba con la actitud liberal respecto de los derechos de los hijos naturales[33], pero de todos modos no entendía cómo se llegaba al extremo de hacer una guerra por cosas que no podían tocarse con las manos. Le pareció una exageración que su suegro se hiciera enviar para las elecciones seis soldados armados con fusiles, al mando de un sargento, en un pueblo sin pasiones políticas. No sólo llegaron, sino que fueron de casa en casa decomisando armas de cacería, machetes y hasta cuchillos de cocina, antes de repartir entre los hombres mayores de veintiún años las papeletas azules con los nombres de los candidatos conservadores, y las papeletas rojas con los nombres de los candidatos liberales. La víspera de las elecciones el propio don Apolinar Moscote leyó un bando que prohibía desde la medianoche del sábado, y por cuarenta y ocho horas, la venta de bebidas alcohólicas y la reunión de más de tres personas que no fueran de la misma familia. Las elecciones transcurrieron sin incidentes. Desde las ocho de la mañana del domingo se instaló en la plaza la urna de madera custodiada por los seis soldados. Se votó con entera libertad, como pudo comprobarlo el propio Aureliano, que estuvo casi todo el día con su suegro vigilando que nadie votara más de una vez. A las cuatro de la tar-

[32] «El capítulo sobre los treinta y dos levantamientos del coronel Buendía transpone magistralmente a la ficción esa dramática constante de la historia de Colombia y de América Latina del siglo pasado: las guerras civiles entre liberales y conservadores. [...] En la realidad ficticia, como en el modelo, los adversarios —conservadores y liberales— representan lo mismo: clericalismo y anti-clericalismo, sistema unitario y sistema federal, militarismo y civilismo.» (M. Vargas Llosa, págs. 120-122.) «El relato trabaja oponiendo la definición de Moscote de las dos grandes corrientes (en estilo indirecto, instrumento favorito de la desmitificación y de la parodia) con los actos "concretos".» (J. Ludmer, pág. 151.)

[33] Él mismo tiene un hijo natural, Aureliano José.

192

de, un repique de redoblante en la plaza anunció el término de la jornada, y don Apolinar Moscote selló la urna con una etiqueta cruzada con su firma. Esa noche, mientras jugaba dominó con Aureliano, le ordenó al sargento romper la etiqueta para contar los votos. Había casi tantas papeletas rojas como azules, pero el sargento sólo dejó diez rojas y completó la diferencia con azules. Luego volvieron a sellar la urna con una etiqueta nueva y al día siguiente a primera hora se la llevaron para la capital de la provincia. «Los liberales irán a la guerra», dijo Aureliano. Don Apolinar no desatendió sus fichas de dominó. «Si lo dices por los cambios de papeletas, no irán», dijo. «Se dejan algunas rojas para que no haya reclamos.» Aureliano comprendió las desventajas de la oposición. «Si yo fuera liberal —dijo— iría a la guerra por esto de las papeletas.» Su suegro lo miró por encima del marco de los anteojos.

—Ay, Aurelito —dijo—, si tú fueras liberal, aunque fueras mi yerno, no hubieras visto el cambio de las papeletas.

Lo que en realidad causó indignación en el pueblo no fue el resultado de las elecciones, sino el hecho de que los soldados no hubieran devuelto las armas. Un grupo de mujeres habló con Aureliano para que consiguiera con su suegro la restitución de los cuchillos de cocina. Don Apolinar Moscote le explicó, en estricta reserva, que los soldados se habían llevado las armas decomisadas como prueba de que los liberales se estaban preparando para la guerra. Lo alarmó el cinismo de la declaración. No hizo ningún comentario, pero cierta noche en que Gerineldo Márquez y Magnífico Visbal hablaban con otros amigos del incidente de los cuchillos, le preguntaron si era liberal o conservador. Aureliano no vaciló:

—Si hay que ser algo, sería liberal —dijo—, porque los conservadores son unos tramposos[34].

Al día siguiente, a instancias de sus amigos, fue a visitar al doctor Alirio Noguera para que le tratara un supuesto dolor

---

[34] La motivación profunda de la carrera política y militar de Aureliano no corresponde, pues, a una ideología determinada o a la ambición, sino a una ética de la honradez.

en el hígado. Ni siquiera sabía cuál era el sentido de la patra-ña. El doctor Alirio Noguera[35] había llegado a Macondo po-cos años antes con un botiquín de globulitos sin sabor y una divisa médica que no convenció a nadie: *Un clavo saca otro clavo*[36]. En realidad era un farsante. Detrás de su inocente fa-chada de médico sin prestigio se escondía un terrorista que tapaba con unas cáligas de media pierna las cicatrices que de-jaron en sus tobillos cinco años de cepo. Capturado en la pri-mera aventura federalista, logró escapar a Curazao disfrazado con el traje que más detestaba en este mundo: una sotana. Al cabo de un prolongado destierro, embullado por las exalta-das noticias que llevaban a Curazao los exiliados de todo el Caribe, se embarcó en una goleta de contrabandistas y apare-ció en Riohacha con los frasquitos de glóbulos que no eran más que de azúcar refinada, y un diploma de la Universidad de Leipzig falsificado por él mismo. Lloró de desencanto. El fervor federalista, que los exiliados definían como un polvo-rín a punto de estallar, se había disuelto en una vaga ilusión electoral. Amargado por el fracaso, ansioso de un lugar segu-ro donde esperar la vejez, el falso homeópata se refugió en Macondo. En el estrecho cuartito atiborrado de frascos va-cíos que alquiló a un lado de la plaza, vivió varios años de los enfermos sin esperanzas que después de haber probado todo se consolaban con glóbulos de azúcar. Sus instintos de agita-dor permanecieron en reposo mientras don Apolinar Mosco-te fue una autoridad decorativa. El tiempo se le iba en recor-dar y en luchar contra el asma. La proximidad de las eleccio-nes fue el hilo que le permitió encontrar de nuevo la madeja de la subversión. Estableció contacto con la gente joven del pueblo, que carecía de formación política, y se empeñó en una sigilosa campaña de instigación. Las numerosas papele-tas rojas que aparecieron en la urna, y que fueran atribuidas

---

[35] O. Carreras González, pág. 99, afirma que el doctor Alirio Noguera (la crítica transcribe «Nogueras») «recuerda a un conocido personaje histórico» ... sin precisar cuál es. Supongo por demasiado conocido. Sin garantizar la cla-ve, podría sugerir que el nombre *Alirio* evoca 'delirio'.

[36] Definición gráfica de la homeopatía.

por don Apolinar Moscote a la novelería propia de la juventud, eran parte de su plan: obligó a sus discípulos a votar para convencerlos de que las elecciones eran una farsa. «Lo único eficaz —decía— es la violencia.» La mayoría de los amigos de Aureliano andaban entusiasmados con la idea de liquidar el orden conservador, pero nadie se había atrevido a incluirlo en los planes, no sólo por sus vínculos con el corregidor, sino por su carácter solitario y evasivo. Se sabía, además, que había votado azul por indicación de su suegro. Así que fue una simple casualidad que revelara sus sentimientos políticos, y fue un puro golpe de curiosidad el que lo metió en la ventolera de visitar al médico para tratarse de un dolor que no tenía. En el cuchitril oloroso a telaraña alcanforada se encontró con una especie de iguana polvorienta cuyos pulmones silbaban al respirar. Antes de hacerle ninguna pregunta el doctor lo llevó a la ventana y le examinó por dentro el párpado inferior. «No es ahí», dijo Aureliano, según le habían indicado. Se hundió el hígado con la punta de los dedos, y agregó: «Es aquí donde tengo el dolor que no me deja dormir.» Entonces el doctor Noguera cerró la ventana con el pretexto de que había mucho sol, y le explicó en términos simples por qué era un deber patriótico asesinar a los conservadores. Durante varios días llevó Aureliano un frasquito en el bolsillo de la camisa. Lo sacaba cada dos horas, ponía tres globulitos en la palma de la mano y se los echaba de golpe en la boca para disolverlos lentamente en la lengua. Don Apolinar Moscote se burló de su fe en la homeopatía, pero quienes estaban en el complot reconocieron en él a uno más de los suyos. Casi todos los hijos de los fundadores estaban implicados, aunque ninguno sabía concretamente en qué consistía la acción que ellos mismos tramaban. Sin embargo, el día en que el médico le reveló el secreto a Aureliano, éste le sacó el cuerpo a la conspiración. Aunque entonces estaba convencido de la urgencia de liquidar al régimen conservador, el plan lo horrorizó. El doctor Noguera era un místico del atentado personal. Su sistema se reducía a coordinar una serie de acciones individuales que en un golpe maestro de alcance nacional liquidara a los funcionarios del régimen con sus respectivas familias, sobre todo a los niños, para exterminar el conservatismo en la semilla. Don Apolinar Moscote, su esposa y sus seis hijas, por supuesto, estaban en la lista.

—Usted no es liberal ni es nada —le dijo Aureliano sin alterarse—. Usted no es más que un matarife[37].

—En ese caso —replicó el doctor con igual calma— devuélveme el frasquito. Ya no te hace falta.

Sólo seis meses después supo Aureliano que el doctor lo había desahuciado como hombre de acción, por ser un sentimental sin porvenir, con un carácter pasivo y una definida vocación solitaria. Trataron de cercarlo temiendo que denunciara la conspiración. Aureliano los tranquilizó: no diría una palabra, pero la noche en que fueran a asesinar a la familia Moscote lo encontrarían a él defendiendo la puerta. Demostró una decisión tan convincente, que el plan se aplazó para una fecha indefinida. Fue por esos días que Úrsula consultó su opinión sobre el matrimonio de Pietro Crespi y Amaranta, y él contestó que los tiempos no estaban para pensar en eso. Desde hacía una semana llevaba bajo la camisa una pistola arcaica. Vigilaba a sus amigos. Iba por las tardes a tomar el café con José Arcadio y Rebeca, que empezaban a ordenar su casa, y desde las siete jugaba dominó con el suegro. A la hora del almuerzo conversaba con Arcadio, que era ya un adolescente monumental, y lo encontraba cada vez más exaltado con la inminencia de la guerra. En la escuela, donde Arcadio tenía alumnos mayores que él revueltos con niños que apenas empezaban a hablar, había prendido la fiebre liberal. Se hablaba de fusilar al padre Nicanor, de convertir el templo en escuela, de implantar el amor libre. Aureliano procuró atemperar sus ímpetus. Le recomendó discreción y pruden-

---

37 «Todas las variantes ideológicas están presentes: los conservadores a través de Moscote, y el anarquismo a través del falso médico que también es rechazado por Aureliano: la variante simplemente violenta le repugna tanto como la acción de los conservadores. [...] así como José Arcadio Buendía rechazó al gobierno (en Moscote) y al sacerdote, ahora Aureliano rechaza al conservadurismo y al anarquismo. Pero la dicotomía política e ideológica es al mismo tiempo una dicotomía entre el adentro y el afuera de Macondo, una escisión en el espacio narrativo. Los conservadores y el anarquista (y el ejército) son extranjeros en Macondo; los liberales son todos hijos de los fundadores.» (J. Ludmer, pág. 152.)

cia. Sordo a su razonamiento sereno, a su sentido de la realidad, Arcadio le reprochó en público su debilidad de carácter[38]. Aureliano esperó. Por fin, a principios de diciembre, Úrsula irrumpió trastornada en el taller.

—¡Estalló la guerra![39].

En efecto, había estallado desde hacía tres meses. La ley marcial imperaba en todo el país. El único que lo supo a tiempo fue don Apolinar Moscote, pero no le dio la noticia ni a su mujer, mientras llegaba el pelotón del ejército que había de ocupar el pueblo por sorpresa. Entraron sin ruido antes del amanecer, con dos piezas de artillería ligera tiradas por mulas, y establecieron el cuartel en la escuela. Se impuso el toque de queda a las seis de la tarde. Se hizo una requisa más drástica que la anterior, casa por casa, y esta vez se llevaron hasta las herramientas de labranza. Sacaron a rastras al doctor Noguera, lo amarraron a un árbol de la plaza y lo fusilaron sin fórmula de juicio. El padre Nicanor trató de impresionar a las autoridades militares con el milagro de la levitación, y un soldado lo descalabró de un culatazo[40]. La exaltación liberal se apagó en un terror silencioso. Aureliano, pálido, hermético, siguió jugando dominó con su suegro. Comprendió que a pesar de su título actual de jefe civil y militar de la plaza, don Apolinar Moscote era otra vez una autoridad decorativa. Las decisiones las tomaba un capitán del ejército que todas las mañanas recaudaba una manlieva extraordinaria para la defensa del orden público. Cuatro soldados al mando suyo arrebataron a su familia una mujer que había sido mordida por un perro rabioso y la mataron a culatazos en plena calle[41]. Un domingo, dos semanas después

---

[38] Arcadio, pues, no sólo hereda la «monumentalidad» de su padre, José Arcadio (hijo), sino también la mente exaltada de los José Arcadio.

[39] El relato de esta guerra, que va a ocupar buena parte de las páginas que siguen, es la transposición novelesca de la guerra que asoló Colombia entre 1899 y 1902. Se conoce bajo el nombre de «la guerra de los mil días»; véase M. Vargas Llosa, págs. 116-125.

[40] Así pues, por un efecto de inversión «normal» en *C.A.S.*, al primer cura de Macondo le maltrata uno de «los defensores de la fe de Cristo».

[41] «Aureliano Buendía, que es el más tranquilo de todos los hombres, en un determinado momento descubre la injusticia [...], su transmutación se

*thrift economy,
moderation, prudence*

de la ocupación, Aureliano entró en la casa de Gerineldo Márquez y con su parsimonia habitual pidió un tazón de café sin azúcar. Cuando los dos quedaron solos en la cocina, Aureliano imprimió a su voz una autoridad que nunca se le había conocido. «Prepara a los muchachos», dijo. «Nos vamos a la guerra.» Gerineldo Márquez no lo creyó.

—¿Con qué armas? —preguntó.

—Con las de ellos —contestó Aureliano.

El martes a medianoche, en una operación descabellada, veintiún hombres menores de treinta años[42] al mando de Aureliano Buendía, armados con cuchillos de mesa y hierros afilados, tomaron por sorpresa la guarnición, se apoderaron de las armas y fusilaron en el patio al capitán y los cuatro soldados que habían asesinado a la mujer.

Esa misma noche, mientras se escuchaban las descargas del pelotón de fusilamiento, Arcadio fue nombrado jefe civil y militar de la plaza. Los rebeldes casados apenas tuvieron tiempo de despedirse de sus esposas, a quienes abandonaron a sus propios recursos. Se fueron al amanecer, aclamados por la población liberada del terror, para unirse a las fuerzas del general revolucionario Victorio Medina, que según las últimas noticias andaba por el rumbo de Manaure. Antes de irse, Aureliano sacó a don Apolinar Moscote de un armario. «Usted se queda tranquilo, suegro», le dijo. «El nuevo gobierno garantiza, bajo palabra de honor, su seguridad personal y la de su familia.» Don Apolinar Moscote tuvo dificultades para identificar aquel conspirador de botas altas y fusil terciado a la espalda con quien había jugado dominó hasta las nueve de la noche.

---

produce ante el espectáculo de la injusticia y de la brutalidad.» (Ángel Rama en un ciclo de conferencias sobre la obra de GGM pronunciadas en Cali. Aprovecho la oportunidad para agradecer a Amparo Rama quien puso a mi disposición la transcripción de estas conferencias admirables por su inteligencia y sensibilidad.)

[42] Veintiuno eran también los hombres que, en compañía de José Arcadio, «desentrañaron la sierra buscando el mar por el occidente» (pág. 155). Y como ésos eran «los mismos hombres que lo acompañaron en la fundación de Macondo» (pág. 93). Aureliano repite, a su modo, la aventura del padre.

—Esto es un disparate, Aurelito —exclamó.

—Ningún disparate —dijo Aureliano—. Es la guerra. Y no me vuelva a decir Aurelito, que ya soy el coronel Aureliano Buendía[43].

---

[43] Apolinar Moscote era el único que llamaba así a Aureliano (véanse págs. 163, 191, 193) «Aureliano no se convierte en héroe sino en el momento en que se dedica a una gran causa, la guerra. Entonces experimenta una transformación enorme; se cambia el nombre; su apariencia física se altera.» (M. Palencia-Roth, pág. 83.)

El coronel Aureliano Buendía promovió treinta y dos levantamientos armados y los perdió todos[1]. Tuvo diecisiete hijos varones de diecisiete mujeres distintas, que fueron exterminados uno tras otro en una sola noche, antes de que el mayor cumpliera treinta y cinco años. Escapó a catorce atentados, a setenta y tres emboscadas y a un pelotón de fusilamiento. Sobrevivió a una carga de estricnina en el café que habría bastado para matar a un caballo. Rechazó la Orden del Mérito que le otorgó el presidente de la república. Llegó a ser comandante general de las fuerzas revolucionarias, con jurisdicción y mando de una frontera a la otra, y el hombre más temido por el gobierno, pero nunca permitió que le tomaran una fotografía[2]. Declinó la pensión vitalicia que le ofrecieron después de la guerra[3] y vivió hasta la vejez de los pescaditos de oro que fabricaba en su taller de Macondo. Aunque peleó siempre al frente de sus hombres, la única herida que recibió se la produjo él mismo después de firmar la capitulación de Neerlandia[4] que puso término a casi veinte

---

[1] El catálogo de las hazañas épicas del coronel Aureliano Buendía que comienza aquí, es sin duda uno de los pasajes de *C.A.S.* más citado y más comentado. Me contentaré con remitir al análisis de M. Vargas Llosa, págs. 552-554, recordando que el retrato tiene un modelo histórico, el jefe de los liberales de «la guerra de los mil días», Rafael Uribe Uribe; para la biografía de éste, véase Eduardo Santa, *Rafael Uribe Uribe. Un hombre y una época,* Medellín, Editorial Bedout, 1968.

[2] Véase pág. 141, nota 47.

[3] Se invierte, pues, la actitud del personaje de *El coronel no tiene quien le escriba.*

[4] *Neerlandia:* la ficción conserva el nombre de la hacienda donde se firmó el tratado de capitulación del general Uribe Uribe ante el general conservador Juan B. Tobar el 24 de octubre de 1902 (véase E. Santa, pág. 298).

años de guerras civiles. Se disparó un solo tiro de pistola en el pecho y el proyectil le salió por la espalda sin lastimar ningún centro vital. Lo único que quedó de todo eso fue una calle con su nombre en Macondo. Sin embargo, según declaró pocos años antes de morir de viejo, ni siquiera eso esperaba la madrugada en que se fue con sus veintiún hombres a reunirse con las fuerzas del general Victorio Medina.

—Ahí te dejamos a Macondo —fue todo cuanto le dijo a Arcadio antes de irse—. Te lo dejamos bien, procura que lo encontremos mejor.

Arcadio le dio una interpretación muy personal a la recomendación. Se inventó un uniforme con galones y charreteras de mariscal, inspirado en las láminas de un libro de Melquíades, y se colgó al cinto el sable con borlas doradas del capitán fusilado. Emplazó las dos piezas de artillería a la entrada del pueblo, uniformó a sus antiguos alumnos, exacerbados por sus proclamas incendiarias, y los dejó vagar armados por las calles para dar a los forasteros una impresión de invulnerabilidad. Fue un truco de doble filo, porque el gobierno no se atrevió a atacar la plaza durante diez meses, pero cuando lo hizo descargó contra ella una fuerza tan desproporcionada que liquidó la resistencia en media hora. Desde el primer día de su mandato Arcadio reveló su afición por los bandos. Leyó hasta cuatro diarios para ordenar y disponer cuanto le pasaba por la cabeza. Implantó el servicio militar obligatorio desde los dieciocho años, declaró de utilidad pública los animales que transitaban por las calles después de las seis de la tarde e impuso a los hombres mayores de edad la obligación de usar un brazal rojo. Recluyó al padre Nicanor en la casa cural, bajo amenaza de fusilamiento, y le prohibió decir misa y tocar las campanas como no fuera para celebrar las victorias liberales. Para que nadie pusiera en duda la severidad de sus propósitos, mandó que un pelotón de fusilamiento se entrenara en la plaza pública disparando contra un espantapájaros. Al principio nadie lo tomó en serio. Eran, al fin de cuentas, los muchachos de la escuela jugando a gente mayor. Pero una noche, al entrar Arcadio en la tienda de Catarino, el trompetista de la banda lo saludó con un toque de fanfarria[5] que provocó las risas de la clientela, y Arcadio lo hizo fusilar por irrespeto a la autoridad. A quienes protestaron, los puso a pan y agua con los tobillos en un cepo que instaló en un cuarto de la escuela. «¡Eres un asesino!», le gritaba Úrsula cada vez que se enteraba de alguna nueva arbitrariedad. «Cuando Aureliano lo sepa te va a fusilar a ti y yo seré la primera en alegrarme.» Pero todo fue inútil. Arcadio siguió apretando los torniquetes de un rigor innecesario, hasta convertirse en el más cruel de los gobernantes que hubo nunca en Macondo[6]. «Ahora sufran la diferencia», dijo don Apolinar Moscote en cierta ocasión. «Este es el paraíso liberal.» Arcadio lo supo. Al frente de una patrulla asaltó la casa, destrozó los muebles, vapuleó a las hijas y se llevó a rastras a don Apolinar Moscote[7]. Cuando Úrsula irrumpió en el patio del cuartel, después de haber atravesado el pueblo clamando de vergüenza y blandiendo de rabia un rebenque alquitranado, el propio Arcadio se disponía a dar la orden de fuego al pelotón de fusilamiento.

—¡Atrévete, bastardo! —gritó Úrsula.

Antes de que Arcadio tuviera tiempo de reaccionar, le descargó el primer vergajazo. «Atrévete, asesino», gritaba. «Y mátame también a mí, hijo de mala madre[8]. Así no tendré ojos para llorar la vergüenza de haber criado un fenómeno.» Azotándolo sin misericordia, lo persiguió hasta el fondo del patio, donde Arcadio se enrolló como un caracol. Don Apolinar Moscote estaba inconsciente, amarrado al poste donde antes tenían al espantapájaros despedazado por los tiros de entrenamiento. Los muchachos del pelotón se dispersaron, temerosos de que Úrsula terminara desahogándose con ellos.

---

[5] *Fanfarria:* juego de palabra sobre el sentido 'bravata' y el galicismo *(<fanfare)* 'banda, charanga'.

[6] Lo que el narrador condena, mediante la adjetivación *(rigor innecesario, el más cruel de los gobernantes)* y la reacción de Úrsula es la transformación de una ideología política en sociedad utópica que acaba en un infierno totalitario.

[7] Contrástese esa actitud del tirano Arcadio con la del patriarca José Arcadio (pág. 150).

[8] *Bastardo ... hijo de mala madre:* Úrsula considera que la crueldad de Arcadio no pertenece a los Buendía, lo excluye de la familia y lo devuelve a su condición original.

Pero ni siquiera los miró. Dejó a Arcadio con el uniforme arrastrado, bramando de dolor y rabia, y desató a don Apolinar Moscote para llevarlo a su casa. Antes de abandonar el cuartel, soltó a los presos del cepo.

A partir de entonces fue ella quien mandó en el pueblo[9]. Restableció la misa dominical, suspendió el uso de los brazales rojos y descalificó los bandos atrabiliarios. Pero a despecho de su fortaleza, siguió llorando la desdicha de su destino. Se sintió tan sola[10], que buscó la inútil compañía del marido olvidado bajo el castaño. «Mira en lo que hemos quedado», le decía, mientras las lluvias de junio amenazaban con derribar el cobertizo de palma. «Mira la casa vacía, nuestros hijos desperdigados por el mundo, y nosotros dos solos otra vez como al principio.» José Arcadio Buendía, hundido en un abismo de inconsciencia, era sordo a sus lamentos. Al comienzo de su locura anunciaba con latinajos apremiantes sus urgencias cotidianas. En fugaces escampadas de lucidez, cuando Amaranta le llevaba la comida, él le comunicaba sus pesares más molestos y se prestaba con docilidad a sus ventosas y sinapismos. Pero en la época en que Úrsula fue a lamentarse a su lado había perdido todo contacto con la realidad. Ella lo bañaba por partes sentado en el banquito, mientras le daba noticias de la familia. «Aureliano se ha ido a la guerra, hace ya más de cuatro meses, y no hemos vuelto a saber de él», le decía, restregándole la espalda con un estropajo enjabonado. «José Arcadio volvió, hecho un hombrazo más alto que tú y todo bordado en punto de cruz, pero sólo vino a traer la vergüenza a nuestra casa.» Creyó observar, sin embargo, que su marido entristecía con las malas noticias. Entonces optó por mentirle. «No me creas lo que te digo», decía, mientras echaba cenizas sobre sus excrementos para recogerlos con la pala[11]. «Dios quiso que José Arcadio y Rebeca se casaran, y ahora son muy felices.» Llegó a ser tan sincera

---

[9] Se restablece, pues, el dominio matrialcal que es, como ya vimos, una constante de la organización social en *C.A.S.*

[10] Hasta ahora Úrsula había parecido escapar del destino solitario de la familia.

[11] Úrsula oculta las verdades como cosas vergonzosas.

en el engaño que ella misma acabó consolándose con sus propias mentiras. «Arcadio ya es un hombre serio —decía— y muy valiente, y muy buen mozo con su uniforme y su sable.» Era como hablarle a un muerto, porque José Arcadio Buendía estaba ya fuera del alcance de toda preocupación. Pero ella insistió. Lo veía tan manso, tan indiferente a todo, que decidió soltarlo. Él ni siquiera se movió del banquito. Siguió expuesto al sol y la lluvia, como si las sogas fueran innecesarias, porque un dominio superior a cualquier atadura visible lo mantenía amarrado al tronco del castaño[12]. Hacia el mes de agosto, cuando el invierno empezaba a eternizarse, Úrsula pudo por fin darle una noticia que parecía verdad.

—Fíjate que nos sigue atosigando la buena suerte —le dijo—. Amaranta y el italiano de la pianola se van a casar.

Amaranta y Pietro Crespi, en efecto, habían profundizado en la amistad, amparados por la confianza de Úrsula, que esta vez no creyó necesario vigilar las visitas. Era un noviazgo crepuscular. El italiano llegaba al atardecer, con una gardenia en el ojal, y le traducía a Amaranta sonetos de Petrarca. Permanecían en el corredor sofocado por el orégano y las rosas, él leyendo y ella tejiendo encaje de bolillo, indiferentes a los sobresaltos y las malas noticias de la guerra, hasta que los mosquitos los obligaban a refugiarse en la sala. La sensibilidad de Amaranta, su discreta pero envolvente ternura habían ido urdiendo en torno al novio una telaraña invisible, que él tenía que apartar materialmente con sus dedos pálidos y sin anillos para abandonar la casa a las ocho. Habían hecho un precioso álbum con las tarjetas postales que Pietro Crespi recibía de Italia. Eran imágenes de enamorados en parques solitarios, con viñetas de corazones flechados y cintas doradas sostenidas por palomas. «Yo conozco este parque en Florencia», decía Pietro Crespi repasando las postales. «Uno extiende la mano y los pájaros bajan a comer.» A veces, ante una acuarela de Venecia, la nostalgia transformaba en tibios aromas de flores el olor de

---

[12] José Arcadio no se mueve ya que ha ingresado en la eternidad, que es un presente detenido (para él todos los días son lunes) y un espacio sin modificación. Para una interpretación místico-cristiana dudosa del tronco de castaño y de José Arcadio como Cristo, véase G. Maturo, pág. 119.

fango y mariscos podridos de los canales. Amaranta suspiraba, reía, soñaba con una segunda patria de hombres y mujeres hermosos que hablaban una lengua de niños, con ciudades antiguas de cuya pasada grandeza sólo quedaban los gatos entre los escombros[13]. Después de atravesar el océano en su búsqueda, después de haberlo confundido con la pasión en los manoseos vehementes de Rebeca, Pietro Crespi había encontrado el amor[14]. La dicha trajo consigo la prosperidad. Su almacén ocupaba entonces casi una cuadra, y era un invernadero de fantasía, con reproducciones del campanario de Florencia que daban la hora con un concierto de carillones, y cajas musicales de Sorrento, y polveras de China que cantaban al destaparlas tonadas de cinco notas, y todos los instrumentos músicos que se podían imaginar y todos los artificios de cuerda que se podían concebir. Bruno Crespi, su hermano menor, estaba al frente del almacén, porque él no se daba abasto para atender la escuela de música. Gracias a él, la Calle de los Turcos, con su deslumbrante exposición de chucherías, se transformó en un remanso melódico para olvidar las arbitrariedades de Arcadio y la pesadilla remota de la guerra. Cuando Úrsula dispuso la reanudación de la misa dominical, Pietro Crespi le regaló al templo un repertorio gregoriano que puso una nota espléndida en el ritual taciturno del padre Nicanor. Nadie ponía en duda que haría de Amaranta una esposa feliz. Sin apresurar los sentimientos, dejándose arrastrar por la fluidez natural del corazón, llegaron a un punto en que sólo hacía falta fijar la fecha de la boda. No encontrarían obstáculos. Úrsula se acusaba íntimamente de haber torcido con aplazamientos reiterados el destino de Rebeca, y no estaba dispuesta a acumular remordimientos. El rigor del luto por la muerte de Remedios había sido relegado a un lugar secundario por la mortificación de la guerra, la ausencia de Aureliano, la brutalidad de Arcadio y la expulsión de José Arcadio y Rebeca. Ante la inminencia de la boda, el

---

[13] Italia, los italianos y la lengua italiana salen transformados, codificados, por la nostalgia y la imaginación, como tantos objetos en *C.A.S.*

[14] Pero Pietro Crespi no es un Buendía y, además, su amor no está compartido.

propio Pietro Crespi había insinuado que Aureliano José, en quien fomentó un cariño casi paternal, fuera considerado como su hijo mayor. Todo hacía pensar que Amaranta se orientaba hacia una felicidad sin tropiezos. Pero al contrario de Rebeca, ella no revelaba la menor ansiedad. Con la misma paciencia con que abigarraba manteles y tejía primores de pasamanería y bordaba pavorreales en punto de cruz, esperó a que Pietro Crespi no soportara más las urgencias del corazón. Su hora llegó con las lluvias aciagas de octubre[15]. Pietro Crespi le quitó del regazo la canastilla de bordar y le apretó la mano entre las suyas. «No soporto más esta espera», le dijo. «Nos casamos el mes entrante.» Amaranta no tembló al contacto de sus manos de hielo. Retiró la suya como un animalito escurridizo, y volvió a su labor.

—No seas ingenuo, Crespi —sonrió—, ni muerta me casaré contigo.

Pietro Crespi perdió el dominio de sí mismo. Lloró sin pudor, casi rompiéndose los dedos de desesperación, pero no logró quebrantarla. «No pierdas el tiempo», fue todo cuando dijo Amaranta. «Si en verdad me quieres tanto, no vuelvas a pisar esta casa.» Úrsula creyó enloquecer de vergüenza. Pietro Crespi agotó los recursos de la súplica. Llegó a increíbles extremos de humillación. Lloró toda una tarde en el regazo de Úrsula, que hubiera vendido el alma por consolarlo. En noches de lluvia se le vio merodear por la casa con un paraguas de seda, tratando de sorprender una luz en el dormitorio de Amaranta. Nunca estuvo mejor vestido que en esa época. Su augusta cabeza de emperador atormentado adquirió un extraño aire de grandeza. Importunó a las amigas de Amaranta, las que iban a bordar en el corredor, para que trataran de persuadirla. Descuidó los negocios. Pasaba el día en la trastienda, escribiendo esquelas desatinadas, que hacía llegar a Amaranta con membranas de pétalos y mariposas dise-

---

[15] *Las lluvias aciagas de octubre:* dato narrativo recurrente en la obra de GGM; afectan dolorosamente, por ejemplo, al personaje principal de *El coronel no tiene quien le escriba* (véase Dasso Saldívar, *García Márquez*, pág. 45). Sobre el tema de la lluvia en general, consúltese Julieta Campos, «La muerte y la lluvia», en *Recopilación de textos,* págs. 96-97.

cadas[16], y que ella devolvía sin abrir. Se encerraba horas y horas a tocar la cítara. Una noche cantó. Macondo despertó en una especie de estupor, angelizado por una cítara que no merecía ser de este mundo y una voz como no podía concebirse que hubiera otra en la tierra con tanto amor. Pietro Crespi vio entonces la luz en todas las ventanas del pueblo, menos en la de Amaranta. El dos de noviembre, día de todos los muertos, su hermano abrió el almacén y encontró todas las lámparas encendidas y todas las cajas musicales destapadas y todos los relojes trabados en una hora interminable, y en medio de aquel concierto disparatado encontró a Pietro Crespi en el escritorio de la trastienda, con las muñecas cortadas a navaja y las dos manos metidas en una palangana de benjuí[17].

Úrsula dispuso que se le velara en la casa. El padre Nicanor se oponía a los oficios religiosos y a la sepultura en tierra sagrada. Úrsula se le enfrentó. «De algún modo que ni usted ni yo podemos entender, ese hombre era un santo», dijo. «Así que lo voy a enterrar, contra su voluntad, junto a la tumba de Melquíades.» Lo hizo, con el respaldo de todo el pueblo, en funerales magníficos. Amaranta no abandonó el dormitorio. Oyó desde su cama el llanto de Úrsula, los pasos y murmullos de la multitud que invadió la casa, los aullidos de las plañideras, y luego un hondo silencio oloroso a flores pisoteadas. Durante mucho tiempo siguió sintiendo el hálito de lavanda de Pietro Crespi al atardecer, pero tuvo fuerzas para no sucumbir al delirio. Úrsula la abandonó[18]. Ni siquiera levantó los ojos para apiadarse de ella, la tarde en que Amaranta entró en la cocina y puso la mano en las brasas del fogón, hasta que le dolió tanto que no sintió más dolor, sino la pestilencia de su propia carne chamuscada. Fue una cura de burro para el remordimiento. Durante varios días anduvo por la casa

---

[16] Como las que había mandado en su tiempo a Rebeca (véase págs. 158-159).

[17] Así como la novela trata de abarcar todas las clases de «soledades», acumula las diversas especies de muertes: aquí el suicidio por amor.

[18] Como hizo con José Arcadio, hermano de Amaranta, y Arcadio, culpables de no comportarse como Buendías.

Arcadio

con la mano metida en un tazón con claras de huevo, y cuando sanaron las quemaduras pareció como si las claras de huevo hubieran cicatrizado también las úlceras de su corazón. La única huella externa que le dejó la tragedia fue la venda de gasa negra que se puso en la mano quemada, y que había de llevar hasta la muerte.

Arcadio dio una rara muestra de generosidad al proclamar mediante un bando el duelo oficial por la muerte de Pietro Crespi. Úrsula lo interpretó como el regreso del cordero extraviado. Pero se equivocó. Había perdido a Arcadio, no desde que vistió el uniforme militar, sino desde siempre. Creía haberlo criado como a un hijo, como crió a Rebeca, sin privilegios ni discriminaciones. Sin embargo, Arcadio era un niño solitario y asustado durante la peste del insomnio, en medio de la fiebre utilitaria de Úrsula, de los delirios de José Arcadio Buendía, del hermetismo de Aureliano, de la rivalidad mortal entre Amaranta y Rebeca. Aureliano le enseñó a leer y escribir, pensando en otra cosa, como lo hubiera hecho un extraño. Le regalaba su ropa, para que Visitación la redujera, cuando ya estaba de tirar. Arcadio sufría con sus zapatos demasiado grandes, con sus pantalones remendados, con sus nalgas de mujer[19]. Nunca logró comunicarse con nadie mejor que lo hizo con Visitación y Cataure en su lengua. Melquíades fue el único que en realidad se ocupó de él, que le hacía escuchar sus textos incomprensibles y le daba instrucciones[20] sobre el arte de la daguerrotipia. Nadie se imaginaba cuánto lloró su muerte en secreto, y con qué desesperación trató de revivirlo en el estudio inútil de sus papeles[21]. La

---

[19] El rasgo *nalgas de mujer* fue dado primero como comentario burlón y subjetivo de una mujer anónima (pág. 155); ahora el narrador lo toma en cuenta como dato objetivo.

[20] En la edición original, pág. 100: *intrucciones*. La errata se reproduce en la edición de Espasa-Calpe, pág. 162.

[21] A pesar de ser «bastardo» e «hijo de mala madre», a pesar del repudio de Úrsula y del incidente que sigue, Arcadio pertenece a la familia con la cual comparte dos características fundamentales: el afán descifrador (recuerdo de su comprensión de la lengua india; su relación privilegiada con el maestro de la lengua cifrada, Melquíades; sus tentativas, las primeras mencionadas, de descifrar los manuscritos del gitano) y la tentación del incesto (véase página siguiente), sin olvidar la soledad primordial.

escuela, donde se le ponía atención y se le respetaba, y luego el poder, con sus bandos terminantes y su uniforme de gloria, lo liberaron del peso de una antigua amargura. Una noche, en la tienda de Catarino, alguien se atrevió a decirle: «No mereces el apellido que llevas.» Al contrario de lo que todos esperaban, Arcadio no lo hizo fusilar.

—A mucha honra —dijo—, no soy un Buendía.

Quienes conocían el secreto de su filiación, pensaron por aquella réplica que también él estaba al corriente, pero en realidad no lo estuvo nunca[22]. Pilar Ternera, su madre, que le había hecho hervir la sangre en el cuarto de daguerrotipia, fue para él una obsesión tan irresistible como lo fue primero para José Arcadio y luego para Aureliano. A pesar de que había perdido sus encantos y el esplendor de su risa, él la buscaba y la encontraba en el rastro de su olor de humo[23]. Poco antes de la guerra, un mediodía en que ella fue más tarde que de costumbre a buscar a su hijo menor a la escuela, Arcadio la estaba esperando en el cuarto donde solía hacer la siesta, y donde después instaló el cepo. Mientras el niño jugaba en el patio, él esperó en la hamaca, temblando de ansiedad, sabiendo que Pilar Ternera tenía que pasar por ahí. Llegó. Arcadio la agarró por la muñeca y trató de meterla en la hamaca. «No puedo, no puedo», dijo Pilar Ternera horrorizada. «No te imaginas cómo quisiera complacerte, pero Dios es testigo que no puedo.» Arcadio la agarró por la cintura con su tremenda fuerza hereditaria, y sintió que el mundo se borraba al contacto de su piel. «No te hagas la santa», decía. «Al fin, todo el mundo sabe que eres una puta.» Pilar se sobrepuso al asco que le inspiraba su miserable destino.

—Los niños se van a dar cuenta —murmuró—. Es mejor que esta noche dejes la puerta sin tranca.

Arcadio la esperó aquella noche tiritando de fiebre en la

---

[22] O sea, que al decir «no soy un Buendía», dice a la vez una verdad, sin saberlo, y una mentira (véase la nota anterior). Arcadio pretende autoexcluirse de la familia por rencor.

[23] En Arcadio se repite la sensibilidad sexual del padre; compárese: «José Arcadio la siguió buscando toda la noche en el olor de humo que ella tenía en las axilas» (pág. 111). Las escenas de iniciación sexual (falsa o verdadera) en las que participa Pilar Ternera corren paralelas.

hamaca. Esperó sin dormir, oyendo los grillos alborotados de la madrugada sin término y el horario implacable de los alcaravanes[24], cada vez más convencido de que lo habían engañado. De pronto, cuando la ansiedad se había descompuesto en rabia, la puerta se abrió. Pocos meses después, frente al pelotón de fusilamiento, Arcadio había de revivir los pasos perdidos en el salón de clases, los tropiezos contra los escaños, y por último la densidad de un cuerpo en las tinieblas del cuarto y los latidos del aire bombeado por un corazón que no era el suyo. Extendió la mano y encontró otra mano con dos sortijas en un mismo dedo, que estaba a punto de naufragar en la oscuridad. Sintió la nervadura de sus venas, el pulso de su infortunio, y sintió la palma húmeda con la línea de la vida tronchada en la base del pulgar por el zarpazo de la muerte. Entonces comprendió que no era esa la mujer que esperaba, porque no olía a humo sino a brillantina de florecitas, y tenía los senos inflados y ciegos con pezones de hombre, y el sexo pétreo y redondo como una nuez, y la ternura caótica de la inexperiencia exaltada. Era virgen y tenía el nombre inverosímil de Santa Sofía de la Piedad[25]. Pilar Ternera le había pagado cincuenta pesos, la mitad de sus ahorros de toda la vida, para que hiciera lo que estaba haciendo. Arcadio la había visto muchas veces, atendiendo la tiendecita de víveres de sus padres, y nunca se había fijado en ella, porque tenía la rara virtud de no existir por completo sino en el momento oportuno. Pero desde aquel día se enroscó como un gato al calor de su axila. Ella iba a la escuela a la hora de la siesta, con el consentimiento de sus padres, a quienes Pilar Ternera había pagado la otra mitad de sus ahorros[26].

---

[24] Sobre esta función de los alcaravanes, recurrente en la obra de GGM, véase mi *GGM, coetáneo de la eternidad*, pág. 36 y nota 22.

[25] J. Ludmer, pág. 66, descifra el nombre de Santa Sofía de la Piedad, con alguna duda, como «nombre de santa, monja y mártir (?)» (nota 20). En todo caso las connotaciones inmediatas de 'sabiduría' y 'piedad' tendrán que comprobarse en lo que sigue. De momento lleva un «nombre inverosímil» por la situación.

[26] Pilar Ternera sigue siendo la Celestina de los Buendía (ya lo fue entre Aureliano y Remedios) salvo que, en este caso, invierte el papel de la alcahueta dando dinero a la muchacha y a sus padres.

Más tarde, cuando las tropas del gobierno los desalojaron del local, se amaban entre las latas de manteca y los sacos de maíz de la trastienda. Por la época en que Arcadio fue nombrado jefe civil y militar, tuvieron una hija.

Los únicos parientes que se enteraron fueron José Arcadio y Rebeca, con quienes Arcadio mantenía entonces relaciones íntimas, fundadas no tanto en el parentesco como en la complicidad. José Arcadio había doblegado la cerviz al yugo matrimonial. El carácter firme de Rebeca, la voracidad de su vientre, su tenaz ambición, absorbieron la descomunal energía del marido, que de holgazán y mujeriego se convirtió en un enorme animal de trabajo. Tenían una casa limpia y ordenada. Rebeca la abría de par en par al amanecer, y el viento de las tumbas entraba por las ventanas y salía por las puertas del patio, y dejaba las paredes blanqueadas y los muebles curtidos por el salitre de los muertos[27]. El hambre de tierra, el cloc cloc de los huesos de sus padres, la impaciencia de su sangre frente a la pasividad de Pietro Crespi, estaban relegados al desván de la memoria. Todo el día bordaba junto a la ventana, ajena a la zozobra de la guerra, hasta que los potes de cerámica empezaban a vibrar en el aparador y ella se levantaba a calentar la comida, mucho antes de que aparecieran los escuálidos perros rastreadores y luego el coloso de polainas y espuelas y con escopeta de dos cañones, que a veces llevaba un venado al hombro y casi siempre un sartal de conejos o de patos silvestres. Una tarde, al principio de su gobierno, Arcadio fue a visitarlos de un modo intempestivo. No lo veían desde que abandonaron la casa, pero se mostró tan cariñoso y familiar que lo invitaron a compartir el guisado.

Sólo cuando tomaban café reveló Arcadio el motivo de su visita: había recibido una denuncia contra José Arcadio. Se decía que empezó arando su patio y había seguido derecho por las tierras contiguas, derribando cercas y arrasando ranchos con sus bueyes, hasta apoderarse por la fuerza de los mejores predios del contorno. A los campesinos que no había despojado, porque no le interesaban sus tierras, les impuso una contribución que cobraba cada sábado con los perros

---

[27] Por la proximidad al cementerio de la casita alquilada.

de presa y la escopeta de dos cañones. No lo negó. Fundaba su derecho en que las tierras usurpadas habían sido distribuidas por José Arcadio Buendía en los tiempos de la fundación, y creía posible demostrar que su padre estaba loco desde entonces, puesto que dispuso de un patrimonio que en realidad pertenecía a la familia. Era un alegato innecesario, porque Arcadio no había ido a hacer justicia. Ofreció simplemente crear una oficina de registro de la propiedad para que José Arcadio legalizara los títulos de la tierra usurpada, con la condición de que delegara en el gobierno local el derecho de cobrar las contribuciones. Se pusieron de acuerdo. Años después, cuando el coronel Aureliano Buendía examinó los títulos de propiedad, encontró que estaban registrados a nombre de su hermano todas las tierras que se divisaban desde la colina de su patio hasta el horizonte, inclusive el cementerio, y que en los once meses de su mandato Arcadio había cargado no sólo con el dinero de las contribuciones, sino también con el que cobraba al pueblo por el derecho de enterrar a los muertos en predios de José Arcadio[28].

Úrsula tardó varios meses en saber lo que ya era del dominio público, porque la gente se lo ocultaba para no aumentarle el sufrimiento. Empezó por sospecharlo. «Arcadio está construyendo una casa», le confió con fingido orgullo a su marido, mientras trataba de meterle en la boca una cucharada de jarabe de totumo[29]. Sin embargo, suspiró involuntariamente: «No sé por qué todo esto me huele mal.» Más tarde cuando se enteró de que Arcadio no sólo había terminado la casa sino que había encargado un mobiliario vienés[30], confir-

---

[28] Desde el punto de vista de las funciones de los personajes, asistimos a la reunión de los excluidos de la familia Buendía en la práctica de abusos sociales. Desde el punto de vista genético, «el origen criminal de la fortuna, tema de *"La viuda de Montiel"*, retorna en *"C.A.S."*, aunque en este caso el antecedente más próximo sea *"La mala hora"*.» (M. Vargas Llosa, pág. 489) Desde el punto de vista sociohistórico, se puede leer este pasaje como una transposición de la formación de los latifundios en América Latina y la corrupción y prevaricación que han imperado y, a veces, siguen imperando en los países del subcontinente.

[29] *Totumo:* véase «totuma», pág. 166, nota 31.

[30] Úrsula sabía lo que costaban «los muebles vieneses» por haberlos comprado antes, cuando se inauguró «la casa nueva» (pág. 152).

213

mó la sospecha de que estaba disponiendo de los fondos públicos. «Eres la vergüenza de nuestro apellido», le gritó un domingo después de misa, cuando lo vio en la casa nueva jugando barajas con sus oficiales. Arcadio no le prestó atención. Sólo entonces supo Úrsula que tenía una hija de seis meses, y que Santa Sofía de la Piedad, con quien vivía sin casarse, estaba otra vez encinta. Resolvió escribirle al coronel Aureliano Buendía, en cualquier lugar en que se encontrara, para ponerlo al corriente de la situación. Pero los acontecimientos que se precipitaron por aquellos días no sólo impidieron sus propósitos, sino que la hicieron arrepentirse de haberlos concebido. La guerra, que hasta entonces no había sido más que una palabra para designar una circunstancia vaga y remota, se concretó en una realidad dramática. A fines de febrero llegó a Macondo una anciana de aspecto ceniciento montada en un burro cargado de escobas. Parecía tan inofensiva, que las patrullas de vigilancia la dejaron pasar sin preguntas, como uno más de los vendedores que a menudo llegaban de los pueblos de la ciénaga. Fue directamente al cuartel. Arcadio la recibió en el local donde antes estuvo el salón de clases, y que entonces estaba transformado en una especie de campamento de retaguardia, con hamacas enrolladas y colgadas en las argollas y petates amontonados en los rincones, y fusiles y carabinas y hasta escopetas de cacería dispersos por el suelo. La anciana se cuadró en un saludo militar antes de identificarse:

—Soy el coronel Gregorio Stevenson[31].

Llevaba malas noticias. Los últimos focos de resistencia liberal, según dijo, estaban siendo exterminados. El coronel Aureliano Buendía, a quien había dejado batiéndose en retirada por los lados de Riohacha, le encomendó la misión de hablar con Arcadio. Debía entregar la plaza sin resistencia,

---

[31] *Gregorio Stevenson:* según M. Vargas Llosa, págs. 124-125, el nombre «extranjero» de militar podría ser un eco del de un general liberal de la «guerra de los mil días», Mac Allister. Como mera hipótesis, sugiero que podría ser un homenaje discreto al escritor inglés Robert L. Stevenson (1850-1894), autor de *La isla del tesoro* y de *El extraño caso del Dr. Jekyll y de Mr. Hyde,* cuyo sentido agudo de lo novelesco e imaginación se corresponden bastante bien con el genio del novelista colombiano.

214

poniendo como condición que se respetaran bajo palabra de honor la vida y las propiedades de los liberales. Arcadio examinó con una mirada de conmiseración a aquel extraño mensajero que habría podido confundirse con una abuela fugitiva.

—Usted, por supuesto, trae algún papel escrito —dijo.

—Por supuesto —contestó el emisario—, no lo traigo. Es fácil comprender que en las actuales circunstancias no se lleve encima nada comprometedor.

Mientras hablaba, se sacó del corpiño y puso en la mesa un pescadito de oro. «Creo que con esto será suficiente», dijo. Arcadio comprobó que en efecto era uno de los pescaditos hechos por el coronel Aureliano Buendía. Pero alguien podía haberlo comprado antes de la guerra, o haberlo robado, y no tenía por tanto ningún mérito de salvoconducto. El mensajero llegó hasta el extremo de violar un secreto de guerra para acreditar su identidad. Reveló que iba en misión a Curazao, donde esperaba reclutar exiliados de todo el Caribe[32] y adquirir armas y pertrechos suficientes para intentar un desembarco a fin de año. Confiando en ese plan, el coronel Aureliano Buendía no era partidario de que en aquel momento se hicieran sacrificios inútiles. Pero Arcadio fue inflexible. Hizo encarcelar al mensajero, mientras comprobaba su identidad, y resolvió defender la plaza hasta la muerte.

No tuvo que esperar mucho tiempo. Las noticias del fracaso liberal fueron cada vez más concretas. A fines de marzo, en una madrugada de lluvias prematuras, la calma tensa de las semanas anteriores se resolvió abruptamente con un desesperado toque de corneta, seguido de un cañonazo que desbarató la torre del templo. En realidad, la voluntad de resistencia de Arcadio era una locura[33]. No disponía de más de cincuenta hombres mal armados, con una dotación máxima

---

[32] Se confirma la función de Curazao como tierra de destierro en *C.A.S.*: de ahí venía el falso doctor anarquista, Alirio Noguera (pág. 194). Curazao cumplió también esta función en la historia: por ejemplo, el modelo del coronel Aureliano Buendía se refugió alguna vez en la colonia holandesa (véase E. Santa, pág. 290).

[33] El texto indica explícitamente que, a pesar de las dudas anteriormente señaladas, Arcadio *es* un Buendía.

de veinte cartuchos cada uno. Pero entre ellos, sus antiguos alumnos, excitados con proclamas altisonantes, estaban decididos a sacrificar el pellejo por una causa perdida. En medio del tropel de botas, de órdenes contradictorias, de cañonazos que hacían temblar la tierra, de disparos atolondrados y de toques de corneta sin sentido, el supuesto coronel Stevenson consiguió hablar con Arcadio. «Evíteme la indignidad de morir en el cepo con estos trapos de mujer», le dijo. «Si he de morir, que sea peleando.» Logró convencerlo. Arcadio ordenó que le entregaran un arma con veinte cartuchos y lo dejaron con cinco hombres defendiendo el cuartel, mientras él iba con su estado mayor a ponerse al frente de la resistencia. No alcanzó a llegar al camino de la ciénaga. Las barricadas habían sido despedazadas y los defensores se batían al descubierto en las calles, primero hasta donde les alcanzaba la dotación de los fusiles, y luego con pistolas contra fusiles y por último cuerpo a cuerpo. Ante la inminencia de la derrota, algunas mujeres se echaron a la calle armadas de palos y cuchillos de cocina. En aquella confusión, Arcadio encontró a Amaranta que andaba buscándolo como una loca, en camisa de dormir, con dos viejas pistolas de José Arcadio Buendía. Le dio su fusil a un oficial que había sido desarmado en la refriega, y se evadió con Amaranta por una calle adyacente para llevarla a casa. Úrsula estaba en la puerta, esperando, indiferente a las descargas que habían abierto una tronera en la fachada de la casa vecina. La lluvia cedía, pero las calles estaban resbaladizas y blandas como jabón derretido, y había que adivinar las distancias en la oscuridad. Arcadio dejó a Amaranta con Úrsula y trató de enfrentarse a dos soldados que soltaron una andanada ciega desde la esquina. Las viejas pistolas guardadas muchos años en un ropero no funcionaron. Protegiendo a Arcadio con su cuerpo, Úrsula intentó arrastrarlo hasta la casa[34].

—Ven, por Dios —le gritaba—. ¡Ya basta de locuras!

Los soldados los apuntaron.

---

[34] Al final, Úrsula olvida el rencor contra Arcadio: el gesto de protección es también de reintegración en la familia.

—¡Suelte a ese hombre, señora —gritó uno de ellos—, o no respondemos!

Arcadio empujó a Úrsula hacia la casa y se entregó. Poco después terminaron los disparos y empezaron a repicar las campanas. La resistencia había sido aniquilada en menos de media hora. Ni uno solo de los hombres de Arcadio sobrevivió al asalto, pero antes de morir se llevaron por delante a trescientos soldados. El último baluarte fue el cuartel. Antes de ser atacado, el supuesto coronel Gregorio Stevenson puso en libertad a los presos y ordenó a sus hombres que salieran a batirse en la calle. La extraordinaria movilidad y la puntería certera con que disparó sus veinte cartuchos por las diferentes ventanas, dieron la impresión de que el cuartel estaba bien resguardado, y los atacantes lo despedazaron a cañonazos. El capitán que dirigió la operación se asombró de encontrar los escombros desiertos, y un solo hombre en calzoncillos, muerto, con el fusil sin carga, todavía agarrado por un brazo que había sido arrancado de cuajo. Tenía una frondosa cabellera de mujer enrollada en la nuca con una peineta, y en el cuello un escapulario con un pescadito de oro. Al voltearlo con la puntera de la bota para alumbrarle la cara, el capitán se quedó perplejo. «Mierda», exclamó. Otros oficiales se acercaron.

—Miren dónde vino a aparecer este hombre —les dijo el capitán—. Es Gregorio Stevenson.

Al amanecer, después de un consejo de guerra sumario, Arcadio fue fusilado contra el muro del cementerio. En las dos últimas horas de su vida no logró entender por qué había desaparecido el miedo que lo atormentó desde la infancia. Impasible, sin preocuparse siquiera por demostrar su reciente valor, escuchó los interminables cargos de la acusación. Pensaba en Úrsula, que a esa hora debía estar bajo el castaño tomando el café con José Arcadio Buendía. Pensaba en su hija de ocho meses que aún no tenía nombre, y en el que iba a nacer en agosto[35]. Pensaba en Santa Sofía de la Pie-

---

[35] Esa descendencia póstuma de Arcadio, doblemente ilegítima —por la bastardía del padre y su engendramiento fuera del matrimonio— es, sin embargo, la que asegurará la prolongación de la familia.

dad, a quien la noche anterior dejó salando un venado para el almuerzo del sábado, y añoró su cabello chorreado sobre los hombros y sus pestañas que parecían artificiales. Pensaba en su gente sin sentimentalismos, en un severo ajuste de cuentas con la vida, empezando a comprender cuánto quería en realidad a las personas que más había odiado[36]. El presidente del consejo de guerra inició su discurso final, antes de que Arcadio cayera en la cuenta de que habían transcurrido dos horas. «Aunque los cargos comprobados no tuvieran sobrados méritos —decía el presidente—, la temeridad irresponsable y criminal con que el acusado empujó a sus subordinados a una muerte inútil, bastaría para merecerle la pena capital.» En la escuela desportillada donde experimentó por primera vez la seguridad del poder, a pocos metros del cuarto donde conoció la incertidumbre del amor, Arcadio encontró ridículo el formalismo de la muerte. En realidad no le importaba la muerte sino la vida, y por eso la sensación que experimentó cuando pronunciaron la sentencia no fue una sensación de miedo sino de nostalgia. No habló mientras no le preguntaron cuál era su última voluntad.

—Díganle a mi mujer —contestó con voz bien timbrada— que le ponga a la niña el nombre de Úrsula —hizo una pausa y confirmó—: Úrsula, como la abuela. Y díganle también que si el que va a nacer nace varón, que le pongan José Arcadio, pero no por el tío, sino por el abuelo[37].

Antes de que lo llevaran al paredón, el padre Nicanor trató de asistirlo. «No tengo nada de qué arrepentirme»[38], dijo Arcadio, y se puso a las órdenes del pelotón después de tomarse una taza de café negro[39]. El jefe del pelotón, especialis-

---

[36] Esa es la razón que no logró entender Arcadio, y por la cual había desaparecido su miedo existencial: en el momento de morir, se reconcilia con la vida.

[37] La última voluntad de Arcadio se refiere a la estirpe que quiere continuar más allá de la muerte volviendo a la pareja original, la de los fundadores. Emprende, demasiado tarde, la búsqueda de la edad de oro mítica, de sus raíces a través de su descendencia proyectada.

[38] Arcadio repite, en el momento de morir, la actitud de José Arcadio, el fundador, frente a la autoridad civil de Apolinar Moscote: «[...] aquí no hay nada que corregir» (pág. 149).

[39] Aquí reproduce Arcadio un gesto que caracteriza a su tío Aureliano (véase pág. 198).

ta en ejecuciones sumarias, tenía un nombre que era mucho más que una casualidad: capitán Roque Carnicero[40]. Camino del cementerio, bajo la llovizna persistente, Arcadio observó que en el horizonte despuntaba un miércoles radiante. La nostalgia se desvanecía con la niebla y dejaba en su lugar una inmensa curiosidad. Sólo cuando le ordenaron ponerse de espaldas al muro, Arcadio vio a Rebeca con el pelo mojado y un vestido de flores rosadas, abriendo la casa de par en par. Hizo un esfuerzo para que lo reconociera. En efecto, Rebeca miró casualmente hacia el muro y se quedó paralizada de estupor, y apenas pudo reaccionar para hacerle a Arcadio una señal de adiós con la mano. Arcadio le contestó en la misma forma[41]. En ese instante lo apuntaron las bocas ahumadas de los fusiles, y oyó letra por letra las encíclicas cantadas de Melquíades[42], y sintió los pasos perdidos de Santa Sofía de la Piedad, virgen, en el salón de clases[43], y experimentó en la nariz la misma dureza de hielo que le había llamado la atención en las fosas nasales del cadáver de Remedios[44]. «¡Ah, carajo! —alcanzó a pensar—, se me olvidó decir que si

---

[40] *Roque Carnicero:* nombre de interpretación inmediata y además, subrayada por el narrador; es lo que llama J. Ludmer, pág. 66, nota 20, una «hipotíposis *[sic]*», es decir, consultando el *D.R.A.E.,* una «Descripción viva y eficaz de una persona o cosa por medio del lenguaje».

[41] El último ser vivo de la familia que Arcadio ve antes de morir es Rebeca quien, de niña, fue recibida por él como «una hermana mayor» (pág. 133).

[42] Impecable es la técnica de la anticipación narrativa, véase pág. 166: «Años después, frente al pelotón de fusilamiento, Arcadio había de acordarse del temblor con que Melquíades le hizo escuchar varias páginas de su escritura impenetrable, que por supuesto no entendió, pero que al ser leídas en voz alta parecían encíclicas cantadas.» O sea, que la única diferencia es que frente al pelotón de fusilamiento, Arcadio «oyó letra por letra las encíclicas cantadas de Melquíades», es decir, que quizás logró descifrar las profecías sin poder comunicar su interpretación.

[43] «Pocos meses después, frente al pelotón de fusilamiento, Arcadio había de revivir los pasos perdidos en el salón de clases, los tropiezos contra los escaños, y por último la densidad de un cuerpo en las tinieblas del cuarto y los latidos del aire bombeado por un corazón que no era el suyo» (pág. 211). Se ve que el anuncio era más preciso que la realización del hecho.

[44] «Fue ella la última persona en que pensó Arcadio, pocos años después, frente al pelotón de fusilamiento» (pág. 183). El dato agregado aquí remite al hielo, es decir, al elemento primordial de la novela, relacionado con la última voluntad de Arcadio.

nacía mujer la pusieran Remedios.» Entonces, acumulado en un zarpazo desgarrador, volvió a sentir todo el terror que le atormentó en la vida. El capitán dio la orden de fuego. Arcadio apenas tuvo tiempo de sacar el pecho y levantar la cabeza, sin comprender de dónde fluía el líquido ardiente que le quemaba los muslos.

—¡Cabrones! —gritó—. ¡Viva el partido liberal!

En mayo terminó la guerra. Dos semanas antes de que el gobierno hiciera el anuncio oficial, en una proclama altisonante que prometía un despiadado castigo para los promotores de la rebelión, el coronel Aurealiano Buendía cayó prisionero cuando estaba a punto de alcanzar la frontera occidental disfrazado de hechicero indígena. De los veintiún hombres que lo siguieron en la guerra, catorce murieron en combate, seis estaban heridos, y sólo uno lo acompañaba en el momento de la derrota final: el coronel Gerineldo Márquez. La noticia de la captura fue dada en Macondo con un bando extraordinario. «Está vivo», le informó Úrsula a su marido. «Roguemos a Dios para que sus enemigos tengan clemencia.» Después de tres días de llanto, una tarde en que batía un dulce de leche en la cocina, oyó claramente la voz de su hijo muy cerca del oído. «Era Aureliano», gritó, corriendo hacia el castaño para darle la noticia a su esposo. «No sé cómo ha sido el milagro, pero está vivo y vamos a verlo muy pronto.» Lo dio por hecho. Hizo lavar los pisos de la casa y cambiar la posición de los muebles. Una semana después, un rumor sin origen que no sería respaldado por el bando, confirmó dramáticamente el presagio. El coronel Aureliano Buendía había sido condenado a muerte, y la sentencia sería ejecutada en Macondo, para escarmiento de la población. Un lunes, a las diez y veinte de la mañana, Amaranta estaba vistiendo a Aureliano José cuando percibió un tropel remoto y un toque de corneta, un segundo antes de que Úrsula irrumpiera en el cuarto con un grito: «Ya lo traen.» La tropa pugnaba por someter a culatazos a la muchedumbre desbordada. Úrsula y Amaranta corrieron hasta la esquina, abriéndose paso a empellones, y entonces lo vieron.

Parecía un pordiosero. Tenía la ropa desgarrada, el cabello y la barba enmarañados y estaba descalzo. Caminaba sin sentir el polvo abrasante, con las manos amarradas a la espalda con una soga que sostenía en la cabeza de su montura un oficial de a caballo. Junto a él, también astroso y derrotado, llevaban al coronel Gerineldo Márquez. No estaban tristes. Parecían más bien turbados por la muchedumbre que gritaba a la tropa toda clase de improperios.

—¡Hijo mío! —grito Úrsula en medio de la algazara, y le dio un manotazo al soldado que trató de detenerla. El caballo del oficial se encabritó. Entonces el coronel Aureliano Buendía se detuvo, trémulo, esquivó los brazos de su madre y fijó en sus ojos una mirada dura.

—Váyase a casa, mamá —dijo—. Pida permiso a las autoridades y venga a verme a la cárcel.

Miró a Amaranta, que permanecía indecisa a dos pasos detrás de Úrsula, y le sonrió al preguntarle: «¿Qué te pasó en la mano?» Amaranta levantó la mano con la venda negra. «Una quemadura», dijo, y apartó a Úrsula para que no la atropellaran los caballos. La tropa disparó. Una guardia especial rodeó a los prisioneros y los llevó al trote al cuartel.

Al atardecer, Úrsula visitó en la cárcel al coronel Aureliano Buendía. Había tratado de conseguir el permiso a través de don Apolinar Moscote, pero éste había perdido toda autoridad frente a la omnipotencia de los militares[1]. El padre Nicanor estaba postrado por una calentura hepática. Los padres del coronel Gerineldo Márquez, que no estaba condenado a muerte, habían tratado de verlo y fueron rechazados a culatazos. Ante la imposibilidad de conseguir intermediarios, convencida de que su hijo sería fusilado al amanecer, Úrsula hizo un envoltorio con las cosas que quería llevarle y fue sola al cuartel.

—Soy la madre del coronel Aureliano Buendía —se anunció.

---

[1] La «autoridad decorativa» de Apolinar Moscote frente al poder militar es un dato recurrente (véase pág. 198) y, por supuesto, significativo desde el punto de vista ideológico: en la etapa de la Historia colombiana y latinoamericana descrita aquí, los militares son los que detentan el poder real; la autoridad civil es una farsa.

Los centinelas le cerraron el paso. «De todos modos voy a entrar», les advirtió Úrsula. «De manera que si tienen orden de disparar, empiecen de una vez.» Apartó a uno de un empellón y entró en la antigua sala de clases[2], donde un grupo de soldados desnudos engrasaban sus armas. Un oficial en uniforme de campaña, sonrosado, con lentes de cristales muy gruesos y ademanes ceremoniosos, hizo a los centinelas una señal para que se retiraran.

—Soy la madre del coronel Aureliano Buendía —repitió Úrsula.

—Usted querrá decir —corrigió el oficial con una sonrisa amable— que es la señora madre del *señor* Aureliano Buendía.

Úrsula reconoció en su modo de hablar rebuscado la cadencia lánguida de la gente del páramo, los cachacos[3].

—Como usted diga, *señor* —admitió—, siempre que me permita verlo.

Había órdenes superiores de no permitir visitas a los condenados a muerte, pero el oficial asumió la responsabilidad de concederle una entrevista de quince minutos. Úrsula le mostró lo que llevaba en el envoltorio: una muda de ropa limpia, los botines que se puso su hijo para la boda, y el dulce de leche que guardaba desde el día en que presintió su regreso. Encontró al coronel Aureliano Buendía en el cuarto del cepo, tendido en un catre y con los brazos abiertos, porque tenía las axilas empedradas de golondrinos[4]. Le habían

---

[2] Ya los «liberales» de Arcadio habían transformado el local «en una especie de campamento de retaguardia» (pág. 214): los «conservadores» actúan de la misma forma.

[3] *Cachaco: «Colomb.* Lechugino, petimetre.» *(D.R.A.E.);* los cachacos, identificados burlescamente con «la gente del páramo», son los bogotanos cuya mentalidad no soportaban García Márquez y el grupo de Barranquilla (véase J. Gilard, págs. 43-44).

[4] «[...] al llegar la primavera el escritor se llenaba de golondrinos [...]. Y le salieron también en la primavera que más necesitaba de brazos sanos, la primavera cuando escribía *Cien años de soledad.* Le molestaban y dolían más que nunca hasta que un día desesperado se dijo: "Voy a joder a uno de los Buendía haciendo que le salgan golondrinos cuando empiecen los primeros calores en Macondo. A ver qué pasa..." Así lo hizo y pasó que el pobre personaje los padece dolorosamente e, increíble pero cierto, liberó a su "hacedor" de la incómoda enfermedad para siempre.» (María Pilar Serrano, «El "boom" doméstico», en José Donoso, *Historia personal del "boom",* Barcelona, Seix Barral, 1983, pág. 134.)

permitido afeitarse. El bigote denso de puntas retorcidas acentuaba la angulosidad de sus pómulos. A Úrsula le pareció que estaba más pálido que cuando se fue, un poco más alto y más solitario que nunca. Estaba enterado de los pormenores de la casa: el suicidio de Pietro Crespi, las arbitrariedades y el fusilamiento de Arcadio, la impavidez de José Arcadio Buendía bajo el castaño. Sabía que Amaranta había consagrado su viudez de virgen a la crianza de Aureliano José, y que éste empezaba a dar muestras de muy buen juicio y leía y escribía al mismo tiempo que aprendía a hablar. Desde el momento en que entró al cuarto, Úrsula se sintió cohibida por la madurez de su hijo, por su aura de dominio, por el resplandor de autoridad que irradiaba su piel. Se sorprendió que estuviera tan bien informado. «Ya sabe usted que soy adivino», bromeó él. Y agregó serio: «Esta mañana, cuando me trajeron, tuve la impresión de que ya había pasado por todo esto.[5] En verdad, mientras la muchedumbre tronaba a su paso, él estaba concentrado en sus pensamientos, asombrado de la forma en que había envejecido el pueblo en un año. Los almendros tenían las hojas rotas[6]. Las casas pintadas de azul, pintadas luego de rojo y luego vueltas a pintar de azul, habían terminado por adquirir una coloración indefinible.

—¿Qué esperabas? —suspiró Úrsula—. El tiempo pasa.

—Así es —admitió Aureliano—, pero no tanto.

De este modo, la visita tanto tiempo esperada, para la que ambos habían preparado las preguntas e incluso previsto las respuestas, fue otra vez la conversación cotidiana de siempre. Cuando el centinela anunció el término de la entrevista, Aureliano sacó de debajo de la estera del catre un rollo de papeles sudados. Eran sus versos. Los inspirados por Remedios, que había llevado consigo cuando se fue, y los escritos después, en las azarosas pausas de la guerra. «Prométame que no

---

[5] Otra vez un personaje declara una ley de lectura de *C.A.S.:* la repetición, la revivencia de los mismos acontecimientos a través de las generaciones o el anuncio es sueño de lo que va a ocurrir. De ahí que en la novela el tiempo pasa, «pero no tanto».

[6] Los almendros sembrados por José Arcadio (pág. 128) van a servir de medida del paso del tiempo.

los va a leer nadie», dijo. «Esta misma noche encienda el horno con ellos.» Úrsula lo prometió y se incorporó para darle un beso de despedida.

—Te traje un revólver —murmuró.

El coronel Aureliano Buendía comprobó que el centinela no estaba a la vista. «No me sirve de nada», replicó en voz baja. «Pero démelo, no sea que la registren a la salida.» Úrsula sacó el revólver del corpiño y él lo puso debajo de la estera del catre. «Y ahora no se despida», concluyó con un énfasis calmado. «No suplique a nadie ni se rebaje ante nadie. Hágase el cargo de que me fusilaron hace mucho tiempo.» Úrsula se mordió los labios para no llorar.

—Ponte piedras calientes en los golondrinos —dijo.

Dio media vuelta y salió del cuarto. El coronel Aureliano Buendía permaneció de pie, pensativo, hasta que se cerró la puerta. Entonces volvió a acostarse con los brazos abiertos. Desde el principio de la adolescencia, cuando empezó a ser consciente de sus presagios, pensó que la muerte había de anunciarse con una señal definida, inequívoca, irrevocable, pero le faltaban pocas horas para morir, y la señal no llegaba. En cierta ocasión una mujer muy bella entró a su campamento de Tucurinca[7] y pidió a los centinelas que le permitieran verlo. La dejaron pasar, porque conocían el fanatismo de algunas madres que enviaban a sus hijas al dormitorio de los guerreros más notables, según ellas mismas decían, para mejorar la raza. El coronel Aureliano Buendía estaba aquella noche terminando el poema del hombre que se había extraviado en la lluvia[8], cuando la muchacha entró al cuarto. Él le dio la espalda para poner la hoja en la gaveta con llave donde guardaba sus versos. Y entonces lo sintió. Agarró la pistola en la gaveta sin volver la cara.

—No dispare, por favor —dijo.

---

[7] El lugar volverá a mencionarse en *Crónica de una muerte anunciada*, página 55. Ahí se habla del «desastre de Tucurinca» y de una derrota del coronel Aureliano Buendía. Véase mi *GGM, coetáneo de la eternidad*, pág. 73.

[8] El poema de Aureliano cuenta lo mismo que *Isabel viendo llover en Macondo*, donde el padre de la narradora se pierde en la lluvia, «se extravió en el tiempo» (pág. 18).

Cuando se volvió con la pistola montada, la muchacha había bajado la suya y no sabía qué hacer. Así había logrado eludir cuatro de once emboscadas. En cambio, alguien que nunca fue capturado entró una noche al cuartel revolucionario de Manaure y asesinó a puñaladas a su íntimo amigo el coronel Magnífico Visbal, a quien había cedido el catre para que sudara una calentura[9]. A pocos metros, durmiendo en una hamaca en el mismo cuarto, él no se dio cuenta de nada. Eran inútiles sus esfuerzos por sistematizar los presagios. Se presentaban de pronto, en una ráfaga de lucidez sobrenatural, como una convicción absoluta y momentánea, pero inasible. En ocasiones eran tan naturales, que no las[10] identificaba como presagios sino cuando se cumplían. Otras veces eran terminantes y no se cumplían. Con frecuencia no eran más que golpes vulgares de superstición. Pero cuando lo condenaron a muerte y le pidieron expresar su última voluntad, no tuvo la menor dificultad para identificar el presagio que le inspiró la respuesta:

—Pido que la sentencia se cumpla en Macondo —dijo.

El presidente del tribunal se disgustó.

—No sea vivo[11], Buendía —le dijo—. Es una estratagema para ganar tiempo.

—Si no la cumplen, allá ustedes —dijo el coronel—, pero esa es mi última voluntad.

Desde entonces lo habían abandonado los presagios. El día en que Úrsula lo visitó en la cárcel, después de mucho pensar, llegó a la conclusión de que quizás la muerte no se anunciaría aquella vez, porque no dependía del azar sino de la voluntad de sus verdugos. Pasó la noche en vela atormentado por el dolor de los golondrinos. Poco antes del alba oyó pasos en el corredor. «Ya vienen», se dijo, y pensó sin motivo en José Arcadio Buendía, que en aquel momento estaba pen-

---

[9] Aunque secundario, el papel de Magnífico Visbal (véase pág. 157, nota 11) es, al fin y al cabo, esencial; sustituyendo a Aureliano, le salva la vida.

[10] *Las:* así en la edición original.

[11] La selección del epíteto *vivo* entre los posibles adjetivos que significan 'ingenioso' no resulta, por supuesto, del azar, ni por parte del presidente del tribunal, hombre de humor, ni por parte del narrador, quien conoce el porvenir.

sando en él, bajo la madrugada lúgubre del castaño. No sintió miedo, ni nostalgia, sino una rabia intestinal ante la idea de que aquella muerte artificiosa no le permitiría conocer el final de tantas cosas que dejaba sin terminar. La puerta se abrió y entró el centinela con un tazón de café. Al día siguiente a la misma hora todavía estaba como entonces, rabiando con el dolor de las axilas, y ocurrió exactamente lo mismo. El jueves compartió el dulce de leche con los centinelas y se puso la ropa limpia, que le quedaba estrecha, y los botines de charol. Todavía el viernes no lo habían fusilado.

En realidad, no se atrevían a ejecutar la sentencia. La rebeldía del pueblo hizo pensar a los militares que el fusilamiento del coronel Aureliano Buendía tendría graves consecuencias políticas no sólo en Macondo sino en todo el ámbito de la ciénaga, así que consultaron a las autoridades de la capital provincial. La noche del sábado, mientras esperaban la respuesta, el capitán Roque Carnicero fue con otros oficiales a la tienda de Catarino. Sólo una mujer, casi presionada con amenazas, se atrevió a llevarlo al cuarto. «No se quieren acostar con un hombre que saben que se va a morir», le confesó ella. «Nadie sabe cómo será, pero todo el mundo anda diciendo que el oficial que fusile al coronel Aureliano Buendía, y todos los soldados del pelotón, uno por uno, serán asesinados sin remedio, tarde o temprano, así se escondan en el fin del mundo.» El capitán Roque Carnicero lo comentó con los otros oficiales, y éstos lo comentaron con sus superiores. El domingo, aunque nadie lo había revelado con franqueza, aunque ningún acto militar había turbado la calma tensa de aquellos días, todo el pueblo sabía que los oficiales estaban dispuestos a eludir con toda clase de pretextos la responsabilidad de la ejecución. En el correo del lunes llegó la orden oficial: la ejecución debía cumplirse en el término de veinticuatro horas. Esa noche los oficiales metieron en una gorra siete papeletas con sus nombres, y el inclemente destino del capitán Roque Carnicero lo señaló con la papeleta premiada. «La mala suerte no tiene resquicios», dijo él con profunda amargura. «Nací hijo de puta y muero hijo de puta.» A las cinco de la mañana eligió el pelotón por sorteo, lo formó en el patio, y despertó al condenado con una frase premonitoria.

—Vamos, Buendía —le dijo—. Nos llegó la hora.

—Así que era esto —replicó el coronel—. Estaba soñando que se me habían reventado los golondrinos.

Rebeca Buendía se levantaba a las tres de la madrugada desde que supo que Aureliano sería fusilado. Se quedaba en el dormitorio a oscuras vigilando por la ventana entreabierta el muro del cementerio, mientras la cama en que estaba sentada se estremecía con los ronquidos de José Arcadio. Esperó toda la semana con la misma obstinación recóndita con que en otra época esperaba las cartas de Pietro Crespi. «No lo fusilarán aquí», le decía José Arcadio. «Lo fusilarán a media noche en el cuartel para que nadie sepa quién formó el pelotón, y lo enterrarán allá mismo.» Rebeca siguió esperando. «Son tan brutos que lo fusilarán aquí», decía. Tan segura estaba, que había previsto la forma en que abriría la puerta para decirle adiós con la mano[12]. «No lo van a traer por la calle —insistía José Arcadio—, con sólo seis soldados asustados, sabiendo que la gente está dispuesta a todo.» Indiferente a la lógica de su marido, Rebeca continuaba en la ventana.

—Ya verás que son así de brutos —decía.

El martes a las cinco de la mañana José Arcadio había tomado el café y soltado los perros, cuando Rebeca cerró la ventana y se agarró de la cabecera de la cama para no caer. «Ahí lo traen», suspiró. «Qué hermoso está.» José Arcadio se asomó a la ventana, y lo vio, trémulo en la claridad del alba, con unos pantalones que habían sido suyos en la juventud. Estaba ya de espaldas al muro y tenía las manos apoyadas en la cintura porque los nudos ardientes de las axilas le impedían bajar los brazos. «Tanto joderse uno», murmuraba el coronel Aureliano Buendía. «Tanto joderse para que lo maten a uno seis maricas sin poder hacer nada.» Lo repetía con tanta rabia, que casi parecía fervor, y el capitán Roque Carnicero se conmovió porque creyó que estaba rezando. Cuando el pelotón lo apuntó, la rabia se había materializado en una sustancia viscosa y amarga que le adormeció la lengua y lo obli-

---

[12] Quiere repetir el gesto que tuvo cuando fusilaron a Arcadio (pág. 219). Desde luego, la escena del fusilamiento de Aureliano se presenta como una imagen en el espejo de la muerte de Arcadio.

gó a cerrar los ojos[13]. Entonces desapareció el resplandor de aluminio del amanecer, y volvió a verse a sí mismo, muy niño, con pantalones cortos y un lazo en el cuello, y vio a su padre en una tarde espléndida conduciéndolo al interior de la carpa, y vio el hielo[14]. Cuando oyó el grito, creyó que era la orden final al pelotón. Abrió los ojos con una curiosidad de escalofrío, esperando encontrarse con la trayectoria incandescente de los proyectiles, pero sólo encontró al capitán Roque Carnicero con los brazos en alto, y a José Arcadio atravesando la calle con su escopeta pavorosa lista para disparar.

—No haga fuego —le dijo el capitán a José Arcadio—. Usted viene mandado por la Divina Providencia[15].

Allí empezó otra guerra. El capitán Roque Carnicero y sus seis hombres se fueron con el coronel Aureliano Buendía a liberar al general revolucionario Victorio Medina, condenado a muerte en Riohacha. Pensaron ganar tiempo atravesando la sierra por el camino que siguió José Arcadio Buendía para fundar a Macondo, pero antes de una semana se convencieron de que era una empresa imposible[16]. De modo que tuvieron que hacer la peligrosa ruta de las estribaciones, sin más municiones que las del pelotón de fusilamiento. Acampaban cerca de los pueblos, y uno de ellos, con un pescadito de oro en la mano, entraba disfrazado a pleno día y hacía contacto con los liberales en reposo, que a la mañana siguiente salían a cazar y no regresaban nunca. Cuando avistaron a Riohacha desde un recodo de la sierra, el general Victorio Medina había sido fusilado. Los hombres del coronel

---

[13] La materialización de sentimientos, pensamientos y demás entidades inmateriales, es un proceso recurrente en *C.A.S.* Para un análisis y más ejemplos, véase M. Vargas Llosa, págs. 610-612.

[14] Se repite pormenorizada la escena de apertura de la novela.

[15] «Esta ejecución —o no-ejecución— es la inquietante experiencia de la cual el coronel Aureliano Buendía sale alterado por completo. Desde este momento, inicio de otra guerra civil, hasta su muerte, vive sin sentir ninguna de las ordinarias emociones humanas.» (M. Palencia-Roth, pág. 85.)

[16] Compárese: «Años después, durante la segunda guerra civil, el coronel Aureliano Buendía trató de hacer aquella misma ruta para tomarse a Riohacha por sorpresa, y a los seis días de viaje comprendió que era una locura» (pág. 109). Lo que era posible en los tiempos míticos ya no lo es en los tiempos históricos.

Aureliano Buendía lo proclamaron jefe de las fuerzas revolucionarias del litoral del Caribe, con el grado de general. Él asumió el cargo, pero rechazó el ascenso, y se puso a sí mismo la condición de no aceptarlo mientras no derribaran el régimen conservador. Al cabo de tres meses habían logrado armar a más de mil hombres, pero fueron exterminados. Los sobrevivientes alcanzaron la frontera oriental[17]. La próxima vez que se supo de ellos habían desembarcado en el Cabo de la Vela[18], procedentes del archipiélago de las Antillas, y un parte del gobierno divulgado por telégrafo y publicado en bandos jubilosos por todo el país anunció la muerte del coronel Aureliano Buendía. Pero dos días después, un telegrama múltiple que casi le dio alcance al anterior, anunciaba otra rebelión en los llanos del sur. Así empezó la leyenda de la ubicuidad del coronel Aureliano Buendía[19]. Informaciones simultáneas y contradictorias lo declaraban victorioso en Villanueva, derrotado en Guacamayal[20], devorado por los indios Motilones, muerto en una aldea de la ciénaga y otra vez sublevado en Urumita. Los dirigentes liberales que en aquel momento estaban negociando una participación en el parlamento, lo señalaron como un aventurero sin representación de partido. El gobierno nacional lo asimiló a la categoría de bandolero y puso a su cabeza un precio de cinco mil pesos. Al cabo de dieciséis derrotas, el coronel Aureliano Buendía salió de la Guajira con dos mil indígenas bien armados, y la guarnición sorprendida durante el sueño abandonó Riohacha. Allí estableció su cuartel general, y proclamó la guerra total contra el régimen[21]. La primera notificación que recibió

---

[17] O sea, el este de la Guajira.

[18] *Cabo de la Vela:* cabo del litoral atlántico de Colombia.

[19] «La 'ubicuidad' de la guerra real se convierte en la novela en la 'ubicuidad' del coronel Aureliano Buendía.» (M. Vargas Llosa, pág. 124, quien cita a este propósito al historiador de la guerra de los mil días, Joaquín Tamayo, *La revolución de 1899,* Bogotá, Ed. Cramos, 1938, pág. 162.)

[20] *Guacamayal:* lugar citado en *Los funerales de la Mamá Grande* (las prostitutas de Guacamayal, *Fun.,* pág. 127) y en *El mar del tiempo perdido* (el ahogado de Guacamayal, *Er.,* pág. 24).

[21] Rechazado por su propio partido, Aureliano ataca al sistema de gobierno en conjunto. Lo que le mueve no es el combate partidista sino la injusticia. Véase pág. 197, nota 41.

del gobierno fue la amenaza de fusilar al coronel Gerineldo Márquez en el término de cuarenta y ocho horas, si no se replegaba con sus fuerzas hasta la frontera oriental. El coronel Roque Carnicero, que entonces era jefe de su estado mayor, le entregó el telegrama con un gesto de consternación, pero él lo leyó con imprevisible alegría.

—¡Qué bueno! —exclamó—. Ya tenemos telégrafo en Macondo[22].

Su respuesta fue terminante. En tres meses esperaba establecer su cuartel general en Macondo. Si entonces no encontraba vivo al coronel Gerineldo Márquez, fusilaría sin fórmula de juicio a toda la oficialidad que tuviera prisionera en ese momento, empezando por los generales, e impartiría órdenes a sus subordinados para que procedieran en igual forma hasta el término de la guerra. Tres meses después, cuando entró victorioso a Macondo, el primer abrazo que recibió en el camino de la ciénaga fue el del coronel Gerineldo Márquez.

La casa estaba llena de niños. Úrsula había recogido a Santa Sofía de la Piedad, con la hija mayor y un par de gemelos que nacieron cinco meses después del fusilamiento de Arcadio[23]. Contra la última voluntad del fusilado, bautizó a la niña con el nombre de Remedios. «Estoy segura que eso fue lo que Arcadio quiso decir», alegó[24]. «No la pondremos Úrsula, porque se sufre mucho con ese nombre.» A los gemelos les puso José Arcadio Segundo y Aureliano Segundo[25]. Amaranta se hizo cargo de todos. Colocó asientos de madera en la sala, y estableció un parvulario con otros niños de familias vecinas. Cuando regresó el coronel Aureliano Buen-

---

[22] Alusión a Gabriel Eligio García, padre del novelista y telegrafista de Aracataca, quien, cuando llegó al pueblo, era conservador (véase *El olor de la guayaba*, pág. 9).

[23] Ese par de gemelos nacidos sustituyen a los hijos de Aureliano y Remedios que nunca nacieron (véanse págs. 181-182). Se desplaza definitivamente la estirpe hacia la descendencia ilegítima.

[24] No se cumple la última voluntad expresada de Arcadio (pág. 218) pero sí la oculta y es Úrsula quien descifra la intención del fusilado (véanse págs. 219-220).

[25] Sobre este punto sólo se cumple parte de la voluntad de Arcadio quien, desprovisto del don de la adivinación, no pudo prever el nacimiento de gemelos.

día, entre estampidos de cohetes y repiques de campanas, un coro infantil le dio la bienvenida en la casa. Aureliano José, largo como su abuelo[26], vestido de oficial revolucionario, le rindió honores militares.

No todas las noticias eran buenas. Un año después de la fuga del coronel Aureliano Buendía, José Arcadio y Rebeca se fueron a vivir en la casa construida por Arcadio. Nadie se enteró de su intervención para impedir el fusilamiento. En la casa nueva, situada en el mejor rincón de la plaza, a la sombra de un almendro privilegiado con tres nidos de petirrojos, con una puerta grande para las visitas y cuatro ventanas para la luz, establecieron un hogar hospitalario. Las antiguas amigas de Rebeca, entre ellas cuatro hermanas Moscote que continuaban solteras, reanudaron las sesiones de bordado interrumpidas años antes en el corredor de las begonias. José Arcadio siguió disfrutando de las tierras usurpadas, cuyos títulos fueron reconocidos por el gobierno conservador. Todas las tardes se le veía regresar a caballo, con sus perros montunos y su escopeta de dos cañones, y un sartal de conejos colgados en la montura. Una tarde de septiembre, ante la amenaza de una tormenta, regresó a casa más temprano que de costumbre. Saludó a Rebeca en el comedor, amarró los perros en el patio, colgó los conejos en la cocina para salarlos más tarde y fue al dormitorio a cambiarse de ropa. Rebeca declaró después que cuando su marido entró al dormitorio ella se encerró en el baño y no se dio cuenta de nada. Era una versión difícil de creer, pero no había otra más verosímil, y nadie pudo concebir un motivo para que Rebeca asesinara al hombre que la había hecho feliz. Ese fue tal vez el único misterio que nunca se esclareció en Macondo[27]. Tan pronto como José Arcadio cerró la puerta del dormitorio, el estampido de un pistoletazo retumbó en la casa. Un hilo de sangre

---

[26] En el juego de repeticiones y revivencias, el hijo de Aureliano reproduce el aspecto del fundador.

[27] En efecto, casi todos los misterios de Macondo llegan a descifrarse (lo que no quiere decir que todos se entienden ni que todos los entienden) limitando el sentido de *misterio* al de enigma policiaco; nunca se conocerá la verdad sobre la muerte de José Arcadio, hijo. El narrador de *C.A.S.*, pues, no es totalmente omnisciente.

salió por debajo de la puerta, atravesó la sala, salió a la calle, siguió en un curso directo por los andenes[28] disparejos, descendió escalinatas abajo, subió pretiles, pasó de largo por la Calle de los Turcos, dobló una esquina a la derecha y otra a la izquierda, volteó en ángulo recto frente a la casa de los Buendía, pasó por debajo de la puerta cerrada, atravesó la sala de visitas pegado a las paredes para no manchar los tapices, siguió por la otra sala, eludió en una curva amplia la mesa del comedor, avanzó por el corredor de las begonias y pasó sin ser visto por debajo de la silla de Amaranta que daba una lección de aritmética a Aureliano José, y se metió por el granero y apareció en la cocina donde Úrsula se disponía a partir treinta y seis huevos para el pan[29].

—¡Ave María Purísima! —gritó Úrsula.

Siguió el hilo de sangre en sentido contrario, y en busca de su origen atravesó el granero, pasó por el corredor de las begonias donde Aureliano José cantaba que tres y tres son seis y seis y tres son nueve, y atravesó el comedor y las salas y siguió en línea recta por la calle, y dobló luego a la derecha y después a la izquierda hasta la Calle de los Turcos, sin recordar que todavía llevaba puestos el delantal de hornear y las babuchas caseras, y salió a la plaza y se metió por la puerta de una casa donde no había estado nunca, y empujó la puerta del dormitorio y casi se ahogó con el olor a pólvora quemada, y encontró a José Arcadio tirado boca abajo en el suelo sobre las polainas que se acababa de quitar, y vio el cabo original del hilo de sangre que ya había dejado de fluir de su oído derecho. No encontraron ninguna herida en su cuerpo ni pudieron localizar el arma. Tampoco fue posible quitar el penetrante olor a pólvora del cadáver. Primero lo lavaron tres veces con jabón y estropajo, después lo frotaron con sal y vinagre, luego con ceniza y limón, y por último lo

---

[28] *Andén:* «Orilla de la calle, algo más elevada que la calzada [...]» *(Nuevo diccionario de americanismos,* t. I, pág. 20a).
[29] En esa carrera de la sangre de José Arcadio, se advierten unos de los principales recursos estilísticos de la novela: enumeración, exageración, vida propia de los objetos, mezcla de lo mágico y cotidiano, naturalidad de lo fantástico, etc. El significado del episodio es claro: José Arcadio, expulsado por su madre, vuelve a ella, a la casa familiar, a sus orígenes, en el momento de morir.

metieron en un tonel de lejía y lo dejaron reposar seis horas. Tanto lo restregaron que los arabescos del tatuaje empezaban a decolorarse. Cuando concibieron el recurso desesperado de sazonarlo con pimienta y comino y hojas de laurel y hervirlo un día entero a fuego lento, ya había empezado a descomponerse y tuvieron que enterrarlo a las volandas[30]. Lo encerraron herméticamente en un ataúd especial de dos metros y treinta centímetros de largo por un metro y diez centímetros de ancho, reforzado por dentro con planchas de hierro y atornillado con pernos de acero, y aun así se percibía el olor en las calles por donde pasó el entierro. El padre Nicanor, con el hígado hinchado y tenso como un tambor, le echó la bendición desde la cama[31]. Aunque en los meses siguientes reforzaron la tumba con muros superpuestos y echaron entre ellos ceniza apelmazada, aserrín y cal viva, el cementerio siguió oliendo a pólvora hasta muchos años después, cuando los ingenieros de la compañía bananera recubrieron la sepultura con una coraza de hormigón[32]. Tan pronto como sacaron el cadáver, Rebeca cerró las puertas de su casa y se enterró en vida, cubierta con una gruesa costra de desdén que ninguna tentación terrenal consiguió romper. Salió a la calle en una ocasión, ya muy vieja, con unos zapatos color de plata antigua y un sombrero de flores minúsculas, por la época en que pasó por el pueblo el Judío Errante y provocó un calor tan intenso que los pájaros rompían las alambreras de las ventanas para morir en los dormitorios[33]. La última vez que alguien la vio con vida fue cuando mató de un tiro certero a un ladrón que trató de forzar la puerta de

---

[30] *A las volandas:* 'en volandas'.

[31] El padre Nicanor falla por segunda vez: ya no pudo ayudar a Úrsula, «postrado por una calentura hepática» (pág. 222).

[32] El motivo del «sepulcro blindado» volverá a aparecer en el cuento *Blacamán el bueno vendedor de milagros (Er.,* pág. 94).

[33] La invasión de los pájaros había sido contada ya en un cuento de *Los funerales de la Mamá Grande, Un día después del sábado,* «cuya historia está retomada y redondeada. *Cien años de soledad* da una explicación real imaginaria del suceso misterioso del cuento» (M. Vargas Llosa, pág. 489). Sobre la figura folklórica y mitológica del Judío Errante, véase *GGM, coetáneo de la eternidad,* pág. 48.

su casa[34]. Salvo Argénida, su criada y confidente, nadie volvió a tener contacto con ella desde entonces. En un tiempo se supo que escribía cartas al Obispo, a quien consideraba como su primo hermano, pero nunca se dijo que hubiera recibido respuesta. El pueblo la olvidó.

A pesar de su regreso triunfal, el coronel Aureliano Buendía no se entusiasmaba con las apariencias. Las tropas del gobierno abandonaban las plazas sin resistencia, y eso suscitaba en la población liberal una ilusión de victoria que no convenía defraudar, pero los revolucionarios conocían la verdad, y más que nadie el coronel Aureliano Buendía. Aunque en ese momento mantenía más de cinco mil hombres bajo su mando y dominaba dos estados del litoral, tenía conciencia de estar acorralado contra el mar, y metido en una situación política tan confusa que cuando ordenó restaurar la torre de la iglesia desbaratada por un cañonazo del ejército, el padre Nicanor comentó en su lecho de enfermo: «Esto es un disparate: los defensores de la fe de Cristo destruyen el templo y los masones lo mandan componer»[35]. Buscando una tronera de escape pasaba horas y horas en la oficina telegráfica, conferenciando con los jefes de otras plazas, y cada vez salía con la impresión más definida de que la guerra estaba estancada. Cuando se recibían noticias de nuevos triunfos liberales se proclamaban con bandos de júbilo, pero él medía en los mapas su verdadero alcance, y comprendía que sus huestes estaban penetrando en la selva, defendiéndose de la malaria y los mosquitos, avanzando en sentido contrario al de la realidad[36]. «Estamos perdiendo el tiempo», se quejaba ante sus oficiales. «Estaremos perdiendo el tiempo mientras los cabro-

---

[34] Integración en *C.A.S.* de un acontecimiento contado en otro cuento de *Fun.*, *La siesta del martes*, donde una tal viuda Rebeca mataba de un balazo a un supuesto ladrón, Carlos Centeno. Sobre la relación detallada entre cuento y novela, véase M. Vargas Llosa, págs. 487-488.

[35] En verdad no es un disparate: es una inversión, normal en *C.A.S.*, del curso regular de la vida; por otra parte ya vimos que la frontera entre conservadores y liberales es más bien borrosa y que Aureliano es todo lo contrario de un liberal dogmático.

[36] Otra vez el texto nos da una clave de lectura enunciando precisamente un acto de lectura (leer mapas).

nes del partido están mendigando un asiento en el congreso.» En noches de vigilia, tendido bocarriba en la hamaca que colgaba en el mismo cuarto en que estuvo condenado a muerte, evocaba la imagen de los abogados vestidos de negro[37] que abandonaban el palacio presidencial en el hielo de la madrugada con el cuello de los abrigos levantado hasta las orejas, frotándose las manos, cuchicheando, refugiándose en los cafetines lúgubres del amanecer, para especular sobre lo que quiso decir el presidente cuando dijo que sí, o lo que quiso decir cuando dijo que no, y para suponer inclusive lo que el presidente estaba pensando cuando dijo una cosa enteramente distinta, mientras él espantaba mosquitos a treinta y cinco grados de temperatura, sintiendo aproximarse el alba temible en que tendría que dar a sus hombres la orden de tirarse al mar.

Una noche de incertidumbre en que Pilar Ternera cantaba en el patio con la tropa, él pidió que le leyera el porvenir en las barajas. «Cuídate la boca», fue todo lo que sacó en claro Pilar Ternera después de extender y recoger los naipes tres veces. «No sé lo que quiere decir, pero la señal es muy clara: cuídate la boca.» Dos días después alguien le dio a un ordenanza un tazón de café sin azúcar, y el ordenanza se lo pasó a otro, y éste a otro, hasta que llegó de mano en mano al despacho del coronel Aureliano Buendía. No había pedido café, pero ya que estaba ahí, el coronel se lo tomó. Tenía una carga de nuez vómica suficiente para matar un caballo[38]. Cuando lo llevaron a su casa estaba tieso y arqueado y tenía la lengua partida entre los dientes. Úrsula se lo disputó a la muerte. Después de limpiarle el estómago con vomitivos, lo envolvió en frazadas calientes y le dio claras de huevos durante dos días, hasta que el cuerpo estragado recobró la temperatura normal. Al cuarto día estaba fuera de peligro. Con

---

[37] *Los abogados vestidos de negro:* figura recurrente, siempre displicente, en la narrativa de GGM.

[38] Sin clave, ni Pilar ni Aureliano pueden descifrar el presagio de las barajas. En cambio sí el lector de *C.A.S.* quien, mediante el proceso de la anticipación narrativa, ya sabe que el coronel Aureliano Buendía «sobrevivió a una carga de estricnina en el café que habría bastado para matar a un caballo» (pág. 200).

tra su voluntad, presionado por Úrsula y los oficiales, permaneció en la cama una semana más. Sólo entonces supo que no habían quemado sus versos. «No me quise precipitar», le explicó Úrsula. «Aquella noche, cuando iba a prender el horno, me dije que era mejor esperar que trajeran el cadáver.» En la neblina de la convalecencia, rodeado de las polvorientas muñecas de Remedios, el coronel Aureliano Buendía evocó en la lectura de sus versos los instantes decisivos de su existencia. Volvió a escribir. Durante muchas horas, al margen de los sobresaltos de una guerra sin futuro, resolvió en versos rimados sus experiencias a la orilla de la muerte. Entonces sus pensamientos se hicieron tan claros, que pudo examinarlos al derecho y al revés[39]. Una noche le preguntó al coronel Gerineldo Márquez:

—Dime una cosa, compadre: ¿por qué estás peleando?

—Por qué ha de ser, compadre —contestó el coronel Gerineldo Márquez—: por el gran partido liberal.

—Dichoso tú que lo sabes —contestó él—. Yo, por mi parte, apenas ahora me doy cuenta que estoy peleando por orgullo[40].

—Eso es malo —dijo el coronel Gerineldo Márquez.

Al coronel Aureliano Buendía le divirtió su alarma. «Naturalmente», dijo. «Pero en todo caso, es mejor eso, que no saber por qué se pelea.» Lo miró a los ojos, y agregó sonriendo:

—O que pelear como tú por algo que no significa nada para nadie.

Su orgullo le había impedido hacer contactos con los grupos armados del interior del país mientras los dirigentes del partido no rectificaran en público su declaración de que era un bandolero. Sabía, sin embargo, que tan pronto como pusiera de lado esos escrúpulos rompería el círculo vicioso de la guerra. La convalecencia le permitió reflexionar. Entonces consiguió que Úrsula le diera el resto de la herencia enterra-

---

[39] Véase pág. 229, nota 15. Es significativo que la consecución de la lucidez y conocimiento agudo de sí mismo, consecuencia de la experiencia de la muerte, se relacione con la práctica de la poesía.

[40] O sea, que la motivación inicial de Aureliano para luchar (toma de conciencia de la injusticia) ha sufrido una degradación sustancial.

da y sus cuantiosos ahorros; nombró al coronel Gerineldo Márquez jefe civil y militar de Macondo, y se fue a establecer contacto con los grupos rebeldes del interior.

El coronel Gerineldo Márquez no sólo era el hombre de más confianza del coronel Aureliano Buendía, sino que Úrsula lo recibía como un miembro de la familia[41]. Frágil, tímido, de una buena educación natural, estaba sin embargo mejor constituido para la guerra que para el gobierno. Sus asesores políticos lo enredaban con facilidad en laberintos teóricos. Pero consiguió imponer en Macondo el ambiente de paz rural con que soñaba el coronel Aureliano Buendía para morirse de viejo fabricando pescaditos de oro. Aunque vivía en casa de sus padres, almorzaba donde Úrsula dos o tres veces por semana. Inició a Aureliano José en el manejo de las armas de fuego, le dio una instrucción militar prematura y durante varios meses lo llevó a vivir al cuartel[42], con el consentimiento de Úrsula, para que se fuera haciendo hombre. Muchos años antes, siendo casi un niño, Gerineldo Márquez había declarado su amor a Amaranta. Ella estaba entonces tan ilusionada con su pasión solitaria por Pietro Crespi, que se rió de él. Gerineldo Márquez esperó. En cierta ocasión le envió a Amaranta un papelito desde la cárcel, pidiéndole el favor de bordar una docena de pañuelos de batista con las iniciales de su padre[43]. Le mandó el dinero. Al cabo de una semana, Amaranta le llevó a la cárcel la docena de pañuelos bordados, junto con el dinero, y se quedaron varias horas hablando del pasado. «Cuando salga de aquí me casaré contigo», le dijo Gerineldo Márquez al despedirse. Amaranta se rió, pero siguió pensando en él mientras enseñaba a leer a los niños, y deseó revivir para él su pasión juvenil por Pietro Crespi. Los sábados, día de visita a los presos, pasaba por casa de los padres de Gerineldo Márquez y los acompa-

---

[41] Se verifica que al «inventar» a Gerineldo Márquez, el novelista se integra en la familia ficticia.

[42] Esa «instrucción militar prematura» explica el hecho de que Aureliano José, «vestido de oficial revolucionario, le rindió honores militares» a su padre (pág. 232).

[43] Recuérdese que Gerineldo Márquez llevaba el mismo nombre que su padre (pág. 157). Pues, le manda bordar sus propias iniciales.

ñaba a la cárcel. Uno de esos sábados, Úrsula se sorprendió al verla en la cocina, esperando a que salieran los bizcochos del horno para escoger los mejores y envolverlos en una servilleta que había bordado para la ocasión.

—Cásate con él —le dijo—. Difícilmente encontrarás otro hombre como ese.

Amaranta fingió una reacción de disgusto.

—No necesito andar cazando hombres —replicó—. Le llevo estos bizcochos a Gerineldo porque me da lástima que tarde o temprano lo van a fusilar.

Lo dijo sin pensarlo, pero fue por esa época que el gobierno hizo pública la amenaza de fusilar al coronel Gerineldo Márquez si las fuerzas rebeldes no entregaban Riohacha. Las visitas se suspendieron. Amaranta se encerró a llorar, agobiada por un sentimiento de culpa semejante al que la atormentó cuando murió Remedios, como si otra vez hubieran sido sus palabras irreflexivas las responsables de una muerte. Su madre la consoló. Le aseguró que el coronel Aureliano Buendía haría algo por impedir el fusilamiento, y prometió que ella misma se encargaría de atraer a Gerineldo Márquez, cuando terminara la guerra. Cumplió la promesa antes del término previsto. Cuando Gerineldo Márquez volvió a la casa investido de su nueva dignidad de jefe civil y militar, lo recibió como a un hijo, concibió exquisitos halagos para retenerlo, y rogó con todo el ánimo de su corazón que recordara su propósito de casarse con Amaranta. Sus súplicas parecían certeras. Los días en que iba a almorzar a la casa, el coronel Gerineldo Márquez se quedaba la tarde en el corredor de las begonias jugando damas chinas con Amaranta. Úrsula les llevaba café con leche y bizcochos y se hacía cargo de los niños para que no les molestaran. Amaranta, en realidad, se esforzaba por encender en su corazón las cenizas olvidadas de su pasión juvenil. Con una ansiedad que llegó a ser intolerable, esperó los días de almuerzos, las tardes de damas chinas, y el tiempo se le iba volando en compañía de aquel guerrero de nombre nostálgico[44] cuyos dedos temblaban imper-

---

[44] Probablemente por el recuerdo de *Gerineldo* del romance español *(Levantóse Gerineldo)*, prototipo del enamorado emprendedor e imprudente.

ceptiblemente al mover las fichas. Pero el día en que el coronel Gerineldo Márquez le reiteró su voluntad de casarse, ella lo rechazó.

—No me casaré con nadie —le dijo—, pero menos contigo. Quieres tanto a Aureliano que te vas a casar conmigo porque no puedes casarte con él.

El coronel Gerineldo Márquez era un hombre paciente. «Volveré a insistir», dijo. «Tarde o temprano te convenceré.» Siguió visitando la casa. Encerrada en el dormitorio, mordiendo un llanto secreto, Amaranta se metía los dedos en los oídos para no escuchar la voz del pretendiente que le contaba a Úrsula las últimas noticias de la guerra, y a pesar de que se moría por verlo, tuvo fuerzas para no salir a su encuentro.

El coronel Aureliano Buendía disponía entonces de tiempo para enviar cada dos semanas un informe pormenorizado a Macondo. Pero sólo una vez, casi ocho meses después de haberse ido, le escribió a[45] Úrsula. Un emisario especial llevó a la casa un sobre lacrado, dentro del cual había un papel escrito con la caligrafía preciosista del coronel: *Cuiden mucho a papá porque se va a morir.* Úrsula se alarmó. «Si Aureliano lo dice, Aureliano lo sabe», dijo[46]. Y pidió ayuda para llevar a José Arcadio Buendía a su dormitorio. No sólo era tan pesado como siempre, sino que en su prolongada estancia bajo el castaño había desarrollado la facultad de aumentar de peso voluntariamente, hasta el punto de que siete hombres no pudieron con él y tuvieron que llevarlo a rastras a la cama. Un tufo de hongos tiernos, de flor de palo de antigua y reconcentrada intemperie impregnó el aire del dormitorio cuando empezó a respirarlo el viejo colosal macerado por el sol y la lluvia. Al día siguiente no amaneció en la cama. Después de buscarlo por todos los cuartos, Úrsula lo encontró otra vez bajo el castaño. Entonces lo amarraron a la cama. A pesar de su fuerza intacta, José Arcadio Buendía no estaba en condiciones de luchar. Todo le daba lo mismo. Si volvió al casta-

---

[45] En la edición original, pág. 123, falta la *a*, que el contexto exige. La edición de «Selecciones Austral», pág. 118, no corrige.

[46] Úrsula ya no puede sino confiar en los presagios de Aureliano desde la llegada pronosticada de Rebeca (pág. 129).

ño no fue por su voluntad sino por una costumbre del cuerpo. Úrsula lo atendía, le daba de comer, le llevaba noticias de Aureliano. Pero en realidad, la única persona con quien él podía tener contacto desde hacía mucho tiempo, era Prudencio Aguilar[47]. Ya casi pulverizado por la profunda decrepitud de la muerte[48], Prudencio Aguilar iba dos veces al día a conversar con él. Hablaban de gallos. Se prometían establecer un criadero de animales magníficos, no tanto por disfrutar de unas victorias que entonces no les harían falta, sino por tener algo con qué distraerse en los tediosos domingos de la muerte. Era Prudencio Aguilar quien lo limpiaba, le daba de comer y le llevaba noticias espléndidas de un desconocido que se llamaba Aureliano y que era coronel en la guerra. Cuando estaba solo, José Arcadio Buendía se consolaba con el sueño de los cuartos infinitos. Soñaba que se levantaba de la cama, abría la puerta y pasaba a otro cuarto igual, con la misma cama de cabecera de hierro forjado, el mismo sillón de mimbre y el mismo cuadrito de la Virgen de los Remedios en la pared del fondo. De ese cuarto pasaba a otro exactamente igual, cuya puerta abría para pasar a otro exactamente igual, y luego a otro exactamente igual, hasta el infinito. Le gustaba irse de cuarto en cuarto, como en una galería de espejos paralelos, hasta que Prudencio Aguilar le tocaba el hombro. Entonces regresaba de cuarto en cuarto, despertando hacia atrás, recorriendo el camino inverso, y encontraba a Prudencio Aguilar en el cuarto de la realidad[49]. Pero una noche, dos semanas después de que lo llevaron a la cama, Prudencio Aguilar le tocó el hombro en un cuarto intermedio, y él se quedó allí para siempre, creyendo que era el cuarto real. A la mañana siguiente Úrsula le llevaba el desayuno cuando vio acercarse un hombre por el corredor. Era pequeño y macizo, con un traje de paño negro y un sombrero también ne-

---

[47] O sea, con la persona cuya muerte le obsesionó toda la vida.

[48] Prudencio Aguilar se acerca cada vez más a esta segunda muerte que está dentro de la muerte.

[49] «Lo que ocurre a José Arcadio en el sueño, le ocurre al lector en *Cien años de soledad:* este mundo está construido a base de unidades que se repiten y que tienen la simetría de esos cuartos paralelos.» (M. Vargas Llosa, página 601.)

gro, enorme, hundido hasta los ojos taciturnos. «Dios mío», pensó Úrsula. «Hubiera jurado que era Melquíades.» Era Cataure, el hermano de Visitación, que había abandonado la casa huyendo de la peste del insomnio, y de quien nunca se volvió a tener noticia. Visitación le preguntó por qué había vuelto, y él le contestó en su lengua solemne:

—He venido al sepelio del rey[50].

Entonces entraron al cuarto de José Arcadio Buendía, lo sacudieron con todas sus fuerzas, le gritaron al oído, le pusieron un espejo frente a las fosas nasales, pero no pudieron despertarlo. Poco después, cuando el carpintero le tomaba las medidas para el ataúd, vieron a través de la ventana que estaba cayendo una llovizna de minúsculas flores amarillas. Cayeron toda la noche sobre el pueblo en una tormenta silenciosa, y cubrieron los techos y atascaron las puertas, y sofocaron a los animales que durmieron a la intemperie. Tantas flores cayeron del cielo, que las calles amanecieron tapizadas de una colcha compacta, y tuvieron que despejarlas con palas y rastrillos para que pudiera pasar el entierro[51].

---

[50] La muerte del fundador (el rey de los mitos de las fundaciones) remite a los tiempos de los orígenes: apariciones de Prudencio Aguilar, reaparición del indio Cataure (el habitante primitivo del país), sueño de la galería de «espejos»... Se cierra definitivamente el círculo narrativo de la fundación de Macondo. Esta vez el narrador traduce inmediatamente las palabras de Cataure: descifra la letra aunque no el sentido de la frase del indio.

[51] Más allá de la referencia personal [«Mientras haya flores amarillas nada malo puede ocurrirme. Para estar seguro necesito tener flores amarillas (de preferencia rosas amarillas) o estar rodeado de mujeres», *El olor de la guayaba*, pág. 166], la lluvia de flores amarillas tiene una función de estructuración narrativa. No puede separarse de otras lluvias fantásticas (diluvio, pájaros, muertos, etc.), se relaciona con la muerte de Melquíades (el primer muerto de Macondo) y el «vaso con la dentadura postiza donde habían prendido unas plantitas acuáticas de minúsculas flores amarillas» (pág. 165), anuncia la «nube de mariposas amarillas» que rodeará a otro personaje (véase mi artículo en *Actas del Simposio Internacional de Estudios Hispánicos*, Budapest, 1978). Para una interpretación supersofisticada de la muerte del fundador (José Arcadio = Cristo = rey; flores amarillas = santidad y salvación), véase G. Maturo, pág. 121.

Sentada en el mecedor de mimbre, con la labor interrumpida en el regazo, Amaranta contemplaba a Aureliano José con el mentón embadurnado de espuma, afilando la navaja barbera en la penca para afeitarse por primera vez. Se sangró las espinillas, se cortó el labio superior tratando de modelarse un bigote de pelusas rubias, y después de todo quedó igual que antes, pero el laborioso proceso le dejó a Amaranta la impresión de que en aquel instante había empezado a envejecer.

—Estás idéntico a Aureliano cuando tenía tu edad —dijo—. Ya eres un hombre.

Lo era desde hacía mucho tiempo, desde el día ya lejano en que Amaranta creyó que aún era un niño y siguió desnudándose en el baño delante de él, como lo había hecho siempre, como se acostumbró a hacerlo desde que Pilar Ternera se lo entregó para que acabara de criarlo. La primera vez que él la vio, lo único que le llamó la atención fue la profunda depresión entre los senos. Era entonces tan inocente que le preguntó qué le había pasado, y Amaranta fingió excavarse el pecho con la punta de los dedos y contestó: «Me sacaron tajadas y tajadas y tajadas.» Tiempo después, cuando ella se restableció del suicidio de Pietro Crespi y volvió a bañarse con Aureliano José, éste ya no se fijó en la depresión, sino que experimentó un estremecimiento desconocido ante la visión de los senos espléndidos de pezones morados[1]. Siguió exami-

---

[1] Así como hay varias clases de soledades y muertes, las hay de incestos. El de Amaranta y Aureliano José ilustra la variedad tía-sobrino. «Aureliano José conociendo a sus padres como tales, se vincula sexualmente con su madre *adoptiva* y tiene un padre adoptivo figurado que lo inicia (ésa es la función del padre en *Cien años*) en la carrera militar: Gerineldo Márquez, amigo y compañero de su padre Aureliano.» (J. Ludmer, pág. 69.)

nándola, descubriendo palmo a palmo el milagro de su intimidad, y sintió que su piel se erizaba en la contemplación, como se erizaba la piel de ella al contacto del agua. Desde muy niño tenía la costumbre de abandonar la hamaca para amanecer en la cama de Amaranta, cuyo contacto tenía la virtud de disipar el miedo a la oscuridad. Pero desde el día en que tuvo conciencia de su desnudez, no era el miedo a la oscuridad lo que le impulsaba a meterse en su mosquitero, sino el anhelo de sentir la respiración tibia de Amaranta al amanecer. Una madrugada, por la época en que ella rechazó al coronel Gerineldo Márquez, Aureliano José despertó con la sensación de que le faltaba el aire. Sintió los dedos de Amaranta como unos gusanitos calientes y ansiosos que buscaban su vientre. Fingiendo dormir cambió de posición para eliminar toda dificultad, y entonces sintió la mano sin la venda negra buceando como un molusco ciego entre las algas de su ansiedad[2]. Aunque aparentaron ignorar lo que ambos sabían, y lo que cada uno sabía que el otro sabía, desde aquella noche quedaron mancornados por una complicidad inviolable. Aureliano José no podía conciliar el sueño mientras no escuchaba el valse de las doce en el reloj de la sala, y la madura doncella cuya piel empezaba a entristecer no tenía un instante de sosiego mientras no sentía deslizarse en el mosquitero aquel sonámbulo que ella había criado, sin pensar que sería un paliativo para su soledad[3]. Entonces no sólo durmieron juntos, desnudos, intercambiando caricias agotadoras, sino que se perseguían por los rincones de la casa y se encerraban en los dormitorios a cualquier hora, en un permanente estado de exaltación sin alivio. Estuvieron a punto de ser sorprendidos por Úrsula, una tarde en que entró al granero cuando ellos empezaban a besarse. «¿Quieres mucho a tu tía?», le preguntó ella de un modo inocente a Aureliano José. Él contestó que sí. «Haces bien», concluyó Úrsula, y acabó de medir la harina para el pan y regresó a la cocina.

---

[2] Esta nueva escena de iniciación sexual se caracteriza estilísticamente por la acumulación de comparaciones y metáforas animales que materializan la ansiedad compartida y el tabú del incesto.

[3] Aquí la variante sexual de la soledad femenina.

Aquel episodio sacó a Amaranta del delirio. Se dio cuenta de que había llegado demasiado lejos, de que ya no estaba jugando a los besitos con un niño, sino chapaleando en una pasión otoñal, peligrosa y sin porvenir, y la cortó de un tajo. Aureliano José, que entonces terminaba su adiestramiento militar, acabó por admitir la realidad y se fue a dormir al cuartel. Los sábados iba con los soldados a la tienda de Catarino. Se consolaba de su abrupta soledad, de su adolescencia prematura[4], con mujeres olorosas a flores muertas que él idealizaba en las tinieblas y las convertía en Amaranta mediante ansiosos esfuerzos de imaginación.

Poco después empezaron a recibirse noticias contradictorias de la guerra. Mientras el propio gobierno admitía los progresos de la rebelión, los oficiales de Macondo tenían informes confidenciales de la inminencia de una paz negociada. A principios de abril, un emisario especial se identificó ante el coronel Gerineldo Márquez. Le confirmó que, en efecto, los dirigentes del partido habían establecido contactos con jefes rebeldes del interior, y estaban en vísperas de concertar el armisticio a cambio de tres ministerios para los liberales, una representación minoritaria en el parlamento y la amnistía general para los rebeldes que depusieran las armas[5]. El emisario llevaba una orden altamente confidencial del coronel Aureliano Buendía, que estaba en desacuerdo con los términos del armisticio. El coronel Gerineldo Márquez debía seleccionar a cinco de sus mejores hombres y prepararse para abandonar con ellos el país. La orden se cumplió dentro de la más estricta reserva. Una semana antes de que se anunciara el acuerdo, y en medio de una tormenta de rumores contradictorios, el coronel Aureliano Buendía y diez oficiales de confianza, entre ellos el coronel Roque Carnicero, llegaron sigilosamente a Macondo después de la media noche, dispersaron la guarnición, enterraron las armas y destruyeron los

[4] Aureliano José, contagiado por la soledad de Amaranta y ya iniciado en el destino familiar, se caracteriza por lo prematuro de su formación (véase su «instrucción militar prematura», pág. 238)

[5] La ficción integra el tema histórico-literario de la traición de la revolución y de los pactos entre conservadores y liberales colombianos en el siglo XX.

archivos. Al amanecer habían abandonado el pueblo con el coronel Gerineldo Márquez y sus cinco oficiales. Fue una operación tan rápida y confidencial, que Úrsula no se enteró de ella sino a última hora, cuando alguien dio unos golpecitos en la ventana de su dormitorio y murmuró: «Si quiere ver al coronel Aureliano Buendía, asómese ahora mismo a la puerta.» Úrsula saltó de la cama y salió a la puerta en ropa de dormir, y apenas alcanzó a percibir el galope de la caballada que abandonaba el pueblo en medio de una muda polvareda. Sólo al día siguiente se enteró de que Aureliano José se había ido con su padre.

Diez días después de que un comunicado conjunto del gobierno y la oposición anunció el término de la guerra, se tuvieron noticias del primer levantamiento armado del coronel Aureliano Buendía en la frontera occidental. Sus fuerzas escasas y mal armadas fueron dispersadas en menos de una semana. Pero en el curso de ese año, mientras liberales y conservadores trataban de que el país creyera en la reconciliación, intentó otros siete alzamientos. Una noche cañoneó a Riohacha desde una goleta, y la guarnición sacó de sus camas y fusiló en represalia a los catorce liberales más conocidos de la población. Ocupó por más de quince días una aduana fronteriza, y desde allí dirigió a la nación un llamado a la guerra general. Otra de sus expediciones se perdió tres meses en la selva, en una disparatada tentativa de atravesar más de mil quinientos kilómetros de territorios vírgenes para proclamar la guerra en los suburbios de la capital. En cierta ocasión estuvo a menos de veinte kilómetros de Macondo, y fue obligado por las patrullas del gobierno a internarse en las montañas muy cerca de la región encantada donde su padre encontró muchos años antes el fósil de un galeón español[6].

Por esa época murió Visitación. Se dio el gusto de morirse de muerte natural, después de haber renunciado a un trono por temor al insomnio, y su última voluntad fue que desen-

---

[6] El anuncio del acontecimiento era mucho más detallado: «Muchos años después, el coronel Aureliano Buendía volvió a atravesar la región, cuando era ya una ruta regular del correo, y lo único que encontró de la nave fue el costillar carbonizado en medio de un campo de amapolas» (pág. 96).

terraran de debajo de su cama el sueldo ahorrado en más de veinte años, y se lo mandaran al coronel Aureliano Buendía para que siguiera la guerra. Pero Úrsula no se tomó el trabajo de sacar ese dinero, porque en aquellos días se rumoreaba que el coronel Aureliano Buendía había sido muerto en un desembarco cerca de la capital provincial. El anuncio oficial —el cuarto en menos de dos años— fue tenido por cierto durante casi seis meses, pues nada volvió a saberse de él. De pronto, cuando ya Úrsula y Amaranta habían superpuesto un nuevo luto a los anteriores, llegó una noticia insólita. El coronel Aureliano Buendía estaba vivo, pero aparentemente había desistido de hostigar al gobierno de su país, y se había sumado al federalismo triunfante en otras repúblicas del Caribe. Aparecía con nombres distintos cada vez más lejos de su tierra. Después había de saberse que la idea que entonces le animaba era la unificación de las fuerzas federalistas de la América Central, para barrer con los regímenes conservadores desde Alaska hasta la Patagonia[7]. La primera noticia directa que Úrsula recibió de él, varios años después de haberse ido, fue una carta arrugada y borrosa que le llegó de mano en mano desde Santiago de Cuba[8].

—Lo hemos perdido para siempre —exclamó Úrsula al leerla—. Por ese camino pasará la Navidad en el fin del mundo.

La persona a quien se lo dijo, que fue la primera a quien mostró la carta, era el general conservador José Raquel Moncada, alcalde de Macondo desde que terminó la guerra. «Este Aureliano —comentó el general Moncada—, lástima que no sea conservador.» Lo admiraba de veras. Como muchos civiles conservadores, José Raquel Moncada había hecho la guerra en defensa de su partido y había alcanzado el título de general en el campo de batalla, aunque carecía de vocación militar. Al contrario, también como muchos de sus copartidarios, era an-

---

[7] Aquí parece Aureliano reencarnar el sueño de Simón Bolívar.
[8] Algunos críticos piensan que aquí hay una alusión «cifrada» al asalto del cuartel de la Moncada, en Santiago de Cuba, por Fidel Castro, el 26 de julio de 1953. Dado el nombre del general conservador, José Raquel Moncada, que aparece a continuación, la clave podría ser correcta.

timilitarista. Consideraba a la gente de armas como holgazanes sin principios, intrigantes y ambiciosos, expertos en enfrentar a los civiles para medrar en el desorden. Inteligente, simpático, sanguíneo, hombre de buen comer y fanático de las peleas de gallos, había sido en cierto momento el adversario más temible del coronel Aureliano Buendía. Logró imponer su autoridad sobre los militares de carrera en un amplio sector del litoral. Cierta vez en que se vio forzado por conveniencias estratégicas a abandonar una plaza a las fuerzas del coronel Aureliano Buendía, le dejó a éste dos cartas. En una de ellas, muy extensa, lo invitaba a una campaña conjunta para humanizar la guerra[9]. La otra carta era para su esposa, que vivía en territorio liberal, y la dejó con la súplica de hacerla llegar a su destino. Desde entonces, aun en los periodos más encarnizados de la guerra, los dos comandantes concertaron treguas para intercambiar prisioneros. Eran pausas con un cierto ambiente festivo que el general Moncada aprovechaba para enseñar a jugar ajedrez al coronel Aureliano Buendía. Se hicieron grandes amigos. Llegaron inclusive a pensar en la posibilidad de coordinar a los elementos populares de ambos partidos para liquidar la influencia de los militares y los políticos profesionales, e instaurar un régimen humanitario que aprovechara lo mejor de cada doctrina[10]. Cuando terminó la guerra, mientras el coronel Aureliano Buendía se escabullía por los desfiladeros de la subversión permanente, el general Moncada fue nombrado corregidor de Macondo. Vistió su traje civil, sustituyó a los militares por agentes de la policía desarmados, hizo respetar las leyes de

[9] «[...] la curiosa amistad entre el coronel Aureliano Buendía y el general conservador José Raquel Moncada en *C.A.S.* está inspirada directamente en la relación que se estableció en la guerra de los mil días, entre el general Uribe Uribe y su adversario, el general conservador Pedro Nel Ospina. Hay una célebre carta que escribió Uribe Uribe a Nel Ospina cuando tuvo que retirarse con sus tropas de Corozal, en noviembre de 1900 [...]» (M. Vargas Llosa, pág. 123.) En otra carta, Rafael Uribe Uribe escribe a su adversario «no perderemos esfuerzo para civilizar la guerra». (E. Santa, pág. 250.)

[10] Se verifica que, si bien Aureliano Buendía sigue haciendo la guerra «por orgullo», la empezó sin dogmatismo ideológico, sólo movido por un sentimiento de justicia y «humanitarismo».

amnistía y auxilió a algunas familias de liberales muertos en campaña. Consiguió que Macondo fuera erigido en municipio y fue por tanto su primer alcalde[11], y creó un ambiente de confianza que hizo pensar en la guerra como en una absurda pesadilla del pasado. El padre Nicanor, consumido por las fiebres hepáticas, fue reemplazado por el padre Coronel, a quien llamaban *El Cachorro*, veterano de la primera guerra federalista[12]. Bruno Crespi, casado con Amparo Moscote, y cuya tienda de juguetes e instrumentos musicales no se cansaba de prosperar, construyó un teatro, que las compañías españolas incluyeron en sus itinerarios. Era un vasto salón al aire libre, con escaños de madera, un telón de terciopelo con máscaras griegas, y tres taquillas en forma de cabezas de león por cuyas bocas abiertas se vendían los boletos. Fue también por esa época que se restauró el edificio de la escuela. Se hizo cargo de ella don Melchor Escalona, un maestro viejo mandado de la ciénaga que hacía caminar de rodillas en el patio de caliche a los alumnos desaplicados y les hacía comer ají picante a los lenguaraces, con la complacencia de los padres. Aureliano Segundo y José Arcadio Segundo, los voluntariosos gemelos de Santa Sofía de la Piedad, fueron los primeros que se sentaron en el salón de clases con sus pizarras y sus gises[13] y sus jarritos de aluminio marcados con sus nombres. Remedios, heredera de la belleza pura de su madre, empezaba a ser conocida como Remedios, la bella. A pesar del tiempo, de los lutos superpuestos y las aflicciones acumuladas, Úrsula se resistía a envejecer. Ayudada por Santa Sofía de la Piedad había dado un nuevo impulso a su industria de repostería, y no sólo recuperó en pocos años la fortuna que su hijo se gastó en la guerra, sino que volvió a atiborrar de oro puro los calabazos enterrados en el dormitorio. «Mientras Dios

---

[11] Por eso quizá tenga razón J. Ludmer, pág. 66, nota 20, al ver en *Monca da* un «posible juego con el nombre Macondo».

[12] *El Cachorro:* personaje de *La hojarasca,* «de quien sabíamos que había peleado en las guerras, pero sólo aquí se precisa en cuál [...], y ahora nos enteramos con exactitud en qué periodo de Macondo fue párroco (reemplazó al padre Nicanor Reyna y lo sucedió el padre Antonio Isabel)» (M. Vargas Llosa, págs. 482-483).

[13] *Gis:* «*Colomb.* Pizarrín.» *(D.R.A.E.)*

me dé vida —solía decir— no faltará la plata en esta casa de locos.» Así estaban las cosas cuando Aureliano José desertó de las tropas federalistas de Nicaragua, se enroló en la tripulación de un buque alemán, y apareció en la cocina de la casa, macizo como un caballo, prieto y peludo como un indio[14], y con la secreta determinación de casarse con Amaranta.

Cuando Amaranta lo vio entrar, sin que él hubiera dicho nada, supo de inmediato por qué había vuelto. En la mesa no se atrevían a mirarse a la cara. Pero dos semanas después del regreso, estando Úrsula presente, él fijó sus ojos en los de ella y le dijo: «Siempre pensaba mucho en ti.» Amaranta le huía. Se prevenía contra los encuentros casuales. Procuraba no separarse de Remedios, la bella. Le indignó el rubor que doró sus mejillas el día en que el sobrino le preguntó hasta cuándo pensaba llevar la venda negra en la mano, porque interpretó la pregunta como una alusión a su virginidad. Cuando él llegó, ella pasó la aldaba en su dormitorio, pero durante tantas noches percibió sus ronquidos pacíficos en el cuarto contiguo, que descuidó esta precaución. Una madrugada, casi dos meses después del regreso, lo sintió entrar en el dormitorio. Entonces, en vez de huir, en vez de gritar como lo había previsto, se dejó saturar por una suave sensación de descanso. Lo sintió deslizarse en el mosquitero, como lo había hecho cuando era niño, como lo había hecho desde siempre, y no pudo reprimir el sudor helado y el crotaloteo de los dientes cuando se dio cuenta de que él estaba completamente desnudo. «Vete», murmuró, ahogándose de curiosidad. «Vete o me pongo a gritar.» Pero Aureliano José sabía entonces lo que tenía que hacer, porque ya no era un niño asustado por la oscuridad sino un animal de campamento. Desde aquella noche se reiniciaron las sordas batallas sin consecuencias que prolongaban hasta el amanecer. «Soy tu tía»,

---

[14] «Hay un dato significativo, que corrobora la división del conjunto narrativo en dos esferas: Arcadio *habló* la lengua indígena y Aureliano José se asemejaba *físicamente* a un indio: aquí cuerpo y lenguaje se relacionan a través de lo indígena (literal en cuanto al idioma, figurado en cuanto al cuerpo).» (J. Ludmer, pág. 69.)

murmuraba Amaranta, agotada. «Es casi como si fuera tu madre, no sólo por la edad, sino porque lo único que me faltó fue darte de mamar.» Aureliano escapaba al alba y regresaba a la madrugada siguiente, cada vez más excitado por la comprobación de que ella no pasaba la aldaba. No había dejado de desearla un solo instante. La encontraba en los oscuros dormitorios de los pueblos vencidos, sobre todo en los más abyectos, y la materializaba en el tufo de la sangre seca en las vendas de los heridos[15], en el pavor instantáneo del peligro de muerte, a toda hora y en todas partes. Había huido de ella tratando de aniquilar su recuerdo no sólo con la distancia, sino con un encarnizamiento aturdido que sus compañeros de armas calificaban de temeridad, pero mientras más revolcaba su imagen en el muladar de la guerra, más la guerra se parecía a Amaranta. Así padeció el exilio, buscando la manera de matarla con su propia muerte, hasta que le oyó contar a alguien el viejo cuento del hombre que se casó con una tía que además era su prima, y cuyo hijo terminó siendo abuelo de sí mismo[16].

—¿Es que uno se puede casar con una tía? —preguntó él asombrado.

—No sólo se puede —le contestó un soldado— sino que estamos haciendo esta guerra contra los curas para que uno se pueda casar con su propia madre.

Quince días después desertó. Encontró a Amaranta más ajada que en el recuerdo, más melancólica y pudibunda, y ya doblando en realidad el último cabo de la madurez, pero más febril que nunca en las tinieblas del dormitorio y más desafiante que nunca en la agresividad de su resistencia. «Eres un bruto», le decía Amaranta, acosada por sus perros de presa. «No es cierto que se le pueda hacer esto a una pobre tía, como no sea con dispensa especial del Papa.» Aureliano José prometía ir a Roma, prometía recorrer a Europa de rodillas, y besar las sandalias del Sumo Pontífice sólo para que ella bajara sus puentes levadizos.

---

[15] Sustitución degradada de la venda negra de la virginidad y la muerte.

[16] El cuento popular es como una versión folklórica y jocosa del mito de Edipo.

—No es sólo eso —rebatía Amaranta—. Es que nacen los hijos con cola de puerco.

Aureliano José era sordo a todo argumento.

—Aunque nazcan armadillos[17] —suplicaba.

Una madrugada, vencido por el dolor insoportable de la virilidad reprimida, fue a la tienda de Catarino. Encontró una mujer de senos flácidos, cariñosa y barata[18], que le apaciguó el vientre por algún tiempo. Trató de aplicarle a Amaranta el tratamiento del desprecio. La veía en el corredor, cosiendo en una máquina de manivela que había aprendido a manejar con habilidad admirable, y ni siquiera le dirigía la palabra. Amaranta se sintió liberada de un lastre, y ella misma no comprendió por qué volvió a pensar entonces en el coronel Gerineldo Márquez, por qué evocaba con tanta nostalgia las tardes de damas chinas, y por qué llegó inclusive a desearlo como hombre de dormitorio. Aureliano José no se imaginaba cuánto terreno había perdido la noche en que no pudo resistir más la farsa de la indiferencia, y volvió al cuarto de Amaranta. Ella lo rechazó con una determinación inflexible, inequívoca, y echó para siempre la aldaba del dormitorio.

Pocos meses después del regreso de Aureliano José, se presentó en la casa una mujer exuberante, perfumada de jazmines, con un niño de unos cinco años. Afirmó que era hijo del coronel Aureliano Buendía y lo llevaba para que Amaranta lo bautizara[19]. Nadie puso en duda el origen de aquel niño sin nombre: era igual al coronel por los tiempos en que lo llevaron a conocer el hielo. La mujer contó que había nacido con los ojos abiertos mirando a la gente con criterio de persona mayor, y que asustaba su manera de fijar la mirada en las cosas sin parpadear[20]. «Es idéntico», dijo Úrsula. «Lo

_____

[17] Repetición de la réplica de José Arcadio a Úrsula: «Si has de parir iguanas, criaremos iguanas» (pág. 107).

[18] La prostituta sustituye a Amaranta como en el caso del medio hermano de Aureliano José, Arcadio, Santa Sofía de la Piedad, muchacha comprada, sustituyó a Pilar Ternera. La resolución provisional de la prohibición del incesto es parecida (aunque no idéntica) para esta generación de Buendía.

[19] La estrategia narrativa opone la esterilidad de Amaranta y la «fecundidad» de su hermano.

[20] Repetición de la escena del nacimiento de Aureliano, pág. 99.

único que falta es que haga rodar las sillas con sólo[21] mirarlas.» Lo bautizaron con el nombre de Aureliano, y con el apellido de su madre, porque la ley no le permitía llevar el apellido del padre mientras éste no lo reconociera. El general Moncada sirvió de padrino. Aunque Amaranta insistió en que se lo dejaran para acabar de criarlo, la madre se opuso.

Úrsula ignoraba entonces la costumbre de mandar doncellas a los dormitorios de los guerreros, como se les soltaban gallinas a los gallos finos[22], pero en el curso de ese año se enteró: nueve hijos más del coronel Aureliano Buendía fueron llevados a la casa para ser bautizados. El mayor, un extraño moreno de ojos verdes que nada tenía que ver con la familia paterna, había pasado de los diez años. Llevaron niños de todas las edades, de todos los colores, pero todos varones, y todos con un aire de soledad que no permitía poner en duda el parentesco. Sólo dos se distinguieron del montón. Uno, demasiado grande para su edad, que hizo añicos los floreros y varias piezas de la vajilla, porque sus manos parecían tener la propiedad de despedazar todo lo que tocaban. El otro era un rubio con los mismos ojos garzos de su madre, a quien habían dejado el cabello largo y con bucles, como a una mujer. Entró a la casa con mucha familiaridad, como si hubiera sido criado en ella, y fue directamente a un arcón del dormitorio de Úrsula, y exigió: «Quiero la bailarina de cuerda.» Úrsula se asustó. Abrió el arcón, rebuscó entre los anticuados y polvorientos objetos de los tiempos de Melquíades y encontró envuelta en un par de medias la bailarina de cuerda que alguna vez llevó Pietro Crespi a la casa, y de la cual nadie había vuelto a acordarse[23]. En menos de doce años bautizaron con el

---

[21] En la edición original: *solo* (pág. 185). Corrección de la editorial Espasa-Calpe, pág. 199.

[22] Ya se ha aludido a esa «costumbre» aquí (pág. 225) y antes, en *El coronel no tiene quien le escriba:* «—Esa tarde tuve que sacar a los niños con un palo —dijo la mujer—. Trajeron una gallina vieja para enrazarla con el gallo. —No es la primera vez —dijo el coronel—. Es lo mismo que hacían en los pueblos con el coronel Aureliano Buendía. Le llevaban muchachitas para enrazar» (pág. 67).

[23] En todo rigor, los obsequios de Pietro Crespi son un tanto posteriores a la muerte de Melquíades, véase pág. 168.

nombre de Aureliano, y con el apellido de la madre, a todos los hijos que diseminó el coronel a lo largo y a lo ancho de sus territorios de guerra: diecisiete. Al principio, Úrsula les llenaba los bolsillos de dinero y Amaranta intentaba quedarse con ellos. Pero terminaron por limitarse a hacerles un regalo y a servirles de madrinas. «Cumplimos con bautizarlos», decía Úrsula, anotando en una libreta el nombre y la dirección de las madres y el lugar y fecha de nacimiento de los niños. «Aureliano ha de llevar bien sus cuentas, así que será él quien tome las determinaciones cuando regrese.» En el curso de un almuerzo, comentando con el general Moncada aquella desconcertante proliferación, expresó el deseo de que el coronel Aureliano Buendía volviera alguna vez para reunir a todos sus hijos en la casa.

—No se preocupe, comadre —dijo enigmáticamente el general Moncada—. Vendrá más pronto de lo que usted se imagina.

Lo que el general Moncada sabía, y que no quiso revelar en el almuerzo, era que el coronel Aureliano Buendía estaba ya en camino para ponerse al frente de la rebelión más prolongada, radical y sangrienta de cuantas se habían intentado hasta entonces.

La situación volvió a ser tan tensa como en los meses que precedieron a la primera guerra. Las riñas de gallos, animadas por el propio alcalde, fueron suspendidas. El capitán Aquiles Ricardo, comandante de la guarnición, asumió en la práctica el poder municipal[24]. Los liberales lo señalaron como un provocador. «Algo tremendo va a ocurrir», le decía Úrsula a Aureliano José. «No salgas a la calle después de las seis de la tarde.» Eran súplicas inútiles. Aureliano José, al igual que Arcadio en otra época, había dejado de pertenecerle. Era como si el regreso a la casa, la posibilidad de existir sin molestarse por las urgencias cotidianas, hubieran despertado en él la vocación concupiscente y desidiosa de su tío José Arcadio. Su pasión por Amaranta se extinguió sin dejar cicatrices. Andaba un poco al garete, jugando billar, sobrellevando su soledad con mujeres ocasionales, sa-

---

[24] Se repite la sustitución de poderes como bajo la autoridad de Apolinar Moscote.

queando los resquicios donde Úrsula olvidaba el dinero traspuesto. Terminó por no volver a la casa sino para cambiarse de ropa. «Todos son iguales», se lamentaba Úrsula. «Al principio se crían muy bien, son obedientes y formales y parecen incapaces de matar una mosca, y apenas les sale la barba se tiran a la perdición»[25]. Al contrario de Arcadio, que nunca conoció su verdadero origen, él se enteró de que era hijo de Pilar Ternera, quien le había colgado una hamaca para que hiciera la siesta en su casa. Eran, más que madre e hijo, cómplices en la soledad[26]. Pilar Ternera había perdido el rastro de toda esperanza. Su risa había adquirido tonalidades de órgano, sus senos habían sucumbido al tedio de las caricias eventuales, su vientre y sus muslos habían sido víctimas de su irrevocable destino de mujer repartida, pero su corazón envejecía sin amargura. Gorda, lenguaraz, con ínfulas de matrona en desgracia, renunció a la ilusión estéril de las barajas[27] y encontró un remanso de consolación en los amores ajenos. En la casa donde Aureliano José dormía la siesta, las muchachas del vecindario recibían a sus amantes casuales. «Me prestas el cuarto, Pilar», le decían simplemente, cuando ya estaban dentro. «Por supuesto», decía Pilar. Y si alguien estaba presente, le explicaba:

—Soy feliz sabiendo que la gente es feliz en la cama.

Nunca cobraba el servicio. Nunca negaba el favor, como no se lo negó a los incontables hombres que la buscaron hasta en el crepúsculo de su madurez, sin proporcionarle dinero ni amor, y sólo algunas veces placer[28]. Sus cinco hijas, herederas de una semilla ardiente, se perdieron por los vericuetos de la vida desde la adolescencia. De los dos varones que alcanzó a criar, uno murió peleando en las huestes del coronel Aureliano Buendía y otro fue herido y capturado a los cator-

---

[25] Úrsula, la matriarca, es la que, en el relato, tiene la función de enunciar las leyes hereditarias de los Buendía.

[26] Pilar Ternera, radicalmente excluida de la familia por Úrsula, está contagiada de la enfermedad hereditaria.

[27] Las barajas le prometían a Pilar Ternera el regreso del hombre que la violó a los catorce años, véase pág. 114. Como se verá, era una «mala lectura» de los naipes.

[28] Se comprueba la condición de Celestina, de algún modo «al revés», de Pilar.

ce años, cuando intentaba robarse un huacal[29] de gallinas en un pueblo de la ciénaga. En cierto modo, Aureliano José fue el hombre alto y moreno que durante medio siglo le anunció el rey de copas, y que como todos los enviados de las barajas llegó a su corazón cuando ya estaba marcado por el signo de la muerte. Ella lo vio en los naipes.

—No salgas esta noche —le dijo—. Quédate a dormir aquí, que Carmelita Montiel[30] se ha cansado de rogarme que la meta en tu cuarto.

Aureliano José no captó el profundo sentido de súplica que tenía aquella oferta.

—Dile que me espere a la medianoche —dijo.

Se fue al teatro, donde una compañía española anunciaba *El puñal del Zorro,* que en realidad era la obra de Zorrilla con el nombre cambiado por orden del capitán Aquiles Ricardo, porque los liberales les llamaban *godos* a los conservadores[31]. Sólo en el momento de entregar el boleto en la puerta, Aureliano José se dio cuenta de que el capitán Aquiles Ricardo, con dos soldados armados de fusiles, estaban cateando a la concurrencia. «Cuidado, capitán», le advirtió Aureliano José. «Todavía no ha nacido el hombre que me ponga las manos encima.» El capitán intentó catearlo por la fuerza, y Aureliano José, que andaba desarmado, se echó a correr. Los soldados desobedecieron la orden de disparar. «Es un Buendía», explicó uno de ellos. Ciego de furia, el capitán le arrebató entonces el fusil, se abrió en el centro de la calle y apuntó.

—¡Cabrones! —alcanzó a gritar—. Ojalá fuera el coronel Aureliano Buendía.

Aureliano José se muere

---

[29] *Huacal o guacal:* «*Ant., Can., Colomb., Mej.* y *Venez.* Especie de cesta o jaula formada de varillas de madera, que se utiliza para el transporte de loza, cristal, frutas, etc.» *(D.R.A.E.)*

[30] *Carmelita Montiel:* ha de ser una pariente de Rebeca (¿y los Buendía?), que es una Montiel por su madre (véase pág. 130, nota 18).

[31] El reemplazo de *godo* por *zorro,* verosímil en la historia latinoamericana, funciona como una sustitución más en este inmenso juego de sustituciones, espejos deformantes y «malas lecturas» que es la novela. Pero la alusión no es gratuita: en *El puñal del godo* (1842), Rodrigo se pasa el tiempo profetizando su propia muerte («Con ese puñal traidor, / con ese me ha de matar») y, al final, se salva.

Carmelita Montiel, una virgen de veinte años, acababa de bañarse con agua de azahares y estaba regando las hojas de romero en la cama de Pilar Ternera, cuando sonó el disparo. Aureliano José estaba destinado a conocer con ella la felicidad que le negó Amaranta, a tener siete hijos, y a morirse de viejo en sus brazos, pero la bala de fusil que le entró por la espalda y le despedazó el pecho, estaba dirigida por una mala interpretación de las barajas[32]. El capitán Aquiles Ricardo, que era en realidad quien estaba destinado a morir esa noche, murió en efecto cuatro horas antes que Aureliano José. Apenas sonó el disparo fue derribado por dos balazos simultáneos, cuyo origen no se estableció nunca, y un grito multitudinario estremeció la noche.

—¡Viva el partido liberal! ¡Viva el coronel Aureliano Buendía!

A las doce, cuando Aureliano José acabó de desangrarse y Carmelita Montiel encontró en blanco los naipes de su porvenir, más de cuatrocientos hombres habían desfilado frente al teatro y habían descargado sus revólveres contra el cadáver abandonado del capitán Aquiles Ricardo. Se necesitó una patrulla para poner en una carretilla el cuerpo apelmazado de plomo, que se desbarataba como un pan ensopado.

Contrariado por las impertinencias del ejército regular, el general José Raquel Moncada movilizó sus influencias políticas, volvió a vestir el uniforme y asumió la jefatura civil y militar de Macondo. No esperaba, sin embargo, que su actitud conciliatoria pudiera impedir lo inevitable. Las noticias de setiembre fueron contradictorias. Mientras el gobierno anunciaba que mantenía el control en todo el país, los liberales recibían informes secretos de levantamientos armados en el interior. El régimen no admitió el estado de guerra mientras no se proclamó en un bando que se le había seguido consejo de guerra en ausencia al coronel Aureliano Buendía, y había sido condenado a muerte. Se ordenaba cumplir la sentencia

---

[32] Se inscribe otra vez en el texto una de sus leyes de descodificación: no basta conocer una profecía, hay que poseer además la clave interpretativa, si no el presagio (el texto) puede resultar contraproducente y hasta peligroso.

a la primera guarnición que lo capturara. «Esto quiere decir que ha vuelto», se alegraba Úrsula ante el general Moncada. Pero él mismo lo ignoraba.

En realidad, el coronel Aureliano Buendía estaba en el país desde hacía más de un mes. Precedido de rumores contradictorios, supuesto al mismo tiempo en los lugares más apartados, el propio general Moncada no creyó en su regreso sino cuando se anunció oficialmente que se había apoderado de dos estados del litoral. «La felicito, comadre», le dijo a Úrsula, mostrándole el telegrama. «Muy pronto lo tendrá aquí.» Úrsula se preocupó entonces por primera vez. «¿Y usted que hará, compadre?», preguntó. El general Moncada se había hecho esa pregunta muchas veces.

—Lo mismo que él, comadre —contestó—: cumplir con mi deber.

El primero de octubre, al amanecer, el coronel Aureliano Buendía con mil hombres bien armados atacó a Macondo y la guarnición recibió la orden de resistir hasta el final. A mediodía, mientras el general Moncada almorzaba con Úrsula, un cañonazo rebelde que retumbó en todo el pueblo pulverizó la fachada de la tesorería municipal. «Están tan bien armados como nosotros —suspiró el general Moncada—, pero además pelean con más ganas.» A las dos de la tarde, mientras la tierra temblaba con los cañonazos de ambos lados, se despidió de Úrsula con la certidumbre de que estaba librando una batalla perdida.

—Ruego a Dios que esta noche no tenga a Aureliano en la casa —dijo—. Si es así, dele un abrazo de mi parte, porque ya no espero verlo más nunca.

Esa noche fue capturado cuando trataba de fugarse de Macondo, después de escribirle una extensa carta al coronel Aureliano Buendía, en la cual le recordaba los propósitos comunes de humanizar la guerra, y le deseaba una victoria definitiva contra la corrupción de los militares y las ambiciones de los políticos de ambos partidos. Al día siguiente el coronel Aureliano Buendía almorzó con él en casa de Úrsula, donde fue recluido hasta que un consejo de guerra revolucionario decidiera su destino. Fue una reunión familiar. Pero mientras los adversarios olvidaban la guerra para evocar recuerdos del pasado, Úrsula tuvo la sombría impresión de que su hijo era un intruso. La había tenido desde que lo vio entrar protegido por un ruidoso aparato militar que volteó los dormitorios al derecho y al revés hasta convencerse de que no había ningún riesgo. El coronel Aureliano Buendía no sólo lo aceptó, sino que impartió órdenes de una severidad terminante, y no permitió que nadie se le acercara a menos de tres metros, ni siquiera Úrsula, mientras los miembros de su escolta no terminaron de establecer las guardias alrededor de la casa. Vestía un uniforme de dril ordinario, sin insignias de ninguna clase, y unas botas altas con espuelas embadurnadas de barro y sangre seca. Llevaba al cinto una escuadra[33] con la funda desabrochada, y la mano siempre apoyada en la culata revelaba la misma tensión vigilante y resuelta de la mirada. Su cabeza, ahora con entradas profundas, parecía horneada a fuego lento. Su rostro cuarteado por la sal del Caribe había adquirido una dureza metálica. Estaba preservado contra la vejez inminente por una vitalidad que tenía algo que ver con la frialdad de las entrañas. Era más alto que cuando se fue, más pálido y óseo[34], y manifestaba los primeros síntomas de resistencia a la nostalgia. «Dios mío», se dijo Úrsula alarmada. «Ahora parece un hombre capaz de todo.» Lo era[35]. El rebozo azteca que le llevó a Úrsula, las evocaciones que hizo en el almuerzo, las divertidas anécdotas que contó, eran simples rescoldos de su humor de otra época. No bien se cumplió la orden de enterrar a los muertos en la fosa común, asignó al coronel Roque Carnicero la misión de apresurar los juicios de guerra, y él se empeñó en la agotadora tarea de imponer las reformas radicales que no dejaran piedra sobre piedra en la revenida estructura del régimen conservador. «Tenemos que anticiparnos a los políticos del partido», decía a sus asesores. «Cuando abran los ojos a la realidad se encontrarán

---

[33] *Escuadra:* «Pistola automática de cañón muy corto.» *(Nuevo diccionario de americanismos,* t. I, pág. 178a).
[34] «El coronel Buendía [...] no sólo responde más bien a la estampa huesuda del general Uribe Uribe, sino que tiene su misma tendencia a la austeridad.» *(El olor de la guayaba,* pág. 21.)
[35] Ahora el coronel asume el orgullo más desmedido hasta en su personalidad física.

con los hechos consumados.» Fue entonces cuando decidió revisar los títulos de propiedad de la tierra, hasta cien años atrás, y descubrió las tropelías legalizadas de su hermano José Arcadio[36]. Anuló los registros de una plumada. En un último gesto de cortesía, desatendió sus asuntos por una hora y visitó a Rebeca para ponerla al corriente de su determinación.

En la penumbra de la casa, la viuda solitaria que en un tiempo fue la confidente de sus amores reprimidos, y cuya obstinación le salvó la vida[37], era un espectro del pasado. Cerrada de negro hasta los puños, con el corazón convertido en cenizas, apenas si tenía noticias de la guerra. El coronel Aureliano Buendía tuvo la impresión de que la fosforescencia de sus huesos traspasaba la piel, y que ella se movía a través de una atmósfera de fuegos fatuos, en un aire estancado donde aún se percibía un recóndito olor a pólvora. Empezó por aconsejarle que moderara el rigor de su luto, que ventilara la casa, que le perdonara al mundo la muerte de José Arcadio. Pero ya Rebeca estaba a salvo de toda vanidad. Después de buscarla inútilmente en el sabor de la tierra, en las cartas perfumadas de Pietro Crespi, en la cama tempestuosa de su marido, había encontrado la paz en aquella casa donde los recuerdos se materializaron por la fuerza de la evocación implacable, y se paseaban como seres humanos por los cuartos clausurados. Estirada en su mecedor de mimbre, mirando al coronel Aureliano Buendía como si fuera él quien pareciera un espectro del pasado, Rebeca ni siquiera se conmovió con la noticia de que las tierras usurpadas por José Arcadio serían restituidas a sus dueños legítimos.

—Se hará lo que tú dispongas, Aureliano —suspiró—. Siempre creí, y lo confirmo ahora, que eres un descastado.

La revisión de los títulos de propiedad se consumó al mis-

---

[36] Véase el anuncio del encuentro de esas «tropelías», con más detalles que la enunciación del mismo hecho, pág. 213.

[37] «Esperó toda la semana con la misma obstinación recóndita con que en otra época esperaba las cartas de Pietro Crespi» (pág. 228). Cada cabo narrativo remite a otro episodio, y así hasta el infinito si se considera la estructura circular, aún incompleta, de la novela.

mo tiempo que los juicios sumarios, presididos por el coronel Gerineldo Márquez[38], y que concluyeron con el fusilamiento de toda la oficialidad del ejército regular prisionera de los revolucionarios. El último consejo de guerra fue el del general José Raquel Moncada. Úrsula intervino. «Es el mejor gobernante que hemos tenido en Macondo», le dijo al coronel Aureliano Buendía. «Ni siquiera tengo nada que decirte de su buen corazón, el afecto que nos tiene, porque tú lo conoces mejor que nadie.» El coronel Aureliano Buendía fijó en ella una mirada de reprobación.

—No puedo arrogarme la facultad de administrar justicia —replicó—. Si usted tiene algo que decir, dígalo ante el consejo de guerra.

Úrsula no sólo lo hizo, sino que llevó a declarar a todas las madres de los oficiales revolucionarios que vivían en Macondo. Una por una, las viejas fundadoras del pueblo, varias de las cuales habían participado en la temeraria travesía de la sierra, exaltaron las virtudes del general Moncada. Úrsula fue la última en el desfile. Su dignidad luctuosa, el peso de su nombre, la convincente vehemencia de su declaración hicieron vacilar por un momento el equilibrio de la justicia. «Ustedes han tomado muy en serio este juego espantoso, y han hecho bien, porque están cumpliendo con su deber», dijo a los miembros del tribunal. «Pero no olviden que mientras Dios nos dé vida, nosotras seguiremos siendo madres, y por muy revolucionarios que sean tenemos derecho de bajarles los pantalones y darles una cueriza a la primera falta de respeto»[39]. El jurado se retiró a deliberar cuando todavía resonaban estas palabras en el ámbito de la escuela convertida en cuartel. A la media noche, el general José Raquel Moncada fue sentenciado a muerte. El coronel Aureliano Buendía, a pesar de las violentas recriminaciones de Úrsula, se negó a

---

[38] En esta fase de la guerra coexisten el sentimiento de justicia y la crueldad, consecuencia del orgullo, que motivaron sucesivamente al coronel Aureliano Buendía.

[39] En tanto conservadora de las tradiciones, Úrsula reafirma cuanto puede, sobre todo en los momentos más dramáticos, los valores familiares y la autoridad del matriarcado.

conmutarle la pena. Poco antes del amanecer, visitó al sentenciado en el cuarto del cepo.

—Recuerda, compadre —le dijo—, que no te fusilo yo. Te fusila la revolución[40].

El general Moncada ni siquiera se levantó del catre al verlo entrar.

—Vete a la mierda, compadre —replicó.

Hasta ese momento, desde su regreso, el coronel Aureliano Buendía no se había concedido la oportunidad de verlo con el corazón. Se asombró de cuánto había envejecido, del temblor de sus manos, de la conformidad un poco rutinaria con que esperaba la muerte, y entonces experimentó un hondo desprecio por sí mismo que confundió con un principio de misericordia.

—Sabes mejor que yo —dijo— que todo consejo de guerra es una farsa, y que en verdad tienes que pagar los crímenes de otros, porque esta vez vamos a ganar la guerra a cualquier precio. Tú, en mi lugar, ¿no hubieras hecho lo mismo?

El general Moncada se incorporó para limpiar los gruesos anteojos de carey con el faldón de la camisa. «Probablemente», dijo. «Pero lo que me preocupa no es que me fusiles, porque al fin y al cabo, para la gente como nosotros esto es la muerte natural.» Puso los lentes en la cama y se quitó el reloj de leontina. «Lo que me preocupa —agregó— es que de tanto odiar a los militares, de tanto combatirlos, de tanto pensar en ellos, has terminado por ser igual a ellos. Y no hay un ideal en la vida que merezca tanta abyección.» Se quitó el anillo matrimonial y la medalla de la Virgen de los Remedios[41] y los puso juntos con los lentes y el reloj.

---

[40] Por su discurso, se advierte que Aureliano Buendía olvidó el impulso revolucionario auténticamente humano y humanista para conformarse con el dogmatismo ideológico más estrecho y abstracto. Ya no habla un hombre, sino la «razón de Estado».

[41] En este momento del relato, la evocación de la Virgen de los Remedios tiene una doble función: *a)* le recuerda a Aureliano su mujer; *b)* enlaza episodios de la historia de Macondo: al regresar al pueblo, José Arcadio, hijo, «tenía una medallita de la Virgen de los Remedios colgada en el cuello» (página 185).

—A este paso —concluyó— no sólo serás el dictador más despótico y sanguinario de nuestra historia[42], sino que fusilarás a mi comadre Úrsula tratando de apaciguar tu conciencia.

El coronel Aureliano Buendía permaneció impasible. El general Moncada le entregó entonces los lentes, la medalla, el reloj y anillo, y cambió de tono.

—Pero no te hice venir para regañarte —dijo—. Quería suplicarte el favor de mandarle estas cosas a mi mujer.

El coronel Aureliano Buendía se las guardó en los bolsillos.

—¿Sigue en Manaure?

—Sigue en Manaure —confirmó el general Moncada—, en la misma casa detrás de la iglesia donde mandaste aquella carta.

—Lo haré con mucho gusto, José Raquel —dijo el coronel Aureliano Buendía.

Cuando salió al aire azul de neblina, el rostro se le humedeció como en otro amanecer del pasado[43], y sólo entonces comprendió por qué había dispuesto que la sentencia se cumpliera en el patio, y no en el muro del cementerio. El pelotón, formado frente a la puerta, le rindió honores de jefe de estado.

—Ya pueden traerlo —ordenó.

---

[42] «—¿Qué hubiese ocurrido, a propósito, si el coronel Aureliano Buendía hubiese triunfado? —Se habría parecido enormemente al patriarca. En un momento dado, escribiendo la novela, tuve la tentación de que el coronel se tomara el poder. De haber sido así, en vez de *Cien años de soledad* habría escrito *El otoño del patriarca*.» *(El olor de la guayaba,* pág. 105.) A continuación cita GGM este diálogo entre Aureliano y José Raquel Moncada.

[43] O sea, el alba de su propio fusilamiento y «el resplandor de aluminio del amanecer» (pág. 229).

263

El coronel Gerineldo Márquez fue el primero que percibió el vacío de la guerra. En su condición de jefe civil y militar de Macondo sostenía dos veces por semana conversaciones con el coronel Aureliano Buendía. Al principio, aquellas entrevistas determinaban el curso de una guerra de carne y hueso cuyos contornos perfectamente definidos permitían establecer en cualquier momento el punto exacto en que se encontraba, y prever sus rumbos futuros. Aunque nunca se dejaba arrastrar al terreno de las confidencias, ni siquiera por sus amigos más próximos, el coronel Aureliano Buendía conservaba entonces el tono familiar que permitía identificarlo al otro extremo de la línea. Muchas veces prolongó las conversaciones más allá del término previsto y las dejó derivar hacia comentarios de carácter doméstico. Poco a poco, sin embargo, y a medida que la guerra se iba intensificando y extendiendo, su imagen se fue borrando en un universo de irrealidad. Los puntos y rayas de su voz eran cada vez más remotos e inciertos, y se unían y combinaban para formar palabras que paulatinamente fueron perdiendo todo sentido. El coronel Gerineldo Márquez se limitaba entonces a escuchar, abrumado por la impresión de estar en contacto telegráfico con un desconocido de otro mundo.

—Comprendido, Aureliano —concluía en el manipulador—. ¡Viva el partido liberal!

Terminó por perder todo contacto con la guerra. Lo que en otro tiempo fue una actividad real, una pasión irresistible de su juventud, se convirtió para él en una referencia remota: un vacío[1]. Su único refugio era el costurero de Amaranta.

---

[1] «[...] en la obra de García Márquez, la violencia es concomitante de la opresión política, aunque una y otra están como interiormente gastadas por

La visitaba todas las tardes. Le gustaba contemplar sus manos mientras rizaba espumas de olán en la máquina de manivela que hacía girar Remedios, la bella. Pasaban muchas horas sin hablar, conformes con la compañía recíproca, pero mientras Amaranta se complacía íntimamente en mantener vivo el fuego de su devoción, él ignoraba cuáles eran los secretos designios de aquel corazón indescifrable[2]. Cuando se conoció la noticia de su regreso, Amaranta se había ahogado de ansiedad. Pero cuando lo vio entrar en la casa confundido con la ruidosa escolta del coronel Aureliano Buendía, y lo vio maltratado por el rigor del destierro, envejecido por la edad y el olvido, sucio de sudor y polvo, oloroso a rebaño, feo, con el brazo izquierdo en cabestrillo, se sintió desfallecer de desilusión. «Dios mío —pensó—: no era éste el que esperaba.» Al día siguiente, sin embargo, él volvió a la casa afeitado y limpio, con el bigote perfumado de agua de alhucema y sin el cabestrillo ensangrentado. Le llevaba un breviario de pastas nacaradas.

—Qué raros son los hombres —dijo ella, porque no encontró otra cosa que decir—. Se pasan la vida peleando contra los curas y regalan libros de oraciones[3].

Desde entonces, aun en los días más críticos de la guerra, la visitó todas las tardes. Muchas veces, cuando no estaba presente Remedios, la bella, era él quien daba vueltas a la rueda de la máquina de coser. Amaranta se sentía turbada por la perseverancia, la lealtad, la sumisión de aquel hombre investido de tanta autoridad, que sin embargo se despojaba de sus armas para entrar indefenso al costurero. Pero durante cuatro años él le reiteró su amor, y ella encontró siempre la manera de rechazarlo sin herirlo, porque aunque no conseguía que-

---

la persistencia: no se expresan con la fuerza desmesurada de su irrupción primera, sino que se han revestido de un carácter —diríamos— institucional, hasta componer el tejido diario de las vidas humanas. Los personajes se sorprenden cuando adquieren bruscamente la autoconciencia de esa situación en que existen». (A. Rama, en *Recopilación de textos*, pág. 64.)

[2] *Corazón indescifrable:* dentro de nuestra perspectiva interpretativa de *C.A.S.*, lo que puede parecer una expresión tópica no lo es.

[3] Recurrencia del tema de la actuación «al revés», aplicado al anticlericalismo (véase pág. 235, nota 35).

rerlo ya no podía vivir sin él. Remedios, la bella, que parecía indiferente a todo, y de quien se pensaba que era retrasada mental, no fue insensible a tanta devoción, e intervino en favor del coronel Gerineldo Márquez. Amaranta descubrió de pronto que aquella niña que había criado, que apenas despuntaba a la adolescencia, era ya la criatura más bella que se había visto en Macondo[4]. Sintió renacer en su corazón el rencor que en otro tiempo experimentó contra Rebeca, y rogándole a Dios que no la arrastrara hasta el extremo de desearle la muerte, la desterró del costurero. Fue por esa época que el coronel Gerineldo Márquez empezó a sentir el hastío de la guerra. Apeló a sus reservas de persuasión, a su inmensa y reprimida ternura, dispuesto a renunciar por Amaranta a una gloria que le había costado el sacrificio de sus mejores años. Pero no logró convencerla. Una tarde de agosto, agobiada por el peso insoportable de su propia obstinación, Amaranta se encerró en el dormitorio a llorar su soledad hasta la muerte, después de darle la respuesta definitiva a su pretendiente tenaz:

—Olvidémonos para siempre —le dijo—, ya somos demasiado viejos para estas cosas.

El coronel Gerineldo Márquez acudió aquella tarde a un llamado telegráfico del coronel Aureliano Buendía. Fue una conversación rutinaria que no había de abrir ninguna brecha en la guerra estancada. Al terminar, el coronel Gerineldo Márquez contempló las calles desoladas, el agua cristalizada en los almendros, y se encontró perdido en la soledad[5].

—Aureliano —dijo tristemente en el manipulador—, está lloviendo en Macondo.

---

[4] «Todas las mujeres podrían organizarse en dos tipos, en dos secciones. Las que son mujeres que conservan la vida familiar, y que regulan el funcionamiento familiar: es el caso de Úrsula Iguarán, que es el gran modelo [...] Todas ellas son las que mantienen las tradiciones. El otro tipo lo da la mujer que en cambio está totalmente representada por su belleza y su fascinación, y es enteramente ajena a la realidad, es decir, vive en el mundo de las más puras expresiones estéticas. En esta línea está Remedios, la bella, y Meme Buendía y Amaranta Úrsula.» (A. Rama, *Ciclo de conferencias... en Cali.*)

[5] Recibido «como un miembro de la familia» (pág. 238), Gerineldo comparte el común destino solitario, como Pilar Ternera (pág. 255, nota 26).

Hubo un largo silencio en la línea. De pronto, los aparatos saltaron con los signos despiadados del coronel Aureliano Buendía.

—No seas pendejo, Gerineldo —dijeron los signos—. Es natural que esté lloviendo en agosto.

Tenían tanto tiempo de no verse, que el coronel Gerineldo Márquez se desconcertó con la agresividad de aquella reacción. Sin embargo, dos meses después, cuando el coronel Aureliano Buendía volvió a Macondo, el desconcierto se transformó en estupor. Hasta Úrsula se sorprendió de cuánto había cambiado. Llegó sin ruido, sin escolta, envuelto en una manta a pesar del calor, y con tres amantes que instaló en una misma casa, donde pasaba la mayor parte del tiempo tendido en una hamaca. Apenas si leía los despachos telegráficos que informaban de operaciones rutinarias. En cierta ocasión el coronel Gerineldo Márquez le pidió instrucciones para la evacuación de una localidad fronteriza que amenazaba con convertirse en un conflicto internacional.

—No me molestes por pequeñeces —le ordenó él—. Consúltalo con la Divina Providencia.

Era tal vez el momento más crítico de la guerra. Los terratenientes liberales, que al principio apoyaban la revolución, habían suscrito alianzas secretas con los terratenientes conservadores para impedir la revisión de los títulos de propiedad[6]. Los políticos que capitalizaban la guerra desde el exilio habían repudiado públicamente las determinaciones drásticas del coronel Aureliano Buendía, pero hasta esa desautorización parecía tenerlo sin cuidado. No había vuelto a leer sus versos, que ocupaban más de cinco tomos, y que permanecían olvidados en el fondo del baúl. De noche o a la hora de la siesta, llamaba a la hamaca a una de sus mujeres y obtenía de ella una satisfacción rudimentaria, y luego dormía con un sueño de piedra que no era perturbado por el más ligero indicio de preocupación. Sólo él sabía entonces que su aturdido corazón estaba condenado para siempre a la incertidumbre. Al principio, embriagado con la gloria del regreso, por

_____

[6] Sigue el motivo de la traición de la revolución: la recuperación política aniquila la única decisión de Aureliano Buendía para establecer la justicia.

las victorias inverosímiles, se había asomado al abismo de la grandeza. Se complacía en mantener a la diestra al duque de Marlborough, su gran maestro en las artes de la guerra, cuyo atuendo de pieles y uñas de tigre suscitaban el respeto de los adultos y el asombro de los niños[7]. Fue entonces cuando decidió que ningún ser humano, ni siquiera Úrsula, se le aproximara a menos de dos metros. En el centro del círculo de tiza que sus edecanes trazaban dondequiera que él llegara, y en el cual sólo él podía entrar[8], decidía con órdenes breves e inapelables el destino del mundo. La primera vez que estuvo en Manaure después del fusilamiento del general Moncada se apresuró a cumplir la última voluntad de su víctima, y la viuda recibió los lentes, la medalla, el reloj y el anillo, pero no le permitió pasar de la puerta.

—No entre, coronel —le dijo—. Usted mandará en su guerra, pero yo mando en mi casa.

El coronel Aureliano Buendía no dio ninguna muestra de rencor, pero su espíritu sólo encontró sosiego cuando su guardia personal saqueó y redujo a cenizas la casa de la viuda. «Cuídate el corazón, Aureliano», le decía entonces el coronel Gerineldo Márquez. «Te estás pudriendo vivo.» Por esa época convocó una segunda asamblea de los principales comandantes rebeldes. Encontró de todo: idealistas, ambiciosos, aventureros, resentidos sociales y hasta delincuentes co-

---

[7] *El duque de Marlborough:* de este personaje, que ya apareció en *El coronel no tiene quien le escriba*, pág. 26, dice el novelista: «[...] cuando yo era chico, cantaba la canción que cantamos todos los niños: "Mambrú se fue a la guerra", ¿verdad? Yo le pregunté a mi abuela quién era ese Mambrú y a qué guerra se había ido, y mi abuela que, evidentemente, no tenía la menor idea, me contestó que éste era un señor que peleaba con mi abuelo en la guerra [...] Más tarde cuando yo me di cuenta que Mambrú era el duque de Marlborough, pues me pareció que mejor era lo que decía mi abuela, y lo fui dejando así.» (G. García Márquez y M. Vargas Llosa, pág. 18.)

[8] El círculo de tiza que materializa la soledad del coronel puede ser interpretado, según M. Palencia-Roth, pág. 87, nota 27, a la luz de la obra de Freud, *Totem y tabú:* «[...] el contacto con persona de gran poder [...] suele ser muy peligroso. Estas figuras poderosas deben ser protegidas de la gente común y corriente; y la gente, por su parte, debe protegerse contra ellas. Por tanto, se construye, frecuentemente, una pared o un alambrado que rodea por completo a las figuras poderosas. Estas llegan a constituirse en figuras "tabú".»

munes. Había, inclusive, un antiguo funcionario conservador refugiado en la revuelta para escapar a un juicio por malversación de fondos. Muchos no sabían ni siquiera por qué peleaban. En medio de aquella muchedumbre abigarrada, cuyas diferencias de criterio estuvieron a punto de provocar una explosión interna, se destacaba una autoridad tenebrosa: el general Teófilo Vargas. Era un indio puro, montaraz, analfabeto[9], dotado de una malicia taciturna y una vocación mesiánica que suscitaba en sus hombres un fanatismo demente. El coronel Aureliano Buendía promovió la reunión con el propósito de unificar el mando rebelde contra las maniobras de los políticos. El general Teófilo Vargas se adelantó a sus intenciones: en pocas horas desbarató la coalición de los comandantes mejor calificados y se apoderó del mando central. «Es una fiera de cuidado», les dijo el coronel Aureliano Buendía a sus oficiales. «Para nosotros, ese hombre es más peligroso que el Ministro de la Guerra.» Entonces un capitán muy joven que siempre se había distinguido por su timidez levantó un índice cauteloso:

—Es muy simple, coronel —propuso—: hay que matarlo.

El coronel Aureliano Buendía no se alarmó por la frialdad de la proposición, sino por la forma en que se anticipó una fracción de segundo a su propio pensamiento.

—No esperen que yo dé esa orden —dijo.

No la dio, en efecto. Pero quince días después el general Teófilo Vargas fue despedazado a machetazos en una emboscada, y el coronel Aureliano Buendía asumió el mando central. La misma noche en que su autoridad fue reconocida por todos los comandos rebeldes, despertó sobresaltado, pidiendo a gritos una manta. Un frío interior que le rayaba los huesos y lo mortificaba inclusive a pleno sol le impidió dormir bien varios meses, hasta que se le convirtió en una costumbre. La embriaguez del poder empezó a descomponerse en ráfagas de desazón. Buscando un remedio contra el frío, hizo

---

[9] Al describir las clases sociales en *C.A.S.*, apunta M. Vargas Llosa, página 510: «[...] la guerra puede llegar a abrir excepcionalmente las puertas del ascenso social a algún indio: el *general* Teófilo Vargas, por ejemplo.»

fusilar al joven oficial que propuso el asesinato del general Teófilo Vargas. Sus órdenes se cumplían antes de ser impartidas, aun antes de que él las concibiera, y siempre llegaban mucho más lejos de donde él se hubiera atrevido a hacerlas llegar. Extraviado en la soledad de su inmenso poder, empezó a perder el rumbo[10]. Le molestaba la gente que lo aclamaba en los pueblos vencidos, y que le parecía la misma que aclamaba al enemigo. Por todas partes encontraba adolescentes que lo miraban con sus propios ojos, que hablaban con su propia voz, que lo saludaban con la misma desconfianza con que él los saludaba a ellos, y que decían ser sus hijos. Se sintió disperso, repetido, y más solitario[11] que nunca. Tuvo la convicción de que sus propios oficiales le mentían. Se peleó con el duque de Marlborough. «El mejor amigo —solía decir entonces— es el que acaba de morir.» Se cansó de la incertidumbre, del círculo vicioso de aquella guerra eterna que siempre lo encontraba a él en el mismo lugar, sólo que cada vez más viejo, más acabado, más sin saber por qué, ni cómo, ni hasta cuándo[12]. Siempre había alguien fuera del círculo de tiza. Alguien a quien le hacía falta dinero, que tenía un hijo con tos ferina o que quería irse a dormir para siempre porque ya no podía soportar en la boca el sabor a mierda de la guerra y que, sin embargo, se cuadraba con sus últimas reservas para informar: «Todo normal, mi coronel.» Y la normalidad era precisamente lo más espantoso de aquella guerra infinita: que no pasaba nada[13]. Solo, abandonado por los presagios, huyendo del frío que había de acompañarlo hasta la muerte,

---

[10] Este retrato de Aureliano Buendía a la cumbre de su poder es como una anticipación del patriarca de la novela de 1975.

[11] Repetición y soledad: las claves estructurales y temáticas de la novela se enuncian otra vez.

[12] Variante de la metáfora de la rueda giratoria cuyo eje se desgasta progresivamente, que ilustra el concepto de temporalidad en *C.A.S.*

[13] «[...] la violencia y la opresión están siempre pesando [...] se han integrado a la vida como una condición natural, y desde allí operan una sutil transformación de los hombres. Creo que no hay novelista que haya visto tan aguda, tan verazmente, la relación íntima que existe entre la estructura político-social de un determinado país y el comportamiento de sus personajes.» (A. Rama, *Recopilación de textos,* pág. 64.)

buscó un último refugio en Macondo, al calor de sus recuerdos más antiguos. Era tan grave su desidia que cuando le anunciaron la llegada de una comisión de su partido autorizada para discutir la encrucijada de la guerra, él se dio vuelta en la hamaca sin despertar por completo.

—Llévenlos donde las putas —dijo.

Eran seis abogados de levita y chistera[14] que soportaban con un duro estoicismo el bravo sol de noviembre. Úrsula los hospedó en la casa. Se pasaban la mayor parte del día encerrados en el dormitorio, en conciliábulos herméticos, y al anochecer pedían una escolta y un conjunto de acordeones y tomaban por su cuenta la tienda de Catarino[15]. «No los molesten», ordenaba el coronel Aureliano Buendía. «Al fin y al cabo, yo sé lo que quieren.» A principios de diciembre, la entrevista largamente esperada, que muchos habían previsto como una discusión interminable, se resolvió en menos de una hora.

En la calurosa sala de visitas, junto al espectro de la pianola amortajada con una sábana blanca, el coronel Aureliano Buendía no se sentó esta vez dentro del círculo de tiza que trazaron sus edecanes. Ocupó una silla entre sus asesores políticos, y envuelto en la manta de lana escuchó en silencio las breves propuestas de los emisarios. Pedían, en primer término, renunciar a la revisión de los títulos de propiedad de la tierra para recuperar el apoyo de los terratenientes liberales. Pedían, en segundo término, renunciar a la lucha contra la influencia clerical para obtener el respaldo del pueblo católico. Pedían, por último, renunciar a las aspiraciones de igualdad de derechos entre los hijos naturales y los legítimos para preservar la integridad de los hogares.

—Quiere decir —sonrió el coronel Aureliano Buendía cuando terminó la lectura— que sólo estamos luchando por el poder.

—Son reformas tácticas —replicó uno de los delegados—.

14 Véase pág. 236, nota 37.
15 Sin saberlo, los abogados obedecen la orden del omnipotente Aureliano.

Por ahora, lo esencial es ensanchar la base popular de la guerra. Después veremos.

Uno de los asesores políticos del coronel Aureliano Buendía se apresuró a intervenir.

—Es un contrasentido —dijo—. Si estas reformas son buenas, quiere decir que es bueno el régimen conservador. Si con ellas lográramos ensanchar la base popular de la guerra, como dicen ustedes, quiere decir que el régimen tiene una amplia base popular. Quiere decir, en síntesis, que durante casi veinte años hemos estado luchando contra los sentimientos de la nación.

Iba a seguir, pero el coronel Aureliano Buendía lo interrumpió con una señal. «No pierda el tiempo, doctor», dijo. «Lo importante es que desde este momento sólo luchamos por el poder.» Sin dejar de sonreír, tomó los pliegos que le entregaron los delegados y se dispuso a firmar.

—Puesto que es así —concluyó—, no tenemos ningún inconveniente en aceptar.

Sus hombres se miraron consternados.

—Me perdona, coronel —dijo suavemente el coronel Gerineldo Márquez—, pero esto es una traición.

El coronel Aureliano Buendía detuvo en el aire la pluma entintada, y descargó sobre él todo el peso de su autoridad.

—Entrégueme sus armas —ordenó.

El coronel Gerineldo Márquez se levantó y puso las armas en la mesa.

—Preséntese en el cuartel —le ordenó el coronel Aureliano Buendía—. Queda usted a disposición de los tribunales revolucionarios.

Luego firmó la declaración y entregó los pliegos a los emisarios diciéndoles:

—Señores, ahí tienen sus papeles. Que les aprovechen.

Dos días después, el coronel Gerineldo Márquez, acusado de alta traición, fue condenado a muerte. Derrumbado en su hamaca, el coronel Aureliano Buendía fue insensible a las súplicas de clemencia. La víspera de la ejecución, desobedeciendo la orden de no molestarlo, Úrsula lo visitó en el dormitorio. Cerrada de negro, investida de una rara solemnidad, permaneció de pie los tres minutos de la entrevista. «Sé que fusilarás a Gerineldo —dijo serenamente—, y no puedo hacer nada por impedirlo. Pero una cosa te advierto: tan pronto como vea el cadáver, te lo juro por los huesos de mi padre y mi madre, por la memoria de José Arcadio Buendía, te lo juro ante Dios, que te he de sacar de donde te metas y te mataré con mis propias manos.» Antes de abandonar el cuarto, sin esperar ninguna réplica, concluyó:

—Es lo mismo que habría hecho si hubieras nacido con cola de puerco[16].

Aquella noche interminable, mientras el coronel Gerineldo Márquez evocaba sus tardes muertas en el costurero de Amaranta, el coronel Aureliano Buendía rasguñó durante muchas horas, tratando de romperla, la dura cáscara de su soledad[17]. Sus únicos instantes felices, desde la tarde remota en que su padre lo llevó a conocer el hielo, habían transcurrido en el taller de platería, donde se le iba el tiempo armando pescaditos de oro. Había tenido que promover 32 guerras, y había tenido que violar todos sus pactos con la muerte y revolcarse como un cerdo en el muladar de la gloria, para descubrir con casi cuarenta años de retraso los privilegios de la simplicidad.

Al amanecer, estragado por la tormentosa vigilia, apareció en el cuarto del cepo una hora antes de la ejecución. «Terminó la farsa[18], compadre», le dijo al coronel Gerineldo Márquez. «Vámonos de aquí, antes de que acaben de fusilarte los mosquitos.» El coronel Gerineldo Márquez no pudo reprimir el desprecio que le inspiraba aquella actitud.

---

[16] Se repite la escena donde Úrsula intentó salvar al general Moncada (pág. 261), pero esta vez con mayor solemnidad. El discurso de la matriarca es una verdadera imprecación: sustituye la divertida alusión a los revolucionarios-niños por la evocación sagrada de los antecesores, un juramento de venganza y, lo más terrible en su boca, la asimilación de Aureliano al fruto maldito del incesto.

[17] Vale la pena subrayar otra vez aquí la materialización de un concepto —en este caso tema nuclear de la novela— mediante el proceso metafórico.

[18] Descubriendo la simplicidad, Aureliano utiliza el mismo lenguaje en que su madre había tildado la justicia revolucionaria de «juego espantoso» (pág. 261).

—No, Aureliano —replicó—. Vale más estar muerto que verte convertido en un chafarote[19].

—No me verás —dijo el coronel Aureliano Buendía—. Ponte los zapatos y ayúdame a terminar con esta guerra de mierda.

Al decirlo, no imaginaba que era más fácil empezar una guerra que terminarla. Necesitó casi un año de rigor sanguinario para forzar al gobierno a proponer condiciones de paz favorables a los rebeldes, y otro año para persuadir a sus partidarios de la conveniencia de aceptarlas[20]. Llegó a inconcebibles extremos de crueldad para sofocar las rebeliones de sus propios oficiales, que se resistían a feriar la victoria, y terminó apoyándose en fuerzas enemigas para acabar de someterlos.

Nunca fue mejor guerrero que entonces. La certidumbre de que por fin peleaba por su propia liberación, y no por ideales abstractos, por consignas que los políticos podían voltear al derecho y al revés según las circunstancias, le infundió un entusiasmo enardecido. El coronel Gerineldo Márquez, que luchó por el fracaso con tanta convicción y tanta lealtad como antes había luchado por el triunfo, le reprochaba su temeridad inútil. «No te preocupes», sonreía él. «Morirse es mucho más difícil de lo que uno cree.» En su caso era verdad. La seguridad de que su día estaba señalado lo invistió de una inmunidad misteriosa, una inmortalidad a término fijo que lo hizo invulnerable a los riesgos de la guerra, y le permitió finalmente conquistar una derrota que era mucho más difícil, mucho más sangrienta y costosa que la victoria.

En casi veinte años de guerra, el coronel Aureliano Buendía había estado muchas veces en la casa, pero el estado de urgencia en que llegaba siempre, el aparato militar que lo acompañaba a todas partes, el aura de leyenda que doraba su

---

[19] *Chafarote:* por metonimia, «carnicero».
[20] Trasposición de la actitud histórica de Rafael Uribe Uribe quien convencido del fracaso de la revolución liberal buscó la paz «con las armas en la mano, ya que una entrega resignada equivale a aniquilar el partido. La guerra hay que terminarla decorosamente con un tratado de paz que garantice los derechos de los vencidos». (E. Santa, pág. 290.)

presencia y a la cual no fue insensible ni la propia Úrsula, terminaron por convertirlo en un extraño. La última vez que estuvo en Macondo, y tomó una casa para sus tres concubinas, no se le vio en la suya sino dos o tres veces, cuando tuvo tiempo de aceptar invitaciones a comer. Remedios, la bella, y los gemelos, nacidos en plena guerra, apenas si lo conocían. Amaranta no lograba conciliar la imagen del hermano que pasó la adolescencia fabricando pescaditos de oro, con la del guerrero mítico[21] que había interpuesto entre él y el resto de la humanidad una distancia de tres metros. Pero cuando se conoció la proximidad del armisticio y se pensó que él regresaba otra vez convertido en un ser humano, rescatado por fin para el corazón de los suyos, los afectos familiares aletargados por tanto tiempo renacieron con más fuerza que nunca.

—Al fin —dijo Úrsula— tendremos otra vez un hombre en la casa.

Amaranta fue la primera en sospechar que lo habían perdido para siempre. Una semana antes del armisticio, cuando él entró en la casa sin escolta, precedido por dos ordenanzas descalzos que depositaron en el corredor los aperos de la mula y el baúl de los versos, único saldo de su antiguo equipaje imperial, ella lo vio pasar frente al costurero y lo llamó. El coronel Aureliano Buendía pareció tener dificultad para reconocerla.

—Soy Amaranta —dijo ella de buen humor, feliz de su regreso, y le mostró la mano con la venda negra—. Mira.

El coronel Aureliano Buendía le hizo la misma sonrisa de la primera vez en que la vio con la venda, la remota mañana en que volvió a Macondo sentenciado a muerte[22].

—¡Qué horror —dijo—, cómo se pasa el tiempo![23].

---

[21] *Aura de leyenda... guerrero mítico:* la lengua remite a cierto tipo de discurso, el de la leyenda épica, que aparta al héroe del resto de la humanidad. El aislamiento de Aureliano reproduce el del fundador mítico, su padre.

[22] «Miró a Amaranta, que permanecía indecisa a dos pasos detrás de Úrsula, y le sonrió al preguntarle: "¿Qué te pasó en la mano?"» (pág. 222).

[23] Aureliano repite en forma admirativa la observación de Úrsula en su celda de sentenciado a muerte: «El tiempo pasa» (pág. 224, nota 5). A lo cual él mismo había contestado: «Así es, pero no tanto.» Se repetirá esta escena con un juego especular diferente (véase pág. 454).

El éjercito regular tuvo que proteger la casa. Llegó vejado, escupido, acusado de haber recrudecido la guerra sólo para venderla más cara. Temblaba de fiebre y de frío y tenía otra vez las axilas empedradas de golondrinas. Seis meses antes, cuando oyó hablar del armisticio, Úrsula había abierto y barrido la alcoba nupcial, y había quemado mirra en los rincones, pensando que él regresaría dispuesto a envejecer despacio entre las enmohecidas muñecas de Remedios. Pero en realidad, en los dos últimos años él le había pagado sus cuotas finales a la vida, inclusive la del envejecimiento. Al pasar frente al taller de platería, que Úrsula había preparado con especial diligencia, ni siquiera advirtió que las llaves estaban puestas en el candado. No percibió los minúsculos y desgarradores destrozos que el tiempo había hecho en la casa, y que después de una ausencia tan prolongada habrían parecido un desastre a cualquier hombre que conservara vivos sus recuerdos. No le dolieron las peladuras de cal en las paredes, ni los sucios algodones de telaraña en los rincones, ni el polvo de las begonias, ni las nervaduras del comején en las vigas, ni el musgo de los quicios[24], ni ninguna de las trampas insidiosas que le tendía la nostalgia. Se sentó en el corredor, envuelto en la manta y sin quitarse las botas, como esperando apenas que escampara, y permaneció toda la tarde viendo llover sobre las begonias. Úrsula comprendió entonces que no lo tendría en la casa por mucho tiempo. «Si no es la guerra —pensó— sólo puede ser la muerte.» Fue una suposición tan nítida, tan convincente, que la identificó como un presagio.

Esa noche, en la cena, el supuesto Aureliano Segundo desmigajó el pan con la mano derecha y tomó la sopa con la izquierda. Su hermano gemelo, el supuesto José Arcadio Segundo, desmigajó el pan con la mano izquierda y tomó la

[24] La casa tiene vida propia, ya que «esta familia Buendía, que sería el círculo donde ocurre lo central de la novela, no podría existir sin un círculo que lo englobe. Alguna vez la novela quiso llamarse *La Casa*. Y hay una historia, que es la historia de la casa. Nosotros podemos seguir, a lo largo de diversos episodios, qué es lo que pasa en la casa». (A. Rama, *Ciclo de conferencias... en Cali*.)

sopa con la derecha. Era tan precisa la coordinación de sus movimientos que no parecían dos hermanos sentados el uno frente al otro, sino un artificio de espejos[25]. El espectáculo que los gemelos habían concebido desde que tuvieron conciencia de ser iguales fue repetido en honor del recién llegado. Pero el coronel Aureliano Buendía no lo advirtió. Parecía tan ajeno a todo que ni siquiera se fijó en Remedios, la bella, que pasó desnuda hacia el dormitorio. Úrsula fue la única que se atrevió a perturbar su abstracción.

—Si has de irte otra vez —le dijo a mitad de la cena—, por lo menos trata de recordar cómo éramos esta noche.

Entonces el coronel Aureliano Buendía se dio cuenta, sin asombro, que Úrsula era el único ser humano que había logrado desentrañar su miseria, y por primera vez en muchos años se atrevió a mirarla a la cara. Tenía la piel cuarteada, los dientes carcomidos, el cabello marchito y sin color, y la mirada atónita. La comparó con el recuerdo más antiguo que tenía de ella, la tarde en que él tuvo el presagio de que una olla de caldo hirviendo iba a caerse de la mesa[26], y la encontró despedazada. En un instante descubrió los arañazos, los verdugones, las mataduras, las úlceras y cicatrices que había dejado en ella más de medio siglo de vida cotidiana, y comprobó que esos estragos no suscitaban en él ni siquiera un sentimiento de piedad. Hizo entonces un último esfuerzo para buscar en su corazón el sitio donde se le habían podrido los afectos, y no pudo encontrarlo. En otra época, al menos, experimentaba un confuso sentimiento de vergüenza cuando sorprendía en su propia piel el olor de Úrsula, y en más de una ocasión sintió sus pensamientos interferidos por

[25] El tema del espejo, recurrente en *C.A.S.*, plasma en el nivel del enunciado el proceso de repetición, eje estructural de la novela. Aquí se realiza de manera perfecta y viva en la figura (también mítica) de los gemelos: Aureliano Segundo y José Arcadio Segundo «son idénticos: son uno que es dos, repetido y reflejándose a sí mismo». (J. Ludmer, pág. 160.)

[26] También aquí tenemos una especie de imagen especular: hasta ahora en Úrsula quien se acordaba del incidente de la olla vertida (pág. 99): el recuerdo se revierte en la memoria de Aureliano. Al mismo tiempo el relato agrega un dato nuevo por yuxtaposición de los episodios: «el recuerdo más antiguo que tenía» el coronel de su madre data de cuando tenía tres años.

el pensamiento de ella. Pero todo eso había sido arrasado por la guerra. La propia Remedios, su esposa, era en aquel momento la imagen borrosa de alguien que pudo haber sido su hija. Las incontables mujeres que conoció en el desierto del amor, y que dispersaron su simiente en todo el litoral, no habían dejado rastro alguno en sus sentimientos. La mayoría de ellas entraba en el cuarto en la oscuridad y se iban antes del alba, y al día siguiente eran apenas un poco de tedio en la memoria corporal[27]. El único afecto que prevalecía contra el tiempo y la guerra fue el que sintió por su hermano José Arcadio, cuando ambos eran niños, y no estaba fundado en el amor, sino en la complicidad[28].

—Perdone —se excusó ante la petición de Úrsula—. Es que esta guerra ha acabado con todo.

En los días siguientes se ocupó de destruir todo rastro de su paso por el mundo. Simplificó el taller de platería hasta sólo dejar los objetos impersonales, regaló sus ropas a los ordenanzas y enterró sus armas en el patio con el mismo sentido de penitencia con que su padre enterró la lanza que dio muerte a Prudencio Aguilar[29]. Sólo conservó una pistola, y con una sola bala. Úrsula no intervino. La única vez que lo disuadió fue cuando él estaba a punto de destruir el daguerrotipo de Remedios que se conservaba en la sala, alumbrado por una lámpara eterna. «Ese retrato dejó de pertenecerte hace mucho tiempo», le dijo. «Es una reliquia de la familia.» La víspera del armisticio, cuando ya no quedaba en la casa un solo objeto que permitiera recordarlo, llevó a la panadería el baúl con los versos en el momento en que Santa Sofía de la Piedad se preparaba para encender el horno.

—Préndalo con esto —le dijo él, entregándole el primer

---

[27] Véase pág. 229, nota 15.

[28] «[...] muy pronto padecieron ambos la misma somnolencia, sintieron el mismo desprecio por la alquimia y la sabiduría de su padre, y se refugiaron en la soledad» (pág. 116).

[29] En efecto, Aureliano repite el sacrificio expiatorio de su padre: «José Arcadio Buendía enterró la lanza en el patio y degolló uno tras otro sus magníficos gallos de pelea, confiando en que en esa forma le daba un poco de paz a Prudencio Aguilar» (págs. 108-109).

rollo de papeles amarillento—. Arde mejor, porque son cosas muy viejas.

Santa Sofía de la Piedad, la silenciosa, la condescendiente, la que nunca contrarió ni a sus propios hijos, tuvo la impresión de que aquel era un acto prohibido.

—Son papeles importantes —dijo.

—Nada de eso —dijo el coronel—. Son cosas que se escriben para uno mismo.

—Entonces —dijo ella— quémelos usted mismo, coronel.

No sólo lo hizo, sino que despedazó el baúl con una hachuela y echó las astillas al fuego[30]. Horas antes, Pilar Ternera había estado a visitarlo. Después de tantos años de no verla, el coronel Aureliano Buendía se asombró de cuánto había envejecido y engordado, y de cuánto había perdido el esplendor de su risa, pero se asombró también de la profundidad que había logrado en la lectura de las barajas. «Cuídate la boca», le dijo ella, y él se preguntó si la otra vez que se lo dijo, en el apogeo de la gloria[31], no había sido una visión sorprendentemente anticipada de su destino. Poco después, cuando su médico personal acabó de extirparle los golondrinos, él le preguntó sin demostrar un interés particular cuál era el sitio exacto del corazón. El médico lo auscultó y le pintó luego un círculo en el pecho con un algodón sucio de yodo.

El martes del armisticio amaneció tibio y lluvioso. El coronel Aureliano Buendía apareció en la cocina antes de las cinco y tomó su habitual café sin azúcar. «Un día como este viniste al mundo»[32], le dijo Úrsula. «Todos se asustaron con

---

[30] Quemar sus versos representa para Aureliano el último sacrificio para alcanzar la «simplicidad» redescubierta. No quiere dejar huellas de su vida: por eso no deja ni fotografías suyas, ni textos por descifrar. Como veremos, alcanzará el «blanco» deseado... sin saber que los manuscritos de Melquíades rescatarían su historia.

[31] Véase pág. 236.

[32] «La paz de Neerlandia se firmó el día del cumpleaños de Uribe Uribe y en *C.A.S.* la firma parece coincidir con el cumpleaños del coronel Buendía.» (M. Vargas Llosa, pág. 122.) Siguiendo el juego de asimilaciones, se podría entender las alusiones a un martes (día aciago) lluvioso (lluvia de octubre, ya que el tratado de Neerlandia se firmó el 24 de octubre de 1902). Sin embargo, el coronel nació en marzo (pág. 99).

tus ojos abiertos.» Él no le puso atención porque estaba pendiente de los aprestos de tropa, los toques de corneta y las voces de mando que estropeaban el alba. Aunque después de tantos años de guerra debían parecerle familiares, esta vez experimentó el mismo desaliento en las rodillas, y el mismo cabrilleo de la piel que había experimentado en su juventud en presencia de una mujer desnuda. Pensó confusamente, al fin capturado en una trampa de la nostalgia, que tal vez si se hubiera casado con ella hubiera sido un hombre sin guerra y sin gloria, un artesano sin nombre, un animal feliz[33]. Ese estremecimiento tardío, que no figuraba en sus previsiones, le amargó el desayuno. A las siete de la mañana, cuando el coronel Gerineldo Márquez fue a buscarlo en compañía de un grupo de oficiales rebeldes, lo encontró más taciturno que nunca, más pensativo, y solitario. Úrsula trató de echarle sobre los hombros una manta nueva. «Qué va a pensar el gobierno», le dijo. «Se imaginarán que te has rendido porque ya no tenías ni con qué comprar una manta.» Pero él no la aceptó. Ya en la puerta, viendo que seguía la lluvia, se dejó poner un viejo sombrero de fieltro de José Arcadio Buendía.

—Aureliano —le dijo entonces Úrsula—, prométeme que si te encuentras por ahí con la mala hora[34], pensarás en tu madre.

Él le hizo una sonrisa distante, levantó la mano con todos los dedos extendidos, y sin decir una palabra abandonó la casa y se enfrentó a los gritos, vituperios y blasfemias que habían de perseguirlo hasta la salida del pueblo. Úrsula pasó la tranca en la puerta decidida a no quitarla en el resto de su vida. «Nos pudriremos aquí dentro», pensó. «Nos volveremos ceniza en esta casa sin hombres, pero no le daremos a este pueblo miserable el gusto de vernos llorar.» Estuvo toda

---

[33] Aureliano recuerda su iniciación sexual frustrada con «la mulata adolescente», prefiguración de Eréndida: «[...] no podía tenerse en pie a causa del desaliento de sus rodillas, y aunque tenía la piel erizada y ardiente no podía resistir a la urgencia de expulsar el peso de las tripas, [...] tomó la serena decisión de casarse con ella para liberarla del despotismo de la abuela [...]» (Er., págs. 128-129).

[34] M. Vargas Llosa, pág. 493, opina que aquí hay un eco del título de la novela de GGM publicada en 1961, con el sentido de «peste» que ahí tiene.

la mañana buscando un recuerdo de su hijo en los más secretos rincones, pero no pudo encontrarlo.

El acto se celebró a veinte kilómetros de Macondo, a la sombra de una ceiba gigantesca en torno a la cual había de fundarse más tarde el pueblo de Neerlandia[35]. Los delegados del gobierno y los partidos, y la comisión rebelde que entregó las armas, fueron servidos por un bullicioso grupo de novicias de hábitos blancos, que parecían un revuelo de palomas asustadas por la lluvia. El coronel Aureliano Buendía llegó en una mula embarrada. Estaba sin afeitar, más atormentado por el dolor de los golondrinos que por el inmenso fracaso de sus sueños, pues había llegado al término de toda esperanza, más allá de la gloria y de la nostalgia de la gloria. De acuerdo con lo dispuesto por él mismo, no hubo música, ni cohetes, ni campanas de júbilo, ni vítores, ni ninguna otra manifestación que pudiera alterar el carácter luctuoso del armisticio. Un fotógrafo ambulante que tomó el único retrato suyo que hubiera podido conservarse fue obligado a destruir las placas sin revelarlas.

El acto duró apenas el tiempo indispensable para que se estamparan las firmas. En torno de la rústica mesa[36] colocada en el centro de una remendada carpa de circo, donde se sentaron los delegados, estaban los últimos oficiales que permanecieron fieles al coronel Aureliano Buendía. Antes de tomar las firmas, el delegado personal del presidente de la república trató de leer en voz alta el acta de la rendición, pero el coronel Aureliano Buendía se opuso. «No perdamos el tiempo en formalismos», dijo, y se dispuso a firmar los pliegos

---

[35] Sobre el acontecimiento histórico, véase pág. 200, nota 4. La escena figuraba ya en *El coronel no tiene quien le escriba*: «[...] al día siguiente del tratado de Neerlandia cuando el gobierno prometió auxilios de viaje e indemnizaciones a doscientos oficiales de la revolución. Acampado en torno a la gigantesca ceiba de Neerlandia un batallón revolucionario compuesto en gran parte por adolescentes fugados de la escuela, esperó durante tres meses» (páginas 42-43). En la historia un árbol de la Paz debía sembrarse para recordar el tratado. «En *C.A.S.* el árbol ya existe cuando la firma del tratado.» (M. Vargas Llosa, pág. 122.)

[36] Según un testigo de la firma del tratado, hizo de mesa «el suelo de la casa de la hacienda, y de manteles, anchas y frescas hojas de plátano». (E. Santa, pág. 298.)

sin leerlos. Uno de sus oficiales rompió entonces el silencio soporífero de la carpa.

—Coronel —dijo—, háganos el favor de no ser el primero en firmar.

El coronel Aureliano Buendía accedió. Cuando el documento dio la vuelta completa a la mesa, en medio de un silencio tan nítido que habrían podido descifrarse las firmas por el garrapateo de la pluma en el papel, el primer lugar estaba todavía en blanco[37]. El coronel Aureliano Buendía se dispuso a ocuparlo.

—Coronel —dijo entonces otro de sus oficiales—, todavía tiene tiempo de quedar bien.

Sin inmutarse, el coronel Aureliano Buendía firmó la primera copia. No había acabado de firmar la última cuando apareció en la puerta de la carpa un coronel rebelde llevando del cabestro una mula cargada con dos baúles. A pesar de su extremada juventud, tenía un aspecto árido y una expresión paciente. Era el tesorero de la revolución en la circunscripción de Macondo. Había hecho un penoso viaje de seis días, arrastrando la mula muerta de hambre, para llegar a tiempo al armisticio. Con una parsimonia exasperante descargó los baúles, los abrió, y fue poniendo en la mesa, uno por uno, setenta y dos ladrillos de oro. Nadie recordaba la existencia de aquella fortuna. En el desorden del último año, cuando el mando central saltó en pedazos y la revolución degeneró en una sangrienta rivalidad de caudillos, era imposible determinar ninguna responsabilidad. El oro de la rebelión, fundido en bloques que luego fueron recubiertos de barro cocido, quedó fuera de todo control. El coronel Aureliano Buendía hizo incluir los setenta y dos ladrillos de oro en el inventario de la rendición, y clausuró el acto sin permitir discursos. El escuálido adolescente permaneció frente a él, mirándolo a los ojos con sus serenos ojos color de almíbar.

—¿Algo más? —le preguntó el coronel Aureliano Buendía. El joven coronel apretó los dientes.

---

[37] En *C.A.S.*, cada acto de escritura está minuciosamente descrito y cada vez se mencionan la calidad «cifrada» del texto y la posibilidad correlativa de descifrarlo.

—El recibo —dijo.

El coronel Aureliano Buendía se lo extendió de su puño y letra[38]. Luego tomó un vaso de limonada y un pedazo de bizcocho que repartieron las novicias, y se retiró a una tienda de campaña que le habían preparado por si quería descansar. Allí se quitó la camisa, se sentó en el borde del catre, y a las tres y cuarto de la tarde se disparó un tiro de pistola en el círculo de yodo que su médico personal le había pintado en el pecho. A esa hora, en Macondo, Úrsula destapó la olla de la leche en el fogón, extrañada de que se demorara tanto para hervir, y la encontró llena de gusanos.

—¡Han matado a Aureliano! —exclamó[39].

Miró hacia el patio, obedeciendo a una costumbre de su soledad, y entonces vio a José Arcadio Buendía, empapado, triste de lluvia y mucho más viejo que cuando murió. «Lo han matado a traición —precisó Úrsula— y nadie le hizo la caridad de cerrarle los ojos.» Al anochecer vio a través de las lágrimas los raudos y luminosos discos anaranjados que cruzaron el cielo como una exhalación, y pensó que era una señal de la muerte[40]. Estaba todavía bajo el castaño, sollozan-

---

[38] Este tesorero de la revolución es el mismo «héroe» de *El coronel no tiene quien le escriba* que tenía veinte años cuando lo nombraron coronel *(Cor.*, página 42). He aquí la misma escena en la novela de 1958: «Como tesorero de la revolución en la circunscripción de Macondo había realizado un penoso viaje de seis días con los fondos de la guerra civil en dos baúles amarrados al lomo de una mula. Llegó al campamento de Neerlandia arrastrando la mula muerta de hambre media hora antes de que se firmara el tratado. El coronel Aureliano Buendía —intendente general de las fuerzas revolucionarias en el litoral Atlántico— extendió el recibo de los fondos e incluyó los dos baúles en el inventario de la rendición. Son documentos de un valor incalculable» —dijo el coronel—. Hay un recibo escrito de su puño y letra del coronel Aureliano Buendía.» *(Cor.*, pág. 45).

[39] «Aparte de estos hechos y personajes cuya naturaleza 'milagrosa' se liga a la religión cristiana en términos más o menos ortodoxos, hay otros vinculados a desviaciones o deformaciones de la fe cristiana (superstición) y a distintas religiones (doctrina de la reencarnación, espiritismo, creencias esotéricas). Es el caso de todos los hechos imaginarios que tienen que ver con la muerte.» (M. Vargas Llosa, págs. 532-533.) Tampoco esta vez Úrsula, mala descodificadora, sabe leer el presagio.

[40] Primera aparición de los «discos anaranjados» en el cielo de Macondo. Son, de hecho, señales de muerte o del final de algo (véase pág. 462, nota 21).

do en las rodillas de su esposo, cuando llevaron al coronel Aureliano Buendía envuelto en la manta acartonada de sangre seca y con los ojos abiertos de rabia.

Estaba fuera de peligro. El proyectil siguió una trayectoria tan limpia que el médico le metió por el pecho y le sacó por la espalda un cordón empapado en yodo. «Esta es mi obra maestra», le dijo satisfecho. «Era el único punto por donde podía pasar una bala sin lastimar ningún centro vital.» El coronel Aureliano Buendía se vio rodeado de novicias misericordiosas que entonaban salmos desesperados por el eterno descanso de su alma, y entonces se arrepintió de no haberse dado el tiro en el paladar como lo tenía previsto, sólo por burlar el pronóstico de Pilar Ternera.

—Si todavía me quedara autoridad —le dijo al doctor—, lo haría fusilar sin fórmula de juicio. No por salvarme la vida, sino por hacerme quedar en ridículo.

El fracaso de la muerte le devolvió en pocas horas el prestigio perdido. Los mismos que inventaron la patraña de que había vendido la guerra por un aposento cuyas paredes estaban construidas con ladrillos de oro, definieron la tentativa de suicidio como un acto de honor, y lo proclamaron mártir. Luego, cuando rechazó la Orden del Mérito que le otorgó el presidente de la república, hasta sus más encarnizados rivales desfilaron por su cuarto pidiéndole que desconociera los términos del armisticio y promoviera una nueva guerra. La casa se llenó de regalos de desagravio. Tardíamente impresionado por el respaldo masivo de sus antiguos compañeros de armas, el coronel Aureliano Buendía no descartó la posibilidad de complacerlos. Al contrario, en cierto momento pareció tan entusiasmado con la idea de una nueva guerra que el coronel Gerineldo Márquez pensó que sólo esperaba un pretexto para proclamarla. El pretexto se le ofreció, efectivamente, cuando el presidente de la república se negó a asignar las pensiones de guerra a los antiguos combatientes, liberales o conservadores, mientras cada expediente no fuera revisado por una comisión especial, y la ley de asignaciones aprobada por el congreso[41].

---

[41] En el histórico tratado de Neerlandia «se reconoció a los revolucionarios la condición de beligerantes y se les ofreció paz con garantías. El gobier-

«Esto es un atropello», tronó el coronel Aureliano Buendía. «Se morirán de viejos esperando el correo»[42]. Abandonó por primera vez el mecedor que Úrsula le compró para la convalecencia, y dando vueltas en la alcoba dictó un mensaje terminante para el presidente de la república. En ese telegrama, que nunca fue publicado, denunciaba la primera violación del tratado de Neerlandia y amenazaba con proclamar la guerra a muerte si la asignación de las pensiones no era resuelta en el término de quince días. Era tan justa su actitud, que permitía esperar, inclusive, la adhesión de los antiguos combatientes conservadores. Pero la única respuesta del gobierno fue el refuerzo de la guardia militar que se había puesto a la puerta de la casa, con el pretexto de protegerla, y la prohibición de toda clase de visitas[43]. Medidas similares se adoptaron en todo el país con otros caudillos de cuidado. Fue una operación tan oportuna, drástica y eficaz, que dos meses después del armisticio, cuando el coronel Aureliano Buendía fue dado de alta, sus instigadores más decididos estaban muertos o expatriados, o habían sido asimilados para siempre por la administración pública.

El coronel Aureliano Buendía abandonó el cuarto en diciembre[44], y le bastó con echar una mirada al corredor para no volver a pensar en la guerra. Con una vitalidad que parecía imposible a sus años, Úrsula había vuelto a rejuvenecer la casa. «Ahora van a ver quien soy yo», dijo cuando supo que

---

no pondría en libertad a los prisioneros de guerra y presos políticos, daría salvoconductos, pasaportes y auxilios de marcha hasta sus hogares a los revolucionarios que entregaran las armas; garantizaba a estos que no serían perseguidos, juzgados ni penados a causa de la revolución. Pero en el tratado no figura esta cláusula según la cual se reconocía el título militar a los combatientes revolucionarios y se les ofrecía jubilación y pensiones, que aparece en *El coronel no tiene quien le escriba* y *C.A.S.*». (M. Vargas Llosa, págs. 122-123.)

[42] Vista desde la perspectiva de la génesis de la narrativa de GGM, ésta es una profecía «al revés»: Aureliano resume todo el drama del personaje de la novela de 1958.

[43] Se repite el esquema clásico en la novela y en la realidad: a las protestas y reclamaciones justas, responde el poder con la represión.

[44] *En diciembre,* cuando fue dado de alta, o sea *dos meses* después del armisticio. Se confirma que la fecha del tratado ficticio se corresponde con la de la paz histórica (octubre).

su hijo viviría. «No habrá una casa mejor, ni más abierta a todo el mundo, que esta casa de locos.» La hizo lavar y pintar, cambió los muebles, restauró el jardín y sembró flores nuevas, y abrió puertas y ventanas para que entrara hasta los dormitorios la deslumbrante claridad del verano[45]. Decretó el término de los numerosos lutos superpuestos, y ella misma cambió los viejos trajes rigurosos por ropas juveniles. La música de la pianola volvió a alegrar la casa. Al oírla, Amaranta se acordó de Pietro Crespi, de su gardenia crepuscular y su olor lavanda, y en el fondo de su marchito corazón floreció un rencor limpio, purificado por el tiempo. Una tarde en que trataba de poner orden en la sala, Úrsula pidió ayuda a los soldados que custodiaban la casa. El joven comandante de la guardia les concedió el permiso. Poco a poco, Úrsula les fue asignando nuevas tareas. Los invitaba a comer, les regalaba ropas y zapatos y les enseñaba a leer y escribir. Cuando el gobierno suspendió la vigilancia, uno de ellos se quedó viviendo en la casa, y estuvo a su servicio por muchos años. El día de Año Nuevo, enloquecido por los desaires de Remedios, la bella, el joven comandante de la guardia amaneció muerto de amor junto a su ventana[46].

---

[45] Véase pág. 276, nota 24.
[46] El final del capítulo o fragmento abre un nuevo círculo narrativo, el de los estragos causados por la belleza de Remedios, hija de Arcadio y Santa Sofía de la Piedad.

Años después, en su lecho de agonía, Aureliano Segundo había de recordar la lluviosa tarde de junio en que entró en el dormitorio a conocer a su primer hijo. Aunque era lánguido y llorón, sin ningún rasgo de un Buendía, no tuvo que pensar dos veces para ponerle nombre.

—Se llamará José Arcadio —dijo.

Fernanda del Carpio[1], la hermosa mujer con quien se había casado el año anterior, estuvo de acuerdo. En cambio, Úrsula no pudo ocultar un vago sentimiento de zozobra. En la larga historia de la familia, la tenaz repetición de los nombres le había permitido sacar conclusiones que le parecían terminantes. Mientras los Aurelianos eran retraídos, pero de mentalidad lúcida, los José Arcadio eran impulsivos y emprendedores, pero estaban marcados por un signo trágico. Los únicos casos de clasificación imposible eran los de José Arcadio Segundo y Aureliano Segundo[2]. Fueron tan pareci-

---

[1] *Fernanda del Carpio:* el nombre «alude al medievalismo español y a los cantares de gesta». (J. Ludmer, pág. 66, nota 20.)

[2] Esta nueva ley hereditaria, dada a conocer como otras por Úrsula (véase pág. 255, nota 25) ha sido citada y comentada por una cantidad abrumadora de críticos. Por eso prefiero dejar la palabra a Plinio Apuleyo Mendoza y al propio autor, quien enuncia otra regla hereditaria: «—No te voy a preguntar lo que tantas veces te han preguntado: por qué hay tantos Aurelianos y tantos José Arcadios, pues es sabido que se trata de una modalidad muy latinoamericana: todos nos llamamos como nuestros padres o abuelos, y en tu familia se ha llegado hasta el delirio de que otro hermano tuyo se llame también Gabriel. Pero creo saber que hay una pista para distinguir a los Aurelianos de los José Arcadios, ¿cuál es? —Una pista muy fácil: los José Arcadios prolongan la estirpe, pero no los Aurelianos. Con una sola excepción, la de José Arcadio Segundo y Aureliano Segundo, probablemente porque siendo gemelos exactamente iguales fueron confundidos en la infancia.» *(El olor de la guayaba,* pág. 108.)

dos y traviesos durante la infancia que ni la propia Santa Sofía de la Piedad podía distinguirlos. El día del bautismo,
Amaranta les puso esclavas con sus respectivos nombres y
los vistió con ropas de colores distintos marcadas con las iniciales de cada uno, pero cuando empezaron a asistir a la escuela optaron por cambiarse la ropa y las esclavas y por llamarse ellos mismos con los nombres cruzados. El maestro
Melchor Escalona, acostumbrado a conocer a José Arcadio
Segundo por la camisa verde, perdió los estribos cuando descubrió que éste tenía la esclava de Aureliano Segundo, y que
el otro decía llamarse, sin embargo, Aureliano Segundo a pesar de que tenía la camisa blanca y la esclava marcada con el
nombre de José Arcadio Segundo. Desde entonces no se sabía con certeza quién era quién. Aun cuando crecieron y la
vida los hizo diferentes, Úrsula seguía preguntándose si ellos
mismos no habrían cometido un error en algún momento
de su intrincado juego de confusiones, y habían quedado
cambiados para siempre. Hasta el principio de la adolescencia fueron dos mecanismos sincrónicos. Despertaban al mismo tiempo, sentían deseos de ir al baño a la misma hora, su-
frían los mismos trastornos de salud y hasta soñaban las mismas cosas. En la casa, donde se creía que coordinaban sus
actos por el simple deseo de confundir, nadie se dio cuenta
de la realidad hasta un día en que Santa Sofía de la Piedad le
dio a uno un vaso de limonada, y más tardó en probarlo que
el otro en decir que le faltaba azúcar. Santa Sofía de la Piedad, que en efecto había olvidado ponerle azúcar a la limonada, se lo contó a Úrsula. «Así son todos», dijo ella sin sorpresa. «Locos de nacimiento.» El tiempo acabó por desorde-
nar las cosas[3]. El que en los juegos de confusión se quedó
con el nombre de Aureliano Segundo se volvió monumental
como el abuelo, y el que se quedó con el nombre de José Arcadio Segundo se volvió óseo como el coronel, y lo único
que conservaron en común fue el aire solitario de la familia.
Tal vez fue ese entrecruzamiento de estaturas, nombres y ca-

---

[3] Se enuncia explícitamente la regla de la degradación producida por el
tiempo lineal, histórico.

shake, shiver, shudder

racteres lo que hizo sospechar a Úrsula que estaban barajados desde la infancia.

La diferencia decisiva se reveló en plena guerra cuando José Arcadio Segundo le pidió al coronel Gerineldo Márquez que le llevara a ver los fusilamientos. Contra el parecer de Úrsula, sus deseos fueron satisfechos. Aureliano Segundo, en cambio, se estremeció ante la sola idea de presenciar una sola ejecución[4]. Prefería la casa. A los doce años le preguntó a Úrsula qué había en el cuarto clausurado. «Papeles», le contestó ella. «Son los libros de Melquíades y las cosas raras que escribía en sus últimos años.» La respuesta, en vez de tranquilizarlo, aumentó su curiosidad. Insistió tanto, prometió con tanto ahínco no maltratar las cosas, que Úrsula le dio las llaves. Nadie había vuelto a entrar al cuarto desde que sacaron el cadáver de Melquíades y pusieron en la puerta el candado cuyas piezas se soldaron con la herrumbre[5]. Pero cuando Aureliano Segundo abrió las ventanas[6] entró una luz familiar que parecía acostumbrada a iluminar el cuarto todos los días, y no había el menor rastro de polvo o telaraña, sino que todo estaba barrido y limpio, mejor barrido y más limpio que el día del entierro, y la tinta no se había secado en el tintero ni el óxido había alterado el brillo de los metales, ni se había extinguido el rescoldo del atanor donde José Arcadio Buendía vaporizó el mercurio. En los anaqueles estaban los libros empastados en una materia acar-

---

[4] «[...] en un cuerpo de Aureliano un nombre José Arcadio realiza actividades propias del grupo que inauguró José Arcadio: cuerpo, nombre y funciones son así los tres elementos que constituyen un personaje; son datos variables, móviles, que se combinan de modos diferentes en cada actor.» (J. Ludmer, pág. 162.)

[5] La clausura del cuarto de Melquíades es un dato agregado al relato de su entierro (véase pág. 167).

[6] *Ventanas:* el plural es, quizás, un leve descuido ya que «cuando Úrsula dispuso la ampliación de la casa, le [a Melquíades] hizo construir un cuarto especial [...] con *una* ventana inundada de luz [...]» (pág. 164; la cursiva es nuestra). El descuido puede transformarse en contradicción narrativa si se toma en cuenta la secuencia cronológica de los hechos: 1. Muerte de Melquíades y clausura del cuarto con los manuscritos (págs. 167 y la presente); 2. Arcadio, desesperado por la muerte del gitano, «trató de revivirlo en el estudio inútil de sus papeles» (pág. 209), o sea que, teóricamente, tuvo que entrar al cuarto clausurado; 3. «Nadie había vuelto a entrar al cuarto...»

tonada y pálida como la piel humana curtida, y estaban los manuscritos intactos. A pesar del encierro de muchos años, el aire parecía más puro que en el resto de la casa. Todo era tan reciente[7], que varias semanas después, cuando Úrsula entró al cuarto con un cubo de agua y una escoba para lavar los pisos, no tuvo nada que hacer. Aureliano Segundo estaba abstraído en la lectura de un libro. Aunque carecía de pastas y el título no aparecía por ninguna parte, el niño gozaba con la historia de una mujer que se sentaba a la mesa y sólo comía granos de arroz que prendía con alfileres, y con la historia del pescador que le pidió prestado a su vecino un plomo para su red y el pescado con que lo recompensó más tarde tenía un diamante en el estómago, y con la lámpara que satisfacía los deseos y las alfombras que volaban. Asombrado, le preguntó a Úrsula si todo aquello era verdad, y ella le contestó que sí, que muchos años antes los gitanos llevaban a Macondo las lámparas maravillosas y las esteras voladoras[8].

—Lo que pasa —suspiró— es que el mundo se va acabando poco a poco y ya no vienen esas cosas.

Cuando terminó el libro, muchos de cuyos cuentos estaban inconclusos porque faltaban páginas, Aureliano Segundo se dio a la tarea de descifrar los manuscritos[9]. Fue imposible. Las letras parecían ropa puesta a secar en un alambre y se asemejaban más a la escritura musical que a la literaria[10]. Un

---

[7] En el cuarto de Melquíades reina el tiempo estancado, que es también el tiempo de los orígenes, cuando «el mundo *era tan reciente,* que muchas cosas carecían de nombre» (pág. 81).

[8] Según lo confiesa el propio GGM en su entrevista a E. Schoó, el libro que lee Aureliano Segundo es *Las mil y una noches,* cuyos cuentos han tenido una influencia decisiva en su formación literaria (véase M. Vargas Llosa, páginas 182-186). Pero, a su vez, *«Las mil y una noches* no son otra cosa que una gran elaboración literaria de un sistema de cuentos populares» (A. Rama, *Ciclo de conferencias... en Cali).* Es decir, que topamos de nuevo con una de las fuentes fundamentales de *C.A.S.,* las tradiciones folklóricas y el cuento popular (véase la Introducción de J. Marco, págs. 29-33). Buenas muestras de las mismas son el cuento del «gallo capón» (pág. 136) y el «del hombre que se casó con una tía que además era su prima» (pág. 251).

[9] Se trata, pues, de la segunda tentativa de lectura de los manuscritos (véase pág. 289, nota 6).

[10] En efecto son «encíclicas cantadas» (pág. 166).

mediodía ardiente, mientras escrutaba los manuscritos, sintió que no estaba solo en el cuarto. Contra la reverberación de la ventana, sentado con las manos en las rodillas, estaba Melquíades. No tenía más de cuarenta años. Llevaba el mismo chaleco anacrónico y el sombrero de ala de cuervo, y por sus sienes pálidas chorreaba la grasa del cabello derretida por el calor, como lo vieron Aureliano y José Arcadio cuando eran niños. Aureliano Segundo lo reconoció de inmediato, porque aquel recuerdo hereditario se había transmitido de generación en generación, y había llegado a él desde la memoria de su abuelo[11].

—Salud —dijo Aureliano Segundo.

—Salud, joven —dijo Melquíades.

Desde entonces, durante varios años, se vieron casi todas las tardes. Melquíades le hablaba del mundo, trataba de infundirle su vieja sabiduría, pero se negó a traducir los manuscritos. «Nadie debe conocer su sentido mientras no hayan cumplido cien años», explicó. Aureliano Segundo guardó para siempre el secreto de aquellas entrevistas. En una ocasión sintió que su mundo privado se derrumbaba, porque Úrsula entró en el momento en que Melquíades estaba en el cuarto. Pero ella no lo vio.

—¿Con quién hablas? —le preguntó.

—Con nadie —dijo Aureliano Segundo.

—Así era tu bisabuelo —dijo Úrsula—. También él hablaba solo.

José Arcadio Segundo, mientras tanto había satisfecho la ilusión de ver un fusilamiento. Por el resto de su vida recordaría el fogonazo lívido de los seis disparos simultáneos y el eco del estampido que se despedazó por los montes, y la sonrisa triste y los ojos perplejos del fusilado, que permaneció erguido mientras la camisa se le empapaba de sangre, y que seguía sonriendo aún cuando lo desataron del poste y lo metieron en un cajón lleno de cal. «Está vivo», pensó él. «Lo van a enterrar vivo.» Se impresionó tanto, que desde entonces detestó las

---

[11] O sea José Arcadio, hijo, ... pero el recuerdo podía llegarle «desde la memoria del bisabuelo», José Arcadio, el fundador.

prácticas militares y la guerra, no por las ejecuciones sino por la espantosa costumbre de enterrar vivos a los fusilados. Nadie supo entonces en qué momento empezó a tocar las campanas en la torre, y a ayudarle a misa al padre Antonio Isabel, sucesor de *El Cachorro*[12], y a cuidar gallos de pelea en el patio de la casa cural. Cuando el coronel Gerineldo Márquez se enteró, lo reprendió duramente por estar aprendiendo oficios repudiados por los liberales[13]. «La cuestión —contestó él— es que a mí me parece que he salido conservador.» Lo creía como si fuera una determinación de la fatalidad. El coronel Gerineldo Márquez, escandalizado, se lo contó a Úrsula.

—Mejor —aprobó ella—. Ojalá se meta de cura, para que Dios entre por fin a esta casa.

Muy pronto se supo que el padre Antonio Isabel lo estaba preparando para la primera comunión. Le enseñaba el catecismo mientras le afeitaba el pescuezo a los gallos. Le explicaba con ejemplos simples, mientras ponían en sus nidos a las gallinas cluecas, cómo se le ocurrió a Dios en el segundo día de la creación que los pollos se formaran dentro del huevo[14]. Desde entonces manifestaba el párroco los primeros síntomas de delirio senil que lo llevó a decir, años más tarde, que probablemente el diablo había ganado la rebelión contra Dios, y que era aquél quien estaba sentado en el trono celeste, sin revelar su verdadera identidad para atrapar a los incautos. Fogueado por la intrepidez de su preceptor, José Ar-

---

[12] El padre Antonio Isabel ya apareció en *Un día después del sábado,* con su identificación completa: «Antonio Isabel del Santísimo Sacramento del Altar Castañeda y Montero, el manso pastor de la parroquia que a los noventa y cuatro años de edad aseguraba haber visto al diablo en tres ocasiones, y que sin embargo sólo había visto dos pájaros muertos sin atribuirles la menor importancia.» *(Fun.,* pág. 89.)

[13] *Oficios repudiados por los liberales,* y también fuera de la tradición familiar: José Arcadio, el fundador, había rechazado la iglesia como institución (página 177) y prohibido los gallos de pelea «no sólo en la casa sino en todo el poblado». Ésta es la primera ruptura del llamado José Arcadio Segundo con respecto a la familia.

[14] Así se resuelve la pregunta de la metafísica popular, ¿qué fue primero: el huevo o la gallina? Por supuesto no hay que buscar en el *Génesis,* 1:6-8, donde se cuenta la obra de Dios el segundo día, cualquier correspondencia, sino chistosa.

cadio Segundo llegó en pocos meses a ser tan ducho en martingalas teológicas para confundir al demonio, como diestro en las trampas de la gallera. Amaranta le hizo un traje de lino con cuello y corbata, le compró un par de zapatos blancos y grabó su nombre con letras doradas en el lazo del sirio[15]. Dos noches antes de la primera comunión, el padre Antonio Isabel se encerró con él en la sacristía para confesarlo, con la ayuda de un diccionario de pecados. Fue una lista tan larga, que el anciano párroco, acostumbrado a acostarse a las seis, se quedó dormido en el sillón antes de terminar. El interrogatorio fue para José Arcadio Segundo una revelación. No le sorprendió que el padre le preguntara si había hecho cosas malas con mujer, y contestó honradamente que no, pero se desconcertó con la pregunta de si las había hecho con animales. El primer viernes de mayo comulgó torturado por la curiosidad. Más tarde le hizo la pregunta a Petronio, el enfermo sacristán[16] que vivía en la torre y que según decían se alimentaba de murciélagos, y Petronio le contestó: «Es que hay cristianos corrompidos que hacen sus cosas con las burras.» José Arcadio Segundo siguió demostrando tanta curiosidad, pidió tantas explicaciones, que Petronio perdió la paciencia.

—Yo voy los martes en la noche —confesó—. Si prometes no decírselo a nadie, el otro martes te llevo.

El martes siguiente, en efecto, Petronio bajó de la torre con un banquito de madera que nadie supo hasta entonces para qué servía, y se llevó a José Arcadio Segundo a una huerta cercana. El muchacho se aficionó tanto a aquellas incursiones nocturnas, que pasó mucho tiempo antes de que se le viera en la tienda de Catarino[17]. Se hizo hombre de gallos. «Te llevas esos animales a otra parte», le ordenó Úrsula la pri-

---

[15] *Sirio:* 'cirio'; así en la edición original.

[16] En este pasaje lleno de guiños humorísticos (el diccionario de pecados, el interrogatorio, ...); el nombre del sacristán tiene connotaciones dudosas ya que remite al escritor latino *Petronio,* autor del *Satiricón,* de reputación «sulfurosa».

[17] José Arcadio Segundo «se distingue además de los miembros de la familia en sus preferencias sexuales. Es el único aficionado por algún tiempo a la bestialidad (¿habría una conexión, en la novela, entre su falta de niñez y la bestialidad?)» (M. Palencia-Roth, pág. 106).

mera vez que lo vio entrar con sus finos animales de pelea. «Ya los gallos han traído demasiadas amarguras a esta casa para que ahora vengas tú a traernos otras.» José Arcadio Segundo se los llevó sin discusión, pero siguió criándolos donde Pilar Ternera, su abuela, que puso a su disposición cuanto le hacía falta, a cambio de tenerlo en la casa[18]. Pronto demostró en la gallera la sabiduría que le infundió el padre Antonio Isabel, y dispuso de suficiente dinero no sólo para enriquecer sus crías, sino para procurarse satisfacciones de hombre. Úrsula lo comparaba en aquel tiempo con su hermano y no podía entender cómo los dos gemelos que parecieron una sola persona en la infancia habían terminado por ser tan distintos. La perplejidad no le duró mucho tiempo, porque muy pronto empezó Aureliano Segundo a dar muestras de holgazanería y disipación. Mientras estuvo encerrado en el cuarto de Melquíades fue un hombre ensimismado, como lo fue el coronel Aureliano Buendía en su juventud. Pero poco antes del tratado de Neerlandia una casualidad lo sacó de su ensimismamiento y lo enfrentó a la realidad del mundo. Una mujer joven, que andaba vendiendo números para la rifa de un acordeón, lo saludó con mucha familiaridad. Aureliano Segundo no se sorprendió porque ocurría con frecuencia que lo confundieran con su hermano. Pero no aclaró el equívoco, ni siquiera cuando la muchacha trató de ablandarle el corazón con lloriqueos y terminó por llevarlo a su cuarto. Le tomó tanto cariño desde aquel primer encuentro, que hizo trampas en la rifa para que él se ganara el acordeón. Al cabo de dos semanas, Aureliano Segundo se dio cuenta de que la mujer se había estado acostando alternativamente con él y con su hermano, creyendo que eran el mismo hombre, y en vez de aclarar la situación se las arregló para prolongarla. No volvió al cuarto de Melquíades. Pasaba las tardes en el patio, aprendiendo a tocar de oídas el acordeón, contra las protestas de Úrsula, que en aquel tiempo había prohibido la música en la casa a causa de los lutos, y que además menospreciaba el acordeón como un instrumento propio de los vagabun-

---

[18] Pilar Ternera actúa otra vez de protectora de la estirpe.

dos herederos de Francisco el Hombre[19]. Sin embargo, Aureliano Segundo llegó a ser un virtuoso del acordeón y siguió siéndolo después de que se casó y tuvo hijos y fue uno de los hombres más respetados de Macondo.

Durante casi dos meses compartió la mujer con su hermano. Lo vigilaba, le descomponía los planes, y cuando estaba seguro de que José Arcadio Segundo no visitaría esa noche la amante común, se iba a dormir con ella. Una mañana descubrió que estaba enfermo. Dos días después encontró a su hermano aferrado a una viga del baño, empapado en sudor y llorando a lágrima viva, y entonces comprendió. Su hermano le confesó que la mujer lo había repudiado por llevarle lo que ella llamaba una enfermedad de mala vida. Le contó también cómo trataba de curarlo Pilar Ternera. Aureliano Segundo se sometió a escondidas a los ardientes lavados de permanganato y las aguas diuréticas, y ambos se curaron por separado después de tres meses de sufrimientos secretos. José Arcadio Segundo no volvió a ver a la mujer. Aureliano Segundo obtuvo su perdón y se quedó con ella hasta la muerte.

Se llamaba Petra Cotes[20]. Había llegado a Macondo en plena guerra, con un marido ocasional que vivía de las rifas, y cuando el hombre murió, ella siguió con el negocio. Era

---

[19] Véase pág. 143, nota 53. En un artículo de prensa, *Valledupar, la parranda del siglo*, en *El País*, 22-VI-1983, ahora en *Notas de prensa 1980-1984*, páginas 426-429, GGM escribe lo siguiente que merece compararse con este pasaje de *C.A.S.*: «Rafael Escalona, con poco más de quince años, [...] ya se vislumbraba como uno de los *herederos* grandes de la tradición gloriosa de *Francisco el hombre* [...] Además los creadores e intérpretes vallenatos [...] *tocaban de oídas el acordeón* [...] y las familias encopetadas de la región consideraban que los cantos vallenatos eran cosas de peones descalzos [...] no para entrar con la pata en el suelo en las casas decentes. [...] Francisco Moscote, a quien se recuerda con el buen nombre de Francisco el Hombre porque le ganó al diablo en un duelo de acordeón, está tan implantado en la mitología popular que ahora no se sabe a ciencia cierta si en realidad existió [...] De estos dos precursores Francisco el Hombre y Pacho Rada se habla como si hubieran muerto sin edad después de haber vivido durante siglos.» (Lo subrayado es nuestro.)

[20] El apellido integra la línea materna de la genealogía del escritor: su abuela se llamaba Tranquilina Iguarán Cotes. En *Crónica de una muerte anunciada* aparece una Prudencia Cotes, novia de Pablo Vicario (pág. 101) (véase *GGM, coetáneo de la eternidad*, pág. 74, nota 19).

una mulata limpia y joven, con unos ojos amarillos y almen-
drados que le daban a su rostro la ferocidad de una pantera[21],
pero tenía un corazón generoso y una magnífica vocación
para el amor. Cuando Úrsula se dio cuenta de que José Arcadio Segundo era gallero y que Aureliano Segundo tocaba el
acordeón en las fiestas ruidosas de su concubina, creyó enloquecer de confusión. Era como si en ambos se hubieran concentrado los defectos de la familia y ninguna de sus virtudes.
Entonces decidió que nadie volviera a llamarse Aureliano y
José Arcadio. Sin embargo, cuando Aureliano Segundo tuvo
su primer hijo, no se atrevió a contrariarlo[22].

—De acuerdo —dijo Úrsula—, pero con una condición:
yo me encargo de criarlo.

Aunque ya era centenaria y estaba a punto de quedarse ciega por las cataratas[23], conservaba intactos el dinamismo físico,
la integridad del carácter y el equilibrio mental. Nadie mejor
que ella para formar al hombre virtuoso que había de restaurar el prestigio de la familia, un hombre que nunca hubiera
oído hablar de la guerra, los gallos de pelea, las mujeres de
mala vida y las empresas delirantes, cuatro calamidades que,
según pensaba Úrsula, habían determinado la decadencia de
su estirpe. «Este será cura», prometió solemnemente. «Y si
Dios me da vida, ha de llegar a ser Papa.» Todos rieron al oírla, no sólo en el dormitorio, sino en toda la casa, donde estaban reunidos los bulliciosos amigotes de Aureliano Segundo.
La guerra, relegada al desván de los malos recuerdos, fue momentáneamente evocada con los taponazos del champaña.

—A la salud del Papa —brindó Aureliano Segundo.

Los invitados brindaron a coro. Luego el dueño de la casa

[21] Laura Farina, personaje de *Muerte constante más allá del amor,* parece ser
el doble literario de Petra Cotes: es hija de una «negra hermosa» y de un francés; hereda el color y tamaños de la madre «y los ojos amarillos y atónitos del
padre» *(Eréndira,* págs. 62-63); tiene una sensibilidad de animal montuno
(véase *GGM, coetáneo de la eternidad,* pág. 57).

[22] Véase pág. 287.

[23] «Doña Tranquilina murió ciega y loca, como Úrsula Iguarán de Buendía, en Sucre, cuando García Márquez estudiaba en Zipaquirá.» (M. Vargas
Llosa, pág. 24.) M. Vargas Llosa cita el testimonio de Osvaldo Robles Castaño,
quien conoció a la abuela del novelista «sola en aquella vieja casona, y sin la luz
de los ojos que las cataratas se la habían nublado» *(íd.,* págs. 24-25, nota 15).

tocó el acordeón, se reventaron cohetes y se ordenaron tambores de júbilo para el pueblo. En la madrugada, los invitados ensopados en champaña sacrificaron seis vacas y las pusieron en la calle a disposición de la muchedumbre. Nadie se escandalizó. Desde que Aureliano Segundo se hizo cargo de la casa, aquellas festividades eran cosa corriente, aunque no existiera un motivo tan justo como el nacimiento de un Papa. En pocos años, sin esfuerzos, a puros golpes de suerte, había acumulado una de la más grandes fortunas de la ciénaga gracias a la proliferación sobrenatural de sus animales. Sus yeguas parían trillizos, las gallinas ponían dos veces al día, y los cerdos engordaban con tal desenfreno, que nadie podía explicarse tan desordenada fecundidad, como no fuera por artes de magia. «Economiza ahora», le decía Úrsula a su atolondrado bisnieto. «Esta suerte no te va a durar toda la vida.» Pero Aureliano Segundo no le ponía atención. Mientras más destapaba champaña para ensopar a sus amigos, más alocadamente parían sus animales[24], y más se convencía él de que su buena estrella no era cosa de su conducta sino influencia de Petra Cotes, su concubina, cuyo amor tenía la virtud de exasperar a la naturaleza. Tan persuadido estaba de que era ese el origen de su fortuna, que nunca tuvo a Petra Cotes lejos de sus crías, y aun cuando se casó y tuvo hijos siguió viviendo con ella con el consentimiento de Fernanda. Sólido, monumental como sus abuelos, pero con un gozo vital y una simpatía irresistible que ellos no tuvieron, Aureliano Segundo apenas si tenía tiempo de vigilar sus ganados. Le bastaba con llevar a Petra Cotes a sus criaderos, y pasearla a caballo por sus tierras, para que todo animal mar-

---

[24] «Si en la primera parte está el siglo XIX, y en la segunda el momento más punzante del siglo XX, en este intermedio está representada una época que en todo el mundo hemos llamado con un término francés: *La belle époque*. [...] Es la prosperidad. Es la buena vida. Es el desarrollo de las comunidades. [...] Es la vida rumbosa. Es el momento en que los Buendía dejan de ser los patricios para ser los grandes burgueses. Este es el gran periodo burgués de la vida de la familia de los Buendía.» (A. Rama, *Ciclo de conferencias... en Cali.*) Por otra parte, este episodio tiene algún parecido con el «guión» cinematográfico de Juan Rulfo, *El gallo de oro*, que señalé en *Historia cruzadas de novelas hispanoamericanas*, págs. 127-128.

cado con su hierro sucumbiera a la peste irremediable de la proliferación[25].

Como todas las cosas buenas que les ocurrieron en su larga vida, aquella fortuna desmandada tuvo origen en la casualidad. Hasta el final de las guerras, Petra Cotes seguía sosteniéndose con el producto de sus rifas, y Aureliano Segundo se las arreglaba para saquear de vez en cuando las alcancías de Úrsula. Formaban una pareja frívola, sin más preocupaciones que la de acostarse todas las noches, aun en las fechas prohibidas, y retozar en la cama hasta el amanecer. «Esa mujer ha sido tu perdición», le gritaba Úrsula al bisnieto cuando lo veía entrar a la casa como un sonámbulo. «Te tiene tan embobado, que un día de estos te veré retorciéndote de cólicos, con un sapo metido en la barriga.» José Arcadio Segundo, que demoró mucho tiempo para descubrir la suplantación, no lograba entender la pasión de su hermano. Recordaba a Petra Cotes como una mujer convencional, más bien perezosa en la cama, y completamente desprovista de recursos para el amor. Sordo al clamor de Úrsula y a las burlas de su hermano, Aureliano Segundo sólo pensaba entonces en encontrar un oficio que le permitiera sostener una casa para Petra Cotes[26] y morirse con ella, sobre ella y debajo de ella, en una noche de desafuero febril. Cuando el coronel Aureliano Buendía volvió a abrir el taller, seducido al fin por los encantos pacíficos de la vejez, Aureliano Segundo pensó que sería un buen negocio dedicarse a la fabricación de pescaditos de oro. Pasó muchas horas en el cuartito caluroso viendo cómo las duras lágrimas de metal, trabajadas por el coronel con la paciencia inconcebible del desengaño, se iban convirtiendo poco a poco en escamas doradas. El oficio le pareció tan laborioso, y era tan persistente y apremiante el recuerdo de Petra Cotes, que al cabo de tres semanas desapareció del taller. Fue en esa época que le dio a Petra Cotes por rifar conejos. Se reproducían y se volvían adultos con tanta rapidez que

---

[25] A las plagas que azotan Macondo, analizadas por R. Gullón, págs. 53-58, hace falta añadir esta «peste de la proliferación» que revierte los beneficios de la fortuna.

[26] En todas las ediciones, y por error, se lee «una casa para Fernanda».

apenas daban tiempo para vender los números de la rifa. Al principio, Aureliano Segundo no advirtió las alarmantes proporciones de la proliferación. Pero una noche, cuando ya nadie en el pueblo quería oír hablar de las rifas de conejos, sintió un estruendo en la pared del patio. «No te asustes», dijo Petra Cotes. «Son los conejos.» No pudieron dormir más, atormentados por el tráfago de los animales. Al amanecer, Aureliano Segundo abrió la puerta y vio el patio empedrado de conejos, azules en el resplandor del alba. Petra Cotes, muerta de risa, no resistió la tentación de hacerle una broma[27].

—Estos son los que nacieron anoche —dijo.

—¡Qué horror! —dijo él—. ¿Por qué no pruebas con vacas?

Pocos días después, tratando de desahogar su patio, Petra Cotes cambió los conejos por una vaca, que dos meses más tarde parió trillizos. Así empezaron las cosas. De la noche a la mañana, Aureliano Segundo se hizo dueño de tierras y ganados, y apenas si tenía tiempo de ensanchar las caballerizas y pocilgas desbordadas. Era una prosperidad de delirio que a él mismo le causaba risa, y no podía menos que asumir actitudes extravagantes para descargar su buen humor. «Apártense, vacas, que la vida es corta», gritaba. Úrsula se preguntaba en qué enredos se había metido, si no estaría robando, si no había terminado por volverse cuatrero, y cada vez que lo veía destapando champaña por el puro placer de echarse espuma en la cabeza, le reprochaba a gritos el desperdicio. Lo molestó tanto, que un día en que Aureliano Segundo amaneció con el humor rebosado, apareció con un cajón de dinero, una lata de engrudo y una brocha, y cantando a voz en cuello las viejas canciones de Francisco el Hombre, empapeló la casa por dentro y por fuera, y de arriba abajo, con billetes de a peso. La antigua mansión, pintada de blanco desde los

---

[27] «[...] Petra Cotes es un agente *involuntario y casi inconsciente* de lo imaginario: sus orgasmos propagan la fecundidad animal sin que ella se lo haya propuesto ni sepa por qué ocurre. No es una 'maga' que domina la magia: es magia en sí misma, objeto mágico, agente imaginario pasivo.» (M. Vargas Llosa, pág. 531.)

tiempos en que llevaron la pianola[28], adquirió el aspecto equívoco de una mezquita. En medio del alboroto de la familia, el escándalo de Úrsula, del júbilo del pueblo que abarrotó la calle para presenciar la glorificación del despilfarro, Aureliano Segundo terminó por empapelar desde la fachada hasta la cocina, inclusive los baños y dormitorios, y arrojó los billetes sobrantes en el patio.

—Ahora —dijo finalmente— espero que nadie en esta casa me vuelva a hablar de plata.

Así fue. Úrsula hizo quitar los billetes adheridos a las grandes tortas de cal, y volvió a pintar la casa de blanco. «Dios mío», suplicaba. «Haznos tan pobres como éramos cuando fundamos este pueblo, no sea que en la otra vida nos vayas a cobrar esta dilapidación.» Sus súplicas fueron escuchadas en sentido contrario[29]. En efecto, uno de los trabajadores que desprendía los billetes tropezó por descuido con un enorme San José de yeso que alguien había dejado en la casa en los últimos años de la guerra, y la imagen hueca se despedazó contra el suelo. Estaba atiborrada de monedas de oro[30]. Nadie recordaba quién había llevado aquel santo de tamaño natural. «Lo trajeron tres hombres», explicó Amaranta. «Me pidieron que lo guardáramos mientras pasaba la lluvia, y yo les dije que lo pusieran ahí, en el rincón, donde nadie fuera a tropezar con él, y ahí lo pusieron con mucho cuidado, y ahí ha estado desde entonces, porque nunca volvieron a buscarlo.» En los últimos tiempos, Úrsula le había puesto velas y se había postrado ante él, sin sospechar que en lugar de un santo estaba adorando casi doscientos kilogramos de oro. La tardía comprobación de su involuntario paganismo agravó su desconsuelo. Escupió el espectacular montón de monedas, lo metió en tres sacos de lona, y lo enterró en un lugar secreto, en espera de que tarde o temprano los tres desconocidos fueran a reclamarlo[31]. Mucho después, en los años

---

[28] «La casa nueva, blanca como una paloma, fue estrenada con un baile» (pág. 152).

[29] Como tantas otras en *C.A.S.*, suyas y de otros personajes.

[30] Esta peripecia procede de un recuerdo de infancia (véase *Notas de prensa, 1980-1984*, pág. 45), cruzado quizá con un episodio del *Quijote* (cfr. mi libro *Historias cruzadas de novelas hispanoamericanas*) (págs. 94-96).

[31] En la edición original: *reclamarla*.

difíciles de su decrepitud, Úrsula solía intervenir en las conversaciones de los numerosos viajeros que entonces pasaban por la casa, y les preguntaba si durante la guerra no habían dejado allí un San José de yeso para que lo guardaran mientras pasaba la lluvia.

Estas cosas, que tanto consternaban a Úrsula, eran corrientes en aquel tiempo. Macondo naufragaba en una prosperidad de milagro. Las casas de barro y cañabrava de los fundadores habían sido reemplazadas por construcciones de ladrillo, con persianas de madera y pisos de cemento, que hacían más llevadero el calor sofocante de las dos de la tarde. De la antigua aldea de José Arcadio Buendía sólo quedaban entonces los almendros polvorientos, destinados a resistir a las circunstancias más arduas, y el río de aguas diáfanas cuyas piedras prehistóricas fueron pulverizadas por las enloquecidas almádenas[32] de José Arcadio Segundo, cuando se empeñó en despejar el cauce para establecer un servicio de navegación. Fue un sueño delirante, comparable apenas a los de su bisabuelo, porque el lecho pedregoso y los numerosos tropiezos de la corriente impedían el tránsito desde Macondo hasta el mar. Pero José Arcadio Segundo, en un imprevisto arranque de temeridad, se empecinó en el proyecto. Hasta entonces no había dado ninguna muestra de imaginación. Salvo su precaria aventura con Petra Cotes nunca se le había conocido mujer. Úrsula lo tenía como el ejemplar más apagado que había dado la familia en toda su historia, incapaz de destacarse ni siquiera como alborotador de galleras, cuando el coronel Arcadio Buendía le contó la historia del galeón español encallado a doce kilómetros del mar, cuyo costillar carbonizado vio él mismo durante la guerra. El relato, que a tanta gente durante tanto tiempo le pareció fantástico, fue una revelación para José Arcadio Segundo. Remató sus gallos al mejor postor, reclutó hombres y compró herramientas, y se empeñó en la descomunal empresa de romper piedras, excavar canales, despejar escollos y hasta emparejar cataratas. «Ya esto me lo sé de memoria», gritaba Úrsula. «Es como si el

---

[32] *Almádena:* mazo de hierro para romper piedras.

tiempo diera vueltas en redondo y hubiéramos vuelto al principio»[33]. Cuando estimó que el río era navegable, José Arcadio Segundo hizo a su hermano una exposición pormenorizada de sus planes, y éste le dio el dinero que le hacía falta para su empresa. Desapareció por mucho tiempo. Se había dicho que su proyecto de comprar un barco no era más que una triquiñuela para alzarse con el dinero del hermano, cuando se divulgó la noticia de que una extraña nave se aproximaba al pueblo. Los habitantes de Macondo, que ya no recordaban las empresas colosales de José Arcadio Buendía, se precipitaron a la ribera y vieron con ojos pasmados de incredulidad la llegada del primer y último barco que atracó jamás en el pueblo. No era más que una balsa de troncos, arrastrada mediante gruesos cables por veinte hombres que caminaban por la ribera. En la proa, con un brillo de satisfacción en la mirada, José Arcadio Segundo dirigía la dispendiosa maniobra. Junto con él llegaba un grupo de matronas espléndidas que se protegían del sol abrasante con vistosas sombrillas, y tenían en los hombros preciosos pañolones de seda, y ungüentos de colores en el rostro, y flores naturales en el cabello, y serpientes de oro en los brazos y diamantes en los dientes. La balsa de troncos fue el único vehículo que José Arcadio Segundo pudo remontar hasta Macondo, y sólo por una vez, pero nunca reconoció el fracaso de su empresa sino que proclamó su hazaña como una victoria de la voluntad. Rindió cuentas escrupulosas a su hermano, y muy pronto volvió a hundirse en la rutina de los gallos. Lo único que quedó de aquella desventura iniciativa fue el soplo de renovación que llevaron las matronas de Francia, cuyas artes magníficas cambiaron los métodos tradicionales del amor, y cuyo sentido del bienestar social arrasó con la anticuada tienda de Catarino y transformó la calle en un bazar de farolitos japoneses y organillos nostálgicos. Fueron ellas las promotoras del carnaval sangriento que durante

---

[33] Úrsula enuncia una ley hereditaria de la familia y al mismo tiempo una regla del funcionamiento textual de la novela. La «vuelta en redondo» que ahora se da nos remite a los tiempos míticos de la fundación por detalles que caracterizan esa época: los almendros de José Arcadio, el río de aguas diáfanas y sus piedras prehistóricas, las empresas delirantes del bisabuelo, la historia del galeón español ...

tres días hundió a Macondo en el delirio, y cuya única consecuencia perdurable fue haberle dado a Aureliano Segundo la oportunidad de conocer a Fernanda del Carpio.

Remedios, la bella, fue proclamada reina[34]. Úrsula, que se estremecía ante la belleza inquietante de la bisnieta, no pudo impedir la elección. Hasta entonces había conseguido que no saliera a la calle, como no fuera para ir a misa con Amaranta, pero la obligaba a cubrirse la cara con una mantilla negra. Los hombres menos piadosos, los que se disfrazaban de curas para decir misas sacrílegas en la tienda de Catarino, asistían a la iglesia con el único propósito de ver aunque fuera un instante el rostro de Remedios, la bella, de cuya hermosura legendaria se hablaba con un fervor sobrecogido en todo el ámbito de la ciénaga. Pasó mucho tiempo antes de que lo consiguieran, y más les hubiera valido que la ocasión no llegara nunca, porque la mayoría de ellos no pudo recuperar jamás la placidez del sueño. El hombre que lo hizo posible, un forastero, perdió para siempre la serenidad, se enredó en los tremedales de la abyección y la miseria, y años después fue despedazado por un tren nocturno cuando se quedó dormido sobre los rieles. Desde el momento en que se le vio en la iglesia, con un vestido de pana verde y un chaleco bordado, nadie puso en duda que iba desde muy lejos, tal vez de una remota ciudad del exterior, atraído por la fascinación mágica de Remedios, la bella. Era tan hermoso, tan gallardo y reposado, de una prestancia tan bien llevada, que Pietro Crespi junto a él habría parecido un sietemesino, y muchas mujeres murmuraron entre sonrisas de despecho que era él quien verdaderamente merecía la mantilla. No alternó con nadie en Macondo. Aparecía al amanecer del domingo, como un príncipe de cuento, en un caballo con estribos de plata y gualdrapas de terciopelo, y abandonaba el pueblo después de la misa[35].

---

[34] Sobre la belleza hiperbólica de este personaje y su relación con otras bellas de la narrativa de GGM, véase mi *GGM, coetáneo de la eternidad*, págs. 53-54.

[35] La mención explícita de «un príncipe de cuento» y todo el ambiente de este pasaje remiten a un cuento de hadas de la tradición popular. Pero, como se verá, GGM trata el género «al revés». También la llegada de este «príncipe» parece anunciar la de Bayardo San Román en *Crónicas de una muere anunciada*.

Era tal el poder de su presencia, que desde la primera vez que se le vio en la iglesia todo el mundo dio por sentado que entre él y Remedios, la bella, se había establecido un duelo callado y tenso, un pacto secreto, un desafío irrevocable cuya culminación no podía ser solamente el amor sino también la muerte. El sexto domingo, el caballero apareció con una rosa amarilla en la mano. Oyó la misa de pie, como lo hacía siempre, y al final se interpuso al paso de Remedios, la bella, y le ofreció la rosa solitaria. Ella la recibió con un gesto natural, como si hubiera estado preparada para aquel homenaje, y entonces se descubrió el rostro por un instante y dio las gracias con una sonrisa. Fue todo cuanto hizo. Pero no sólo para el caballero, sino para todos los hombres que tuvieron el desdichado privilegio de vivirlo, aquel fue un instante eterno.

El caballero instalaba desde entonces la banda de música junto a la ventana de Remedios, la bella, y a veces hasta el amanecer. Aureliano Segundo fue el único que sintió por él una compasión cordial, y trató de quebrantar su perseverancia. «No pierda más el tiempo», le dijo una noche. «Las mujeres de esta casa son peores que las mulas.» Le ofreció su amistad, lo invitó a bañarse en champaña, trató de hacerle entender que las hembras de su familia tenían entrañas de pedernal, pero no consiguió vulnerar su obstinación. Exasperado por las interminables noches de música, el coronel Aureliano Buendía lo amenazó con curarle la aflicción a pistoletazos. Nada lo hizo desistir, salvo su propio y lamentable estado de desmoralización. De apuesto e impecable se hizo vil y harapiento. Se rumoraba[36] que había abandonado poder y fortuna en su lejana nación, aunque en verdad no se conoció nunca su origen. Se volvió hombre de pleitos, pendenciero de cantina, y amaneció revolcado en sus propias excrecencias en la tienda de Catarino. Lo más triste de su drama era que Remedios, la bella, no se fijó en él ni siquiera cuando se presentaba a la iglesia vestido de príncipe. Recibió la rosa amarilla sin la menor malicia, más bien divertida por la extravagancia del gesto, y se levantó la mantilla para verle mejor la cara y no para mostrarle la suya.

---

[36] *Se rumoraba:* forma caribeña por 'se rumoreaba'.

En realidad, Remedios, la bella, no era un ser de este mundo[37]. Hasta muy avanzada la pubertad, Santa Sofía de la Piedad tuvo que bañarla y ponerle la ropa, y aun cuando pudo valerse por sí misma había que vigilarla para que no pintara animalitos en las paredes con una varita embadurnada de su propia caca. Llegó a los veinte años sin aprender a leer y escribir, sin servirse de los cubiertos en la mesa, paseándose desnuda por la casa, porque su naturaleza se resistía a cualquier clase de convencionalismos. Cuando el joven comandante de la guardia le declaró su amor, lo rechazó sencillamente porque la asombró su frivolidad. «Fíjate qué simple es», le dijo a Amaranta. «Dice que se está muriendo por mí, como si yo fuera un cólico miserere.» Cuando en efecto lo encontraron muerto junto a su ventana, Remedios, la bella, confirmó su impresión inicial.

—Ya ven —comentó—. Era completamente simple.

Parecía como si una lucidez penetrante le permitiera ver la realidad de las cosas más allá de cualquier formalismo. Ese era al menos el punto de vista del coronel Aureliano Buendía, para quien Remedios, la bella, no era en modo alguno retrasada mental, como se creía, sino todo lo contrario. «Es como si viniera de regreso de veinte años de guerra», solía decir[38]. Úrsula, por su parte, le agradecía a Dios que hubiera premiado a la familia con una criatura de una pureza excepcional, pero al mismo tiempo la conturbaba su hermosura, porque le parecía una virtud contradictoria, una trampa diabólica en el centro de la candidez. Fue por eso que decidió apartarla del mundo, preservarla de toda tentación terrenal[39], sin saber que Remedios, la bella, ya desde el vientre de su madre, estaba a salvo de cualquier contagio. Nunca le pasó

---

[37] Quizá es esta frase la que García Márquez confiesa haber tomado de Juan Rulfo (M. Fernández-Braso, pág. 113). De Susana San Juan se dice en efecto que fue «una mujer que no era de este mundo». (J. Rulfo, *Pedro Páramo*, ed. de José Carlos González Boixo, Madrid, Cátedra, 1983, pág. 179.) Véase también mis *Historias cruzadas de novelas hispanoamericanas*, págs. 119-120.

[38] Lo dice por la «simplicidad» de Remedios, la bella, virtud cuyos «privilegios» descubrió cuando decidió terminar la guerra (pág. 273).

[39] La protección de Úrsula empareja a Remedios, la bella, con José Arcadio, hijo de Aureliano Segundo, educado para ser Papa.

por la cabeza la idea de que la eligieran reina de la belleza en el pandemónium de un carnaval. Pero Aureliano Segundo, embullado con la ventolera de disfrazarse de tigre[40], llevó al padre Antonio Isabel a la casa para que convenciera a Úrsula de que el carnaval no era una fiesta pagana, como ella decía, sino una tradición católica[41]. Finalmente convencida, aunque a regañadientes, dio el consentimiento para la coronación.

La noticia de que Remedios Buendía iba a ser la soberana del festival rebasó en pocas horas los límites de la ciénaga, llegó hasta lejanos territorios donde se ignoraba el inmenso prestigio de su belleza, y suscitó la inquietud de quienes todavía consideraban su apellido como un símbolo de la subversión. Era una inquietud infundada. Si alguien resultaba inofensivo en aquel tiempo, era el envejecido y desencantado coronel Aureliano Buendía, que poco a poco había ido perdiendo todo contacto con la realidad de la nación. Encerrado en su taller, su única relación con el resto del mundo era el comercio de pescaditos de oro. Uno de los antiguos soldados que vigilaron su casa en los primeros días de la paz iba a venderlos a las poblaciones de la ciénaga, y regresaba cargado de monedas y de noticias. Que el gobierno conservador, decía, con el apoyo de los liberales, estaba reformando el calendario para que cada presidente estuviera cien años en el poder[42]. Que por fin se había firmado el concordato con la Santa Sede, y que había venido desde Roma un cardenal con una corona de diamantes y en un trono de oro macizo, y que los ministros liberales se habían hecho retratar de rodillas en el acto de besarle el anillo. Que la corista principal de una compañía española, de paso por la capital, había

---

[40] Puede ser un rasgo atávico si se recuerda que el abuelo de José Arcadio, el fundador, o sea el primer Aureliano mencionado, fue gran cazador de tigres (pág. 107). Por otra parte, al disfrazarse de tigre, Aureliano Segundo se disfraza también de duque de Marlborough «cuyo atuendo de pieles y uñas de tigre suscitaban el respeto de los adultos y el asombro de los niños» (pág. 268).

[41] El carnaval, fiesta del desahogo por excelencia, se introduce en Macondo en su gran época de derroche y despilfarro.

[42] Estas reformas grotescas del calendario se realizarán en *El otoño del patriarca*.

sido secuestrada en su camerino por un grupo de enmascarados, y el domingo siguiente había bailado desnuda en la casa de verano del presidente de la república. «No me hables de política», le decía el coronel. «Nuestro asunto es vender pescaditos.» El rumor público de que no quería saber nada de la situación del país porque se estaba enriqueciendo con su taller, provocó las risas de Úrsula cuando llegó a sus oídos. Con su terrible sentido práctico, ella no podía entender el negocio del coronel, que cambiaba los pescaditos por monedas de oro, y luego convertía las monedas de oro en pescaditos, y así sucesivamente, de modo que tenía que trabajar cada vez más a medida que más vendía, para satisfacer un círculo vicioso exasperante[43]. En verdad, lo que le interesaba a él no era el negocio sino el trabajo. Le hacía falta tanta concentración para engarzar escamas, incrustar minúsculos rubíes en los ojos, laminar agallas y montar timones, que no le quedaba un solo vacío para llenarlo con la desilusión de la guerra Tan absorbente era la atención que le exigía el preciosismo de su artesanía, que en poco tiempo envejeció más que en todos los años de guerra, y la posición le torció la espina dorsal y la milimetría le desgastó la vista, pero la concentración implacable lo premió con la paz del espíritu. La última vez que se le vio atender algún asunto relacionado con la guerra fue cuando un grupo de veteranos de ambos partidos solicitó su apoyo para la aprobación de las pensiones vitalicias, siempre prometidas y siempre en el punto de partida. «Olvídense de eso», les dijo él. «Ya ven que yo rechacé mi pensión para quitarme la tortura de estarla esperando hasta la muer-

---

[43] Uno más en este gran círculo vicioso que es *C.A.S.* M. Palencia-Roth, pág. 89, compara el coronel al «personaje de *La peste* de Camus, que se pasa la vida trasladando guisantes de un primer cuenco al segundo, y del segundo otra vez al primero». Sin embargo, la diferencia es enorme: en Camus, la actitud del «vieil asthmatique» es irrisoria e ilustra lo que podríamos llamar lo absurdo práctico: «Il évaluait le temps, et surtout l'heure des repas qui était la seule chose qui lui importât, avec ses deux marmites dont l'une était pleine de pois à son réveil. Il remplissait l'autre, pois par pois, du même mouvement appliqué et régulier.» (Albert Camus, *La peste*, París, Gallimard, Col. «Folio», 1980, pág. 111.) La fabricación repetida de los pescaditos de oro tiene otro sentido ya que, como observa el mismo crítico, para el coronel Aureliano Buendía «se convertía en una forma de meditación».

te»[44]. Al principio, el coronel Gerineldo Márquez lo visitaba al atardecer, y ambos se sentaban en la puerta de la calle a evocar el pasado. Pero Amaranta no pudo soportar los recuerdos que le suscitaba aquel hombre cansado cuya calvicie lo precipitaba al abismo de una ancianidad prematura, y lo atormentó con desaires injustos, hasta que no volvió sino en ocasiones especiales, y desapareció finalmente anulado por la parálisis. Taciturno, silencioso, insensible al nuevo soplo de vitalidad que estremecía la casa, el coronel Aureliano Buendía apenas si comprendió que el secreto de una buena vejez no es otra cosa que un pacto honrado con la soledad[45]. Se levantaba a las cinco después de un sueño superficial, tomaba en la cocina su eterno tazón de café amargo, se encerraba todo el día en el taller, y a las cuatro de la tarde pasaba por el corredor arrastrando un taburete, sin fijarse siquiera en el incendio de los rosales, ni en el brillo de la hora, ni en la impavidez de Amaranta, cuya melancolía hacía un ruido de marmita perfectamente perceptible al atardecer[46], y se sentaba en la puerta de la calle hasta que se lo permitían los mosquitos. Alguien se atrevió alguna vez a perturbar su soledad.

—¿Cómo está, coronel? —le dijo al pasar.

—Aquí —contestó él—. Esperando que pase mi entierro.

De modo que la inquietud causada por la reaparición pública de su apellido, a propósito del reinado de Remedios, la bella, carecía de fundamento real. Muchos, sin embargo, no lo creyeron así. Inocente de la tragedia que lo amenazaba, el pueblo se desbordó en la plaza pública, en una bulliciosa explosión de alegría. El carnaval había alcanzado su más alto nivel de locura. Aureliano Segundo había satisfecho por fin su sueño de disfrazarse de tigre y andaba feliz entre la muchedumbre desaforada, ronco de tanto roncar, cuando apareció por el camino de la ciénaga una comparsa multitudinaria lle-

---

[44] Como lo hará el «héroe» de *El coronel no tiene quien le escriba.*

[45] «De esta manera encuentra una serenidad de espíritu igual a la de un santo.» (M. Palencia-Roth, pág. 89.) En todo caso, sería de un santo laico, es decir, de un sabio.

[46] «La 'melancolía' y el 'ruido de la marmita' son dos objetos reales objetivos, pero dejan de serlo cuando uno es origen del otro.» (M. Vargas Llosa, pág. 610.)

vando en andas doradas a la mujer más fascinante que hubiera podido concebir la imaginación. Por un momento, los pacíficos habitantes de Macondo se quitaron las máscaras para ver mejor la deslumbrante criatura con corona de esmeraldas y capa de armiño, que parecía investida de una autoridad legítima, y no simplemente de una soberanía de lentejuelas y papel crespón. No faltó quien tuviera la suficiente clarividencia para sospechar que se trataba de una provocación. Pero Aureliano Segundo se sobrepuso de inmediato a la perplejidad, declaró huéspedes de honor a los recién llegados, y sentó salomónicamente a Remedios, la bella, y a la reina intrusa en el mismo pedestal. Hasta la medianoche, los forasteros disfrazados de beduinos participaron del delirio y hasta lo enriquecieron con una pirotecnia suntuosa y unas virtudes acrobáticas que hicieron pensar en las artes de los gitanos. De pronto, en el paroxismo de la fiesta, alguien rompió el delicado equilibrio.

—¡Viva el partido liberal! —gritó—. ¡Viva el coronel Aureliano Buendía!

Las descargas de fusilería ahogaron el esplendor de los fuegos artificiales, y los gritos de terror anularon la música, y el júbilo fue aniquilado por el pánico. Muchos años después seguiría afirmándose que la guardia real de la soberana intrusa era un escuadrón del ejército regular que debajo de sus ricas chilabas escondían fusiles de reglamento. El gobierno rechazó el cargo en un bando extraordinario y prometió una investigación terminante del episodio sangriento. Pero la verdad no se esclareció nunca, y prevaleció para siempre la versión de que la guardia real, sin provocación de ninguna índole, tomó posiciones de combate a una seña de su comandante y disparó sin piedad contra la muchedumbre[47].

---

[47] Es la primera de las grandes masacres colectivas de Macondo cuya responsabilidad queda «oculta». Con esta escena se revierte el sentido del carnaval, fiesta momentáneamente subversiva, como todos sabemos desde los estudios de M. Bajtin. Para una interpretación de *C.A.S.* a la luz del concepto de lo carnavalesco, véase el estudio de R. Paoli en *Revista Iberoamericana*, L, 1984, págs. 979-998.

Cuando se restableció la calma, no quedaba en el pueblo uno solo de los falsos beduinos, y quedaron tendidos en la plaza, entre muertos y heridos, nueve payasos, cuatro colombinas, diecisiete reyes de baraja, un diablo, tres músicos, dos Pares de Francia y tres emperatrices japonesas. En la confusión del pánico, José Arcadio Segundo logró poner a salvo a Remedios, la bella, y Aureliano Segundo llevó en brazos a la casa a la soberana intrusa, con el traje desgarrado y la capa de armiño embarrada de sangre. Se llamaba Fernanda del Carpio. La habían seleccionado como la más hermosa entre las cinco mil mujeres más hermosas del país, y la habían llevado a Macondo con la promesa de nombrarla reina de Madagascar. Úrsula se ocupó de ella como si fuera una hija[48]. El pueblo, en lugar de poner en duda su inocencia se compadeció de su candidez. Seis meses después de la masacre, cuando se restablecieron los heridos y se marchitaron las últimas flores en la fosa común, Aureliano Segundo fue a buscarla a la distante ciudad donde vivía con su padre, y se casó con ella en Macondo, en una fragosa parranda de veinte días.

---

[48] La adopción por la fundadora es señal inequívoca de integración de la iniciada (aquí por la sangre) en la familia.

El matrimonio estuvo a punto de acabarse a los dos meses porque Aureliano Segundo, tratando de desagraviar a Petra Cotes, le hizo tomar un retrato vestida de reina de Madagascar. Cuando Fernanda lo supo volvió a hacer sus baúles de recién casada y se marchó de Macondo sin despedirse. Aureliano Segundo la alcanzó en el camino de la ciénaga. Al cabo de muchas súplicas y propósitos de enmienda logró llevarla de regreso a la casa, y abandonó a la concubina.

Petra Cotes, consciente de su fuerza, no dio muestras de preocupación. Ella lo había hecho hombre. Siendo todavía un niño lo sacó del cuarto de Melquíades, con la cabeza llena de ideas fantásticas y sin ningún contacto con la realidad, y le dio un lugar en el mundo. La naturaleza lo había hecho reservado y esquivo, con tendencias a la meditación solitaria, y ella le había moldeado el carácter opuesto, vital, expansivo, desabrochado, y le había infundido el júbilo de vivir y el placer de la parranda y el despilfarro, hasta convertirlo, por dentro y por fuera, en el hombre con que había soñado para ella desde la adolescencia. Se había casado, pues, como tarde o temprano se casan los hijos. Él no se atrevió a anticiparle la noticia. Asumió una actitud tan infantil frente a la situación que fingía falsos rencores y resentimientos imaginarios, buscando el modo de que fuera Petra Cotes quien provocara la ruptura. Un día en que Aureliano Segundo le hizo un reproche injusto, ella eludió la trampa y puso las cosas en su puesto.

—Lo que pasa —dijo— es que te quieres casar con la reina.

Aureliano Segundo, avergonzado, fingió un colapso de cólera, se declaró incomprendido y ultrajado, y no volvió a visitarla. Petra Cotes, sin perder un solo instante su magnífico dominio de fiera en reposo, oyó la música y los cohetes de la boda, el alocado bullicio de la parranda pública, como si todo eso no fuera más que una nueva travesura de Aureliano Segundo. A quienes se compadecieron de su suerte, los tranquilizó con una sonrisa. «No se preocupen», les dijo. «A mí las reinas me hacen los mandados.» A una vecina que le llevó velas compuestas para que alumbrara con ellas el retrato del amante perdido, le dijo con una seguridad enigmática:

—La única vela que lo hará venir está siempre encendida.

Tal como ella lo había previsto, Aureliano Segundo volvió a su casa tan pronto como pasó la luna de miel. Llevó a sus amigotes de siempre, un fotógrafo ambulante y el traje y la capa de armiño sucia de sangre que Fernanda había usado en el carnaval. Al calor de la parranda que se prendió esa tarde, hizo vestir de reina a Petra Cotes, la coronó soberana absoluta y vitalicia de Madagascar, y repartió copias del retrato entre sus amigos[1]. Ella no sólo se prestó al juego, sino que se compadeció íntimamente de él, pensando que debía estar muy asustado cuando concibió aquel extravagante recurso de reconciliación. A las siete de la noche, todavía vestida de reina, lo recibió en la cama. Tenía apenas dos meses de casado, pero ella se dio cuenta en seguida de que las cosas no andaban bien en el lecho nupcial, y experimentó el delicioso placer de la venganza consumada. Dos días después, sin embargo, cuando él no se atrevió a volver, sino que mandó un intermediario para que arreglara los términos de la separación, ella comprendió que iba a necesitar más paciencia de la prevista, porque él parecía dispuesto a sacrificarse por las apariencias. Tampoco entonces se alteró. Volvió a facilitar las cosas con una sumisión que confirmó la creencia generalizada de que era una pobre mujer, y el único recuerdo que conservó de Aureliano Segundo fue un par de botines de charol

---

[1] Reaparece el motivo de las fotografías y retratos: Aureliano Segundo se opone a su tío, el coronel; no sólo se deja retratar sino que multiplica las fotos de Petra. El fotógrafo ambulante es un personaje recurrente en la narrativa de GGM: en *Eréndira*, por ejemplo, desempeña el papel de testigo de los hechos.

que, según él mismo había dicho, eran los que quería llevar puestos en el ataúd. Los guardó envueltos en trapos en el fondo de un baúl, y se preparó para apacentar una espera sin desesperación.

—Tarde o temprano tiene que venir —se dijo—, aunque sólo sea a ponerse estos botines.

No tuvo que esperar tanto como suponía. En realidad, Aureliano Segundo comprendió desde la noche de bodas que volvería a casa de Petra Cotes mucho antes de que tuviera necesidad de ponerse los botines de charol: Fernanda era una mujer perdida para el mundo. Había nacido y crecido a mil kilómetros del mar, en una ciudad lúgubre por cuyas callejuelas de piedra traqueteaban todavía, en noches de espantos, las carrozas de los virreyes[2]. Treinta y dos campanarios tocaban a muerto a las seis de la tarde. En la casa señorial embaldosada de losas sepulcrales jamás se conoció el sol. El aire había muerto en los cipreses del patio, en las pálidas colgaduras de los dormitorios, en las arcadas rezumantes del jardín de los nardos. Fernanda no tuvo hasta la pubertad otra noticia del mundo que los melancólicos ejercicios de piano ejecutados en alguna casa vecina por alguien que durante años y años se permitió el albedrío de no hacer la siesta. En el cuarto de su madre enferma, verde y amarilla bajo la polvorienta luz de los vitrales, escuchaba las escalas metódicas, tenaces, descorazonadas, y pensaba que esa música estaba en el mundo, mientras ella se consumía tejiendo coronas de palmas fúnebres. Su madre, sudando la calentura de las cinco, le hablaba del esplendor del pasado. Siendo muy niña, una noche de luna, Fernanda vio una hermosa mujer vestida de blanco que atravesó el jardín hacia el oratorio. Lo que más le inquietó de aquella visión fugaz fue que la sintió exactamente igual a ella, como si se hubiera visto a sí misma con veinte años de anticipación. «Es tu bisabuela la reina», le dijo su madre en

    [2] Transposición de la impresión del novelista cuando tuvo que abandonar de niño Aracataca para estudiar en el colegio de Zipaquirá (véase M. Vargas Llosa, pág. 30, nota 21). «En Zipaquirá, que [...] es el mismo pueblo lúgubre a mil kilómetros del mar, donde Aureliano Segundo fue a buscar a Fernanda del Carpio.» *(El olor de la guayaba,* pág. 69.)

las treguas de la tos. «Se murió de un mal aire que le dio al cortar una vara de nardos.» Muchos años después, cuando empezó a sentirse igual a su bisabuela, Fernanda puso en duda la visión de la infancia, pero la madre le reprochó su incredulidad.

—Somos inmensamente ricos y poderosos —le dijo—. Un día serás reina.

Ella lo creyó, aunque sólo ocupaban la larga mesa con manteles de lino y servicios de plata, para tomar una taza de chocolate con agua y un pan de dulce. Hasta el día de la boda soñó con un reinado de leyenda, a pesar de que su padre, don Fernando, tuvo que hipotecar la casa para comprarle el ajuar. No era ingenuidad ni delirio de grandeza. Así la educaron[3]. Desde que tuvo uso de razón recordaba haber hecho sus necesidades en una bacinilla de oro con el escudo de armas de la familia. Salió de la casa por primera vez a los doce años, en un coche de caballos que sólo tuvo que recorrer dos cuadras para llevarla al convento. Sus compañeras de clases se sorprendieron de que la tuvieran apartada, en una silla de espaldar muy alto, y de que ni siquiera se mezclara con ellas durante el recreo. «Ella es distinta», explicaban las monjas. «Va a ser reina.» Sus compañeras lo creyeron, porque ya entonces era la doncella más hermosa, distinguida y discreta que habían visto jamás. Al cabo de ocho años, habiendo aprendido a versificar en latín, a tocar el clavicordio, a conversar de cetrería con los caballeros y de apologética con los arzobispos, a dilucidar asuntos de estado con los gobernantes extranjeros y asuntos de Dios con el Papa, volvió a casa de sus padres a tejer palmas fúnebres[4]. La encontró saqueada.

---

[3] Desde un punto de vista funcional, Fernanda es el doble femenino de su propio hijo, José Arcadio: a éste le educaron para ser papa, a aquélla para ser reina.

[4] Fernanda del Carpio «es una representación de la cultura española. Los nombres de sus padres son ya significativos, su padre se llama Fernando del Carpio, y su madre Renata Argote [véase pág. 442]. Son representantes de una cultura fosilizada [...] La cultura de Fernanda es la cultura española del Siglo de Oro (que tanta importancia tiene en la literatura iberoamericana) [...] Hay un evidente contraste entre la pomposidad de esta cultura y sus resultados prácticos, ya que en resumidas cuentas sólo le permite a Fernanda

314

Quedaban apenas los muebles indispensables, los candelabros y el servicio de plata, porque los útiles domésticos habían sido vendidos uno a uno, para sufragar los gastos de su educación. Su madre había sucumbido a la calentura de las cinco. Su padre, don Fernando, vestido de negro, con un cuello[5] laminado y una leontina de oro atravesada en el pecho, le daba los lunes una moneda de plata para los gastos domésticos, y se llevaba las coronas fúnebres terminadas la semana anterior. Pasaba la mayor parte del día encerrado en el despacho, y en las pocas ocasiones en que salía a la calle regresaba antes de las seis, para acompañarla a rezar el rosario. Nunca llevó amistad íntima con nadie. Nunca oyó hablar de las guerras que desangraron el país. Nunca dejó de oír los ejercicios de piano de las tres de la tarde. Empezaba inclusive a perder la ilusión de ser reina, cuando sonaron dos aldabonazos perentorios en el portón, y le abrió a un militar apuesto, de ademanes ceremoniosos, que tenía una cicatriz en la mejilla y una medalla de oro en el pecho. Se encerró con su padre en el despacho. Dos horas después, su padre fue a buscarla al costurero. «Prepare sus cosas», le dijo. «Tiene que hacer un largo viaje.» Fue así como la llevaron a Macondo. En un solo día, con un zarpazo brutal, la vida le echó encima todo el peso de una realidad que durante años le habían escamoteado sus padres. De regreso a casa se encerró en el cuarto a llorar, indiferente a las súplicas y explicaciones de don Fernando, tratando de borrar la quemadura de aquella burla inaudita. Se había prometido no abandonar el dormitorio hasta la muerte, cuando Aureliano Segundo llegó a buscarla. Fue un golpe de suerte inconcebible, porque en el aturdimiento de la indignación, en la furia de la vergüenza, ella le había mentido para que nunca conociera su verdadera identidad. Las únicas pistas reales de que disponía Aureliano Segundo cuando salió a buscarla eran su inconfundible dic-

«tejer palmas fúnebres». Todo en ella está deformado, su catolicismo exacerbado ha hecho de ella una mujer perdida para el mundo y causante de muchas desgracias por su rigidez e inflexibilidad». (C. Arnau, pág. 80.)

[5] *Un cuello:* así en la edición original; *el cuello,* en la ed. de Espasa-Calpe, Selecciones Austral, pág. 251.

ción del páramo[6] y su oficio de tejedora de palmas fúnebres. La buscó sin piedad. Con la temeridad atroz con que José Arcadio Buendía atravesó la sierra para fundar a Macondo, con el orgullo ciego con que el coronel Aureliano Buendía promovió sus guerras inútiles, con la tenacidad insensata[7] con que Úrsula aseguró la supervivencia de la estirpe, así buscó Aureliano Segundo a Fernanda, sin un solo instante de desaliento. Cuando preguntó dónde vendían palmas fúnebres, lo llevaron de casa en casa para que escogiera las mejores. Cuando preguntó dónde estaba la mujer más bella que se había dado sobre la tierra, todas las madres le llevaron a sus hijas. Se extravió por desfiladeros de niebla, por tiempos reservados al olvido, por laberintos de desilusión. Atravesó un páramo amarillo donde el eco repetía los pensamientos y la ansiedad provocaba espejismos premonitorios. Al cabo de semanas estériles, llegó a una ciudad desconocida donde todas las campanas tocaban a muerto. Aunque nunca los había visto, ni nadie se los había descrito, reconoció de inmediato los muros carcomidos por la sal de los huesos, los decrépitos balcones de maderas destripadas por los hongos, y clavado en el portón y casi borrado por la lluvia el cartoncito más triste del mundo: *Se venden palmas fúnebres*. Desde entonces hasta la mañana helada en que Fernanda abandonó la casa al cuidado de la Madre Superiora apenas si hubo tiempo para que las monjas cosieran el ajuar, y metieran en seis baúles los candelabros, el servicio de plata y la bacinilla de oro, y los incontables e inservibles destrozos de una catástrofe familiar que había tardado dos siglos en consumarse. Don Fernando declinó la invitación de acompañarlos. Prometió ir más tarde, cuando acabara de liquidar sus compromisos, y desde el

---

[6] Es decir, «un modo de hablar rebuscado» y de «cadencia lánguida» (véase pág. 223).

[7] *Temeridad atroz, orgullo ciego, tenacidad insensata:* de hecho estas calificaciones condensan la trayectoria de los Buendía. «En este caso», escribe M. Vargas Llosa, pág. 596, «las facultades adormecedoras de la enumeración, al concentrar la atención del lector en la música y el número, neutralizan el efectismo truculento del lenguaje [...] que hubiera debilitado el poder de persuasión del episodio: los 'clisés' dejan de serlo, en la enumeración esas fórmulas verbales son sobre todo ruido y movimiento».

momento en que le echó la bendición a su hija volvió a encerrarse en el despacho, a escribirle las esquelas con viñetas luctuosas y el escudo de armas de la familia que había de ser el primer contacto humano que Fernanda y su padre tuvieran en toda la vida. Para ella, esa fue la fecha real de su nacimiento[8]. Para Aureliano Segundo fue casi al mismo tiempo el principio y el fin de la felicidad.

Fernanda llevaba un precioso calendario con llavecitas doradas en el que su director espiritual había marcado con tinta morada las fechas de abstinencia venérea. Descontando la Semana Santa, los domingos, las fiestas de guardar, los primeros viernes, los retiros, los sacrificios y los impedimentos cíclicos, su anuario útil quedaba reducido a 42 días desperdigados en una maraña de cruces moradas[9]. Aureliano Segundo, convencido de que el tiempo echaría por tierra aquella alambrada hostil, prolongó la fiesta de la boda más allá del término previsto. Agotada de tanto mandar al basurero botellas vacías de brandy y champaña para que no congestionaran la casa, y al mismo tiempo intrigada de que los recién casados durmieran a horas distintas y en habitaciones separadas mientras continuaban los cohetes y la música y los sacrificios de reses, Úrsula recordó su propia experiencia y se preguntó si Fernanda no tendría también un cinturón de castidad que tarde o temprano provocara las burlas del pueblo y diera origen a una tragedia. Pero Fernanda le confesó que simplemente estaba dejando pasar dos semanas antes de permitir el primer contacto con su esposo. Transcurrido el término, en efecto, abrió la puerta de su dormitorio con la resignación al sacrificio con que lo hubiera hecho una víctima expiatoria, y

---

[8] También la integración de Fernanda en la familia se describe como una iniciación (segundo *nacimiento* o nacimiento real) con sus viajes y pruebas simbólicos.

[9] «[...] el ritmo encantatorio cumple una función de ablandamiento preparatorio del espíritu del lector para un dato que por su desmesura podría no obtener su credulidad. Es el caso de los 42 días sexualmente útiles que los tabúes religiosos dejan al año a Fernanda del Carpio; el dato (exageradísimo) es comunicado de una enumeración risueña que ha debilitado adecuadamente la 'lógica' del lector.» (M. Vargas Llosa, pág. 588.) Sobre el «humor numérico» del pasaje, véase C. Gariano, en P. Earle, págs. 161-162.

Aureliano Segundo vio a la mujer más bella de la tierra, con sus gloriosos ojos de animal asustado y los largos cabellos color de cobre extendidos en la almohada. Tan fascinado estaba con la visión que tardó un instante en darse cuenta de que Fernanda se había puesto un camisón blanco, largo hasta los tobillos y con mangas hasta los puños, y con un ojal grande y redondo primorosamente ribeteado a la altura del vientre. Aureliano Segundo no pudo reprimir una explosión de risa.

—Esto es lo más obsceno que he visto en mi vida —gritó, con una carcajada que resonó en toda la casa—. Me casé con una hermanita de la caridad.

Un mes después, no habiendo conseguido que la esposa se quitara el camisón, se fue a hacer el retrato de Petra Cotes vestida de reina. Más tarde, cuando logró que Fernanda regresara a casa, ella cedió a sus apremios en la fiebre de la reconciliación, pero no supo proporcionarle el reposo con que él soñaba cuando fue a buscarla a la ciudad de los treinta y dos campanarios. Aureliano Segundo sólo encontró en ella un hondo sentimiento de desolación. Una noche, poco antes de que naciera el primer hijo, Fernanda se dio cuenta de que su marido había vuelto en secreto al lecho de Petra Cotes.

—Así es —admitió él. Y explicó en un tono de postrada resignación—: tuve que hacerlo, para que siguieran pariendo los animales.

Le hizo falta un poco de tiempo para convencerla de tan peregrino expediente, pero cuando por fin lo consiguió, mediante pruebas que parecieron irrefutables, la única promesa que le impuso Fernanda fue que no se dejara sorprender por la muerte en la cama de su concubina. Así continuaron viviendo los tres, sin estorbarse. Aureliano Segundo puntual y cariñoso con ambas, Petra Cotes pavoneándose de la reconciliación, y Fernanda fingiendo que ignoraba la verdad.

El pacto no logró, sin embargo, que Fernanda se incorporara a la familia[10]. En vano insistió Úrsula para que tirara la golilla de lana con que se levantaba cuando había hecho el

---

[10] Incorporarse no puede confundirse con 'pertenecer': Fernanda seguirá siendo extranjera por sus hábitos sexuales y sociales; pero es una Buendía: ella es quien prolonga la estirpe y quien determinó el destino de la familia.

318

amor, y que provocara los cuchicheos de los vecinos. No logró convencerla de que utilizara el baño, o el beque[11] nocturno, y de que le vendiera la bacinilla de oro al coronel Aureliano Buendía para que la convirtiera en pescaditos. Amaranta se sintió tan incómoda con su dicción viciosa, y con su hábito de usar un eufemismo para designar cada cosa, que siempre hablaba delante de ella en jerigonza.

—*Esfetafa* —decía— *esfe defe lasfa quefe lesfe tifiefenenfe asfacofo afa sufu profopifiafa mifierfedafa*[12].

Un día, irritada con la burla, Fernanda quiso saber qué era lo que decía Amaranta, y ella no usó eufemismos para contestarle.

—Digo —dijo— que tú eres de las que confunden el culo con las témporas.

Desde aquel día no volvieron a dirigirse la palabra. Cuando las obligaban las circunstancias, se mandaban recados, o se decían las cosas indirectamente. A pesar de la visible hostilidad de la familia, Fernanda no renunció a la voluntad de imponer los hábitos de sus mayores. Terminó con la costumbre de comer en la cocina, y cuando cada quien tenía hambre, e impuso la obligación de hacerlo a horas exactas en la mesa grande del comedor arreglada con manteles de lino, y con los candelabros y el servicio de plata. La solemnidad de un acto que Úrsula había considerado siempre como el más sencillo de la vida cotidiana creó un ambiente de estiramiento[13] contra el cual se rebeló primero que nadie el callado José Arcadio Segundo. Pero la costumbre se impuso, así como la de rezar el rosario antes de la cena, y llamó tanto la atención de los vecinos, que muy pronto circuló el rumor de que los Buendía no se sentaban a la mesa como los otros mortales, sino que habían convertido el acto de comer en una misa mayor. Hasta las supersticiones de Úrsula, surgidas más bien

---

[11] *Beque:* Recipiente para los excrementos.

[12] La jerigonza, aquí proceso humorístico, es un ejemplo más de habla críptica, aun si la clave infantil es transparente.

[13] *Estiramiento:* aquí en el sentido de 'orgullo, arrogancia', que el *D.R.A.E.* clasifica como chilenismo (¿?). No aparece la palabra en el *Nuevo diccionario de americanismo*, t. I [Colombianismos].

de la inspiración momentánea que de la tradición, entraron en conflicto con las que Fernanda heredó de sus padres, y que estaban perfectamente definidas y catalogadas para cada ocasión. Mientras Úrsula disfrutó del dominio pleno de sus facultades, subsistieron algunos de los antiguos hábitos y la vida de la familia conservó una cierta influencia de sus corazonadas, pero cuando perdió la vista y el peso de los años la relegó a un rincón, el círculo de rigidez iniciado por Fernanda desde el momento en que llegó, terminó por cerrarse completamente, y nadie más que ella determinó el destino de la familia. El negocio de repostería y animalitos de caramelo, que Santa Sofía de la Piedad mantenía por voluntad de Úrsula, era considerado por Fernanda como una actividad indigna, y no tardó en liquidarlo. Las puertas de la casa, abiertas de par en par desde el amanecer hasta la hora de acostarse, fueron cerradas durante la siesta, con el pretexto de que el sol recalentaba los dormitorios, y finalmente se cerraron para siempre. El ramo de sábila[14] y el pan que estaban colgados en el dintel desde los tiempos de la fundación[15] fueron reemplazados por un nicho del Corazón de Jesús. El coronel Aureliano Buendía alcanzó a darse cuenta de aquellos cambios y previó sus consecuencias. «Nos estamos volviendo gente fina», protestaba. «A este paso, terminaremos peleando otra vez contra el régimen conservador, pero ahora para poner un rey en su lugar.» Fernanda, con muy buen tacto, se cuidó de no tropezar con él. Le molestaba íntimamente su espíritu independiente, su resistencia a toda forma de rigidez social. La exasperaban sus tazones de café a las cinco, el desorden de su taller, su manta deshilachada y su costumbre de sentarse en la puerta de la calle al atardecer. Pero tuvo

---

[14] *Sábila:* «[...] De sus hojas se extrae el acíbar o áloe. Es costumbre colgar esta planta detrás de las puertas, pues se cree que, mientras se conserve verde, atrae la buena suerte.» *(Nuevo diccionario de americanismos,* t, I, pág. 362b).

[15] Hizo falta esperar este pasaje, que se sitúa más allá de la mitad de la novela, para conocer este detalle que, en la diégesis, debería aparecer al principio. El ramo de sábila, planta medicinal, y el pan, alimento básico, son objetos que han de conjurar la mala suerte, según vemos en *La hojarasca:* «La mujer [...] colgó un atadillo de sábila y un pan en la puerta de la calle, para preservarse contra los maleficios» (pág. 45): «Voy a poner [...] un ramo de sábila en el dintel» (pág. 73).

que permitir esa pieza suelta del mecanismo familiar, porque tenía la certidumbre de que el viejo coronel era un animal apaciguado por los años y la desilusión, que en un arranque de rebeldía senil podría desarraigar los cimientos de la casa. Cuando su esposo decidió ponerle al primer hijo el nombre del bisabuelo, ella no se atrevió a oponerse, porque sólo tenía un año de haber llegado. Pero cuando nació la primera hija expresó sin reservas su determinación de que se llamara Renata, como su madre. Úrsula había resuelto que se llamara Remedios. Al cabo de una tensa controversia, en la que Aureliano Segundo actuó como mediador divertido, la bautizaron con el nombre de Renata Remedios, pero Fernanda la siguió llamando Renata a secas, mientras la familia de su marido y todo el pueblo siguieron llamándola Meme, diminutivo de Remedios.

Al principio, Fernanda no hablaba de su familia, pero con el tiempo empezó a idealizar a su padre. Hablaba de él en la mesa como un ser excepcional que había renunciado a toda forma de vanidad, y se estaba convirtiendo en santo. Aureliano Segundo, asombrado de la intempestiva magnificación del suegro, no resistía de hacer pequeñas burlas a espaldas de su esposa. El resto de la familia siguió el ejemplo. La propia Úrsula, que era en extremo celosa de la armonía familiar y que sufría en secreto con las fricciones domésticas, se permitió decir alguna vez que el pequeño tataranieto tenía asegurado su porvenir pontificial, porque era «nieto de santo e hijo de reina y de cuatrero». A pesar de aquella sonriente conspiración, los niños se acostumbraron a pensar en el abuelo como en un ser legendario, que les transcribía versos piadosos en las cartas y les mandaba en cada Navidad un cajón de regalos que apenas si cabía por la puerta de la calle. Eran, en realidad, los últimos desperdicios del patrimonio señorial. Con ellos se construyó en el dormitorio de los niños un altar con santos de tamaño natural, cuyos ojos de vidrio les imprimían una inquietante apariencia de vida y cuyas ropas de paño artísticamente bordadas eran mejores que las usadas jamás por ningún habitante de Macondo. Poco a poco, el esplendor funerario de la antigua y helada mansión se fue trasladando a la luminosa casa de los Buendía. «Ya nos han mandado todo el cementerio familiar», comentó Aureliano

Segundo en cierta ocasión. «Sólo faltan los sauces y las losas sepulcrales.» Aunque en los cajones no llegó nunca nada que sirviera a los niños para jugar, éstos pasaban el año esperando a diciembre, porque al fin y al cabo los anticuados y siempre imprevisibles regalos constituían una novedad en la casa. En la décima Navidad, cuando ya el pequeño José Arcadio se preparaba para viajar al seminario, llegó con más anticipación que en los años anteriores el enorme cajón del abuelo, muy bien clavado e impermeabilizado con brea, y dirigido con el habitual letrero de caracteres góticos a la muy distinguida señora doña Fernanda del Carpio de Buendía. Mientras ella leía la carta en el dormitorio, los niños se apresuraron a abrir la caja. Ayudados como de costumbre por Aureliano Segundo, rasparon los sellos de brea, desclavaron la tapa, sacaron el aserrín protector, y encontraron dentro un largo cofre de plomo cerrado con pernos de cobre. Aureliano Segundo quitó los ocho pernos, ante la impaciencia de los niños, y apenas tuvo tiempo de lanzar un grito y hacerlos a un lado, cuando levantó la plataforma de plomo y vio a don Fernando vestido de negro y con un crucifijo en el pecho, con la piel reventada en eructos pestilentes y cocinándose a fuego lento en un espumoso y borboritante caldo de perlas vivas[16].

Poco después del nacimiento de la niña se anunció el inesperado jubileo del coronel Aureliano Buendía, ordenado por el gobierno para celebrar un nuevo aniversario del tratado de Neerlandia. Fue una determinación tan inconsecuente con la política oficial, que el coronel se pronunció violentamente contra ella y rechazó el homenaje. «Es la primera vez que oigo la palabra jubileo», decía. «Pero cualquier cosa que quiera decir, no puede ser sino una burla.» El estrecho taller de orfebrería se llenó de emisarios. Volvieron, mucho más viejos y mucho más solemnes, los abogados de trajes oscuros que en otro tiempo revolotearon como cuervos

---

[16] El comentario de Aureliano Segundo («Ya nos han mandado todo el cementerio familiar. Sólo faltan los sauces y las losas sepulcrales») era, en realidad, una «profecía». Por otra parte, la llegada del baúl macabro repite la de otros cuerpos extranjeros (los huesos de los padres de Rebeca).

en torno al coronel[17]. Cuando éste los vio aparecer, como en otro tiempo llegaban a empantanar la guerra, no pudo soportar el cinismo de sus panegíricos. Les ordenó que lo dejaran en paz, insistió que él no era un prócer de la nación como ellos decían, sino un artesano sin recuerdos, cuyo único sueño era morirse de cansancio en el olvido y la miseria de sus pescaditos de oro. Lo que más le indignó fue la noticia de que el propio presidente de la república pensaba asistir a los actos de Macondo para imponerle la Orden del Mérito. El coronel Aureliano Buendía le mandó a decir, palabra por palabra, que esperaba con verdadera ansiedad aquella tardía pero merecida ocasión de darle un tiro, no para cobrarle las arbitrariedades y anacronismos de su régimen, sino por faltarle el respeto a un viejo que no le hacía mal a nadie. Fue tal la vehemencia con que pronunció la amenaza, que el presidente de la república canceló el viaje a última hora y le mandó la condecoración con un representante personal. El coronel Gerineldo Márquez, asediado por presiones de toda índole, abandonó su lecho de paralítico para persuadir a su antiguo compañero de armas. Cuando éste vio aparecer el mecedor cargado por cuatro hombres y vio sentado en él, entre grandes almohadas, al amigo que compartió sus victorias e infortunios desde la juventud, no dudó un solo instante de que hacía aquel esfuerzo para expresarle su solidaridad. Pero cuando conoció el verdadero propósito de su visita, lo hizo sacar del taller.

—Demasiado tarde me convenzo —le dijo— que te habría hecho un gran favor si te hubiera dejado fusilar.

De modo que el jubileo se llevó a cabo sin asistencia de ninguno de los miembros de la familia. Fue una casualidad que coincidiera con la semana del carnaval, pero nadie logró quitarle al coronel Aureliano Buendía la empecinada idea de que también aquella coincidencia había sido prevista por el

---

[17] «A lo largo de la novela van y vienen los sinuosos "abogados vestidos de negro"; sus movimientos anuncian iniquidades, catástrofes, miserias. Su negrura les delata y la perversidad se dibuja en su actuación.» (R. Gullón, pág. 69.)

gobierno para recalcar la crueldad de la burla[18]. Desde el taller solitario oyó las músicas marciales, la artillería de aparato, las campanas del Te Deum, y algunas frases de los discursos pronunciados frente a la casa cuando bautizaron la calle con su nombre. Los ojos se le humedecieron de indignación, de rabiosa impotencia, y por primera vez desde la derrota se dolió de no tener los arrestos de la juventud para promover una guerra sangrienta que borrara hasta el último vestigio del régimen conservador. No se habían extinguido los ecos del homenaje, cuando Úrsula llamó a la puerta del taller.

—No me molesten —dijo él—. Estoy ocupado.

—Abre —insistió Úrsula con su voz cotidiana—. Esto no tiene nada que ver con la fiesta.

Entonces el coronel Aureliano Buendía quitó la tranca, y vio en la puerta diecisiete hombres de los más variados aspectos, de todos los tipos y colores, pero todos con un aire solitario que habría bastado para identificarlos en cualquier lugar de la tierra. Eran sus hijos. Sin ponerse de acuerdo, sin conocerse entre sí, habían llegado desde los más apartados rincones del litoral cautivados por el ruido del jubileo. Todos llevaban con orgullo el nombre de Aureliano, y el apellido de su madre. Durante los tres días que permanecieron en la casa, para satisfacción de Úrsula y escándalo de Fernanda, ocasionaron trastornos de guerra. Amaranta buscó entre antiguos papeles la libreta de cuentas donde Úrsula había apuntado los nombres y las fechas de nacimiento y bautismo de todos, y agregó frente al espacio correspondiente a cada uno el domicilio actual. Aquella lista habría permitido hacer una recapitulación de veinte años de guerra. Habrían podido reconstruirse con ella los itinerarios nocturnos del coronel, desde la madrugada en que salió de Macondo al frente de veintiún hombres hacia una rebelión quimérica, hasta que regresó por última vez envuelto en la manta acartonada de sangre. Aureliano Segundo no desperdició la ocasión de fes-

[18] Se ve que el carnaval está arraigado ahora en Macondo. Esta segunda mención, como la primera, viene relacionada con un acto político. Para la interpretación de este dato, no hay que olvidar que el carnaval es la fiesta donde se revierten los valores dominantes y se subvierte *(burla)* el poder.

tejar a los primos con una estruendosa parranda de champaña y acordeón, que se interpretó como un atrasado ajuste de cuentas con el carnaval malogrado por el jubileo. Hicieron añicos media vajilla, destrozaron los rosales persiguiendo un toro para mantearlo, mataron las gallinas a tiros, obligaron a bailar a Amaranta los valses tristes de Pietro Crepi, consiguieron que Remedios, la bella, se pusiera unos pantalones de hombre para subirse a la cucaña, y soltaron en el comedor un cerdo embadurnado de sebo que revolcó a Fernanda, pero nadie lamentó los percances, porque la casa se estremeció con un terremoto de buena salud[19]. El coronel Aureliano Buendía, que al principio los recibió con desconfianza y hasta puso en duda la filiación de algunos, se divirtió con sus locuras, y antes de que se fueran le regaló a cada uno un pescadito de oro. Hasta el esquivo José Arcadio Segundo les ofreció una tarde de gallos, que estuvo a punto de terminar en tragedia[20], porque varios de los Aurelianos eran tan duchos en componendas de galleras que descubrieron al primer golpe de vista las triquiñuelas del padre Antonio Isabel. Aureliano Segundo, que vio las ilimitadas perspectivas de parranda que ofrecía aquella desaforada parentela, decidió que todos se quedaran a trabajar con él. El único que aceptó fue Aureliano Triste, un mulato grande con los ímpetus y el espíritu explorador del abuelo, que ya había probado fortuna en medio mundo, y le daba lo mismo quedarse en cualquier parte. Los otros, aunque todavía estaban solteros, consideraban resuelto su destino. Todos eran artesanos hábiles, hombres de su casa, gente de paz. El miércoles de ceniza, antes de que volvieran a dispersarse en el litoral, Amaranta consiguió que se pusieran ropas dominicales y la acompañaran a la iglesia. Más divertidos que piadosos, se dejaron conducir hasta el comulgatorio, donde el padre Antonio Isabel les puso en la frente la cruz de ceniza. De regreso a casa, cuando el menor quiso limpiarse la frente, descubrió que la mancha era indeleble, y que lo eran también las de sus hermanos. Probaron

---

[19] Los Aurelianos hacen que la casa recobre su aspecto «Buendía» desterrado por Fernanda, simbólicamente revolcada por un cerdo.

[20] Así lo había pronosticado y recordado Úrsula (pág. 294).

con agua y jabón, con tierra y estropajo, y por último con piedra pómez y lejía, y no consiguieron borrarse la cruz. En cambio, Amaranta y los demás que fueron a misa, se la quitaron sin dificultad. «Así van mejor», los despidió Úrsula. «De ahora en adelante nadie podrá confundirlos.» Se fueron en tropel, precedidos por la banda de músicos y reventando cohetes, y dejaron en el pueblo la impresión de que la estirpe de los Buendía tenía semillas para muchos siglos. Aureliano Triste, con su cruz de ceniza en la frente, instaló en las afueras del pueblo la fábrica de hielo con que soñó José Arcadio Buendía en sus delirios de inventor[21].

Meses después de su llegada, cuando ya era conocido y apreciado, Aureliano Triste andaba buscando una casa para llevar a su madre y a una hermana soltera (que no era hija del coronel) y se interesó por el caserón decrépito que parecía abandonado en una esquina de la plaza. Preguntó quién era el dueño. Alguien le dijo que era una casa de nadie, donde en otro tiempo vivió una viuda solitaria que se alimentaba de tierra y cal de las paredes, y que en sus últimos años sólo se le vio dos veces en la calle con un sombrero de minúsculas flores artificiales y unos zapatos color de plata antigua, cuando atravesó la plaza hasta la oficina de correos para mandarle cartas al Obispo. Le dijeron que su única compañera fue una sirvienta desalmada que mataba perros y gatos y cuanto animal penetraba a la casa, y echaba los cadáveres en mitad de la calle para fregar[22] al pueblo con la hedentina de la putrefacción. Había pasado tanto tiempo desde que el sol momificó el pellejo vacío del último animal, que todo el mundo daba por sentado que la dueña de la casa y la sirvienta habían muerto mucho antes de que terminaran las guerras, y que si todavía la casa estaba en pie era porque no habían te-

---

[21] El determinismo hereditario actúa normalmente ya que Aureliano Triste tenía los mismos «ímpetus» que José Arcadio, el fundador. El texto repite el sueño, un tanto degradado, del abuelo, uniendo el hielo y el falso pronóstico sobre la duración de la estirpe. «No serán casas de vidrio sino de hielo, como yo lo soñé, y siempre habrá un Buendía, por los siglos de los siglos» (págs. 145-146).

[22] *Fregar:* «fig. y fam. *Amer.* Fastidiar, molestar, jorobar.» *(D.R.A.E.)*

nido en años recientes un invierno riguroso o un viento demoledor. Los goznes desmigajados por el óxido, las puertas apenas sostenidas por cúmulos de telaraña, las ventanas soldadas por la humedad y el piso roto por la hierba y las flores silvestres, en cuyas grietas anidaban los lagartos y toda clase de sabandijas, parecían confirmar la versión de que allí no había estado un ser humano por lo menos en medio siglo[23]. Al impulsivo Aureliano Triste no le hacían falta tantas pruebas para proceder. Empujó con el hombro la puerta principal, y la carcomida armazón de madera se derrumbó sin estrépito, en un callado cataclismo de polvo y tierra de nidos de comején. Aureliano Triste permaneció en el umbral, esperando que se desvaneciera la niebla, y entonces vio en el centro de la sala a la escuálida mujer vestida todavía con ropas del siglo anterior, con unas pocas hebras amarillas en el cráneo pelado y con unos ojos grandes, aún hermosos, en los cuales se habían apagado las últimas estrellas de la esperanza, y el pellejo del rostro agrietado por la aridez de la soledad. Estremecido por la visión de otro mundo, Aureliano Triste apenas se dio cuenta de que la mujer lo estaba apuntando con una anticuada pistola de militar.

—Perdone —murmuró.

Ella permaneció inmóvil en el centro de la sala atiborrada de cachivaches, examinando palmo a palmo al gigante de espaldas cuadradas con un tatuaje de ceniza en la frente, y a través de la neblina del polvo lo vio en la neblina de otro tiempo, con una escopeta de dos cañones terciada a la espalda y un sartal de conejos en la mano[24].

---

[23] La coherencia narrativa entre el cuento matriz de la historia de Rebeca y *Cien años de soledad* es muy fuerte: en *Un día después del sábado*, Rebeca lleva ya «un sombrero de paja con minúsculas flores de terciopelo» *(Fun.,* pág. 87), su sirvienta ya se llama Argénida *(C.A.S.,* pág. 235), es pariente (remota) del Obispo *(Fun.,* pág. 95), considera al coronel Aureliano Buendía «un descastado» *(Fun.,* pág. 95; *C.A.S.,* pág. 260), la casa es húmeda y llena de olor a pólvora del cadáver de José Arcadio *(Fun.,* pág. 97; *C.A.S.,* pág. 233), (véase también pág. 235, nota 34).

[24] Rebeca ve en Aureliano Triste una reencarnación de su marido, que era también un gigante tatuado y revive esa tarde de septiembre («la neblina de otro tiempo») cuando José Arcadio regresó de la caza para morir (comp. pág. 232).

—¡Por el amor de Dios —exclamó en voz baja—, no es justo que ahora me vengan con este recuerdo!

—Quiero alquilar la casa —dijo Aureliano Triste.

La mujer levantó entonces la pistola, apuntando con pulso firme la cruz de ceniza[25], y montó el gatillo con una determinación inapelable.

—Váyase —ordenó.

Aquella noche, durante la cena, Aureliano Triste le contó el episodio a la familia, y Úrsula lloró de consternación. «¡Todavía está viva!» El tiempo, las guerras, los incontables desastres cotidianos la habían hecho olvidarse de Rebeca. La única que no había perdido un solo instante la conciencia de que estaba viva, pudriéndose en su sopa de larvas, era la implacable y envejecida Amaranta. Pensaba en ella al amanecer, cuando el hielo del corazón la despertaba en la cama solitaria, y pensaba en ella cuando se jabonaba los senos marchitos y el vientre macilento, y cuando se ponía los blancos pollerines y corpiños de olán de la vejez, y cuando se cambiaba en la mano la venda negra de la terrible expiación. Siempre, a toda hora, dormida y despierta, en los instantes más sublimes y en los más abyectos, Amaranta pensaba en Rebeca, porque la soledad le había seleccionado los recuerdos, y había incinerado los entorpecedores montones de basura nostálgica que la vida había acumulado en su corazón, y había purificado, magnificado y eternizado los otros, los más amargos. Por ella sabía Remedios, la bella, de la existencia de Rebeca. Cada vez que pasaban por la casa decrépita le contaba un incidente ingrato, una fábula de oprobio, tratando en esa forma de que su extenuante rencor fuera compartido por la sobrina, y por consiguiente prolongado más allá de la muerte, pero no consiguió sus propósitos porque Remedios era inmune a toda clase de sentimientos apasionados, y mucho más a los ajenos. Úrsula, en cambio, que había sufrido un proceso contrario al de Amaranta, evocó a Rebeca con un recuerdo limpio de impurezas, pues la imagen de la criatura de lástima que llevaron a la casa con el talego de huesos de sus

---

[25] Gesto premonitorio.

padres prevaleció sobre la ofensa que la hizo indigna de continuar vinculada al tronco familiar. Aureliano Segundo resolvió que había que llevarla a la casa y protegerla, pero su buen propósito fue frustrado por la inquebrantable intransigencia de Rebeca, que había necesitado muchos años de sufrimiento y miseria para conquistar los privilegios de la soledad[26], y no estaba dispuesta a renunciar a ellos a cambio de una vejez perturbada por los falsos encantos de la misericordia.

En febrero, cuando volvieron los dieciséis hijos del coronel Aureliano Buendía, todavía marcados con la cruz de ceniza, Aureliano Triste les habló de Rebeca en el fragor de la parranda, y en medio día restauraron la apariencia de la casa, cambiaron puertas y ventanas, pintaron la fachada de colores alegres, apuntalaron las paredes y vaciaron cemento nuevo en el piso, pero no obtuvieron autorización para continuar las reformas en el interior. Rebeca ni siquiera se asomó a la puerta. Dejó que terminaran la atolondrada restauración, y luego hizo un cálculo de los costos y les mandó con Argénida, la vieja sirvienta que seguía acompañándola, un puñado de monedas retiradas de la circulación desde la última guerra, y que Rebeca seguía creyendo útiles. Fue entonces cuando se supo hasta qué punto inconcebible había llegado su desvinculación con el mundo, y se comprendió que sería imposible rescatarla de su empecinado encierro mientras le quedara un aliento de vida.

En la segunda visita que hicieron a Macondo los hijos del coronel Aureliano Buendía, otro de ellos, Aureliano Centeno[27], se quedó trabajando con Aureliano Triste. Era uno de los primeros que habían llegado a la casa para el bautismo, y Úrsula y Amaranta lo recordaban muy bien porque había destrozado en pocas horas cuanto objeto quebradizo pasó

---

[26] Rebeca sufrió una evolución paralela al doloroso proceso del coronel Aureliano quien tuvo que vivirlo «para descubrir con casi cuarenta años de retraso los privilegios de la simplicidad» y firmar un pacto con la soledad.

[27] Carlos Centeno se llamaba el hombre que trató de forzar la puerta de la viuda Rebeca en *La siesta del martes (Fun.*, pág. 17).

por sus manos[28]. El tiempo había moderado su primitivo impulso de crecimiento, y era un hombre de estatura mediana marcado con cicatrices de viruela, pero su asombroso poder de destrucción manual continuaba intacto. Tantos platos rompió, inclusive sin tocarlos, que Fernanda optó por comprarle un servicio de peltre[29] antes de que liquidara las últimas piezas de su costosa vajilla, y aún los resistentes platos metálicos estaban al poco tiempo desconchados y torcidos. Pero a cambio de aquel poder irremediable, exasperante inclusive para él mismo, tenía una cordialidad que suscitaba la confianza inmediata, y una estupenda capacidad de trabajo. En poco tiempo incrementó de tal modo la producción de hielo, que rebasó el mercado local, y Aureliano Triste tuvo que pensar en la posibilidad de extender el negocio a otras poblaciones de la ciénaga. Fue entonces cuando concibió el paso decisivo no sólo para la modernización de su industria, sino para vincular la población con el resto del mundo.

—Hay que traer el ferrocarril —dijo.

Fue la primera vez que se oyó esa palabra en Macondo. Ante el dibujo que trazó Aureliano Triste en la mesa, y que era un descendiente directo de los esquemas con que José Arcadio Buendía ilustró el proyecto de la guerra solar[30], Úrsula confirmó su impresión de que el tiempo estaba dando vueltas en redondo. Pero al contrario de su abuelo, Aureliano Triste no perdía el sueño ni el apetito, ni atormentaba a nadie con crisis de mal humor, sino que concebía los proyectos más desatinados como posibilidades inmediatas, elaboraba cálculos racionales sobre costos y plazos, y los llevaba a término sin intermedios de exasperación[31]. Aureliano Segundo,

---

[28] Es uno de los dos Aurelianos que se «distinguieron del montón»; era «demasiado grande para su edad» y hacía «añicos los floreros y varias piezas de la vajilla, porque sus manos parecían tener la propiedad de despedazar todo lo que tocaban» (pág. 253).

[29] *Peltre:* aleación de cinc, plomo y estaño.

[30] Véase pág. 83. También se recordará que una de las obsesiones de José Arcadio Buendía fue «vincular la población con el resto del mundo».

[31] Si el tiempo da vueltas en redondo, sigue desgastándose el eje de la rueda: los tiempos míticos se han hecho históricos, la guerra solar ha sido desplazada por el ferrocarril utilitario, la simbología numérica por «cálculos racionales» y el abuelo emprendedor por un nieto empresario.

que si algo tenía del bisabuelo y algo le faltaba del coronel Aureliano Buendía era una absoluta impermeabilidad para el escarmiento, soltó el dinero para llevar el ferrocarril con la misma frivolidad con que lo soltó para la absurda compañía de navegación del hermano. Aureliano Triste consultó el calendario y se fue el miércoles siguiente para estar de vuelta cuando pasaran las lluvias. No se tuvieron más noticias. Aureliano Centeno, desbordado por las abundancias de la fábrica, había empezado ya a experimentar la elaboración del hielo con base de jugos de frutas en lugar de agua, y sin saberlo ni proponérselo concibió los fundamentos esenciales de la invención de los helados, pensando en esa forma diversificar la producción de una empresa que suponía suya[32], porque el hermano no daba señales de regreso después de que pasaron las lluvias y transcurrió todo un verano sin noticias. A principios del otro invierno, sin embargo, una mujer que lavaba ropa en el río a la hora de más calor, atravesó la calle central lanzando alaridos en un alarmante estado de conmoción.

—Ahí viene —alcanzó a explicar— un asunto espantoso como una cocina arrastrando un pueblo.

En ese momento la población fue estremecida por un silbato de resonancias pavorosas y una descomunal respiración acezante. Las semanas precedentes se había visto a las cuadrillas que tendieron durmientes y rieles, y nadie les prestó atención porque pensaron que era un nuevo artificio de los gitanos que volvían con su centenario y desprestigiado dale que dale de pitos y sonajas pregonando las excelencias de quién iba a saber qué pendejo menjunje[33] de jarapellinosos[34] genios jerosolimitanos[35]. Pero cuando se restablecieron del descon-

---

[32] Lo que se ficcionaliza aquí es la formación de un desarrollo económico nacional hispanoamericano en la época industrial, antes de la invasión capitalista norteamericana. Este desarrollo autónomo se basaba en la elaboración de productos locales.

[33] «También respecto al humor se verifica el impulso "totalizador". Aparece en todas sus posibilidades, desde el más fácil y superficial, el juego de palabras, como "pendejo menjunje..."».» (M. Vargas Llosa, pág. 537, nota 8.) Es a la vez un juego aliterativo y un trabalenguas.

[34] *Jarapellinoso:* neologismo probablemente compuesto de *jara(be)* y *apellinarse:* «*Chile.* Amojamarse, acecinarse.» *(D.R.A.E.)*

[35] *Jerosolimitano:* natural de Jerusalén.

cierto de los silbatazos y resoplidos, todos los habitantes se echaron a la calle y vieron a Aureliano Triste saludando con la mano desde la locomotora, y vieron hechizados el tren adornado de flores que por primera vez llegaba con ocho meses de retraso. El inocente tren amarillo que tantas incertidumbres y evidencias, y tantos halagos y desventuras, y tantos cambios, calamidades y nostalgias había de llevar a Macondo[36].

---

[36] Lo que se dice del tren amarillo podría aplicarse a cuantas invenciones y novedades llegan a Macondo desde fuera.

Deslumbrada por tantas y tan maravillosas invenciones, la gente de Macondo no sabía por dónde empezar a asombrarse. Se trasnochaban contemplando las pálidas bombillas eléctricas alimentadas por la planta que llevó Aureliano Triste en el segundo viaje del tren, y a cuyo obsesionante tum-tum costó tiempo y trabajo acostumbrarse. Se indignaron con las imágenes vivas que el próspero comerciante don Bruno Crespi proyectaba en el teatro con taquillas de bocas de león, porque un personaje muerto y sepultado en una película, y por cuya desgracia se derramaron lágrimas de aflicción, reapareció vivo y convertido en árabe en la película siguiente. El público que pagaba dos centavos para compartir las vicisitudes de los personajes, no pudo soportar aquella burla inaudita y rompió la silletería. El alcalde, a instancias de don Bruno Crespi, explicó mediante un bando, que el cine era una máquina de ilusión que no merecía los desbordamientos pasionales del público. Ante la desalentadora explicación, muchos estimaron que habían sido víctimas de un nuevo y aparatoso asunto de gitanos, de modo que optaron por no volver al cine, considerando que ya tenían bastante con sus propias penas para llorar por fingidas desventuras de seres imaginarios. Algo semejante ocurrió con los gramófonos de cilindros que llevaron las alegres matronas de Francia en sustitución de los anticuados organillos, y que tan hondamente afectaron por un tiempo los intereses de la banda de músicos. Al principio, la curiosidad multiplicó la clientela de la calle prohibida, y hasta se supo de señoras respetables que se disfrazaron de villanos para observar de cerca la novedad del gramófono, pero tanto y de tan cerca lo observaron, que muy pronto llegaron a la conclusión de que no era un molino de sortilegio, como todos pensaban y como las matronas decían, sino un truco mecánico que no podía compararse con algo tan conmovedor, tan humano y tan lleno de verdad cotidiana como una banda de músicos[1]. Fue una desilusión tan grave, que cuando los gramófonos se popularizaron hasta el punto de que hubo uno en cada casa, todavía no se les tuvo como objetos para entretenimiento de adultos, sino como una cosa buena para que la destriparan los niños. En cambio, cuando alguien del pueblo tuvo la oportunidad de comprobar la cruda realidad del teléfono instalado en la estación de ferrocarril, que a causa de la manivela se consideraba como una versión rudimentaria del gramófono, hasta los más incrédulos se desconcertaron. Era como si Dios hubiera resuelto poner a prueba toda capacidad de asombro, y mantuviera a los habitantes de Macondo en un permanente vaivén entre el alborozo y el desencanto, la duda y la revelación, hasta el extremo de que ya nadie podía saber a ciencia cierta dónde estaban los límites de la realidad. Era un intrincado frangollo[2] de verdades y espejismos, que convulsionó de impaciencia al espectro de José Arcadio Buendía bajo el castaño y lo obligó a caminar por toda la casa aún a pleno día. Desde que el ferrocarril fue inaugurado oficialmente y empezó a llegar con regularidad los miércoles a las once, y se construyó la primitiva estación de madera con un escritorio, el teléfono, y una ventanilla para vender los pasajes, se vieron por las calles de Macondo hombres y mujeres que fingían actitudes comunes y corrientes, pero que en realidad parecían gente de circo. En un pueblo escaldado por el escarmiento de

---

[1] Las reacciones de los macondinos frente al cine y el gramófono pueden interpretarse como dos modos de (malas) lecturas de la obra de arte: en el cine, confunden ficción y realidad de manera ingenua; en cambio, desmontan el mecanismo del gramófono como técnicos, perdiendo el encanto de la música. El «algo semejante» mencionado es el resultado del exceso de ingenuidad y de curiosidad técnica: a la ficción y artificio del arte («fingidas desventuras de seres imaginarios», «molino de sortilegio») prefieren la realidad y verdad cotidiana.

[2] *Frangollo*: «*Cuba* y *P. Ric.* Dulce seco hecho de plátano verde triturado. / fig. *Méj.* Comida hecha sin esmero. / fig. *Perú.* Mezcolanza, revoltijo.» *(D.R.A.E.)* No hay entrada bajo el sustantivo en el *Nuevo diccionario de americanismos*, t. I [Colombianismos].

los gitanos no había un buen porvenir para aquellos equilibristas del comercio ambulante que con igual desparpajo ofrecían una olla pitadora que un régimen de vida para la salvación del alma al séptimo día, pero entre los que se dejaban convencer por cansancio y los incautos de siempre, obtenían estupendos beneficios. Entre esas criaturas de farándula, con pantalones de montar y polainas, sombrero de corcho, espejuelos con armaduras de acero, ojos de topacio y pellejo de gallo fino, uno de tantos miércoles llegó a Macondo y almorzó en la casa el rechoncho y sonriente Mr. Herbert[3].

Nadie lo distinguió en la mesa mientras no se comió el primer racimo de bananos. Aureliano Segundo lo había encontrado por casualidad, protestando en español trabajoso porque no había un cuarto libre en el Hotel de Jacob, y como lo hacía con frecuencia con muchos forasteros se lo llevó a la casa. Tenía un negocio de globos cautivos, que había llevado por medio mundo con excelentes ganancias, pero no había conseguido elevar a nadie en Macondo porque consideraban ese invento como un retroceso, después de haber visto y probado las esteras voladoras de los gitanos[4]. Se iba pues, en el próximo tren. Cuando llevaron a la mesa el atigrado racimo de banano que solían colgar en el comedor durante el almuerzo, arrancó la primera fruta sin mucho entusiasmo. Pero siguió comiendo mientras hablaba, saboreando, masticando, más bien con distracción de sabio que con deleite de buen comedor, y al terminar el primer racimo suplicó que le llevaran otro. Entonces sacó de la caja de herramientas que siempre llevaba consigo un pequeño estuche de aparatos ópticos. Con la incrédula atención de un comprador de diamantes examinó meticulosamente un banano seccionando sus partes con un estilete especial, pesándolas en un granatario de farmacéutico y calculando su envergadura con un ca-

---

[3] Mr. Herbert, introductor del capitalismo en Macondo, apareció por primera vez en el cuento *El mar del tiempo perdido* (1961) donde se instala en la «tienda de Catarino» y anuncia el papel que desempeñará en *C.A.S.*

[4] Los macondinos, desde un principio, rechazan este primer «recurso científico» para volar, profetizado por el fundador (pág. 118) y se atienen a la nostalgia de lo mágico.

librador de armero. Luego sacó de la caja una serie de instrumentos con los cuales midió la temperatura, el grado de humedad de la atmósfera y la intensidad de la luz. Fue una ceremonia tan intrigante, que nadie comió tranquilo esperando que Mr. Herbert emitiera por fin un juicio revelador, pero no dijo nada que permitiera vislumbrar sus intenciones[5].

En los días siguientes se le vio con una malla y una canastilla cazando mariposas en los alrededores del pueblo. El miércoles llegó un grupo de ingenieros, agrónomos, hidrólogos, topógrafos y agrimensores que durante varias semanas exploraron los mismos lugares donde Mr. Herbert cazaba mariposas. Más tarde llegó el señor Jack Brown en un vagón suplementario que engancharon en la cola del tren amarillo, y que era todo laminado de plata, con poltronas de terciopelo episcopal y techo de vidrios azules. En el vagón especial llegaron también, revoloteando en torno al señor Brown, los solemnes abogados vestidos de negro que en otra época siguieron por todas partes al coronel Aureliano Buendía, y esto hizo pensar a la gente que los agrónomos, hidrólogos, topógrafos y agrimensores, así como Mr. Herbert con sus globos cautivos y sus mariposas de colores, y el señor Brown con su mausoleo rodante y sus feroces perros alemanes[6], tenía algo que ver con la guerra[7]. No hubo, sin embargo, mucho tiempo para pensarlo, porque los suspicaces habitantes de Macondo apenas empezaban a preguntarse qué cuernos era lo que estaba pasando cuando ya el pueblo se había transformado en un campamento de casas de madera con techos de zinc, poblado por forasteros que llegaban de medio mundo en el tren, no sólo en los asientos y plataformas sino en el techo de los vagones. Los gringos, que después llevaron sus

---

[5] Véase la Introducción, pág. 49.

[6] La presencia de esos «feroces perros alemanes» remite a la figura de Francis Drake y a los ingleses que asolaron Riohacha «con sus feroces perros de asalto» (pág. 104). Las varias formas del imperialismo y colonialismo anglosajón se asimilan.

[7] Los macondinos aprendieron ya a interpretar las llegadas de los siniestros abogados. En efecto, de guerra se tratará, aunque diferente de las batallas épicas del coronel. Se transpone aquí el asentamiento de la United Fruit Company en Aracataca, en 1905. (Dasso Saldívar, *García Márquez*, pág. 54).

mujeres lánguidas con trajes de muselina y grandes sombreros de gasa, hicieron un pueblo aparte al otro lado de la línea del tren, con calles bordeadas de palmeras[8], casas con ventanas de redes metálicas, mesitas blancas en las terrazas y ventiladores de aspas colgados en el cielorraso, y extensos prados azules con pavorreales y codornices. El sector estaba cercado por una malla metálica, como un gigantesco gallinero electrificado[9] que en los frescos meses de verano amanecía negro de golondrinas achicharradas. Nadie sabía aún qué era lo que buscaban, o si en verdad no eran más que filántropos y ya habían ocasionado un trastorno colosal, mucho más perturbador que el de los antiguos gitanos, pero menos transitorio y comprensible. Dotados de recursos que en otra época estuvieron reservados a la Divina Providencia, modificaron el régimen de lluvias, apresuraron el ciclo de las cosechas, y quitaron el río de donde estuvo siempre y lo pusieron con sus piedras blancas y sus corrientes heladas en el otro extremo de la población, detrás del cementerio. Fue en esa ocasión cuando construyeron una fortaleza de hormigón sobre la descolorida tumba de José Arcadio, para que el olor a pólvora del cadáver no contaminara las aguas. Para los forasteros que llegaban sin amor, convirtieron la calle de las cariñosas matronas de Francia en un pueblo más extenso que el otro, y un miércoles de gloria llevaron un tren cargado de putas inverosímiles, hembras babilónicas adiestradas en recursos inmemoriales, y provistas de toda clase de ungüentos y dispositivos para estimular a los inermes, despabilar a los tímidos, saciar a los voraces, exaltar a los modestos, escarmentar a los múltiples y corregir a los solitarios. La Calle de los Turcos, enriquecida con luminosos almacenes de ultramarinos que desplazaron los viejos bazares de colorines, bordoneaba la noche del sábado con las muchedumbres de aventureros que se atropella-

---

[8] Se podría seguir el hilo narrativo de los árboles sembrados en Macondo: ya vimos que los almendros, árboles utilitarios, sustituyeron a las acacias, árboles simbólicos; ahora los gringos plantan palmas, árboles decorativos para ellos.

[9] La comparación funciona a la vez como recurso humorístico y medida del «progreso» del tiempo: hace falta recordar que al ampliar la casa, Úrsula dispuso construir un verdadero «gallinero alambrado» (pág. 147).

ban entre las mesas de suerte y azar, los mostradores de tiro al blanco, el callejón donde se adivinaba el porvenir y se interpretaban los sueños, y las mesas de fritangas[10] y bebidas, que amanecían el domingo desparramadas por el suelo, entre cuerpos que a veces eran de borrachos felices y casi siempre de curiosos abatidos por los disparos, trompadas, navajinas y botellazos de la pelotera[11]. Fue una invasión tan tumultuosa e intempestiva, que en los primeros tiempos fue imposible caminar por la calle con el estorbo de los muebles y los baúles, y el trajín de carpintería de quienes paraban sus casas en cualquier terreno pelado sin permiso de nadie, y el escándalo de las parejas que colgaban sus hamacas entre los almendros y hacían el amor bajo los toldos, a pleno día y a la vista de todo el mundo. El único rincón de serenidad fue establecido por los pacíficos negros antillanos que construyeron una calle marginal, con casas de madera sobre pilotes, en cuyos pórticos se sentaban al atardecer cantando himnos melancólicos en su farragoso papiamento[12]. Tantos cambios ocurrieron en tan poco tiempo, que ocho meses después de la visita de Mr. Herbert los antiguos habitantes de Macondo se levantaban temprano a conocer su propio pueblo[13].

—Miren la vaina que nos hemos buscado —solía decir entonces el coronel Aureliano Buendía—, no más por invitar un gringo a comer guineo[14].

---

[10] *Fritanga:* «Plato típico consistente en un conjunto determinado de alimentos fritos, tales como: vísceras de cerdo o de res, carne de cerdo, chicharrones, morcilla». *(Nuevo diccionario de americanismos,* t. I, pág. 189a).

[11] «En cuarto enumeraciones se narra la transformación entera de Macondo por obra de la Compañía y este acontecimiento, debido a la forma que lo narra, adquiere visos mágicos: hay tal recargo de objetos y de hechos en espacio tan reducido que los contenidos de esos materiales casi se vacían, lo que queda de ellos una vez que han pasado en la celera enumeración es un halo raudo y una cierta música, ésta los ha "irrealizado".» (M. Vargas Llosa, página 589.) Compárese esta descripción de «la hojarasca» con la que figura en la novela del mismo título, págs. 9-10.

[12] *Papiamento:* lengua criolla con elementos del holandés y del español-antillano.

[13] Sobre la «fiebre del banano» y la penetración económica de la United Fruit en el departamento colombiano de Magdalena, base histórica de los episodios que siguen, véase M. Vargas Llosa, págs. 125-128.

[14] *Guineo:* véase pág. 138, nota 39.

Aureliano Segundo, en cambio, no cabía de contento con la avalancha de forasteros. La casa se llenó de pronto de huéspedes desconocidos, de invencibles parranderos mundiales, y fue preciso agregar dormitorios en el patio, ensanchar el comedor y cambiar la antigua mesa por una de dieciséis puestos[15], con nuevas vajillas y servicios, y aún así hubo que establecer turnos para almorzar. Fernanda tuvo que atragantarse sus escrúpulos y atender como a reyes a invitados de la más perversa condición, que embarraban con sus botas el comedor, se orinaban en el jardín, extendían sus petates en cualquier parte para hacer la siesta, y hablaban sin fijarse en susceptibilidades de damas ni remilgos de caballeros. Amaranta se escandalizó de tal modo con la invasión de la plebe[16], que volvió a comer en la cocina como en los viejos tiempos. El coronel Aureliano Buendía, persuadido de que la mayoría de quienes entraban a saludarlo en el taller no lo hacían por simpatía o estimación, sino por la curiosidad de conocer una reliquia histórica, un fósil de museo, optó por encerrarse con tranca y no se le volvió a ver sino en muy escasas ocasiones sentado en la puerta de la calle. Úrsula, en cambio, aún en los tiempos en que ya arrastraba los pies y caminaba tanteando en las paredes, experimentaba un alborozo pueril, cuando se aproximaba la llegada del tren. «Hay que hacer carne y pescado», ordenaba a las cuatro cocineras, que se afanaban por estar a tiempo bajo la imperturbable dirección de Santa Sofía de la Piedad. «Hay que hacer de todo —insistía— porque nunca se sabe qué quieren comer los forasteros.» El tren llegaba a la hora de más calor. Al almuerzo, la casa trepidaba con un alboroto de mercado, y los sudorosos comensales, que ni siquiera sabían quiénes eran sus anfitriones, irrumpían en tropel para ocupar los mejores puestos en la mesa, mientras las cocineras tropezaban entre sí con las enormes ollas de sopa, los calderos de carnes, las bangañas[17] de legum-

---

[15] La antigua mesa era de doce puestos (pág. 147).

[16] «El vicio primordial de la casa es cultivar hasta la locura la hospitalidad: sus puertas están abiertas de par en par al forastero, sin condición de ninguna clase.» (M. Vargas Llosa, pág. 511.)

[17] *Bangaña:* «f. *Amér. C.* y *Col.* y *bangaño* m.*Cub.* Vasija de calabaza.» *(Pequeño Larousse Ilustrado)*

bres, las bateas de arroz, y repartían con cucharones inagotables los toneles de limonada. Era tal el desorden, que Fernanda se exasperaba con la idea de que muchos comían dos veces, y en más de una ocasión quiso desahogarse en improperios de verdulera porque algún comensal confundido le pedía la cuenta. Había pasado más de un año desde la visita de Mr. Herbert, y lo único que se sabía era que los gringos pensaban sembrar banano en la región encantada que José Arcadio Buendía y sus hombres habían atravesado buscando la ruta de los grandes inventos[18]. Otros dos hijos del coronel Aureliano Buendía, con su cruz de ceniza en la frente, llegaron arrastrados por aquel eructo volcánico, y justificaron su determinación con una frase que tal vez explicaba las razones de todos.

—Nosotros venimos —dijeron— porque todo el mundo viene.

Remedios, la bella, fue la única que permaneció inmune a la peste del banano[19]. Se estancó en una adolescencia magnífica, cada vez más impermeable a los formalismos, más indiferente a la malicia y la suspicacia, feliz en su mundo propio de realidades simples. No entendía por qué las mujeres se complicaban la vida con corpiños y pollerines, de modo que se cosió un balandrán de cañamazo que sencillamente se metía por la cabeza y resolvía sin más trámites el problema del vestir, sin quitarle la impresión de estar desnuda, que según ella entendía las cosas era la única forma decente de estar en casa. La molestaron tanto para que se cortara el cabello de lluvia que ya le daba a las pantorrillas, y para que se hiciera moños con peinetas y trenzas con lazos colorados, que sim-

---

[18] La «región encantada» había sido descrita como una selva espesa (páginas 94-96). La localización de la plantación también simboliza los «progresos» del tiempo: de «encantada» la región pasa a ser dominio de cultivo extensivo en manos de gringos.

[19] «Tercera de las grandes plagas y causa de la destrucción de Macondo es la del banano [después de la peste del insomnio y de las guerras civiles: véase sin embargo, pág. 298, nota 25].» (R. Gullón, pág. 55). R. Gullón observa también que «entre la plaga del banano y las de Egipto [...] las de C.A.S. se presentan con una curiosa inversión de posiciones respecto a los acontecimientos narrados en la Biblia» (pág. 57).

plemente se rapó la cabeza y les hizo pelucas a los santos. Lo asombroso de su instinto simplificador era que mientras más se desembarazaba de la moda buscando la comodidad, y mientras más pasaba por encima de los convencionalismos en obediencia a la espontaneidad, más perturbadora resultaba su belleza increíble y más provocador su comportamiento con los hombres. Cuando los hijos del coronel Aureliano Buendía estuvieron por primera vez en Macondo, Úrsula recordó que llevaban en las venas la misma sangre de la bisnieta, y se estremeció con un espanto olvidado. «Abre bien los ojos», la previno. «Con cualquiera de ellos, los hijos te saldrán con cola de puerco.» Ella hizo tan poco caso de la advertencia, que se vistió de hombre y se revolcó en arena para subirse en la cucaña, y estuvo a punto de ocasionar una tragedia entre los diecisiete primos trastornados por el insoportable espectáculo[20]. Era por eso que ninguno de ellos dormía en la casa cuando visitaban el pueblo, y los cuatro que se habían quedado vivían por disposición de Úrsula en cuartos de alquiler. Sin embargo, Remedios, la bella, se habría muerto de risa si hubiera conocido aquella precaución. Hasta el último instante en que estuvo en la tierra ignoró que su irreparable destino de hembra perturbadora era un desastre cotidiano. Cada vez que aparecía en el comedor, contrariando las órdenes de Úrsula, ocasionaba un pánico de exasperación entre los forasteros. Era demasiado evidente que estaba desnuda por completo bajo el burdo camisón, y nadie podía entender que su cráneo pelado y perfecto no era un desafío, y que no era una criminal provocación el descaro con que se descubría los muslos para quitarse el calor, y el gusto con que se chupaba los dedos después de comer con las manos. Lo que ningún miembro de la familia supo nunca fue que los forasteros no tardaron en darse cuenta de que Remedios, la bella, soltaba un hálito de perturbación, una ráfaga de tormento, que seguía siendo perceptible varias horas después de

---

[20] Remedios, la bella, «en su inocencia total no se parece a ningún otro Buendía, y además no toma parte activa en los incestos de la familia. Sin embargo, aunque ella no vive cautivada por pasiones incestuosas, las causa en otros Buendía.» (M. Palencia-Roth, pág. 107.)

que ella había pasado. Hombres expertos en trastornos de amor, probados en el mundo entero, afirmaban no haber padecido jamás una ansiedad semejante a la que producía el olor natural de Remedios, la bella. En el corredor de las begonias, en la sala de visitas, en cualquier lugar de la casa, podía señalarse el lugar exacto en que estuvo y el tiempo transcurrido desde que dejó de estar. Era un rastro definido, inconfundible, que nadie de la casa podía distinguir porque estaba incorporado desde hacía mucho tiempo a los olores cotidianos, pero que los forasteros identificaban de inmediato. Por eso eran ellos los únicos que entendían que el joven comandante de la guardia se hubiera muerto de amor, y que un caballero venido de otras tierras se hubiera echado a la desesperación. Inconsciente del ámbito inquietante en que se movía, del insoportable estado de íntima calamidad que provocaba a su paso, Remedios, la bella, trataba a los hombres sin la menor malicia y acababa de trastornarlos con sus inocentes complacencias. Cuando Úrsula logró imponer la orden de que comiera con Amaranta en la cocina para que no la vieran los forasteros, ella se sintió más cómoda porque al fin y al cabo quedaba a salvo de toda disciplina. En realidad, le daba lo mismo comer en cualquier parte, y no a horas fijas sino de acuerdo con las alternativas de su apetito. A veces se levantaba a almorzar a las tres de la madrugada, dormía todo el día, y pasaba varios meses con los horarios trastocados, hasta que algún incidente casual volvía a ponerla en orden. Cuando las cosas andaban mejor, se levantaba a las once de la mañana, y se encerraba hasta dos horas completamente desnuda en el baño, matando alacranes mientras se despejaba del denso y prolongado sueño. Luego se echaba agua de la alberca con una totuma. Era un acto tan prolongado, tan meticuloso, tan rico en situaciones ceremoniales, que quien no la conociera bien habría podido pensar que estaba entregada a una merecida adoración de su propio cuerpo. Para ella, sin embargo, aquel rito solitario carecía de toda sensualidad, y era simplemente una manera de perder el tiempo mientras le daba hambre. Un día, cuando empezaba a bañarse, un forastero levantó una teja del techo y se quedó sin aliento ante el tremendo espectáculo de su desnudez. Ella vio los ojos desolados a través de las tejas rotas y no tuvo una reacción de vergüenza, sino de alarma.

—Cuidado —exclamó—. Se va a caer.

—Nada más quiero verla —murmuró el forastero.

—Ah, bueno —dijo ella—. Pero tenga cuidado, que esas tejas están podridas.

El rostro del forastero tenía una dolorosa expresión de estupor, y parecía batallar sordamente contra sus impulsos primarios para no disipar el espejismo. Remedios, la bella, pensó que estaba sufriendo con el temor de que se rompieran las tejas, y se bañó más de prisa que de costumbre para que el hombre no siguiera en peligro. Mientras se echaba agua de la alberca, le dijo que era un problema que el techo estuviera en ese estado, pues ella creía que la cama de hojas podridas por la lluvia era lo que llenaba el baño de alacranes. El forastero confundió aquella cháchara con la forma de disimular la complacencia, de modo que cuando ella empezó a jabonarse cedió a la tentación de dar un paso adelante[21].

—Déjeme jabonarla —murmuró.

—Le agradezco la buena intención —dijo ella—, pero me basto con mis dos manos.

—Aunque sea la espalda —suplicó el forastero.

—Sería una ociosidad —dijo ella—. Nunca se ha visto que la gente se jabone la espalda.

Después, mientras se secaba, el forastero le suplicó con los ojos llenos de lágrimas que se casara con él. Ella le contestó sinceramente que nunca se casaría con un hombre tan simple que perdía casi una hora, y hasta se quedaba sin almorzar, sólo por ver bañarse a una mujer. Al final, cuando se puso el balandrán el hombre no pudo soportar la comprobación de que en efecto no se ponía nada debajo, como todo el mundo sospechaba, y se sintió marcado para siempre con el hierro ardiente de aquel secreto. Entonces quitó dos tejas más para descolgarse en el interior del baño.

---

[21] Este pasaje, lleno de perversidad ingenua y de humor matizado, es también representativo de la confusión de los sentidos y de la clave «interpretaciones erróneas»: ni el forastero entiende los gestos de Remedios, ni ésta la actitud de aquél.

—Está muy alto —lo previno ella, asustada—. ¡Se va a matar!

Las tejas podridas se despedazaron en un estrépito de desastre, y el hombre apenas alcanzó a lanzar un grito de terror, y se rompió el cráneo y murió sin agonía en el piso de cemento. Los forasteros que oyeron el estropicio en el comedor, y se apresuraron a llevarse el cadáver, percibieron en su piel el sofocante olor de Remedios, la bella. Estaba tan compenetrado con el cuerpo, que las grietas del cráneo no manaban sangre sino un aceite ambarino impregnado de aquel perfume secreto, y entonces comprendieron que el olor de Remedios, la bella, seguía torturando a los hombres más allá de la muerte, hasta el polvo de sus huesos. Sin embargo, no relacionaron aquel accidente de horror con los otros dos hombres que habían muerto por Remedios, la bella. Faltaba todavía una víctima para que los forasteros, y muchos de los antiguos habitantes de Macondo, dieran crédito a la leyenda de que Remedios Buendía no exhalaba un aliento de amor, sino un flujo mortal[22]. La ocasión de comprobarlo se presentó meses después, una tarde en que Remedios, la bella, fue con un grupo de amigas a conocer las nuevas plantaciones. Para la gente de Macondo era una distracción reciente recorrer las húmedas e interminables avenidas bordeadas de bananos, donde el silencio parecía llevado de otra parte, todavía sin usar, y era por eso tan torpe para transmitir la voz. A veces no se entendía muy bien lo dicho a medio metro de distancia, y sin embargo resultaba perfectamente comprensible al otro extremo de la plantación. Para las muchachas de Macondo aquel juego novedoso era motivo de risas y sobresaltos, de sustos y burlas, y por las noches se hablaba del paseo como de una experiencia de sueño. Era tal el prestigio de aquel silencio, que Úrsula no tuvo corazón para privar de la diversión a Remedios, la bella, y le permitió ir una tarde, siempre que se pusiera un sombrero y un traje adecuado. Desde que el grupo de amigas entró a la plantación, el aire se

---

[22] A pesar de las transformaciones tecnológicas y trastornos económicos, Macondo sigue destilando «leyendas» incluso entre los forasteros.

impregnó de una fragancia mortal. Los hombres que trabajaban en las zanjas se sintieron poseídos por una rara fascinación, amenazados por un peligro invisible, y muchos sucumbieron a los terribles deseos de llorar. Remedios, la bella, y sus espantadas amigas, lograron refugiarse en una casa próxima cuando estaban a punto de ser asaltadas por un tropel de machos feroces. Poco después fueron rescatadas por los cuatro Aurelianos, cuyas cruces de ceniza infundían un respeto sagrado, como si fueran una marca de casta, un sello de invulnerabilidad. Remedios, la bella, no le contó a nadie que uno de los hombres, aprovechando el tumulto, le alcanzó a agredir el vientre con una mano que más bien parecía una garra de águila aferrándose al borde de un precipicio. Ella se enfrentó al agresor en una especie de deslumbramiento instantáneo, y vio los ojos desconsolados que quedaron impresos en su corazón como una brasa de lástima. Esa noche, el hombre se jactó de su audacia y presumió de su suerte en la Calle de los Turcos, minutos antes de que la patada de un caballo le destrozara el pecho, y una muchedumbre de forasteros lo viera agonizar en mitad de la calle, ahogándose en vómitos de sangre.

La suposición de que Remedios, la bella, poseía poderes de muerte estaba entonces sustentada por cuatro hechos irrebatibles. Aunque algunos hombres ligeros de palabra se complacían en decir que bien valía sacrificar la vida por una noche de amor con tan conturbadora mujer, la verdad fue que ninguno hizo esfuerzos por conseguirlo. Tal vez, no sólo para rendirla sino también para conjurar sus peligros, habría bastado con un sentimiento tan primitivo y simple como el amor, pero eso fue lo único que no se le ocurrió a nadie[23]. Úrsula no volvió a ocuparse de ella. En otra época, cuando

---

[23] «Por lo menos en dos momentos decisivos de la novela el amor aparece como única clave para neutralizar la soledad, mal incurable de los Buendía y de las gentes de Macondo, y causa de las sucesivas plagas que les afectan. Remedios está en el mundo para incitarles a que se rediman dejándose contagiar de su pureza, pero son incapaces de sentir como su salvación exigiría, y la Bella será reclamada por su reino natural: el celestial.» (R. Gullón, págs. 65-66.)

todavía no renunciaba al propósito de salvarla para el mundo, procuró que se interesara por los asuntos elementales de la casa. «Los hombres piden más de lo que tú crees», le decía enigmáticamente. «Hay mucho que cocinar, mucho que barrer, mucho que sufrir por pequeñeces, además de lo que crees.» En el fondo se engañaba a sí misma tratando de adiestrarla para la felicidad doméstica, porque estaba convencida de que una vez satisfecha la pasión, no había un hombre sobre la tierra capaz de soportar así fuera por un día una negligencia que estaba más allá de toda comprensión. El nacimiento del último José Arcadio, y su inquebrantable voluntad de educarlo para Papa, terminaron por hacerla desistir de sus preocupaciones por la bisnieta. La abandonó a su suerte, confiando que tarde o temprano ocurriera un milagro, y que en este mundo donde había de todo hubiera también un hombre con suficiente cachaza para cargar con ella[24]. Ya desde mucho antes, Amaranta había renunciado a toda tentativa de convertirla en una mujer útil. Desde las tardes olvidadas del costurero, cuando la sobrina apenas se interesaba por darle vuelta a la manivela de la máquina de coser, llegó a la conclusión simple de que era boba. «Vamos a tener que rifarte», le decía, perpleja ante su impermeabilidad a la palabra de los hombres[25]. Más tarde, cuando Úrsula se empeñó en que Remedios, la bella, asistiera a misa con la cara cubierta con una mantilla, Amaranta pensó que aquel recurso misterioso resultaría tan provocador, que muy pronto habría un hombre lo bastante intrigado como para buscar con paciencia el punto débil de su corazón. Pero cuando vio la forma insensata en que despreció a un pretendiente que por muchos motivos era más apetecible que un príncipe, renunció a toda esperanza. Fernanda no hizo siquiera la tentativa de comprenderla. Cuando vio a Remedios, la bella, vestida de reina en el carnaval sangriento, pensó que era una criatura extraordinaria. Pero cuando la vio comiendo con las manos, incapaz de

---

[24] De hecho un «milagro» va a ocurrir aunque no el que esperaba Úrsula, como de costumbre con este personaje.

[25] Aquí se enuncia de forma abstracta la regla semántica que rige el comportamiento de Remedios, la bella, y provoca catástrofes.

dar una respuesta que no fuera un prodigio de simplicidad, lo único que lamentó fue que los bobos de familia tuvieran una vida tan larga. A pesar de que el coronel Aureliano Buendía seguía creyendo y repitiendo que Remedios, la bella, era en realidad el ser más lúcido que había conocido jamás, y que lo demostraba a cada momento con su asombrosa habilidad para burlarse de todos[26], la abandonaron a la buena de Dios. Remedios, la bella, se quedó vagando por el desierto de la soledad[27], sin cruces a cuestas, madurándose en sus sueños sin pesadillas, en sus baños interminables, en sus comidas sin horarios, en sus hondos y prolongados silencios sin recuerdos, hasta una tarde de marzo[28] en que Fernanda quiso doblar en el jardín sus sábanas de bramante, y pidió ayuda a las mujeres de la casa. Apenas habían empezado, cuando Amaranta advirtió que Remedios, la bella, estaba transparentada por una palidez intensa.

—¿Te sientes mal? —le preguntó.

Remedios, la bella, que tenía agarrada la sábana por el otro extremo, hizo una sonrisa de lástima.

—Al contrario —dijo—, nunca me he sentido mejor.

Acabó de decirlo, cuando Fernanda sintió que un delicado viento de luz le arrancó las sábanas de las manos y la desplegó en toda su amplitud. Amaranta sintió un temblor misterioso en los encajes de sus pollerinas y trató de agarrarse de la sábana para no caer, en el instante en que Remedios, la bella, empezaba a elevarse. Úrsula, ya casi ciega, fue la única que tuvo serenidad para identificar la naturaleza de aquel viento irreparable, y dejó las sábanas a merced de la luz, viendo a Remedios, la bella, que le decía adiós con la mano, entre el deslumbrante aleteo de las sábanas que subían con ella, que abandonaban con ella el aire de los escarabajos y las dalias, y pasaban con ella a través del aire donde terminaban las cuatro de la tarde, y se perdieron con ella para siempre en los

---

[26] Reiteración, que cierra un círculo narrativo, de lo dicho ya sobre la simplicidad y lucidez de Remedios, la bella (véase pág. 305).

[27] Si Remedios escapa de la tentación activa del incesto, no puede evitar la soledad por falta de amor.

[28] *Marzo* parece ser en Macondo un mes propenso a los milagros y prodigios: los gitanos, por ejemplo, volvían todos los años por el mes de marzo (pág. 83).

altos aires donde no podían alcanzarla ni los más altos pájaros de la memoria[29].

Los forasteros, por supuesto, pensaron que Remedios, la bella, había sucumbido por fin a su irrevocable destino de abeja reina, y que su familia trataba de salvar la honra con la patraña de la levitación. Fernanda, mordida por la envidia, terminó por aceptar el prodigio, y durante mucho tiempo siguió rogando a Dios que le devolviera las sábanas[30]. La mayoría creyó en el milagro, y hasta se encendieron velas y se rezaron novenarios. Tal vez no se hubiera vuelto a hablar de otra cosa en mucho tiempo, si el bárbaro exterminio de los Aurelianos no hubiera sustituido el asombro por el espanto. Aunque nunca lo identificó como un presagio, el coronel Aureliano Buendía había previsto en cierto modo el trágico final de sus hijos. Cuando Aureliano Serrador y Aureliano Arcaya, los dos que llegaron en el tumulto, manifestaron la voluntad de quedarse en Macondo, su padre trató de disuadirlos. No entendía qué iban

---

[29] Como dice A. Rama, «es uno de los episodios más citados del libro. Es casi un episodio de antología». Como no quiero multiplicar los comentarios, me contentaré con citar el que mejor me pareció, que es precisamente el del crítico uruguayo en el *Ciclo de conferencias... en Cali:* «El primer hecho que me parece necesario subrayar para analizar el fragmento es la aceptación de lo maravilloso sin dar explicaciones [...] Desde luego, GM trabaja con un material tradicional. Ese material tradicional es la única ascensión famosa, la ascensión de María [...] con el ropaje encendido de movimiento, que corresponde a una figura de la tradición popular. Pero en su elaboración aparece el uso de los materiales poéticos [...] Formas convencionales donde muy visiblemente yo diría que estamos detrás de Federico García Lorca y de ciertas maneras de la poesía de los años '20 y 30'. [...] Pero además, «el aire de los escarabajos y las dalias» es exactamente un verso de Federico. [...] O: «el aire donde terminaban las cuatro de la tarde», que es también visiblemente lorquiano. Y por último esta fórmula, que ni siquiera es lorquiana, sino juanramoniana: «ni los más altos pájaros de la memoria». [...] Pero mucho más rico, mucho más poderoso, es el manejo de otro elemento narrativo: las sábanas [...] Este elemento cotidiano, coloquial, perfectamente natural, enriquece en cambio la situación, y subraya el valor poético. Porque efectivamente lo coloca en la naturalidad.» Jaime Mejía Duque señala un curioso antecedente literario de la ascensión de Remedios, la bella, en el *Ulises* de Joyce, donde se ve a Leopoldo Bloom subir «a la gloria entre las nubes de ángeles» *(Ensayos,* pág. 155, n. 8).

[30] «En definitiva, el mejor remate de esta escena es el momento en que Fernanda pide a Dios que le devuelva las sábanas. No a Remedios, sino a las sábanas. [...] Esos típicos remates de la comicidad, que inmediatamente alivian la situación, descargan la posibilidad de la incredulidad.» *(Íd.)*

a hacer en un pueblo que de la noche a la mañana se había convertido en un lugar de peligro. Pero Aureliano Centeno y Aureliano Triste, apoyados por Aureliano Segundo, les dieron trabajo en sus empresas. El coronel Aureliano Buendía tenía motivos todavía muy confusos para no patrocinar aquella determinación. Desde que vio al señor Brown en el primer automóvil que llegó a Macondo —un convertible anaranjado con una corneta que espantaba a los perros con sus ladridos—, el viejo guerrero se indignó con los serviles aspavientos de la gente, y se dio cuenta de que algo había cambiado en la índole de los hombres desde los tiempos en que abandonaban mujeres e hijos y se echaban una escopeta al hombro para irse a la guerra. Las autoridades locales, después del armisticio de Neerlandia, eran alcaldes sin iniciativa, jueces decorativos, escogidos entre los pacíficos y cansados conservadores de Macondo. «Este es un régimen de pobres diablos», comentaba el coronel Aureliano Buendía cuando veía pasar a los policías descalzos armados de bolillos de palo. «Hicimos tantas guerras y todo para que no nos pintaran la casa de azul.» Cuando llegó la compañía bananera, sin embargo, los funcionarios locales fueron sustituidos por forasteros autoritarios, que el señor Brown se llevó a vivir en el gallinero electrificado, para que gozaran, según explicó, de la dignidad que correspondía a su investidura, y no padecieran el calor y los mosquitos y las incontables incomodidades y privaciones del pueblo[31]. Los antiguos policías fueron reemplazados por sicarios de machetes. Encerrado en el taller, el coronel Aureliano Buendía pensaba en estos cambios, y por primera vez en sus callados años de soledad lo

---

[31] «Con esa segunda oleada de inmigrantes Macondo va a sufrir otra gran transformación social. Junto a los grupos existentes, surgen otras comunidades: los 'gringos' y los peones que vienen a trabajar en las bananeras ('la hojarasca'). La estructura semifeudal no desaparece del todo, sin embargo, coexiste con esas nuevas clases sociales —técnicos y obreros— típicas de una sociedad 'industrial'; a partir de este momento, la composición social de Macondo será la de un país neo-colonizado por el capital extranjero. Esa comunidad de gringos, que vive casi sin mezclarse con el resto del pueblo, pasa a ejercer el poder económico y político que era hasta entonces de los 'criollos' (liberales o conservadores): los Buendía y los Moscote quedan convertidos en piezas de museo [...]» (M. Vargas Llosa, pág. 512.)

atormentó la definida certidumbre de que había sido un error no proseguir la guerra hasta sus últimas consecuencias. Por esos días, un hermano del olvidado coronel Magnífico Visbal llevó su nieto de siete años a tomar un refresco en los carritos de la plaza, y porque el niño tropezó por accidente con un cabo de la policía y le derramó el refresco en el uniforme, el bárbaro lo hizo picadillo a machetazos y decapitó de un tajo al abuelo que trató de impedirlo. Todo el pueblo vio pasar al decapitado cuando un grupo de hombres lo llevaban a su casa, y la cabeza arrastrada que una mujer llevaba cogida por el pelo, y el talego ensangrentado donde habían metido los pedazos del niño.

Para el coronel Aureliano Buendía fue el límite de la expiación. Se encontró de pronto padeciendo la misma indignación que sintió en la juventud, frente al cadáver de la mujer que fue muerta a palos porque la mordió un perro con mal de rabia[32]. Miró a los grupos de curiosos que estaban frente a la casa y con su antigua voz estentórea, restaurada por un hondo desprecio contra sí mismo, les echó encima la carga de odio que ya no podía soportar en el corazón.

—¡Un día de estos —gritó— voy a armar a mis muchachos para que acaben con estos gringos de mierda!

En el curso de esa semana, por distintos lugares del litoral, sus diecisiete hijos fueron cazados como conejos por criminales invisibles que apuntaron al centro de sus cruces de ceniza. Aureliano Triste salía de la casa de su madre, a las siete de la noche, cuando un disparo de fusil surgido de la oscuridad le perforó la frente. Aureliano Centeno fue encontrado en la hamaca que solía colgar en la fábrica, con un punzón de picar hielo clavado hasta la empuñadura entre las cejas. Aureliano Serrador había dejado a su novia en casa de sus padre después de llevarla al cine, y regresaba por la iluminada

---

[32] El sentimiento de indignación frente a la injusticia que lanzó al coronel a la revolución se repite, no las consecuencias. La diferencia se debe a la evolución histórica que hace anacrónicas las guerras del siglo XIX. Hay una leve diferencia formal entre el primer relato del incidente y el recuerdo: en aquél, la mujer mordida por un perro rabioso fue matada «a culatazos» (pág. 197), en éste «a palos».

Calle de los Turcos cuando alguien que nunca fue identificado entre la muchedumbre disparó un tiro de revólver que lo derribó dentro de un caldero de manteca hirviendo. Pocos minutos después, alguien llamó a la puerta del cuarto donde Aureliano Arcaya estaba encerrado con una mujer, y le gritó: «Apúrate, que están matando a tus hermanos.» La mujer que estaba con él contó después que Aureliano Arcaya saltó de la cama y abrió la puerta, y fue esperado con una descarga de máuser que le desbarató el cráneo. Aquella noche de muerte, mientras la casa se preparaba para velar los cuatro cadáveres, Fernanda recorrió el pueblo como una loca buscando a Aureliano Segundo, a quien Petra Cotes encerró en un ropero creyendo que la consigna de exterminio incluía a todo el que llevara el nombre del coronel. No le dejó salir hasta el cuarto día, cuando los telegramas recibidos de distintos lugares del litoral permitieron comprender que la saña del enemigo invisible estaba dirigida solamente contra los hermanos marcados con cruces de ceniza[33]. Amaranta buscó la libreta de cuentas donde había anotado los datos de los sobrinos[34], y a medida que llegaban los telegramas iba tachando nombres, hasta que sólo quedó el del mayor. Lo recordaban muy bien por el contraste de su piel oscura con los grandes ojos verdes. Se llamaba Aureliano Amador[35], era carpintero, y vivía en un pueblo perdido en las estribaciones de la sierra. Después de esperar dos semanas el telegrama de su muerte, Aureliano Segundo le mandó un emisario para prevenirlo, pensando que ignoraba la amenaza que pesaba sobre él. El emisario regresó con la noticia de que Aureliano Amador estaba a salvo. La noche del exterminio habían ido a buscarlo dos hombres a

---

[33] *Marcados con cruces de ceniza:* «De este modo sutil y sugestivo establece García Márquez la complicidad de la Iglesia con los crímenes que cometen las autoridades influenciadas por el capital extranjero.» (O. Carreras González, pág. 62)

[34] Debe de ser una de las contradicciones narrativas reconocidas por GGM: Úrsula, no Amaranta, era quien anotó «en una libreta el nombre y la dirección de las madres y el lugar y fecha de nacimiento de los niños» (página 324; véase también pág. 254).

[35] Pepe Amador se llamaba el muchacho de *La mala hora*, acusado de repartir hojas clandestinas. *(MH.,* pág. 161)

su casa, y habían descargado sus revólveres contra él, pero no le habían acertado a la cruz de ceniza. Aureliano Amador logró saltar la cerca del patio, y se perdió en los laberintos de la sierra que conocía palmo a palmo gracias a la amistad de los indios con quienes comerciaba en maderas[36]. No había vuelto a saberse de él.

Fueron días negros para el coronel Aureliano Buendía. El presidente de la república le dirigió un telegrama de pésame, en el que prometía una investigación exhaustiva, y rendía homenaje a los muertos. Por orden suya, el alcalde se presentó al entierro con cuatro coronas fúnebres que pretendió colocar sobre los ataúdes, pero el coronel lo puso en la calle. Después del entierro, redactó y llevó personalmente un telegrama violento para el presidente de la república, que el telegrafista se negó a tramitar. Entonces lo enriqueció con términos de singular agresividad, lo metió en un sobre y lo puso al correo. Como le había ocurrido durante la guerra con la muerte de sus mejores amigos, no experimentaba un sentimiento de pesar, sino una rabia ciega y sin dirección, una extenuante impotencia[37]. Llegó hasta denunciar la complicidad del padre Antonio Isabel, por haber marcado a sus hijos con ceniza indeleble para que fueran identificados por sus enemigos. El decrépito sacerdote que ya no hilvanaba muy bien las ideas y empezaba a espantar a los feligreses con las disparatadas interpretaciones que intentaba en el púlpito, apareció una tarde en la casa con el tazón donde preparaba las cenizas del miércoles, y trató de ungir con ellas a toda la familia para demostrar que se quitaban con agua. Pero el espanto de la desgracia había calado tan hondo, que ni la misma Fernanda se pres-

---

[36] Los críticos, según parece, pasaron por alto esta intervención de los indios en el relato. Sin embargo, es importante: salva provisionalmente la vida de Aureliano Amador. Quizá se textualiza aquí la posibilidad de salvación que veían algunos pensadores latinoamericanos en un retorno a las fuentes de la civilización indígena.

[37] «La muerte de Remedios no le produjo la conmoción que temía. Fue más bien un sordo sentimiento de rabia que paulatinamente se disolvió en una frustración solitaria y pasiva, semejante a la que experimentó en los tiempos en que estaba resignado a vivir sin mujer» (pág. 191).

tó al experimento y nunca más se vio un Buendía arrodilla-
do en el comulgatorio el miércoles de ceniza.

El coronel Aureliano Buendía no logró recobrar la serenidad en mucho tiempo. Abandonó la fabricación de pescaditos, comía a duras penas, y andaba como un sonámbulo por
toda la casa, arrastrando la manta y masticando una cólera
sorda. Al cabo de tres meses tenía el pelo ceniciento, el antiguo bigote de puntas engomadas chorreando sobre los labios
sin color, pero en cambio sus ojos eran otra vez las dos brasas que asustaron a quienes lo vieron nacer y que en otro
tiempo hacían rodar las sillas con sólo mirarlas[38]. En la furia
de su tormento trataba inútilmente de provocar los presagios
que guiaron su juventud por senderos de peligro hasta el desolado yermo de la gloria. Estaba perdido, extraviado en una
casa ajena donde ya nada ni nadie le suscitaba el menor vestigio de afecto. Una vez abrió el cuarto de Melquíades, buscando los rastros de un pasado anterior a la guerra, y sólo encontró los escombros, la basura, los montones de porquería
acumulados por tantos años de abandono. En las pastas de
los libros que nadie había vuelto a leer, en los viejos pergaminos macerados por la humedad había prosperado una flora
lívida, y en el aire que había sido el más puro y luminoso de
la casa flotaba un insoportable olor de recuerdos podridos.
Una mañana encontró a Úrsula llorando bajo el castaño, en
las rodillas de su esposo muerto. El coronel Aureliano Buendía era el único habitante de la casa que no seguía viendo al
potente anciano agobiado por medio siglo de intemperie[39].
«Saluda a tu padre», le dijo Úrsula. Él se detuvo un instante
frente al castaño, y una vez más comprobó que tampoco
aquel espacio vacío le suscitaba ningún afecto.

—¿Qué dice? —preguntó.

---

[38] El episodio nunca se ha relatado directamente sino a través del recuerdo de Úrsula quien al ver al primero de los 17 Aurelianos exclama: «Lo único que falta es que haga rodar las sillas con sólo mirarlas» (págs. 252-253).

[39] Los «privilegios de la simplicidad» recuperada por el coronel después de
las guerras civiles, la serenidad y el pacto con la soledad se pagan: la lucidez
de Aureliano le cierra las puertas de la videncia. Ve el cuarto de Melquíades
tal como es, desgastado por el tiempo, y no ve el fantasma de su padre.

—Está muy triste —contestó Úrsula— porque cree que te vas a morir.

—Dígale —sonrió el coronel— que uno no se muere cuando debe, sino cuando puede[40].

El presagio del padre muerto removió el último rescoldo de soberbia que le quedaba en el corazón, pero él lo confundió con un repentino soplo de fuerza[41]. Fue por eso que asedió a Úrsula para que le revelara en qué lugar del patio estaban enterradas las monedas de oro que encontraron dentro del San José de yeso. «Nunca lo sabrás», le dijo ella, con una firmeza inspirada en un viejo escarmiento[42]. «Un día —agregó— ha de aparecer el dueño de esa fortuna, y sólo él podrá desenterrarla.» Nadie sabía por qué un hombre que siempre fue tan desprendido había empezado a codiciar el dinero con semejante ansiedad, y no las modestas cantidades que le habrían bastado para resolver una emergencia, sino una fortuna de magnitudes desatinadas cuya sola mención dejó sumido en un mar de asombro a Aureliano Segundo. Los viejos copartidarios a quienes acudió en demanda de ayuda, se escondieron para no recibirlo. Fue por esa época que se oyó decir: «La única diferencia actual entre liberales y conservadores, es que los liberales van a misa de cinco y los conservadores van a misa de ocho»[43]. Sin embargo, insistió con tanto ahínco, suplicó de tal modo, quebrantó a tal punto sus principios de dignidad, que con un poco de aquí y otro poco de allá, deslizándose por todas partes con una diligencia sigilosa y una perseverancia despiadada, consiguió reunir en ocho meses más dinero del que Úrsula tenía enterrado. Entonces vi-

---

[40] Aureliano repite, cambiando la forma, la sentencia que contestó a Gerineldo Márquez: «Morirse es mucho más difícil de lo que uno cree» (página 274).

[41] Otro error de interpretación, de lectura de sí mismo.

[42] Úrsula recuerda probablemente que su marido la había cortejado «durante varias semanas, para que le permitiera desenterrar sus monedas coloniales» (pág. 88), las que había heredado de su padre, para sus experimentos alquímicos de José Arcadio.

[43] Contrástese con las oposiciones ideológicas entre liberales y conservadores aducidas por Apolinar Moscote, cuando Macondo entra en la Historia (págs. 191-192).

sitó al enfermo coronel Gerineldo Márquez para que lo ayudara a promover la guerra total.

En un cierto momento, el coronel Gerineldo Márquez era en verdad el único que habría podido mover, aun desde su mecedor de paralítico, los enmohecidos hilos de la rebelión. Después del armisticio de Neerlandia, mientras el coronel Aureliano Buendía se refugiaba en el exilio de sus pescaditos de oro, él se mantuvo en contacto con los oficiales rebeldes que le fueron fieles hasta la derrota. Hizo con ellos la guerra triste de la humillación cotidiana, de las súplicas y los memoriales, del vuelva mañana, del ya casi, del estamos estudiando su caso con la debida atención; la guerra perdida sin remedio contra los muy atentos y seguros servidores que debían asignar y no asignaron nunca las pensiones vitalicias. La otra guerra, la sangrienta de veinte años, no les causó tantos estragos como la guerra corrosiva del eterno aplazamiento. El propio coronel Gerineldo Márquez, que escapó a tres atentados, sobrevivió a cinco heridas y salió ileso de incontables batallas, sucumbió al asedio atroz de la espera y se hundió en la derrota miserable de la vejez[44], pensando en Amaranta entre los rombos de luz de una casa prestada. Los últimos veteranos de quienes se tuvo noticia aparecieron retratados en un periódico, con la cara levantada de indignidad, junto a un anónimo presidente de la república que les regaló unos botones con su efigie para que los usaran en la solapa, y les restituyó una bandera sucia de sangre y de pólvora para que la pusieran sobre sus ataúdes. Los otros, los más dignos, todavía esperaban una carta en la penumbra de la caridad pública, muriéndose de hambre, sobreviviendo de rabia, pudriéndose de viejos en la exquisita mierda de la gloria. De modo que cuando el coronel Aureliano Buendía lo invitó a promover una conflagración mortal que arrasara con todo vestigio de un régimen de corrupción y de escándalo sostenido por el invasor

---

[44] «La tragedia sórdida y morosa del héroe [de *El coronel no tiene quien le escriba*] está resumida en la página que narra la ancianidad del coronel Gerineldo Márquez, con quien aquél tiene tanta semejanza.» (M. Vargas Llosa, página 485.)

extranjero[45], el coronel Gerineldo Márquez no pudo reprimir un estremecimiento de compasión.

—Ay, Aureliano —suspiró—, ya sabía que estabas viejo, pero ahora me doy cuenta que estás mucho más viejo de lo que pareces[46].

---

[45] El coronel describe escueta y exactamente el régimen político de más de un estado latinoamericano en el siglo xx.

[46] Es como una segunda advertencia al coronel después de la del padre muerto.

En el aturdimiento de los últimos años, Úrsula había dispuesto de muy escasas treguas para atender a la formación papal de José Arcadio, cuando este tuvo que ser preparado a las volandas para irse al seminario. Meme, su hermana, repartida entre la rigidez de Fernanda y las amarguras de Amaranta, llegó casi al mismo tiempo a la edad prevista para mandarla al colegio de las monjas donde harían de ella una virtuosa del clavicordio. Úrsula se sentía atormentada por graves dudas acerca de la eficacia de los métodos con que había templado el espíritu del lánguido aprendiz de Sumo Pontífice, pero no le echaba la culpa a su trastabillante vejez ni a los nubarrones que apenas le permitían vislumbrar el contorno de las cosas, sino algo que ella misma no lograba definir, pero que concebía confusamente como un progresivo desgaste del tiempo. «Los años de ahora ya no vienen como los de antes», solía decir[1], sintiendo que la realidad cotidiana se le escapaba de las manos. Antes, pensaba, los niños tardaban mucho para crecer. No había sino que recordar todo el tiempo que se necesitó para que José Arcadio, el mayor, se fuera con los gitanos, y todo lo que ocurrió antes de que volviera pintado como una culebra y hablando como un astrónomo[2], y

_____

[1] «[...] GM relaciona con la vejez una realidad conocida por todos: minutos que asemejan horas y horas que parecen transcurrir tan velozmente como segundos [...]. Y aunque tenga la explicación lógica de la senectud de Úrsula, no deja de resultar interesante este tiempo tan humanizado que sufre tropiezos, errores y equivocaciones y hace trampas para burlarse de los hombres.» (O. Carreras González, pág. 45.)

[2] Úrsula, confundiendo cómicamente los oficios, ha de referirse a los relatos de viajes de José Arcadio, hijo (véase págs. 186-187).

las cosas que ocurrieron en la casa antes de que Amaranta y Arcadio olvidaran la lengua de los indios y aprendieran el castellano. Había que ver las de sol y sereno que soportó el pobre José Arcadio Buendía bajo el castaño, y todo lo que hubo que llorar su muerte antes de que llevaran moribundo a un coronel Aureliano Buendía que después de tanta guerra y después de tanto sufrir por él, aún no cumplía cincuenta años. En otra época, después de pasar todo el día haciendo animalitos de caramelo, todavía le sobraba tiempo para ocuparse de los niños, para verles en el blanco del ojo que estaban necesitando una pócima de aceite de ricino[3]. En cambio ahora, cuando no tenía nada que hacer y andaba con José Arcadio acaballado en la cadera desde el amanecer hasta la noche, la mala clase del tiempo le había obligado a dejar las cosas a medias. La verdad era que Úrsula se resistía a envejecer aún cuando ya había perdido la cuenta de su edad, y estorbaba por todos lados, y trataba de meterse en todo, y fastidiaba a los forasteros con la preguntadera[4] de si no habían dejado en la casa, por los tiempos de la guerra, un San José de yeso para que lo guardaran mientras pasaba la lluvia. Nadie supo a ciencia cierta cuándo empezó a perder la vista. Todavía en sus últimos años, cuando ya no podía levantarse de la cama, parecía simplemente que estaba vencida por la decrepitud, pero nadie descubrió que estuviera ciega. Ella lo había notado desde antes del nacimiento de José Arcadio. Al principio creyó que se trataba de una debilidad transitoria, y tomaba a escondidas jarabe de tuétano y se echaba miel de abeja en los ojos, pero muy pronto se fue convenciendo de que se hundía sin remedio en las tinieblas, hasta el punto de que nunca tuvo una noción muy clara del invento de la luz eléctrica, porque cuando instalaron los primeros focos sólo alcanzó a percibir el resplandor. No se lo dijo a nadie, pues habría sido

---

[3] Esos resúmenes, frecuentes en *C.A.S.,* cumplen una doble función: 1. Marcan el «progresivo desgaste del tiempo» y la evolución psicológica de los personajes que seleccionan los recuerdos; 2. Permiten al lector situarse en el relato y restituir la cronología de los acontecimientos.

[4] *Preguntadera:* «Acción repetida y fastidiosa de preguntar.» *(Nuevo diccionario de americanismos,* t. I, pág. 336a).

un reconocimiento público de su inutilidad. Se empeñó en un callado aprendizaje de las distancias de las cosas, y de las voces de la gente, para seguir viendo con la memoria cuando ya no se lo permitieran las sombras de las cataratas. Más tarde había de descubrir el auxilio imprevisto de los olores[5], que se definieron en las tinieblas con una fuerza mucho más convincente que los volúmenes y el color, y la salvaron definitivamente de la vergüenza de una renuncia. En la oscuridad del cuarto podía ensartar la aguja y tejer un ojal, y sabía cuándo estaba la leche a punto de hervir. Conoció con tanta seguridad el lugar en que se encontraba cada cosa, que ella misma se olvidaba a veces de que estaba ciega. En cierta ocasión, Fernanda alborotó la casa porque había perdido su anillo matrimonial, y Úrsula lo encontró en una repisa del dormitorio de los niños. Sencillamente, mientras los otros andaban descuidadamente por todos lados, ella los vigilaba con sus cuatro sentidos para que nunca la tomaran por sorpresa, y al cabo de algún tiempo descubrió que cada miembro de la familia repetía todos los días, sin darse cuenta, los mismos recorridos, los mismos actos, y que casi repetía las mismas palabras a la misma hora[6]. Sólo cuando se salían de esa meticulosa rutina corrían el riesgo de perder algo. De modo que cuando oyó a Fernanda consternada porque había perdido el anillo, Úrsula recordó que lo único distinto que había hecho aquel día era asolear las esteras de los niños porque Meme había descubierto una chinche la noche anterior. Como los niños asistieron a la limpieza, Úrsula pensó que Fernanda había puesto el anillo en el único lugar en que ellos no podían alcanzarlo: la repisa. Fernanda, en cambio, lo buscó únicamente en los trayectos de su itinerario cotidiano sin saber que la búsqueda de las cosas perdidas está entorpecida por los hábitos rutinarios, y es por eso que cuesta tanto trabajo encontrarlas.

---

[5] Habría que hacer un estudio de los «olores» en *C.A.S.*, que es un sentido tan importante como la vista: piénsese en los olores femeninos (el de las axilas de Pilar Ternera, el de animal montuno de varias mujeres, el casi sobrenatural de Remedios, la bella ...), el olor a pólvora del cadáver de José Arcadio, hijo, etc. Como primera aproximación meramente descriptiva, véase O. Carreras González, págs. 31-33.

[6] Se reescribe en el texto una de sus leyes de organización.

La crianza de José Arcadio ayudó a Úrsula en la tarea agotadora de mantenerse al corriente de los mínimos cambios de la casa. Cuando se daba cuenta de que Amaranta estaba vistiendo a los santos del dormitorio, fingía que le enseñaba al niño las diferencias de colores.

—Vamos a ver —le decía—, cuéntame de qué color está vestido San Rafael Arcángel.

En esa forma, el niño le daba la información que le negaban sus ojos, y mucho antes de que él se fuera al seminario ya podía Úrsula distinguir por la textura los distintos colores de la ropa de los santos. A veces ocurrían accidentes imprevistos. Una tarde estaba Amaranta bordando en el corredor de las begonias, y Úrsula tropezó con ella.

—Por el amor de Dios —protestó Amaranta—, fíjese por dónde camina.

—Eres tú —dijo Úrsula—, la que estás sentada donde no debe ser.

Para ella era cierto. Pero aquel día empezó a darse cuenta de algo que nadie había descubierto, y era que en el transcurso del año el sol iba cambiando imperceptiblemente de posición, y quienes se sentaban en el corredor tenían que ir cambiando de lugar poco a poco y sin advertirlo. A partir de entonces, Úrsula no tenía sino que recordar la fecha para conocer el lugar exacto en que estaba sentada Amaranta. Aunque el temblor de las manos era cada vez más perceptible y no podía con el peso de los pies, nunca se vio su menudita figura en tantos lugares al mismo tiempo. Era casi tan diligente como cuando llevaba encima todo el peso de la casa. Sin embargo, en la impenetrable soledad de la decrepitud dispuso de tal clarividencia para examinar hasta los más insignificantes acontecimientos de la familia, que por primera vez vio con claridad las verdades que sus ocupaciones de otro tiempo le habían impedido ver[7]. Por la época en que

---

[7] «[La soledad] es ley común y nadie se libra de ella, ni siquiera Úrsula, la Madre que vive para los demás; su ceguera final la hunde en «la impenetrable soledad de la decrepitud» (R. Gullón, pág. 35). «Al igual que su hijo el coronel Aureliano Buendía, Úrsula se ensimisma; pero mientras que el ensimismamiento del hijo es proceso deliberadamente escogido y practicado casi

preparaban a José Arcadio para el seminario, ya había hecho una recapitulación infinitesimal de la vida de la casa desde la fundación de Macondo, y había cambiado por completo la opinión que siempre tuvo de sus descendientes. Se dio cuenta de que el coronel Aureliano Buendía no le había perdido el cariño a la familia a causa del endurecimiento de la guerra, como ella creía antes, sino que nunca había querido a nadie, ni siquiera a su esposa Remedios o a las incontables mujeres de una noche que pasaron por su vida, y mucho menos a sus hijos. Vislumbró que no había hecho tantas guerras por idealismo, como todo el mundo creía, ni había renunciado por cansancio a la victoria inminente como todo el mundo creía, sino que había ganado y perdido por el mismo motivo, por pura y pecaminosa soberbia. Llegó a la conclusión de que aquel hijo por quien ella habría dado la vida, era simplemente un hombre incapacitado para el amor[8]. Una noche, cuando lo tenía en el vientre, lo oyó llorar. Fue un lamento tan definido, que José Arcadio Buendía despertó a su lado y se alegró con la idea de que el niño iba a ser ventrílocuo. Otras personas pronosticaron que sería adivino. Ella, en cambio, se estremeció con la certidumbre de que aquel bramido profundo era un primer indicio de la temible cola de cerdo, y rogó a Dios que le dejara morir la criatura en el vientre. Pero la lucidez de la decrepitud le permitió ver, y así lo repitió muchas veces, que el llanto de los niños en el vientre de la madre no es un anuncio de ventriloquía ni de facultad adivinatoria, sino una señal inequívoca de incapacidad para el amor. Aquella desvalorización de la imagen del hijo le suscitó de un golpe toda la compasión que le estaba debiendo. Amaranta, en cambio, cuya dureza de corazón la espantaba, cuya concentrada amargura la amargaba, se le esclareció en el

---

como una forma de meditación, para Úrsula el retiro de la vida activa es involuntario.» (M. Palencia-Roth, pág. 95.) Hace falta añadir que la soledad produce efectos opuestos en Aureliano y en su madre: mientras aquél parece perder poco a poco su deslumbrante poder visionario, ésta «ve» mejor las cosas en la soledad de su ceguera. Ya el tema había sido tratado por GGM en uno de sus primeros cuentos: *Alguien desordena estas rosas* (1952).

[8] Como toda la familia: soledad e incapacidad para el amor son inseparables.

último examen como la mujer más tierna que había existido jamás, y comprendió con una lastimosa clarividencia que las injustas torturas a que había sometido a Pietro Crespi no eran dictadas por una voluntad de venganza, como todo el mundo creía, ni el lento martirio con que frustró la vida del coronel Gerineldo Márquez había sido determinado por la mala hiel de su amargura, como todo el mundo creía, sino que ambas acciones habían sido una lucha a muerte entre un amor sin medidas y una cobardía invencible, y había triunfado finalmente el miedo irracional que Amaranta le tuvo siempre a su propio y atormentado corazón[9]. Fue por esa época que Úrsula empezó a nombrar a Rebeca, a evocarla con un viejo cariño exaltado por el arrepentimiento tardío y la admiración repentina, habiendo comprendido que solamente ella, Rebeca, la que nunca se alimentó de su leche sino de la tierra de la tierra y la cal de las paredes, la que no llevó en las venas sangre de sus venas sino la sangre desconocida de los desconocidos cuyos huesos seguían cloqueando en la tumba. Rebeca, la del corazón impaciente, la del vientre desaforado, era la única que tuvo la valentía sin frenos que Úrsula había deseado para su estirpe[10].

—Rebeca —decía, tanteando las paredes—, ¡qué injustos hemos sido contigo!

En la casa, sencillamente creían que desvariaba, sobre todo desde que le dio por andar con el brazo derecho levantado, como el arcángel Gabriel. Fernanda se dio cuenta, sin embargo, de que había un sol de clarividencia en las sombras

---

[9] Esta recapitulación conmovedora es fundamental no sólo para Úrsula sino también para el lector, que puede ser incluido en el repetido *como todo el mundo creía*. Esas nuevas «verdades» sobre la familia se sobreponen a las que fuimos descubriendo poco a poco sin necesariamente aniquilarlas todas. En pasajes como éste se verifica que «esta obra convoca la libertad del lector, la hace posible al reclamar su participación creadora». (A. Rama, en *Recopilación de textos*, pág. 62.)

[10] Se aplica aquí lo que dice M. Vargas Llosa, pág. 605, de las repeticiones en general y de las de GGM en particular: «La repetición es un procedimiento 'encantatorio': repetir ciertas palabras o frases según cierto método, ha sido desde siempre una manera de comunicaciones con 'lo oculto', la forma más tradicional de hechizar o de romper el hechizo, de convocar o de exorcizar fuerzas benignas o malignas.»

de ese desvarío, pues Úrsula podía decir sin titubeos cuánto dinero se había gastado en la casa durante el último año. Amaranta tuvo una idea semejante cierto día en que su madre meneaba en la cocina una olla de sopa, y dijo de pronto, sin saber que la estaban oyendo, que el molino de maíz que le compraron a los primeros gitanos, y que había desaparecido desde antes de que José Arcadio le diera sesenta y cinco veces la vuelta al mundo[11], estaba todavía en casa de Pilar Ternera. También casi centenaria, pero entera y ágil a pesar de la inconcebible gordura que espantaba a los niños como en otro tiempo su risa espantaba a las palomas, Pilar Ternera no se sorprendió del acierto de Úrsula, porque su propia experiencia empezaba a indicarle que una vejez alerta puede ser más atinada que las averiguaciones de barajas.

Sin embargo, cuando Úrsula se dio cuenta de que no le había alcanzado el tiempo para consolidar la vocación de José Arcadio, se dejó aturdir por la consternación. Empezó a cometer errores, tratando de ver con los ojos las cosas que la intuición le permitía ver con mayor claridad. Una mañana le echó al niño en la cabeza el contenido de un tintero creyendo que era agua florida. Ocasionó tantos tropiezos con la terquedad de intervenir en todo, que se sintió trastornada por ráfagas de mal humor, y trataba de quitarse las tinieblas que por fin la estaban enredando como un camisón de telaraña. Fue entonces cuando se le ocurrió que su torpeza no era la primera victoria de la decrepitud y la oscuridad, sino una falla del tiempo. Pensaba que antes, cuando Dios no hacía con los meses y los años las mismas trampas que hacían los turcos al medir una yarda de percal[12], las cosas eran diferentes. Ahora no sólo crecían los niños más de prisa, sino que hasta los sentimientos evolucionaban de otro modo. No bien Remedios, la bella, había subido al cielo en cuerpo y alma, y ya

---

[11] Véase pág. 186.

[12] O sea, acortarla. Es un vicio que se achaca tradicionalmente a los vendedores de tejidos; véase, por ej., Pero López de Ayala, *Libro rimado del palacio*, ed. J. Joset, Madrid, Alhambra, 1982, I, pág. 153, c. 306*ab*: «Las varas e las medidas, Dios sabe quáles serán: / una vos mostrarán luenga e con otra medirán.»

la desconsiderada Fernanda andaba refunfuñando en los rincones porque se había llevado las sábanas. No bien se habían enfriado los cuerpos de los Aurelianos en sus tumbas, y ya Aureliano Segundo tenía otra vez la casa prendida, llena de borrachos que tocaban el acordeón y se ensopaban en champaña, como si no hubieran muerto cristianos sino perros, y como si aquella casa de locos que tantos dolores de cabeza y tantos animalitos de caramelo había costado, estuviera predestinada a convertirse en un basurero de perdición. Recordando estas cosas mientras alistaban el baúl de José Arcadio, Úrsula se preguntaba si no era preferible acostarse de una vez en la sepultura y que le echaran la tierra encima, y le preguntaba a Dios, sin miedo, si de verdad creía que la gente estaba hecha de fierro para soportar tantas penas y mortificaciones; y preguntando y preguntando iba atizando su propia ofuscación, y sentía unos irreprimibles deseos de soltarse a despotricar como un forastero, y de permitirse por fin un instante de rebeldía, el instante tantas veces anhelado y tantas veces aplazado de meterse la resignación por el fundamento, y cagarse de una vez en todo, y sacarse del corazón los infinitos montones de malas palabras que había tenido que atragantarse en todo un siglo de conformidad.

—¡Carajo! —gritó.

Amaranta, que empezaba a meter la ropa en el baúl, creyó que la había picado un alacrán.

—¡Dónde está! —preguntó alarmada.

—¿Qué?

—¡El animal! —aclaró Amaranta.

Úrsula se puso un dedo en el corazón.

—Aquí —dijo.

Un jueves a las dos de la tarde, José Arcadio se fue al seminario. Úrsula había de evocarlo siempre como lo imaginó al despedirlo, lánguido y serio y sin derramar una lágrima, como ella le había enseñado, ahogándose de calor dentro del vestido de pana verde[13] con botones de cobre y un lazo almidonado en el cuello. Dejó el comedor impregnado de la pe-

---

[13] Como el «caballero» que se enamoró de Remedios, la bella, y murió por ella (véase pág. 303). Quizá no es casual que el «príncipe» venido a menos y el futuro «Papa» vistan el mismo traje.

netrante fragancia de agua de florida que ella le echaba en la cabeza para poder seguir su rastro en la casa. Mientras duró el almuerzo de despedida, la familia disimuló el nerviosismo con expresiones de júbilo, y celebró con exagerado entusiasmo las ocurrencias del padre Antonio Isabel. Pero cuando se llevaron el baúl forrado de terciopelo con esquinas de plata, fue como si hubieran sacado de la casa un ataúd[14]. El único que se negó a participar en la despedida fue el coronel Aureliano Buendía.

—Esta era la última vaina que nos faltaba —refunfuñó—: ¡un Papa!

Tres meses después, Aureliano Segundo y Fernanda llevaron a Meme al colegio, y regresaron con un clavicordio que ocupó el lugar de la pianola. Fue por esa época que Amaranta empezó a tejer su propia mortaja[15]. La fiebre del banano se había apaciguado. Los antiguos habitantes de Macondo se encontraban arrinconados por los advenedizos, trabajosamente asidos a sus precarios recursos de antaño[16], pero reconfortados en todo caso por la impresión de haber sobrevivido a un naufragio. En la casa siguieron recibiendo invitados a almorzar, y en realidad no se restableció la antigua rutina mientras no se fue, años después, la compañía bananera. Sin embargo, hubo cambios radicales en el tradicional sentido de hospitalidad, porque entonces era Fernanda quien imponía sus leyes. Con Úrsula relegada a las tinieblas, y con Amaranta abstraída en la labor del sudario, la antigua aprendiza de reina tuvo libertad para seleccionar a los comensales e imponerles las rígidas normas que le inculcaran sus padres. Su severidad hizo de la casa un reducto de costumbres revenidas, en un pueblo convulsionado por la vulgaridad con que los forasteros despilfarraban

---

[14] Este baúl podría ser uno de los que se llevó Fernanda (pág. 316), pero la comparación con el ataúd remite al cajón que llegó con el cadáver del abuelo de José Arcadio (pág. 322).

[15] Aquí se abre un nuevo círculo narrativo, el de «la mortaja y la muerte de Amaranta», analizado por M. Vargas Llosa, págs. 559-560.

[16] «El nombre que los designa en las ficciones anteriores, 'la hojarasca', aquí no aparece, pero la actitud de rechazo de los viejos macondinos hacia esos aventureros 'vulgares' es la misma de los coroneles.» (M. Vargas Llosa, pág. 513.)

sus fáciles fortunas. Para ella, sin más vueltas, la gente de bien era la que no tenía nada que ver con la compañía bananera. Hasta José Arcadio Segundo, su cuñado, fue víctima de su celo discriminatorio, porque en el embullamiento[17] de la primera hora volvió a rematar sus estupendos gallos de pelea y se empleó de capataz en la compañía bananera[18].

—Que no vuelva a pisar este hogar —dijo Fernanda—, mientras tenga la sarna de los forasteros.

Fue tal la estrechez impuesta en la casa, que Aureliano Segundo se sintió definitivamente más cómodo donde Petra Cotes. Primero, con el pretexto de aliviarle la carga a la esposa, trasladó las parrandas. Luego, con el pretexto de que los animales estaban perdiendo fecundidad, trasladó los establos y caballerizas. Por último, con el pretexto de que en casa de la concubina hacía menos calor, trasladó la pequeña oficina donde atendía sus negocios. Cuando Fernanda se dio cuenta de que era una viuda a quien todavía no se le había muerto el marido, ya era demasiado tarde para que las cosas volvieran a su estado anterior. Aureliano Segundo apenas si comía en la casa y las únicas apariencias que seguía guardando, como las de dormir con la esposa, no bastaban para convencer a nadie. Una noche, por descuido, lo sorprendió la mañana en la cama de Petra Cotes[19]. Fernanda, al contrario de lo que él esperaba, no le hizo el menor reproche ni soltó el más leve suspiro de resentimiento, pero ese mismo día le mandó a casa de la concubina sus dos baúles de ropa. Los mandó a pleno sol y con instrucciones de llevarlos por la mitad de la calle, para que todo el mundo los viera, creyendo que el marido descarriado no podría soportar la vergüenza y volvería al redil con la cabeza humillada. Pero aquel gesto heroico fue apenas una prueba más de lo mal que conocía Fernanda no sólo el carácter de su marido sino la índole de una comunidad que nada tenía que ver con la de sus padres, porque todo

---

[17] *Embullamiento:* de *embullar:* «*Colomb., C. Ric.* y *Cuba.* Meter bulla, alborotar.» *(D.R.A.E.)*

[18] «José Arcadio Segundo no es un obrero, sino un capataz, que pasa a ser luego dirigente sindical.» (M. Vargas Llosa, pág. 513.)

[19] «[...] la única promesa que le impuso Fernanda fue que no se dejara sorprender por la muerte en la cama de su concubina» (pág. 318).

366

el que vio pasar los baúles se dijo que al fin y al cabo esa era la culminación natural de una historia cuyas intimidades no ignoraba nadie, y Aureliano celebró la libertad regalada con una parranda de tres días[20]. Para mayor desventaja de la esposa, mientras ella empezaba a hacer una mala madurez con sus sombrías vestiduras talares, sus medallones anacrónicos y su orgullo fuera de lugar, la concubina parecía reventar en una segunda juventud, embutida en vistosos trajes de seda natural y con los ojos atigrados por la candela de la reivindicación. Aureliano Segundo volvió a entregarse a ella con la fogosidad de la adolescencia, como antes, cuando Petra Cotes no lo quería por ser él sino porque lo confundía con su hermano gemelo, y acostándose con ambos al mismo tiempo pensaba que Dios le había deparado la fortuna de tener un hombre que hacía el amor como si fueran dos. Era tan apremiante la pasión restaurada, que en más de una ocasión se miraron a los ojos cuando se disponían a comer, y sin decirse nada taparon los platos y se fueron a morirse de hambre y de amor en el dormitorio. Inspirado en las cosas que había visto en sus furtivas visitas a las matronas francesas, Aureliano Segundo le compró a Petra Cotes una cama con baldaquín arzobispal, y puso cortinas de terciopelo en las ventanas y cubrió el cielorraso y las paredes del dormitorio con grandes espejos de cristal de roca. Se le vio entonces más parrandero y botarate[21] que nunca. En el tren, que llegaba todos los días a las once, recibía cajas y más cajas de champaña y de brandy. Al regreso de la estación arrastraba a la cumbiamba[22] improvisada a cuanto ser humano encontraba a su paso, nativo o forastero, conocido o por conocer, sin distinciones de ninguna clase. Hasta el escurridizo señor Brown, que sólo alternaba en lengua extraña, se dejó seducir por las tentadoras señas que le hacía Aureliano Segundo, y varias ve-

---

[20] Un caso más de mala comunicación por falta de codificación adecuada del mensaje.

[21] *Botarate:* «Que derrocha y malgasta el dinero.» (*Nuevo diccionario de americanismos*, t. I, pág 54a). Es voz propia de la costa atlántica colombiana por *botarata(s)*.

[22] *Cumbiamba:* «Fiesta en la que se bailan cumbias y otros bailes parecidos.» (*Nuevo diccionario de americanismos*, t. I, pág. 118a). Es otra vez dialectal de la costa atlántica de Colombia

ces se emborrachó a muerte en casa de Petra Cotes y hasta hizo que los feroces perros alemanes que lo acompañaban a todas partes bailaran canciones texanas que él mismo masticaba de cualquier modo al compás del acordeón.

—Apártense vacas —gritaba Aureliano Segundo en el paroxismo de la fiesta—. Apártense que la vida es corta.

Nunca tuvo mejor semblante, ni lo quisieron más, ni fue más desaforado el paritorio de sus animales. Se sacrificaban tantas reses, tantos cerdos y gallinas en las interminables parrandas, que la tierra del patio se volvió negra y lodosa de tanta sangre. Aquello era un eterno tiradero[23] de huesos y tripas, un muladar de sobras, y había que estar quemando recámaras de dinamita a todas horas para que los gallinazos no les sacaran los ojos a los invitados. Aureliano Segundo se volvió gordo, violáceo, atortugado, a consecuencia de un apetito apenas comparable al de José Arcadio cuando regresó de la vuelta al mundo. El prestigio de su desmandada voracidad, de su inmensa capacidad de despilfarro, de su hospitalidad sin precedentes, rebasó los límites de la ciénaga y atrajo a los glotones mejor calificados del litoral. De todas partes llegaban tragaldabas fabulosos para tomar parte en los irracionales torneos de capacidad y resistencia que se organizaban en casa de Petra Cotes. Aureliano Segundo fue el comedor invicto, hasta el sábado de infortunio en que apareció Camila Sagastume, una hembra totémica conocida en el país entero con el buen nombre de La Elefanta[24]. El duelo se prolongó hasta el amanecer del martes. En las primeras veinticuatro horas, habiendo despachado una ternera con yuca,

---

[23] *Tiradero:* aquí 'basurero'.

[24] «La mayor plenitud de Aureliano Segundo abre el camino a su decadencia; su cuerpo, elemento que caracteriza a su clase semántica [...] comienza a decaer. La dominante ya no es copulativa como en José Arcadio sino digestiva: Aureliano Segundo sobresale como un comilón extraordinario, pero es vencido por una mujer en el concurso de comida: La Elefanta, la mujer, el objeto a través del cual este conjunto se comunica con el mundo desmiente su potencia.» (J. Ludmer, pág. 175.) Es posible, aunque no cierto, que el nombre de La Elefanta, Camila, sea un juego de palabra a base de *c(o)mil(on)a*. El hecho de que sea una mujer «totémica» tampoco es casual. García Márquez recuerda que su abuelo, don Nicolás Márquez, era un comilón voraz (Dasso Saldívar, *op. cit.*, pág 103), rasgo que le inspiró el carácter de Aureliano Segundo

ñame y plátanos asados, y además una caja y media de champaña, Aureliano Segundo tenía la seguridad de la victoria. Se veía más entusiasta, más vital que la imperturbable adversaria, poseedora de un estilo evidentemente más profesional, pero por lo mismo menos emocionante para el abigarrado público que desbordó la casa. Mientras Aureliano Segundo comía a dentelladas, desbocado por la ansiedad del triunfo, La Elefanta seccionaba la carne con las artes de un cirujano, y la comía sin prisa y hasta con un cierto placer. Era gigantesca y maciza, pero contra la corpulencia colosal prevalecía la ternura de la feminidad, y tenía un rostro tan hermoso, unas manos tan finas y bien cuidadas y un encanto personal tan irresistible, que cuando Aureliano Segundo la vio entrar a la casa comentó en voz baja que hubiera preferido no hacer el torneo en la mesa sino en la cama. Más tarde, cuando la vio consumir el cuadril de la ternera sin violar una sola regla de la mejor urbanidad, comentó seriamente que aquel delicado, fascinante e insaciable proboscidio era en cierto modo la mujer ideal. No estaba equivocado. La fama de quebrantahuesos que precedió a La Elefanta carecía de fundamento. No era trituradora de bueyes, ni mujer barbada en un circo griego, como se decía, sino directora de una academia de canto. Había aprendido a comer siendo ya una respetable madre de familia, buscando un método para que sus hijos se alimentaran mejor y no mediante estímulos artificiales del apetito sino mediante la absoluta tranquilidad del espíritu. Su teoría, demostrada en la práctica, se fundaba en el principio de que una persona que tuviera perfectamente arreglados todos los asuntos de su conciencia, podía comer sin tregua hasta que la venciera el cansancio. De modo que fue por razones morales, y no por interés deportivo, que desatendió la academia y el hogar para competir con un hombre cuya fama de gran comedor sin principios le había dado la vuelta al país. Desde la primera vez que lo vio, se dio cuenta de que a Aureliano Segundo no lo perdería el estómago sino el carácter. Al término de la primera noche, mientras La Elefanta continuaba impávida, Aureliano Segundo se estaba agotando de tanto hablar y reír. Durmieron cuatro horas. Al despertar, se bebió cada uno el jugo de cincuenta naranjas, ocho litros de café y treinta huevos crudos. Al segundo amanecer, después de muchas horas sin dormir y habiendo despachado dos cerdos, un racimo de plátanos y cuatro cajas de champaña, La Elefanta sospechó que Aureliano Segundo, sin saberlo, había descubierto el mismo método que ella, pero por el camino absurdo de la irresponsabilidad total. Era, pues, más peligroso de lo que ella pensaba. Sin embargo, cuando Petra Cotes llevó a la mesa dos pavos asados, Aureliano Segundo estaba a un paso de la congestión.

—Si no puede, no coma más —dijo La Elefanta—. Quedamos empatados.

Lo dijo de corazón, comprendiendo que tampoco ella podía comer un bocado más por el remordimiento de estar propiciando la muerte del adversario. Pero Aureliano Segundo lo interpretó como un nuevo desafío, y se atragantó de pavo hasta más allá de su increíble capacidad. Perdió el conocimiento. Cayó de bruces en el plato de los huesos, echando espumarajos de perro por la boca, y ahogándose en ronquidos de agonía. Sintió, en medio de las tinieblas, que lo arrojaban desde lo más alto de una torre hacia un precipicio sin fondo, y en un último fogonazo de lucidez se dio cuenta de que al término de aquella inacabable caída lo estaba esperando la muerte.

—Llévenme con Fernanda —alcanzó a decir.

Los amigos que lo dejaron en la casa creyeron que le había cumplido a su esposa la promesa de no morir en la cama de la concubina. Petra Cotes había embetunado los botines de charol que él quería tener puestos en el ataúd, y ya andaba buscando a alguien que los llevara, cuando fueron a decirle que Aureliano Segundo estaba fuera de peligro. Se restableció, en efecto, en menos de una semana, y quince días después estaba celebrando con una parranda sin precedentes el acontecimiento de la supervivencia. Siguió viviendo en casa de Petra Cotes, pero visitaba a Fernanda todos los días y a veces se quedaba a comer con la familia, como si el destino hubiera invertido la situación, y lo hubiera dejado de esposo de la concubina y de amante de la esposa[25].

---

[25] De nuevo el texto nos da directamente una clave de su organización: la inversión de situaciones.

Fue un descanso para Fernanda. En los tedios del abandono, sus únicas distracciones eran los ejercicios de clavicordio a la hora de la siesta, y las cartas de sus hijos. En las detalladas esquelas que les mandaba cada quince días, no había ni una sola línea de verdad. Les ocultaba sus penas. Les escamoteaba la tristeza de una casa que a pesar de la luz sobre las begonias, a pesar de la sofocación de las dos de la tarde, a pesar de las frecuentes ráfagas de fiesta que llegaban de la calle, era cada vez más parecida a la mansión colonial de sus padres. Fernanda vagaba sola entre tres fantasmas vivos y el fantasma muerto de José Arcadio Buendía, que a veces iba a sentarse con una atención inquisitiva en la penumbra de la sala, mientras ella tocaba el clavicordio. El coronel Aureliano Buendía era una sombra. Desde la última vez que salió a la calle a proponer una guerra sin porvenir al coronel Gerineldo Márquez, apenas si abandonaba el taller para orinar bajo el castaño. No recibía más visitas que las del peluquero cada tres semanas. Se alimentaba de cualquier cosa que le llevaba Úrsula una vez al día, y aunque seguía fabricando pescaditos de oro con la misma pasión de antes, dejó de venderlos cuando se enteró de que la gente no los compraba como joyas, sino como reliquias históricas. Había hecho en el patio una hoguera con las muñecas de Remedios, que decoraban su dormitorio desde el día de su matrimonio. La vigilante Úrsula se dio cuenta de lo que estaba haciendo su hijo, pero no pudo impedirlo.

—Tienes un corazón de piedra —le dijo.

—Esto no es asunto del corazón —le dijo—. El cuarto se está llenando de polillas.

Amaranta tejía su mortaja. Fernanda no entendía por qué le escribía cartas ocasionales a Meme, y hasta le mandaba regalos, y en cambio ni siquiera quería hablar de José Arcadio. «Se morirán sin saber por qué», contestó Amaranta cuando ella le hizo la pregunta a través de Úrsula, y aquella respuesta sembró en su corazón un enigma que nunca pudo esclarecer. Alta, espadada[26], altiva, siempre vestida con abundantes

---

[26] *Espadada:* neologismo de sentido obvio, 'larga, rígida y puntiaguda como una espada'.

pollerines de espuma y con un aire de distinción que resistía a los años y a los malos recuerdos, Amaranta parecía llevar en la frente la cruz de ceniza de la virginidad[27]. En realidad la llevaba en la mano, en la venda negra que no se quitaba ni para dormir, y que ella misma lavaba y planchaba. La vida se le iba en bordar el sudario. Se hubiera dicho que bordaba durante el día y desbordaba en la noche, y no con la esperanza de derrotar en esa fortuna la soledad, sino todo lo contrario, para sustentarla[28].

La mayor preocupación que tenía Fernanda en sus años de abandono era que Meme fuera a pasar las primeras vacaciones y no encontrara a Aureliano Segundo en la casa. Cuando Meme volvió, sus padres se habían puesto de acuerdo no sólo para que la niña creyera que Aureliano Segundo seguía siendo un esposo domesticado, sino también para que no notara la tristeza de la casa. Todos los años, durante dos meses, Aureliano Segundo representaba su papel de marido ejemplar, y promovía fiestas con helados y galletitas, que la alegre y vivaz estudiante amenizaba con el clavicordio. Era evidente desde entonces que había heredado muy poco del carácter de la madre. Parecía más bien una segunda versión de Amaranta, cuando ésta no conocía a la amargura y andaba alborotando la casa con sus pasos de baile, a los doce, a los catorce años, antes de que la pasión secreta por Pietro Crespi torciera definitivamente el rumbo de su corazón. Pero al contrario de Amaranta, al contrario de todos, Meme no revelaba todavía el sino solitario de la familia, y parecía enteramente conforme con el mundo, aun cuando se encerraba en la sala a las dos de la tarde a practicar el clavicordio con una disciplina inflexible. Era evidente que le gustaba la casa, que pasaba todo el año so-

---

[27] El mismo símbolo puede cambiar de sentido según el que lo lleva: la cruz de ceniza en la frente de los Aurelianos es signo de muerte, conforme a la tradición cristiana; en la frente de Amaranta representa la virginidad por asociación libre e innovadora.

[28] El tema de la 'tela de Penélope' revela ahora su función narrativa: Aureliano y Amaranta hacen y deshacen (o parecen deshacer) para «sustentar la soledad», es decir, para cumplir el pacto firmado con ella.

ñando con el alboroto de adolescentes que provocaba su llegada, y que no andaba muy lejos de la vocación festiva y los desafueros hospitalarios de su padre. El primer signo de esa herencia calamitosa se reveló en las terceras vacaciones, cuando Meme apareció en la casa con cuatro monjas y sesenta y ocho compañeras de clase, a quienes invitó a pasar una semana en familia, por propia iniciativa y sin ningún anuncio.

—¡Qué desgracia! —se lamentó Fernanda—. ¡Esta criatura es tan bárbara como su padre!

Fue preciso pedir camas y hamacas a los vecinos, establecer nueve turnos en la mesa, fijar horarios para el baño y conseguir cuarenta taburetes prestados para que las niñas de uniformes azules y botines de hombres no anduvieran todo el día revoloteando de un lado a otro. La invitación fue un fracaso, porque las ruidosas colegialas apenas acababan de desayunar cuando ya tenían que empezar los turnos para el almuerzo, y luego para la cena, y en toda la semana sólo pudieron hacer un paseo a las plantaciones. Al anochecer, las monjas estaban agotadas, incapacitadas para moverse, para impartir una orden más, y todavía el tropel de adolescentes incansables estaba en el patio cantando desabridos himnos escolares. Un día estuvieron a punto de atropellar a Úrsula, que se empeñaba en ser útil precisamente donde más estorbaba. Otro día, las monjas armaron un alboroto porque el coronel Aureliano Buendía orinó bajo el castaño sin preocuparse de que las colegialas estuvieran en el patio. Amaranta estuvo a punto de sembrar el pánico, porque una de las monjas entró en la cocina cuando ella estaba salando la sopa, y lo único que se le ocurrió fue preguntar qué eran aquellos puñados de polvo blanco.

—Arsénico —dijo Amaranta.

La noche de su llegada, las estudiantes se embrollaron de tal modo tratando de ir al excusado antes de acostarse, que a la una de la madrugada todavía estaban entrando las últimas. Fernanda compró entonces setenta y dos bacinillas, pero sólo consiguió convertir en un problema matinal el problema nocturno, porque desde el amanecer había frente al excusado una larga fila de muchachas, cada una con su bacinilla en la mano, esperando turno para lavarla[29]. Aunque algunas sufrieron calenturas y a varias se les infectaron las picaduras de los mosquitos, la mayoría demostró una resistencia inquebrantable frente a las dificultades más penosas, y aun a la hora de más calor correteaban por el jardín. Cuando por fin se fueron, las flores estaban destrozadas, los muebles partidos y las paredes cubiertas de dibujos y letreros, pero Fernanda les perdonó los estragos en el alivio de la partida. Devolvió las camas y taburetes prestados y guardó las setenta y dos bacinillas en el cuarto de Melquíades. La clausurada habitación, en torno a la cual giró en otro tiempo la vida espiritual de la casa, fue conocida desde entonces como *el cuarto de las bacinillas*. Para el coronel Aureliano Buendía, ese era el nombre más apropiado, porque mientras el resto de la familia seguía asombrándose de que la pieza de Melquíades fuera inmune al polvo y la destrucción, él la veía convertida en un muladar. De todos modos, no parecía importarle quién tenía la razón, y si se enteró del destino del cuarto fue porque Fernanda estuvo pasando y perturbando su trabajo una tarde entera para guardar las bacinillas.

Por esos días reapareció José Arcadio Segundo en la casa. Pasaba de largo por el corredor, sin saludar a nadie, y se encerraba en el taller a conversar con el coronel. A pesar de que no podía verlo, Úrsula analizaba el taconeo de sus botas de capataz, y se sorprendía de la distancia insalvable que lo separaba de la familia, inclusive del hermano gemelo con quien jugaba en la infancia ingeniosos juegos de confusión, y con el cual no tenía ya ningún rasgo común. Era lineal, solemne, y tenía un estar pensativo, y una tristeza de sarraceno, y un resplandor lúgubre en el rostro color de otoño. Era el que más se parecía a su madre, Santa Sofía de la Piedad. Úrsula se reprochaba la tendencia a olvidarse de él al hablar

---

[29] «Inmediatamente después de llevar la situación a este límite 'imposible', el narrador, con una escritura precisa, enumera todas las complicaciones *real objetivas* que engendra esta desmesura [...] Este ejemplo se repite casi siempre que un asunto ha sido presentado mediante la exageración: una vez arrastrado el objeto, por el aumento de sus propiedades, hasta un límite imaginario, el narrador retrocede y describe los efectos que tiene, dentro de lo real objetivo más estricto, esa situación 'aumentada'.» (M. Vargas Llosa, pág. 585)

de la familia, pero cuando lo sintió de nuevo en la casa, y advirtió que el coronel lo admitía en el taller durante las horas de trabajo, volvió a examinar sus viejos recuerdos, y confirmó la creencia de que en algún momento de la infancia se había cambiado con su hermano gemelo, porque era él y no el otro quien debía llamarse Aureliano. Nadie conocía los pormenores de su vida. En un tiempo se supo que no tenía residencia fija, que criaba gallos en casa de Pilar Ternera, y que a veces se quedaba a dormir allí, pero que casi siempre pasaba la noche en los cuartos de las matronas francesas. Andaba al garete, sin afectos, sin ambiciones, como una estrella errante en el sistema planetario de Úrsula.

En realidad, José Arcadio Segundo no era miembro de la familia, ni lo sería jamás de otra, desde la madrugada distante en que el coronel Gerineldo Márquez lo llevó al cuartel, no para que viera un fusilamiento, sino para que no olvidara en el resto de su vida la sonrisa triste y un poco burlona del fusilado. Aquel no era sólo su recuerdo más antiguo, sino el único de su niñez[30]. El otro, el de un anciano con un chaleco anacrónico y un sombrero de alas de cuervo que contaba maravillas frente a una ventana deslumbrante, no lograba situarlo en ninguna época[31]. Era un recuerdo incierto, enteramente desprovisto de enseñanza o nostalgia, al contrario del recuerdo del fusilado, que en realidad había definido el rumbo de su vida, y regresaba a su memoria cada vez más nítido a medida que envejecía, como si el transcurso del tiempo lo hubiera ido aproximando[32]. Úrsula trató de aprovechar a José Arcadio Segundo para que el coronel Aureliano Buendía abandonara su encierro. «Convéncelo de que vaya al

---

[30] Ya vimos (pág. 292, nota 13) que José Arcadio Segundo, a la verdad un Aureliano, se apartaba de la familia desde la adolescencia. «De los tres hijos de Arcadio y Santa Sofía de la Piedad, solamente uno —y es el único Buendía en la novela entera— existe fuera de la red incestuosa de la familia: José Arcadio Segundo. Es un caso singular en esta familia de locos, al ser el único que no parece haber pasado por la niñez.» (M. Palencia-Roth, pág. 106.)

[31] Se trata del «recuerdo hereditario» de Melquíades que la familia «se había transmitido de generación en generación» (pág. 291).

[32] Comp. pág. 291: «Por el resto de su vida recordaría [...] la sonrisa triste y los ojos perplejos del fusilado [...].»

cine», le decía. «Aunque no le gusten las películas tendrá por lo menos una ocasión de respirar aire puro.» Pero no tardó en darse cuenta de que él era tan insensible a sus súplicas como hubiera podido serlo el coronel, y que estaban acorazados por la misma impermeabilidad a los afectos. Aunque nunca supo, ni lo supo nadie, de qué hablaban en los prolongados encierros del taller, entendió que fueran ellos los únicos miembros de la familia que parecían vinculados por las afinidades.

La verdad es que ni José Arcadio Segundo hubiera podido sacar al coronel de su encierro. La invasión escolar había rebasado los límites de su paciencia. Con el pretexto de que el dormitorio nupcial estaba a merced de las polillas a pesar de la destrucción de las apetitosas muñecas de Remedios, colgó una hamaca en el taller, y entonces lo abandonó solamente para ir al patio a hacer sus necesidades. Úrsula no conseguía hilvanar con él una conversación trivial. Sabía que no miraba los platos de comida, sino que los ponía en un extremo del mesón mientras terminaba el pescadito, y no le importaba si la sopa se llenaba de nata y se enfriaba la carne. Se endureció cada vez más desde que el coronel Gerineldo Márquez se negó a secundarlo en una guerra senil. Se encerró con tranca dentro de sí mismo, y la familia terminó por pensar en él como si hubiera muerto. No se le volvió a ver una reacción humana, hasta un once de octubre en que salió a la puerta de la calle para ver el desfile de un circo. Aquella había sido para el coronel Aureliano Buendía una jornada igual a todas las de sus últimos años. A las cinco de la madrugada lo despertó el alboroto de los sapos y los grillos en el exterior del muro. La llovizna persistía desde el sábado, y él no hubiera tenido necesidad de oír su minucioso cuchicheo en las hojas del jardín, porque de todos modos lo hubiera sentido en el frío de los huesos. Estaba, como siempre, arropado con la manta de lana, y con los largos calzoncillos de algodón crudo que seguía usando por comodidad, aunque a causa de su polvoriento anacronismo él mismo los llamaba «calzoncillos de godo»[33]. Se puso los pantalones estrechos, pero no se ce-

---

[33] O sea, 'de conservador' (véase pág. 256, nota 31).

rró las presillas ni se puso en el cuello de la camisa el botón de oro que usaba siempre, porque tenía el propósito de darse un baño. Luego se puso la manta en la cabeza, como un capirote, se peinó con los dedos el bigote chorreado, y fue a orinar en el patio. Faltaba tanto para que saliera el sol que José Arcadio Buendía dormitaba todavía bajo el cobertizo de palmas podridas por la llovizna. Él no lo vio, como no lo había visto nunca, ni oyó la frase incomprensible que le dirigió el espectro de su padre cuando despertó sobresaltado por el chorro de orín caliente que le salpicaba los zapatos. Dejó el baño para más tarde, no por el frío y la humedad, sino por la niebla opresiva de octubre. De regreso al taller percibió el olor de pabilo de los fogones que estaba encendiendo Santa Sofía de la Piedad, y esperó en la cocina a que hirviera el café para llevarse su tazón sin azúcar. Santa Sofía de la Piedad le preguntó, como todas las mañanas, en qué día de la semana estaban, y él contestó que era martes, once de octubre[34]. Viendo a la impávida mujer dorada por el resplandor del fuego, que ni en ese ni en ningún otro instante de su vida parecía existir por completo, recordó de pronto que un once de octubre, en plena guerra, lo despertó la certidumbre brutal de que la mujer con quien había dormido estaba muerta[35]. Lo estaba, en realidad, y no olvidaba la fecha porque también ella le había preguntado una hora antes en qué día estaban. A pesar de la evocación, tampoco esta vez tuvo conciencia de hasta qué punto lo habían abandonado los presagios, y mientras hervía el café siguió pensando por pura curiosidad, pero sin el más insignificante riesgo de nostalgia, en la mujer cuyo nombre no conoció nunca, y cuyo rostro no vio con vida porque había llegado hasta su hamaca tropezando en la oscuridad. Sin embargo, en el vacío de tantas mujeres como llegaron a su vida en igual forma, no recordó que fue ella la que en el delirio del primer encuentro estaba a punto de naufragar en sus propias lágrimas, y apenas una hora

---

[34] Los presagios funestos se multiplican: el día martes y las lluvias de octubre son aciagos (véase pág. 207, nota 15).

[35] El acontecimiento, desplazado en la diégesis, funciona como otro recuerdo de mal agüero indescifrable para el coronel.

antes de morir había jurado amarlo hasta la muerte. No volvió a pensar en ella, ni en ninguna otra, después de que entró al taller con la taza humeante, y encendió la luz para contar los pescaditos de oro que guardaba en un tarro de lata. Había diecisiete. Desde que decidió no venderlos, seguía fabricando dos pescaditos al día, y cuando completaba veinticinco volvía a fundirlos en el crisol para empezar a hacerlos de nuevo. Trabajó toda la mañana, absorto, sin pensar en nada, sin darse cuenta de que a las diez arreció la lluvia y alguien pasó frente al taller gritando que cerraran las puertas para que no se inundara la casa, y sin darse cuenta ni siquiera de sí mismo hasta que Úrsula entró con el almuerzo y apagó la luz.

—¡Qué lluvia! —dijo Úrsula.

—Octubre —dijo él.

Al decirlo, no levantó la vista del primer pescadito del día, porque estaba engastando los rubíes en los ojos. Sólo cuando lo terminó y lo puso con los otros en el tarro, empezó a tomar la sopa. Luego se comió, muy despacio, el pedazo de carne guisada con cebolla, el arroz blanco y las tajadas de plátano frito, todo junto en el mismo plato. Su apetito no se alteraba ni en las mejores ni en las más duras circunstancias. Al término del almuerzo experimentó la zozobra de la ociosidad. Por una especie de superstición científica, nunca trabajaba, ni leía, ni se bañaba, ni hacía el amor antes de que transcurrieran dos horas de digestión, y era una creencia tan arraigada que varias veces retrasó operaciones de guerra para no someter la tropa a los riesgos de una congestión[36]. De modo que se acostó en la hamaca, sacándose la cera de los oídos con un cortaplumas, y a los pocos minutos se quedó dormido. Soñó que entraba en una casa vacía, de paredes blancas, y que lo inquietaba la pesadumbre de ser el primer ser humano que entraba en ella[37]. En el sueño recordó que había so-

---

[36] Aunque no la menciona GGM, esta «superstición científica» se parece a las que el propio novelista confiesa tener (véase *El olor de la guayaba*, páginas. 165-173).

[37] Ese sueño recurrente se parece por su contenido y por las circunstancias de su narración al «sueño de los cuartos» de José Arcadio, el fundador, mencionado poco antes de la muerte de éste. Los malos presagios, pues, se precisan, como se precisa la asimilación del hijo al padre (véase pág. 241).

ñado lo mismo la noche anterior y en muchas noches de los últimos años y supo que la imagen se habría borrado de su memoria al despertar, porque aquel sueño recurrente tenía la virtud de no ser recordado sino dentro del mismo sueño. Un momento después, en efecto, cuando el peluquero llamó a la puerta del taller, el coronel Aureliano Buendía despertó con la impresión de que involuntariamente se había quedado dormido por breves segundos, y que no había tenido tiempo de soñar nada.

—Hoy no —le dijo al peluquero—. Nos vemos el viernes.

Tenía una barba de tres días, moteada de pelusas blancas, pero no creía necesario afeitarse si el viernes se iba a cortar el pelo y podía hacerlo todo al mismo tiempo. El sudor pegajoso de la siesta indeseable revivió en sus axilas las cicatrices de los golondrinos. Había escampado, pero aún no salía el sol. El coronel Aureliano Buendía emitió un eructo sonoro que le devolvió al paladar la acidez de la sopa, y que fue como una orden del organismo para que se echara la manta en los hombros y fuera al excusado. Allí permaneció más del tiempo necesario, acuclillado sobre la densa fermentación que subía del cajón de madera, hasta que la costumbre le indicó que era hora de reanudar el trabajo. Durante el tiempo que duró la espera volvió a recordar que era martes, y que José Arcadio Segundo no había estado en el taller porque era día de pago en las fincas de la compañía bananera. Ese recuerdo, como todos los de los últimos años, lo llevó sin que viniera a cuento a pensar en la guerra. Recordó que el coronel Gerineldo Márquez le había prometido alguna vez conseguirle un caballo con una estrella blanca en la frente, y que nunca se había vuelto a hablar de eso. Luego derivó hacia episodios dispersos, pero los evocó sin calificarlos, porque a fuerza de no poder pensar en otra cosa había aprendido a pensar en frío, para que los recuerdos ineludibles no le lastimaran ningún sentimiento. De regreso al taller, viendo que el aire empezaba a secar, decidió que era un buen momento para bañarse, pero Amaranta se le había anticipado, así que empezó el segundo pescadito del día. Estaba engarzando la cola cuando el sol salió con tanta fuerza que la claridad crujió como un balandro. El aire lavado por la llovizna de tres días se llenó de hormigas voladoras. Entonces cayó en la cuenta de que tenía deseos de orinar, y los estaba aplazando hasta que acabara de armar el pescadito. Iba para el patio, a las cuatro y diez, cuando oyó los cobres lejanos, los retumbos del bombo y el júbilo de los niños, y por primera vez desde su juventud pisó conscientemente una trampa de la nostalgia, y revivió la prodigiosa tarde de gitanos en que su padre lo llevó a conocer el hielo. Santa Sofía de la Piedad abandonó lo que estaba haciendo en la cocina y corrió hacia la puerta.

—Es el circo —gritó.

En vez de ir al castaño, el coronel Aureliano Buendía fue también a la puerta de la calle y se mezcló con los curiosos que contemplaban el desfile. Vio una mujer vestida de oro en el cogote de un elefante. Vio un dromedario triste. Vio un oso vestido de holandesa que marcaba el compás de la música con un cucharón y una cacerola. Vio los payasos haciendo maromas en la cola del desfile, y le vio otra vez la cara a su soledad miserable cuando todo acabó de pasar, y no quedó sino el luminoso espacio en la calle, y el aire lleno de hormigas voladoras, y unos cuantos curiosos asomados al precipicio de la incertidumbre. Entonces fue al castaño, pensando en el circo, y mientras orinaba trató de seguir pensando en el circo, pero ya no encontró el recuerdo. Metió la cabeza entre los hombros, como un pollito, y se quedó inmóvil con la frente apoyada en el tronco del castaño[38]. La familia

---

[38] «El coronel muere en el lugar favorito del padre, repitiendo el hijo en la manera de su deceso la inmovilidad del padre, de pie durante tantos años bajo el castaño. También muere repitiendo en cierto modo la escena de la primera oración de la novela. Ambas escenas se unen por la muerte (la una ficticia y la otra verdadera) y por la memoria del circo y del hielo. Se cierra, pues, el círculo iniciado por esa primera frase, el círculo del tiempo, de la memoria, de la vida.» (M. Palencia-Roth, pág. 90.) Pero el mejor comentario, en todo caso el más conmovedor sobre la muerte del coronel, es el del propio novelista: «[...] yo sabía que en un momento dado tenía que matarlo, y no me atrevía. El coronel estaba viejo ya, haciendo sus pescaditos de oro. Y una tarde pensé: "¡Ahora sí se jodió!" Tenía que matarlo. Cuando terminé el capítulo, subí temblando al segundo piso de la casa donde estaba Mercedes. Supo lo que había ocurrido cuando me vio la cara. "Ya se murió el coronel", dijo. Me acosté en la cama y duré llorando dos horas.» *(El olor de la guayaba,* pág. 46)

no se enteró hasta el día siguiente, a las once de la mañana, cuando Santa Sofía de la Piedad fue a tirar la basura en el traspatio y le llamó la atención que estuvieran bajando los gallinazos.

Las últimas vacaciones de Meme coincidieron con el luto por la muerte del coronel Aureliano Buendía. En la casa cerrada no había lugar para fiestas. Se hablaba en susurros, se comía en silencio, se rezaba el rosario tres veces al día, y hasta los ejercicios de clavicordio en el calor de la siesta tenían una resonancia fúnebre. A pesar de su secreta hostilidad contra el coronel, fue Fernanda quien impuso el rigor de aquel duelo, impresionada por la solemnidad con que el gobierno exaltó la memoria del enemigo muerto. Aureliano Segundo volvió como de costumbre a dormir en la casa mientras pasaban las vacaciones de su hija, y algo debió hacer Fernanda para recuperar sus privilegios de esposa legítima, porque el año siguiente encontró Meme una hermanita recién nacida, a quien bautizaron contra la voluntad de la madre con el nombre de Amaranta Úrsula.

Meme había terminado sus estudios. El diploma que la acreditaba como concertista de clavicordio fue ratificado por el virtuosismo con que ejecutó temas populares del siglo XVII[1] en la fiesta organizada para celebrar la culminación de sus estudios, y con la cual se puso término al duelo. Los invitados admiraron, más que su arte, su rara dualidad[2]. Su carácter frívolo y hasta un poco infantil no parecía adecuado para ninguna actividad seria, pero cuando se sentaba al clavi-

---

[1] Fernanda quiere repetir en la hija su educación y cultura del Siglo de Oro, pero también es irrepetible por el «desgaste» del tiempo: lo que interpreta Meme son temas «populares» (desde un principio repelentes para la madre) y las mismas monjas consideran ahora el clavicordio como «un fósil de museo».

[2] Características que comparte con la mayoría de los Buendía, seres dobles o gemelos, individuos que se reflejan, invertidos, en el espejo.

cordio se transformaba en una muchacha diferente, cuya madurez imprevista le daba un aire adulto. Así fue siempre. En verdad no tenía una vocación definida, pero había logrado las más altas calificaciones mediante una disciplina inflexible, para no contrariar a su madre. Habrían podido imponerle el aprendizaje de cualquier otro oficio y los resultados hubieran sido los mismos. Desde muy niña le molestaba el rigor de Fernanda, su costumbre de decidir por los demás, y habría sido capaz de un sacrificio mucho más duro que las lecciones de clavicordio, sólo por no tropezar con su intransigencia. En el acto de clausura tuvo la impresión de que el pergamino con letras góticas y mayúsculas historiadas la liberaba de un compromiso que había aceptado no tanto por obediencia como por comodidad, y creyó que a partir de entonces ni la porfiada Fernanda volvería a preocuparse por un instrumento que hasta las monjas consideraban como un fósil de museo. En los primeros años creyó que sus cálculos eran errados, porque después de haber dormido a media ciudad no sólo en la sala de visitas, sino en cuantas veladas benéficas, sesiones escolares y conmemoraciones patrióticas se celebraban en Macondo, su madre siguió invitando a todo recién llegado que suponía capaz de apreciar las virtudes de la hija. Sólo después de la muerte de Amaranta, cuando la familia volvió a encerrarse por un tiempo en el luto, pudo Meme clausurar el clavicordio y olvidar la llave en cualquier ropero, sin que Fernanda se molestara en averiguar en qué momento ni por culpa de quién se había extraviado. Meme resistió las exhibiciones con el mismo estoicismo con que se consagró al aprendizaje. Era el precio de su libertad. Fernanda estaba tan complacida con su docilidad y tan orgullosa de la admiración que despertaba su arte, que nunca se opuso a que tuviera la casa llena de amigas, y pasara la tarde en las plantaciones y fuera al cine con Aureliano Segundo o con señoras de confianza, siempre que la película hubiera sido autorizada en el púlpito por el padre Antonio Isabel[3]. En aque-

---

[3] «Como el padre Ángel en *La mala hora*, el padre Antonio Isabel censura las películas en Macondo, aunque no a base de campanadas sino de sermones.» (M. Vargas Llosa, pág. 493)

llos ratos de esparcimiento se revelaban los verdaderos gustos de Meme. Su felicidad estaba en el otro extremo de la disciplina, en las fiestas ruidosas, en los comadreos de enamorados, en los prolongados encierros con sus amigas, donde aprendían a fumar y conversaban de asuntos de hombres, y donde una vez se les pasó la mano con tres botellas de ron de caña y terminaron desnudas midiéndose y comparando las partes de sus cuerpos. Meme no olvidaría jamás la noche en que entró en la casa masticando rizomas de regaliz, y sin que advirtieran su trastorno se sentó a la mesa en que Fernanda y Amaranta cenaban sin dirigirse la palabra. Había pasado dos horas tremendas en el dormitorio de una amiga, llorando de risa y de miedo, y en el otro lado de la crisis había encontrado el raro sentimiento de valentía que le hizo falta para fugarse del colegio y decirle a su madre con esas o con otras palabras que bien podía ponerse una lavativa de clavicordio. Sentada en la cabecera de la mesa, tomando un caldo de pollo que le caía en el estómago como un elixir de resurrección, Meme vio entonces a Fernanda y Amaranta envueltas en el halo acusador de la realidad. Tuvo que hacer un grande esfuerzo para no echarles en cara sus remilgos, su pobreza de espíritu, sus delirios de grandeza. Desde las segundas vacaciones se había enterado de que su padre sólo vivía en la casa por guardar las apariencias, y conociendo a Fernanda como la conocía y habiéndoselas arreglado más tarde para conocer a Petra Cotes, le concedió la razón a su padre. También ella hubiera preferido ser la hija de la concubina. En el embotamiento del alcohol, Meme pensaba con deleite en el escándalo que se habría suscitado si en aquel momento hubiera expresado sus pensamientos, y fue tan intensa la íntima satisfacción de la picardía, que Fernanda la advirtió.

—¿Qué te pasa? —preguntó.

—Nada —contestó Meme—. Que apenas ahora descubro cuánto las quiero.

Amaranta se asustó con la evidente carga de odio que llevaba la declaración. Pero Fernanda se sintió tan conmovida que creyó volverse loca cuando Meme despertó a media noche con la cabeza cuarteada por el dolor, y ahogándose en vómitos de hiel. Le dio un frasco de aceite de castor, le puso cataplasmas en el vientre y bolsas de hielo en la cabeza, y la obligó a cumplir la dieta y el encierro de cinco días ordenados por el nuevo y extravagante médico francés[4] que, después de examinarla más de dos horas, llegó a la conclusión nebulosa de que tenía un trastorno propio de mujer. Abandonada por la valentía, en un miserable estado de desmoralización, a Meme no le quedó otro recurso que aguantar. Úrsula, ya completamente ciega, pero todavía activa y lúcida, fue la única que intuyó el diagnóstico exacto. «Para mí —pensó—, estas son las mismas cosas que les dan a los borrachos.» Pero no sólo rechazó la idea, sino que se reprochó la ligereza de pensamiento. Aureliano Segundo sintió un retortijón de conciencia cuando vio el estado de postración de Meme, y se prometió ocuparse más de ella en el futuro. Fue así como nació la relación de alegre camaradería entre el padre y la hija, que lo liberó a él por un tiempo de la amarga soledad de las parrandas[5], y la liberó a ella de la tutela de Fernanda sin tener que provocar la crisis doméstica que ya parecía inevitable. Aureliano Segundo aplazaba entonces cualquier compromiso para estar con Meme, por llevarla al cine o al circo, y le dedicaba la mayor parte de su ocio. En los últimos tiempos, el estorbo de la obesidad absurda que ya no le permitía amarrarse los cordones de los zapatos, y la satisfacción abusiva de toda clase de apetitos, había empezado a agriarle el carácter. El descubrimiento de la hija le restituyó la antigua jovialidad, y el gusto de estar con ella lo iba apartando poco a poco de la disipación. Meme despuntaba en una edad frutal. No era bella, como nunca lo fue Amaranta, pero en cambio era simpática, descomplicada, y tenía la virtud de caer bien desde el primer momento. Tenía un espíritu moderno que lastimaba la anticuada sobriedad y el mal disimulado corazón cicatero de Fernanda, y que en cambio Aureliano Segundo se complacía en patrocinar. Fue él quien resolvió sacarla del dormitorio que ocupaba desde niña, y donde

---

[4] *El extravagante médico francés:* personaje retomado de *La hojarasca.*
[5] Con la introducción de esa nueva clase de soledad, se advierte que también Aureliano Segundo sufre la enfermedad familiar, aunque sea el más extrovertido de todos los Buendía.

los pávidos ojos de los santos seguían alimentando sus terrores de adolescente, y le amuebló un cuarto con una cama tronal, un tocador amplio y cortinas de terciopelo, sin caer en la cuenta de que estaba haciendo una segunda versión del aposento de Petra Cotes[6]. Era tan pródigo con Meme que ni siquiera sabía cuánto dinero le proporcionaba, porque ella misma se lo sacaba de los bolsillos, y la mantenía al tanto de cuanta novedad embellecedora llegaba a los comisariatos[7] de la compañía bananera. El cuarto de Meme se llenó de almohadillas de piedra pómez para pulirse las uñas, rizadores de cabellos, brilladores de dientes, colirios para languidecer la mirada, y tantos y tan novedosos cosméticos y artefactos de belleza que cada vez que Fernanda entraba en el dormitorio se escandalizaba con la idea de que el tocador de la hija debía ser igual al de las matronas francesas. Sin embargo, Fernanda andaba en esa época con el tiempo dividido entre la pequeña Amaranta Úrsula, que era caprichosa y enfermiza, y una emocionante correspondencia con los médicos invisibles[8]. De modo que cuando advirtió la complicidad del padre con la hija, la única promesa que le arrancó a Aureliano Segundo fue que nunca llevaría a Meme a casa de Petra Cotes. Era una advertencia sin sentido, porque la concubina estaba tan molesta con la camaradería de su amante con la hija que no quería saber nada de ella. La atormentaba un temor desconocido, como si el instinto le indicara que Meme, con sólo desearlo, podría conseguir lo que no pudo conseguir Fernanda: privarla de un amor que ya consideraba asegurado hasta la muerte. Por primera vez tuvo que soportar Aureliano Segundo las caras duras y las virulentas cantaletas de la concubina, y hasta temió que sus traídos y llevados baúles hicieran el camino de regreso a casa de la esposa. Esto no ocurrió. Nadie conocía mejor a un hombre que Petra Cotes a su

---

[6] «El deseo incestuoso de Aureliano Segundo es subconsciente, pero, de todos modos, es obvio al lector. Aureliano Segundo y su hija, Renata Remedios, se comportan a veces casi como si fueran amantes.» (M. Palencia-Roth, pág. 107.)

[7] *Comisariato:* aquí 'almacén'.

[8] Nuevo círculo narrativo analizado por M. Vargas Llosa, págs. 560-561.

amante, y sabía que los baúles se quedarían donde los mandaran, porque si algo detestaba Aureliano Segundo era complicarse la vida con rectificaciones y mudanzas. De modo que los baúles se quedaron donde estaban y Petra Cotes se empeñó en reconquistar al marido afilando las únicas armas con que no podía disputárselo la hija. Fue también un esfuerzo innecesario porque Meme no tuvo nunca el propósito de intervenir en los asuntos de su padre, y seguramente si lo hubiera hecho habría sido en favor de la concubina. No le sobraba tiempo para molestar a nadie. Ella misma barría el dormitorio y arreglaba la cama, como le enseñaron las monjas. En la mañana se ocupaba de su ropa, bordando en el corredor o cosiendo en la vieja máquina de manivela de Amaranta. Mientras los otros hacían la siesta, practicaba dos horas el clavicordio, sabiendo que el sacrificio diario mantendría calmada a Fernanda. Por el mismo motivo seguía ofreciendo conciertos en bazares[9] eclesiásticos y veladas escolares, aunque las solicitudes eran cada vez menos frecuentes. Al atardecer se arreglaba, se ponía sus trajes sencillos y sus duros borceguíes, y si no tenía algo que hacer con su padre iba a casas de amigas, donde permanecía hasta la hora de la cena. Era excepcional que Aureliano Segundo no fuera a buscarla entonces para llevarla al cine.

Entre las amigas de Meme había tres jóvenes norteamericanas que rompieron el cerco del gallinero electrificado y establecieron amistad con muchachas de Macondo. Una de ellas era Patricia Brown. Agradecido con la hospitalidad de Aureliano Segundo, el señor Brown le abrió a Meme las puertas de su casa y la invitó a los bailes de los sábados, que eran los únicos en que los gringos alternaban con los nativos[10]. Cuando Fernanda lo supo, se olvidó por un momento de Amaranta Úrsula y los médicos invisibles, y armó todo un melodrama. «Imagínate —le dijo a Meme— lo que va a pensar el coronel en su tumba.» Estaba buscando, por supuesto,

---

[9] *Bazar:* aquí 'venta de caridad'.
[10] «Las relaciones de los gringos con los macondinos son características de una sociedad neo-colonial.» (M. Vargas Llosa, pág. 512)

el apoyo de Úrsula. Pero la anciana ciega, al contrario de lo que todos esperaban, consideró que no había nada reprochable en que Meme asistiera a los bailes y cultivara amistad con las norteamericanas de su edad, siempre que conservara su firmeza de criterio y no se dejara convertir a la religión protestante. Meme captó muy bien el pensamiento de la tatarabuela, y al día siguiente de los bailes se levantaba más temprano que de costumbre para ir a misa. La oposición de Fernanda resistió hasta el día en que Meme la desarmó con la noticia de que los norteamericanos querían oírla tocar el clavicordio. El instrumento fue sacado una vez más de la casa y llevado a la del señor Brown, donde en efecto la joven concertista recibió los aplausos más sinceros y las felicitaciones más entusiastas. Desde entonces no sólo la invitaron a los bailes, sino también a los baños dominicales en la piscina, y a almorzar una vez por semana. Meme aprendió a nadar como una profesional, a jugar al tenis y a comer jamón de Virginia con rebanadas de piña. Entre bailes, piscina y tenis, se encontró de pronto desenredándose en inglés. Aureliano Segundo se entusiasmó tanto con los progresos de la hija que le compró a un vendedor viajero una enciclopedia inglesa en seis volúmenes y con numerosas láminas de colores, que Meme leía en sus horas libres[11]. La lectura ocupó la atención que antes destinaba a los comadreos de enamorados o a los encierros experimentales con sus amigas, no porque se lo hubiera impuesto como disciplina, sino porque ya había perdido todo interés en comentar misterios que eran del dominio público. Recordaba la borrachera como una aventura infantil, y le parecía tan divertida que se la contó a Aureliano Segundo, y a éste le pareció más divertida que a ella. «Si tu madre lo supiera», le dijo ahogándose de risa, como le decía siempre que ella le hacía una confidencia. Él le había hecho prometer que con la misma confianza lo pon-

---

[11] En Meme se repite la educación enciclopédica que José Arcadio, el fundador, quería dar a sus hijos, pero la lectura de la tataranieta es «seria», sistemática, científica ... y en inglés. El personaje del «vendedor» de enciclopedias puede ser una trasposición autobiográfica de un episodio de la vida de GGM (véase mi *GGM, coetáneo de la eternidad*, págs. 74-75).

dría al corriente de su primer noviazgo, y Meme le había contado que simpatizaba con un pelirrojo norteamericano que fue a pasar vacaciones con sus padres. «Qué barbaridad», rió Aureliano Segundo. «Si tu madre lo supiera.» Pero Meme le contó también que el muchacho había regresado a su país y no había vuelto a dar señales de vida. Su madurez de criterio afianzó la paz doméstica. Aureliano Segundo dedicaba entonces más horas a Petra Cotes, y aunque ya el cuerpo y el alma no le daban para parrandas como las de antes, no perdía ocasión de promoverlas y de desenfundar el acordeón, que ya tenía algunas teclas amarradas con cordones de zapatos. En la casa, Amaranta bordaba su interminable mortaja, y Úrsula se dejaba arrastrar por la decrepitud hacia el fondo de las tinieblas, donde lo único que seguía siendo visible era el espectro de José Arcadio Buendía bajo el castaño. Fernanda consolidó su autoridad[12]. Las cartas mensuales a su hijo José Arcadio no llevaban entonces una línea de mentira, y solamente le ocultaba su correspondencia con los médicos invisibles, que le habían diagnosticado un tumor benigno en el intestino grueso y estaban preparándola para practicarle una intervención telepática.

Se hubiera dicho que en la cansada mansión de los Buendía había paz y felicidad rutinaria para mucho tiempo si la intempestiva muerte de Amaranta no hubiera promovido un nuevo escándalo. Fue un acontecimiento inesperado. Aunque estaba vieja y apartada de todos, todavía se notaba firme y recta, y con la salud de piedra que tuvo siempre. Nadie conoció su pensamiento desde la tarde en que rechazó definitivamente al coronel Gerineldo Márquez y se encerró a llorar. Cuando salió, había agotado todas sus lágrimas. No se le vio llorar con la subida al cielo de Remedios, la bella, ni con el exterminio de los Aurelianos, ni con la muerte del coronel

---

[12] Al matriarcado de Úrsula sigue el de Fernanda: «[...] si nosotros atendemos a cómo está estructurada esta familia, vamos a ver que ella se aproxima bastante a un modelo que han desarrollado o mostrado los sociólogos colombianos, que es lo que se llama la familia matrilineal, y que por ningún azar es perfectamente característica de la vida costeña.» (A. Rama, *Ciclo de conferencias ... en Cali.*)

Aureliano Buendía, que era la persona que más quiso en este mundo, aunque sólo pudo demostrárselo cuando encontraron su cadáver bajo el castaño. Ella ayudó a levantar el cuerpo. Lo vistió con sus arreos de guerrero, lo afeitó, lo peinó, y le engomó el bigote mejor que él mismo no lo hacía en sus años de gloria. Nadie pensó que hubiera amor en aquel acto, porque estaban acostumbrados a la familiaridad de Amaranta con los ritos de la muerte. Fernanda se escandalizaba de que no entendiera las relaciones del catolicismo con la vida, sino únicamente sus relaciones con la muerte, como si no fuera una religión, sino un prospecto de convencionalismos funerarios[13]. Amaranta estaba demasiado enredada en el berenjenal de sus recuerdos para entender aquellas sutilezas apologéticas. Había llegado a la vejez con todas sus nostalgias vivas. Cuando escuchaba los valses de Pietro Crespi sentía los mismos deseos de llorar que tuvo en la adolescencia, como si el tiempo y los escarmientos no sirvieran de nada. Los rollos de música que ella misma había echado a la basura con el pretexto de que se estaban pudriendo con la humedad, seguían girando y golpeando martinetes en su memoria. Había tratado de hundirlos en la pasión pantanosa que se permitió con su sobrino Aureliano José, y había tratado de refugiarse en la protección serena y viril del coronel Gerineldo Márquez, pero no había conseguido derrotarlos ni con el acto más desesperado de su vejez, cuando bañaba al pequeño José Arcadio tres años antes de que lo mandaran al seminario, y lo acariciaba no como podía hacerlo una abuela con un nieto, sino como lo hubiera hecho una mujer con un hombre, como se contaba que lo hacían las matronas francesas, y como ella quiso hacerlo con Pietro Crespi, a los doce, los catorce años, cuando lo vio con sus pantalones de baile y la varita mágica con que llevaba el compás del metrónomo[14].

---

[13] «[...] para ninguno de los macondinos la religión católica es una fe profunda, una cosmovisión y una moral, una regla de conducta. En todos los casos es sólo una praxis social: la aceptación de rituales y formulismos que comprometen la apariencia, no el espíritu.» (M. Vargas Llosa, pág. 515)

[14] «El anhelo incestuoso de José Arcadio se muestra hacia la ya madurísima doncella Amaranta, su tía-abuela. El enamorarse de ella viene a ser casi un

A veces le dolía haber dejado a su paso aquel reguero de miseria, y a veces le daba tanta rabia que se pinchaba los dedos con las agujas, pero más le dolía y más rabia le daba y más la amargaba el fragante y agusanado guayabal de amor que iba arrastrando hacia la muerte. Como el coronel Aureliano Buendía pensaba en la guerra, sin poder evitarlo, Amaranta pensaba en Rebeca. Pero mientras su hermano había conseguido esterilizar los recuerdos, ella sólo había conseguido escaldarlos. Lo único que le rogó a Dios durante muchos años fue que no le mandara el castigo de morir antes que Rebeca. Cada vez que pasaba por su casa y advertía los progresos de la destrucción se complacía con la idea de que Dios la estaba oyendo. Una tarde, cuando cosía en el corredor, la asaltó la certidumbre de que ella estaría sentada en ese lugar, en esa misma posición y bajo esa misma luz, cuando le llevaran la noticia de la muerte de Rebeca. Se sentó a esperarla, como quien espera una carta, y era cierto que en una época arrancaba botones para volver a pegarlos[15], de modo que la ociosidad no hiciera más larga y angustiosa la espera. Nadie se dio cuenta en la casa de que Amaranta tejió entonces una preciosa mortaja para Rebeca. Más tarde, cuando Aureliano Triste contó que la había visto convertida en una imagen de aparición, con la piel cuarteada y unas pocas hebras amarillentas en el cráneo[16], Amaranta no se sorprendió, porque el espectro descrito era igual al que ella imaginaba desde hacía mucho tiempo. Había decidido restaurar el cadáver de Rebeca, disimular con parafina los estragos del rostro y hacerle una peluca con el cabello de los santos[17]. Fabricaría un cadáver hermoso, con la mortaja de lino y un ataúd forrado de peluche con vueltas de púrpura, y lo pondría a disposición

---

rito en la adolescencia de las últimas generaciones de los Buendía, como lo fue con Pilar Ternera y los primeros Buendía.» (M. Palencia-Roth, pág. 108) Hace falta agregar que la participación de Amaranta en la obsesión del incesto es activa.

[15] Una ocurrencia más del tema «hacer para deshacer»: véase pág. 372, y sobre el tema en la novela, O. Carreras González, págs. 80-82.

[16] Comp. el retrato de Rebeca, pág. 327.

[17] *El cabello de los santos* que, en realidad, es el de Remedios, la bella: «[...] se rapó la cabeza y les hizo pelucas a los santos» (pág. 341).

de los gusanos en unos funerales espléndidos. Elaboró el plan con tanto odio que la estremeció la idea de que lo habría hecho de igual modo si hubiera sido con amor, pero no se dejó aturdir por la confusión, sino que siguió perfeccionando los detalles tan minuciosamente que llegó a ser más que una especialista, una virtuosa en los ritos de la muerte. Lo único que no tuvo en cuenta en su plan tremendista fue que, a pesar de sus súplicas a Dios, ella podía morirse primero que Rebeca. Así ocurrió, en efecto. Pero en el instante final Amaranta no se sintió frustrada, sino por el contrario liberada de toda amargura, porque la muerte le deparó el privilegio de anunciarse con varios años de anticipación. La vio un mediodía ardiente, cosiendo con ella en el corredor, poco después de que Meme se fue al colegio. La reconoció en el acto, y no había nada pavoroso en la muerte, porque era una mujer vestida de azul con el cabello largo, de aspecto un poco anticuado, y con un cierto parecido a Pilar Ternera en la época en que las ayudaba en los oficios de cocina. Varias veces Fernanda estuvo presente y no la vio, a pesar de que era tan real, tan humana, que en alguna ocasión le pidió a Amaranta el favor de que le ensartara una aguja. La muerte no le dijo cuándo se iba a morir ni si su hora estaba señalada antes que la de Rebeca, sino que le ordenó empezar a tejer su propia mortaja el próximo seis de abril. La autorizó para que la hiciera tan complicada y primorosa como ella quisiera, pero tan honradamente como hizo la de Rebeca, y le advirtió que había de morir sin dolor, ni miedo, ni amargura, al anochecer del día en que la terminara[18]. Tratando de perder la mayor cantidad posible de tiempo, Amaranta encargó las hilazas de lino bayal y ella misma fabricó el lienzo. Lo hizo con tanto cuidado que solamente esa labor le llevó cuatro años. Luego inició el bordado. A medida que se aproximaba el término ineludible, iba comprendiendo que sólo un milagro le

---

[18] «Tenía una tía que una vez se sentó a tejer una mortaja: entonces yo le pregunté: ¿por qué estás haciendo una mortaja? Hijo, porque me voy a morir, respondió. Tejió su mortaja y cuando la terminó se acostó y se murió.» (G. García Márquez y M. Vargas Llosa, pág. 15)

permitiría prolongar el trabajo más allá de la muerte de Rebeca, pero la misma concentración le proporcionó la calma que le hacía falta para aceptar la idea de una frustración. Fue entonces cuando entendió el círculo vicioso de los pescaditos de oro del coronel Aureliano Buendía. El mundo se redujo a la superficie de su piel, y el interior quedó a salvo de toda amargura. Le dolió no haber tenido aquella revelación muchos años antes, cuando aún fuera posible purificar los recuerdos y reconstruir el universo bajo una luz nueva, y evocar sin estremecerse el olor de espliego de Pietro Crespi al atardecer, y rescatar a Rebeca de su salsa de miseria, no por odio ni por amor, sino por la comprensión sin medidas de la soledad. El odio que advirtió una noche en las palabras de Meme no la conmovió porque la afectara, sino porque se sintió repetida[19] en otra adolescencia que parecía tan limpia como debió parecer la suya y que, sin embargo, estaba ya tan viciada por el rencor. Pero entonces era tan honda la conformidad con su destino que ni siquiera la inquietó la certidumbre de que estaban cerradas todas las posibilidades de rectificación. Su único objetivo fue terminar la mortaja. En vez de retardarla con preciosismos inútiles, como lo hizo al principio, apresuró la labor. Una semana antes calculó que daría la última puntada en la noche del cuatro de febrero, y sin revelarle el motivo sugirió a Meme que anticipara un concierto de clavicordio que tenía previsto para el día siguiente, pero ella no le hizo caso. Amaranta buscó entonces la manera de retrasarse cuarenta y ocho horas, y hasta pensó que la muerte la estaba complaciendo, porque en la noche del cuatro de febrero una tempestad descompuso la planta eléctrica. Pero al día siguiente, a las ocho de la mañana, dio la última puntada en la labor más primorosa que mujer alguna había terminado jamás, y anunció sin el menor dramatismo que moriría al atardecer. No sólo previno a la familia, sino a toda la población, porque Amaranta se había hecho a la idea de que se podía reparar una vida de mezquindad con un último

---

[19] *Círculo vicioso, repetición, soledad:* en menos de media página, se dan en todas las letras las claves estructurales y temáticas de la novela.

favor al mundo, y pensó que ninguno era mejor que llevarles cartas a los muertos[20].

La noticia de que Amaranta Buendía zarpaba al crepúsculo llevando el correo de la muerte se divulgó en Macondo antes del mediodía, y a las tres de la tarde había en la sala un cajón lleno de cartas[21]. Quienes no quisieron escribir le dieron a Amaranta recados verbales que ella anotó en una libreta con el nombre y la fecha de la muerte del destinatario. «No se preocupe», tranquilizaba a los remitentes. «Lo primero que haré al llegar será preguntar por él, y le daré su recado.» Parecía una farsa. Amaranta no revelaba trastorno alguno, ni el más leve signo de dolor, y hasta se notaba un poco rejuvenecida por el deber cumplido. Estaba tan derecha y esbelta como siempre. De no haber sido por los pómulos endurecidos y la falta de algunos dientes habría parecido mucho menos vieja de lo que era en realidad. Ella misma dispuso que se metieran las cartas en una caja embreada, e indicó la manera como debía colocarse en la tumba para preservarla mejor de la humedad. En la mañana había llamado a un carpintero que le tomó las medidas para el ataúd, de pie, en la sala, como si fuera para un vestido. Se le despertó tal dinamismo en las últimas horas que Fernanda creyó que se estaba burlando de todos. Úrsula, con la experiencia de que los Buendía se morían sin enfermedad[22], no puso en duda que Amaranta había tenido el presagio de la muerte, pero en todo caso la atormentó el temor de que en el trajín de las cartas y la ansiedad de que llegaran pronto los ofuscados remitentes la fueran a enterrar viva. Así que se empeñó en despejar la casa, disputándose a gritos con los intrusos, y a las cuatro de la tarde lo había conseguido. A esa hora, Amaranta

---

[20] Podría ser la versión macondina de *El condenado por desconfiado*.

[21] A pesar de los progresos de la civilización, Macondo sigue acogiendo con toda naturalidad lo sobrenatural. «En *C.A.S.* no hay nada particularmente maravilloso porque todo lo es, no es más maravilloso una Naturaleza animada que unos fantasmas que se paseen entre los vivos. Este mundo parece tener una regla: todo es posible, nada es extraño, pero todo ello dentro de una estructura perfectamente lógica, una vez conocida.» (C. Arnau, página 127)

[22] Otra ley hereditaria enunciada a través del personaje de Úrsula.

acababa de repartir sus cosas entre los pobres, y sólo había dejado sobre el severo ataúd de tablas sin pulir la muda de ropa y las sencillas babuchas de pana que había de llevar en la muerte. No pasó por alto esa precaución, al recordar que cuando murió el coronel Aureliano Buendía hubo que comprarle un par de zapatos nuevos, porque ya sólo le quedaban las pantuflas que usaba en el taller. Poco antes de las cinco, Aureliano Segundo fue a buscar a Meme para el concierto, y se sorprendió de que la casa estuviera preparada para el funeral. Si alguien parecía vivo a esa hora era la serena Amaranta, a quien el tiempo le había alcanzado hasta para rebanarse los callos. Aureliano Segundo y Meme se despidieron de ella con adioses de burla, y le prometieron que el sábado siguiente harían la parranda de la resurrección. Atraído por las voces públicas de que Amaranta Buendía estaba recibiendo cartas para los muertos, el padre Antonio Isabel llegó a las cinco con el viático, y tuvo que esperar más de quince minutos a que la moribunda saliera del baño. Cuando la vio aparecer con un camisón de madapolán[23] y el cabello suelto en la espalda, el decrépito párroco creyó que era una burla, y despachó al monaguillo. Pensó, sin embargo, aprovechar la ocasión para confesar a Amaranta después de casi veinte años de reticencia. Amaranta replicó, sencillamente, que no necesitaba asistencia espiritual de ninguna clase porque tenía la conciencia limpia[24]. Fernanda se escandalizó. Sin cuidarse de que no la oyeran, se preguntó en voz alta qué espantoso pecado habría cometido Amaranta cuando prefería una muerte sacrílega a la vergüenza de una confesión. Entonces Amaranta se acostó, y obligó a Úrsula a dar testimonio público de su virginidad.

—Que nadie se haga ilusiones —gritó, para que la oyera Fernanda—. Amaranta Buendía se va de este mundo como vino.

No se volvió a levantar. Recostada en almohadones, como

---

[23] *Madapolán:* tela blanca de algodón, de buena calidad.
[24] En el momento de morir, Amaranta, como otros Buendía, regresa al tiempo de los orígenes. Su actitud de rechazo de la religión repite la de su padre, el fundador (pág. 178), y corresponde a la de los primeros macondinos.

si de veras estuviera enferma, tejió sus largas trenzas y se las enrolló sobre las orejas, como la muerte le había dicho que debía estar en el ataúd. Luego le pidió a Úrsula un espejo, y por primera vez en más de cuarenta años vio su rostro devastado por la edad y el martirio, y se sorprendió de cuánto se parecía a la imagen mental que tenía de sí misma[25]. Úrsula comprendió por el silencio de la alcoba que había empezado a oscurecer.

—Despídete de Fernanda —le suplicó—. Un minuto de reconciliación tiene más mérito que toda una vida de amistad.

—Ya no vale la pena —replicó Amaranta.

Meme no pudo no pensar en ella cuando encendieron las luces del improvisado escenario y empezó la segunda parte del programa. A mitad de la pieza alguien le dio la noticia al oído, y el acto se suspendió. Cuando llegó a la casa, Aureliano Segundo tuvo que abrirse paso a empujones por entre la muchedumbre, para ver el cadáver de la anciana doncella, fea y de mal color, con la venda negra en la mano y envuelta en la mortaja primorosa. Estaba expuesto en la sala junto al cajón del correo.

Úrsula no volvió a levantarse después de las nueve noches de Amaranta. Santa Sofía de la Piedad se hizo cargo de ella. Le llevaba al dormitorio la comida, y el agua de bija[26] para que se lavara, y la mantenía al corriente de cuanto pasaba en Macondo. Aureliano Segundo la visitaba con frecuencia, y le llevaba ropas que ella ponía cerca de la cama, junto con las cosas más indispensables para el vivir diario, de modo que en poco tiempo se había construido un mundo al alcance de la mano. Logró despertar un gran afecto en la pequeña Amaranta Úrsula, que era idéntica a ella[27], y a

---

[25] Frente a su imagen en el espejo, Amaranta tiene la misma reacción que tuvo cuando Aureliano Triste retrató a Rebeca: «Amaranta no se sorprendió, porque el espectro descrito era igual al que ella imaginaba desde hacía mucho tiempo» (pág. 391). Hay como una especie de asimilación final entre las dos mujeres que se odiaron toda la vida.

[26] Bebida medicinal y refrigerante de los frutos cocidos del árbol de ese nombre.

[27] La identidad es parcial: Amaranta Úrsula reúne las características de la tía-abuela y de la tatarabuela y «es la verdadera continuadora de Amaranta;

quien enseñó a leer. Su lucidez, la habilidad para bastarse de sí misma, hacían pensar que estaba naturalmente vencida por el peso de los cien años, pero aunque era evidente que andaba mal de la vista nadie sospechó que estaba completamente ciega. Disponía entonces de tanto tiempo y de tanto silencio interior para vigilar la vida de la casa, que fue ella la primera en darse cuenta de la callada tribulación de Meme.

—Ven acá —le dijo—. Ahora que estamos solas, confiésale a esta pobre vieja lo que te pasa.

Meme eludió la conversación con una risa entrecortada. Úrsula no insistió, pero acabó de confirmar sus sospechas cuando Meme no volvió a visitarla. Sabía que se arreglaba más temprano que de costumbre, que no tenía un instante de sosiego mientras esperaba la hora de salir a la calle, que pasaba noches enteras dando vueltas en la cama en el dormitorio contiguo, y que la atormentaba el revoloteo de una mariposa. En cierta ocasión le oyó decir que iba a verse con Aureliano Segundo, y Úrsula se sorprendió de que Fernanda fuera tan corta de imaginación que no sospechó nada cuando su marido fue a la casa a preguntar por la hija. Era demasiado evidente que Meme andaba en asuntos sigilosos, en compromisos urgentes, en ansiedades reprimidas, desde mucho antes de la noche en que Fernanda alborotó la casa porque la encontró besándose con un hombre en el cine.

La propia Meme andaba entonces tan ensimismada que acusó a Úrsula de haberla denunciado. En realidad se denunció a sí misma. Desde hacía tiempo dejaba a su paso un reguero de pistas[28] que habrían despertado al más dormido, y si Fernanda tardó tanto en descubrirlas fue porque también ella estaba obnubilada por sus relaciones secretas con los médicos invisibles. Aun así terminó por advertir los hondos silencios, los sobresaltos intempestivos, las alternativas del humor y las contradicciones de la hija. Se empeñó en una vigilancia disimulada pero im-

---

ésta muere en el capítulo decimocuarto [o sea, éste] y en el mismo capítulo (en el mismo espacio narrativo) nace Amaranta Úrsula». (J. Ludmer, página 185)

[28] Otra imagen por un lenguaje, el de los comportamientos, que hace falta descifrar.

placable. La dejó ir con sus amigas de siempre, la ayudó a vestirse para las fiestas del sábado, y jamás le hizo una pregunta impertinente que pudiera alertarla. Tenía ya muchas pruebas de que Meme hacía cosas distintas de las que anunciaba, y todavía no dejó vislumbrar sus sospechas, en espera de la ocasión decisiva. Una noche, Meme le anunció que iba al cine con su padre. Poco después, Fernanda oyó los cohetes de la parranda y el inconfundible acordeón de Aureliano Segundo por el rumbo de Petra Cotes. Entonces se vistió, entró al cine, y en la penumbra de las lunetas reconoció a su hija. La aturdidora emoción del acierto le impidió ver al hombre con quien se estaba besando, pero alcanzó a percibir su voz trémula en medio de la rechifla y las risotadas ensordecedoras del público. «Lo siento, amor», le oyó decir, y sacó a Meme del salón sin decirle una sola palabra, y la sometió a la vergüenza de llevarla por la bulliciosa Calle de los Turcos, y la encerró con llave en el dormitorio.

Al día siguiente, a las seis de la tarde, Fernanda reconoció la voz del hombre que fue a visitarla. Era joven, cetrino, con unos ojos oscuros y melancólicos que no le habrían sorprendido tanto si hubiera conocido a los gitanos, y un aire de ensueño que a cualquier mujer de corazón menos rígido le habría bastado para entender los motivos de su hija. Vestía de lino muy usado, con zapatos defendidos desesperadamente con cortezas superpuestas de blanco de zinc, y llevaba en la mano un canotier comprado el último sábado. En su vida no estuvo ni estaría más asustado que en aquel momento, pero tenía una dignidad y un dominio que lo ponían a salvo de la humillación, y una prestancia legítima que sólo fracasaba en las manos percudidas y las uñas astilladas por el trabajo rudo. A Fernanda, sin embargo, le bastó verlo una vez para intuir su condición de menestral. Se dio cuenta de que llevaba puesta su única muda de los domingos, y que debajo de la camisa tenía la piel carcomida por la sarna de la compañía bananera. No le permitió hablar. No le permitió siquiera pasar de la puerta que un momento después tuvo que cerrar porque la casa estaba llena de mariposas amarillas[29].

---

[29] Véase mi artículo en *Actas del Simposio Internacional de Estudios Hispánicos (Budapest, 18-19.8.1976)*, págs 421-427; también O. Carreras González, págs. 91-93.

—Lárguese —le dijo—. Nada tiene que venir a buscar entre la gente decente.

Se llamaba Mauricio Babilonia[30]. Había nacido y crecido en Macondo, y era aprendiz de mecánico en los talleres de la compañía bananera. Meme lo había conocido por casualidad, una tarde en que fue con Patricia Brown a buscar el automóvil para dar un paseo por las plantaciones. Como el chofer estaba enfermo, lo encargaron a él de conducirlas, y Meme pudo al fin satisfacer su deseo de sentarse junto al volante para observar de cerca el sistema de manejo. Al contrario del chofer titular, Mauricio Babilonia le hizo una demostración práctica. Eso fue por la época en que Meme empezó a frecuentar la casa del señor Brown, y todavía se consideraba indigno de damas el conducir un automóvil. Así que se conformó con la información teórica y no volvió a ver a Mauricio Babilonia en varios meses. Más tarde había de recordar que durante el paseo le llamó la atención su belleza varonil, salvo la brutalidad de las manos, pero que después había comentado con Patricia Brown la molestia que le produjo su seguridad un poco altanera. El primer sábado en que fue al cine con su padre, volvió a ver a Mauricio Babilonia con su muda de lino, sentado a poca distancia de ellos, y advirtió que él se desinteresaba de la película por volverse a mirarla, no tanto por verla como para que ella notara que la estaba mirando. A Meme le molestó la vulgaridad de aquel sistema. Al final, Mauricio Babilonia se acercó a saludar a Aureliano Segundo, y sólo entonces se enteró Meme de que se conocían, porque él había trabajado en la primitiva planta eléctrica de Aureliano Triste, y trataba a su padre con una actitud de subalterno. Esa comprobación la alivió del disgusto que le causa-

---

[30] «A mi casa de Aracataca, cuando yo tenía unos cinco años de edad, vino un día un electricista para cambiar el contador. Lo recuerdo como si fuera ayer, porque me fascinó la correa con que se amarraba a los postes para no caerse. Volvió varias veces. Una de ellas, encontré a mi abuela tratando de espantar una mariposa con un trapo y diciendo: "Siempre que este hombre viene a casa se mete esa mariposa amarilla." Ese fue el embrión de Mauricio Babilonia.» *(El olor de la guayaba,* pág. 50) En cuanto al apellido, J. Ludmer, pág. 66, nota 20, lo relaciona con «la ciudad de la corrupción y del pecado pero también la de los sabios y magos». Esta relación puede explicar la semejanza de Mauricio Babilonia con los gitanos.

ba su altanería. No se habían visto a solas, ni se habían cruzado una palabra distinta del saludo, la noche en que soñó que él la salvaba de un naufragio y ella no experimentaba un sentimiento de gratitud sino de rabia. Era como haberle dado una oportunidad que él deseaba, siendo que Meme anhelaba lo contrario, no sólo con Mauricio Babilonia, sino con cualquier otro hombre que se interesara en ella. Por eso le indignó tanto que después del sueño, en vez de detestarlo, hubiera experimentado una urgencia irresistible de verlo. La ansiedad se hizo más intensa en el curso de la semana, y el sábado era tan apremiante que tuvo que hacer un grande esfuerzo para que Mauricio Babilonia no notara al saludarla en el cine que se le estaba saliendo el corazón por la boca. Ofuscada por una confusa sensación de placer y rabia, le tendió la mano por primera vez, y sólo entonces Mauricio Babilonia se permitió estrechársela. Meme alcanzó en una fracción de segundo a arrepentirse de su impulso, pero el arrepentimiento se transformó de inmediato en una satisfacción cruel, al comprobar que también la mano de él estaba sudorosa y helada. Esa noche comprendió que no tendría un instante de sosiego mientras no le demostrara a Mauricio Babilonia la vanidad de su aspiración, y pasó la semana revoloteando en torno de esa ansiedad. Recurrió a toda clase de artimañas inútiles para que Patricia Brown la llevara a buscar el automóvil. Por último, se valió del pelirrojo norteamericano que por esa época fue a pasar vacaciones en Macondo, y con el pretexto de conocer los nuevos modelos de automóviles se hizo llevar a los talleres. Desde el momento en que lo vio, Meme dejó de engañarse a sí misma, y comprendió que lo que pasaba en realidad era que no podía soportar los deseos de estar a solas con Mauricio Babilonia, y la indignó la certidumbre de que éste lo había comprendido al verla llegar.

—Vine a ver los nuevos modelos —dijo Meme.

—Es un buen pretexto —dijo él.

Meme se dio cuenta de que se estaba achicharrando en la lumbre de su altivez, y buscó desesperadamente una manera de humillarlo. Pero él no le dio tiempo. «No se asuste», le dijo en voz baja. «No es la primera vez que una mujer se vuelve loca por un hombre.» Se sintió tan desamparada que abandonó el taller sin ver los nuevos modelos, y pasó la noche de extremo a extremo dando vueltas en la cama y llorando de indignación. El pelirrojo norteamericano, que en realidad empezaba a interesarle, le pareció una criatura en pañales. Fue entonces cuando cayó en la cuenta de las mariposas amarillas que precedían las apariciones de Mauricio Babilonia. Las había visto antes, sobre todo en el taller de mecánica, y había pensado que estaban fascinadas por el olor de la pintura. Alguna vez las había sentido revoloteando sobre su cabeza en la penumbra del cine. Pero cuando Mauricio Babilonia empezó a perseguirla, como un espectro que sólo ella identificaba en la multitud, comprendió que las mariposas amarillas tenían algo que ver con él. Mauricio Babilonia estaba siempre en el público de los conciertos, en el cine, en la misa mayor, y ella no necesitaba verlo para descubrirlo, porque se lo indicaban las mariposas. Una vez Aureliano Segundo se impacientó tanto con el sofocante aleteo, que ella sintió el impulso de confiarle su secreto, como se lo había prometido, pero el instinto le indicó que esta vez él no iba a reír como de costumbre: «Qué diría tu madre si lo supiera.» Una mañana, mientras podaban las rosas, Fernanda lanzó un grito de espanto e hizo quitar a Meme del lugar en que estaba, y que era el mismo del jardín donde subió a los cielos Remedios, la bella. Había tenido por un instante la impresión de que el milagro iba a repetirse en su hija, porque la había perturbado un repentino aleteo. Eran las mariposas. Meme las vio, como si hubieran nacido de pronto en la luz, y el corazón le dio un vuelco. En ese momento entraba Mauricio Babilonia, con un paquete que, según dijo, era un regalo de Patricia Brown. Meme se atragantó el rubor, asimiló la tribulación, y hasta consiguió una sonrisa natural para pedirle el favor de que lo pusiera en el pasamanos porque tenía los dedos sucios de tierra. Lo único que notó Fernanda en el hombre que pocos meses después había de expulsar de la casa sin recordar que lo hubiera visto alguna vez, fue la textura biliosa de su piel.

—Es un hombre muy raro —dijo Fernanda—. Se le ve en la cara que va a morir.

Meme pensó que su madre había quedado impresionada por las mariposas. Cuando acabaron de podar el rosal, se lavó las manos y llevó el paquete al dormitorio para abrirlo. Era una especie de juguete chino, compuesto por cinco cajas concéntricas[31], y en la última una tarjeta laboriosamente dibujada por alguien que apenas sabía escribir: *Nos vemos el sábado en el cine.* Meme sintió el estupor tardío de que la caja hubiera estado tanto tiempo en el pasamanos al alcance de la curiosidad de Fernanda, y aunque la halagaba la audacia y el ingenio de Mauricio Babilonia, la conmovió su ingenuidad de esperar que ella le cumpliera la cita. Meme sabía desde entonces que Aureliano Segundo tenía un compromiso el sábado en la noche. Sin embargo, el fuego de la ansiedad la abrasó de tal modo en el curso de la semana, que el sábado convenció a su padre de que la dejara sola en el teatro y volviera por ella al terminar la función. Una mariposa nocturna revoloteó sobre su cabeza, mientras las luces estuvieron encendidas. Y entonces ocurrió. Cuando las luces se apagaron, Mauricio Babilonia se sentó a su lado. Meme se sintió chapaleando en un tremedal de zozobra, del cual sólo podía rescatarla, como había ocurrido en el sueño, aquel hombre oloroso a aceite de motor que apenas distinguía en la penumbra.

—Si no hubiera venido —dijo él—, no me hubiera visto más nunca.

Meme sintió el peso de su mano en la rodilla, y supo que ambos llegaban en aquel instante al otro lado del desamparo.

—Lo que me choca de ti —sonrió— es que siempre dices precisamente lo que no se debe.

Se volvió loca por él. Perdió el sueño y el apetito, y se hundió tan profundamente en la soledad[32], que hasta su padre se le convirtió en un estorbo. Elaboró un intrincado enredo de compromisos falsos para desorientar a Fernanda, perdió de vista a sus amigas, saltó por encima de los convencionalismos para verse con Mauricio Babilonia a cualquier hora y en cualquier parte. Al principio le molestaba su rudeza. La primera vez que se vieron a solas, en los prados desiertos detrás

---

[31] Aunque la lectura por la clave alquímica parece un abuso y una «tomadura de pelo», comparto la opinión de G. Maturo, pág. 136, según la que «la superposición de niveles interpretativos queda sugerida con la imagen de las cajas chinas concéntricas». El texto final, el sentido, aparece tras varias descodificaciones, así como el mensaje de Mauricio Babilonia está en la última caja.

[32] La soledad del amor loco, ansioso, inseguro.

del taller de mecánica, él la arrastró sin misericordia a un estado animal que la dejó extenuada. Tardó algún tiempo en darse cuenta de que también aquella era una forma de la ternura, y fue entonces cuando perdió el sosiego, y no vivía sino para él, trastornada por la ansiedad de hundirse en su entorpecedor aliento de aceite refregado con lejía. Poco antes de la muerte de Amaranta tropezó de pronto con un espacio de lucidez dentro de la locura, y tembló ante la incertidumbre del porvenir. Entonces oyó hablar de una mujer que hacía pronósticos de barajas, y fue a visitarla en secreto. Era Pilar Ternera. Desde que ésta la vio entrar, conoció los recónditos motivos de Meme. «Siéntate», le dijo. «No necesito de barajas para averiguar el porvenir de un Buendía.» Meme ignoraba, y lo ignoró siempre, que aquella pitonisa centenaria era su bisabuela[33]. Tampoco lo hubiera creído después del agresivo realismo con que ella le reveló que la ansiedad del enamoramiento no encontraba reposo sino en la cama. Era el mismo punto de vista de Mauricio Babilonia, pero Meme se resistía a darle crédito, pues en el fondo suponía que estaba inspirado en un mal criterio del menestral. Ella pensaba entonces que el amor de un modo derrotaba al amor de otro modo, porque estaba en la índole de los hombres repudiar el hambre una vez satisfecho el apetito. Pilar Ternera no sólo disipó el error, sino que le ofreció la vieja cama de lienzo donde ella concibió a Arcadio, el abuelo de Meme, y donde concibió después a Aureliano José. Le enseñó además cómo prevenir la concepción indeseable mediante la vaporización de cataplasmas de mostaza, y le dio recetas de bebedizos que en casos de percances hacían expulsar «hasta los remordimientos de conciencia». Aquella entrevista le infundió a Meme el mismo sentimiento de valentía que experimentó la tarde de la borrachera. La muerte de Amaranta, sin embargo, la obligó a aplazar la decisión. Mientras duraron las nueve noches, ella no se apartó un instante de Mauricio Babilonia, que andaba confundido con la muchedumbre que invadió la casa. Vinieron luego el luto prolongado y el encierro obligatorio,

---

[33] Repite la ignorancia de su abuelo Arcadio, quien siempre desconoció la identidad de su madre, Pilar Ternera (véase pág. 210).

y se separaron por un tiempo. Fueron días de tanta agitación interior, de tanta ansiedad irreprimible y tantos anhelos reprimidos, que la primera tarde en que Meme logró salir fue directamente a la casa de Pilar Ternera. Se entregó a Mauricio Babilonia sin resistencia, sin pudor, sin formalismo, y con una vocación tan fluida y una intuición tan sabia, que un hombre más suspicaz que el suyo hubiera podido confundirlas con una acendrada experiencia. Se amaron dos veces por semana durante más de tres meses, protegidos por la complicidad inocente de Aureliano Segundo, que acreditaba sin malicia las coartadas de la hija, sólo por verla liberada de la rigidez de su madre.

La noche en que Fernanda los sorprendió en el cine, Aureliano Segundo se sintió agobiado por el peso de la conciencia, y visitó a Meme en el dormitorio donde la encerró Fernanda, confiando en que ella se desahogaría con él de las confidencias que le estaba debiendo. Pero Meme lo negó todo. Estaba tan segura de sí misma, tan aferrada a su soledad, que Aureliano Segundo tuvo la impresión de que ya no existía ningún vínculo entre ellos, que la camaradería y la complicidad no eran más que una ilusión del pasado. Pensó hablar con Mauricio Babilonia, creyendo que su autoridad de antiguo patrón lo haría desistir de sus propósitos, pero Petra Cotes lo convenció de que aquellos eran asuntos de mujeres, así que quedó flotando en un limbo de indecisión, y apenas sostenido por la esperanza de que el encierro terminara con las tribulaciones de la hija.

Meme no dio muestra alguna de aflicción. Al contrario, desde el dormitorio contiguo percibió Úrsula el ritmo sosegado de su sueño, la serenidad de sus quehaceres, el orden de sus comidas y la buena salud de su digestión. Lo único que intrigó a Úrsula después de casi dos meses de castigo, fue que Meme no se bañara en la mañana, como lo hacían todos, sino a las siete de la noche. Alguna vez pensó prevenirla contra los alacranes, pero Meme era tan esquiva con ella por la convicción de que la había denunciado, que prefirió no perturbarla con impertinencias de tatarabuela. Las mariposas amarillas invadían la casa desde el atardecer. Todas las noches, al regresar del baño, Meme encontraba a Fernanda desesperada, matando mariposas con la bomba de insecticida. «Esto es una desgracia», decía. «Toda la vida me contaron que las mariposas nocturnas llaman la mala suerte.» Una noche, mientras Meme estaba en el baño, Fernanda entró en su dormitorio por casualidad, y había tantas mariposas que apenas se podía respirar. Agarró cualquier trapo para espantarlas, y el corazón se le heló de pavor al relacionar los baños nocturnos de su hija con las cataplasmas de mostaza que rodaron por el suelo. No esperó un momento oportuno, como lo hizo la primera vez. Al día siguiente invitó a almorzar al nuevo alcalde, que como ella había bajado de los páramos, y le pidió que estableciera una guardia nocturna en el traspatio, porque tenía la impresión de que se estaban robando las gallinas. Esa noche, la guardia derribó a Mauricio Babilonia cuando levantaba las tejas para entrar en el baño donde Meme lo esperaba, desnuda y temblando de amor entre los alacranes y las mariposas, como lo había hecho casi todas las noches de los últimos meses. Un proyectil incrustado en la columna vertebral lo redujo a cama por el resto de su vida. Murió de viejo en la soledad, sin un quejido, sin una protesta, sin una sola tentativa de infidencia, atormentado por los recuerdos y por las mariposas amarillas que no le concedieron un instante de paz, y públicamente repudiado como ladrón de gallinas[34].

---

[34] «[...] Meme ya no borda ni canta sino que se educa, habla inglés y lee; emerge la mente femenina y sale al mundo; la aparición de la *mujer* con nuevos rasgos es correlativa a la aparición del *proletario:* Meme comete un incesto social, prohibido por su madre; tiene relaciones con un obrero y por ellas es enclaustrada. La mujer ya no es objeto sino sujeto; el proletario no podrá entrar a través de ella a la familia Buendía, pero su hijo será incorporado. La inversión de sexo acarrea además una *inversión de línea de parentesco:* el hijo de Meme será el primer hijo de una Buendía y ya no de un Buendía; no llevará el apellido familiar y las relaciones con los miembros de la estirpe serán relaciones en línea materna y ya no en línea paterna.» (J. Ludmer, pág. 178) Corríjase el esquematismo del comentario: así antes de Meme, mujeres como Úrsula y Pilar Ternera no fueron precisamente «mujeres-objeto».

Los acontecimientos que habían de darle el golpe mortal a Macondo empezaron a vislumbrarse[1] cuando llevaron a la casa al hijo de Meme Buendía. La situación pública era entonces tan incierta, que nadie tenía el espíritu dispuesto para ocuparse de escándalos privados, de modo que Fernanda contó con un ambiente propicio para mantener al niño escondido como si no hubiera existido nunca. Tuvo que recibirlo, porque las circunstancias en que se lo llevaron no hacían posible el rechazo. Tuvo que soportarlo contra su voluntad por el resto de su vida, porque a la hora de la verdad le faltó valor para cumplir la íntima determinación de ahogarlo en la alberca del baño. Lo encerró en el antiguo taller del coronel Aureliano Buendía. A Santa Sofía de la Piedad logró convencerla de que lo había encontrado flotando en una canastilla[2]. Úrsula había de morir sin conocer su origen. La pequeña Amaranta Úrsula que entró una vez al taller cuando Fernanda estaba alimentando al niño, también creyó en la versión de la canastilla flotante[3]. Aureliano Segundo, definitivamente distanciado de la esposa por la forma irracional en que ésta manejó la tragedia de Meme, no supo de la existencia del nieto sino tres años después de que lo llevaron a casa, cuando el niño escapó al cautiverio por un descuido de Fernanda, y se asomó al corredor por una fracción de segundo, desnudo y con los pelos enmarañados y con un impresio-

---

[1] Primer anuncio explícito del final de la novela: ya vincula la destrucción de Macondo y el hijo de Meme, el último Aureliano.

[2] La cultura bíblica de Fernanda le provee la leyenda de Moisés.

[3] Fernanda está preparando todo para darle «el golpe final» a la estirpe.

nante sexo de moco de pavo[4], como si no fuera una criatura humana sino la definición enciclopédica de un antropófago.

Fernanda no contaba con aquella trastada de su incorregible destino. El niño fue como el regreso de una vergüenza que ella creía haber desterrado para siempre de la casa. Apenas se habían llevado a Mauricio Babilonia con la espina dorsal fracturada, y ya había concebido Fernanda hasta el detalle más ínfimo de un plan destinado a eliminar todo vestigio del oprobio. Sin consultarlo con su marido, hizo al día siguiente su equipaje, metió en una maletita las tres mudas que su hija podía necesitar, y fue a buscarla al dormitorio media hora antes de la llegada del tren.

—Vamos Renata —le dijo.

No le dio ninguna explicación. Meme, por su parte, no la esperaba ni la quería. No sólo ignoraba para dónde iban, sino que le habría dado igual si la hubieran llevado al matadero. No había vuelto a hablar, ni lo haría en el resto de su vida[5], desde que oyó el disparo en el traspatio y el simultáneo aullido de dolor de Mauricio Babilonia. Cuando su madre le ordenó salir del dormitorio, no se peinó ni se lavó la cara, y subió al tren como un sonámbulo sin advertir siquiera las mariposas amarillas que seguían acompañándola. Fernanda no supo nunca, ni se tomó el trabajo de averiguarlo, si su silencio pétreo era una determinación de su voluntad, o si se había quedado muda por el impacto de la tragedia. Meme apenas se dio cuenta del viaje a través de la antigua región encantada. No vio las umbrosas e interminables plantaciones de banano a ambos lados de las líneas. No vio las casas blancas de los gringos, ni sus jardines aridecidos por el

---

[4] *Moco de pavo:* «es una planta, de color purpúreo, de la familia de las *amarantáceas,* con flores dispuestas en grupos de espigas colgantes alrededor de otra central más larga. Se llama también "moco de pavo" al apéndice carnoso que esa ave tiene sobre el pico. *Amaranta,* de este modo, se conecta con el sexo de Aureliano a través de una metáfora: el sexo de Aureliano es amarantáceo, es como la espiga de un amaranto y está destinado a Amaranta». (J. Ludmer, pág. 155)

[5] Aquí Meme revive el silencio en que se encerró Rebeca después de la muerte de José Arcadio, con más rigor aún ya que por lo menos Rebeca soltó dos frases, una al coronel Aureliano Buendía y otra a Aureliano Triste.

polvo y el calor, ni las mujeres con pantalones cortos y camisas de rayas azules que jugaban barajas en los pórticos. No vio las carretas de bueyes cargadas de racimos en los caminos polvorientos. No vio las doncellas que saltaban como sábalos en los ríos transparentes para dejarles a los pasajeros del tren la amargura de sus senos espléndidos, ni las barracas abigarradas y miserables de los trabajadores donde revoloteaban las mariposas amarillas de Mauricio Babilonia, y en cuyos portales había niños verdes y escuálidos sentados en sus bacinillas, y mujeres embarazadas que gritaban improperios al paso del tren. Aquella visión fugaz, que para ella era una fiesta cuando regresaba del colegio, pasó por el corazón de Meme sin despabilarlo. No miró a través de la ventanilla ni siquiera cuando se acabó la humedad ardiente de las plantaciones, y el tren pasó por la llanura de amapolas donde estaba todavía el costillar carbonizado del galeón español, y salió luego al mismo aire diáfano y al mismo mar espumoso y sucio donde casi un siglo antes fracasaron las ilusiones de José Arcadio Buendía[6].

A las cinco de la tarde, cuando llegaron a la estación final de la ciénaga, descendió del tren porque Fernanda lo hizo. Subieron a un cochecito que parecía un murciélago enorme, tirado por un caballo asmático, y atravesaron la ciudad desolada, en cuyas calles interminables y cuarteadas por el salitre, resonaba un ejercicio de piano igual al que escuchó Fernanda en las siestas de su adolescencia. Se embarcaron en un buque fluvial, cuya rueda de madera hacía un ruido de conflagración y cuyas láminas de hierro carcomidas por el óxido reverberaban como la boca de un horno. Meme se encerró en el camarote. Dos veces al día dejaba Fernanda un plato de comida junto a la cama, y dos veces al día se lo llevaba intacto, no porque Meme hubiera resuelto morirse de hambre, sino porque le repugnaba el solo olor de los alimentos y su estómago expulsaba hasta el agua. Ni ella misma sabía entonces que su fertilidad había burlado a los vapores de mostaza, así

---

[6] El viaje de Meme es también un regreso a la pureza y silencio de los orígenes.

como Fernanda no lo supo hasta casi un año después, cuando le llevaron al niño. En el camarote sofocante, trastornada por la vibración de las paredes de hierro y por el tufo insoportable del cieno removido por la rueda del buque, Meme perdió la cuenta de los días. Había pasado mucho tiempo cuando vio la última mariposa amarilla destrozándose en las aspas del ventilador y admitió como una verdad irremediable que Mauricio Babilonia había muerto[7]. Sin embargo, no se dejó vencer por la resignación. Seguía pensando en él durante la penosa travesía a lomo de mula por el páramo alucinante donde se perdió Aureliano Segundo cuando buscaba a la mujer más hermosa que se había dado sobre la tierra[8], y cuando remontaron la cordillera por caminos de indios, y entraron a la ciudad lúgubre en cuyos vericuetos de piedra resonaban los bronces funerarios de treinta y dos iglesias. Esa noche durmieron en la abandonada mansión colonial, sobre los tablones que Fernanda puso en el suelo de un aposento invadido por la maleza, y arropadas con piltrafas de cortinas que arrancaron de las ventanas y que se desmigaban a cada vuelta del cuerpo. Meme supo dónde estaban, porque en el espanto del insomnio vio pasar al caballero vestido de negro que en una distante víspera de Navidad llevaron a la casa dentro de un cofre de plomo. Al día siguiente, después de misa, Fernanda la condujo a un edificio sombrío que Meme reconoció de inmediato por las evocaciones que su madre solía hacer del convento donde la educaron para reina, y entonces comprendió que había llegado al término del viaje. Mientras Fernanda hablaba con alguien en el despacho contiguo, ella se quedó en un salón ajedrezado con grandes óleos de arzobispos coloniales, temblando de frío, porque llevaba todavía el traje de etamina con florecitas negras y los duros borceguíes hinchados por el hielo del páramo. Estaba de pie en el centro del salón, pensando en Mauricio Babilo-

---

[7] Un caso más de mala interpretación de un signo.

[8] O sea, la propia madre de Meme, designada por una perífrasis que le sirvió a su padre para buscarla (véase pág. 316). Asimismo el adjetivo *alucinante* condensa la descripción del «páramo amarillo donde el eco repetía los pensamientos y la ansiedad provocaba espejismos premonitorios».

nia bajo el chorro amarillo de los vitrales, cuando salió del despacho una novicia muy bella que llevaba su maletita con las tres mudas de ropa. Al pasar junto a Meme le tendió la mano sin detenerse.

—Vamos Renata —le dijo.

Meme le tomó la mano y se dejó llevar. La última vez que Fernanda la vio, tratando de igualar su paso con el de la novicia, acababa de cerrarse detrás de ella el rastrillo de hierro de la clausura. Todavía pensaba en Mauricio Babilonia, en su olor de aceite[9] y su ámbito de mariposas, y seguiría pensando en él todos los días de su vida, hasta la remota madrugada de otoño en que muriera de vejez, con sus nombres cambiados y sin haber dicho nunca una palabra, en un tenebroso hospital de Cracovia[10].

Fernanda regresó a Macondo en un tren protegido por policías armados. Durante el viaje advirtió la tensión de los pasajeros, los aprestos militares en los pueblos de la línea y el aire enrarecido por la certidumbre de que algo grave iba a suceder, pero careció de información mientras no llegó a Macondo y le contaron que José Arcadio Segundo estaba incitando a la huelga a los trabajadores de la compañía bananera[11]. «Esto es lo último que nos faltaba», se dijo Fernanda.

---

[9] Nótese el cambio que podríamos calificar de sinestésico en el retrato de Mauricio Babilonia: primero se nota objetivamente su tez «cetrina» (página 398), luego se recuerda «la textura biliosa de su piel» (pág. 401) a través de la visión de Fernanda y, por fin, su aspecto «aceitunado» se transforma en «olor de aceite» en la mente de Meme.

[10] El cambio de nombre y la muerte en Cracovia es el doble signo de la exclusión de Meme de la familia. De hecho desaparece del relato. M. Vargas Llosa, pág. 523 y nota 4, ya había observado que: «Como los elefantes, los Buendía regresan a morir al lugar donde nacieron. Con excepción de Meme, que muere en Cracovia, y de Santa Sofía de la Piedad [también excluida de la familia], cuyo final ignoramos, todos los Buendía mueren en Macondo.»

[11] «Si en el primer tramo es un coronel, una figura militar la que representa los valores más altos de la conciencia cívica, y de la conciencia moral, en la segunda parte de la obra es un hombre también integrante de esta familia patricia, José Arcadio Segundo, pero un hombre muy poco vinculado a los conceptos patricios de la familia, y en definitiva, un hombre, un Buendía, que termina siendo capataz en una bananera. Quien mantiene, por lo tanto, los principios morales, y quien mantiene la dignidad de una lucha, es meramente un obrero.» (A. Rama, *Ciclo de conferencias... en Cali.)*

410

«Un anarquista en la familia.» La huelga estalló dos semanas después y no tuvo las consecuencias dramáticas que se temían. Los obreros aspiraban a que no se les obligara a cortar y embarcar banano los domingos, y la petición pareció tan justa que hasta el padre Antonio Isabel intercedió en favor de ella porque la encontró de acuerdo con la ley de Dios. El triunfo de la acción, así como de otras que se promovieron en los meses siguientes, sacó del anonimato al descolorido José Arcadio Segundo, de quien solía decirse que sólo había servido para llenar el pueblo de putas francesas. Con la misma decisión impulsiva con que remató sus gallos de pelea para establecer una empresa de navegación desatinada, había renunciado al cargo de capataz de cuadrilla de la compañía bananera y tomó el partido de los trabajadores. Muy pronto se le señaló como agente de una conspiración internacional contra el orden público. Una noche, en el curso de una semana oscurecida por rumores sombríos, escapó de milagro de cuatro tiros de revólver que le hizo un desconocido cuando salía de una reunión secreta. Fue tan tensa la atmósfera de los meses siguientes, que hasta Úrsula la percibió en su rincón de tinieblas, y tuvo la impresión de estar viviendo de nuevo los tiempos azarosos en que su hijo Aureliano cargaba en el bolsillo los glóbulos homeopáticos de la subversión. Trató de hablar con José Arcadio Segundo para enterarlo de ese precedente, pero Aureliano Segundo le informó que desde la noche del atentado se ignoraba su paradero.

—Lo mismo que Aureliano —exclamó Úrsula—. Es como si el mundo estuviera dando vueltas[12].

Fernanda permaneció inmune a la incertidumbre de esos días. Carecía de contactos con el mundo exterior, desde el violento altercado que tuvo con su marido por haber determinado la suerte de Meme sin su consentimiento. Aureliano Segundo estaba dispuesto a rescatar a su hija, con la policía si era necesario, pero Fernanda le hizo ver papeles en los que se demostraba que había ingresado a la clausura por propia

---

[12] Úrsula está pensando en la salida de Aureliano para unirse a las fuerzas revolucionarias (véanse págs. 198-199).

voluntad. En efecto, Meme los había firmado cuando ya estaba del otro lado del rastrillo de hierro, y lo hizo con el mismo desdén con que se dejó conducir. En el fondo, Aureliano Segundo no creyó en la legitimidad de las pruebas, como no creyó nunca que Mauricio Babilonia se hubiera metido al patio para robar gallinas, pero ambos expedientes le sirvieron para tranquilizar la conciencia, y pudo entonces volver sin remordimientos[13] a la sombra de Petra Cotes, donde reanudó las parrandas ruidosas y las comilonas desaforadas. Ajena a la inquietud del pueblo, sorda a los tremendos pronósticos de Úrsula, Fernanda le dio la última vuelta a las tuercas de su plan consumado. Le escribió una extensa carta a su hijo José Arcadio, que ya iba a recibir las órdenes menores, y en ella le comunicó que su hermana Renata había expirado en la paz del Señor a consecuencia del vómito negro. Luego puso a Amaranta Úrsula al cuidado de Santa Sofía de la Piedad, y se dedicó a organizar su correspondencia con los médicos invisibles, trastornada por el percance de Meme. Lo primero que hizo fue fijar fecha definitiva para la aplazada intervención telepática. Pero los médicos invisibles le contestaron que no era prudente mientras persistiera el estado de agitación social en Macondo. Ella estaba tan urgida y tan mal informada, que les explicó en otra carta que no había tal estado de agitación, y que todo era fruto de las locuras de un cuñado suyo, que andaba por esos días con la ventolera sindical como padeció en otro tiempo las de la gallera y la navegación. Aún no estaban de acuerdo el caluroso miércoles en que llamó a la puerta de la casa una monja anciana que llevaba una canastilla colgada del brazo. Al abrirle, Santa Sofía de la Piedad pensó que era un regalo y trató de quitarle la canastilla cubierta con un primoroso tapete de encaje. Pero la monja lo impidió, porque tenía instrucciones de entregársela personalmente, y bajo la reserva más estricta, a doña Fernanda del Carpio de Buendía. Era el hijo de Meme. El antiguo director espiritual de Fernanda le explicaba en una carta que había na-

<hr>

[13] Es como si Aureliano Segundo hubiera tomado los bebedizos para expulsar «los remordimientos de conciencia» que recetó Pilar Ternera a su hija: ese abandono corresponde figuradamente a una especie de aborto.

cido dos meses antes, y que se habían permitido bautizarlo con el nombre de Aureliano, como su abuelo, porque la madre no despegó los labios para expresar su voluntad. Fernanda se sublevó íntimamente contra aquella burla del destino[14], pero tuvo fuerzas para disimularlo delante de la monja.

—Diremos que lo encontramos flotando en la canastilla —sonrió.

—No se lo creerá nadie —dijo la monja.

—Si se lo creyeron a las Sagradas Escrituras —replicó Fernanda—, no veo por qué no han de creérmelo a mí[15].

La monja almorzó en casa, mientras pasaba el tren de regreso, y de acuerdo con la discreción que le habían exigido no volvió a mencionar al niño, pero Fernanda la señaló como un testigo indeseable de su vergüenza, y lamentó que se hubiera desechado la costumbre medieval de ahorcar al mensajero de malas noticias. Fue entonces cuando decidió ahogar a la criatura en la alberca tan pronto como se fuera la monja, pero el corazón no le dio para tanto y prefirió esperar con paciencia a que la infinita bondad de Dios la liberara del estorbo.

El nuevo Aureliano había cumplido un año cuando la tensión pública estalló sin ningún anuncio. José Arcadio Segundo y otros dirigentes sindicales que habían permanecido hasta entonces en la clandestinidad, aparecieron intempestivamente un fin de semana y promovieron manifestaciones en los pueblos de la zona bananera. La policía se conformó con vigilar el orden. Pero en la noche del lunes los dirigentes fueron sacados de sus casas y mandados con grillos de cinco kilos en los pies a la cárcel de la capital provincial. Entre ellos se llevaron a José Arcadio Segundo y a Lorenzo Gavilán, un coronel de la revolución mexicana, exiliado en Macondo, que decía haber sido testigo del heroísmo de su compadre

---

[14] Fernanda es un personaje constantemente burlado por su «incorregible destino», desde el momento en que salió para Macondo («aquella burla inaudita», pág. 315), hasta el nacimiento del nieto (pág. 406).

[15] Se podría creer que Fernanda está definiendo el mismo proceso de la escritura de *C.A.S.*, novela que reinterpreta leyendas y mitos tan creíbles como los propios relatos de que se nutre.

Artemio Cruz[16]. Sin embargo, antes de tres meses estaban en libertad, porque el gobierno y la compañía bananera no pudieron ponerse de acuerdo sobre quién debía alimentarlos en la cárcel. La inconformidad de los trabajadores se fundaba esta vez en la insalubridad de las viviendas, el engaño de los servicios médicos y la iniquidad de las condiciones de trabajo. Afirmaban, además, que no se les pagaba con dinero efectivo, sino con vales que sólo servían para comprar jamón de Virginia en los comisariatos de la compañía[17]. José Arcadio Segundo fue encarcelado porque reveló que el sistema de los vales era un recurso de la compañía para financiar sus barcos fruteros, que de no haber sido por la mercancía de los comisariatos hubieran tenido que regresar vacíos desde Nueva Orleáns hasta los puertos de embarque del banano. Los otros cargos eran del dominio público. Los médicos de la compañía no examinaban a los enfermos, sino que los hacían pararse en fila india frente a los dispensarios, y una enfermera les ponía en la lengua una píldora del color del piedralipe[18], así tuvieran paludismo, blenorragia o estreñimiento. Era una terapéutica tan generalizada, que los niños se ponían en la fila varias veces, y en vez de tragarse las píldoras se las llevaban a sus casas para señalar con ellas los números cantados en el juego de la lotería. Los obreros de la compañía estaban haci-

---

[16] En efecto, el coronel Lorenzo Gavilán fue compañero de Artemio Cruz en la novela de Carlos Fuentes (1962). Es de notar que nuestra ficción respeta la cronología de la otra: en efecto, en diciembre de 1913, Gavilán llevaba el título de mayor (*La muerte de Artemio Cruz*, Barcelona, Bruguera, 1981, página 78) y el de «coronel» en noviembre de 1927 (*íd.*, pág. 136). Aparece en Macondo en el episodio que transpone la huelga histórica de 1928. Sobre la integración de personajes literarios en general, véase pág. 187, nota 24. La «mudanza de Lorenzo Gavilán de la realidad mítico-legendaria de la que procede hacia Macondo es lo que constituye el hecho imaginario». (M. Vargas Llosa, pág. 535)

[17] Vimos que el «jamón de Virginia con rebanadas de piña» (pág. 388) era en un principio un plato norteamericano al que se acostumbró Meme. Aquí ya se ha transformado en un alimento impuesto por los extranjeros a los autóctonos. El detalle expresa los efectos perversos del régimen neocolonialista que impone los valores de la sociedad dominante. La estrategia económica y social de la compañía bananera de la ficción se inspira en la realidad histórica hasta en los detalles (véase Dasso Saldívar, *García Márquez*, págs. 57-73).

[18] *Piedralipe:* 'Piedra lipes' o 'lipis'.

nados en tambos[19] miserables. Los ingenieros, en vez de construir letrinas, llevaban a los campamentos, por Navidad un excusado portátil para cada cincuenta personas, y hacían demostraciones públicas de cómo utilizarlos para que duraran más. Los decrépitos abogados vestidos de negro que en otro tiempo asediaron al coronel Aureliano Buendía, y que entonces eran apoderados de la compañía bananera, desvirtuaban estos cargos con arbitrios que parecían cosa de magia[20]. Cuando los trabajadores redactaron un pliego de peticiones unánime, pasó mucho tiempo sin que pudieran notificar oficialmente a la compañía bananera. Tan pronto como conoció el acuerdo, el señor Brown enganchó en el tren su suntuoso vagón de vidrio, y desapareció de Macondo junto con los representantes más conocidos de su empresa. Sin embargo, varios obreros encontraron a uno de ellos el sábado siguiente en un burdel, y le hicieron firmar una copia del pliego de peticiones cuando estaba desnudo con la mujer que se prestó para llevarlo a la trampa. Los luctuosos abogados demostraron en el juzgado que aquel hombre no tenía nada que ver con la compañía, y para que nadie pusiera en duda sus argumentos lo hicieron encarcelar por usurpador. Más tarde, el señor Brown fue sorprendido viajando de incógnito en un vagón de tercera clase, y le hicieron firmar otra copia del pliego de peticiones. Al día siguiente compareció ante los jueces con el pelo pintado de negro y hablando un castellano sin tropiezos. Los abogados demostraron que no era el señor Jack Brown, superintendente de la compañía bananera y nacido en Prattville, Alabama, sino un inofensivo vendedor de plantas medicinales, nacido en Macondo y allí mismo bautizado con el nombre de Dagoberto Fonseca. Poco después, frente a una nueva tentativa de los trabajadores, los

---

[19] *Tambo:* «Establecimiento modesto, en las afueras de las poblaciones, destinado al albergue de viajeros.» *(Nuevo diccionario de americanismos,* t. I, pág. 382b).

[20] Sobre esta nueva intervención de los abogados vestidos de negro y para un análisis del episodio de la huelga, véase la Introducción, págs. 46-51. La fase histórica descrita aquí aunque estrictamente colombiana ha de entenderse también a la luz de la crisis del capitalismo mundial, y norteamericano en particular, a finales de los años 20, con las consecuencias socioeconómicas en los países dependientes.

pues lleva a cabo la nueva lectura de los labradores. M

abogados exhibieron en lugares públicos el certificado de defunción del señor Brown, autentificado por cónsules y cancilleres, y en el cual se daba fe de que el pasado nueve de junio había sido atropellado en Chicago por un carro de bomberos. Cansados de aquel delirio hermenéutico, los trabajadores repudiaron a las autoridades de Macondo y subieron con sus quejas a los tribunales supremos. Fue allí donde los ilusionistas del derecho demostraron que las reclamaciones carecían de toda validez, simplemente porque la compañía bananera no tenía, ni había tenido nunca, ni tendría jamás trabajadores a su servicio, sino que los reclutaba ocasionalmente y con carácter temporal. De modo que se desbarató la patraña del jamón de Virginia, las píldoras milagrosas y los excusados pascuales, y se estableció por fallo de tribunal y se proclamó en bandos solemnes la inexistencia de los trabajadores.

La huelga grande estalló. Los cultivos se quedaron a medias, la fruta se pasó en las cepas y los trenes de ciento veinte vagones se pararon en los ramales. Los obreros ociosos desbordaron los pueblos. La Calle de los Turcos reverberó en un sábado de muchos días, y en el salón de billares del Hotel de Jacob hubo que establecer turnos de veinticuatro horas. Allí estaba José Arcadio Segundo el día en que se anunció que el ejército había sido encargado de restablecer el orden público. Aunque no era hombre de presagios, la noticia fue para él como un anuncio de la muerte, que había esperado desde la mañana distante en que el coronel Gerineldo Márquez le permitió ver un fusilamiento[21]. Sin embargo, el mal augurio no alteró su solemnidad. Hizo la jugada que tenía prevista y no erró la carambola. Poco después, las descargas de redoblante, los ladridos del clarín, los gritos y el tropel de la gente, le indicaron que no sólo la partida de billar sino la callada y solitaria partida que jugaba consigo mismo desde la madrugada de la ejecución, habían por fin terminado. Entonces se asomó a la calle, y los vio. Eran tres regimientos cuya marcha pautada por tambor de galeotes hacía trepidar

---

[21] Como se verá, su lectura del presagio sólo es correcta a medias.

la tierra. Su resuello de dragón multicéfalo impregnó de un vapor pestilente la claridad del mediodía[22]. Eran pequeños, macizos, brutos. Sudaban con sudor de caballo, y tenían un olor de carnaza macerada por el sol, y la impavidez taciturna e impenetrable de los hombres del páramo. Aunque tardaron más de una hora en pasar, hubiera podido pensarse que eran unas pocas escuadras girando en redondo, porque todos eran idénticos, hijos de la misma madre, y todos soportaban con igual estolidez el peso de los morrales y las cantimploras, y la vergüenza de los fusiles con las bayonetas caladas, y el incordio de la obediencia ciega y el sentido del honor. Úrsula los oyó pasar desde su lecho de tinieblas y levantó la mano con los dedos en cruz. Santa Sofía de la Piedad existió por un instante, inclinada sobre el mantel bordado que acababa de planchar, y pensó en su hijo, José Arcadio Segundo, que vio pasar sin inmutarse los últimos soldados por la puerta del Hotel de Jacob.

La ley marcial facultaba al ejército para asumir funciones de árbitro de la controversia, pero no se hizo ninguna tentativa de conciliación. Tan pronto como se exhibieron en Macondo, los soldados pusieron a un lado los fusiles, cortaron y embarcaron el banano y movilizaron los trenes. Los trabajadores, que hasta entonces se habían conformado con esperar, se echaron al monte sin más armas que sus machetes de labor, y empezaron a sabotear el sabotaje. Incendiaron fincas y comisariatos, destruyeron los rieles para impedir el tránsito de los trenes que empezaban a abrirse paso con fuego de ametralladoras, y cortaron los alambres del telégrafo y el teléfono. Las acequias se tiñeron de sangre. El señor Brown, que estaba vivo en el gallinero electrificado, fue sacado de Macondo con su familia y las de otros compatriotas suyos, y conducidos a territorio seguro bajo la protección del ejército.

---

[22] R. Gullón, págs. 63-64, relaciona esta ocurrencia de la figura mitológica del dragón con el que venció José Arcadio, hijo, en el golfo de Bengala (página 187): «José Arcadio Segundo, frustrado restaurador del orden establecido por el bisabuelo-fundador, se enfrenta con otro dragón, el multicéfalo, y fracasa.» Así, de forma más general, personajes y situaciones de la segunda parte de *C.A.S.* revierten funciones narrativas de la primera.

La situación amenazaba con evolucionar hacia una guerra desigual y sangrienta, cuando las autoridades hicieron un llamado a los trabajadores para que se concentraran en Macondo. El llamado anunciaba que el Jefe Civil y Militar de la provincia llegaría el viernes siguiente, dispuesto a interceder en el conflicto.

José Arcadio Segundo estaba entre la muchedumbre que se concentró en la estación desde la mañana del viernes. Había participado en una reunión de los dirigentes sindicales y había sido comisionado junto con el coronel Gavilán para confundirse con la multitud y orientarla según las circunstancias. No se sentía bien, y amasaba una pasta salitrosa en el paladar, desde que advirtió que el ejército había emplazado nidos de ametralladoras alrededor de la plazoleta, y que la ciudad alambrada de la compañía bananera estaba protegida con piezas de artillería. Hacia las doce, esperando un tren que no llegaba, más de tres mil personas, entre trabajadores, mujeres y niños, habían desbordado el espacio descubierto frente a la estación y se apretujaban en las calles adyacentes que el ejército cerró con filas de ametralladoras. Aquello parecía entonces, más que una recepción, una feria jubilosa. Habían trasladado los puestos de fritangas y las tiendas de bebidas de la Calle de los Turcos, y la gente soportaba con muy buen ánimo el fastidio de la espera y el sol abrasante. Un poco antes de las tres corrió el rumor de que el tren oficial no llegaría hasta el día siguiente. La muchedumbre cansada exhaló un suspiro de desaliento. Un teniente del ejército se subió entonces en el techo de la estación, donde había cuatro nidos de ametralladoras enfiladas hacia la multitud, y se dio un toque de silencio. Al lado de José Arcadio Segundo estaba una mujer descalza, muy gorda, con dos niños de unos cuatro y siete años. Cargó al menor, y le pidió a José Arcadio Segundo, sin conocerlo, que levantara al otro para que oyera mejor lo que iban a decir. José Arcadio Segundo se acaballó al niño en la nuca. Muchos años después, ese niño había de seguir contando, sin que nadie se lo creyera, que había visto al teniente leyendo con una bocina de gramófono el Decreto Número 4 del Jefe Civil y Militar de la provincia. Estaba firmado por el general Carlos Cortes Vargas, y por su secretario, el mayor Enrique García Isaza, y en tres artículos de ochenta palabras declaraba a los huelguistas *cuadrilla de malhechores* y facultaba al ejército para matarlos a bala[23].

Leído el decreto, en medio de una ensordecedora rechifla de protesta, un capitán sustituyó al teniente en el techo de la estación, y con la bocina de gramófono hizo señas de que quería hablar. La muchedumbre volvió a guardar silencio.

—Señoras y señores —dijo el capitán con una voz baja, lenta, un poco cansada—, tienen cinco minutos para retirarse.

La rechifla y los gritos redoblados ahogaron el toque de clarín que anunció el principio del plazo. Nadie se movió.

—Han pasado cinco minutos —dijo el capitán en el mismo tono—. Un minuto más y se hará fuego.

José Arcadio Segundo, sudando hielo[24], se bajó al niño de los hombros y se lo entregó a la mujer. «Estos cabrones son capaces de disparar», murmuró ella. José Arcadio Segundo no tuvo tiempo de hablar, porque al instante reconoció la voz ronca del coronel Gavilán haciéndoles eco con un grito a las palabras de la mujer. Embriagado por la tensión, por la maravillosa profundidad del silencio y, además, convencido de que nada haría mover aquella muchedumbre pasmada por la fascinación de la muerte, José Arcadio Segundo se empinó por encima de las cabezas que tenía enfrente, y por primera vez en su vida levantó la voz.

—¡Cabrones! —gritó—[25]. Les regalamos el minuto que falta.

---

[23] Como lo constatamos en la Introducción (pág. 47), nombres y hechos son aquí rigurosamente históricos. Agregamos ahora que la huelga de 1928 y la masacre de la estación de Ciénaga son el material básico de una novela de Álvaro Cepeda Samudio, *La casa grande,* cuya segunda edición (Buenos Aires, ed. Jorge Álvarez, 1967) lleva una presentación de GGM.

[24] La sensación de frío intenso y la evocación del hielo son recurrentes en los momentos decisivos (iniciación sexual o aproximación a la muerte) de la vida de los Buendía. Así José Arcadio, hijo, no puede «resistir más el rumor glacial de sus riñones» al acostarse por primera vez con Pilar Ternera (página 113), y Arcadio, antes de ser fusilado «experimentó en la nariz la misma dureza del hielo que le había llamado la atención en las fosas nasales del cadáver de Remedios» (pág. 219). Dada la función del hielo en la ficción, la recurrencia no es casual.

[25] El mismo insulto en la boca de Arcadio cuando lo fusilan los conservadores (pág. 220).

Al final de su grito ocurrió algo que no le produjo espanto, sino una especie de alucinación. El capitán dio la orden de fuego y catorce nidos de ametralladoras le respondieron en el acto. Pero todo parecía una farsa. Era como si las ametralladoras hubieran estado cargadas con engañifas de pirotecnia, porque se escuchaba su anhelante tableteo, y se veían sus escupitajos incandescentes, pero no se percibía la más leve reacción, ni una voz, ni siquiera un suspiro, entre la muchedumbre compacta que parecía petrificada por una invulnerabilidad instantánea. De pronto, a un lado de la estación, un grito de muerte desgarró el encantamiento: «Aaaay, mi madre»[26]. Una fuerza sísmica, un aliento volcánico, un rugido de cataclismo, estallaron en el centro de la muchedumbre con una descomunal potencia expansiva. José Arcadio Segundo apenas tuvo tiempo de levantar al niño, mientras la madre con el otro era absorbida por la muchedumbre centrifugada por el pánico.

Muchos años después, el niño había de contar todavía, a pesar de que los vecinos seguían creyéndolo un viejo chiflado, que José Arcadio Segundo lo levantó por encima de su cabeza, y se dejó arrastrar, casi en el aire, como flotando en el terror de la muchedumbre, hacia una calle adyacente. La posición privilegiada del niño le permitió ver que en ese momento la masa desbocada empezaba a llegar a la esquina y la fila de ametralladoras abrió fuego. Varias voces gritaron al mismo tiempo:

—¡Tírense al suelo! ¡Tírense al suelo!

Ya los de las primeras líneas lo habían hecho, barridos por las ráfagas de metralla. Los sobrevivientes, en vez de tirarse al suelo, trataron de volver a la plazoleta, y el pánico dio entonces un coletazo de dragón, y los mandó en una oleada compacta contra la otra oleada compacta que se movía en senti-

[26] En *La siesta del martes*, «oímos morir a Carlos Centeno dando este grito: «Ay, mi madre» [*Fun.*, pág. 17]. Un grito idéntico inaugura en *C.A.S.* la matanza de los trabajadores bananeros en la estación [...] El "ay mi madre" del relato sella la muerte de un hombre, el de la novela, la de tres mil: otro ejemplo de ese paso "aumentado" de los materiales a *C.A.S.*» (M. Vargas Llosa, pág. 488)

do contrario, despedida por el otro coletazo de dragón de la calle opuesta, donde también las ametralladoras disparaban sin tregua[27]. Estaban acorralados, girando en un torbellino gigantesco que poco a poco se reducía a su epicentro porque sus bordes iban siendo sistemáticamente recortados en redondo, como pelando una cebolla, por las tijeras insaciables y metódicas de la metralla. El niño vio una mujer arrodillada, con los brazos en cruz, en un espacio limpio, misteriosamente vedado a la estampida. Allí lo puso José Arcadio Segundo, en el instante de derrumbarse con la cara bañada en sangre, antes de que el tropel colosal arrasara con el espacio vacío, con la mujer arrodillada, con la luz del alto cielo de sequía, y con el puto mundo donde Úrsula Iguarán había vendido tantos animalitos de caramelo[28].

Cuando José Arcadio Segundo despertó estaba bocarriba en las tinieblas. Se dio cuenta de que iba en un tren interminable y silencioso, y de que tenía el cabello apelmazado por la sangre seca y le dolían todos los huesos. Sintió un sueño insoportable. Dispuesto a dormir muchas horas, a salvo del terror y el horror, se acomodó del lado que menos le dolía, y sólo entonces descubrió que estaba acostado sobre los muertos. No había un espacio libre en el vagón, salvo el corredor central. Debían de haber pasado varias horas después de la masacre, porque los cadáveres tenían la misma temperatura del yeso en otoño, y su misma consistencia de espuma petrificada, y quienes los habían puesto en el vagón tuvieron tiempo de arrumarlos[29] en el orden y el sentido en que se transportaban los racimos de banano. Tratando de fugarse de la pesadilla, José Arcadio Segundo se arrastró de un vagón a otro, en la dirección en que

---

[27] Retomando la imagen del dragón, el narrador convierte el choque en un combate mitológico. En la «imagen de círculos humanos que se chocan y deshacen», M. Vargas Llosa, pág. 602, ve una repetición de la llegada de los soldados, todos idénticos, «girando en redondo» (pág. 418).

[28] La referencia a «los animalitos de caramelo» de Úrsula al terminar la descripción de la matanza puede aparecer como irrisoria, pero corresponde a la reacción «normal» de un Buendía que cree que se está muriendo: piensa en una cosa aparentemente insustancial (como el hielo) relacionada con los orígenes del pueblo.

[29] *Arrumar*: «*Col.*, y *Chil.* Amontonar.» *(Pequeño Larousse Ilustrado.)*

avanzaba el tren, y en los relámpagos que estallaban por entre los listones de madera al pasar por los pueblos dormidos veía los muertos hombres, los muertos mujeres, los muertos niños, que iban a ser arrojados al mar como el banano de rechazo. Solamente reconoció a una mujer que vendía refrescos en la plaza y al coronel Gavilán, que todavía llevaba enrollado en la mano el cinturón con la hebilla de plata moreliana[30] con que trató de abrirse camino a través del pánico. Cuando llegó al primer vagón dio un salto en la oscuridad, y se quedó tendido en la zanja hasta que el tren acabó de pasar. Era el más largo que había visto nunca, con casi doscientos vagones de carga[31], y una locomotora en cada extremo y una tercera en el centro. No llevaba ninguna luz, ni siquiera las rojas y verdes lámparas de posición, y se deslizaba a una velocidad nocturna y sigilosa. Encima de los vagones se veían los bultos oscuros de los soldados con las ametralladoras emplazadas.

Después de medianoche se precipitó un aguacero torrencial. José Arcadio Segundo ignoraba dónde había saltado, pero sabía que caminando en sentido contrario al del tren llegaría a Macondo. Al cabo de más de tres horas de marcha, empapado hasta los huesos, con un dolor de cabeza terrible, divisó las primeras casas a la luz del amanecer. Atraído por el olor del café, entró en una cocina donde una mujer con un niño en brazos estaba inclinada sobre el fogón[32].

—Buenos —dijo exhausto—. Soy José Arcadio Segundo Buendía.

---

[30] *Moreliano:* de Morelia, capital del Estado de Michoacán (México).

[31] Un tren bananero «normal» en la ficción tiene 120 vagones. Según C. Gariano, en P. Earle, pág. 166, nota 12: «[...] el relato de la novela encierra una contradicción lógica que no altera su verosimilitud artística y sí acentúa su fuerte impacto sobre la sensibilidad del lector [...]. Un tren con tantos vagones tendría unos cuatro kilómetros de largo; además, el promedio de cuerpos así estibados, sería de diecisiete por vagón: lo cual no constituye una verdadera carga para un vagón ferrocarrilero, aunque sí representa una carga aplastadora en términos de la tragedia individual y nacional del episodio narrado.» Sobre el número de muertos de la masacre (varios cientos), véase Dasso Saldívar, *García Márquez*, pág. 67.

[32] *Fogón:* «Cada una de las tres piedras entre las que se enciende el fuego y sobre las que se ponen recipientes para preparar comidas.» *(Nuevo diccionario de americanismos,* t. I, pág. 186b).

Pronunció el nombre completo, letra por letra, para convencerse de que estaba vivo. Hizo bien, porque la mujer había pensado que era una aparición al ver en la puerta la figura escuálida, sombría, con la cabeza y la ropa sucias de sangre, y tocada por la solemnidad de la muerte. Lo conocía. Llevó una manta para que se arropara mientras se secaba la ropa en el fogón, le calentó agua para que se lavara la herida, que era sólo un desgarramiento de la piel, y le dio un pañal limpio para que se vendara la cabeza. Luego le sirvió un pocillo de café, sin azúcar, como le habían dicho que lo tomaban los Buendía, y abrió la ropa cerca del fuego.

José Arcadio Segundo no habló mientras no terminó de tomar el café.

—Debían ser como tres mil —murmuró.

—¿Qué?

—Los muertos —aclaró él—. Debían ser todos los que estaban en la estación.

La mujer lo midió con una mirada de lástima. «Aquí no ha habido muertos», dijo. «Desde los tiempos de tu tío, el coronel, no ha pasado nada en Macondo.» En tres cocinas donde se detuvo José Arcadio Segundo antes de llegar a la casa le dijeron lo mismo: «No hubo muertos.» Pasó por la plazoleta de la estación, y vio las mesas de fritangas amontonadas una encima de otra, y tampoco allí encontró rastro alguno de la masacre. Las calles estaban desiertas bajo la lluvia tenaz y las casas cerradas, sin vestigios de vida interior. La única noticia humana era el primer toque para misa. Llamó en la puerta de la casa del coronel Gavilán. Una mujer encinta, a quien había visto muchas veces, le cerró la puerta en la cara. «Se fue», dijo asustada. «Volvió a su tierra.» La entrada principal del gallinero alambrado estaba custodiada, como siempre, por dos policías locales que parecían de piedra bajo la lluvia, con impermeables y cascos de hule. En su callecita marginal, los negros antillanos cantaban a coro los salmos del sábado. José Arcadio Segundo saltó la cerca del patio y entró en la casa por la cocina. Santa Sofía de la Piedad apenas levantó la voz. «Que no te vea Fernanda», dijo. «Hace un rato se estaba levantando.» Como si cumpliera un pacto implícito, llevó al hijo al *cuarto de las bacinillas,* le arregló el desvencijado catre de Melquíades, y a las dos de la tarde, mientras Fernanda hacía la siesta, le pasó por la ventana un plato de comida.

Aureliano Segundo había dormido en casa porque allí lo sorprendió la lluvia, y a las tres de la tarde todavía seguía esperando que escampara. Informado en secreto por Santa Sofía de la Piedad, a esa hora visitó a su hermano en el cuarto de Melquíades. Tampoco él creyó la versión de la masacre ni la pesadilla del tren cargado de muertos que viajaba hacia el mar. La noche anterior habían leído un bando nacional extraordinario, para informar que los obreros habían obedecido la orden de evacuar la estación, y se dirigían a sus casas en caravanas pacíficas. El bando informaba también que los dirigentes sindicales, con un elevado espíritu patriótico, habían reducido sus peticiones a dos puntos: reforma de los servicios médicos y construcción de letrinas en las viviendas. Se informó más tarde que cuando las autoridades militares obtuvieron el acuerdo de los trabajadores, se apresuraron a comunicárselo al señor Brown, y que éste no sólo había aceptado las nuevas condiciones, sino que ofreció pagar tres días de jolgorios públicos para celebrar el término del conflicto. Sólo que cuando los militares le preguntaron para qué fecha podía anunciarse la firma del acuerdo, él miró a través de la ventana el[33] cielo rayado de relámpagos, e hizo un profundo gesto de incertidumbre.

—Será cuando escampe —dijo—. Mientras dure la lluvia, suspendemos toda clase de actividades.

No llovía desde hacía tres meses y era tiempo de sequía. Pero cuando el señor Brown anunció su decisión se precipitó en toda la zona bananera el aguacero torrencial[34] que sor-

---

[33] En la ed. original, pág. 262: *del cielo.*

[34] La plaga del diluvio —transposición de la realidad meteorológica de octubre de 1928 (cfr. Dasso Saldívar, *García Márquez,* págs. 71-72)— que aquí empieza había sido anunciada implícitamente cuando dijo el narrador que los gringos «dotados de recursos que en otra época estuvieron reservados a la Divina Providencia, modificaron el régimen de lluvias [...]». No creo, como R. Gullón, págs. 59-60, que el diluvio representa «la cólera del Creador y la protesta de la Naturaleza» contra los gringos usurpadores de sus poderes. Muy al contrario, el diluvio es convocado por el señor Brown: es la coartada ideal y cómplice de los norteamericanos para irse de Macondo. Véase también O. Carreras González, págs. 62-64. Hay antecedentes (modestos) del diluvio de *C.A.S.* en *Isabel viendo llover en Macondo* y *La mala hora.*

prendió a José Arcadio Segundo en el camino de Macondo. Una semana después seguía lloviendo. La versión oficial, mil veces repetida y machacada en todo el país por cuanto medio de divulgación encontró el gobierno a su alcance, terminó por imponerse: no hubo muertos, los trabajadores satisfechos habían vuelto con sus familias, y la compañía bananera suspendía actividades mientras pasaba la lluvia. La ley marcial continuaba, en previsión de que fuera necesario aplicar medidas de emergencia para la calamidad pública del aguacero interminable, pero la tropa estaba acuartelada. Durante el día los militares andaban por los torrentes de las calles, con los pantalones enrollados a media pierna, jugando a los naufragios con los niños. En la noche, después del toque de queda, derribaban puertas a culatazos, sacaban a los sospechosos de sus camas y se los llevaban a un viaje sin regreso. Era todavía la búsqueda y el exterminio de los malhechores, asesinos, incendiarios y revoltosos del Decreto Número Cuatro, pero los militares lo negaban a los propios parientes de sus víctimas, que desbordaban la oficina de los comandantes en busca de noticias. «Seguro que fue un sueño», insistían los oficiales. «En Macondo no ha pasado nada, ni está pasando ni pasará nunca. Este es un pueblo feliz.» Así consumaron el exterminio de los jefes sindicales[35].

El único sobreviviente fue José Arcadio Segundo. Una noche de febrero se oyeron en la puerta los golpes inconfundibles de las culatas. Aureliano Segundo, que seguía esperando que escampara para salir, les abrió a seis soldados al mando de un oficial. Empapados de lluvia, sin pronunciar una palabra, registraron la casa cuarto por cuarto, armario por armario, desde las salas hasta el granero. Úrsula despertó cuando encendieron la luz del aposento, y no exhaló un suspiro mientras duró la requisa, pero mantuvo los dedos en cruz, moviéndolos hacia donde los soldados se movían. Santa Sofía de la Piedad alcanzó a prevenir a José Arcadio Segundo que dormía en el cuarto de Melquíades, pero él comprendió

---

[35] La siniestra técnica de la «desaparición» aún no se había revitalizado en algunos países del cono sur cuando se publicó C.A.S.

que era demasiado tarde para intentar la fuga. De modo que Santa Sofía de la Piedad volvió a cerrar la puerta, y él se puso la camisa y los zapatos, y se sentó en el catre a esperar que llegaran. En ese momento estaban requisando el taller de orfebrería. El oficial había hecho abrir el candado, y con una rápida barrida de la linterna había visto el mesón de trabajo y la vidriera con los frascos de ácidos y los instrumentos que seguían en el mismo lugar en que los dejó su dueño, y pareció comprender que en aquel cuarto no vivía nadie. Sin embargo, le preguntó astutamente a Aureliano Segundo si era platero, y él le explicó que aquel había sido el taller del coronel Aureliano Buendía. «Ajá», hizo el oficial, y encendió la luz y ordenó una requisa tan minuciosa, que no se les escaparon los dieciocho pescaditos de oro[36] que se habían quedado sin fundir y que estaban escondidos detrás de los frascos en el tarro de lata. El oficial los examinó uno por uno en el mesón de trabajo y entonces se humanizó por completo. «Quisiera llevarme uno, si usted me lo permite», dijo. «En un tiempo fueron una clave de subversión, pero ahora son una reliquia.» Era joven, casi un adolescente, sin ningún signo de timidez, y con una simpatía natural que no se le había notado hasta entonces. Aureliano Segundo le regaló el pescadito. El oficial se lo guardó en el bolsillo de la camisa, con un brillo infantil en los ojos, y echó los otros en el tarro para ponerlos donde estaban[37].

—Es un recuerdo invaluable —dijo—. El coronel Aureliano Buendía fue uno de nuestros más grandes hombres.

Sin embargo, el golpe de humanización no modificó su conducta profesional. Frente al cuarto de Melquíades, que estaba otra vez con candado, Santa Sofía de la Piedad acudió a una última esperanza. «Hace como un siglo que no vive na-

---

[36] M. Vargas Llosa, pág. 602, nota 13, pretende que «la narración se contradice, afirmando que encontró 'dieciocho' pescaditos de oro, mientras el día de su muerte, el coronel Aureliano Buendía encontró diecisiete en el tarro de lata» (pág. 378). Olvida M. Vargas Llosa que el coronel fabricó uno más antes de morir.

[37] Ahora sí quedan diecisiete pescaditos de oro en el tarro, correspondiendo la cifra al número de los hijos del coronel.

die en ese aposento», dijo. El oficial lo hizo abrir, lo recorrió con el haz de la linterna, y Aureliano Segundo y Santa Sofía de la Piedad vieron los ojos árabes de José Arcadio Segundo en el momento en que pasó por su cara la ráfaga de luz, y comprendieron que aquel era el fin de una ansiedad y el principio de otra que sólo encontraría un alivio en la resignación. Pero el oficial siguió examinando la habitación con la linterna, y no dio ninguna señal de interés mientras no descubrió las setenta y dos bacinillas apelotonadas en los armarios. Entonces encendió la luz. José Arcadio Segundo estaba sentado en el borde del catre, listo para salir, más solemne y pensativo que nunca[38]. Al fondo estaban los anaqueles con los libros descosidos, los rollos de pergaminos, y la mesa de trabajo limpia y ordenada, y todavía fresca la tinta en los tinteros. Había la misma pureza en el aire, la misma diafanidad, el mismo privilegio contra el polvo y la destrucción que conoció Aureliano Segundo en la infancia[39], y que sólo el coronel Aureliano Buendía no pudo percibir. Pero el oficial no se interesó sino por las bacinillas.

—¿Cuántas personas viven en esta casa? —preguntó.

—Cinco[40].

El oficial, evidentemente, no entendió. Detuvo la mirada en el espacio donde Aureliano Segundo y Santa Sofía de la Piedad seguían viendo a José Arcadio Segundo, y también éste se dio cuenta de que el militar lo estaba mirando sin verlo. Luego apagó la luz y ajustó la puerta. Cuando les habló a los soldados, entendió Aureliano Segundo que el joven militar había visto el cuarto con los mismos ojos con que lo vio el coronel Aureliano Buendía.

—Es verdad que nadie ha estado en ese cuarto por lo menos en un siglo —dijo el oficial a los soldados—. Ahí debe haber hasta culebras.

---

[38] «Era lineal, solemne, y tenía un estar pensativo, y una tristeza de sarraceno [cfr. arriba sus "ojos árabes"], y un resplandor lúgubre en el rostro color de otoño» (pág. 374).

[39] Comp. pág. 290.

[40] En realidad, cinco adultos (Úrsula, Santa Sofía de la Piedad, Fernanda y los dos gemelos) y dos niños (Amaranta Úrsula y Aureliano Babilonia). Santa Sofía denuncia la presencia de su hijo sin saber que el oficial no lo veía.

Al cerrarse la puerta, José Arcadio Segundo tuvo la certidumbre de que su guerra había terminado. Años antes, el coronel Aureliano Buendía le había hablado de la fascinación de la guerra y había tratado de demostrarla con ejemplos incontables sacados de su propia experiencia. Él le había creído. Pero la noche en que los militares lo miraron sin verlo, mientras pensaba en la tensión de los últimos meses, en la miseria de la cárcel, en el pánico de la estación y en el tren cargado de muertos, José Arcadio Segundo llegó a la conclusión de que el coronel Aureliano Buendía no fue más que un farsante o un imbécil. No entendía que hubiera necesitado tantas palabras para explicar lo que se sentía en la guerra, si con una sola palabra bastaba: miedo. En el cuarto de Melquíades, en cambio, protegido por la luz sobrenatural, por el ruido de la lluvia, por la sensación de ser invisible, encontró el reposo que no tuvo un solo instante de su vida anterior, y el único miedo que persistía era el de que lo enterraran vivo[41]. Se lo contó a Santa Sofía de la Piedad, que le llevaba las comidas diarias, y ella le prometió luchar por estar viva hasta más allá de sus fuerzas, para asegurarse de que lo enterraran muerto. A salvo de todo temor, José Arcadio Segundo se dedicó entonces a repasar muchas veces los pergaminos de Melquíades, y tanto más a gusto cuanto menos los entendía[42]. Acostumbrado al ruido de la lluvia, que a los dos meses se convirtió en una forma nueva del silencio, lo único que perturbaba su soledad eran las entradas y salidas de Santa Sofía de la Piedad. Por eso le suplicó que le dejara la comida en el alféizar de la ventana, y le echara candado a la puerta. El resto de la familia lo olvidó, inclusive Fernanda, que no tuvo inconveniente en dejarlo allí, cuando supo que los militares lo habían visto sin conocerlo. A los seis meses de en-

---

[41] Lo que persiste es la imagen obsesionante del fusilamiento que presenció de niño: «Se impresionó tanto, que desde entonces detestó las prácticas militares y la guerra, no por las ejecuciones sino por la espantosa costumbre de enterrar vivos a los fusilados» (págs. 291-292). El odio a la guerra y su incomprensión por el coronel estaban «programados» desde aquel momento.

[42] Tercer intento de desciframiento después de las lecturas inútiles de Arcadio (pág. 209) y de Aureliano Segundo (pág. 290).

cierro, en vista de que los militares se habían ido de Macondo, Aureliano Segundo quitó el candado buscando alguien con quien conversar mientras pasaba la lluvia. Desde que abrió la puerta se sintió agredido por la pestilencia de las bacinillas que estaban puestas en el suelo, y todas muchas veces ocupadas[43]. José Arcadio Segundo, devorado por la pelambre, indiferente al aire enrarecido por los vapores nauseabundos, seguía leyendo y releyendo los pergaminos ininteligibles. Estaba iluminado por un resplandor seráfico. Apenas levantó la vista cuando sintió abrirse la puerta, pero a su hermano le bastó aquella mirada para ver repetido en ella el destino irreparable del bisabuelo[44].

—Eran más de tres mil —fue todo cuanto dijo José Arcadio Segundo—. Ahora estoy seguro que eran todos los que estaban en la estación.

---

[43] «La pureza del aire» y «la diafanidad» del cuarto de Melquíades han dejado de existir ahora para Aureliano Segundo. Este espacio está reservado para su hermano.

[44] Esta es la misma mirada de José Arcadio, el fundador, quien miraba a los miembros de la familia sin reconocerlos cuando terminó su vida bajo el castaño (véase pág. 173). El recuerdo de Aureliano Segundo, aunque verosímil, bien podría ser hereditario: era muy niño todavía cuando murió José Arcadio (pág. 242).

Llovió cuatro años, once meses y dos días[1]. Hubo épocas de llovizna en que todo el mundo se puso sus ropas de pontifical y se compuso una cara de convaleciente para celebrar la escampada, pero pronto se acostumbraron a interpretar las pausas como anuncios de recrudecimiento. Se desempedraba el cielo en unas tempestades de estropicio, y el norte mandaba unos huracanes que desportillaron techos y derribaron paredes, y desenterraron de raíz las últimas cepas de las plantaciones. Como ocurrió durante la peste del insomnio, que Úrsula se dio a recordar por aquellos días, la propia calamidad iba inspirando defensas contra el tedio[2]. Aureliano Segundo fue uno de los que más hicieron para no dejarse vencer por la ociosidad. Había ido a la casa por algún asunto casual la noche en que el señor Brown convocó la tormenta, y Fernanda trató de auxiliarlo con un paraguas medio desvarillado que encontró en el armario. «No hace falta», dijo él. «Me quedo aquí hasta que escampe.» No era, por supuesto, un compromiso ineludible, pero estuvo a punto de cumplirlo al pie de la letra. Como su ropa estaba en casa de Petra Cotes, se quitaba cada tres días la que llevaba puesta, y esperaba en calzoncillos mientras la lavaban. Para no aburrirse, se entregó a la tarea de componer los numerosos desperfectos de la casa. Ajustó bisagras, aceitó cerraduras, atornilló aldabas y niveló fallebas. Durante varios meses se le vio vagar con una

---

[1] La precisión cronológica parodia los cuarenta días y cuarenta noches del diluvio bíblico *(Gén.,* 7: 4).

[2] La memoria de Úrsula une dos «pestes» y la del lector todas las plagas anteriores que asolaron Macondo: y así se constituye un hilo narrativo que lleva al Apocalipsis final.

431

caja de herramientas que debieron olvidar los gitanos en los tiempos de José Arcadio Buendía, y nadie supo si fue por la gimnasia involuntaria, por el tedio invernal o por la abstinencia obligada, que la panza se le fue desinflando poco a poco como un pellejo, y la cara de tortuga beatífica se le hizo menos sanguínea y menos protuberante la papada, hasta que todo él terminó por ser menos paquidérmico y pudo amarrarse otra vez los cordones de los zapatos. Viéndolo montar picaportes y desconectar relojes, Fernanda se preguntó si no estaría incurriendo también en el vicio de hacer para deshacer, como el coronel Aureliano Buendía con los pescaditos de oro, Amaranta con los botones y la mortaja, José Arcadio Segundo con los pergaminos y Úrsula con los recuerdos[3]. Pero no era cierto. Lo malo era que la lluvia lo trastornaba todo, y las máquinas más áridas echaban flores por entre los engranajes si no se les aceitaba cada tres días, y se oxidaban los hilos de los brocados y le nacían algas de azafrán a la ropa mojada. La atmósfera era tan húmeda que los peces hubieran podido entrar por las puertas y salir por las ventanas, navegando en el aire de los aposentos. Una mañana despertó Úrsula sintiendo que se acababa en un soponcio de placidez, y ya había pedido que le llevaran al padre Antonio Isabel, aunque fuera en andas, cuando Santa Sofía de la Piedad descubrió que tenía la espalda adoquinada de sanguijuelas. Se las desprendieron una por una, achicharrándolas con tizones, antes de que terminaran de desangrarla. Fue necesario excavar canales para desaguar la casa, y desembarazarla de sapos y caracoles, de modo que pudieran secarse los pisos, quitar los ladrillos de las patas de las camas y caminar otra vez con zapatos. Entretenido con las múltiples minucias que reclamaban su atención, Aureliano Segundo no se dio cuenta de que se estaba volviendo viejo, hasta una tarde en que se encontró contemplando el atardecer prematuro desde un mecedor, y pensando en Petra Cotes sin estremecerse. No habría tenido ningún inconveniente en regresar al amor insípi-

---

[3] Se comprueba otra vez que *C.A.S.* es una ficción que nos da sus claves de desciframiento estructurales y temáticas.

do de Fernanda, cuya belleza se había reposado con la madurez, pero la lluvia lo había puesto a salvo de toda emergencia pasional, y le había infundido la serenidad esponjosa de la inapetencia. Se divirtió pensando en las cosas que hubiera podido hacer en otro tiempo con aquella lluvia que ya iba para un año. Había sido uno de los primeros que llevaron láminas de zinc a Macondo, mucho antes de que la compañía bananera las pusiera de moda, sólo por techar con ellas el dormitorio de Petra Cotes y solazarse con la impresión de intimidad profunda que en aquella época le producía la crepitación de la lluvia. Pero hasta esos recuerdos locos de su juventud estrafalaria lo dejaban impávido, como si en la última parranda hubiera agotado sus cuotas de salacidad, y sólo le hubiera quedado el premio maravilloso de poder evocarlas sin amargura ni arrepentimientos. Hubiera podido pensarse que el diluvio le había dado la oportunidad de sentarse a reflexionar, y que el trajín de los alicates y las alcuzas le había despertado la añoranza tardía de tantos oficios útiles como hubiera podido hacer y no hizo en la vida, pero ni lo uno ni lo otro era cierto, porque la tentación de sedentarismo y domesticidad que lo andaba rondando no era fruto de la recapacitación ni el escarmiento. Le llegaba de mucho más lejos, desenterrada por el trinche[4] de la lluvia, de los tiempos en que leía en el cuarto de Melquíades las prodigiosas fábulas de los tapices volantes y las ballenas que se alimentaban de barcos con tripulaciones[5]. Fue por esos días que en un descuido de Fernanda apareció en el corredor el pequeño Aureliano, y su abuelo conoció el secreto de su identidad. Le cortó el pelo, lo vistió, le enseñó a perderle el miedo a la gente, y muy pronto se vio que era un legítimo Aureliano Buendía, con sus pómulos altos, su mirada de asombro y su aire solitario. Para Fernanda fue un descanso. Hacía tiempo que había medido la magnitud de su soberbia, pero no encontraba cómo remediarla, porque mientras más pensaba en las solu-

Se descubre el hijo de Meme

---

[4] *Trinche: «Amer.* Tenedor.» *(Pequeño Larousse Ilustrado.)*
[5] Véase pág. 290, nota 8. De hecho, Aureliano Segundo, niño, «prefería la casa» (pág. 289).

433

ciones, menos racionales le parecían. De haber sabido que Aureliano Segundo iba a tomar las cosas como las tomó, con una buena complacencia de abuelo, no le habría dado tantas vueltas ni tantos plazos, sino que desde el año anterior se hubiera liberado de la mortificación. Para Amaranta Úrsula, que ya había mudado los dientes, el sobrino fue como un juguete escurridizo que le consoló del tedio de la lluvia. Aureliano Segundo se acordó entonces de la enciclopedia inglesa que nadie había vuelto a tocar en el antiguo dormitorio de Meme. Empezó por mostrarles las láminas a los niños, en especial las de animales, y más tarde los mapas y las fotografías de países remotos y personajes célebres. Como no sabía inglés, y como apenas podía distinguir las ciudades más conocidas y las personalidades más corrientes, se dio a inventar nombres y leyendas para satisfacer la curiosidad insaciable de los niños[6].

Fernanda creía de veras que su esposo estaba esperando que escampara para volver con la concubina. En los primeros meses de la lluvia temió que él intentara deslizarse hasta su dormitorio, y que ella iba a pasar por la vergüenza de revelarle que estaba incapacitada para la reconciliación desde el nacimiento de Amaranta Úrsula. Esa era la causa de su ansiosa correspondencia con los médicos invisibles, interrumpida por los frecuentes desastres del correo. Durante los primeros meses, cuando se supo que los trenes se descarrilaban en la tormenta, una carta de los médicos invisibles le indicó que se estaban perdiendo las suyas. Más tarde, cuando se interrumpieron los contactos con sus corresponsales ignotos, había pensado seriamente en ponerse la máscara de tigre que usó su marido en el carnaval sangriento, para hacerse examinar con un nombre ficticio por los médicos de la compañía bananera. Pero una de las tantas personas que pasaban a menudo por la casa llevando las noticias ingratas del diluvio le había dicho que la compañía estaba desmantelando sus dispensarios para llevárselos a tierras de escampada. Entonces

---

[6] La última pareja de los Buendía recibe la misma clase de educación que el primer par de hermanos, José Arcadio y Aureliano. Aureliano Segundo repite aquí la figura del fundador (véanse págs. 99-100).

perdió la esperanza. Se resignó a aguardar que pasara la lluvia y se normalizara el correo y, mientras tanto, se aliviaba de sus dolencias secretas con recursos de inspiración, porque hubiera preferido morirse a ponerse en manos del único médico que quedaba en Macondo, el francés extravagante que se alimentaba con hierba para burros[7]. Se había aproximado a Úrsula, confiando en que ella conociera algún paliativo para sus quebrantos. Pero la tortuosa costumbre de no llamar las cosas por su nombre la llevó a poner lo anterior en lo posterior, y a sustituir lo parido por lo expulsado, y a cambiar flujos por ardores para que todo fuera menos vergonzoso, de manera que Úrsula concluyó razonablemente que los trastornos no eran uterinos, sino intestinales, y le aconsejó que tomara en ayunas una papeleta de calomel. De no haber sido por ese padecimiento que nada hubiera tenido de pudendo para alguien que no estuviera también enfermo de pudibundez, y de no haber sido por la pérdida de las cartas, a Fernanda no le habría importado la lluvia, porque al fin de cuentas toda la vida había sido para ella como si estuviera lloviendo. No modificó los horarios ni perdonó los ritos. Cuando todavía estaba la mesa alzada sobre ladrillos y puestas las sillas sobre tablones para que los comensales no se mojaran los pies, ella seguía sirviendo con manteles de lino y vajillas chinas, y prendiendo los candelabros en la cena, porque consideraba que las calamidades no podían tomarse de pretexto para el relajamiento de las costumbres. Nadie había vuelto a asomarse a la calle. Si de Fernanda hubiera dependido no habrían vuelto a hacerlo jamás, no sólo desde que empezó a llover, sino desde mucho antes, puesto que ella consideraba que las puertas se habían inventado para cerrarlas, y que la curiosidad por lo que ocurría en la calle era cosa de rameras. Sin embargo, ella fue la primera en asomarse cuando avisaron que estaba pasando el entierro del coronel Gerineldo Már-

---

[7] Véase pág. 385, nota 4, y *La hojarasca*, pág. 29: «[...] *este hombre se sentó por primera vez a nuestra mesa y pidió hierba para comer*. Adelaida le dijo aquella vez: "¿Qué clase de hierba, doctor?" Y él, con su parsimoniosa voz de rumiante, todavía perturbada por la nasalidad: "Hierba común, señora. De esa que comen los burros".»

quez, aunque lo que vio entonces por la ventana entreabierta la dejó en tal estado de aflicción que durante mucho tiempo estuvo arrepintiéndose de su debilidad.

No habría podido concebirse un cortejo más desolado. Habían puesto el ataúd en una carreta de bueyes sobre la cual construyeron un cobertizo de hojas de banano, pero la presión de la lluvia era tan intensa y las calles estaban tan empantanadas que a cada paso se atollaban las ruedas y el cobertizo estaba a punto de desbaratarse. Los chorros de agua triste que caían sobre el ataúd iban ensopando la bandera que le habían puesto encima, y que era en realidad la bandera sucia de sangre y de pólvora, repudiada por los veteranos más dignos. Sobre el ataúd habían puesto también el sable con borlas de cobre y seda, el mismo que el coronel Gerineldo Márquez colgaba en la percha de la sala para entrar inerme al costurero de Amaranta. Detrás de la carreta, algunos descalzos y todos con los pantalones a media pierna, chapaleaban en el fango los últimos sobrevivientes de la capitulación de Neerlandia, llevando en una mano el bastón de carreto y en la otra una corona de flores de papel descoloridas por la lluvia. Aparecieron como una visión irreal en la calle que todavía llevaba el nombre del coronel Aureliano Buendía, y todos miraron la casa al pasar, y doblaron por la esquina de la plaza, donde tuvieron que pedir ayuda para sacar la carreta atascada. Úrsula se había hecho llevar a la puerta por Santa Sofía de la Piedad. Siguió con tanta atención las peripecias del entierro que nadie dudó de que lo estaba viendo, sobre todo porque su alzada mano de arcángel anunciador se movía con los cabeceos de la carreta.

—Adios, Gerineldo, hijo mío —gritó—. Salúdame a mi gente y dile que nos vemos cuando escampe.

Aureliano Segundo la ayudó a volver a la cama, y con la misma informalidad con que la trataba siempre le preguntó el significado de su despedida.

—Es verdad —dijo ella—. Nada más estoy esperando que pase la lluvia para morirme.

El estado de las calles alarmó a Aureliano Segundo. Tardíamente preocupado por la suerte de sus animales, se echó encima un lienzo encerado y fue a casa de Petra Cotes. La encontró en el patio, con el agua a la cintura, tratando de desencallar el cadáver de un caballo[8]. Aureliano Segundo la ayudó con una tranca, y el enorme cuerpo tumefacto dio una vuelta de campana y fue arrastrado por el torrente de barro líquido. Desde que empezó la lluvia, Petra Cotes no había hecho más que desembarazar su patio de animales muertos. En las primeras semanas le mandó recados a Aureliano Segundo para que tomara providencias urgentes, y él había contestado que no había prisa, que la situación no era alarmante, que ya se pensaría en algo cuando escampara. Le mandó a decir que los potreros[9] se estaban inundando, que el ganado se fugaba hacia las tierras altas donde no había qué comer, y que estaban a merced del tigre y la peste. «No hay nada que hacer», le contestó Aureliano Segundo. «Ya nacerán otros cuando escampe.» Petra Cotes los había visto morir a racimadas, y apenas si se daba abasto para destazar a los que se quedaban atollados. Vio con una impotencia sorda cómo el diluvio fue exterminando sin misericordia una fortuna que en un tiempo se tuvo como la más grande y sólida de Macondo, y de la cual no quedaba sino la pestilencia. Cuando Aureliano Segundo decidió ir a ver lo que pasaba, sólo encontró el cadáver del caballo, y una mula escuálida entre los escombros de la caballeriza. Petra Cotes lo vio llegar sin sorpresa, sin alegría ni resentimiento, y apenas se permitió una sonrisa irónica.

—¡A buena hora! —dijo.

Estaba envejecida, en los puros huesos, y sus lanceolados ojos de animal carnívoro se habían vuelto tristes y mansos de tanto mirar la lluvia. Aureliano Segundo se quedó más de tres meses en su casa, no porque entonces se sintiera mejor allí que en la de su familia, sino porque necesitó todo ese tiempo para tomar la decisión de echarse otra vez encima el pedazo de lienzo encerado. «No hay prisa», dijo, como había

---

[8] El motivo narrativo de los cadáveres de animales flotando en el agua ya apareció en *La mala hora* (véase *GGM, coetáneo de la eternidad*, pág. 37, nota 29).

[9] *Potrero:* «Terreno cercado, generalmente cubierto de gramíneas y otras plantas que sirve para el pastoreo del ganado bovino y caballos.» *(Nuevo diccionario de americanismos,* t. I, pág. 335b).

dicho en la otra casa. «Esperemos que escampe en las próximas horas.» En el curso de la primera semana se fue acostumbrando a los desgastes que habían hecho el tiempo y la lluvia en la salud de su concubina, y poco a poco fue viéndola como era antes, acordándose de sus desafueros jubilosos y de la fecundidad de delirio que su amor provocaba en los animales, y en parte por amor y en parte por interés, una noche de la segunda semana la despertó con caricias apremiantes. Petra Cotes no reaccionó. «Duerme tranquilo», murmuró. «Ya los tiempos no están para estas cosas.» Aureliano Segundo se vio a sí mismo en los espejos del techo, vio la espina dorsal de Petra Cotes como una hilera de carretes ensartados en un mazo de nervios marchitos, y comprendió que ella tenía razón, no por los tiempos, sino por ellos mismos, que ya no estaban para esas cosas[10].

Aureliano Segundo regresó a la casa con sus baúles, convencido de que no sólo Úrsula, sino todos los habitantes de Macondo, estaban esperando que escampara para morirse[11]. Los había visto al pasar, sentados en las salas con la mirada absorta y los brazos cruzados, sintiendo transcurrir un tiempo entero, un tiempo sin desbravar, porque era inútil dividirlo en meses y años, y los días en horas, cuando no podía hacerse nada más que contemplar la lluvia. Los niños recibieron alborozados a Aureliano Segundo, quien volvió a tocar para ellos el acordeón asmático. Pero el concierto no les llamó tanto la atención como las sesiones enciclopédicas, de modo que otra vez volvieron a reunirse en el dormitorio de Meme, donde la imaginación de Aureliano Segundo convirtió el dirigible en un elefante volador que buscaba un sitio para dormir entre las nubes. En cierta ocasión encontró un hombre de a caballo que a pesar de su atuendo exótico conservaba un aire familiar, y después de mucho examinarlo lle-

---

[10] «La decadencia es absoluta y se refleja hasta en el amor. El diluvio envejece; apaga las pasiones, las enfría y convierte a los ardientes amantes Aureliano y Petra Cotes en huesos y pellejo sin alegría, sin ánimo.» (O. Carreras González, págs. 63-64).

[11] Aureliano Segundo quiere cumplir la promesa de no dejarse «sorprender por la muerte en la cama de su concubina» (pág. 318), promesa nunca olvidada hasta en los peores momentos (véase pág. 370).

gó a la conclusión de que era un retrato del coronel Aureliano Buendía. Se lo mostró a Fernanda, y también ella admitió el parecido del jinete no sólo con el coronel, sino con todos los miembros de la familia, aunque en verdad era un guerrero tártaro. Así se le fue pasando el tiempo, entre el coloso de Rodas y los encantadores de serpientes, hasta que su esposa le anunció que no quedaban más de seis kilos de carne salada y un saco de arroz en el granero.

—¿Y ahora qué quieres que haga? —preguntó él.

—Yo no sé —contestó Fernanda—. Eso es asunto de hombres.

—Bueno —dijo Aureliano Segundo—, algo se hará cuando escampe.

Siguió más interesado en la enciclopedia que en el problema doméstico, aun cuando tuvo que conformarse con una piltrafa y un poco de arroz en el almuerzo. «Ahora es imposible hacer nada», decía. «No puede llover toda la vida.» Y mientras más largas le daba a las urgencias del granero, más intensa se iba haciendo la indignación de Fernanda, hasta que sus protestas eventuales, sus desahogos poco frecuentes, se desbordaron en un torrente incontenible, desatado, que empezó una mañana como el monótono bordón de una guitarra, y que a medida que avanzaba el día fue subiendo de tono, cada vez más rico, más espléndido[12]. Aureliano Segundo no tuvo conciencia de la cantaleta hasta el día siguiente, después del desayuno, cuando se sintió aturdido por un abejorreo que era entonces más fluido y alto que el rumor de la lluvia, y era Fernanda que se paseaba por toda la casa doliéndose de que la hubieran educado como una reina para terminar de sirvienta en una casa de locos, con un marido holgazán, idólatra, libertino, que se acostaba bocarriba a esperar

---

[12] De hecho la frase que sigue, quizá la más larga de *C.A.S.* (acaba en pág. 442), con sus oraciones narrativas, de estilo indirecto e indirecto libre, corresponde a los epítetos que convienen a una «cantaleta» y un «abejorreo», los cuales constituyen otro tanto resumen de la historia de la familia vista desde la perspectiva de Fernanda cuyo desquite torrencial se opone al único «¡Carajo!» de Úrsula (pág. 364) y anuncia los experimentos estilísticos de *El último viaje del buque fantasma* y de *El otoño del patriarca*.

que le llovieran panes del cielo, mientras ella se destroncaba
los riñones tratando de mantener a flote un hogar emparape-
tado con alfileres, donde había tanto que hacer, tanto que soportar y corregir desde que amanecía Dios hasta la hora de
acostarse, que llegaba a la cama con los ojos llenos de polvo
de vidrio y, sin embargo, nadie le había dicho nunca buenos
días, Fernanda, qué tal noche pasaste, Fernanda, ni le habían
preguntado aunque fuera por cortesía por qué estaba tan pálida ni por qué despertaba con esas ojeras de violeta, a pesar
de que ella no esperaba, por supuesto, que aquello saliera del
resto de una familia que al fin y al cabo la había tenido siempre como un estorbo, como el trapito de bajar la olla, como
un monigote pintado en la pared, y que siempre andaban
desbarrando contra ella por los rincones, llamándola santu-
rrona, llamándola farisea, llamándola lagarta, y hasta Amaranta, que en paz descanse, había dicho de viva voz que ella
era de las que confundían el recto con las témporas[13], bendito sea Dios, qué palabras, y ella había aguantado todo con resignación por las intenciones del Santo Padre, pero no había
podido soportar más cuando el malvado de José Arcadio Segundo dijo que la perdición de la familia había sido abrirle
las puertas a una cachaca, imagínese, una cachaca mandona,
válgame Dios, una cachaca hija de la mala saliva, de la misma índole de los cachacos que mandó el gobierno a matar
trabajadores, dígame usted, y se refería a nadie menos que a
ella, la ahijada del Duque de Alba, una dama con tanta alcur-
nia que le revolvía el hígado a las esposas de los presidentes,
una fijodalga[14] de sangre como ella que tenía derecho a firmar con once apellidos peninsulares, y que era el único mortal en ese pueblo de bastardos que no se sentía emberenjena-
do frente a dieciséis cubiertos, para que luego el adúltero de
su marido dijera muerto de risa que tantas cucharas y tenedo-
res, y tantos cuchillos y cucharitas no era cosa de cristianos,
sino de ciempiés, y la única que podía determinar a ojos cerrados cuándo se servía el vino blanco y de qué lado y en qué

---

[13] Véase pág. 319, pero, por supuesto, Amaranta dijo «culo» y no «recto».
[14] El arcaísmo no podía venir más al caso.

copa, y cuándo se servía el vino rojo[15], y de qué lado y en qué copa y no como la montuna de Amaranta, que en paz descanse, que creía que el vino blanco se servía de día y el vino rojo de noche, y la única en todo el litoral que podía vanagloriarse de no haber hecho del cuerpo sino en bacinillas de oro, para que luego el coronel Aureliano Buendía, que en paz descanse, tuviera el atrevimiento de preguntar con su mala bilis de masón de dónde había merecido ese privilegio, si era que ella no cagaba mierda, sino astromelias, imagínese, con esas palabras, y para que Renata, su propia hija, que por indiscreción había visto sus aguas mayores en el dormitorio, contestara que de verdad la bacinilla era de mucho oro y de mucha heráldica, pero que lo que tenía dentro era pura mierda, mierda física, y peor todavía que las otras porque era mierda de cachaca, imagínese, su propia hija, de modo que nunca se había hecho ilusiones con el resto de la familia, pero de todos modos tenía derecho a esperar un poco de más consideración de parte de su esposo, puesto que bien o mal era su cónyuge de sacramento, su autor[16], su legítimo perjudicador, que se echó encima por voluntad libre y soberana la grave responsabilidad de sacarla del solar paterno, donde nunca se privó ni se dolió de nada, donde tejía palmas fúnebres por gusto de entretenimiento, puesto que su padrino había mandado una carta con su firma y el sello de su anillo impreso en el lacre, sólo para decir que las manos de su ahijada no estaban hechas para menesteres de este mundo, como no fuera tocar el clavicordio y, sin embargo, el insensato de su marido la había sacado de su casa con todas las admoniciones y advertencias y la había llevado a aquella paila[17] de infierno donde no se podía respirar de calor, y antes de que ella acabara de aguardar su dieta de Pentecostés ya se había ido con sus baúles trashumantes y su acordeón de perdulario a holgar en adulterio con una desdichada a quien bastaba con verle las nalgas, bueno, ya estaba dicho, a quien basta-

---

[15] A esa altura de civilización, Fernanda hubiera podido decir «vino tinto».
[16] *Autor:* Arcaísmo forense; véase pág. 440, nota 14.
[17] *Paila:* En sentido literal, 'vasija grande de metal, redonda y poco profunda'. En sentido figurado, 'hondonada'.

ba con verle menear las nalgas de potranca, para adivinar que era una, que era una, todo lo contrario de ella, que era una dama en el palacio o en la pocilga, en la mesa o en la cama, una dama de nación, temerosa de Dios, obediente de sus leyes y sumisa a sus designios, y con quien no podía hacer, por supuesto, las maromas[18] y vagabundinas que hacía con la otra, que por supuesto se prestaba a todo, como las matronas francesas, y peor aun, pensándolo bien, porque estas al menos tenían la honradez de poner un foco colorado en la puerta, semejantes porquerías, imagínese, ni más faltaba, con la hija única y bienamada[19] de doña Renata Argote[20] y don Fernando del Carpio, y sobre todo de éste, por supuesto, un santo varón, un cristiano de los grandes, Caballero de la Orden del Santo Sepulcro[21], de esos que reciben directamente de Dios el privilegio de conservarse intactos en la tumba, con la piel tersa como raso de novia y los ojos vivos y diáfanos como las esmeraldas.

—Eso sí no es cierto —la interrumpió Aureliano Segundo—, cuando lo trajeron ya apestaba.

Había tenido la paciencia de escucharla un día entero, hasta sorprenderla en una falta. Fernanda no le hizo caso, pero bajó la voz. Esa noche, durante la cena, el exasperante zumbido de la cantaleta había derrotado al rumor de la lluvia. Aureliano Segundo comió muy poco, con la cabeza baja, y se retiró temprano al dormitorio. En el desayuno del día siguiente Fernanda estaba trémula, con aspecto de haber dormido mal, y parecía desahogada por completo de sus rencores. Sin embargo, cuando su marido preguntó si no sería posible comerse un huevo tibio, ella no contestó simplemente

aliviar a alguien

---

[18] *Maroma:* "Pirueta de un acróbata." *(Nuevo diccionario de americanismos,* t. I, pág. 258a)

[19] *Bienamada:* galicismo del lenguaje de Fernanda que tiene el valor estilístico de los arcaísmos.

[20] *Argote:* se desvela aquí el noble apellido de la madre de Fernanda (véase pág. 314, nota 4), cuya genealogía podría remontarse hasta el poeta Luis de Góngora y Argote o el humanista Gonzalo de Argote y Molina.

[21] *La Orden del Santo Sepulcro:* la orden de caballería pontifical más antigua (siglo xv).

que desde la semana anterior se habían acabado los huevos, sino que elaboró una virulenta diatriba contra los hombres que se pasaban el tiempo adorándose el ombligo y luego tenían la cachaza de pedir hígados de alondra en la mesa. Aureliano Segundo llevó a los niños a ver la enciclopedia, como siempre, y Fernanda fingió poner orden en el dormitorio de Meme, sólo para que él la oyera murmurar que, por supuesto, se necesitaba tener la cara dura para decirles a los pobres inocentes que el coronel Aureliano Buendía estaba retratado en la enciclopedia. En la tarde, mientras los niños hacían la siesta, Aureliano Segundo se sentó en el corredor, y hasta allá lo persiguió Fernanda, provocándolo, atormentándolo, girando en torno de él con su implacable zumbido de moscardón, diciendo que, por supuesto, mientras ya no quedaban más que piedras para comer, su marido se sentaba como un sultán de Persia a contemplar la lluvia, porque no era más que eso, un mampolón, un mantenido, un bueno para nada, más flojo que el algodón de borla, acostumbrado a vivir de las mujeres, y convencido de que se había casado con la esposa de Jonás, que se quedó tan tranquila con el cuento de la ballena[22]. Aureliano Segundo la oyó más de dos horas, impasible, como si fuera sordo. No la interrumpió hasta muy avanzada la tarde cuando no pudo soportar más la resonancia de bombo que le atormentaba la cabeza.

—Cállate ya, por favor —suplicó.

Fernanda, por el contrario, levantó el tono. «No tengo por qué callar», dijo. «El que no quiera oírme que se vaya.» Entonces Aureliano Segundo perdió el dominio. Se incorporó sin prisa, como si sólo pensara estirar los huesos, y con una furia perfectamente regulada y metódica fue agarrando uno tras otro los tiestos de begonias, las macetas de helechos, los potes de orégano, y uno tras otro los fue despedazando contra el suelo. Fernanda se asustó, pues en realidad no había tenido hasta entonces una conciencia clara de la tremenda fuerza interior de la cantaleta, pero ya era tarde para cual-

---

[22] Fernanda recuerda la leyenda bíblica, que se parece a un cuento de *Las mil y una noches* .

quier tentativa de rectificación. Embriagado por el torrente incontenible del desahogo, Aureliano Segundo rompió el cristal de la vidriera, y una por una, sin apresurarse, fue sacando las piezas de la vajilla y las hizo polvo contra el piso. Sistemático, sereno, con la misma parsimonia con que había empapelado la casa de billetes, fue rompiendo luego contra las paredes la cristalería de Bohemia, los floreros pintados a mano, los cuadros de las doncellas en barcas cargadas de rosas, los espejos de marcos dorados, y todo cuanto era rompible desde la sala hasta el granero, y terminó con la tinaja de la cocina que se reventó en el centro del patio con una explosión profunda. Luego se lavó las manos, se echó encima el lienzo encerado, y antes de medianoche volvió con unos tiesos colgajos de carne salada, varios sacos de arroz y maíz con gorgojo, y unos desmirriados racimos de plátanos. Desde entonces no volvieron a faltar las cosas de comer.

Amaranta Úrsula y el pequeño Aureliano habían de recordar el diluvio como una época feliz. A pesar del rigor de Fernanda, chapaleaban en los pantanos del patio, cazaban lagartos para descuartizarlos y jugaban a envenenar la sopa echándole polvo de alas de mariposas en los descuidos de Santa Sofía de la Piedad. Úrsula era su juguete más entretenido. La tuvieron por una muñeca decrépita que llevaban y traían por los rincones, disfrazada con trapos de colores y la cara pintada con hollín y achiote, y una vez estuvieron a punto de destriparle los ojos como les[23] hacían a los sapos con las tijeras de podar[24]. Nada les causaba tanto alborozo como sus desvaríos. En efecto, algo debió ocurrir en su cerebro en el tercer año de la lluvia, porque poco a poco fue perdiendo el sentido de la realidad, y confundía el tiempo actual con épocas remotas de su vida, hasta el punto de que en una ocasión pasó tres días llorando sin consuelo por la muerte de Petronila Iguarán, su bisabuela, enterrada desde hacía más de un siglo. Se hundió en un estado de confusión tan dispa-

---

[23] *Achiote:* Colorante rojo extraído de las semillas de esta planta. —*Les:* en la edición original, pág. 277: *le hacían.* También podría corregirse en *lo hacían.*

[24] M. Vargas Llosa, pág. 537, nota 8, cita este pasaje como ejemplo de las «formas más bizantinas del humor negro» presentes en la novela.

ratado, que creía que el pequeño Aureliano era su hijo el coronel por los tiempos en que lo llevaron a conocer el hielo, y que el José Arcadio que estaba entonces en el seminario era el primogénito que se fue con los gitanos[25]. Tanto habló de la familia, que los niños aprendieron a organizarle visitas imaginarias con seres que no sólo habían muerto desde hacía mucho tiempo, sino que habían existido en épocas distintas[26]. Sentada en la cama con el pelo cubierto de ceniza y la cara tapada con un pañuelo rojo, Úrsula era feliz en medio de la parentela irreal que los niños describían sin omisión de detalles, como si de verdad la hubieran conocido. Úrsula conversaba con sus antepasados sobre acontecimientos anteriores a su propia existencia, gozaba con las noticias que le daban y lloraba con ellos por muertos mucho más recientes que los mismos contertulios. Los niños no tardaron en advertir que en el curso de esas visitas fantasmales Úrsula planteaba siempre una pregunta destinada a establecer quién era el que había llevado a la casa durante la guerra un San José de yeso de tamaño natural para que lo guardaran mientras pasaba la lluvia. Fue así como Aureliano Segundo se acordó de la fortuna enterrada en algún lugar que sólo Úrsula conocía, pero fueron inútiles las preguntas y las maniobras astutas que se le ocurrieron, porque en los laberintos de su desvarío ella parecía conservar un margen de lucidez para defender aquel secreto, que sólo había de revelar a quien demostrara ser el verdadero dueño del oro sepultado[27]. Era tan hábil y tan estricta, que cuando Aureliano Segundo instruyó a uno de sus compañeros de parranda para que se hiciera pasar por el propietario de la fortuna, ella lo enredó en un interrogatorio minucioso y sembrado de trampas sutiles.

Convencido de que Úrsula se llevaría el secreto a la tumba, Aureliano Segundo contrató una cuadrilla de excavado-

[25] La confusión cronológica no es tan disparatada como pretende el texto que, muy al contrario, la organizó sistemáticamente mediante el juego de las repeticiones de temas y formas.

[26] El juego de los niños es exactamente lo que es *C.A.S.*

[27] Úrsula repite en Aureliano Segundo la resistencia al interrogatorio del coronel Aureliano Buendía sobre el mismo tema (véase pág. 354).

res con el pretexto de que construyeran canales de desagüe
en el patio y en el traspatio, y él mismo sondeó el suelo con
barretas de hierro y con toda clase de detectores de metales,
sin encontrar nada que se pareciera al oro en tres meses de
exploraciones exhaustivas. Más tarde recurrió a Pilar Ternera
con la esperanza de que las barajas vieran más que los cava-
dores, pero ella empezó por explicarle que era inútil cualquier tentativa mientras no fuera Úrsula quien cortara el nai-
pe. Confirmó en cambio la existencia del tesoro, con la precisión de que eran siete mil doscientas catorce monedas
enterradas en tres sacos de lona con jaretas de alambre de cobre, dentro de un círculo con un radio de ciento veintidós
metros, tomando como centro la cama de Úrsula, pero advirtió que no sería encontrado antes de que acabara de llover y
los soles de tres junios consecutivos convirtieran en polvo
los barrizales. La profusión y la meticulosa vaguedad de los
datos le parecieron a Aureliano Segundo tan semejantes a las
fábulas espiritistas, que insistió en su empresa a pesar de que
estaban en agosto y habría sido necesario esperar por lo menos tres años para satisfacer las condiciones del pronóstico.
Lo primero que le causó asombro, aunque al mismo tiempo
aumentó su confusión, fue el comprobar que había exactamente ciento veintidós metros de la cama de Úrsula a la cerca del traspatio. Fernanda temió que estuviera tan loco como
su hermano gemelo cuando lo vio haciendo las mediciones,
y peor aún cuando ordenó a las cuadrillas de excavadores
profundizar un metro más en las zanjas. Presa de un delirio
exploratorio comparable apenas al del bisabuelo[28] cuando
buscaba la ruta de los inventos, Aureliano Segundo perdió
las últimas bolsas de grasa que le quedaban, y la antigua semejanza con el hermano gemelo se fue otra vez acentuando,
no sólo por el escurrimiento de la figura, sino por el aire distante y la actitud ensimismada. No volvió a ocuparse de los

---

[28] *Comparable*, sí pero de sentido estrictamente inverso: José Arcadio, el
fundador, construía; Aureliano Segundo contribuye a la destrucción de la
casa y de Macondo. Sin embargo, éste está recuperando su verdadero nombre (José Arcadio) y su identidad perdida de gemelo a medida que se acerca
la hora de su muerte.

niños. Comía a cualquier hora, embarrado de pies a cabeza, y lo hacía en un rincón de la cocina, contestando apenas a las preguntas ocasionales de Santa Sofía de la Piedad. Viéndolo trabajar en aquella forma, como nunca soñó que pudiera hacerlo, Fernanda creyó que su temeridad era diligencia, y que su codicia era abnegación y su tozudez era perseverancia, y le remordieron las entrañas por la virulencia con que había despotricado contra su desidia. Pero Aureliano Segundo no estaba entonces para reconciliaciones misericordiosas. Hundido hasta el cuello en una ciénaga de ramazones muertas y flores podridas, volteó al derecho y al revés el suelo del jardín después de haber terminado con el patio y el traspatio, y barrenó tan profundamente los cimientos de la galería oriental de la casa, que una noche despertaron aterrorizados por lo que parecía ser un cataclismo, tanto por las trepidaciones como por el pavoroso crujido subterráneo, y era que tres aposentos se estaban desbarrancando[29] y se había abierto una grieta de escalofrío desde el corredor hasta el dormitorio de Fernanda. Aureliano Segundo no renunció por eso a la exploración. Aun cuando ya se habían extinguido las últimas esperanzas y lo único que parecía tener algún sentido eran las predicciones de las barajas, reforzó los cimientos mellados, resanó[30] la grieta con argamasa, y continuó excavando en el costado occidental. Allí estaba todavía la segunda semana del junio siguiente, cuando la lluvia empezó a apaciguarse y las nubes se fueron alzando, y se vio que de un momento a otro iba a escampar. Así fue. Un viernes a las dos de la tarde se alumbró el mundo con un sol bobo, bermejo y áspero como polvo de ladrillo, y casi tan fresco como el agua, y no volvió a llover en diez años.

Macondo estaba en ruinas. En los pantanos de las calles quedaban muebles despedazados, esqueletos de animales cubiertos de lirios colorados, últimos recuerdos de las hordas de advenedizos que se fugaron de Macondo tan atolondra-

Escampar

---

[29] _Desbarrancarse:_ «Caer una persona o cosa desde un precipicio o lugar elevado.» _(Nuevo diccionario de americanismos, t. I, pág. 150b)_

[30] _Resanar:_ «_Amer._ Tapar los desconchados de una pared.» _(Pequeño Larousse.)_

Macondo está arruinado

damente como habían llegado. Las casas paradas con tanta urgencia durante la fiebre del banano, habían sido abandonadas. La compañía bananera desmanteló sus instalaciones. De la antigua ciudad alambrada sólo quedaban los escombros. Las casas de madera, las frescas terrazas donde transcurrían las serenas tardes de naipes, parecían arrasadas por una anticipación del viento profético que años después había de borrar a Macondo de la faz de la tierra[31]. El único rastro humano que dejo aquel soplo veloz, fue un guante de Patricia Brown en el automóvil sofocado por las trinitarias[32]. La región encantada que exploró José Arcadio Buendía en los tiempos de la fundación, y donde luego prosperaron las plantaciones de banano, era un tremedal de cepas putrefactas, en cuyo horizonte remoto se alcanzó a ver por varios años la espuma silenciosa del mar. Aureliano Segundo padeció una crisis de aflicción el primer domingo que vistió ropas secas y salió a reconocer el pueblo. Los sobrevivientes de la catástrofe, los mismos que ya vivían en Macondo antes de que fuera sacudido por el huracán de la compañía bananera, estaban sentados en mitad de la calle gozando de los primeros soles. Todavía conservaban en la piel el verde de alga y el olor de rincón que les imprimió la lluvia, pero en el fondo de sus corazones parecían satisfechos de haber recuperado el pueblo en que nacieron. La Calle de los Turcos era otra vez la de antes, la de los tiempos en que los árabes de pantuflas y argollas en las orejas que recorrían el mundo cambiando guacamayas por chucherías, hallaron en Macondo un buen recodo para descansar de su milenaria condición de gente trashumante. Al otro lado de la lluvia, la mercancía de los bazares estaba cayéndose a peda-

---

31 «Es significativo que nos sea ya anunciado el fin de Macondo. Todo después de esta lluvia queda en un lamentable estado de postración, en un estado del que Macondo no logrará ya sobreponerse. Todo parece volver al principio, pero un principio que no es renacimiento, sino final. Final y principio se unen cumpliendo un círculo perfecto y cerrado.» (C. Arnau, pág. 131) Ya discutimos esta última idea en la Introducción (véase pág. 38). Por otra parte, hace falta recordar que éste no es el primer anuncio del final de Macondo y de la novela (véase pág. 406).

32 *Trinitaria:* «P. Ric. Planta trepadora espinosa.» *(D.R.A.E.)* Amplíese el uso de la palabra al Caribe.

448

zos, los géneros abiertos en la puerta estaban veteados de musgo, los mostradores socavados por el comején y las paredes carcomidas por la humedad, pero los árabes de la tercera generación estaban sentados en el mismo lugar y en la misma actitud de sus padres y sus abuelos, taciturnos, impávidos, invulnerables al tiempo y al desastre, y tan vivos o tan muertos como estuvieron después de la peste del insomnio y de las treinta y dos guerras del coronel Aureliano Buendía[33]. Era tan asombrosa su fortaleza de ánimo frente a los escombros de las mesas de juego, los puestos de fritangas, las casetas de tiro al blanco y el callejón donde se interpretaban los sueños y se adivinaba el porvenir, que Aureliano Segundo les preguntó con su informalidad habitual de qué recursos misteriosos se habían valido para no naufragar en la tormenta, cómo diablos habían hecho para no ahogarse, y uno tras otro, de puerta en puerta, le devolvieron una sonrisa ladina y una mirada de ensueño, y todos le dieron sin ponerse de acuerdo la misma respuesta:

—Nadando.

Petra Cotes era tal vez el único nativo que tenía corazón de árabe. Había visto los últimos destrozos de sus establos y caballerizas arrastrados por la tormenta, pero había logrado mantener la casa en pie. En el último año, le había mandado recados apremiantes a Aureliano Segundo, y éste le había contestado que ignoraba cuándo volvería a su casa, pero en todo caso llevaría un cajón de monedas de oro para empedrar el dormitorio. Entonces ella había escarbado en su corazón, buscando la fuerza que le permitiera sobrevivir a la desgracia, y había encontrado una rabia reflexiva y justa, con la

---

[33] La comunidad de los árabes «va a perdurar, con sus características originales, hasta la extinción de Macondo. Será siempre una colectividad cerrada sobre sí misma, dedicada al comercio, con la que el resto de la sociedad mantiene tratos económicos, y, quizá, amistad, pero con la que no se mezcla [...] en la estructura social, esta comunidad de comerciantes se halla debajo del estrado de los fundadores, y, más tarde, del de los criollos: ni las responsabilidades políticas, sociales y militares, ni las grandes fortunas serán jamás de ningún árabe». (M. Vargas Llosa, págs. 509-510.) El retrato de los árabes nos explica *a posteriori* la «tristeza de sarraceno» de José Arcadio Segundo (véase página 428, nota 38).

449

cual había jurado restaurar la fortuna despilfarrada por el amante y acabada de exterminar por el diluvio. Fue una decisión tan inquebrantable, que Aureliano Segundo volvió a su casa ocho meses después del último recado, y la encontró verde, desgreñada, con los párpados hundidos y la piel escarchada por la sarna, pero estaba escribiendo números en pedacitos de papel, para hacer una rifa. Aureliano Segundo se quedó atónito, y estaba tan escuálido y tan solemne, que Petra Cotes no creyó que quien había vuelto a buscarla fuera el amante de toda la vida, sino el hermano gemelo.

—Estás loca —dijo él—. A menos que pienses rifar los huesos.

Entonces ella le dijo que se asomara al dormitorio, y Aureliano Segundo vio la mula. Estaba con el pellejo pegado a los huesos, como la dueña, pero tan viva y resuelta como ella. Petra Cotes la había alimentado con su rabia, y cuando no tuvo más hierbas, ni maíz, ni raíces, la albergó en su propio dormitorio y le dio a comer las sábanas de percal, los tapices persas, los sobrecamas de peluche, las cortinas de terciopelo y el palio bordado con hilos de oro y borlones de seda de la cama episcopal.

Habla de la comunidad árabe y como sobrevive Petra Cotes.

Úrsula tuvo que hacer un grande esfuerzo para cumplir su promesa de morirse cuando escampara[1]. Las ráfagas de lucidez que eran tan escasas durante la lluvia, se hicieron más frecuentes a partir de agosto, cuando empezó a soplar el viento árido que sofocaba los rosales y petrificaba los pantanos, y que acabó por esparcir sobre Macondo el polvo abrasante que cubrió para siempre los oxidados techos de zinc y los almendros centenarios. Úrsula lloró de lástima al descubrir que por más de tres años había quedado para juguete de los niños. Se lavó la cara pintorreteada, se quitó de encima las tiras de colorines, las lagartijas y los sapos resecos y las camándulas y antiguos collares de árabes que le habían colgado por todo el cuerpo, y por primera vez desde la muerte de Amaranta abandonó la cama sin auxilio de nadie para incorporarse de nuevo a la vida familiar. El ánimo de su corazón invencible la orientaba en las tinieblas. Quienes repararon en sus trastabilleos y tropezaron con su brazo arcangélico siempre alzado a la altura de la cabeza, pensaron que a duras penas podía con su cuerpo, pero todavía no creyeron que estaba ciega. Ella no necesitaba ver para darse cuenta de que los canteros de flores, cultivados con tanto esmero desde la primera reconstrucción, habían sido destruidos por la lluvia y arrasados por las excavaciones de Aureliano Segundo, y que las paredes y el cemento de los pisos estaban cuarteados, los muebles flojos y descoloridos, las puertas desquiciadas, y la familia amenazada por un espíritu de resignación y pesa-

---

[1] «Uno no se muere cuando debe, sino cuando puede», ya le había dicho su hijo, el coronel.

dumbre que no hubiera sido concebible en sus tiempos. Moviéndose a tientas por los dormitorios vacíos percibía el trueno continuo del comején taladrando las maderas, y el tijereteo de la polilla en los roperos, y el estrépito devastador de las enormes hormigas coloradas que habían prosperado en el diluvio y estaban socavando los cimientos de la casa[2]. Un día abrió el baúl de los santos, y tuvo que pedir auxilio a Santa Sofía de la Piedad para quitarse de encima las cucarachas que saltaron del interior, y que ya habían pulverizado la ropa. «No es posible vivir en esta negligencia», decía. «A este paso terminaremos devorados por las bestias.» Desde entonces no tuvo un instante de reposo. Levantada desde antes del amanecer, recurría a quien estuviera disponible, inclusive a los niños. Puso al sol las escasas ropas que todavía estaban en condiciones de ser usadas, ahuyentó las cucarachas con sorpresivos asaltos de insecticida, raspó las venas del comején en puertas y ventanas y asfixió con cal viva a las hormigas en sus madrigueras. La fiebre de restauración[3] acabó por llevarla a los cuartos olvidados. Hizo desembarazar de escombros y telarañas la habitación donde a José Arcadio Buendía se le secó la mollera buscando la piedra filosofal, puso en orden el taller de platería que había sido revuelto por los soldados, y por último pidió las llaves del cuarto de Melquíades para ver en qué estado se encontraba. Fiel a la voluntad de José Arcadio Segundo, que había prohibido toda intromisión mientras no hubiera un indicio real de que había muerto, Santa Sofía de la Piedad recurrió a toda clase de subterfugios para desorientar a Úrsula. Pero era tan inflexible su determinación de no abandonar a los insectos ni el más recóndito e inservible rincón de la casa, que desbarató cuanto obstáculo le atravesaron, y al cabo de tres días de insistencia consiguió que le abrieran el cuarto. Tuvo que agarrarse del quicio para que no la derribara la pestilencia, pero no le hicieron falta más de dos segundos para re

---

[2] Habrá que recordar esta nueva plaga que destruye «los cimientos» de la casa; el detalle espacial tiene, por supuesto, una importancia simbólica.

[3] Mantener, ampliar, restaurar la casa es una de las funciones atribuidas a Úrsula desde el principio. La «biografía» de la casa corre paralela a la de la fundadora.

cordar que ahí estaban guardadas las setenta y dos bacinillas de las colegialas, y que en una de las primeras noches de lluvia una patrulla de soldados había registrado la casa buscando a José Arcadio Segundo y no habían podido encontrarlo.

—¡Bendito sea Dios! —exclamó, como si lo hubiera visto todo—. Tanto tratar de inculcarte las buenas costumbres, para que terminaras viviendo como un puerco.

José Arcadio Segundo seguía releyendo los pergaminos. Lo único visible en la intrincada maraña de pelos eran los dientes rayados de lama[4] verde y los ojos inmóviles. Al reconocer la voz de la bisabuela, movió la cabeza hacia la puerta, trató de sonreír, y sin saberlo repitió una antigua frase de Úrsula.

—Qué quería —murmuró—, el tiempo pasa.

—Así es —dijo Úrsula—, pero no tanto.

Al decirlo, tuvo conciencia de estar dando la misma réplica que recibió del coronel Aureliano Buendía en su celda de sentenciado[5], y una vez más se estremeció con la comprobación de que el tiempo no pasaba, como ella lo acababa de admitir, sino que daba vueltas en redondo[6]. Pero tampoco entonces le dio una oportunidad a la resignación. Regañó a José Arcadio Segundo como si fuera un niño, y se empeñó en que se bañara y se afeitara y le prestara su fuerza para acabar de restaurar la casa. La simple idea de abandonar el cuarto que le había proporcionado la paz, aterrorizó a José Arcadio Segundo. Gritó que no había poder humano capaz de hacerlo salir, porque no quería ver el tren de doscientos vagones cargados de muertos que cada atardecer partía de Macondo hacia el mar. «Son todos los que estaban en la estación», gritaba. «Tres mil cuatrocientos ocho»[7]. Sólo entonces comprendió Úrsula que él estaba en

---

[4] *Lama: «Bol.* y *Col.* Moho, cardenillo.» *(Pequeño Larousse.)*

[5] Véase pág. 224. La repetición del diálogo invierte el orden de los interlocutores. De una vez se enuncian dos reglas de composición de la novela: repetición e inversión. Véase también pág. 275, nota 23.

[6] Sin embargo, la inversión de las réplicas manifiesta que el tiempo, a pesar de la circularidad, no pasa por donde había primero pasado: la figura del tiempo mítico en *C.A.S.* sería más bien una espiral.

[7] La meditación solitaria de más de cuatro años le permitió a José Arcadio Segundo sacar la cuenta exacta de los muertos de la matanza. Sobre la cifra

un mundo de tinieblas más impenetrable que el suyo, tan infranqueable y solitario como el del bisabuelo. Lo dejó en el cuarto, pero consiguió que no volvieran a poner el candado, que hicieran la limpieza todos los días, que tiraran las bacinillas a la basura y sólo dejaran una, y que mantuvieran a José Arcadio Segundo tan limpio y presentable como estuvo el bisabuelo en su largo cautiverio bajo el castaño. Al principio, Fernanda interpretaba aquel ajetreo como un acceso de locura senil, y a duras penas reprimía la exasperación. Pero José Arcadio le anunció por esa época desde Roma que pensaba ir a Macondo antes de hacer los votos perpetuos, y la buena noticia le infundió tal entusiasmo, que de la noche a la mañana se encontró regando las flores cuatro veces al día para que su hijo no fuera a formarse una mala impresión de la casa. Fue ese mismo incentivo el que la indujo a apresurar su correspondencia con los médicos invisibles, y a reponer en el corredor las macetas de helechos y orégano, y los tiestos de begonias, mucho antes de que Úrsula se enterara de que habían sido destruidos por la furia exterminadora de Aureliano Segundo. Más tarde vendió el servicio de plata, y compró vajillas de cerámica, soperas y cucharones de peltre y cubiertos de alpaca, y empobreció con ellos las alacenas acostumbradas a la loza de la Compañía de Indias y la cristalería de Bohemia[8]. Úrsula trataba de ir siempre más lejos. «Que abran puertas y ventanas», gritaba. «Que hagan carne y pescado, que compren las tortugas más grandes, que vengan los forasteros a tender sus petates en los rincones y a orinarse en los rosales, que se sienten a la mesa a comer cuantas veces quieran, y que eructen y despotriquen y lo embarren todo con sus botas, y que hagan con nosotros lo que les dé la gana, porque esa es la única manera de espantar la ruina»[9]. Pero era

real de los muertos de la masacre del 6 de diciembre de 1928 («varios cientos»), véase Dasso Saldívar, *García Márquez*, págs. 67-68.

[8] O sea, la vajilla y cristalería comprada por Úrsula anteriormente. Fernanda deshace lo que la fundadora hizo y quiere rehacer.

[9] Úrsula repite a la vez sus mismas palabras de la época de la «hojarasca» y la cantaleta de Fernanda contra los forasteros, invirtiendo, por supuesto, el sentido de los efectos de la invasión (Comp. pág. 339)

una ilusión vana. Estaba ya demasiado vieja y viviendo de sobra para repetir el milagro de los animalitos de caramelo, y ninguno de sus descendientes había heredado su fortaleza. La casa continuó cerrada por orden de Fernanda.

Aureliano Segundo, que había vuelto a llevarse sus baúles a casa de Petra Cotes, disponía apenas de los medios para que la familia no se muriera de hambre. Con la rifa de la mula, Petra Cotes y él habían comprado otros animales, con los cuales consiguieron enderezar un rudimentario negocio de lotería. Aureliano Segundo andaba de casa en casa, ofreciendo los billetitos que él mismo pintaba con tintas de colores para hacerlos más atractivos y convincentes, y acaso no se daba cuenta de que muchos se los compraban por gratitud, y la mayoría por compasión. Sin embargo, aun los más piadosos compradores adquirían la oportunidad de ganarse un cerdo por veinte centavos o una novilla por treinta y dos, y se entusiasmaban tanto con la esperanza, que la noche del martes desbordaban el patio de Petra Cotes esperando el momento en que un niño escogido al azar sacara de la bolsa el número premiado. Aquello no tardó en convertirse en una feria semanal, pues desde el atardecer se instalaban en el patio mesas de fritangas y puestos de bebidas, y muchos de los favorecidos sacrificaban allí mismo el animal ganado con la condición de que otros pusieran la música y el aguardiente, de modo que sin haberlo deseado Aureliano Segundo se encontró de pronto tocando otra vez el acordeón y participando en modestos torneos de voracidad. Estas humildes réplicas de las parrandas de otros días[10], sirvieron para que el propio Aureliano Segundo descubriera cuánto habían decaído sus ánimos y hasta qué punto había secado su ingenio de cumbiambero magistral. Era un hombre cambiado. Los ciento veinte kilos que llegó a tener en la época en que lo desafió La Elefanta se habían reducido a setenta y ocho; la candorosa y abotagada cara de tortuga se la había vuelto de iguana, y siempre andaba cerca del aburrimiento y el cansancio. Para

---

[10] Esas «humildes réplicas» ilustran otra vez el desgaste del eje de la rueda temporal.

Petra Cotes, sin embargo, no fue mejor hombre que entonces, tal vez porque confundía con el amor la compasión que él le inspiraba, y el sentimiento de solidaridad que en ambos había despertado la miseria. La cama desmantelada dejó de ser lugar de desafueros y se convirtió en refugio de confidencias. Liberados de los espejos repetidores que habían rematado para comprar animales de rifa, y de los damascos y terciopelos concupiscentes que había comido la mula, se quedaban despiertos hasta muy tarde con la inocencia de dos abuelos desvelados, aprovechando para sacar cuentas y trasponer centavos el tiempo que antes malgastaban en malgastarse. A veces los sorprendían los primeros gallos haciendo y deshaciendo montoncitos de monedas[11], quitando un poco de aquí para ponerlo allá, de modo que esto alcanzara para contentar a Fernanda, y aquello para los zapatos de Amaranta Úrsula, y esto otro para Santa Sofía de la Piedad que no estrenaba un traje desde los tiempos del ruido, y esto para mandar hacer el cajón si se moría Úrsula, y esto para el café que subía un centavo por libra cada tres meses, y esto para el azúcar que cada vez endulzaba menos, y esto para la leña que todavía estaba mojada por el diluvio, y esto otro para el papel y la tinta de colores de los billetes, y aquello que sobraba para ir amortizando el valor de la ternera de abril, de la cual milagrosamente salvaron el cuero, porque le dio carbunco sintomático cuando estaban vendidos casi todos los números de la rifa. Eran tan puras aquellas misas de pobreza, que siempre destinaban la mejor parte para Fernanda, y no lo hicieron nunca por remordimiento ni por caridad, sino porque su bienestar les importaba más que el de ellos mismos. Lo que en verdad les ocurría, aunque ninguno de los dos se daba cuenta, era que ambos pensaban en Fernanda como en la hija que hubieran querido tener y no tuvieron, hasta el punto de que en cierta ocasión se resignaron a comer mazamorra por tres días para que ella pudiera comprar un mantel holandés. Sin embargo, por más que se mataban trabajando,

[11] Vuelven a sucederse en el texto sus temas estructuradores: «los espejos repetidores», el «hacer para deshacer», la soledad que puede, fugazmente, desaparecer para dejar paso a la solidaridad...

por mucho dinero que escamotearan y muchas triquiñuelas que concibieran, los ángeles de la guarda se les dormían de cansancio mientras ellos ponían y quitaban monedas tratando de que siquiera les alcanzaran para vivir. En el insomnio que les dejaban las malas cuentas, se preguntaban qué había pasado en el mundo para que los animales no parieran con el mismo desconcierto de antes, por qué el dinero se desbarataba en las manos, y por qué la gente que hacía poco tiempo quemaba mazos de billetes en la cumbiamba, consideraba que era un asalto en despoblado cobrar doce centavos por la rifa de seis gallinas. Aureliano Segundo pensaba sin decirlo que el mal no estaba en el mundo, sino en algún lugar recóndito del misterioso corazón de Petra Cotes, donde algo había ocurrido durante el diluvio que volvió estériles a los animales y escurridizo el dinero. Intrigado con ese enigma, escarbó tan profundamente en los sentimientos de ella, que buscando el interés encontró el amor, porque tratando de que ella lo quisiera terminó por quererla. Petra Cotes, por su parte, lo iba queriendo más a medida que sentía aumentar su cariño, y fue así cómo en la plenitud del otoño volvió a creer en la superstición juvenil de que la pobreza era una servidumbre del amor. Ambos evocaban entonces como un estorbo las parrandas desatinadas, la riqueza aparatosa y la fornicación sin freno, y se lamentaban de cuánta vida les había costado encontrar el paraíso de la soledad compartida[12]. Locamente enamorados al cabo de tantos años de complicidad estéril, gozaban con el milagro de quererse tanto en la mesa como en la cama, y llegaron a ser tan felices, que todavía cuando eran dos ancianos agotados seguían retozando como conejitos y peleándose como perros.

Las rifas no dieron nunca para más. Al principio, Aureliano Segundo ocupaba tres días de la semana encerrado en su

---

[12] ¿El amor definido como «soledad compartida» será amor de veras? ¿Negaría el caso de Aureliano Segundo y Petra Cotes la afirmación de GGM, repetida por muchos críticos, según la cual la única pareja que sabe lo que es el amor en *C.A.S.* es la última? ¿Debe considerarse que el amor-soledad compartida se encuentra demasiado tarde en la vida de esos personajes como para calificarse de amor pleno?

antigua oficina de ganadero, dibujando billete por billete, pintando con un cierto primor una vaquita roja, un cochinito verde o un grupo de gallinitas azules, según fuera el animal rifado, y modelaba con una buena imitación de las letras de imprenta el nombre que le pareció a Petra Cotes para bautizar el negocio: *Rifas de la Divina Providencia.* Pero con el tiempo se sintió tan cansado después de dibujar hasta dos mil billetes a la semana, que mandó a hacer los animales, el nombre y los números en sellos de caucho, y entonces el trabajo se redujo a humedecerlos en almohadillas de distintos colores. En sus últimos años se les ocurrió sustituir los números por adivinanzas, de modo que el premio se repartiera entre todos los que acertaran, pero el sistema resultó ser tan complicado y se prestaba a tantas suspicacias, que desistieron a la segunda tentativa[13].

Aureliano Segundo andaba tan ocupado tratando de consolidar el prestigio de sus rifas, que apenas le quedaba tiempo para ver a los niños. Fernanda puso a Amaranta Úrsula en una escuelita privada donde no se recibían más de seis alumnas. Pero se negó a permitir que Aureliano asistiera a la escuela pública. Consideraba que ya había cedido demasiado al aceptar que abandonara el cuarto. Además, en las escuelas de esa época sólo se recibían hijos legítimos de matrimonios católicos, y en el certificado de nacimiento que habían prendido con una nodriza[14] en la batita de Aureliano cuando lo mandaron a la casa, estaba registrado como expósito. De modo que se quedó encerrado, a merced de la vigilancia caritativa de Santa Sofía de la Piedad y de las alternativas mentales de Úrsula, descubriendo el estrecho mundo de la casa según se lo explicaban las abuelas. Era fino, estirado, de una curiosidad que sacaba de quicio a los adultos, pero al contrario de la mirada inquisitiva y a veces clarividente que tuvo el coronel a su edad, la suya era parpadeante y un poco distraída. Mientras Amaranta Úrsula estaba en el parvulario, él cazaba lombrices y torturaba insectos en el jardín. Pero una vez

---

[13] Una variante más de lenguaje cifrado.
[14] *Nodriza:* 'imperdible'; «*Costa atl.* Alfiler que se abrocha de modo que no puede abrirse fácilmente.» (*Nuevo diccionario de americanismos,* t. I, pág. 283b)

en que Fernanda lo sorprendió metiendo alacranes en una caja para ponerlos en la estera de Úrsula, lo recluyó en el antiguo dormitorio de Meme, donde se distrajo de sus horas solitarias repasando las láminas de la enciclopedia. Allí lo encontró Úrsula una tarde en que andaba asperjando la casa con agua serenada y un ramo de ortigas[15], y a pesar de que había estado con él muchas veces, le preguntó quién era.

—Soy Aureliano Buendía —dijo él.

—Es verdad —replicó ella—. Ya es hora de que empieces a aprender la platería.

Lo volvió a confundir con su hijo, porque el viento cálido que sucedió al diluvio e infundió en el cerebro de Úrsula ráfagas eventuales de lucidez, había acabado de pasar. No volvió a recobrar la razón. Cuando entraba al dormitorio, encontraba allí a Petronila Iguarán, con el estorboso miriñaque y el saquito de moscatilla que se ponía para las visitas de compromiso, y encontraba a Tranquilina María Miniata Alocoque Buendía, su abuela, abanicándose con una pluma de pavorreal en su mecedor de tullida, y a su bisabuelo Aureliano Arcadio Buendía con su falso dormán de las guardias virreinales, y a Aureliano Iguarán, su padre[16], que había inventado una oración para que se achicharraran y se cayeran los gusanos de las vacas, y a la timorata de su madre, y al primo con la cola de cerdo, y a José Arcadio Buendía y a sus hijos muertos, todos sentados en sillas que habían sido recostadas contra la pared como si no estuvieran en una visita, sino en un velorio. Ella hilvanaba una cháchara colorida, comentando asuntos de lugares apartados y tiempos sin coincidencia, de modo que cuando Amaranta Úrsula regresaba de la escuela y Aureliano se cansaba de la enciclopedia, la encontraban sentada en la cama, hablando sola, y perdida en un laberinto de

---

[15] A todas luces Úrsula purifica la casa.

[16] No sólo se puede reconstruir la genealogía Buendía-Iguarán más allá de la época de los fundadores (véase el libro de A. F. Seguí) sino que se advierte que la repetición de los nombres, por lo menos de los varones, no empieza con la fundación de Macondo. También es de notar que se da una combinación inédita, Aureliano Arcadio, síntesis de las dos líneas.

muertos. «¡Fuego!», gritó una vez aterrorizada, y por un instante sembró el pánico en la casa, pero lo que estaba anunciando era el incendio de una caballeriza que había presenciado a los cuatro años. Llegó a revolver de tal modo el pasado con la actualidad, que en las dos o tres ráfagas de lucidez que tuvo antes de morir, nadie supo a ciencia cierta si hablaba de lo que sentía o de lo que recordaba. Poco a poco se fue reduciendo, fetizándose, momificándose en vida, hasta el punto de que en sus últimos meses era una ciruela pasa perdida dentro del camisón, y el brazo siempre alzado terminó por parecer la pata de una marimonda[17]. Se quedaba inmóvil varios días, y Santa Sofía de la Piedad tenía que sacudirla para convencerse de que estaba viva, y se la sentaba en las piernas para alimentarla con cucharitas de agua de azúcar. Parecía una anciana recién nacida[18]. Amaranta Úrsula y Aureliano la llevaban y la traían por el dormitorio, la acostaban en el altar para ver que era apenas más grande que el Niño Dios, y una tarde la escondieron en un armario del granero donde hubieran podido comérsela las ratas. Un domingo de ramos entraron al dormitorio mientras Fernanda estaba en misa, y cargaron a Úrsula por la nuca y los tobillos.

—Pobre la tatarabuelita —dijo Amaranta Úrsula—, se nos murió de vieja.

Úrsula se sobresaltó.

—¡Estoy viva! —dijo.

—Ya ves —dijo Amaranta Úrsula, reprimiendo la risa—, ni siquiera respira.

—¡Estoy hablando! —gritó Úrsula.

—Ni siquiera habla —dijo Aureliano—. Se murió como un grillito.

---

[17] *Marimonda*: «*Costa atl.* Nombre de varias especies de monos pequeños de larga cola prensil.» *(Nuevo diccionario de americanismos,* t. I, pág. 257b).

[18] Este proceso regresivo «trae a la memoria el cuento de Alejo Carpentier, "Viaje a la semilla". En su vida se ve su muerte, y en su muerte, su nacimiento». (M. Palencia-Roth, pág. 95.) Desde un punto de vista funcional, se puede decir que Úrsula sufre el proceso general de los Buendía de retorno a los orígenes en el momento de la muerte.

Entonces Úrsula se rindió a la evidencia. «Dios mío», exclamó en voz baja. «De modo que esto es la muerte.» Inició una oración interminable, atropellada, profunda, que se prolongó por más de dos días, y que el martes había degenerado en un revoltijo de súplicas a Dios y de consejos prácticos para que las hormigas coloradas no tumbaran la casa, para que nunca dejaran apagar la lámpara frente al daguerrotipo de Remedios, y para que cuidaran de que ningún Buendía fuera a casarse con alguien de su misma sangre, porque nacían los hijos con cola de puerco[19]. Aureliano Segundo trató de aprovechar el delirio para que le confesara dónde estaba el oro enterrado, pero otra vez fueron inútiles las súplicas. «Cuando aparezca el dueño —dijo Úrsula— Dios ha de iluminarlo para que lo encuentre.» Santa Sofía de la Piedad tuvo la certeza de que la encontraría muerta de un momento a otro, porque observaba por esos días un cierto aturdimiento de la naturaleza: que las rosas olían a quenopodio[20], que se le cayó una totuma de garbanzos y los granos quedaron en el suelo en un orden geométrico perfecto y en forma de estrella de mar, y que una noche vio pasar por el cielo una fila de luminosos discos anaranjados[21].

Amaneció muerta el jueves santo[22]. La última vez que la habían ayudado a sacar la cuenta de su edad, por los tiempos de la compañía bananera, la había calculado entre los ciento quince y los ciento veintidós años. La enterraron en una cajita que era apenas más grande que la canastilla en que fue llevado Aureliano, y muy poca gente asistió al entierro, en parte porque no eran muchos quienes se acordaban de ella, y en parte porque ese mediodía hubo tanto calor que los pá-

---

[19] La primera de la estirpe transmite a los últimos las obsesiones familiares, en particular la fundamental del incesto de la cual no escaparán.

[20] *Quenopodio:* planta de la familia de las quenopodiáceas (como la espinaca) bastante común en los cultivos de las regiones calientes.

[21] No es la primera vez que aparecen «los discos anaranjados» en el cielo de Macondo (véase pág. 283) y tampoco será la última. G. Maturo, pág. 157, sólo registra dos apariciones y sólo comenta la última: las interpreta como «la irrupción de la sacralidad en la vida cotidiana». Más sencillamente podría ser presagio de muerte o del final de algo.

[22] La muerte de la fundadora mítica había de acompañarse de fenómenos sobrenaturales y ocurrir un día sagrado.

huellas de una criatura = Judío Errante

jaros desorientados se estrellaban como perdigones contra las paredes y rompían las mallas metálicas de las ventanas para morirse en los dormitorios[23].

Al principio se creyó que era una peste. Las amas de casa se agotaban de tanto barrer pájaros muertos, sobre todo a la hora de la siesta, y los hombres los echaban al río por carretadas. El domingo de resurrección, el centenario padre Antonio Isabel afirmó en el púlpito que la muerte de los pájaros obedecían a la mala influencia del Judío Errante, que él mismo había visto la noche anterior. Lo describió como un híbrido de macho cabrío cruzado con hembra hereje, una bestia infernal cuyo aliento calcinaba el aire y cuya visita determinaría la concepción de engendros por las recién casadas. No fueron muchos quienes prestaron atención a su plática apocalíptica, porque el pueblo estaba convencido de que el párroco desvariaba a causa de la edad. Pero una mujer despertó a todos al amanecer del miércoles, porque encontró unas huellas de bípedo de pezuña hendida. Eran tan ciertas e inconfundibles, que quienes fueron a verlas no pusieron en duda la existencia de una criatura espantosa semejante a la descrita por el párroco, y se asociaron para montar trampas en sus patios. Fue así como lograron la captura. Dos semanas después de la muerte de Úrsula, Petra Cotes y Aureliano Segundo despertaron sobresaltados por un llanto de becerro descomunal que les llegaba del vecindario. Cuando se levantaron, ya un grupo de hombres estaba desensartando al monstruo de las afiladas varas que habían parado en el fondo de una fosa cubierta con hojas secas, y había dejado de berrear. Pesaba como un buey, a pesar de que su estatura no era mayor que la de un adolescente, y de sus heridas manaba una sangre verde y untuosa[24]. Tenía el cuerpo cubierto de

---

[23] Véase pág. 234 y nota 33: allí se describe la última salida de Rebeca «por la época en que pasó por el pueblo el Judío Errante y provocó un calor tan intenso que los pájaros rompían las alambreras de las ventanas para morir en los dormitorios». Parece, pues, que Rebeca salió para asistir al entierro de Úrsula: se trataría de un dato narrativo escondido que el lector tiene que deducir por las aproximaciones textuales.

[24] De la misma manera la sangre de la monstruosa abuela de Eréndira será «oleosa, brillante y verde, igual que la miel de menta». (*Eréndira*, pág. 161.)

una pelambre áspera, plagada de garrapatas menudas, y el pellejo petrificado por una costra de rémora, pero al contrario de la descripción del párroco, sus partes humanas eran más de ángel valetudinario que de hombre, porque las manos eran tersas y hábiles, los ojos grandes y crepusculares, y tenía en los omoplatos los muñones cicatrizados y callosos de unas alas potentes, que debieron ser desbastadas con hachas de labrador[25]. Lo colgaron por los tobillos en un almendro de la plaza, para que nadie se quedara sin verlo, y cuando empezó a pudrirse lo incineraron en una hoguera, porque no se pudo determinar si su naturaleza bastarda era de animal para echar en el río o de cristiano para sepultar. Nunca se estableció si en realidad fue por él que se murieron los pájaros, pero las recién casadas no concibieron los engendros anunciados, ni disminuyó la intensidad del calor.

Rebeca murió a fines de ese año. Argénida, su criada de toda la vida, pidió ayuda a las autoridades para derribar la puerta del dormitorio donde su patrona estaba encerrada desde hacía tres días, y la encontraron en la cama solitaria, enroscada como un camarón, con la cabeza pelada por la tiña y el pulgar metido en la boca[26]. Aureliano Segundo se hizo cargo del entierro, y trató de restaurar la casa para venderla, pero la destrucción estaba tan encarnizada en ella que las paredes se desconchaban acabadas de pintar, y no hubo argamasa bastante gruesa para impedir que la cizaña triturara los pisos y la hiedra pudriera los horcones[27].

Todo andaba así desde el diluvio. La desidia de la gente contrastaba con la voracidad del olvido, que poco a poco iba carcomiendo sin piedad los recuerdos[28], hasta el extremo de

---

[25] El retrato del Judío Errante prefigura, parcialmente, el de *Un señor muy viejo con unas alas enormes* (*Er.*, págs. 9-20).

[26] «Se cumple en [Rebeca] más claramente que en otros (hasta en la posición misma que adopta al morir) el ciclo vital con los dos puntos extremos tocándose. En ese momento final, Rebeca recuerda más que nunca a la triste niña de piel verde, vientre redondo y ojos espantados, que se chupaba el dedo constantemente y que llegó a casa de los Buendía cargando en un talego los huesos insepultos de sus padres.» (O. Carreras González, pág. 86.)

[27] *Horcón:* véase pág. 184, nota 18.

[28] Hacia el final de la novela, todas las pestes que asolaron a Macondo —o sus sustitutos— parecen reunirse para desembocar en el Apocalipsis.

que por esos tiempos, en un nuevo aniversario del tratado de Neerlandia, llegaron a Macondo unos emisarios del presidente de la República para entregar por fin la condecoración varias veces rechazada por el coronel Aureliano Buendía, y perdieron toda una tarde buscando a alguien que les indicara dónde podían encontrar a alguno de sus descendientes. Aureliano Segundo estuvo tentado de recibirla, creyendo que era una medalla de oro macizo, pero Petra Cotes lo persuadió de la indignidad cuando ya los emisarios aprestaban bandos y discursos para la ceremonia. También por esa época volvieron los gitanos[29], los últimos herederos de la ciencia de Melquíades, y encontraron el pueblo tan acabado y a sus habitantes tan apartados del resto del mundo, que volvieron a meterse en las casas arrastrando fierros imantados como si de veras fueran el último descubrimiento de los sabios babilonios[30], y volvieron a concentrar los rayos solares con la lupa gigantesca, y no faltó quien se quedara con la boca abierta viendo caer peroles y rodar calderos, y quienes pagaran cincuenta centavos para asombrarse con una gitana que se quitaba y se ponía la dentadura postiza[31]. Un desvencijado tren amarillo que no traía ni se llevaba a nadie, y que apenas se detenía en la estación desierta, era lo único que quedaba del tren multitudinario en el cual enganchaba el señor Brown su vagón con techo de vidrio y poltronas de obispo, y de los trenes fruteros de ciento veinte vagones que demoraban pasando toda una tarde. Los delegados curiales que habían ido a investigar el informe sobre la extraña mortan-

---

[29] A pesar de lo impreciso de la cronología (*por esa época*), parece que esos últimos gitanos ya no vuelven en marzo, época tradicional de su llegada. Ahora ésta se vincula con el aniversario del tratado de Neerlandia, o sea, el 24 de octubre (véase pág. 279, nota 32). Es una señal más de la degradación del tiempo.

[30] En la época mítica, el imán era «la octava maravilla de los sabios alquimistas de Macedonia» (págs. 81-82). La sustitución es significativa: se relaciona con la ciudad decadente por antonomasia y con el apellido del último de la estirpe.

[31] Es de notar que esa vuelta al principio está netamente marcada en el texto por el signo negativo: las invenciones de los gitanos de Melquíades significaban el progreso; aquí corresponden a un regreso, a un movimiento sin más impulso. El círculo que se cierra, según la mayoría de los críticos, es irrepetible, lo que contradice el concepto mismo del círculo.

dad de los pájaros y el sacrificio del Judío Errante, encontraron al padre Antonio Isabel jugando con los niños a la gallina ciega, y creyendo que su informe era producto de una alucinación senil, se lo llevaron a un asilo. Poco después mandaron al padre Augusto Ángel[32], un cruzado de las nuevas hornadas, intransigente, audaz, temerario, que tocaba personalmente las campanas varias veces al día para que no se aletargaran los espíritus, y que andaba de casa en casa despertando a los dormilones para que fueran a misa, pero antes de un año estaba también vencido por la negligencia que se respiraba en el aire, por el polvo ardiente que todo lo envejecía y atascaba, y por el sopor que le causaban las albóndigas del almuerzo en el calor insoportable de la siesta.

A la muerte de Úrsula, la casa volvió a caer en un abandono del cual no la podría rescatar ni siquiera una voluntad tan resuelta y vigorosa como la de Amaranta Úrsula[33], que muchos años después, siendo una mujer sin prejuicios, alegre y moderna, con los pies bien asentados en el mundo, abrió puertas y ventanas para espantar la ruina, restauró el jardín, exterminó las hormigas coloradas que ya andaban a pleno día por el corredor, y trató inútilmente de despertar el olvidado espíritu de hospitalidad. La pasión claustral de Fernanda puso un dique infranqueable a los cien años torrenciales de Úrsula. No sólo se negó a abrir las puertas cuando pasó el viento árido, sino que hizo clausurar las ventanas con crucetas de madera, obedeciendo a la consigna paterna de enterrarse en vida. La dispendiosa correspondencia con los médicos invisibles terminó en un fracaso. Después de numerosos aplazamientos, se encerró en su dormitorio en la fecha y la hora acordadas, cubierta solamente por una sábana blanca y con la cabeza hacia el norte, y a la una de la madrugada sin-

---

[32] «[...] la religión es víctima también del deterioro, igual que la sociedad y que la estirpe Buendía. El principio del fin comienza» con la llegada del padre Ángel (M. Vargas Llosa, pág. 517). El personaje ya apareció en *El coronel no tiene quien le escriba*, *Un día después del sábado* y *La mala hora*, donde tiene el perfil casi definitivo de *C.A.S.*

[33] Tampoco Amaranta Úrsula puede repetir la identificación que la novela ha establecido entre la fundadora y la casa.

tió que le taparon la cara con un pañuelo embebido en un líquido glacial. Cuando despertó, el sol brillaba en la ventana
y ella tenía una costura bárbara en forma de arco que empezaba en la ingle y terminaba en el esternón. Pero antes de que
cumpliera el reposo previsto recibió una carta desconcertada
de los médicos invisibles, quienes decían haberla registrado
durante seis horas sin encontrar nada que correspondiera a
los síntomas tantas veces y tan escrupulosamente descritos
por ella. En realidad, su hábito pernicioso de no llamar las
cosas por su nombre había dado origen a una nueva confusión, pues lo único que encontraron los cirujanos telepáticos
fue un descendimiento del útero que podía corregirse con el
uso de un pesario. La desilusionada Fernanda trató de obtener una información más precisa, pero los corresponsales ignotos no volvieron a contestar sus cartas. Se sintió tan agobiada por el peso de una palabra desconocida[34], que decidió
amordazar la vergüenza para preguntar qué era un pesario, y
sólo entonces supo que el médico francés se había colgado
de una viga tres meses antes, y había sido enterrado contra la
voluntad del pueblo por un antiguo compañero de armas del
coronel Aureliano Buendía[35]. Entonces se confió a su hijo
José Arcadio, y éste le mandó los pesarios desde Roma, con
un folletito explicativo que ella echó al excusado después de
aprendérselo de memoria, para que nadie fuera a conocer la
naturaleza de sus quebrantos. Era una precaución inútil, porque las únicas personas que vivían en la casa apenas si la tomaban en cuenta. Santa Sofía de la Piedad vagaba en su vejez solitaria, cocinando lo poco que se comían, y casi por
completo dedicada al cuidado de José Arcadio Segundo.
Amaranta Úrsula, heredera de ciertos encantos de Remedios,
la bella, ocupaba en hacer sus tareas escolares el tiempo que
antes perdía en atormentar a Úrsula, y empezaba a manifes-
tar un buen juicio y una consagración a los estudios que hi-

---

[34] Fernanda, especialista en lenguaje codificado, no descifra una palabra
que, sin duda, hubiera designado con una definición de diccionario.
[35] Es un excelente resumen de *La hojarasca*, más completo incluso que la
primera novela de GGM que terminaba cuando el coronel iba a enterrar al
médico.

cieron renacer en Aureliano Segundo la buena esperanza que le inspiraba Meme[36]. Le había prometido mandarla a terminar sus estudios en Bruselas, de acuerdo con una costumbre establecida en los tiempos de la compañía bananera[37], y esa ilusión lo había llevado a tratar de revivir las tierras devastadas por el diluvio. Las pocas veces que entonces se le veía en la casa, era por Amaranta Úrsula, pues con el tiempo se había convertido en un extraño para Fernanda, y el pequeño Aureliano se iba volviendo esquivo y ensimismado a medida que se acercaba a la pubertad. Aureliano Segundo confiaba en que la vejez ablandara el corazón de Fernanda, para que el niño pudiera incorporarse a la vida de un pueblo donde seguramente nadie se hubiera tomado el trabajo de hacer especulaciones suspicaces sobre su origen. Pero el propio Aureliano parecía preferir el encierro y la soledad[38], y no revelaba la menor malicia por conocer el mundo que empezaba en la puerta de la calle. Cuando Úrsula hizo abrir el cuarto de Melquíades, él se dio a rondarlo, a curiosear por la puerta entornada, y nadie supo en qué momento terminó vinculado a José Arcadio Segundo por un afecto recíproco. Aureliano Segundo descubrió esa amistad mucho tiempo después de iniciada, cuando oyó al niño hablando de la matanza de la estación. Ocurrió un día en que alguien se lamentó en la mesa de la ruina en que se hundió el pueblo cuando lo abandonó la compañía bananera, y Aureliano lo contradijo con una madurez y una versación de persona mayor. Su punto de vista, contrario a la interpretación general, era que Macondo fue un lugar próspero y bien encaminado hasta que lo desorde-

---

[36] Las aproximaciones con los «encantos de Remedios, la bella» y las aptitudes intelectuales de Meme confirman que Amaranta Úrsula es una síntesis de las mujeres Buendía (véase también pág. 396, nota 27).

[37] Costumbre no registrada hasta el presente. Tendrá una función narrativa importante. Las alusiones a Bélgica en *C.A.S.* deben ser un «demonio personal» de GGM. Ya el 29 de marzo de 1951 en una *Jirafa* de *El Heraldo* escribía que el ex rey Leopoldo III «seguramente pensó [...] que aquí en Colombia se tenía una noción tan remota de Bélgica como la que seguramente en Bélgica se tiene de nosotros» *(Textos costeños,* pág. 723).

[38] La semejanza con el coronel ya sugerida (pág. 460) se verifica aquí y se declarará explícitamente más tarde (pág. 478).

468

nó y lo corrompió y lo exprimió la compañía bananera, cuyos ingenieros provocaron el diluvio como un pretexto para eludir compromisos con los trabajadores[39]. Hablando con tan buen criterio que a Fernanda le pareció una parodia sacrílega de Jesús entre los doctores, el niño describió con detalles precisos y convincentes cómo el ejército ametralló a más de tres mil trabajadores acorralados en la estación, y cómo cargaron los cadáveres en un tren de doscientos vagones y los arrojaron al mar. Convencida como la mayoría de la gente de la verdad oficial de que no había pasado nada, Fernanda se escandalizó con la idea de que el niño había heredado los instintos anarquistas del coronel Aureliano Buendía, y le ordenó callarse. Aureliano Segundo, en cambio, reconoció la versión de su hermano gemelo. En realidad, a pesar de que todo el mundo lo tenía por loco, José Arcadio Segundo era en aquel tiempo el habitante más lúcido de la casa. Enseñó al pequeño Aureliano a leer y a escribir[40], lo inició en el estudio de los pergaminos[41], y le inculcó una interpretación tan personal de lo que significó para Macondo la compañía bananera, que muchos años después, cuando Aureliano se incorporara al mundo, había de pensarse que contaba una versión alucinada, porque era radicalmente contraria a la falsa que los historiadores habían admitido y consagrado en los textos escolares[42]. En el cuartito apartado, adonde nunca llegó el viento árido, ni el polvo ni el calor, ambos recordaban la visión atávica de un anciano con sombrero de alas de cuervo que hablaba del mundo a espaldas de la ventana, muchos

---

[39] Esa interpretación del diluvio por Aureliano confirma la que propusimos antes (pág. 425, nota 34).

[40] José Arcadio Segundo repite la vocación didáctica de otros Buendía (el coronel, Arcadio, ...).

[41] El empleo del verbo *iniciar* es preciso: de «iniciación» se trata.

[42] La ficción más alucinada declara la verdad mientras la reescritura de la historia oficial es radicalmente falsa. Se inscriben en la novela su problemática central de la interpretación-descodificación de un texto (la historia), a la luz de la dialéctica verdad/mentira, y el sistema de relaciones entre géneros literarios: la ficción dice la verdad porque es mentira esencial frente al discurso histórico esencialmente falso porque viene predeterminado por la ideología del poder.

años antes de que ellos nacieran. Ambos descubrieron al mismo tiempo que allí siempre era marzo y siempre era lunes[43], y entonces comprendieron que José Arcadio Buendía no estaba tan loco como contaba la familia, sino que era el único que había dispuesto de bastante lucidez para vislumbrar la verdad de que también el tiempo sufría tropiezos y accidentes, y podía por tanto astillarse y dejar en un cuarto una fracción eternizada[44]. José Arcadio Segundo había logrado además clasificar las letras crípticas de los pergaminos. Estaba seguro de que correspondían a un alfabeto de cuarenta y siete a cincuenta y tres caracteres, que separados parecían arañitas y garrapatas, y que en la primoroso caligrafía de Melquíades parecían piezas de ropa puestas a secar en un alambre[45]. Aureliano recordaba haber visto una tabla semejante en la enciplopedia inglesa, así que la llevó al cuarto para compararla con la de José Arcadio Segundo. Eran iguales, en efecto.

Por la época en que se le ocurrió la lotería de adivinanzas, Aureliano Segundo despertaba con un nudo en la garganta, como si estuviera reprimiendo las ganas de llorar. Petra Cotes lo interpretó como uno de los tantos trastornos provocados por la mala situación, y todas las mañanas, durante más de un año, le tocaba el paladar con un hisopo de miel de abejas y le daba jarabe de rábano. Cuando el nudo de la garganta se le hizo tan opresivo que le costaba trabajo respirar, Aureliano Segundo visitó a Pilar Ternera por si ella conocía alguna hierba de alivio. La inquebrantable abuela, que había

---

[43] Marzo, mes clave para los Buendía, asociado a la llegada anual de los gitanos de Melquíades; lunes, día de la eternidad para el fundador (véase pág. 172).

[44] Se ha considerado obviamente esta frase como fundamental en el estudio del tiempo en *C.A.S.*, más exactamente de su variante «tiempo paralizado».

[45] La comparación recurrente (véase pág. 290) de la escritura *nagari* que transcribe el sánscrito con piezas de ropa puestas a secar en un alambre se explica por las características de la misma que son «l'abondance des ligatures et la "potence", grande barre horizontale qui réunit les syllabes et souvent les mots au-dessus de la ligne». (Charles Higounet, *L'écriture*, París, P.U.F., 1964, pág. 61.) La identificación del código de escritura de los manuscritos de Melquíades es, por supuesto, un paso esencial hacia su lectura: José Arcadio Segundo y Aureliano Babilonia son quienes lo dan ya.

470

Aureliano 2º está muriéndose.

llegado a los cien años al frente de un burdelito clandestino, no confió en supersticiones terapéuticas, sino que consultó el asunto con las barajas. Vio el caballo de oro con la garganta herida por el acero de la sota de espadas, y dedujo que Fernanda estaba tratando de que el marido volviera a la casa mediante el desprestigiado sistema de hincar alfileres en su retrato, pero que le había provocado un tumor interno por un conocimiento torpe de sus malas artes[46]. Como Aureliano Segundo no tenía más retratos que los de la boda, y las copias estaban completas en el álbum familiar, siguió buscando por toda la casa en los descuidos de la esposa, y por fin encontró en el fondo del ropero media docena de pesarios en cajitas originales. Creyendo que las rojas llantitas de caucho eran objetos de hechicería, se metió una en el bolsillo para que la viera Pilar Ternera. Ella no pudo determinar su naturaleza, pero le pareció tan sospechosa, que de todos modos se hizo llevar la media docena y la quemó en una hoguera que prendió en el patio. Para conjurar el supuesto maleficio de Fernanda, le indicó a Aureliano Segundo que mojara una gallina clueca y la enterrara viva bajo el castaño, y él lo hizo de tan buena fe, que cuando acabó de disimular con hojas secas la tierra removida, ya sentía que respiraba mejor[47]. Por su parte, Fernanda interpretó la desaparición como una represalia de los médicos invisibles, y se cosió en la parte interior de la camisola una faltriquera de jareta, donde guardó los pesarios nuevos que le mandó su hijo.

Seis meses después del enterramiento de la gallina, Aureliano Segundo despertó a medianoche con un acceso de tos, y sintiendo que lo estrangulaban por dentro con tenazas de cangrejo[48]. Fue entonces cuando comprendió que por muchos pesarios mágicos que destruyera y muchas gallinas de

[46] Relaciónese esa superstición de magia negra con el tema de los personajes que se dejan o no sacar fotografías.
[47] El rito del entierro de una gallina (muchas veces negra y en una encrucijada) para conjurar maleficios es de lo más común en las tradiciones populares.
[48] J. Ludmer, pág. 167, interpreta esas «tenazas de cangrejo» como un cáncer en la garganta.

471

conjuro que remojara, la única y triste verdad era que se estaba muriendo. No se lo dijo a nadie. Atormentado por el temor de morirse sin mandar a Bruselas a Amaranta Úrsula, trabajó como nunca lo había hecho, y en vez de una hizo tres rifas semanales. Desde muy temprano se le veía recorrer el pueblo, aun en los barrios más apartados y miserables, tratando de vender los billetitos con una ansiedad que sólo era concebible en un moribundo. «Aquí está la Divina Providencia», pregonaba. «No la dejen ir, que sólo llega una vez cada cinco años»[49]. Hacía conmovedores esfuerzos por parecer alegre, simpático, locuaz, pero bastaba verle el sudor y la palidez para saber que no podía con su alma. A veces se desviaba por predios baldíos, donde nadie lo viera, y se sentaba un momento a descansar de las tenazas que lo despedazaban por dentro. Todavía a la medianoche estaba en el barrio de tolerancia, tratando de consolar con prédicas de buena suerte a las mujeres solitarias que sollozaban junto a las victrolas. «Este número no sale hace cuatro meses», les decía, mostrándoles los billetitos. «No lo dejes ir, que la vida es más corta de lo que uno cree»[50]. Acabaron por perderle el respeto, por burlarse de él, y en sus últimos meses ya no le decían don Aureliano, como lo habían hecho siempre, sino que lo llamaban en su propia cara don Divina Providencia. La voz se le iba llenando de notas falsas, se le fue destemplando y terminó por apagársele en un ronquido de perro, pero todavía tuvo voluntad para no dejar que decayera la expectativa por los premios en el patio de Petra Cotes. Sin embargo, a medida que se quedaba sin voz y se daba cuenta de que en poco tiempo ya no podría soportar el dolor, iba comprendiendo que no era con cerdos y chivos rifados como su hija llegaría a Bruselas, de modo que concibió la idea de hacer la fabulosa rifa de las tierras destruidas por el diluvio, que bien podían ser restauradas por quien dispusiera de capital. Fue una ini-

---

[49] Esta frase puede interpretarse a la luz de la cronología de la novela y del título.

[50] Esta frase de cajón, como tantas otras en *C.A.S.*, ha de tomarse en sentido literal. Las circunstancias de la enunciación la revalorizan. Relaciónese con págs. 299 y 476.

ciativa tan espectacular, que el propio alcalde se prestó para anunciarla con un bando, y se formaron sociedades para comprar billetes a cien pesos cada uno, que se agotaron en menos de una semana. La noche de la rifa, los ganadores hicieron una fiesta aparatosa, comparable apenas a las de los buenos tiempos de la compañía bananera, y Aureliano Segundo tocó en el acordeón por última vez las canciones olvidadas de Francisco el Hombre, pero ya no pudo cantarlas.

Dos meses después, Amaranta Úrsula se fue a Bruselas. Aureliano Segundo le entregó no sólo el dinero de la rifa extraordinaria, sino el que había logrado economizar en los meses anteriores, y el muy escaso que obtuvo por la venta de la pianola, el clavicordio y otros corotos[51] caídos en desgracia. Según sus cálculos, ese fondo le alcanzaba para los estudios, así que sólo quedaba pendiente el valor del pasaje de regreso. Fernanda se opuso al viaje hasta el último momento, escandalizada con la idea de que Bruselas estuviera tan cerca de la perdición de París, pero se tranquilizó con una carta que le dio el padre Ángel para una pensión de jóvenes católicas atendida por religiosas, donde Amaranta Úrsula prometió vivir hasta el término de sus estudios. Además, el párroco consiguió que viajara al cuidado de un grupo de franciscanas que iban para Toledo, donde esperaban encontrar gente de confianza para mandarla a Bélgica. Mientras se adelantaba la apresurada correspondencia que hizo posible esta coordinación, Aureliano Segundo, ayudado por Petra Cotes, se ocupó del equipaje de Amaranta Úrsula. La noche en que prepararon uno de los baúles nupciales de Fernanda, las cosas estaban tan bien dispuestas que la estudiante sabía de memoria cuáles eran los trajes y las babuchas de pana con que debía hacer la travesía del Atlántico, y el abrigo de paño azul con botones de cobre, y los zapatos de cordobán con que debía desembarcar. Sabía también cómo debía caminar para no caer al agua cuando subiera a bordo por la plataforma, que

---

[51] *Corotos:* «Nombre genérico empleado para referirse a cualquier objeto, especialmente a utensilios caseros o de uso personal. Tiene cierto matiz despectivo porque se usa generalmente para designar objetos viejos o en desuso.» *(Nuevo diccionario de americanismos,* t. I, pág. 107b).

en ningún momento debía separarse de las monjas ni salir del camarote como no fuera para comer, y que por ningún motivo debía contestar a las preguntas que los desconocidos de cualquier sexo le hicieran en alta mar. Llevaba un frasquito con gotas para el mareo y un cuaderno escrito de su puño y letra por el padre Ángel, con seis oraciones para conjurar la tempestad. Fernanda le fabricó un cinturón de lona para que guardara el dinero, y le indicó la forma de usarlo ajustado al cuerpo, de modo que no tuviera que quitárselo ni siquiera para dormir. Trató de regalarle la bacinilla de oro lavada con lejía y desinfectada con alcohol, pero Amaranta Úrsula la rechazó por miedo de que se burlaran de ella sus compañeras de colegio. Pocos meses después, a la hora de la muerte, Aureliano Segundo había de recordarla como la vio la última vez, tratando de bajar sin conseguirlo el cristal polvoriento del vagón de segunda clase, para escuchar las últimas recomendaciones de Fernanda. Llevaba un traje de seda rosada con un ramito de pensamientos artificiales en el broche del hombro izquierdo; los zapatos de cordobán con trabilla y tacón bajo, y las medias satinadas con ligas elásticas en las pantorrillas. Tenía el cuerpo menudo, el cabello suelto y largo y los ojos vivaces que tuvo Úrsula a su edad, y la forma en que se despedía sin llorar pero sin sonreír, revelaba la misma fortaleza de carácter. Caminando junto al vagón a medida que aceleraba, y llevando a Fernanda del brazo para que no fuera a tropezar, Aureliano Segundo apenas pudo corresponderle con un saludo de la mano, cuando la hija le mandó un beso con la punta de los dedos. Los esposos permanecieron inmóviles bajo el sol abrasante, mirando cómo el tren se iba confundiendo con el punto negro del horizonte, y tomados del brazo por primera vez desde el día de la boda.

El nueve de agosto[52], antes de que se recibiera la primera carta de Bruselas, José Arcadio Segundo conversaba con Aureliano en el cuarto de Melquíades, y sin que viniera a cuento dijo:

---

[52] Esta fecha precisa, como otras de *C.A.S.*, ha de tener un significado que no logro «descodificar»: muy probablemente se trata de una referencia personal a la biografía del autor, de estas que se multiplican al final de la novela.

José Arcadio 2° se muere

—Acuérdate siempre de que eran más de tres mil y que los echaron al mar[53].

Luego se fue de bruces sobre los pergaminos, y murió con los ojos abiertos. En ese mismo instante, en la cama de Fernanda, su hermano gemelo llegó al final del prolongado y terrible martirio de los cangrejos de hierro que le carcomieron la garganta[54]. Una semana antes había vuelto a la casa, sin voz, sin aliento y casi en los puros huesos, con sus baúles trashumantes y su acordeón de perdulario, para cumplir la promesa de morir junto a la esposa. Petra Cotes lo ayudó a recoger sus ropas y lo despidió sin derramar una lágrima, pero olvidó darle los zapatos de charol que él quería llevar en el ataúd. De modo que cuando supo que había muerto, se vistió de negro, envolvió los botines en un periódico, y le pidió permiso a Fernanda para ver al cadáver. Fernanda no la dejó pasar de la puerta.

—Póngase en mi lugar —suplicó Petra Cotes—. Imagínese cuánto lo habré querido para soportar esta humillación.

—No hay humillación que no la merezca una concubina —replicó Fernanda—. Así que espere a que se muera otro de los tantos para ponerle esos botines.

En cumplimiento de su promesa, Santa Sofía de la Piedad degolló con un cuchillo de cocina el cadáver de José Arcadio Segundo para asegurarse de que no lo enterraran vivo[55]. Los cuerpos fueron puestos en ataúdes iguales, y allí se vio que volvían a ser idénticos en la muerte, como lo fueron hasta la

[53] La masacre y su recuerdo son el dato histórico central de la segunda parte de *C.A.S.*, como las guerras civiles lo fueron de la primera. Los análisis sociohistóricos de *C.A.S.* deben partir de ellos.

[54] «Es el primer Buendía que muere por enfermedad, no asesinado, ni de vejez.» (J. Ludmer, págs. 175-176.) Esta ruptura de una ley hereditaria observada por Úrsula (véase pág. 394) ocurre después de la muerte de la fundadora: es otra señal de la decadencia de la familia y del desgaste del sistema que la fundaba.

[55] A la muerte de los gemelos se cumple la doble promesa que fue para ellos una obsesión vital: la de Aureliano Segundo de morirse en casa (véase pág. 318); la de Santa Sofía de la Piedad de asegurarse que enterraran a José Arcadio Segundo muerto (véase pág. 429). El deseo que no se cumple es el de Aureliano Segundo de ser enterrado con los botines de charol puestos (págs. 312-313): de cumplirse hubiera destruido el paralelismo de las muertes gemelas.

Aureliano 2° se muere

475

adolescencia. Los viejos compañeros de parranda de Aureliano Segundo pusieron sobre su caja una corona que tenía una
cinta morada con un letrero: *Apártense vacas que la vida es corta*[56]. Fernanda se indignó tanto con la irreverencia que mandó
tirar la corona en la basura. En el tumulto de última hora, los
borrachitos tristes que los sacaron de la casa confundieron
los ataúdes y los enterraron en tumbas equivocadas[57].

---

[56] El grito de alegría de Aureliano Segundo, en sus tiempos de prosperidad (pág. 299), reinterpretado en el pregón de las últimas rifas era, en realidad, una predicción de su muerte.

[57] Sólo en la muerte los gemelos vuelven a cobrar su verdadera identidad.

Aureliano no abandonó en mucho tiempo el cuarto de Melquíades. Se aprendió de memoria las leyendas fantásticas del libro desencuadernado, la síntesis de los estudios de Hermann, el tullido[1]; los apuntes sobre la ciencia demonológica, las claves de la piedra filosofal, las centurias de Nostradamus y sus investigaciones sobre la peste[2], de modo que llegó a la adolescencia sin saber nada de su tiempo, pero con los conocimientos básicos del hombre medieval[3]. A cualquier hora que entrara en el cuarto, Santa Sofía de la Piedad lo encontraba absorto en la lectura. Le llevaba al amanecer un tazón de café sin azúcar, y al mediodía un plato de arroz con tajadas de plátano fritas, que era lo único que se comía en esa casa después de la muerte de Aureliano Segundo. Se preocupaba por cortarle el pelo, por sacarle las liendres, por adaptarle la ropa vieja que encontraba en baúles olvidados, y cuando empezó a despuntarle el bigote le llevó la navaja barbera y la totumita para la espuma del coronel Aureliano Buendía. Ninguno de

---

[1] Véase pág. 84, nota 9.

[2] Véase pág. 87, nota 18. Se alude por primera vez en *C.A.S.* a la carrera médica de Nostradamus quien de hecho «eut le mérite de faire procéder —lors d'une terrible épidémie de peste en Provence— à des mesures de nettoyage systématique des rues et des maisons, sur une grande échelle. Ce qui prouve qu'il savait fort bien la relation [...] existant entre la malpropreté et la contagion de terrifiantes maladies comme la peste». (S. Hutin, intr. a Nostradamus, *Les prophéties*, París, Pierre Belfond, 1966, pág. 10.) Por supuesto, la referencia no es casual en este momento del relato que cuenta la última peste de Macondo.

[3] Aureliano Babilonia posee la cultura llevada por Melquíades a Macondo, como el fundador José Arcadio de quien es figura reflejada en el espejo. Sobre la presencia de la Edad Media en *C.A.S.*, véase O. Carreras González, págs. 37-39.

Aureliano B. clasifica el
lenguaje de los pergaminos

los hijos de este se le pareció tanto[4], ni siquiera Aureliano José,
sobre todo por los pómulos pronunciados, y la línea resuelta y
un poco despiadada de los labios. Como le ocurrió a Úrsula
con Aureliano Segundo cuando éste estudiaba en el cuarto,
Santa Sofía de la Piedad creía que Aureliano hablaba solo. En
realidad, conversaba con Melquíades. Un mediodía ardiente,
poco después de la muerte de los gemelos, vio contra la reverberación de la ventana al anciano lúgubre con el sombrero de
alas de cuervo como la materialización de un recuerdo que estaba en su memoria desde mucho antes de nacer[5]. Aureliano
había terminado de clasificar el alfabeto de los pergaminos.
Así que cuando Melquíades le preguntó si había descubierto
en qué lengua estaban escritos, él no vaciló para contestar.

—En sánscrito —dijo.

Melquíades le reveló que sus oportunidades de volver al
cuarto estaban contadas. Pero se iba tranquilo a las praderas
de la muerte definitiva[6], porque Aureliano tenía tiempo de
aprender el sánscrito en los años que faltaban para que los
pergaminos cumplieran un siglo y pudieran ser descifrados[7].
Fue él quien le indicó que en el callejón que terminaba en el
río, y donde en los tiempos de la compañía bananera se adivinaba el porvenir y se interpretaban los sueños, un sabio catalán tenía una tienda de libros[8] donde había un *Sanskrit Pri-*

[4] Véase pág. 468, nota 38.

[5] Es el «recuerdo hereditario» transmitido a Aureliano a través de su abuelo desde los primeros José Arcadio (véase pág. 291).

[6] *La muerte definitiva*, o sea, esta «otra muerte que existía dentro de la muerte», la que aterraba a Prudencio Aguilar (pág. 171) y corresponde a la desaparición en la memoria de los hombres (véase C. Arnau, pág. 101).

[7] De tomarse esta indicación al pie de la letra, los cien años de soledad pa-
sarían del siglo. Pero así como «Macondo, más que un lugar del mundo, es
un estado de ánimo» *(El olor de la guayaba,* pág. 110), la cronología de la novela, más que una suma de años, es una meditación sobre el Tiempo.

[8] El *sabio catalán:* trasposición ficticia del librero exiliado Ramón Vinyes
quien desempeñó un influjo importante sobre el llamado «grupo de Barranquilla» en general y trascendente sobre GGM en particular. Sobre Ramón
Vinyes hay ahora una bibliografía extensa vinculada con el éxito de *C.A.S.:*
véanse J. Gilard, introducción a *Textos costeños,* págs. 13-21; del mismo autor,
Entre los Andes y el Caribe. La obra americana de Ramón Vinyes, Medellín,
Universidad de Antioquía, 1989; Pere Elies i Busqueta, *Un literat de gran vola-
da: Ramon Vinyes i Cluet,* Barcelona, Rafael Dalmau ed., 1972.

mer que sería devorado por las polillas seis años después si él no se apresuraba a comprarlo. Por primera vez en su larga vida Santa Sofía de la Piedad dejó traslucir un sentimiento, y era un sentimiento de estupor, cuando Aureliano le pidió que le llevara el libro que había de encontrar entre la *Jerusalén Libertada*[9] y los poemas de Milton[10], en el extremo derecho del segundo renglón de los anaqueles. Como no sabía leer, se aprendió de memoria la parrafada, consiguió el dinero con la venta de uno de los diecisiete pescaditos de oro que quedaban en el taller, y que sólo ella y Aureliano sabían donde los habían puesto la noche en que los soldados registraron la casa.

Aureliano avanzaba en los estudios del sánscrito, mientras Melquíades iba haciéndose cada vez menos asiduo y más lejano, esfumándose en la claridad radiante del mediodía. La última vez que Aureliano lo sintió era apenas una presencia invisible que murmuraba: «He muerto de fiebre en los médanos de Singapur.» El cuarto se hizo entonces vulnerable al polvo, al calor, al comején, a las hormigas coloradas, a las polillas, que habían de convertir en aserrín la sabiduría de los libros y los pergaminos.

En la casa no faltaba qué comer. Al día siguiente de la muerte de Aureliano Segundo, uno de los amigos que habían llevado la corona con la inscripción irreverente le ofreció pagarle a Fernanda un dinero que le había quedado debiendo a su esposo. A partir de entonces, un mandadero llevaba todos los miércoles un canasto con cosas de comer, que alcanzaban bien para una semana. Nadie supo nunca que aquellas vituallas las mandaba Petra Cotes, con la idea de que la caridad continuada era una forma de humillar a quien la había humillado. Sin embargo, el rencor se le disipó mucho más pronto de lo que

[9] *La Jerusalén Libertada:* poema épico de Torcuato Tasso sobre la Primera Cruzada de Godofredo de Bouillon (1575).

[10] *Milton:* poeta inglés (1608-1674) conocido sobre todo por su gran poema épico *El paraíso perdido* (1667-1674) que tiene como tema la caída del primer hombre, lo que por supuesto no deja de ser connotativo con respecto al relato de *C.A.S.* Observamos también que las obras que enmarcan el libro, clave para la descodificación del texto que sirve de base ficticia a la novela que leemos, son dos poemas épicos.

Petra les manda comida (anónima)

ella misma esperaba, y entonces siguió mandando la comida por orgullo y finalmente por compasión. Varias veces, cuando le faltaron ánimos para vender billetitos y la gente perdió el interés por las rifas, se quedó ella sin comer para que comiera Fernanda, y no dejó de cumplir el compromiso mientras no vio pasar su entierro.

Para Santa Sofía de la Piedad la reducción de los habitantes de la casa debía haber sido el descanso a que tenía derecho después de más de medio siglo de trabajo. Nunca se le había oído un lamento a aquella mujer sigilosa, impenetrable, que sembró en la familia los gérmenes angélicos de Remedios, la bella, y la misteriosa solemnidad de José Arcadio Segundo[11]; que consagró toda una vida de soledad y silencio a la crianza de unos niños que apenas si recordaban que eran sus hijos y sus nietos, y que se ocupó de Aureliano como si hubiera salido de sus entrañas, sin saber ella misma que era su bisabuela[12]. Sólo en una casa como aquélla era concebible que hubiera dormido siempre en un petate que tendía en el piso del granero, entre el estrépito nocturno de las ratas, y sin haberle contado a nadie que una noche la despertó la pavorosa sensación de que alguien la estaba mirando en la oscuridad, y era que una víbora se deslizaba por su vientre. Ella sabía que si se lo hubiera contado a Úrsula la hubiera puesto a dormir en su propia cama, pero eran los tiempos en que nadie se daba cuenta de nada mientras no se gritara en el corredor, porque los afanes de la panadería, los sobresaltos de la guerra, el cuidado de los niños, no dejaban tiempo para pensar en la felicidad ajena. Petra Cotes, a quien nunca vio, era la única que se acordaba de ella. Estaba pendiente de que tuviera un buen par de zapatos para salir, de que nunca le faltara un traje, aun en los tiempos en que hacían milagros con

---

[11] Un curioso efecto de mimetismo entre la novela y sus comentaristas hizo que Santa Sofía de la Piedad quede como uno de los personajes menos analizados de *C.A.S.* El mismo narrador «olvida» que fue madre de Aureliano Segundo, quien prolonga la estirpe. Las líneas que siguen, dedicadas a esta mujer «effacée» tienen que leerse con mucha atención tanto más cuanto que constituyen un «resumen de los episodios anteriores».

[12] El tema «uno no sabe de quien es pariente» sigue, en este caso, una lógica narrativa impecable.

el dinero de las rifas. Cuando Fernanda llegó a la casa tuvo motivos para creer que era una sirvienta eternizada, y aunque varias veces oyó decir que era la madre de su esposo, aquello le resultaba tan increíble que más tardaba en saberlo que en olvidarlo. Santa Sofía de la Piedad no pareció molestarse nunca por aquella condición subalterna. Al contrario, se tenía la impresión de que le gustaba andar por los rincones, sin una tregua, sin un quejido, manteniendo ordenada y limpia la inmensa casa donde vivió desde la adolescencia, y que particularmente en los tiempos de la compañía bananera parecía más un cuartel que un hogar. Pero cuando murió Úrsula, la diligencia inhumana de Santa Sofía de la Piedad, su tremenda capacidad de trabajo, empezaron a quebrantarse. No era solamente que estuviera vieja y agotada, sino que la casa se precipitó de la noche a la mañana en una crisis de senilidad[13]. Un musgo tierno se trepó por las paredes. Cuando ya no hubo un lugar pelado en los patios, la maleza rompió por debajo el cemento del corredor, lo resquebrajó como un cristal, y salieron por las grietas las mismas florecitas amarillas que casi un siglo antes había encontrado Úrsula en el vaso donde estaba la dentadura postiza de Melquíades[14]. Sin tiempo ni recursos para impedir los desafueros de la naturaleza, Santa Sofía de la Piedad se pasaba el día en los dormitorios, espantando los lagartos que volverían a meterse por la noche. Una mañana vio que las hormigas coloradas abandonaron los cimientos socavados, atravesaron el jardín, subieron por el pasamanos donde las begonias habían adquirido un color de tierra, y entraron hasta el fondo de la casa[15]. Trató primero de matarlas con una escoba, luego con insecticida y por último con cal, pero al otro día estaban otra vez en el mismo lugar, pasando siempre, tenaces e invencibles. Fernanda, escribiendo cartas a sus hijos, no se daba cuenta de la

---

[13] El resumen de la historia de los Buendía visto por Santa Sofía de la Piedad verifica que la vida de la casa corre pareja con la de Úrsula (véase página 358, nota 3).

[14] Véase pág. 165. Las florecitas amarillas se relacionan, pues, con la decrepitud y la muerte (véase también O. Carreras González, pág. 91).

[15] Nótese el progreso de la nueva peste (com. pág. 453).

481

arremetida incontenible de la destrucción. Santa Sofía de la Piedad siguió luchando sola, peleando con la maleza para que no entrara en la cocina, arrancando de las paredes los borlones de telaraña que se reproducían en pocas horas, raspando el comején. Pero cuando vio que también el cuarto de Melquíades estaba telarañado y polvoriento, así lo barriera y sacudiera tres veces al día, y que a pesar de su furia limpiadora estaba amenazado por los escombros y el aire de miseria que sólo el coronel Aureliano Buendía y el joven militar habían pre-visto[16], comprendió que estaba vencida. Entonces se puso el gastado traje dominical, unos viejos zapatos de Úrsula y un par de medias de algodón que le había regalado Amaranta Úrsula, e hizo un atadito con las dos o tres mudas que le quedaban.

—Me rindo —le dijo a Aureliano—. Esta es mucha casa para mis pobres huesos.

Aureliano le preguntó para dónde iba, y ella le hizo un gesto de vaguedad, como si no tuviera la menor idea de su destino. Trató de precisar, sin embargo, que iba a pasar sus últimos años con una prima hermana que vivía en Riohacha. No era una explicación verosímil. Desde la muerte de sus padres, no había tenido contacto con nadie en el pueblo, ni recibió cartas ni recados, ni se le oyó hablar de pariente alguno. Aureliano le dio catorce pescaditos de oro[17], porque ella estaba dispuesta a irse con lo único que tenía: un peso y veinticinco centavos. Desde la ventana del cuarto, él la vio atravesar el patio con su atadito de ropa, arrastrando los pies y arqueada por los años, y la vio meter la mano por un hueco del portón para poner la aldaba después de haber salido. Jamás se volvió a saber de ella[18].

---

[16] *Pre-visto:* así en la edición original: *previsto* en la edición Espasa-Calpe, pág. 394.

[17] Pues quedan dos (17—1—14) (véase pág. 479).

[18] «En la novela, como ocurrió en la realidad, debía abandonar la casa sin despedirse de nadie, al descubrirse leprosa. Aunque todo el carácter del personaje estaba construido sobre la abnegación y el espíritu de sacrificio, que hacían verosímil este desenlace, tuve que modificarlo. Resultaba excesivamente truculento». *(El olor de la guayaba,* pág. 110).

Cuando se enteró de la fuga, Fernanda despotricó un día entero, mientras revisaba baúles, cómodas y armarios, cosa por cosa, para convencerse de que Santa Sofía de la Piedad no se había alzado con nada. Se quemó los dedos tratando de prender un fogón[19] por primera vez en la vida, y tuvo que pedirle a Aureliano el favor de enseñarle a preparar el café. Con el tiempo, fue él quien hizo los oficios de cocina. Al levantarse, Fernanda encontraba el desayuno servido, y sólo volvía a abandonar el dormitorio para coger la comida que Aureliano le dejaba tapada en rescoldo, y que ella llevaba a la mesa para comérsela en manteles de lino y entre candelabros, sentada en una cabecera solitaria al extremo de quince sillas vacías[20]. Aun en esas circunstancias, Aureliano y Fernanda no compartieron la soledad, sino que siguieron viviendo cada uno en la suya, haciendo la limpieza del cuarto respectivo, mientras la telaraña iba nevando los rosales, tapizando las vigas, acolchonando las paredes. Fue por esa época que Fernanda tuvo la impresión de que la casa se estaba llenando de duendes. Era como si los objetos, sobre todo los de uso diario, hubieran desarrollado la facultad de cambiar de lugar por sus propios medios[21]. A Fernanda se le iba el tiempo en buscar las tijeras que estaba segura de haber puesto en la cama y, después de revolverlo todo, las encontraba en una repisa de la cocina, donde creía no haber estado en cuatro días. De pronto no había un tenedor en la gaveta de los cubiertos, y encontraba seis en el altar y tres en el lavadero. Aquella caminadera de las cosas era más desesperante cuando se sentaba a escribir. El tintero que ponía a la derecha aparecía a la izquierda, la almohadilla del papel secante se le perdía, y la encontraba dos días después debajo de la almohada, y las páginas escritas a José Arcadio se le confundían con las de Amaranta Úrsula, y siempre andaba con la

---

[19] *Fogón:* véase pág. 423, nota 32.
[20] Es la mesa de dieciséis puestos comprada por Aureliano Segundo para acoger a «la hojarasca» (véase pág. 339).
[21] Vuelta a la vez al tema de la vida propia de los objetos y, como se verá a continuación, al de la peste del olvido que alcanza retrospectivamente a Fernanda.

duendes

mortificación de haber metido las cartas en sobres cambiados, como en efecto le ocurrió varias veces. En cierta ocasión perdió la pluma. Quince días después se la devolvió el cartero que la había encontrado en su bolsa, y andaba buscando al dueño de casa en casa. Al principio, ella creyó que eran cosas de los médicos invisibles, como la desaparición de los pesarios, y hasta empezó a escribirles una carta para suplicarles que la dejaran en paz, pero había tenido que interrumpirla para hacer algo, y cuando volvió al cuarto no sólo no encontró la carta empezada, sino que se olvidó del propósito de escribirla. Por un tiempo pensó que era Aureliano. Se dio a vigilarlo, a poner objetos a su paso tratando de sorprenderlo en el momento en que los cambiara de lugar, pero muy pronto se convenció de que Aureliano no abandonaba el cuarto de Melquíades sino para ir a la cocina o al excusado, y que no era hombre de burlas. De modo que terminó por creer que eran travesuras de duendes, y optó por asegurar cada cosa en el sitio donde tenía que usarla. Amarró las tijeras con una larga pita en la cabecera de la cama. Amarró el plumero y la almohadilla del papel secante en la pata de la mesa, y pegó con goma el tintero en la tabla, a la derecha del lugar en que solía escribir. Los problemas no se resolvieron de un día para otro, pues a las pocas horas de costura ya la pita de las tijeras no alcanzaba para cortar, como si los duendes la fueran disminuyendo. Le ocurría lo mismo con la pita de la pluma, y hasta con su propio brazo que al poco tiempo de estar escribiendo no alcanzaba el tintero. Ni Amaranta Úrsula, en Bruselas, ni José Arcadio, en Roma, se enteraron jamás de esos insignificantes infortunios. Fernanda les contaba que era feliz, y en realidad lo era, justamente porque se sentía liberada de todo compromiso, como si la vida la hubiera arrastrado otra vez hasta el mundo de sus padres, donde no se sufría con los problemas diarios porque estaban resueltos de antemano en la imaginación. Aquella correspondencia interminable le hizo perder el sentido del tiempo, sobre todo después de que se fue Santa Sofía de la Piedad. Se había acostumbrado a llevar la cuenta de los días, los meses y los años, tomando como puntos de referencia las fechas previstas para el retorno de los hijos. Pero cuando éstos modificaron los

Fernanda se olvida de todos

plazos una y otra vez, las fechas se le confundieron, los términos se le traspapelaron, y las jornadas se parecieron tanto las unas a las otras, que no se sentían transcurrir. En lugar de impacientarse, experimentaba una honda complacencia con la demora. No la inquietaba que muchos años después de anunciarle las vísperas de sus votos perpetuos, José Arcadio siguiera diciendo que esperaba terminar los estudios de alta teología para emprender los de diplomacia, porque ella comprendía que era muy alta y empedrada de obstáculos la escalera de caracol que conducía a la silla de San Pedro. En cambio, el espíritu se le exaltaba con noticias que para otros hubieran sido insignificantes, como aquella de que su hijo había visto al Papa. Experimentó un gozo similar cuando Amaranta Úrsula le mandó decir que sus estudios se prolongaban más del tiempo previsto, porque sus excelentes calificaciones le habían merecido privilegios que su padre no tomó en consideración al hacer las cuentas.

Habían transcurrido más de tres años desde que Santa Sofía de la Piedad le llevó la gramática, cuando Aureliano consiguió traducir el primer pliego. No fue una labor inútil, pero constituía apenas un primer paso en un camino cuya longitud era imposible prever, porque el texto en castellano no significaba nada: eran versos cifrados[22]. Aureliano carecía de elementos para establecer las claves que le permitieran desentrañarlos, pero como Melquíades le había dicho que en la tienda del sabio catalán estaban los libros que le harían falta para llegar al fondo de los pergaminos, decidió hablar con Fernanda para que le permitiera ir a buscarlos. En el cuarto devorado por los escombros, cuya proliferación incontenible había terminado por derrotarlo, pensaba en la forma más adecuada de formular la solicitud, se anticipaba a las circuns-

---

[22] La primera versión castellana de la ficción es, pues, un poema en lenguaje cifrado (como las *Centurias* de Nostradamus): lo que leemos NO es ni el texto original (sánscrito), ni la traducción de Aureliano Babilonia, sino una prosificación del poema castellano que descifra él mismo, hecha por el autor implícito (NO el narrador). Al decir que *C.A.S.* es el mismo texto de los manuscritos de Melquíades, la crítica ha simplificado excesivamente la estrategia narrativa de la novela (véase Introducción, págs. 50-51).

tancias, calculaba la ocasión más adecuada, pero cuando encontraba a Fernanda retirando la comida del rescoldo, que era la única oportunidad para hablarle, la solicitud laboriosamente premeditada se le atragantaba, y se le perdía la voz. Fue aquella la única vez en que la espió. Estaba pendiente de sus pasos en el dormitorio. La oía ir hasta la puerta para recibir las cartas de sus hijos y entregarle las suyas al cartero, y escuchaba hasta muy altas horas de la noche el trazo duro y apasionado de la pluma en el papel, antes de oír el ruido del interruptor y el murmullo de las oraciones en la oscuridad. Sólo entonces se dormía, confiando en que el día siguiente le daría la oportunidad esperada. Se ilusionó tanto con la idea de que el permiso no le sería negado que una mañana se cortó el cabello que ya le daba a los hombros, se afeitó la barba enmarañada, se puso unos pantalones estrechos y una camisa de cuello postizo que no sabía de quién había heredado, y esperó en la cocina a que Fernanda fuera a desayunar. No llegó la mujer de todos los días, la de la cabeza alzada y la andadura pétrea, sino una anciana de una hermosura sobrenatural, con una amarillenta capa de armiño, una corona de cartón dorado, y la conducta lánguida de quien ha llorado en secreto. En realidad, desde que lo encontró en los baúles de Aureliano Segundo, Fernanda se había puesto muchas veces el apolillado vestido de reina. Cualquiera que la hubiera visto frente al espejo, extasiada en sus propios ademanes monárquicos, habría podido pensar que estaba loca. Pero no lo estaba. Simplemente, había convertido los atuendos reales en una máquina de recordar[23]. La primera vez que se los puso no pudo evitar que se le formara un nudo en el corazón y que los ojos se le llenaran de lágrimas, porque en aquel instante volvió a percibir el olor de betún de las botas del militar que fue a buscarla a su casa para hacerla reina[24], y el alma se le cristalizó con la nostalgia de los sueños perdidos. Se sin-

Fernanda se viste como reina

---

[23] *La máquina de recordar* es otro motivo recurrente de *C.A.S.* Piénsese tan sólo en la «máquina de la memoria» soñada por José Arcadio (págs. 101, 139). Aquí viene unido al recuerdo degradado del Carnaval, fiesta colectiva y exuberante convertida en un rito solitario y triste.

[24] Véase pág. 315.

tió tan vieja, tan acabada, tan distante de las mejores horas de su vida, que inclusive añoró las que recordaba como las peores, y sólo entonces descubrió cuánta falta hacían las ráfagas de orégano en el corredor, y el vapor de los rosales al atardecer, y hasta la naturaleza bestial de los advenedizos. Su corazón de ceniza apelmazada, que había resistido sin quebrantos a los golpes más certeros de la realidad cotidiana, se desmoronó a los primeros embates de la nostalgia. La necesidad de sentirse triste se le iba convirtiendo en un vicio a medida que la devastaban los años. Se humanizó en la soledad. Sin embargo, la mañana en que entró en la cocina y se encontró con una taza de café que le ofrecía un adolescente óseo y pálido, con un resplandor alucinado en los ojos, la desgarró el zarpazo del ridículo. No sólo le negó el permiso, sino que desde entonces cargó las llaves de la casa en la bolsa donde guardaba los pesarios sin usar. Era una precaución inútil, porque de haberlo querido Aureliano hubiera podido escapar y hasta volver a casa sin ser visto. Pero el prolongado cautiverio, la incertidumbre del mundo, el hábito de obedecer, habían resecado en su corazón las semillas de la rebeldía. De modo que volvió a su clausura, pasando y repasando los pergaminos, y oyendo hasta muy avanzada la noche los sollozos de Fernanda en el dormitorio. Una mañana fue como de costumbre a prender el fogón, y encontró en las cenizas apagadas la comida que había dejado para ella el día anterior. Entonces se asomó al dormitorio, y la vio tendida en la cama, tapada con la capa de armiño, más bella que nunca, y con la piel convertida en una cáscara de marfil[25]. Cuatro meses después, cuando llegó José Arcadio, la encontró intacta.

Era imposible concebir un hombre más parecido a su madre[26]. Llevaba un traje de tafetán luctuoso, una camisa de

se muere Fernanda

_____

[25] «La muerte de Fernanda tiene toda la dignidad que el personaje —tan caricaturizado por García Márquez— no tuvo en vida. La simpatía y la comprensión que éste siente por todas sus criaturas, aun aquellas objeto de sus más punzantes ironías, se muestra en este final.» (O. Carreras González, pág. 88)

[26] «José Arcadio ya no es un Buendía, paradójicamente, y se asemeja a su madre, Fernanda.» (J. Ludmer, pág. 186)

cuello redondo y duro, y una delgada cinta de seda con un lazo, en lugar de la corbata. Era lívido, lánguido, de mirada atónita y labios débiles. El cabello negro, lustrado y liso, partido en el centro del cráneo por una línea recta y exangüe, tenía la misma apariencia postiza del pelo de los santos. La sombra de la barba bien destroncada en el rostro de parafina parecía un asunto de la conciencia. Tenía las manos pálidas, con nervaduras verdes y dedos parasitarios, y un anillo de oro macizo con un ópalo girasol, redondo, en el índice izquierdo[27]. Cuando le abrió la puerta de la calle, Aureliano no hubiera tenido necesidad de suponer quién era para darse cuenta de que venía de muy lejos. La casa se impregnó a su paso de la fragancia de agua florida que Úrsula le echaba en la cabeza cuando era niño, para poder encontrarlo en las tinieblas[28]. De algún modo imposible de precisar, después de tantos años de ausencia José Arcadio seguía siendo un niño otoñal, terriblemente triste y solitario. Fue directamente al dormitorio de su madre, donde Aureliano había vaporizado mercurio durante cuatro meses en el atanor del abuelo de su abuelo, para conservar el cuerpo según la fórmula de Melquíades[29]. José Arcadio no hizo ninguna pregunta. Le dio un beso en la frente al cadáver, le sacó de debajo de la falda la faltriquera de jareta donde había tres pesarios todavía sin usar, y la llave del ropero. Hacía todo con ademanes directos y decididos, en contrastre con su languidez. Sacó del ropero un cofrecito damasquinado con el escudo familiar, y encontró en el interior perfumado de sándalo la carta voluminosa en que Fernanda desahogó el corazón de las incontables verdades que le había ocultado. La leyó de pie, con avidez pero sin ansiedad, y en la tercera página se detuvo,

---

[27] «[...] José Arcadio el aprendiz de Papa [...] se me convirtió en una especie de Adonis decadente, un poco ajeno a todo el resto del libro.» *(El olor de la guayaba,* pág. 110)

[28] Véanse págs. 364-365.

[29] Es de notar que la «fórmula» para conservar los cuerpos intactos después de la muerte no funcionó cuando se la aplicó a su «inventor», Melquíades, cuyo cadáver se reventó «en una floración lívida, cuyos silbidos tenues impregnaron la casa de un vapor pestilente» (pág. 167).

y examinó a Aureliano con una mirada de segundo reconocimiento.

—Entonces —dijo con voz que tenía algo de navaja de afeitar—, tú eres el bastardo.

—Soy Aureliano Buendía[30].

—Vete a tu cuarto —dijo José Arcadio.

Aureliano se fue, y no volvió a salir ni siquiera por curiosidad cuando oyó el rumor de los funerales solitarios. A veces, desde la cocina, veía a José Arcadio deambulando por la casa, ahogándose en su respiración anhelante, y seguía escuchando sus pasos por los dormitorios en ruinas después de la medianoche. No oyó su voz en muchos meses, no sólo porque José Arcadio no le dirigía la palabra, sino porque él no tenía deseos de que ocurriera, ni tiempo de pensar en nada distinto de los pergaminos. A la muerte de Fernanda había sacado el penúltimo pescadito y había ido a la librería del sabio catalán, en busca de los libros que le hacían falta. No le interesó nada de lo que vio en el trayecto, acaso porque carecía de recuerdos para comparar, y las calles desiertas y las casas desoladas eran iguales a como las había imaginado en un tiempo en que hubiera dado el alma por conocerlas. Se había concedido a sí mismo el permiso que le negó Fernanda, y sólo por una vez, con un objetivo único y por el tiempo mínimo indispensable, así que recorrió sin pausa las once cuadras que separaban la casa del callejón donde antes se interpretaban los sueños, y entró acezando en el abigarrado y sombrío local donde apenas había espacio para moverse[31]. Más que una librería, aquella parecía un basurero de libros usados, puestos en desorden en los estantes mellados por el comején, en los rincones amelazados de telaraña, y aun en los espacios que debieron destinarse a los pasadizos. En una

---

[30] Aureliano se afirma como un Buendía (no como un Babilonia) frente a su tío que no tiene ninguno de los rasgos familiares. Al mismo tiempo se identifica como una repetición de la figura del coronel no sólo por el aspecto «óseo» sino también por el nombre.

[31] El episodio que sigue ha sido comentado por A. Rama en un trabajo aún inédito, que yo sepa, titulado «El cenáculo de Barranquilla» cuya copia debo a la gentileza de Amparo Rama.

Aureliano va a la librería

larga mesa, también agobiada de mamotretos, el propietario escribía una prosa incansable, con una caligrafía morada, un poco delirante, y en hojas sueltas de cuaderno escolar[32]. Tenía una hermosa cabellera plateada que se le adelantaba en la frente como el penacho de una cacatúa, y sus ojos azules, vivos y estrechos, revelaban la mansedumbre del hombre que ha leído todos los libros[33]. Estaba en calzoncillos, empapado en sudor, y no desentendió la escritura para ver quién había llegado. Aureliano no tuvo dificultad para rescatar de entre aquel desorden de fábula los cinco libros que buscaba, pues estaban en el lugar exacto que le indicó Melquíades. Sin decir una palabra, se los entregó junto con el pescadito de oro al sabio catalán, y éste los examinó, y sus párpados se contrajeron como dos almejas. «Debes estar loco», dijo en su lengua, alzándose de hombros, y le devolvió a Aureliano los cinco libros y el pescadito.

—Llévatelos —dijo en castellano—. El último hombre que leyó esos libros debió ser Isaac el Ciego, así que piensa bien lo que haces.

José Arcadio restauró el dormitorio de Meme, mandó limpiar y remendar las cortinas de terciopelo y el damasco del baldaquín de la cama virreinal, y puso otra vez en servicio el baño abandonado, cuya alberca de cemento estaba renegrida por una nata fibrosa y áspera. A esos dos lugares se redujo su imperio de pacotilla, de gastados géneros exóticos, de perfu-

---

[32] Los cuadernos del sabio catalán «realmente existen, conservados en Barcelona por su hermano Josep Vinyes Sabatés, y son una formidable fuente documental». (J. Gilard, Introducción a *Textos costeños*, pág. 14, nota 16)

[33] «La alusión al verso mallarmeano puede tomarse como el primer desapego de la viva, erizada carne narrativa, y la primera entrada al universo de palabras en que ella se resuelve fatalmente.» (A. Rama, «El cenáculo de Barranquilla», pág. 1 de la copia personal.) El verso aludido de Mallarmé corresponde al poema *Brise Marine:* «La chair est triste, hélas! et j'ai lu tous les livres.» En un artículo a la memoria de Ramón Vinyes (véase pág. 507, nota 14), GGM retrata así al sabio catalán: «En los tiempos en que lo conocí, hace tres años, había armado con garrapaticas moradas, en catalán, tantos dramas como para llenar un baúl [...]. A donde todos llegaba arrastrando los pies, tratando de disciplinar el blanco mechón que le daba una pintoresca apariencia de bondadosa cacatúa.»

mes falsos y pedrería barata. Lo único que pareció estorbarle en el resto de la casa fueron los santos del altar doméstico, que una tarde quemó hasta convertirlos en ceniza, en una hoguera que prendió en el patio. Dormía hasta después de las once. Iba al baño con una deshilachada túnica de dragones dorados y unas chinelas de borlas amarillas, y allí oficiaba un rito que por su parsimonia y duración recordaba al de Remedios, la bella[34]. Antes de bañarse, aromaba la alberca con las sales que llevaba en tres pomos alabastrados. No se hacía abluciones con la totuma, sino que se zambullía en las aguas fragantes y permanecía hasta dos horas flotando bocarriba, adormecido por la frescura y por el recuerdo de Amaranta. A los pocos días de haber llegado abandonó el vestido de tafetán, que además de ser demasiado caliente para el pueblo era el único que tenía, y lo cambió por unos pantalones ajustados, muy parecidos a los que usaba Pietro Crespi en las clases de baile[35], y una camisa de seda tejida con el gusano vivo, y con sus iniciales bordadas en el corazón. Dos veces por semana lavaba la muda completa en la alberca, y se quedaba con la túnica hasta que se secaba, pues no tenía nada más que ponerse. Nunca comía en la casa. Salía a la calle cuando aflojaba el calor de la siesta, y no regresaba hasta muy entrada la noche. Entonces continuaba su deambular angustioso, respirando como un gato, y pensando en Amaranta. Ella, y la mirada espantosa de los santos en el fulgor de la lámpara nocturna, eran los dos recuerdos que conservaba de la casa. Muchas veces, en el alucinante agosto romano, había abierto los ojos en mitad del sueño, y había visto a Amaranta surgiendo de un estanque de mármol brocatel, con sus[36]

---

[34] «Cuando las cosas andaban mejor, [Remedios, la bella] se levantaba a las once de la mañana, y se encerraba hasta dos horas completamente desnuda en el baño [...]» (pág. 342). La comparación subraya el carácter afeminado de José Arcadio.

[35] «Pietro Crespi llevaba en esos días unos pantalones especiales, muy flexibles y ajustados [...]». Lo que más viene al caso es el mote de José Arcadio, el fundador, que si bien no se aplica al italiano, constituye una anticipación de la figura del aprendiz de Papa: «Ese hombre es marica» (pág. 153).

[36] En la edición original, pág. 311: *su p.* La edición Espasa-Calpe, pág. 402, no corrige.

pollerines de encaje y su venda en la mano, idealizada por la ansiedad del exilio[37]. Al contrario de Aureliano José, que trató de sofocar aquella imagen en el pantano sangriento de la guerra[38], él trataba de mantenerla viva en un cenagal de concupiscencia, mientras entretenía a su madre con la patraña sin término de la vocación pontificia. Ni a él ni a Fernanda se les ocurrió pensar nunca que su correspondencia era un intercambio de fantasías. José Arcadio, que abandonó el seminario tan pronto como llegó a Roma, siguió alimentando la leyenda de la teología y el derecho canónico, para no poner en peligro la herencia fabulosa de que le hablaban las cartas delirantes de su madre, y que había de rescatarlo de la miseria y la sordidez que compartía con dos amigos en una buhardilla del Trastevere[39]. Cuando recibió la última carta de Fernanda, dictada por el presentimiento de la muerte inminente, metió en una maleta los últimos desperdicios de su falso esplendor, y atravesó el océano en una bodega donde los emigrantes se apelotonaban con reses de matadero, comiendo macarrones fríos y queso agusanado. Antes de leer el testamento de Fernanda, que no era más que una minuciosa y tardía recapitulación de infortunio, ya los muebles desvencijados y la maleza del corredor le habían indicado que estaba metido en una trampa de la cual no saldría jamás, para siempre exiliado de la luz de diamante y el aire inmemorial de la primavera romana. En los insomnios agotadores del asma, medía y volvía a medir la profundidad de su desventura, mientras repasaba la casa tenebrosa donde los aspavientos

---

[37] La obsesión incestuosa de José Arcadio sobrevive a la muerte de su tía bisabuela, caso extremo de la tentación familiar.

[38] Comp. pág. 251: «Había huido de ella tratando de aniquilar su recuerdo no sólo con la distancia, sino con un encarnizamiento aturdido que sus compañeros de armas calificaban de temeridad, pero mientras más revolcaba su imagen en el muladar de la guerra, más la guerra se parecía a Amaranta.»

[39] Aunque O. Collazos, pág. 42, afirma que «los meses pasados en la capital italiana [en 1955] no dejan huella en su vida literaria», es evidente que aquí traspone García Márquez algunos recuerdos romanos. No hay que olvidar que, según el mismo biógrafo, GGM fue enviado a Roma por *El Espectador* porque «el Papa Pío XII parecía estar padeciendo una delicada enfermedad» (pág. 41). La relación con el falso aprendiz de Papa es obvia.

seniles de Úrsula le infundieron el miedo del mundo. Para estar segura de no perderlo en las tinieblas, ella le había asignado un rincón del dormitorio, el único donde podría estar a salvo de los muertos que deambulaban por la casa desde el atardecer. «Cualquier cosa mala que hagas —le decía Úrsula— me la dirán los santos.» Las noches pávidas de su infancia se redujeron a ese rincón, donde permanecía inmóvil hasta la hora de acostarse, sudando de miedo en un taburete, bajo la mirada vigilante y glacial de los santos acusetas[40]. Era una tortura inútil, porque ya para esa época él tenía terror de todo lo que lo rodeaba, y estaba preparado para asustarse de todo lo que encontrara en la vida: las mujeres de la calle, que echaban a perder la sangre; las mujeres de la casa, que parían hijos con cola de puerco; los gallos de pelea, que provocaban muertes de hombres y remordimientos de conciencia para el resto de la vida; las armas de fuego, que con sólo tocarlas condenaban a veinte años de guerra; las empresas desacertadas, que sólo conducían al desencanto y la locura, y todo, en fin, todo cuanto Dios había creado con su infinita bondad, y que el diablo había pervertido. Al despertar, molido por el torno de las pesadillas, la claridad de la ventana y las caricias de Amaranta en la alberca, y el deleite con que lo empolvaba entre las piernas con una bellota de seda[41], lo liberaban del terror. Hasta Úrsula era distinta bajo la luz radiante del jardín, porque allí no le hablaba de cosas de pavor, sino que le frotaba los dientes con polvo de carbón para que tuviera la sonrisa radiante de un Papa, y le cortaba y le pulía las uñas para que los peregrinos que llegaran a Roma de todo el ámbito de la tierra se asombraran de la pulcritud de las manos del Papa cuando les echara la bendición, y lo peinaba como un Papa, y lo ensopaba con agua florida para que su cuerpo y sus ropas tuvieran la fragancia de un Papa. En el patio de Castelgandolfo él había visto al Papa en

---

[40] *Acusetas: «Amér. Central* y *Colomb.* Acusete.» *(D.R.A.E.);* 'acusicas, soplones'.
[41] Un fácil psicoanálisis explicaría a la vez la tendencia incestuosa de José Arcadio y su sustitución por la homosexualidad.

José Arcadio recoge niños.

un balcón, pronunciando el mismo discurso en siete idiomas para una muchedumbre de peregrinos, y lo único que en efecto le había llamado la atención era la blancura de sus manos, que parecían maceradas en lejía, el resplandor deslumbrante de sus ropas de verano, y su recóndito hálito de agua de colonia.

Casi un año después del regreso a la casa, habiendo vendido para comer los candelabros de plata y la bacinilla heráldica que a la hora de la verdad sólo tuvo de oro las incrustaciones del escudo, la única distracción de José Arcadio era recoger niños en el pueblo para que jugaran en la casa. Aparecía con ellos a la hora de la siesta, y los hacía saltar la cuerda en el jardín, cantar en el corredor y hacer maromas[42] en los muebles de la sala, mientras él iba por entre los grupos impartiendo lecciones de buen comportamiento. Para esa época había acabado con los pantalones estrechos y la camisa de seda, y usaba una muda ordinaria comprada en los almacenes de los árabes, pero seguía manteniendo su dignidad lánguida y sus ademanes papales. Los niños se tomaron la casa como lo hicieron en el pasado las compañeras de Meme. Hasta muy entrada la noche se les oía cotorrear y cantar y bailar zapateados, de modo que la casa parecía un internado sin disciplina. Aureliano no se preocupó de la invasión mientras no fueron a molestarlo en el cuarto de Melquíades. Una mañana, dos niños empujaron la puerta, y se espantaron ante la visión del hombre cochambroso y peludo que seguía descifrando los pergaminos en la mesa de trabajo. No se atrevieron a entrar, pero siguieron rondando la habitación. Se asomaban cuchicheando por las hendijas[43], arrojaban animales vivos por las claraboyas, y en una ocasión clavetearon por fuera la puerta y la ventana, y Aureliano necesitó medio día para forzarlas. Divertidos por la impunidad de sus travesuras, cuatro niños entraron otra mañana en el cuarto, mientras Aureliano estaba en la cocina, dispuestos a destruir los pergaminos. Pero tan pronto como se apoderaron de los pliegos

---

[42] _Hacer maromas:_ 'hacer volatines'.

[43] _Hendija: 'rendija';_ «Hendidura larga y angosta que atraviesa de parte a parte, una pared, una tabla, o cualquier cuerpo sólido.» _(Nuevo diccionario de americanismos,_ t. I, pág. 216a)

amarillentos, una fuerza angélica los levantó del suelo, y los mantuvo suspendidos en el aire, hasta que regresó Aureliano y les arrebató los pergaminos. Desde entonces no volvieron a molestarlo.

Los cuatro niños mayores, que usaban pantalones cortos a pesar de que ya se asomaban a la adolescencia, se ocupaban de la apariencia personal de José Arcadio. Llegaban más temprano que los otros, y dedicaban la mañana a afeitarlo, a darle masajes con toallas calientes, a cortarle y pulirle las uñas de las manos y los pies, a perfumarlo con agua florida. En varias ocasiones se metieron en la alberca, para jabonarlo de pies a cabeza, mientras él flotaba bocarriba, pensando en Amaranta. Luego lo secaban, le empolvaban el cuerpo, y lo vestían. Uno de los niños, que tenía el cabello rubio y crespo, y los ojos de vidrios rosados como los conejos, solía dormir en la casa. Eran tan firmes los vínculos que lo unían a José Arcadio que lo acompañaba en sus insomnios de asmático, sin hablar, deambulando con él por la casa en tinieblas. Una noche vieron en la alcoba donde dormía Úrsula un resplandor amarillo a través del cemento cristalizado, como si un sol subterráneo hubiera convertido en vitral el piso del dormitorio. No tuvieron que encender el foco. Les bastó con levantar las placas quebradas del rincón donde siempre estuvo la cama de Úrsula, y donde el resplandor era más intenso, para encontrar la cripta secreta que Aureliano Segundo se cansó de buscar en el delirio de las excavaciones. Allí estaban los tres sacos de lona cerrados con alambre de cobre y, dentro de ellos, los siete mil doscientos catorce doblones de a cuatro, que seguían relumbrando como brasas en la oscuridad[44].

---

[44] Se verifican las adivinanzas de Pilar Ternera sobre cantidad, situación y momento del hallazgo del tesoro ocultado por Úrsula, aunque como siempre en los textos proféticos hacía falta descifrarlas correctamente, lo que no supo Aureliano Segundo, quien no buscó debajo de la cama de la fundadora (véase pág. 446). También se verifica en parte la profecía de Úrsula sobre el oro enterrado: «Cuando aparezca el dueño [...] Dios ha de iluminarlo para que lo encuentre» (pág. 462). El resplandor milagroso aparece, pero hay dudas en cuanto a la identificación del verdadero «dueño». El lector ya había podido sospechar que Úrsula ocultara los doblones debajo de su cama, donde siempre enterró sus tesoros de oro (véanse págs. 83, 249).

El hallazgo del tesoro fue como una deflagración. En vez de regresar a Roma con la intempestiva fortuna, que era el sueño madurado en la miseria, Jose Arcadio convirtió la casa en un paraíso decadente. Cambió por terciopelo nuevo las cortinas y el baldaquín del dormitorio, y les hizo poner baldosas al piso del baño y azulejos a las paredes. La alacena del comedor se llenó de frutas azucaradas, jamones y encurtidos, y el granero en desuso volvió a abrirse para almacenar vinos y licores que el propio José Arcadio retiraba en la estación del ferrocarril, en cajas marcadas con su nombre. Una noche, él y los cuatro niños mayores hicieron una fiesta que se prolongó hasta el amanecer. A las seis de la mañana salieron desnudos del dormitorio, vaciaron la alberca y la llenaron de champaña. Se zambulleron en bandada, nadando como pájaros que volaran en un cielo dorado de burbujas fragantes, mientras José Arcadio flotaba bocarriba, al margen de la fiesta, evocando a Amaranta con los ojos abiertos. Permaneció así, ensimismado, rumiando la amargura de sus placeres equívocos, hasta después de que los niños se cansaron y se fueron en tropel al dormitorio, donde arrancaron las cortinas de terciopelo para secarse, y cuartearon en el desorden la luna de cristal de roca, y desbarataron el baldaquín de la cama tratando de acostarse en tumulto. Cuando José Arcadio volvió del baño, los encontró durmiendo apelotonados, desnudos, en una alcoba de naufragio. Enardecido no tanto por los estragos como por el asco y la lástima que sentía contra sí mismo en el desolado vacío de la saturnal, se armó con unas disciplinas de perrero eclesiástico que guardaba en el fondo del baúl, junto con un cilicio y otros fierros de mortificación y penitencia, expulsó a los niños de la casa, aullando como un loco, y azotándolos sin misericordia, como no lo hubiera hecho con una jauría de coyotes. Quedó demolido, con una crisis de asma que se prolongó por varios días, y que le dio el aspecto de un agonizante. A la tercera noche de tortura, vencido por la asfixia, fue al cuarto de Aureliano a pedirle el favor de que le comprara en una botica cercana unos polvos para inhalar. Fue así como hizo Aureliano su segunda salida a la calle. Sólo tuvo que recorrer dos cuadras para llegar hasta la estrecha botica de polvorientas vidrieras con pomos de loza marcados en latín, donde una muchacha con la sigilosa belleza de una serpiente del Nilo[45] le despachó el medicamento que José Arcadio le había escrito en un papel. La segunda visión del pueblo desierto, alumbrado apenas por las amarillentas bombillas de las calles, no despertó en Aureliano más curiosidad que la primera vez. José Arcadio había alcanzado a pensar que había huido, cuando lo vio aparecer de nuevo, un poco anhelante a causa de la prisa, arrastrando las piernas que el encierro y la falta de movilidad habían vuelto débiles y torpes. Era tan cierta su indiferencia por el mundo que pocos días después José Arcadio violó la promesa que había hecho a su madre, y lo dejó en libertad para salir cuando quisiera.

—No tengo nada que hacer en la calle —le contestó Aureliano.

Siguió encerrado, absorto en los pergaminos que poco a poco iba desentrañando, y cuyo sentido, sin embargo, no lograba interpretar. José Arcadio le llevaba al cuarto rebanadas de jamón, flores azucaradas que dejaban en la boca un regusto primaveral, y en dos ocasiones un vaso de buen vino[46]. No se interesó en los pergaminos, que consideraba más bien como un entretenimiento esotérico, pero le llamó la atención la rara sabiduría y el inexplicable conocimiento del mundo que tenía aquel pariente desolado. Supo entonces que era capaz de comprender el inglés escrito, y que entre pergamino y pergamino había leído de la primera página a la última, como si fuera una novela, los seis tomos de la enciclopedia. A eso atribuyó al principio el que Aureliano pudiera hablar de Roma como si hubiera vivido allí muchos años, pero muy pronto se dio cuenta de que tenía conocimientos

[45] Trasposición de Mercedes Barcha, mujer de GGM e hija del boticario de Barranquilla. Es descendiente de egipcios (véase *GGM: coetáneo de la eternidad* págs. 70-74).

[46] D. Carreras González, pág. 39, observa que Aureliano recibe el mismo premio a su labor que los juglares medievales. Más exactamente, el narrador de *C.A.S.* recuerda parte del conocido verso *2d* de *La vida de Santo Domingo*, de Gonzalo de Berceo («Bien valdra, como creo, un vaso de bon vino»).

José Arcadio y Aureliano no son enemigos pero no son amigos

que no eran enciclopédicos, cómo los precios de las cosas.
«Todo se sabe», fue la única respuesta que recibió de Aureliano, cuando le preguntó cómo había obtenido aquellas informaciones[47]. Aureliano, por su parte, se sorprendió de que
José Arcadio visto de cerca fuera tan distinto de la imagen
que se había formado de él cuando lo veía deambular por la
casa. Era capaz de reír, de permitirse de vez en cuando una
nostalgia del pasado de la casa, y de preocuparse por el ambiente de miseria en que se encontraba el cuarto de Melquíades. Aquel acercamiento entre dos solitarios de la misma sangre estaba muy lejos de la amistad, pero les permitió a ambos
sobrellevar mejor la insondable soledad que al mismo tiempo los separaba y los unía. José Arcadio pudo entonces acu-
dir a Aureliano para desenredar ciertos problemas domésticos que lo exasperaban. Aureliano, a su vez, podía sentarse a
leer en el corredor, recibir las cartas de Amaranta Úrsula
que seguían llegando con la puntualidad de siempre, y usar
el baño de donde lo había desterrado José Arcadio desde su
llegada.

Una calurosa madrugada ambos despertaron alarmados
por unos golpes apremiantes en la puerta de la calle. Era un
anciano oscuro, con unos ojos grandes y verdes que le daban
a su rostro una fosforescencia espectral, y con una cruz de ceniza en la frente. Las ropas en piltrafas, los zapatos rotos, la
vieja mochila que llevaba en el hombro como único equipaje, le daban el aspecto de un pordiosero, pero su conducta tenía una dignidad que estaba en franca contradicción con su
apariencia. Bastaba con verlo una vez, aun en la penumbra
de la sala, para darse cuenta de que la fuerza secreta que le
permitía vivir no era el instinto de conservación, sino la costumbre del miedo. Era Aureliano Amador, el único sobreviviente de los diecisiete hijos del coronel Aureliano Buendía,
que iba buscando una tregua en su larga y azarosa existencia
de fugitivo[48]. Se identificó, suplicó que le dieran refugio en

---

[47] Aureliano ha ampliado considerablemente su original cultura «medieval». Sabiéndolo todo, realiza el sueño del fundador.
[48] Véanse págs. 351-352.

498

Aureliano Amador viene y se[10] mata

aquella casa que en sus noches de paria había evocado como el último reducto de seguridad que le quedaba en la vida. Pero José Arcadio y Aureliano no lo recordaban. Creyendo que era un vagabundo, lo echaron a la calle a empellones. Ambos vieron entonces desde la puerta el final de un drama que había empezado desde antes de que José Arcadio tuviera uso de razón. Dos agentes de la policía que habían perseguido a Aureliano Amador durante años, que lo habían rastreado como perro por medio mundo, surgieron de entre los almendros de la acera opuesta y le hicieron dos tiros de máuser que le penetraron limpiamente por la cruz de ceniza[49].

En realidad, desde que se expulsó a los niños de la casa, José Arcadio esperaba noticias de un trasatlántico que saliera para Nápoles antes de Navidad. Se lo había dicho a Aureliano, e inclusive había hecho planes para dejarle montado un negocio que le permitiera vivir, porque la canastilla de víveres no volvió a llegar desde el entierro de Fernanda. Sin embargo, tampoco aquel sueño final había de cumplirse. Una mañana de septiembre, después de tomar el café con Aureliano en la cocina, José Arcadio estaba terminando su baño diario cuando irrumpieron por entre los portillos de las tejas los cuatro niños que había expulsado de la casa. Sin darle tiempo de defenderse, se metieron vestidos en la alberca, lo agarraron por el pelo y le mantuvieron la cabeza hundida, hasta que cesó en la superficie la borboritación de la agonía, y el silencioso y pálido cuerpo de delfín se deslizó hasta el fondo de las aguas fragantes[50]. Después se llevaron los tres sacos de oro que sólo ellos y su víctima sabían dónde estaban escondidos. Fue una acción tan rápida, metódica y brutal, que pareció un asalto de militares. Aureliano, encerrado en su cuar-

José Arcadio se muere

[49] Como fue profetizado, Aureliano Amador muere de la misma forma que sus dieciséis hermanos y como Buendía, vuelve a morir en Macondo.

[50] Hace falta recordar que Fernanda tuvo la intención de ahogar a Aureliano Babilonia; es su propio hijo quien muere ahogado. Le ocurrió lo que a otros personajes de *C.A.S.:* desean la muerte de alguien y otro ser querido se muere. Tales desplazamientos del deseo podrían ser objeto de estudios psicoanalíticos o esotéricos.

499

to, no se dio cuenta de nada. Esa tarde, habiéndolo echado de menos en la cocina, buscó a José Arcadio por toda la casa, y lo encontró flotando en los espejos perfumados de la alberca, enorme y tumefacto, y todavía pensando en Amaranta. Sólo entonces comprendió cuánto había empezado a quererlo[51].

[51] Este sentimiento se revela siempre demasiado tarde en los Buendía. Así, poco antes de morir, Arcadio empezó «a comprender cuánto quería [...] a las personas que más había odiado» (pág. 218).

Amaranta Úrsula regresa está casada

Amaranta Úrsula regresó con los primeros ángeles de diciembre, empujada por brisas de velero, llevando al esposo amarrado por el cuello con un cordel de seda. Apareció sin ningún anuncio, con un vestido color marfil, un hilo de perlas que le daba casi a las rodillas, sortijas de esmeraldas y topacios, y el cabello redondo y liso rematado en las orejas con puntas de golondrinas[1]. El hombre con quien se había casado seis meses antes era un flamenco maduro, esbelto, con aires de navegante. No tuvo sino que empujar la puerta de la sala para comprender que su ausencia había sido más prolongada y demoledora de lo que ella suponía.

—Dios mío —gritó, más alegre que alarmada—, ¡cómo se ve que no hay una mujer en esta casa!

El equipaje no cabía en el corredor. Además del antiguo baúl de Fernanda con que la mandaron al colegio, llevaba dos roperos verticales, cuatro maletas grandes, un talego para las sombrillas, ocho cajas de sombreros, una jaula gigantesca con medio centenar de canarios, y el velocípedo del marido, desarmado dentro de un estuche especial que permitía llevarlo como un violoncelo. Ni siquiera se permitió un día de descanso al cabo del largo viaje. Se puso un gastado overol de lienzo que había llevado el esposo con otras prendas de motorista, y emprendió una nueva restauración de la casa. Desbandó las hormigas coloradas que ya se habían apoderado del corredor, resucitó los rosales, arrancó la maleza de raíz, y volvió a sembrar helechos, oréganos y begonias en los tiestos del pasamanos. Se puso al frente de una cuadrilla de carpin-

---

[1] Según la moda de los años 30.

teros, cerrajeros y albañiles que resanaron las grietas de los pisos, enquiciaron puertas y ventanas, renovaron los muebles y blanquearon las paredes por dentro y por fuera, de modo que tres meses después de su llegada se respiraba otra vez el aire de juventud y de fiesta que hubo en los tiempos de la pianola. Nunca se vio en la casa a nadie con mejor humor a toda hora y en cualquier circunstancia, ni a nadie más dispuesto a cantar y bailar, y a tirar en la basura las cosas y las costumbres revenidas. De un escobazo acabó con los recuerdos funerarios y los montones de cherembecos inútiles y aparatos de superstición que se apelotonaban en los rincones, y lo único que conservó por gratitud a Úrsula fue el daguerrotipo de Remedios en la sala[2]. «Miren qué lujo», gritaba muerta de risa. «¡Una bisabuela de catorce años!»[3]. Cuando uno de los albañiles le contó que la casa estaba poblada de aparecidos, y que el único modo de espantarlos era buscando los tesoros que habían dejado enterrados, ella replicó entre carcajadas que no creía en supersticiones de hombres. Era tan espontánea, tan emancipada, con un espíritu tan moderno y libre, que Aureliano no supo qué hacer con el cuerpo cuando la vio llegar. «¡Qué bárbaro!», gritó ella, feliz, con los brazos abiertos. «¡Miren cómo ha crecido mi adorado antropófago!»[4]. Antes de que él tuviera tiempo de reaccionar, ya ella había puesto un disco en el gramófono portátil que llevó consigo, y estaba tratando de enseñarle los bailes de moda. Lo obligó a cambiarse los escuálidos pantalones que heredó del coronel Aureliano Buendía, le regaló camisas juveniles y zapatos de dos colores, y lo empujaba a la calle cuando pasaba mucho tiempo en el cuarto de Melquíades.

---

[2] Fue una de las súplicas de Úrsula poco antes de morir (véase pág. 462).

[3] «Las generaciones futuras, que nunca dejaron extinguir la lámpara, habían de desconcertarse ante aquella niña de faldas rizadas, botinas blancas y lazo de organdí en la cabeza, que no lograban hacer coincidir con la imagen académica de una bisabuela» (pág. 184).

[4] La exclamación de Amaranta es menos inocente de lo que se podría creer: denota el nacimiento, aun inconsciente, de la tentación del incesto. Por otra parte, Aureliano Babilonia se conforma con el aspecto que tuvo cuando apareció por primera vez ante Aureliano Segundo, «como si no fuera una criatura humana sino la definición enciclopédica de un antropófago».

Activa, menuda, indomable, como Úrsula, y casi tan bella y provocativa como Remedios, la bella[5], estaba dotada de un raro instinto para anticiparse a la moda. Cuando recibía por correo los figurines más recientes, apenas le servían para comprobar que no se había equivocado en los modelos que inventaba, y que cosía en la rudimentaria máquina de manivela de Amaranta. Estaba suscrita a cuanta revista de modas, información artística y música popular se publicaba en Europa, y apenas les echaba una ojeada para darse cuenta de que las cosas iban en el mundo como ella las imaginaba. No era comprensible que una mujer con aquel espíritu hubiera regresado a un pueblo muerto, deprimido por el polvo y el calor, y menos con un marido que tenía dinero de sobra para vivir bien en cualquier parte del mundo, y que la amaba tanto que se había sometido a ser llevado y traído por ella con el dogal de seda. Sin embargo, a medida que el tiempo pasaba era más evidente su intención de quedarse, pues no concebía planes que no fueran a largo plazo, ni tomaba determinaciones que no estuvieran orientadas a procurarse una vida cómoda y una vejez tranquila en Macondo. La jaula de canarios demostraba que esos propósitos no eran improvisados. Recordando que su madre le había contado en una carta el exterminio de los pájaros[6], había retrasado el viaje varios meses hasta encontrar un barco que hiciera escala en las islas Afortunadas[7], y allí seleccionó las veinticinco parejas de canarios más finos para repoblar el cielo de Macondo[8]. Esa fue la más lamentable de sus numerosas iniciativas frustradas. A medida que los pájaros se reproducían, Amaranta Úrsula los iba soltando por parejas, y más tardaban en sentirse libres que en fugarse del pueblo. En vano procuró encariñarlos con la pajarera que construyó Úrsula en la primera restauración. En vano les falsificó nidos de esparto en los almendros, y

---

[5] Véase pág. 468, nota 36.

[6] Véase pág. 463.

[7] *Islas Afortunadas:* nombre antiguo de las Canarias empleado aquí por su valor semántico.

[8] En eso continúa la labor de Úrsula quien, como poco después se recordará, dispuso construir «una pajarera abierta a los cuatro vientos para que se instalaran a su gusto los pájaros sin rumbo» (pág. 147).

regó alpiste en los techos y alborotó a los cautivos para que sus cantos disuadieran a los desertores, porque éstos se remontaban a la primera tentativa y daban una vuelta en el cielo, apenas el tiempo indispensable para encontrar el rumbo de regreso a las islas Afortunadas.

Un año después del retorno, aunque no hubiera conseguido entablar una amistad ni promover una fiesta, Amaranta Úrsula seguía creyendo que era posible rescatar aquella comunidad elegida por el infortunio. Gastón, su marido, se cuidaba de no contrariarla, aunque desde el mediodía mortal en que descendió del tren comprendió que la determinación de su mujer había sido provocada por un espejismo de la nostalgia[9]. Seguro de que sería derrotada por la realidad, no se tomó siquiera el trabajo de armar el velocípedo, sino que se dio a perseguir los huevos más lúcidos entre las telarañas que desprendían los albañiles, y los abría con las uñas y se gastaba las horas contemplando con una lupa las arañitas minúsculas que salían del interior. Más tarde, creyendo que Amaranta Úrsula continuaba con las reformas por no dar su brazo a torcer, resolvió armar el aparatoso velocípedo cuya rueda anterior era mucho más grande que la posterior, y se dedicó a capturar y disecar cuanto insecto aborigen encontraba en los contornos, que remitía en frascos de mermelada a su antiguo profesor de historia natural de la universidad de Lieja[10], donde había hecho estudios avanzados en entomología, aunque su vocación dominante era la de aeronauta. Cuando andaba en el velocípedo usaba pantalones de acróbata, medias de gaitero y cachucha[11] de detective, pero cuando andaba de a pie vestía de lino crudo, intachable, con zapatos blancos, corbatín de seda, sombrero canotier y una vara de mimbre en la mano. Tenía unas pupilas pálidas que acentuaban su aire de navegante, y un bigotito de pelos de ardilla. Aunque era lo menos quince años mayor que su mu-

---

[9] Macondo se hace cada vez más la «ciudad de los espejos o de los espejismos».

[10] Sobre esta curiosa mención de la universidad de Lieja, véase mi *GGM, coetáneo de la eternidad*, pág. 34, nota 12.

[11] *Cachucha*: «Prenda de tela, piel u otro material, con visera, que sirve para cubrir la cabeza.» *(Nuevo diccionario de americanismos*, t. I, pág. 65 b); 'gorra visera'.

jer, sus gustos juveniles, su vigilante determinación de hacerla feliz, y sus virtudes de buen amante, compensaban la diferencia. En realidad, quienes veían aquel cuarentón de hábitos cautelosos, con su sedal al cuello y su bicicleta de circo, no hubieran podido pensar que tenía con su joven esposa un pacto de amor desenfrenado, y que ambos cedían al apremio recíproco en los lugares menos adecuados y donde los sorprendiera la inspiración, como lo hicieron desde que empezaron a verse, y con una pasión que el transcurso del tiempo y las circunstancias cada vez más insólitas iban profundizando y enriqueciendo. Gastón no sólo era un amante feroz, de una sabiduría y una imaginación inagotables, sino que era tal vez el primer hombre en la historia de la especie que hizo un aterrizaje de emergencia y estuvo a punto de matarse con su novia sólo por hacer el amor en un campo de violetas.

Se habían conocido tres años antes de casarse, cuando el biplano deportivo en que él hacía piruetas sobre el colegio en que estudiaba Amaranta Úrsula intentó una maniobra intrépida para eludir el asta de la bandera, y la primitiva armazón de lona y papel de aluminio quedó colgada por la cola en los cables de la energía eléctrica. Desde entonces, sin hacer caso de su pierna entablillada, él iba los fines de semana a recoger a Amaranta Úrsula en la pensión de religiosas donde vivió siempre, cuyo reglamento no era tan severo como deseaba Fernanda, y la llevaba a su club deportivo. Empezaron a amarse a 500 metros de altura, en el aire dominical de las landas, y más se sentían compenetrados mientras más minúsculos iban haciéndose los seres de la tierra. Ella le hablaba de Macondo como del pueblo más luminoso y plácido del mundo, y de una casa enorme, perfumada de orégano, donde quería vivir hasta la vejez con un marido leal y dos hijos indómitos que se llamaran Rodrigo y Gonzalo[12], y en ningún caso Aureliano y José Arcadio, y una hija que se llamara Virginia, y en ningún caso Remedios. Había evocado con una tenacidad tan anhelante el pueblo idealizado por la nos-

---

[12] *Rodrigo y Gonzalo* se llaman los dos hijos de Gabriel García Márquez y Mercedes Barcha; Rodrigo nació el 24 de agosto de 1959 y Gonzalo el 16 de abril de 1962.

Gastón es el esposo de A.U.

talgia, que Gastón comprendió que ella no quisiera casarse si no la llevaba a vivir en Macondo. Él estuvo de acuerdo, como lo estuvo más tarde con el sedal, porque creyó que era un capricho transitorio que más valía defraudar a tiempo. Pero cuando transcurrieron dos años en Macondo y Amaranta Úrsula seguía tan contenta como el primer día, él comenzó a dar señales de alarma. Ya para entonces había disecado cuando insecto era disecable en la región, hablaba el castellano como un nativo, y había descifrado todos los crucigramas de las revistas que recibían por correo. No tenía el pretexto del clima para apresurar el regreso, porque la naturaleza lo había dotado de un hígado colonial, que resistía sin quebrantos el bochorno de la siesta y el agua con gusarapos. Le gustaba tanto la comida criolla, que una vez se comió un sartal de ochenta y dos huevos de iguana. Amaranta Úrsula, en cambio, se hacía llevar en el tren pescados y mariscos en cajas de hielo, carnes en lata y frutas almibaradas, que era lo único que podía comer, y seguía vistiéndose a la moda europea y recibiendo figurines por correo, a pesar de que no tenía dónde ir ni a quién visitar, y de que a esas alturas su marido carecía de humor para apreciar sus vestidos cortos, sus fieltros ladeados y sus collares de siete vueltas. Su secreto parecía consistir en que siempre encontraba el modo de estar ocupada, resolviendo problemas domésticos que ella misma creaba y haciendo mal ciertas cosas que corregía al día siguiente, con una diligencia perniciosa que habría hecho pensar a Fernanda en el vicio hereditario de hacer para deshacer[13]. Su genio festivo continuaba entonces tan despierto, que cuando recibía discos nuevos invitaba a Gastón a quedarse en la sala hasta muy tarde para ensayar los bailes que sus compañeras de colegio le describían con dibujos, y terminaban generalmente haciendo el amor en los mecedores vieneses o en el suelo pelado. Lo único que le faltaba para ser completamente feliz era el nacimiento de los hijos, pero respetaba el pacto que había hecho con su marido de no tenerlos antes de cumplir cinco años de casados.

---

[13] Véase pág. 432.

Buscando algo con que llenar sus horas muertas, Gastón solía pasar la mañana en el cuarto de Melquíades, con el esquivo Aureliano. Se complacía en evocar con él los rincones más íntimos de su tierra, que Aureliano conocía como si hubiera estado en ella mucho tiempo. Cuando Gastón le preguntó cómo había hecho para obtener informaciones que no estaban en la enciclopedia, recibió la misma respuesta que José Arcadio: «Todo se sabe.» Además del sánscrito, Aureliano había aprendido el inglés y el francés, y algo del latín y del griego. Como entonces salía todas las tardes, y Amaranta Úrsula le había asignado una suma semanal para sus gastos personales, su cuarto parecía una sección de la librería del sabio catalán[14]. Leía con avidez hasta muy altas horas de la noche, aunque por la forma en que se refería a sus lecturas, Gastón pensaba que no compraba los libros para informarse sino para verificar la exactitud de sus conocimientos, y que ninguno le interesaba más que los pergaminos, a los cuales dedicaba las mejores horas de la mañana. Tanto a Gastón como a su esposa les habría gustado incorporarlo a la vida familiar, pero Aureliano era hombre hermético[15], con una nube de misterio que el tiempo iba haciendo más densa. Era una condición tan infranqueable, que Gastón fracasó en sus esfuerzos por intimar con él, y tuvo que buscarse otro entretenimiento para llenar sus horas muertas. Fue

---

[14] En un artículo en homenaje a la memoria de Ramón Vinyes *(El Heraldo,* Barranquilla, 24 de mayo de 1952, pág. 11), GGM describió el cuarto del sabio catalán: «Vivía en un cuarto lleno de libros donde había además una cama, un ropero, un baúl, dos cuadros, un aguamanil, un escritorio y una máquina de escribir.» *(Textos costeños,* pág. 755.) Hace falta recordar que cuando lo conoció nuestro novelista, Ramón Vinyes ya no era librero. «De los miembros del grupo [de Barranquilla], sólo José Félix Fuenmayor —quien en 1950 pasaba de los sesenta años— había frecuentado esa librería-tertuliadero que tuvo una gran importancia en la Barranquilla de los años 10 y 20. La librería fue destruida por un incendio el 24 de junio de 1923.» (J. Gilard, pág. 21, nota 31.) Estos datos parecen reforzar la tesis sostenida por A. Rama en su inédito «El cenáculo de Barranquilla», según la cual en la figura de Aureliano Babilonia hay que reconocer rasgos de la personalidad de José Félix Fuenmayor.

[15] También hay que entender el adjetivo en sentido literal de 'dedicado al hermetismo'.

por esa época que concibió la idea de establecer un servicio de correo aéreo.

No era un proyecto nuevo. En realidad lo tenía bastante avanzado cuando conoció a Amaranta Úrsula, sólo que no era para Macondo sino para el Congo Belga, donde su familia tenía inversiones en aceite de palma. El matrimonio, la decisión de pasar unos meses en Macondo para complacer a la esposa, lo habían obligado a aplazarlo. Pero cuando vio que Amaranta Úrsula estaba empeñada en organizar una junta de mejoras públicas, y hasta se reía de él por insinuar la posibilidad del regreso, comprendió que las cosas iban para largo, y volvió a establecer contacto con sus olvidados socios de Bruselas, pensando que para ser pionero daba lo mismo el Caribe que el África. Mientras progresaban las gestiones, preparó un campo de aterrizaje en la antigua región encantada que entonces parecía una llanura de pedernal resquebrajado, y estudió la dirección de los vientos, la geografía del litoral y las rutas más adecuadas para la navegación aérea, sin saber que su diligencia, tan parecida a la de Mr. Herbert, estaba infundiendo en el pueblo la peligrosa sospecha de que su propósito no era planear itinerarios sino sembrar banano. Entusiasmado con una ocurrencia que después de todo podía justificar su establecimiento definitivo en Macondo, hizo varios viajes a la capital de la provincia, se entrevistó con las autoridades, y obtuvo licencias y suscribió contratos de exclusividad. Mientras tanto, mantenía con los socios de Bruselas una correspondencia parecida a la de Fernanda con los médicos invisibles, y acabó de convencerlos de que embarcaran el primer aeroplano al cuidado de un mecánico experto, que lo armara en el puerto más próximo y lo llevara a Macondo. Un año después de las primeras mediciones y cálculos meteorológicos, confiando en las promesas reiteradas de sus corresponsales, había adquirido la costumbre de pasearse por las calles, mirando el cielo, pendiente de los rumores de la brisa, en espera de que apareciera el aeroplano.

Aunque ella no lo había notado, el regreso de Amaranta Úrsula determinó un cambio radical en la vida de Aureliano. Después de la muerte de José Arcadio, se había vuelto un cliente asiduo de la librería del sabio catalán. Además, la libertad de que entonces disfrutaba, y el tiempo de que disponía, le despertaron una cierta curiosidad por el pueblo, que conoció sin asombro. Recorrió las calles polvorientas y solitarias, examinando con un interés más científico que humano el interior de las casas en ruinas, las redes metálicas de las ventanas, rotas por el óxido y los pájaros moribundos, y los habitantes abatidos por los recuerdos. Trató de reconstruir con la imaginación el arrasado esplendor de la antigua ciudad de la compañía bananera, cuya piscina seca estaba llena hasta los bordes de podridos zapatos de hombre y zapatillas de mujer, y en cuyas casas desbaratadas por la cizaña encontró el esqueleto de un perro alemán todavía atado a una argolla con una cadena de acero, y un teléfono que repicaba, repicaba, repicaba, hasta que él lo descolgó, entendió lo que una mujer angustiada y remota preguntaba en inglés, y le contestó que sí, que la huelga había terminado, que los tres mil muertos habían sido echados al mar, que la compañía bananera se había ido, y que Macondo estaba por fin en paz desde hacía muchos años. Aquellas correrías lo llevaron al postrado barrio de tolerancia, donde en otros tiempos se quemaban mazos de billetes para animar la cumbiamba, y que entonces era un vericueto de calles más afligidas y miserables que las otras, con algunos focos rojos todavía encendidos, y con yermos salones de baile adornados con piltrafas de guirnaldas, donde las macilentas y gordas viudas de nadie, las bisabuelas francesas y las matriarcas babilónicas, continuaban esperando junto a las victrolas. Aureliano no encontró quien recordara a su familia, ni siquiera al coronel Aureliano Buendía, salvo el más antiguo de los negros antillanos, un anciano cuya cabeza algodonada le daba el aspecto de un negativo de fotografía, que seguía cantando en el pórtico de la casa los salmos lúgubres del atardecer. Aureliano conversaba con él en el enrevesado papiamento que aprendió en pocas semanas[16], y a veces compartía el caldo de cabezas de ga-

---

[16] El texto insiste sobre «el don de lenguas» de Aureliano, o sea, sobre su condición de «descifrador».

Nigromanta

llo que preparaba la bisnieta, una negra grande, de huesos sólidos, caderas de yegua y tetas de melones vivos, y una cabeza redonda, perfecta, acorazada por un duro capacete de pelos de alambre, que parecía el almófar de un guerrero medieval. Se llamaba Nigromanta[17]. Por esa época, Aureliano vivía de vender cubiertos, palmatorias y otros chécheres[18] de la casa. Cuando andaba sin un céntimo, que era lo más frecuente, conseguía que en las fondas del mercado le regalaran las cabezas de gallo que iban a tirar en la basura, y se las llevaba a Nigromanta para que le hiciera sus sopas aumentadas con verdolaga[19] y perfumadas con hierbabuena. Al morir el bisabuelo, Aureliano dejó de frecuentar la casa, pero se encontraba a Nigromanta bajo los oscuros almendros de la plaza, cautivando con sus silbos de animal montuno[20] a los escasos trasnochadores. Muchas veces la acompañó, hablando en papiamento de las sopas de cabezas de gallo y otras exquisiteces de la miseria, y hubiera seguido haciéndolo si ella no lo hubiera hecho caer en la cuenta de que su compañía le ahuyentaba la clientela. Aunque algunas veces sintió la tentación, y aunque a la propia Nigromanta le hubiera parecido una culminación natural de la nostalgia compartida, no se acostaba con ella. De modo que Aureliano seguía siendo virgen cuando Amaranta Úrsula regresó a Macondo y le dio un abrazo fraternal que lo dejó sin aliento. Cada vez que la veía, y peor aun cuando ella le enseñaba los bailes de moda, él sentía el mismo desamparo de esponjas en los huesos que turbó a su tatarabuelo cuando Pilar Ternera le puso pretextos de barajas en el granero[21]. Tratando de sofocar el tormento, se sumergió más a fondo en los pergaminos y eludió los ha-

---

[17] Aunque el nombre evoca, a todas luces, operaciones esotéricas ('nigromante'), me parece exagerado afirmar que su «descripción sugiere la del autor alquímico» y que «aparece como la encarnación del arte hermético». (G. Maturo, pág. 137.)

[18] _Chécheres:_ «_Amér. C._ y _Col._ Cachivaches.» _(Pequeño Larousse)_

[19] _Verdolaga:_ planta hortense usada como verdura.

[20] Sobre esta imagen, siempre aplicada a mujeres, en la obra de GGM, véase _GGM, coetáneo de la eternidad,_ pág. 57.

[21] «José Arcadio sintió que los huesos se le llenaban de espuma, que tenía un miedo lánguido y unos terribles deseos de llorar» (pág. 111).

510

lagos inocentes de aquella tía que empozoñaba sus noches con efluvios de tribulación, pero mientras más la evitaba, con más ansiedad esperaba su risa pedregosa, sus aullidos de gata feliz y sus canciones de gratitud, agonizando de amor a cualquier hora y en los lugares menos pensados de la casa. Una noche, a diez metros de su cama, en el mesón de platería, los esposos del vientre desquiciado desbarataron la vidriera y terminaron amándose en un charco de ácido muriático[22]. Aureliano no sólo no pudo dormir un minuto, sino que pasó el día siguiente con calentura, sollozando de rabia. Se le hizo eterna la llegada de la primera noche en que esperó a Nigromanta a la sombra de los almendros, atravesado por las agujas de hielo[23] de la incertidumbre, y apretando en el puño el peso con cincuenta centavos[24] que le había pedido a Amaranta Úrsula, no tanto porque los necesitara, como para complicarla, envilecerla y prostituirla de algún modo con su aventura. Nigromanta lo llevó a su cuarto alumbrado con veladoras de superchería, a su cama de tijeras con el lienzo percudido de malos amores, y a su cuerpo de perra brava, empedernida, desalmada, que se preparó para despacharlo como si fuera un niño asustado, y se encontró de pronto con un hombre cuyo poder tremendo exigió a sus entrañas un movimiento de reacomodación sísmica[25].

Se hicieron amantes. Aureliano ocupaba la mañana en descifrar pergaminos, y a la hora de la siesta iba al dormitorio soporífero donde Nigromanta lo esperaba para enseñarlo a hacer primero como las lombrices, luego como los caracoles y por último como los cangrejos, hasta que tenía que

---

[22] *Ácido muriático:* véase pág. 129, nota 14.
[23] El objeto clave de la apertura novelística, metaforizado o no, vuelve a aparecer repetidamente al final. Véase también pág. 420, nota 24.
[24] ¿Será un recuerdo de cuando vivía GGM en la Calle del Crimen en Barranquilla, a principios de los años 50?: «Yo vivía allí, en hoteles de paso que son los mismos hoteles de las putas. El cuarto costaba un peso con cincuenta por noche.» (*El olor de la guayaba,* pág. 80)
[25] En Aureliano Babilonia se repite la potencia sexual de José Arcadio, hijo, cuya iniciación sexual se recordó poco antes. (Véase M. Vargas Llosa, págs. 508 y 603-604)

abandonarlo para acechar amores extraviados[26]. Pasaron varias semanas antes de que Aureliano descubriera que ella tenía alrededor de la cintura un cintillo que parecía hecho con una cuerda de violoncelo, pero que era duro como el acero y carecía de remate, porque había nacido y crecido con ella[27]. Casi siempre, entre amor y amor, comían desnudos en la cama, en el calor alucinante y bajo las estrellas diurnas que el óxido iba haciendo despuntar en el techo de zinc. Era la primera vez que Nigromanta tenía un hombre fijo, un machucante[28] de planta, como ella misma decía muerta de risa, y hasta empezaba a hacerse ilusiones de corazón cuando Aureliano le confió su pasión reprimida por Amaranta Úrsula, que no había conseguido remediar con la sustitución, sino que le iba torciendo cada vez más las entrañas a medida que la experiencia ensanchaba el horizonte del amor. Entonces Nigromanta siguió recibiéndolo con el mismo calor de siempre, pero se hizo pagar los servicios con tanto rigor, que cuando Aureliano no tenía dinero se los cargaba en la cuenta que no llevaba con números sino con rayitas que iba trazando con la uña del pulgar detrás de la puerta. Al anochecer, mientras ella se quedaba barloventeando en las sombras de la plaza, Aureliano pasaba por el corredor como un extraño, saludando apenas a Amaranta Úrsula y a Gastón que de ordinario cenaban a esa hora, y volvía a encerrarse en el cuarto, sin poder leer ni escribir, ni siquiera pensar, por la ansiedad que le provocaban las risas, los cuchicheos, los retozos preliminares, y luego las explosiones de felicidad agónica que colmaba las noches de la casa. Esa era su vida dos años antes de que Gastón empezara a esperar el aeroplano, y seguía siendo igual la tarde en que fue a la librería del sabio catalán y encontró a cuatro muchachos despotricadores, encarnizados en

---

[26] Comp. *El mar del tiempo perdido (Er.*, págs. 20-30): «Todavía durmió casi todo el día. Clotilde lo alcanzó en la siesta y pasaron la tarde retozando en la cama sin cerrar la puerta del patio. Hicieron primero como las lombrices, después como los conejos y por último como las tortugas, hasta que el mundo se puso triste y volvió a oscurecer.»

[27] La circularidad también se inscribe en los cuerpos.

[28] *Machucante:* «fam. *Colomb.* sujeto, individuo.» *(D.R.A.E.)*

una discusión sobre los métodos de matar cucarachas en la Edad Media. El viejo librero, conociendo la afición de Aureliano por libros que sólo había leído Beda el Venerable[29], lo instó con una cierta malignidad paternal a que terciara en la controversia, y él ni siquiera tomó aliento para explicar que las cucarachas, el insecto alado más antiguo sobre la tierra, era ya la víctima favorita de los chancletazos en el Antiguo Testamento, pero que como especie era definitivamente refractaria a cualquier método de exterminio, desde las rebanadas de tomate con bórax hasta la harina con azúcar, pues sus mil seiscientas tres variedades habían resistido a la más remota, tenaz y despiadada persecución que el hombre había desatado desde sus orígenes contra ser viviente alguno, inclusive el propio hombre, hasta el extremo de que así como se atribuía al género humano un instinto de reproducción, debía atribuírsele otro más definido y apremiante, que era el instinto de matar cucarachas, y que si éstas habían logrado escapar a la ferocidad humana era porque se habían refugiado en las tinieblas, donde se hicieron invulnerables por el miedo congénito del hombre a la oscuridad, pero en cambio se volvieron susceptibles al esplendor del mediodía, de modo que ya en la Edad Media, en la actualidad y por los siglos de los siglos, el único método eficaz de matar cucarachas era el deslumbramiento solar[30].

Aquel fatalismo enciclopédico fue el principio de una gran amistad. Aureliano siguió reuniéndose todas las tardes

---

[29] *Beda el Venerable:* historiador inglés, doctor de la Iglesia (673-735). Autor de una *Historia eclesiástica de la nación inglesa.* Famoso por su saber enciclopédico, lo que viene al caso en esta alusión de *C.A.S.*

[30] «[...] la naturaleza jocunda, intrépida e insolente de las reuniones del bar "La Cueva" debió responder en buena parte a la casi mitológica facundia que, quienes le trataron y oyeron, reconocen a [José Félix] Fuenmayor [...]. A esa condición me parece que rinde subrepticio homenaje GGM cuando en el capítulo XIX de su novela cuenta el discurso de Aureliano sobre las cucarachas [...]. En ese texto, donde el ingenio maneja intrépidamente los datos de una cultura de lo anecdótico y lo curioso que es bien propia del periodista y donde la invención presuntamente seria colinda con el permanente juego irónico, pienso que GGM evoca los discursos de ese ocasional maestro [...]» (A. Rama, «El cenáculo de Barranquilla», pág. 13 de la copia personal).

con los cuatro discutidores, que se llamaban Álvaro, Germán, Alfonso y Gabriel, los primeros y últimos amigos que tuvo en la vida[31]. Para un hombre como él, encastillado en la realidad escrita, aquellas sesiones tormentosas que empezaban en la librería a las seis de la tarde y terminaban en los burdeles al amanecer, fueron una revelación. No se le había ocurrido pensar hasta entonces que la literatura fuera el mejor juguete que se había inventado para burlarse de la gente[32], como lo demostró Álvaro una noche de parranda. Había de transcurrir algún tiempo antes de que Aureliano se diera cuenta de que tanta arbitrariedad tenía origen en el ejemplo del sabio catalán, para quien la sabiduría no valía la pena si no era posible servirse de ella para inventar una manera nueva de preparar los garbanzos[33].

La tarde en que Aureliano sentó cátedra sobre las cucara-

[31] «En la parte final de *C.A.S.*, García Márquez incorpora personas reales y hechos sucedidos en Barranquilla al ambiente de Macondo que se está consumiendo ya en oleadas de sopor y aniquilamiento. Y es así como el librero catalán (Don Ramón Vinyes), y Álvaro (Cepeda), y Alfonso (Fuenmayor), y Germán (Vargas) y él mismo (GGM), conviven con los personajes de la novela [...] Y episodios ocurridos en el otrora famoso y ya desaparecido burdel de la Negra Eufemia, así como hechos de la vida de esta legendaria matrona, son trasladados a Macondo mezclados con sucesos imaginados por García Márquez.» (Germán Vargas, «Un personaje: Aracataca», en *Recopilación de textos*, pág. 143)

[32] La literatura «irrumpe también por primera vez en la novela mentando la soga en la casa del ahorcado [...] el inicial Aureliano Babilonia, más que transformarse, resulta sustituido por un nuevo personaje, mejor, por un nuevo modelo de personaje. Y esta sustitución, a su vez, es resultante de la opción de finalidad que adopta el autor a esta altura de la novela. La función de Aureliano Buendía, en el capítulo XIX de la novela, es la de un eslabón: religa dos pasados, el pasado mítico y el pasado histórico, al nuevo sistema, único donde esos mismos pasados pueden cobrar existencia tanto real como fantástica: la literatura». (A. Rama, «El cenáculo...», págs. 5-6 de la copia)

[33] «Y hay frecuentes reminiscencias de muchos casos ocurridos en Barranquilla, al comienzo de los años 50, cuando en torno a la mesa de Don Ramón Vinyes, gran escritor catalán, en el café Colombia, se reunían los entonces jóvenes barranquilleros, entre ellos García Márquez, a discutir en voz alta sobre los temas imaginables, ante el escándalo que los vocablos usados y los asuntos tratados producían en los demás parroquianos.» (G. Vargas, pág. 143)

Colección Letras Hispánicas

chas, la discusión terminó en la casa de las muchachitas que se acostaban por hambre, un burdel de mentiras en los arrabales de Macondo. La propietaria era una mamasanta sonriente, atormentada por la manía de abrir y cerrar puertas. Su eterna sonrisa parecía provocada por la credulidad de los clientes, que admitían como algo cierto un establecimiento que no existía sino en la imaginación, porque allí hasta las cosas tangibles eran irreales: los muebles que se desarmaban al sentarse, la victrola destripada en cuyo interior había una gallina incubando, el jardín de flores de papel, los almanaques de años anteriores a la llegada de la compañía bananera, los cuadros con litografías recortadas de revistas que nunca se editaron. Hasta las putitas tímidas que acudían del vecindario cuando la propietaria les avisaba que habían llegado clientes, eran una pura invención. Aparecían sin saludar, con los trajecitos floreados de cuando tenían cinco años menos, y se los quitaban con la misma inocencia con que se los habían puesto, y en el paroxismo del amor exclamaban asombradas qué barbaridad, mira cómo se está cayendo ese techo, y tan pronto como recibían su peso con cincuenta centavos se lo gastaban en un pan y un pedazo de queso que les vendía la propietaria, más risueña que nunca, porque solamente ella sabía que tampoco esa comida era verdad. Aureliano, cuyo mundo de entonces empezaba en los pergaminos de Melquíades y terminaba en la cama de Nigromanta, encontró en el burdelito imaginario una cura de burro para la timidez. Al principio no lograba llegar a ninguna parte, en unos cuartos donde la dueña entraba en los mejores momentos del amor y hacía toda clase de comentarios sobre los encantos íntimos de los protagonistas. Pero con el tiempo llegó a familiarizarse tanto con aquellos percances del mundo, que una noche más desquiciada que las otras se desnudó en la salita de recibo y recorrió la casa llevando en equilibrio una botella de cerveza sobre su masculinidad inconcebible. Fue él quien puso de moda las extravagancias que la propietaria celebraba con su sonrisa eterna, sin protestar, sin creer en ellas, lo mismo cuando Germán trató de incendiar la casa para demostrar que no existía, que cuando Alfonso le torció el pescuezo al loro y lo echó en la olla donde empezaba a hervir el sanco-cho[34] de gallina[35].

Aunque Aureliano se sentía vinculado a los cuatro amigos por un mismo cariño y una misma solidaridad, hasta el punto de que pensaba en ellos como si fueran uno solo, estaba más cerca de Gabriel que de los otros. El vínculo nació la noche en que él habló casualmente del coronel Aureliano Buendía, y Gabriel fue el único que no creyó que se estuviera burlando de alguien. Hasta la dueña, que no solía intervenir en las conversaciones, discutió con una rabiosa pasión de comadrona que el coronel Aureliano Buendía, de quien en efecto había oído hablar alguna vez, era un personaje inventado por el gobierno como un pretexto para matar liberales. Gabriel, en cambio, no ponía en duda la realidad del coronel Aureliano Buendía, porque había sido compañero de armas y amigo inseparable de su bisabuelo, el coronel Gerineldo Márquez. Aquellas veleidades de la memoria eran todavía más críticas cuando se hablaba de la matanza de los trabajadores. Cada vez que Aureliano tocaba el punto, no sólo la propietaria, sino algunas personas mayores que ella, repudiaban la patraña de los trabajadores acorralados en la estación, y del tren de doscientos vagones cargados de muertos, e inclusive se obstinaban en lo que después de todo había quedado establecido en expedientes judiciales y en los textos de la escuela primaria: que la compañía bananera no había existido nunca. De modo que Aureliano y Gabriel estaban vinculados por una especie de complicidad fundada en hechos reales en los que nadie creía, y que habían afectado sus vidas hasta el punto de que ambos se encontraban a la deriva en la resaca de un mundo acabado, del cual sólo quedaba la nostalgia[36]. Gabriel dormía donde lo sorprendiera la hora. Aure-

---

[34] *Sancocho: «Amér. Central y Merid.* Olla compuesta de carne, yuca y plátano y otros ingredientes.» *(D.R.A.E.)*

[35] La escena del «burdelito imaginario» es una aplicación inmediata de la definición de la literatura como «el mejor juguete que se había inventado para burlarse de la gente».

[36] «La función magisterial [de Aureliano] queda definida en el texto: los dos grandes temas de la novela —el ciclo militar del coronel Aureliano Buendía y el ciclo revolucionario del proletario José Arcadio Segundo— le son

liano lo acomodó varias veces en el taller de platería, pero se pasaba las noches en vela, perturbado por el trasiego de los muertos que andaban hasta el amanecer por los dormitorios. Más tarde se lo encomendó a Nigromanta, quien lo llevaba a su cuartito multitudinario cuando estaba libre, y le anotaba las cuentas con rayitas verticales detrás de la puerta, en los pocos espacios disponibles que habían dejado las deudas de Aureliano[37].

A pesar de su vida desordenada, todo el grupo trataba de hacer algo perdurable, a instancias del sabio catalán. Era él, con su experiencia de antiguo profesor de letras clásicas y su depósito de libros raros, quien los había puesto en condiciones de pasar una noche entera buscando la trigesimoséptima situación dramática[38], en un pueblo donde ya nadie tenía interés ni posibilidades de ir más allá de la escuela primaria. Fascinado por el descubrimiento de la amistad, aturdido por los hechizos de un mundo que le había sido vedado por la mezquindad de Fernanda, Aureliano abandonó el escrutinio de los pergaminos, precisamente cuando empezaban a revelársele como predicciones en versos cifrados. Pero la comprobación posterior de que el tiempo alcanzaba para todo sin que fuera necesario renunciar a los burdeles, le dio ánimos para volver al cuarto de Melquíades, decidido a no flaquear en su empeño hasta descubrir las últimas claves. Eso fue por

---

transmitidos a Gabriel por Aureliano y ambos coinciden en la fe que ponen únicamente ellos, en que se trata de hechos reales. Hay un conocimiento, una sabiduría, un bagaje de datos e historias que pertenecen ya a la tradición oral, analfabeta, popular [...] La operación del maestro, respecto a ese material es la doble que asumirá su discípulo: primero, aceptarlo, reconocerlo como válido, viviente, seductor, auténtico; segundo, otorgarle significados, darle una estructura coherente, convalidarlo.» (A. Rama, «El cenáculo...», págs. 6-7 de la copia)

[37] «Fue una fiesta para mí, sobre todo el final del libro, cuando ya lo tenía en la mano: allí había tomaduras de pelo, chistes privados, mensajes secretos para mis amigos, sabía que el libro no se me escapaba y me puse a jugar, sencillamente, de alegría.» (Entrevista a E. González Bermejo, en *Marcha*, XXXII, núm. 1511, 18-IX-1970, pág. 29)

[38] En el artículo citado a la memoria de Ramón Vinyes (véase pág. 507, nota 14), recuerda GGM que el sabio catalán «por la mañana dictaba clases de historia y literatura» y alude a las obras teatrales del mismo.

los días en que Gastón empezaba a esperar el aeroplano, y Amaranta Úrsula se encontraba tan sola, que una mañana apareció en el cuarto.

—Hola, antropófago —le dijo—. Otra vez en la cueva[39].

Era irresistible, con su vestido inventado, y uno de los largos collares de vértebras de sábalo, que ella misma fabricaba. Había desistido del sedal, convencida de la fidelidad del marido, y por primera vez desde el regreso parecía disponer de un rato de ocio. Aureliano no hubiera tenido necesidad de verla para saber que había llegado. Ella se acodó en la mesa de trabajo, tan cercana e inerme que Aureliano percibió el hondo rumor de sus huesos, y se interesó en los pergaminos. Tratando de sobreponerse a la turbación, él atrapó la voz que se le fugaba, la vida que se le iba, la memoria que se le convertía en un pólipo petrificado, y le habló del destino levítico del sánscrito[40], de la posibilidad científica de ver el futuro transparentado en el tiempo como se ve a contraluz lo escrito en el reverso de un papel[41], de la necesidad de cifrar las predicciones para que no se derrotaran a sí mismas[42], y de las *Centurias* de Nostradamus y de la destrucción de Cantabria anunciada por San Millán[43]. De pronto, sin interrumpir la plática, movido por un impulso que dormía en él desde sus orígenes, Aureliano puso su mano sobre la de ella, creyendo que aquella decisión final ponía término a la zozobra. Sin embargo, ella le agarró el índice con la inocencia cariñosa

---

[39] Aureliano, maestro del ficticio Gabriel, descifra los manuscritos en «la cueva» de Macondo así como el verdadero Gabriel «traduce» los mismos —escribe *C.A.S.*— en la Cueva de México.

[40] *El destino levítico del sánscrito:* remite al hecho de que el sánscrito era la lengua sagrada de los brahmanes.

[41] Leer una profecía es, de hecho, descifrar el tiempo «al revés», desde el futuro hacia el pasado.

[42] En una Epístola a su hijo César, Nostradamus aduce la misma necesidad: «[...] si se venois a referer ce que à l'advenir sera, ceux du régne, secte religion, et foy, trouveroient si mal accordant a leur fantaisie auriculaire, qu'ils viendroyent a damner ce que par les siècles advenir on cognoistra estre veu et apperceu.» (Citado por S. Hutin, Introducción a *Les prophéties*, pág. 30)

[43] Recuerda Aureliano las cc. 281 y ss. de *La vida de San Millán* de Berceo: «Entendió que Cantabria era a Dios fallida: / Si non se meiorasse que serie destruida, / Ca eral Dios irado, aviela aborrida» (281*b-d*).

con que lo hizo muchas veces en la infancia, y lo tuvo agarrado mientras él seguía contestando sus preguntas. Permanecieron así, vinculados por un índice de hielo[44] que no transmitía nada en ningún sentido, hasta que ella despertó de su sueño momentáneo y se dio una palmada en la frente. «¡Las hormigas!», exclamó. Y entonces se olvidó de los manuscritos, llegó hasta la puerta con un paso de baile, y desde allí le mandó a Aureliano con la punta de los dedos el mismo beso con que se despidió de su padre la tarde en que la mandaron a Bruselas[45].

—Después me explicas —dijo—. Se me había olvidado que hoy es día de echar cal en los huecos de las hormigas.

Siguió yendo al cuarto ocasionalmente, cuando tenía algo que hacer por esos lados, y permanecía allí breves minutos, mientras su marido continuaba escrutando el cielo. Ilusionado con aquel cambio, Aureliano se quedaba entonces a comer en familia, como no lo hacía desde los primeros meses del regreso de Amaranta Úrsula. A Gastón le agradó. En las conversaciones de sobremesa, que solían prolongarse por más de una hora, se dolía de que sus socios lo estuvieran engañando. Le habían anunciado el embarque del aeroplano en un buque que no llegaba, y aunque sus agentes marítimos insistían en que no llegaría nunca porque no figuraba en las listas de los barcos del Caribe, sus socios se obstinaban en que el despacho era correcto, y hasta insinuaban la posibilidad de que Gastón les mintiera en sus cartas. La correspondencia alcanzó tal grado de suspicacia recíproca, que Gastón optó por no volver a escribir, y empezó a sugerir la posibilidad de un viaje rápido a Bruselas, para aclarar las cosas, y regresar con el aeroplano. Sin embargo, el proyecto se desvaneció tan pronto como Amaranta Úrsula reiteró su decisión de no moverse de Macondo aunque se quedara sin marido. En los primeros tiempos, Aureliano compartió la idea generali-

[44] Véase pág. 511, nota 23.

[45] «[...] Aureliano Segundo apenas pudo corresponderle con un saludo de la mano, cuando la hija le mandó un beso con la punta de los dedos» (página 474). Esa asimilación de Aureliano al abuelo es una señal más del impulso incestuoso «que dormía en él desde sus orígenes».

zada de que Gastón era un tonto en velocípedo, y eso le suscitó un vago sentimiento de piedad. Más tarde, cuando obtuvo en los burdeles una información más profunda sobre la naturaleza de los hombres, pensó que la mansedumbre de Gastón tenía origen en la pasión desmandada. Pero cuando lo conoció mejor, y se dio cuenta de que su verdadero carácter estaba en contradicción con su conducta sumisa, concibió la maliciosa sospecha de que hasta la espera del aeroplano era una farsa. Entonces pensó que Gastón no era tan tonto como lo aparentaba, sino al contrario, un hombre de una constancia, una habilidad y una paciencia infinitas, que se había propuesto vencer a la esposa por el cansancio de la eterna complacencia, del nunca decirle que no, del simular una conformidad sin límites, dejándola enredarse en su propia telaraña, hasta el día en que no pudiera soportar más el tedio de las ilusiones al alcance de la mano, y ella misma hiciera las maletas para volver a Europa. La antigua piedad de Aureliano se transformó en una animadversión virulenta. Le pareció tan perverso el sistema de Gastón, pero al mismo tiempo tan eficaz, que se atrevió a prevenir a Amaranta Úrsula. Sin embargo, ella se burló de su suspicacia, sin vislumbrar siquiera la desgarradora carga de amor, de incertidumbre y de celos que llevaba dentro. No se le había ocurrido pensar que suscitaba en Aureliano algo más que un afecto fraternal, hasta que se pinchó un dedo tratando de destapar una lata de melocotones, y él se precipitó a chuparle la sangre con una avidez y una devoción que le erizaron la piel.

—¡Aureliano! —río ella, inquieta—. Eres demasiado malicioso para ser un buen murciélago[46].

Entonces Aureliano se desbordó. Dándole besitos huérfanos en el cuenco de la mano herida, abrió los pasadizos más recónditos de su corazón, y se sacó una tripa interminable y macerada, el terrible animal parasitario que había incubado en el martirio. Le contó cómo se levantaba a medianoche para llorar de desamparo y de rabia en la ropa íntima que ella dejaba secando en el baño. Le contó con cuánta ansiedad le pedía a Nigromanta que chillara como una gata, y sollozara

---

[46] Recuérdese que la misma Amaranta Úrsula había tildado dos veces a Aureliano de «antropófago» (págs. 502 y 518).

en su oído gastón gastón gastón, y con cuánta astucia saqueaba sus frascos de perfume para encontrarlos en el cuello de las muchachitas que se acostaban por hambre. Espantada con la pasión de aquel desahogo, Amaranta Úrsula fue cerrando los dedos, contrayéndolos como un molusco, hasta que su mano herida, liberada de todo dolor y todo vestigio de misericordia, se convirtió en un nudo de esmeraldas y topacios, y huesos pétreos e insensibles.

—¡Bruto! —dijo como si estuviera escupiendo—. Me voy a Bélgica en el primer barco que salga.

Álvaro había llegado una de esas tardes a la librería del sabio catalán, pregonando a voz en cuello su último hallazgo: un burdel zoológico[47]. Se llamaba *El Niño de Oro*[48], y era un inmenso salón al aire libre, por donde se paseaban a voluntad no menos de doscientos alcaravanes que daban la hora con un cacareo ensordecedor. En los corrales de alambre que rodeaban la pista de baile, y entre grandes camelias amazónicas, había garzas de colores, caimanes cebados como cerdos, serpientes de doce cascabeles, y una tortuga de concha dorada que se zambullía en un minúsculo océano artificial[49]. Había un perrazo blanco, manso y pederasta, que sin embargo prestaba servicios de padrote para que le dieran de comer. El aire tenía una densidad ingenua, como si lo acabaran de inventar, y las bellas mulatas que esperaban sin esperanza entre pétalos sangrientos y discos pasados de moda, conocían oficios de amor que el hombre había dejado olvidados en el paraíso terrenal. La primera noche en que el grupo visitó aquel invernadero de ilusiones, la espléndida y taciturna anciana

---

[47] «Todo decae en el lugar, menos los burdeles [...] La única actividad intensa en este Macondo que se van a llevar los vientos, y en el que todo lo demás está en agonía, es la fornicación, tanto la mercenaria como la espontánea (Aureliano y Amaranta).» (M. Vargas Llosa, págs. 522-523)

[48] Extraña que la crítica aficionada a la descodificación esotérica de *C.A.S.* no haya relacionado el nombre del último burdel de Macondo con algún símbolo alquímico, quizá porque sería, me imagino, difícil de vincularlo con la intención escatológica cristiana que dicha crítica quiere ver en la novela. En todo caso, el símbolo eventual puede funcionar como degradación final de la empresa inicial de José Arcadio.

[49] El lugar recuerda «el burdel poblado de tortugas y alcaravanes de Pilar Temera» en Barranquilla evocado en *Notas de prensa, 1980-1984*, pág. 258.

que vigilaba el ingreso en un mecedor de bejuco, sintió que el tiempo regresaba a sus manantiales primarios, cuando entre los cinco que llegaban descubrió un hombre óseo, cetrino, de pómulos tártaros, marcado para siempre y desde el principio del mundo por la viruela de la soledad.

—¡Ay —suspiró—, Aureliano!

Estaba viendo otra vez al coronel Aureliano Buendía, como lo vio a la luz de una lámpara mucho antes de las guerras, mucho antes de la desolación de la gloria, y el exilio del desencanto, la remota madrugada en que él fue a su dormitorio para impartir la primera orden de su vida: la orden de que le dieran amor[50]. Era Pilar Ternera. Años antes, cuando cumplió los ciento cuarenta y cinco[51], había renunciado a la perniciosa costumbre de llevar las cuentas de su edad, y continuaba viviendo en el tiempo estático y marginal de los recuerdos, en un futuro perfectamente revelado y establecido, más allá de los futuros perturbados por las acechanzas y las suposiciones insidiosas de las barajas[52].

Desde aquella noche, Aureliano se había refugiado en la ternura y la comprensión compasiva de la tatarabuela ignorada[53]. Sentada en el mecedor de bejuco, ella evocaba el pasado, reconstruía la grandeza y el infortunio de la familia y el arrasado esplendor de Macondo, mientras Álvaro asustaba a los caimanes con sus carcajadas de estrépito, y Alfonso inventaba la historia truculenta de los alcaravanes que les sacaron los ojos a picotazos a cuatro clientes que se portaron mal la semana anterior[54], y Gabriel estaba en el cuarto de la mu-

---

[50] Véase pág. 160.

[51] El dato cifrado confirma que, en todo rigor, la duración de la novela pasa del siglo (véase pág. 478, nota 7).

[52] Pilar Ternera, la única sobreviviente de la época de los fundadores, termina su vida como otros macondinos primitivos (José Arcadio y Úrsula), en el eterno presente del tiempo estancado.

[53] Que cumple hasta el final su función de protectora de los hombres de la estirpe.

[54] Se reconoce la anécdota de uno de los primeros cuentos de GGM, *La noche de los alcaravanes* (1952) donde los protagonistas son tres y el motivo de la ceguera un tanto diferente (véase el texto en *Todos los cuentos de GGM*, Barcelona, Plaza & Janés, 1975, págs. 91-96. Un análisis del cuento en *GGM, coetáneo de la eternidad*, págs. 15-16).

lata pensativa que no cobraba el amor con dinero, sino con cartas para un novio contrabandista que estaba preso al otro lado del Orinoco, porque los guardias fronterizos lo habían purgado y lo habían sentado luego en una bacinilla que quedó llena de mierda con diamantes[55]. Aquel burdel verdadero, con aquella dueña maternal, era el mundo con que Aureliano había soñado en su prolongado cautiverio. Se sentía tan bien, tan próximo al acompañamiento perfecto, que no pensó en otro refugio la tarde en que Amaranta Úrsula le desmigajó las ilusiones. Fue dispuesto a desahogarse con palabras, a que alguien le zafara los nudos que le oprimían el pecho, pero sólo consiguió soltarse en un llanto fluido y cálido y reparador, en el regazo de Pilar Ternera. Ella lo dejó terminar, rascándole la cabeza con la yema de los dedos, y sin que él le hubiera revelado que estaba llorando de amor, ella reconoció de inmediato el llanto más antiguo de la historia del hombre.

—Bueno, niñito —lo consoló—: ahora dime quién es[56].

Cuando Aureliano se lo dijo, Pilar Ternera emitió una risa profunda, la antigua risa expansiva que había terminado por parecer un cucurrucuteo de palomas. No había ningún misterio en el corazón de un Buendía, que fuera impenetrable para ella, porque un siglo de naipes y de experiencia le había enseñado que la historia de la familia era un engranaje de repeticiones irreparables, una rueda giratoria que hubiera seguido dando vueltas hasta la eternidad, de no haber sido por el desgaste progresivo e irremediable del eje[57].

---

[55] Debe ser un recuerdo transformado del «extraño burdel de cuatro pisos, sin ascensor» llamado «El Rascacielos», en Barranquilla, donde GGM dormía en 1950: «[...] era frecuente que se convirtiera su cuarto en el sitio de tertulia de las prostitutas y de los chulos, que se encantaban conversando y pidiendo consejo al juvenil inquilino [...] la verdad es que le tenían mucha simpatía y un cierto respeto y, a veces, lo convidaban a compartir la sencilla comida que las mismas preparaban y que les hiciera oír canciones vallenatas tocadas por él en una dulzaina». (G. Vargas, pág. 142.)

[56] Se repite la escena en la que Aureliano Buendía le confiesa a Pilar su amor por Remedios Moscote (comp. págs. 160-161).

[57] Otra de las frases más citadas por la crítica sobre el concepto del tiempo en *C.A.S.* Aduciremos sin más que la conciencia del tiempo «circular» o «en espiral», parece ser más aguda en las tatarabuelas, en Úrsula (véase página 454) y en Pilar, poco antes de su muerte.

—No te preocupes —sonrió—. En cualquier lugar en que esté ahora, ella te está esperando.

Eran las cuatro y media de la tarde, cuando Amaranta Úrsula salió del baño. Aureliano la vio pasar frente a su cuarto, con una bata de pliegues tenues y una toalla enrollada en la cabeza como un turbante. La siguió casi en puntillas, tambaleándose de la borrachera, y entró al dormitorio nupcial en el momento en que ella se abrió la bata y se la volvió a cerrar espantada. Hizo una señal silenciosa hacia el cuarto contiguo, cuya puerta estaba entreabierta, y donde Aureliano sabía que Gastón empezaba a escribir una carta.

—Vete —dijo sin voz.

Aureliano sonrió, la levantó por la cintura con las dos manos, como una maceta de begonias, y la tiró boca arriba en la cama. De un tirón brutal, la despojó de la túnica de baño antes de que ella tuviera tiempo de impedirlo, y se asomó al abismo de una desnudez recién lavada que no tenía un matiz de la piel ni una veta de vellos, ni un lunar recóndito que él no hubiera imaginado en las tinieblas de otros cuartos. Amaranta Úrsula se defendía sinceramente, con astucias de hembra sabia, comadrejeando el escurridizo y flexible y fragante cuerpo de comadreja, mientras trataba de destroncarle los riñones con las rodillas y le alacraneaba[58] la cara con las uñas, pero sin que él ni ella emitieran un suspiro que no pudiera confundirse con la respiración de alguien que contemplara el parsimonioso crepúsculo de abril por la ventana abierta. Era una lucha feroz, una batalla a muerte, que sin embargo parecía desprovista de toda violencia, porque estaba hecha de agresiones distorsionadas y evasivas espectrales, lentas, cautelosas, solemnes, de modo que entre una y otra había tiempo para que volvieran a florecer las petunias y Gastón olvidara sus sueños de aeronauta en el cuarto vecino, como si fueran dos amantes enemigos tratando de reconciliarse en el fondo de un estanque diáfano[59].

---

[58] Sobre los neologismos «comadrejear» y «alacranear» y su valor estilístico en el contexto, véase GGM, *coetáneo de la eternidad*, págs. 45-46.

[59] La referencia a las «aguas diáfanas» en el momento de la realización del incesto invierte los valores connotativos del río primitivo de Macondo: el impulso vital de los orígenes se agota en instinto de muerte.

En el fragor del encarnizado y ceremonioso forcejeo, Amaranta Úrsula comprendió que la meticulosidad de su silencio era tan irracional, que habría podido despertar las sospechas del marido contiguo, mucho más que los estrépitos de guerra que trataban de evitar. Entonces empezó a reír con los labios apretados, sin renunciar a la lucha, pero defendiéndose con mordiscos falsos y descomadrejeando el cuerpo poco a poco, hasta que ambos tuvieron conciencia de ser al mismo tiempo adversarios y cómplices, y la brega degeneró en un retozo convencional y las agresiones se volvieron caricias. De pronto, casi jugando, como una travesura más, Amaranta Úrsula descuidó la defensa, y cuando trató de reaccionar, asustada de lo que ella misma había hecho posible, ya era demasiado tarde. Una conmoción descomunal la inmovilizó en su centro de gravedad, la sembró en su sitio[60], y su voluntad defensiva fue demolida por la ansiedad irresistible de descubrir qué eran los silbos anaranjados y los globos invisibles que la esperaban al otro lado de la muerte[61]. Apenas tuvo tiempo de estirar la mano y buscar a ciegas la toalla, y meterse una mordaza entre los dientes, para que no se le salieran los chillidos de gata que ya le estaban desgarrando las entrañas[62].

Aureliano y A. Úrsula se hacen el amor.

---

[60] Véase pág. 511.

[61] Esos «silbos anaranjados» y «globos invisibles» que descubre Amaranta Úrsula en el momento preciso del incesto parecen relacionarse con los *discos anaranjados* anunciadores de la muerte en otros pasajes de *C.A.S.* (véase página 462, nota 21).

[62] «Así es como, después de varias generaciones de búsqueda por los laberintos de la sangre, se completa el ciclo del incesto. Se había iniciado la historia de los Buendía con el incesto, y se terminaba con otro.» (M. Palencia-Roth, pág. 110.)

Pilar Ternera murió en el mecedor de bejuco, una noche de fiesta, vigilando la entrada de su paraíso. De acuerdo con su última voluntad, la enterraron sin ataúd, sentada en el mecedor que ocho hombres bajaron con cabuyas[1] en un hueco enorme, excavado en el centro de la pista de baile. Las mulatas vestidas de negro, pálidas de llanto, improvisaban oficios de tinieblas mientras se quitaban los aretes, los prendedores y sortijas, y los iban echando en la fosa, antes de que la sellaran con una lápida sin nombre ni fechas y le pusieran encima un promontorio de camelias amazónicas. Después de envenenar a los animales, clausuraron puertas y ventanas con ladrillos y argamasa, y se dispersaron por el mundo con sus baúles de madera, tapizados por dentro con estampas de santos, cromos de revistas, y retratos de novios efímeros, remotos y fantásticos, que cagaban diamantes, o se comían a los caníbales, o eran coronados reyes de barajas en altamar.

Era el final. En la tumba de Pilar Ternera, entre salmos y abalorios de putas, se pudrían los escombros del pasado, los pocos que quedaban después de que el sabio catalán remató la librería y regresó a la aldea mediterránea donde había nacido, derrotado por la nostalgia de una primavera tenaz[2]. Nadie hubiera podido presentir su decisión. Había llegado a Macondo en el esplendor de la compañía bananera, huyendo de una de tantas guerras, y no se le había ocurrido nada más práctico que instalar aquella librería de incunables y edi-

---

[1] *Cabuya*: «*And.* y *Amer.* Cuerda, y especialmente la de pita.» *(D.R.A.E.)*
[2] Regresó Ramón Vinyes a Barcelona el 15 de abril de 1950 (véase J. Gilard, pág. 21).

ciones originales en varios idiomas, que los clientes casuales hojeaban con recelo, como si fueran libros de muladar, mientras esperaban el turno para que les interpretaran los sueños en la casa de enfrente[3]. Estuvo media vida en la calurosa trastienda, garrapateando su escritura preciosista en tinta violeta y en hojas que arrancaba de cuadernos escolares, sin que nadie supiera a ciencia cierta qué era lo que escribía[4]. Cuando Aureliano lo conoció tenía dos cajones llenos de aquellas páginas abigarradas que de algún modo hacían pensar en los pergaminos de Melquíades, y desde entonces hasta cuando se fue había llenado un tercero, así que era razonable pensar que no había hecho nada más durante su permanencia en Macondo. Las únicas personas con quienes se relacionó fueron los cuatro amigos, a quienes les cambió por libros los trompos y las cometas, y los puso a leer a Séneca y a Ovidio cuando todavía estaban en la escuela primaria. Trataba a los clásicos con una familiaridad casera, como si todos hubieran sido en alguna época sus compañeros de cuarto, y sabía muchas cosas que simplemente no se debían saber, como que San Agustín usaba debajo del hábito un jubón de lana que no se quitó en catorce años, y que Arnaldo de Vilanova, el nigromante[5], se volvió impotente desde niño por una mordedura de alacrán. Su fervor por la palabra escrita era una urdimbre de respeto solemne e irreverencia comadrera. Ni sus propios manuscritos estaban a salvo de esa dualidad. Habiendo aprendido el catalán para traducirlos, Alfonso se metió un rollo de páginas en los bolsillos, que siempre tenía llenos de recortes de periódicos y manuales de oficios raros, y una noche los perdió en la casa de las muchachitas que se acostaban por hambre. Cuando el abuelo sabio se enteró, en vez de hacerle el escándalo temido comentó muerto

---

[3] Alusiones al acto de descifrar no escasean en este último capítulo o fragmento.

[4] Véase pág. 490, notas 32, 33.

[5] *Arnaldo de Vilanova:* médico, teólogo y, antes que nada, alquimista catalán (h. 1235-1313); propuso una reforma religiosa y estudió las propiedades del alcohol. Se le atribuye un texto hermético editado a mediados del siglo XVI, el *Rosarium Philosophorum,* que, según G. Maturo, pág. 135, deja alguna huella en *C.A.S.*

de risa que aquel era el destino natural de la literatura. En cambio, no hubo poder humano capaz de persuadirlo de que no se llevara los tres cajones cuando regresó a su aldea natal, y se soltó en improperios cartagineses contra los inspectores del ferrocarril que trataban de mandarlos como carga, hasta que consiguió quedarse con ellos en el vagón de pasajeros. «El mundo habrá acabado de joderse —dijo entonces— el día en que los hombres viajen en primera clase y la literatura en el vagón de carga.» Eso fue lo último que se le oyó decir. Había pasado una semana negra con los preparativos finales del viaje, porque a medida que se aproximaba la hora se le iba descomponiendo el humor, y se le traspapelaban las intenciones, y las cosas que ponía en un lugar aparecían en otro, asediado por los mismos duendes que atormentaban a Fernanda.

—*Collons* —maldecía—. Me cago en el canon 27 del sínodo de Londres.

Germán y Aureliano se hicieron cargo de él. Lo auxiliaron como a un niño, le prendieron los pasajes y los documentos migratorios en los bolsillos con alfileres de nodriza, le hicieron una lista pormenorizada de lo que debía hacer desde que saliera de Macondo hasta que desembarcara en Barcelona, pero de todos modos echó a la basura sin darse cuenta un pantalón con la mitad de su dinero. La víspera del viaje, después de clavetear los cajones y meter la ropa en la misma maleta con que había llegado, frunció sus párpados de almejas, señaló con una especie de bendición procaz los montones de libros con los que había sobrellevado el exilio, y dijo a sus amigos:

—¡Ahí les dejo esa mierda![6].

---

[6] En el artículo homenaje «El bebedor de coca-cola», GGM describe la salida de Ramón Vinyes (véase pág. 507, nota 14): «No sé de dónde le salió la idea de irse para Barcelona [...]. De la noche a la mañana remató sus libros. Le dio un cuadro a Germán Vargas y otro a Alfonso Carbonell [...]. Para viajar se vistió de paño oscuro y llevó el sobretodo a la mano porque alguien le dijo que en Nueva York estaba nevando [...]. Ya desde el aeródromo había cambiado por completo: resultó ser un hombre torpe para el manejo del pasaporte, los pasajes, los certificados de salud y los cartoncitos del equipaje. Se le formó una caótica complicación de bolsillos y Alfonso Carbonell tuvo que

Tres meses después se recibieron en un sobre grande veintinueve cartas y más de cincuenta retratos, que se le habían acumulado en los ocios de altamar. Aunque no ponía fechas, era evidente el orden en que había escrito las cartas. En las primeras contaba con su humor habitual las peripecias de la travesía, las ganas que le dieron de echar por la borda al sobrecargo que no le permitió meter los tres cajones en el camarote, la imbecilidad lúcida de una señora que se aterraba con el número 13, no por superstición sino porque le parecía un número que se había quedado sin terminar, y la apuesta que se ganó en la primera cena porque reconoció en el agua de a bordo el sabor a remolachas nocturnas de los manantiales de Lérida. Con el transcurso de los días, sin embargo, la realidad de a bordo le importaba cada vez menos, y hasta los acontecimientos más recientes y triviales le parecían dignos de añoranza, porque a medida que el barco se alejaba, la memoria se le iba volviendo triste. Aquel proceso de nostalgización progresiva era también evidente en los retratos. En los primeros parecía feliz, con su camisa de inválido y su mechón nevado, en el cabrilleante octubre del Caribe. En los últimos se le veía con un abrigo oscuro y una bufanda de seda, pálido de sí mismo y taciturnado por la ausencia, en la cubierta de un barco de pesadumbre que empezaba a sonambular por océanos otoñales. Germán y Aureliano le contestaban las cartas[7]. Escribió tantas en los primeros meses, que se sentían entonces más cerca de él que cuando estaba en Macondo, y casi se aliviaban de la rabia de que se hubiera ido. Al principio mandaba a decir que todo seguía igual, que en la casa donde nació estaba todavía el caracol rosado, que los arenques secos tenían el mismo sabor en la yesca de pan, que las cascadas de la aldea continuaban perfu-

regalarle el llavero para que no fuera a confundir las llaves con la goma de mascar. Y a pesar de todo eso, nos dio la mano, subió al avión y se fue.» Ya GGM había dedicado una «Jirafa» al viaje de Ramón Vinyes («Mi tarjeta para don Ramón», *El Heraldo*, 13-IV-1950; ahora en *Textos costeños*, págs. 253-254).

[7] La correspondencia entre Vinyes y el «grupo de Barranquilla» existió: J. Gilard, pág. 22, nota 33, menciona ocho cartas del sabio catalán a Germán Vargas.

mándose al atardecer. Eran otra vez las hojas de cuaderno re-
zurcidas con garrapatitas moradas, en las cuales dedicaba un
párrafo especial a cada uno. Sin embargo, y aunque él mismo no parecía advertirlo, aquellas cartas de recuperación y
estímulo se iban transformando poco a poco en pastorales
de desengaño. En las noches de invierno, mientras hervía la
sopa en la chimenea, añoraba el calor de su trastienda, el
zumbido del sol en los almendros polvorientos, el pito del
tren en el sopor de la siesta, lo mismo que añoraba en Macondo la sopa de invierno en la chimenea, los pregones del
vendedor de café y las alondras fugaces de la primavera.
Aturdido por dos nostalgias enfrentadas como dos espejos[8],
perdió su maravilloso sentido de la irrealidad, hasta que terminó por recomendarles a todos que se fueran de Macondo,
que olvidaran cuanto él les había enseñado del mundo y del
corazón humano, que se cagaran en Horacio y que en cualquier lugar en que estuvieran recordaran siempre que el pasado era mentira, que la memoria no tenía caminos de regreso, que toda primavera antigua era irrecuperable, y que el
amor más desatinado y tenaz era de todos modos una verdad efímera[9].

Álvaro fue el primero que atendió el consejo de abandonar a Macondo[10]. Lo vendió todo, hasta el tigre cautivo que
se burlaba de los transeúntes en el patio de su casa, y compró
un pasaje eterno en un tren que nunca acababa de viajar. En
las tarjetas postales que mandaba desde las estaciones inter-

---

[8] O sea, que se repiten infinitamente.

[9] «En este extraordinario enunciado se vinculan los dos espejos con el olvido, la irrealidad, la memoria, el pasado, lo irrecuperable y efímero; en el
umbral mismo del fin del relato, el relato se plantea desde su interior, como
un esfuerzo vano; se contrapone, borrándose a sí mismo, a la realidad y a la
recuperación personal e íntima del pasado; Horacio (la literatura) es inútil
ante la realidad; la literatura, la irrealidad misma (cuyo sentido perdió el librero catalán) es entonces, por antítesis, el lugar donde el pasado es verdad, el camino de regreso a ese pasado, el único modo de recuperar una primavera y
de perpetuar un amor efímero.» (J. Ludmer, pág. 207)

[10] En la realidad real, Álvaro Cepeda Samudio se había ido antes que Vinyes para estudiar periodismo en Columbia University. Al regreso del amigo
dedica una «Jirafa» GGM *(El Heraldo,* 20-VI-1950).

medias, describía a gritos las imágenes instantáneas que había visto por la ventanilla del vagón, y era como ir haciendo trizas y tirando al olvido el largo poema de la fugacidad: los negros quiméricos en los algodonales de la Luisiana, los caballos alados en la hierba azul de Kentucky, los amantes griegos en el crepúsculo infernal de Arizona, la muchacha de suéter rojo que pintaba acuarelas en los lagos de Michigan, y que le hizo con los pinceles un adiós que no era de despedida sino de esperanza, porque ignoraba que estaba viendo pasar un tren sin regreso[11]. Luego se fueron Alfonso y Germán, un sábado, con la idea de regresar el lunes, y nunca se volvió a saber de ellos. Un año después de la partida del sabio catalán, el único que quedaba en Macondo era Gabriel, todavía al garete, a merced de la azarosa caridad de Nigromanta, y contestando los cuestionarios del concurso de una revista francesa, cuyo premio mayor era un viaje a París. Aureliano, que era quien recibía la suscripción, lo ayudaba a llenar los formularios, a veces en su casa, y casi siempre entre los pomos de loza y el aire de valeriana de la única botica que quedaba en Macondo, donde vivía Mercedes, la sigilosa novia de Gabriel[12]. Era lo último que iba quedando de un pasado cuyo aniquilamiento no se consumaba, porque seguía aniquilándose indefinidamente, consumiéndose dentro de sí mismo, acabándose a cada minuto, pero sin acabar de acabarse jamás[13]. El pueblo había llegado a tales extremos de inactividad que cuando Gabriel ganó el concurso y se fue a París[14] con dos mudas de ropa, un par de zapatos y las obras

---

[11] Comp. con la «Jirafa» señalada en la nota anterior: «Supe que Álvaro había visto todo lo que necesitaba de los Estados Unidos, porque ya tenía recuerdos norteamericanos. Ya se acordaba en cuatro líneas de las llanuras de Kentucky, cubiertas por una hierba azul inverosímil. Se acordaba de las ciudades apretadas a las orillas de los lagos, en Michigan. Se acordaba del sur negro y adolorido [...]» *(Textos costeños,* pág. 361).

[12] Véase pág. 497, nota 45.

[13] La relación entre la agonía de Macondo y Gabriel, espejo ficticio del novelista, inscribe en el texto el mismo principio de la salvación del pasado agónico: la literatura cuyo sentido le transmite Aureliano Babilonia.

[14] Se sabe que el viaje de GGM a París no fue directo: pasó primero por Ginebra y Roma. Llegó a la capital francesa en el invierno de 1955.

completas de Rabelais[15], tuvo que hacer señas al maquinista para que el tren se detuviera a recogerlo. La antigua Calle de los Turcos era entonces un rincón de abandono, donde los últimos árabes se dejaban llevar hacia la muerte por la costumbre milenaria de sentarse en la puerta, aunque hacía muchos años que habían vendido la última yarda de diagonal, y en las vitrinas sombrías solamente quedaban los maniquíes decapitados. La ciudad de la compañía bananera, que tal vez Patricia Brown trataba de evocar para sus nietos en las noches de intolerancia y pepinos en vinagre de Prattville, Alabama, era una llanura de hierba silvestre. El cura anciano que había sustituido al padre Ángel, y cuyo nombre nadie se tomó el trabajo de averiguar, esperaba la piedad de Dios tendido a la bartola en una hamaca, atormentado por la artritis y el insomnio de la duda, mientras los lagartos y las ratas se disputaban la herencia del templo vecino. En aquel Macondo olvidado hasta por los pájaros, donde el polvo y el calor se habían hecho tan tenaces que costaba trabajo respirar, recluidos por la soledad y el amor y por la soledad del amor en una casa donde era casi imposible dormir por el estruendo de las hormigas coloradas, Aureliano y Amaranta Úrsula eran los únicos seres felices, y los más felices sobre la tierra[16].

Gastón había vuelto a Bruselas. Cansado de esperar el aeroplano, un día metió en una maletita las cosas indispensables y su archivo de correspondencia y se fue con el propósi-

---

[15] GGM ha repetido varias veces que esa mención a Rabelais era una trampa: «Recuerdo [...] que algún crítico creyó descubrir claves importantes de la novela al encontrarse con que un personaje, Gabriel, se lleva a París las obras completas de Rabelais. A partir de este hallazgo todas las desmesuras y todos los excesos pantagruélicos de los personajes se explicarían, según él, por esta influencia literaria. En realidad, aquella alusión a Rabelais fue puesta por mí como una cáscara de banano que muchos críticos pisaron.» *(El olor de la guayaba,* pág. 104) «Me divierte leer estas cosas, porque en realidad, el libro que se llevó Gabriel a París fue el *Diario del año de la peste,* de Daniel Defoe.» (M. Fernández-Braso, pág. 114) Pero esa negación puede ser a su vez una trampa (véase M. Vargas Llosa, págs. 169-176 y el artículo de T. Todorov, en P. G. Earle, págs. 104-113).

[16] Son los únicos personajes de los que se proclama la felicidad «en la soledad del amor».

to de regresar por el aire, antes de que sus privilegios fueran cedidos a un grupo de aviadores alemanes que habían presentado a las autoridades provinciales un proyecto más ambicioso que el suyo. Desde la tarde del primer amor, Aureliano y Amaranta Úrsula habían seguido aprovechando los escasos descuidos del esposo, amándose con ardores amordazados en encuentros azarosos y casi siempre interrumpidos por regresos imprevistos. Pero cuando se vieron solos en la casa sucumbieron en el delirio de los amores atrasados. Era una pasión insensata, desquiciante, que hacía temblar de pavor en su tumba a los huesos de Fernanda, y los mantenía en un estado de exaltación perpetua. Los chillidos de Amaranta Úrsula, sus canciones agónicas, estallaban lo mismo a las dos de la tarde en la mesa del comedor, que a las dos de la madrugada en el granero. «Lo que más me duele —reía— es tanto tiempo que perdimos.» En el aturdimiento de la pasión, vio las hormigas devastando el jardín, saciando su hambre prehistórica en las maderas de la casa, y vio el torrente de lava viva apoderándose otra vez del corredor, pero solamente se preocupó de combatirlo cuando lo encontró en su dormitorio. Aureliano abandonó los pergaminos, no volvió a salir de la casa, y contestaba de cualquier modo las cartas del sabio catalán. Perdieron el sentido de la realidad, la noción del tiempo, el ritmo de los hábitos cotidianos. Volvieron a cerrar puertas y ventanas para no demorarse en trámites de desnudamientos, y andaban por la casa como siempre quiso estar Remedios, la bella, y se revolcaban en cueros por los barrizales del patio, y una tarde estuvieron a punto de ahogarse cuando se amaban en la alberca. En poco tiempo hicieron más estragos que las hormigas coloradas: destrozaron los muebles de la sala, rasgaron con sus locuras la hamaca que había resistido los tristes amores de campamento del coronel Aureliano Buendía, y destriparon los colchones y los vaciaron en los pisos para sofocarse en tempestades de algodón. Aunque Aureliano era un amante tan feroz como su rival, era Amaranta Úrsula quien comandaba con su ingenio disparatado y su voracidad lírica aquel paraíso de desastres, como si hubiera concentrado en el amor la indómita energía que la tatarabuela consagró a la fabricación de animalitos de caramelo[17]. Además, mientras ella cantaba de placer y se moría de risa de sus propias invenciones, Aureliano se iba haciendo más absorto y callado, porque su pasión era ensimismada y calcinante. Sin embargo, ambos llegaron a tales extremos de virtuosismo, que cuando se agotaban en la exaltación le sacaban mejor partido al cansancio. Se entregaban a la idolatría de sus cuerpos, al descubrir que los tedios del amor tenían posibilidades inexploradas, mucho más ricas que las del deseo. Mientras él amasaba con claras de huevo los senos eréctiles de Amaranta Úrsula, o suavizaba con manteca de coco sus muslos elásticos y su vientre aduraznado, ella jugaba a las muñecas con la portentosa criatura de Aureliano, y le pintaba ojos de payaso con carmín de labios y bigotes de turco con carboncillo de las cejas, y le ponía corbatines de organza y sombreritos de papel plateado. Una noche se embadurnaron de pies a cabeza con melocotones en almíbar, se lamieron como perros y se amaron como locos en el piso del corredor, y fueron despertados por un torrente de hormigas carniceras que se disponían a devorarlos vivos.

En las pausas del delirio Amaranta Úrsula contestaba las cartas de Gastón. Lo sentía tan distante y ocupado, que su regreso le parecía imposible. En una de las primeras cartas él contó que en realidad sus socios habían mandado el aeroplano, pero que una agencia marítima de Bruselas lo había embarcado por error con destino a Tanganyika, donde se lo entregaron a la dispersa comunidad de los Makondos. Aquella confusión ocasionó tantos contratiempos que solamente la recuperación del aeroplano podía tardar dos años. Así que Amaranta Úrsula descartó la posibilidad de un regreso inoportuno. Aureliano, por su parte, no tenía más contacto con el mundo que las cartas del sabio catalán, y las noticias que recibía de Gabriel a través de Mercedes, la boticaria silenciosa. Al principio eran contactos reales. Gabriel se había hecho reembolsar el pasaje de regreso para quedarse en París[18], ven-

---

[17] La descripción de estos últimos amores incestuosos convoca a muchos miembros de la familia: Remedios, la bella, José Arcadio, el aprendiz de Papa (quien se ahogó en la alberca), Aureliano Segundo (quien destruyó la casa), el coronel, Úrsula... Es como si a través de ellos reviviera toda la estirpe por última vez.

[18] «Se le envía a Gabriel [García Márquez] el billete de regreso, y, por una decisión instintiva, decide quedarse en París.» (O. Collazos, pág. 43.)

diendo los periódicos atrasados y las botellas vacías que las camareras sacaban de un hotel lúgubre de la calle Dauphine. Aureliano podía imaginarlo entonces con un suéter de cuello alto que sólo se quitaba cuando las terrazas de Montparnasse se llenaban de enamorados primaverales, y durmiendo de día y escribiendo de noche para confundir el hambre[19], en el cuarto oloroso a espuma de coliflores hervidas donde había de morir Rocamadour[20]. Sin embargo, sus noticias se fueron haciendo poco a poco tan inciertas, y tan esporádicas y melancólicas las cartas del sabio, que Aureliano se acostumbró a pensar en ellos como Amaranta Úrsula pensaba en su marido, y ambos quedaron flotando en un universo vacío, donde la única realidad cotidiana y eterna era el amor.

De pronto, como un estampido en aquel mundo de inconciencia feliz, llegó la noticia del regreso de Gastón. Aureliano y Amaranta Úrsula abrieron los ojos, sondearon sus almas, se miraron a la cara con la mano en el corazón, y comprendieron que estaban tan identificados que preferían la muerte a la separación. Entonces ella le escribió al marido una carta de verdades contradictorias, en la que le reiteraba su amor y sus ansias de volver a verlo, al mismo tiempo que admitía como un designio fatal la imposibilidad de vivir sin

---

[19] GGM vivía en una buhardilla del «Hotel de Flandre», rue Cujas (Quartier Latin, 5ème arrondissement). «Con las rodillas pegadas al radiador de la calefacción y, clavado en la pared con un alfiler, el retrato de su novia Mercedes al alcance de la vista, Gabriel escribía todas las noches hasta el amanecer una novela que luego sería *La mala hora* [...]. Escribió *El coronel no tiene quien le escriba* [...] en parte también para exorcizar literariamente sus angustias cotidianas de entonces: también él, como su personaje, no sabía cómo iba a comer al día siguiente [...]» (P. Apuleyo Mendoza, págs. 94-95).

[20] «No es un personaje, en realidad, sino una referencia: es uno de mis personajes que se fue a París y vivió en un hotel de la Rue Dauphine, en el mismo cuarto donde había de morir Rocamadour, que es un personaje de Cortázar.» (G. García Márquez y M. Vargas Llosa, pág. 39) GGM remite exactamente al cap. 28 de *Rayuela* (1963) (Buenos Aires, Ed. Sudamericana, 1974[16], pág. 201). Sobre el proceso empleado, véase pág. 187, nota 24. El olor a coliflores hervidas (en la edición original: *hervidos*, pág. 342; corrección de la ed. Espasa-Calpe, pág. 438) es un recuerdo de la estancia parisina: «De pronto, al amanecer, se acabó el olor de coliflores hervidas, el Sena se detuvo, y yo era el único ser viviente entre la niebla luminosa de un martes de otoño en una ciudad desocupada.» *(El olor de la guayaba, pág. 96)*

Aureliano. Al contrario de lo que ambos esperaban, Gastón les mandó una respuesta tranquila, casi paternal, con dos hojas enteras consagradas a prevenirlos contra las veleidades de la pasión, y un párrafo final con votos inequívocos por que fueran tan felices como él lo fue en su breve experiencia conyugal. Era una actitud tan imprevista, que Amaranta Úrsula se sintió humillada con la idea de haber proporcionado al marido el pretexto que él deseaba para abandonarla a su suerte. El rencor se le agravó seis meses después, cuando Gastón volvió a escribirle desde Leopoldville[21], donde por fin había recibido el aeroplano, sólo para pedir que le mandaran el velocípedo, que de todo lo que había dejado en Macondo era lo único que tenía para él un valor sentimental. Aureliano sobrellevó con paciencia el despecho de Amaranta Úrsula, se esforzó por demostrarle que podía ser tan buen marido en la bonanza como en la adversidad, y las urgencias cotidianas que los asediaban cuando se les acabaron los últimos dineros de Gastón crearon entre ellos un vínculo de solidaridad que no era tan deslumbrante y capitoso como la pasión, pero que les sirvió para amarse tanto y ser tan felices como en los tiempos alborotados de la salacidad[22]. Cuando murió Pilar Ternera estaban esperando un hijo.

En el sopor del embarazo, Amaranta Úrsula trató de establecer una industria de collares de vértebras de pescados[23]. Pero a excepción de Mercedes, que le compró una docena, no encontró a quién vendérselos. Aureliano tuvo conciencia por primera vez de que su don de lenguas, su sabiduría enciclopédica, su rara facultad de recordar sin conocerlos los pormenores de hechos y lugares remotos, eran tan inútiles como el cofre de pedrería legítima de su mujer, que entonces debía valer tanto como todo el dinero de que hubieran podido disponer, juntos, los últimos habitantes de Macondo. Sobrevi-

---

[21] *Leopoldville:* antigua capital del Congo Belga, hoy Kinshasa.

[22] Ese vínculo de solidaridad en el amor y la felicidad es el gran hallazgo de la última pareja, el que los Buendía buscaron en vano durante más de un siglo.

[23] Repetición degradada de la industria de animalitos de caramelo de Úrsula y de los pescaditos de oro del coronel.

vían de milagro. Aunque Amaranta Úrsula no perdía el buen humor, ni su ingenio para las travesuras eróticas, adquirió la costumbre de sentarse en el corredor después del almuerzo, en una especie de siesta insomne y pensativa. Aureliano la acompañaba. A veces permanecían en silencio hasta el anochecer, el uno frente a la otra, mirándose a los ojos, amándose en el sosiego con tanto amor como antes se amaron en el escándalo. La incertidumbre del futuro les hizo volver el corazón hacia el pasado. Se vieron a sí mismos en el paraíso perdido del diluvio, chapaleando en los pantanos del patio, matando lagartijas para colgárselas a Úrsula, jugando a enterrarla viva, y aquellas evocaciones les revelaron la verdad de que habían sido felices juntos desde que tenían memoria. Profundizando en el pasado, Amaranta Úrsula recordó la tarde en que entró al taller de platería y su madre le contó que el pequeño Aureliano no era hijo de nadie porque había sido encontrado flotando en una canastilla[24]. Aunque la versión les pareció inverosímil, carecían de información para sustituirla por la verdadera. De lo único que estaban seguros, después de examinar todas las posibilidades, era de que Fernanda no fue la madre de Aureliano. Amaranta Úrsula se inclinó a creer que era hijo de Petra Cotes, de quien sólo recordaba fábulas de infamia, y aquella suposición les produjo en el alma una torcedura de horror.

Atormentado por la certidumbre de que era hermano de su mujer[25], Aureliano se dio una escapada a la casa cural para buscar en los archivos rezumantes y apolillados alguna pista cierta de su filiación. La partida de bautismo más antigua que encontró fue la de Amaranta Buendía, bautizada en la adolescencia por el padre Nicanor Reyna[26], por la época en que

---

[24] Véase pág. 406.

[25] El incesto realizado (entre tía y sobrino) es «menos grave» que el supuesto (entre medio hermanos) o el edípico (madre-hijo), categorías que, si bien emergen en *C.A.S.,* nunca tienen ni un principio de cumplimiento. El desplazamiento de lo temido hacia lo realizado constituye una última farsa del destino de la estirpe.

[26] El acontecimiento no había sido contado, pero entra en la lógica narrativa: Amaranta, quien en aquel tiempo disputaba a Rebeca el amor de Pietro Crespi, no podía ser bautizada por las costumbres «paganas» del Macondo primitivo (véase pág. 176).

este andaba tratando de probar la existencia de Dios mediante artificios de chocolate. Llegó a ilusionarse con la posibilidad de ser uno de los diecisiete Aurelianos, cuyas partidas de nacimiento rastreó a través de cuatro tomos, pero las fechas de bautismo eran demasiado remotas para su edad. Viéndolo extraviado en laberintos de sangre, trémulo de incertidumbre, el párroco artrítico que lo observaba desde la hamaca le preguntó compasivamente cuál era su nombre.

—Aureliano Buendía —dijo él.

—Entonces no te mates buscando —exclamó el párroco con una convicción terminante—. Hace muchos años hubo aquí una calle que se llamaba así, y por esos entonces la gente tenía la costumbre de ponerles a los hijos los nombres de las calles.

Aureliano tembló de rabia.

—¡Ah! —dijo—, entonces usted tampoco cree.

—¿En qué?

—Que el coronel Aureliano Buendía hizo treinta y dos guerras civiles y las perdió todas —comentó Aureliano—. Que el ejército acorraló y ametralló a tres mil trabajadores, y que se llevaron los cadáveres para echarlos al mar en un tren de doscientos vagones[27].

El párroco lo midió con una mirada de lástima.

—Ay, hijo —suspiró—. A mí me bastaría con estar seguro de que tú y yo existimos en este momento.

De modo que Aureliano y Amaranta Úrsula aceptaron la versión de la canastilla, no porque la creyeran, sino porque los ponía a salvo de sus terrores. A medida que avanzaba el embarazo se iban convirtiendo en un ser único[28], se integraban cada vez más en la soledad de una casa a la que sólo le hacía falta un último soplo para derrumbarse. Se habían reducido a un espacio esencial, desde el dormitorio de Fernanda, donde vislumbraron los encantos del amor sedenta-

---

[27] Véanse pág. 475, nota 53, y pág. 516, nota 36.
[28] Se está realizando el andrógino, meta, como se sabe, de las investigaciones esotéricas y de la búsqueda ingenua del fundador. Hacía falta llegar a este punto supremo de la unificación espiritual para descodificar y entender los manuscritos cifrados de Melquíades.

rio, hasta el principio del corredor, donde Amaranta Úrsula se sentaba a tejer botitas y sombreritos de recién nacido, y Aureliano a contestar las cartas ocasionales del sabio catalán. El resto de la casa se rindió al asedio tenaz de la destrucción. El taller de platería, el cuarto de Melquíades, los reinos primitivos y silenciosos de Santa Sofía de la Piedad quedaron en el fondo de una selva doméstica que nadie hubiera tenido la temeridad de desentrañar. Cercados por la voracidad de la naturaleza, Aureliano y Amaranta Úrsula seguían cultivando el orégano y las begonias y defendían su mundo con demarcaciones[29] de cal, construyendo las últimas trincheras de la guerra inmemorial entre el hombre y las hormigas. El cabello largo y descuidado, los moretones que le amanecían en la cara, la hinchazón de las piernas, la deformación del antiguo y amoroso cuerpo de comadreja, le habían cambiado a Amaranta Úrsula la apariencia juvenil de cuando llegó a la casa con la jaula de canarios desafortunados y el esposo cautivo, pero no le alteraron la vivacidad del espíritu. «Mierda», solía reír. «¡Quién hubiera pensado que de veras íbamos a terminar viviendo como antropófagos!» El último hilo que los vinculaba con el mundo se rompió en el sexto mes del embarazo, cuando recibieron una carta que evidentemente no era del sabio catalán. Había sido franqueada en Barcelona, pero la cubierta estaba escrita con tinta azul convencional por una caligrafía administrativa, y tenía el aspecto inocente e impersonal de los recados enemigos[30]. Aureliano se la arrebató de las manos a Amaranta Úrsula cuando se disponía a abrirla.

—Esta no —le dijo—. No quiero saber lo que dice.

Tal como él lo presentía, el sabio catalán no volvió a escribir. La carta ajena, que nadie leyó, quedó a merced de las po-

---

[29] En la edición original, pág. 345: *demarmaciones.*

[30] «[...] una de las frases de *C.A.S.* relativas a la muerte del sabio catalán reproduce un fragmento de la nota que Alfonso Fuenmayor dedicó a la memoria de Vinyes cuando se conoció en Barranquilla la noticia de su muerte (Alfonso Fuenmayor, *Hasta la tinta violeta,* en *El Heraldo,* 24 de mayo de 1952, pág. 11).» (J. Gilard, pág. 19, nota 26.) Ramón Vinyes murió el 5 de mayo de 1952. Le dedicará GGM el artículo homenaje al que aludimos varias veces (pág. 507, nota 14).

lillas en la repisa donde Fernanda olvidó alguna vez su anillo matrimonial, y allí siguió consumiéndose en el fuego interior de su mala noticia, mientras los amantes solitarios navegaban contra la corriente de aquellos tiempos de postrimerías, tiempos impenitentes y aciagos, que se desgastaban en el empeño inútil de hacerlos derivar hacia el desierto del desencanto y el olvido. Conscientes de aquella amenaza, Aureliano y Amaranta Úrsula pasaron los últimos meses tomados de la mano, terminando con amores de lealtad el hijo empezado con desafueros de fornicación. De noche, abrazados en la cama, no los amedrentaban las explosiones sublunares de las hormigas, ni el fragor de las polillas, ni el silbido constante y nítido del crecimiento de la maleza en los cuartos vecinos. Muchas veces fueron despertados por el tráfago de los muertos. Oyeron a Úrsula peleando con las leyes de la creación para preservar la estirpe, y a José Arcadio Buendía buscando la verdad quimérica de los grandes inventos, y a Fernanda rezando, y al coronel Aureliano Buendía embruteciéndose con engaños de guerras y pescaditos de oro, y a Aureliano Segundo agonizando de soledad en el aturdimiento de las parrandas, y entonces aprendieron que las obsesiones dominantes prevalecen contra la muerte, y volvieron a ser felices con la certidumbre de que ellos seguirían amándose con sus naturalezas de aparecidos, mucho después de que otras especies de animales futuros les arrebataran a los insectos el paraíso de miseria que los insectos estaban acabando de arrebatarles a los hombres[31].

Un domingo, a las seis de la tarde, Amaranta Úrsula sintió los apremios del parto. La sonriente comadrona de las muchachitas que se acostaban por hambre la hizo subir en la mesa del comedor, se le acaballó en el vientre, y la maltrató con galopes cerriles hasta que sus gritos fueron acallados por los berridos de un varón formidable. A través de las lágrimas, Amaranta Úrsula vio que era un Buendía de los grandes, macizo y voluntarioso como los José Arcadios, con los ojos abiertos y clarividentes de los Aurelianos, y

---

[31] La ilusión de la vida en la muerte se suma a otras de la última pareja que cree en una prolongación de la estirpe.

predispuesto para empezar la estirpe otra vez por el principio y purificarla de sus vicios perniciosos y su vocación solitaria, porque era el único en un siglo que había sido engendrado con amor[32].

—Es todo un antropófago —dijo—. Se llamará Rodrigo[33].

—No —la contradijo su marido—. Se llamará Aureliano y ganará treinta y dos guerras.

Después de cortarle el ombligo, la comadrona se puso a quitarle con un trapo el ungüento azul que le cubría el cuerpo, alumbrada por Aureliano con una lámpara. Sólo cuando lo voltearon boca abajo se dieron cuenta de que tenía algo más que el resto de los hombres, y se inclinaron para examinarlo. Era una cola de cerdo[34].

No se alarmaron. Aureliano y Amaranta Úrsula no conocían el precedente familiar, ni recordaban las pavorosas admoniciones de Úrsula, y la comadrona acabó de tranquilizarlos con la suposición de que aquella cola inútil podía cortarse cuando el niño mudara los dientes. Luego no tuvieron ocasión de volver a pensar en eso, porque Amaranta Úrsula se desangraba en un manantial incontenible. Trataron de socorrerla con apósitos de telaraña y apelmazamientos de ceniza, pero era como querer cegar un surtidor con las manos. En las primeras horas, ella hacía esfuerzos por conservar el buen humor. Le tomaba la mano al asustado Aureliano, y le suplicaba que no se preocupara, que la gente como ella no estaba hecha para morirse contra la voluntad, y se reventaba de risa con los recursos truculentos de la comadrona. Pero a medida que a Aureliano lo abandonaban las esperanzas, ella se iba haciendo menos visible, como si la estuvieran borran-

---

[32] En esta frase se mezclan certidumbres e ilusiones: que el último Buendía deba representar una síntesis final de las ramas masculinas ha de ser cierto, pero como fruto del incesto es una síntesis imperfecta y efímera; que deba «empezar la estirpe otra vez» es mera ilusión que el propio relato anunció varias veces; que haya sido engendrado con amor es cierto, pero demasiado tarde.

[33] Véase pág. 505, nota 12.

[34] Sobre el motivo del «niño con cola de cerdo» en la obra de GGM y en *C.A.S.* en particular, véanse la Introducción, pág. 32, nota 41 y *GGM, coetáneo de la eternidad*, págs. 48-50.

do de la luz, hasta que se hundió en el sopor. Al amanecer del lunes llevaron una mujer que rezó junto a su cama oraciones de cauterio, infalibles en hombres y animales, pero la sangre apasionada de Amaranta Úrsula era insensible a todo artificio distinto del amor. En la tarde, después de veinticuatro horas de desesperación, supieron que estaba muerta porque el caudal se agotó sin auxilios, y se le afiló el perfil, y los verdugones de la cara se le desvanecieron en una aurora de alabastro, y volvió a sonreír[35].

Aureliano no comprendió hasta entonces cuánto quería a sus amigos, cuánta falta le hacían, y cuánto hubiera dado por estar con ellos en aquel momento. Puso al niño en la canastilla que su madre le había preparado, le tapó la cara al cadáver con una manta, y vagó sin rumbo por el pueblo desierto, buscando un desfiladero de regreso al pasado. Llamó a la puerta de la botica, donde no había estado en los últimos tiempos, y lo que encontró fue un taller de carpintería. La anciana que le abrió la puerta con una lámpara en la mano se compadeció de su desvarío, e insistió en que no, que allí no había habido nunca una botica, ni había conocido jamás una mujer de cuello esbelto y ojos adormecidos que se llamara Mercedes[36]. Lloró con la frente apoyada en la puerta de la antigua librería del sabio catalán, consciente de que estaba pagando los llantos atrasados de una muerte que no quiso llorar a tiempo para no romper los hechizos del amor. Se rompió los puños contra los muros de argamasa de *El Niño de Oro*, clamando por Pilar Ternera, indiferente a los luminosos discos anaranja-

---

[35] «La muerte de Amaranta Úrsula remeda en cierta forma la del trágico antepasado de la cola de cerdo. Ambos mueren desangrados.» (O. Carreras González, pág. 89)

[36] «Mercedes, que es la única que al menos físicamente no se va de Macondo, sin embargo desaparece más profundamente que los otros personajes, ya que, por el contexto, nos damos cuenta de que nunca ha existido [...] Así pues, cuando Aureliano le da una oportunidad de incorporarse plenamente en la narración, Mercedes ha desaparecido. Y los adverbios utilizados (nunca, jamás), parecen claramente excluir toda duda sobre la posible existencia de este personaje.» (C. Arnau, págs. 105-106) A mi entender, el proceso insiste sobre la condición ficticia, literaria del personaje.

dos[37] que cruzaban por el cielo, y que tantas veces había contemplado con una fascinación pueril, en noches de fiesta, desde el patio de los alcaravanes. En el último salón abierto del desmantelado barrio de tolerancia un conjunto de acordeones tocaba los cantos de Rafael Escalona, el sobrino del obispo, heredero de los secretos de Francisco el Hombre[38]. El cantinero, que tenía un brazo seco y como achicharrado por haberlo levantado contra su madre, invitó a Aureliano a tomarse una botella de aguardiente, y Aureliano lo invitó a otra. El cantinero le habló de la desgracia de su brazo. Aureliano le habló de la desgracia de su corazón, seco y achicharrado por haberlo levantado contra su hermana. Terminaron llorando juntos y Aureliano sintió por un momento que el dolor había terminado. Pero cuando volvió a quedar solo en la última madrugada de Macondo, se abrió de brazos en la mitad de la plaza, dispuesto a despertar al mundo entero, y gritó con toda su alma:

—¡Los amigos son unos hijos de puta!

Nigromanta lo rescató de un charco de vómito y de lágrimas. Lo llevó a su cuarto, lo limpió, le hizo tomar una taza de caldo. Creyendo que eso lo consolaba, tachó con una

Nigromanta

---

[37] Véase pág. 462, nota 21. «Con ello parece aludir al valor simbólico, de llamada hacia otro nivel psicológico, que Carl G. Jung atribuye a los círculos luminosos que aparecen en nuestro cielo, y a los cuales atribuye el poder de reactivación de los "mandalas" del inconsciente, y en general de todo el trasfondo mítico del hombre.» (G. Maturo, pág. 157.) Más modestamente aduciré que ya el 30-III-1950 dedicó GGM una «Jirafa» a _Los pobres platillos voladores (Textos costeños,_ págs. 233-234).

[38] _Rafael Escalona:_ compositor de vallenatos y amigo personal de García Márquez, muy admirado por el escritor (cfr. Dasso Saldívar, _García Márquez,_ pág. 276) quien le dedicó varias crónicas periodísticas (por ej. las «Jirafas» de los días 14-III-1950, 24-III-1950, 30-III-1951 y 16-IV-1951, respectivamente en _Textos costeños,_ págs. 212-214, 225-226, 614-615, 632-633). En _Valledupar, la paranda del siglo (El País,_ 22.VI.1983, pág. 11), escribe GGM lo siguiente: «Ya Rafael Escalona, con poco más de 15 años, había hecho sus primeras canciones en el Liceo Celedón de Santa Marta, y ya se vislumbraba como uno de los herederos grandes de la tradición gloriosa de Francisco el Hombre [...] De modo que el joven Rafael Escalona, cuya familia era nada menos que parienta cercana del obispo Celedón, se escandalizó con la noticia de que el muchacho compusiera canciones de jornaleros.» Rafael Escalona aparece citado repetidas veces en la narrativa de GGM (véanse _Cor.,_ pág. 154, y _Er.,_ pág. 145).

raya de carbón los incontables amores que él seguía debiéndole, y evocó voluntariamente sus tristezas más solitarias para no dejarlo solo en el llanto. Al amanecer, después de un sueño torpe y breve, Aureliano recobró la conciencia de su dolor de cabeza. Abrió los ojos y se acordó del niño.

No lo encontró en la canastilla. Al primer impacto experimentó una deflagración de alegría, creyendo que Amaranta Úrsula había despertado de la muerte para ocuparse del niño. Pero el cadáver era un promontorio de piedras bajo la manta. Consciente de que al llegar había encontrado abierta la puerta del dormitorio Aureliano atravesó el corredor saturado por los suspiros matinales del orégano, y se asomó al comedor, donde estaban los escombros del parto: la olla grande, las sábanas ensangrentadas, los tiestos de ceniza, y el retorcido ombligo del niño en un pañal abierto sobre la mesa, junto a las tijeras y el sedal. La idea de que la comadrona había vuelto por el niño en el curso de la noche le proporcionó una pausa de sosiego para pensar. Se derrumbó en el mecedor, el mismo en que se sentó Rebeca en los tiempos originales de la casa para dictar lecciones de bordado, y en el que Amaranta jugaba damas chinas con el coronel Gerineldo Márquez, y en el que Amaranta Úrsula cosía la ropita del niño, y en aquel relámpago de lucidez tuvo conciencia de que era incapaz de resistir sobre su alma el peso abrumador de tanto pasado[39]. Herido por las lanzas mortales de las nostalgias propias y ajenas, admiró la impavidez de la telaraña en los rosales muertos, la perseverancia de la cizaña, la paciencia del aire en el radiante amanecer de febrero. Y entonces vio al niño. Era un pellejo hinchado y reseco, que todas las hormigas del mundo iban arrastrando trabajosamente hacia sus madrigueras por el sendero de piedras del jardín. Aureliano no pudo moverse. No porque lo hubiera paralizado el estupor, sino porque en aquel instante prodigioso se le revelaron las claves definitivas de Melquíades, y vio el epígrafe de los pergaminos perfectamente ordenado

---

[39] La «lucidez» revierte la personalidad de Aureliano (como antes había cambiado radicalmente la vida de tantos Buendía): el día anterior iba «buscando un desfiladero de regreso al pasado».

en el tiempo y el espacio de los hombres. *El primero de la estirpe está amarrado en un árbol y al último se lo están comiendo las hormigas*[40].

Aureliano no había sido más lúcido en ningún acto de su vida que cuando olvidó sus muertos y el dolor de sus muertos, y volvió a clavar las puertas y las ventanas con las crucetas de Fernanda para no dejarse perturbar por ninguna tentación del mundo, porque entonces sabía que en los pergaminos de Melquíades estaba escrito su destino. Los encontró intactos, entre las plantas prehistóricas y los charcos humeantes y los insectos luminosos que habían desterrado del cuarto todo vestigio del paso de los hombres por la tierra, y no tuvo serenidad para sacarlos a la luz, sino que allí mismo, de pie, sin la menor dificultad, como si hubieran estado escritos en castellano bajo el resplandor deslumbrante del mediodía, empezó a descifrarlos en voz alta[41]. Era la historia de la familia, escrita por Melquíades hasta en sus detalles más triviales, con cien años de anticipación[42]. La había redactado en sánscrito, que era su lengua materna, y había cifrado los versos pares con la clave privada del emperador Augusto, y los impares con claves militares lacedemonias[43]. La protección fi-

---

[40] La frase subrayada es «el epígrafe» de los manuscritos de Melquíades. Lo que leemos, pues, no puede ser el texto de los mismos: en este caso, *C.A.S.*, debería empezar con estas palabras. El texto que tenemos ante los ojos es la reescritura de una cadena de descodificaciones sucesivas (véase pág. 485, nota 22).

[41] «El sujeto del mito, al condensarse, se revela: el saber y el sexo se implican mutuamente; poseer el pene, conocer, cometer el incesto y conocerse (saber el nombre de su padre y su origen) se suceden. Los manuscritos son descifrados después de vivido el incesto (en el desconocimiento, en la inconsciencia como en el mismo Edipo), y después de la muerte de Amaranta Úrsula y del hijo.» (J. Ludmer, pág. 186)

[42] O sea que, en todo rigor, *C.A.S.* contiene más que los manuscritos de Melquíades, quien según lo dicho aquí, profetizó la historia de la familia después de su propia muerte.

[43] Esta es la última ficción de ese mar ficticio ya que si es posible una traducción del sánscrito al castellano, no lo es el desciframiento según las claves enunciadas, desconocidas por definición. Su «invención» es lo que hace de *C.A.S.* un texto inexistente (como Mercedes pocas líneas antes)... sino como ficción.

545

nal, que Aureliano empezaba a vislumbrar cuando se dejó confundir por el amor de Amaranta Úrsula, radicaba en que Melquíades no había ordenado los hechos en el tiempo convencional de los hombres, sino que concentró un siglo de episodios cotidianos, de modo que todos coexistieran en un instante[44]. Fascinado por el hallazgo, Aureliano leyó en voz alta, sin saltos, las encíclicas cantadas que el propio Melquíades le hizo escuchar a Arcadio, y que eran en realidad las predicciones de su ejecución, y encontró anunciado el nacimiento de la mujer más bella del mundo que estaba subiendo al cielo en cuerpo y alma, y conoció el origen de dos gemelos póstumos que renunciaban a descifrar los pergaminos, no sólo por incapacidad e inconstancia, sino porque sus tentativas eran prematuras. En este punto, impaciente por conocer su propio origen, Aureliano dio un salto. Entonces empezó el viento, tibio, incipiente, lleno de voces del pasado, de murmullos de geranios antiguos, de suspiros de desengaños anteriores a las nostalgias más tenaces. No lo advirtió porque en aquel momento estaba descubriendo los primeros indicios de su ser, en un abuelo concupiscente que se dejaba arrastrar por la frivolidad a través de un páramo alucinado, en busca de una mujer hermosa a quien no haría feliz. Aureliano lo reconoció, persiguió los caminos ocultos de su descendencia, y encontró el instante de su propia concepción entre los alacranes y las mariposas amarillas de un baño crepuscular, donde un menestral saciaba su lujuria con una mujer que se le entregaba por rebeldía. Estaba tan absorto, que no sintió tampoco la segunda arremetida del viento, cuya potencia ciclónica arrancó de los quicios las puertas y las venta-

---

[44] Como las claves anteriores, esa «protección final» es teóricamente imposible. Aun imaginando que los pergaminos estén redactados en el tiempo gramatical presente, como el epígrafe, difícilmente se piensa en un discurso así concentrado desde el punto de vista temporal. Todo texto, sea en sánscrito o en castellano, sea cifrado o no, es una secuencia verbal forzosamente ordenada en el tiempo; toda narración, por más enmarañada que sea su disposición temporal, es una suma de instantes. Pero lo imposible «en el tiempo convencional de los hombres» deja de serlo en la ficción que puede instalarse por voluntad de su inventor en este tiempo concentrado que corresponde a la eternidad o al aniquilamiento total.

nas, descuajó el techo de la galería oriental y desarraigó los cimientos. Sólo entonces descubrió que Amaranta Úrsula no era su hermana, sino su tía, y que Francis Drake había asaltado a Riohacha solamente para que ellos pudieran buscarse por los laberintos más intrincados de la sangre, hasta engendrar el animal mitológico que había de poner término a la estirpe[45]. Macondo era ya un pavoroso remolino de polvo y escombros centrifugado por la cólera del huracán bíblico, cuando Aureliano saltó once páginas para no perder el tiempo en hechos demasiado conocidos y empezó a descifrar el instante que estaba viviendo, descifrándolo a medida que lo vivía, profetizándose a sí mismo en el acto de descifrar la última página de los pergaminos, como si se estuviera viendo en un espejo hablado[46]. Entonces dio otro salto para anticiparse a las predicciones y averiguar la fecha y las circunstancias de su muerte. Sin embargo, antes de llegar al verso final ya había comprendido que no saldría jamás de ese cuarto[47], pues estaba previsto que la ciudad de los espejos (o los espejismos) sería arrasada por el viento y desterrada de la memoria de los hombres en el instante en que Aureliano Babilonia acabara de descifrar los pergami-

---

[45] «La literatura apocalíptica interpreta la historia desde un punto de vista determinista. Como se explica en Daniel (11. 36): Lo que se ha precisado, ocurrirá. Es solamente al leer los pergaminos cuando Aureliano Babilonia entiende que el Ciclo del incesto ha sido predeterminado.» (M. Palencia-Roth, págs. 121-122)

[46] La imagen del «espejo hablado» se considera, con toda razón, como representativa de la estructura de *C.A.S.*, fundamentada en la repetición y la inversión (véanse el libro de S. J. Levine y el artículo de A. Roldán de Micolta). El hecho de que el epígrafe de los manuscritos de Melquíades se encuentre al final de *C.A.S.* es, por ejemplo, un efecto típicamente especular.

[47] M. Palencia-Roth, pág. 125, se vale de estas palabras para afirmar que «la sentencia con que termina la novela no es la última oración en los pergaminos, sino la penúltima». Así destruye el mismo fundamento de su interpretación del final de la novela *(«C.A.S.* y los pergaminos de Melquíades son, *en todo detalle*, el mismo libro», pág. 117, subrayo). Ya sabemos que *C.A.S.* contiene más material que los pergaminos, incluyéndolos, y que el autor implícito —o narrador último— conoce más cosas sobre la historia contada que Aureliano (el verso final incluido).

nos, y que todo lo escrito en ellos era irrepetible desde
siempre y para siempre, porque las estirpes condenadas a
cien años de soledad no tenían una segunda oportunidad
sobre la tierra[48].

---

[48] Multitudinarios son los comentarios sobre esta última frase y las páginas
finales de *C.A.S.* Me contentaré con señalar el de E. Rodríguez Monegal (en
Books Abroad, XLVII, núm. 3, 1973, págs. 485-489), y con citar a A. Rama:
«La novela va contando una soledad que se traslada de generación en generación por la línea de los hombres, hasta el último, que es capaz de cambiar
esta situación y de transformar la relación de soledad en relación de amor. A
partir de este momento, de algún modo queda cerrado el ciclo de la historia,
y queda concluida la demostración que el autor ha llevado adelante: en el hecho de que Aureliano Babilonia sea realmente capaz de amar a Amaranta
Úrsula, y que este amor sea un amor auténtico, profundo y verdadero de in-
tercomunicación de dos seres humanos. Desde ese mismo instante ya no hay
por qué continuar la demostración. El gran propósito de García Márquez en
esta novela es que esta totalidad sea también una totalidad cerrada, donde
todo confluya y nada se vuelva a repetir.» *(Ciclo de conferencias... en Cali.).*